RAPTURE

바이오쇼크: 랩처

RAPTURE

바이오쇼크: 랩처

존 셜리 지음 / 종수 옮김

제우미디어

Bioshock : Rapture

Copyright © 2011 by Take-Two Interactive Software, Inc.
All right reserved.

Korean Translation Copyright © 2012 by Jeu Media
Korean edition is published by arrangement with Tom Doherty Associates, LLC c/o St. Martin's Press, LLC through Imprima Korea Agency

이 책의 한국어판 저작권은 Imprima Korea Agency를 통해 St. Martin's Press, LLC와의 독점계약으로 제우미디어에 있습니다. 저작권법에 의해 한국 내에서 보호를 받는 저작물이므로 무단전재와 무단복제를 금합니다.

바이오쇼크 랩처

초판 1쇄 | 2012년 5월 4일
2판 8쇄 | 2017년 8월 1일

지은이 | 존 셜리
옮긴이 | 종수

펴낸이 | 서인석
펴낸곳 | 제우미디어
출판등록 | 제 3-429호
등록일자 | 1992년 8월 17일
주소 | 서울시 마포구 상수동 324-1 한주빌딩 5층
전화 | 02-3142-6845
팩스 | 02-3142-0075
홈페이지 | www.jeumedia.com

ISBN | 978-89-5952-257-6
※ 파본은 본사나 구입하신 서점에서 교환해 드립니다.

만든 사람들
출판사업부 총괄 손대현 | **책임 편집** 하일구 | **기획** 전태준, 김용진 | **디자인** 더더디자인
제작 김금남 | **영업** 김웅현, 김소영, 설종원, 김영욱
도와주신 분 박수민, 주광휘

바이오쇼크, 바이오쇼크2의 팬 여러분께 이 책을 바칩니다.

에릭 라브와 폴라 귀란에게 감사의 뜻을 전하고 싶습니다.
게임의 추가자료 분석을 맡아준 더스틴 본드에게도 고마움을 전합니다.
내 끊임없는 불평에 귀 기울여준 모든 이들에게 각별한 감사의 마음을 전합니다.

내 이름은 앤드류 라이언, 여러분께 질문 하나를 던져볼까 하오. 여러분의 눈썹에 송골송골 맺힌 그건, 여러분 자신의 땀방울이 아니오? 워싱턴의 양반들은 아니라고 합니다. 그건 가난한 자들의 땀이라면서. 바티칸의 양반들도 아니라고 합니다. 그건 신의 땀이라면서. 모스크바의 양반들도 아니라고 합니다. 그건 만인의 땀이라면서. 난 이런 답 자체를 거부하는 바요. 대신 다른 것, 기적을 선택하기로 했소.

나의 선택은…… 랩처(Rapture). 예술가가 검열을 두려워하지 않아도 되는 도시. 과학자가 옹졸한 도덕에 구애받지 않는 곳. 대인배가 소인배의 요구에 얽매이지 않는 곳. 바로 여러분의 눈썹에 맺히는 그 땀방울의 대가. 그렇게 랩처는 여러분의 소유가 될 것이오.

— 앤드류 라이언 —

댁들이 더 똑똑해지고, 더 강해지고, 더 튼튼해지는 것을 상상해보게. 만약 당신한테 말이지, 상상할 수 없는 엄청난 괴력이 생긴다면 어떨까? 단 한 번의 일념으로 번개를 다스릴 수 있다면? 그야말로 인간을 위한 플라스미드의 힘이 아니겠나?

— 자칭 '아틀라스'라 칭하는 사나이 —

서 막

뉴욕 시, 5번가

1945년

치안부장 설리번은 본사 사무실의 육중한 유리 창문 앞에 서 있는 대인배를 발견했다. 도시의 야광으로 보스의 형체는 긴 그림자가 되어 있었다. 불빛이라곤 방을 가로질러 대형 유리를 깐 책상 위의 녹색 갓을 씌운 램프 뿐. 그 덕에 대인배는 거의 완벽한 어둠 속에 있었고, 주름을 꼿꼿이 세운 양복 재킷 주머니에 양손을 꽂았다. 대인배의 실루엣이 창밖의 지평선을 암울하게 바라보고 있다.

이미 여덟 시. 피곤하기 짝이 없는 중년의 설리번 부장은 그저 비에 흠뻑 젖은 채 얼른 집에 가고 싶은 생각밖에 없었다. 신발부터 벗어던진 후 라디오의 권투 중계를 들어야 했지만 대인배는 종종 늦게까지 일했고, 가뜩이나 오늘은 이 두 보고서를 기대하고 있었다. 그중 하나는 일본에서 온 전문이었다. 설리번 역시 먼저 처리하고 싶었던 보고서다. 아주 독한 술 한잔을 걸치고 싶어지는 내용이다. 그것도 단숨에. 그러나 설리번은 대인배가 자신에게 술 따위 권하지 않으리라는 것쯤은 알고 있다.

'대인배'라는 별명은 설리번이 생각하는 보스를 고스란히 담고 있다. 세상에서 가장 부유하고, 가장 힘 있는 자. 별칭이라기엔 비아냥거리는 투거니와 진지하기도 한 탓에, 설리번은 절대 입 밖으로 발설하지 않았다. 대인배는 허영심이 있는데다가 일말의 불경스런 어조도 용납하지 않으니까. 하지만 때론 이 재력가마저도 진심으로 마음에 담아둘 친구를 찾는 듯했다. 설리번은 그런 사람이 아니다. 사람들이 그를 좋아한 경우는 드물었다. 전직 경찰이라는 게 그렇다.

"그래서, 설리번?"

창문에서 고개도 돌리지 않은 채 대인배가 재촉한다.

"그거 가져왔나?"

"둘 다 여기 있습니다, 회장님."

"파업 건부터 보세나, 먼저 처리하는 것이 편하니까. 다음 건은……."

대인배는 설레설레 고개를 저었다.

"허리케인을 창고에다 가두는 격이지. 땅부터 파고 지하 창고를 짓자는 소리니 말이네."

설리번은 지하 창고를 언급한 것이 무슨 의미일까 생각했지만, 물어보지 않기로 했다.

"파업 문제 말입니다. 켄터키 광산, 미시시피 정유소에선 아직도 쟁의가 계속되고 있습니다."

대인배가 얼굴을 찌푸린다. 최신유행을 따라 패드를 넣어 각을 세운 그의 어깨선이 살짝 무너지는 듯했다.

"설리번, 이 건은 우리가 더 강하게 밀고 나갈 필요가 있어. 국가의 안녕을 위해서네. 우리 모두를 위해서이기도 하고."

"회장님, 파업을 중단시킬 용역을 제가 이미 보냈습니다. 핀커튼[1] 요원들을 파견해 파업을 선도하는 자들을 색출하라 시켰습니다. 배후에 알아낼 만한 것들이 있는지도 모르고 해서…… 그렇다곤 해도 노동자들이 너무 완강합니다. 미련하게 고집만 센 놈들이라서 말이지요."

"직접 그곳을 가봤는가? 자네가 직접 켄터키나 미시시피까지 여행을 했단 말인가, 음? 그런 거라면 내 허락을 기다릴 필요가 없네. 이 문제에 관한 한 말일세! 노동조합이라…… 소련에선 아예 전투부대까지 통솔했었지, 자칭 '노동 의용군'이라 부르면서. 파업을 단행하는 놈들이 대체 어떤 자들인지 알고 있나, 설리번? 빨갱이들이야! 소련의 공산당원들이라고! 이것들이 원하는 게 뭐겠어? 당연히 임금 인상과 노동 여건 개선이지. 사회주의와 다를 게 뭐가 있나? 기생충들…… 난 노동조합 따위 필요 없

[1] 1850년에 앨런 핀커튼이 창설한 미국 사설 탐정사무소이다.

네! 내 식대로, 오로지 내 방식대로 달려왔어."

설리번이 생각하기에 대인배는 행운의 여신이 미소 지어준 사람이었다. 젊었을 때 원유 광맥을 뚫은 탓에 거하게 한몫 챙긴 운 좋은 사내. 그러나 이후 그걸 밑천 삼아 현명한 투자를 해온 것은 사실이었다.

"제가 직접 가서 처리하겠습니다, 회장님."

대인배가 손을 뻗더니 매끄러운 유리벽을 짚는다. 회상이 시작됐다.

"내가 아주 조그마한 소년이었을 때 러시아를 탈출해 이곳으로 왔네. 볼셰비키 급진 좌파들이 한자리씩 차지한 직후였지. 우린 목숨만 겨우 부지했다네. 이 일이 질병처럼 도지지 않도록 내가 확실히 처리해야 돼."

"지당하신 말씀입니다, 회장님."

"그럼 나머지 보고서는? 그게 사실인 게 분명한가? 확실해?"

"두 도시 전체가 완전히 파괴되었답니다. 폭탄 하나씩으로 말입니다."

대인배는 놀라움에 혀를 찼다.

"폭탄 하나가 도시 전체를……."

설리번은 한 걸음 다가가, 가져왔던 서류 봉투 중 하나를 열고 사진을 내밀었다. 대인배는 번들거리는 사진들을 창에 비춰보았다. 지평선을 따라 가늘게 서린 빛으로나마 더 자세히 볼 수 있어서다. 명암대비가 선명한 흑백의 히로시마 원폭 장면이다. 공중에서 촬영한 것들이 대부분이었다. 도시의 불빛들이 매끄러운 사진의 표면을 감쌌다. 흡사 뉴욕의 오만한 무모함이 히로시마를 폭발시킨 듯이.

"국무부에 있는 우리 요원이 이걸 매입해서 넘겨주었습니다."

설리번이 말을 이었다.

"목표 지정 도시에 있던 사람들 일부는 원자화되었습니다. 가루가 된 거죠. 히로시마와 나가사키의 수천수만의 인구가 이미 죽었거나, 죽어가고 있다고 합니다. 그리고 지금보다 훨씬 더 많은 사람들이 목숨을 잃을 거라고……."

설리번은 동봉한 보고서를 소리 내서 읽기 시작했다.

"피부 화상, 방사능 노출에 의한 화상 그리고 각종 트라우마와 방사능 오염으로 지금의 사망자 수와 거의 동일한 수치의 사망자가 발생할 것입니다. 그리고 1년 이내에 암으로 사망하는 사람들이 속출할 거라고 합니다."

"암이라니? 이 무기가 암까지 유발한단 말인가?"

"그렇습니다, 회장님. 아직 확인된 바는 아니지만 지금껏 진행된 실험의 경과를 지켜볼 때, 아마도 그러리라 추정합니다."

"그렇군. 소련 역시 이런 핵무기를 개발하고 있다는 정보는 확실한 건가?"

"진행 중이랍니다."

대인배가 허망한 듯 콧방귀를 뀌었다.

"두 개의 거대한 제국이, 두 마리 낙지들이 서로 죽이자고 날뛰는 꼴이라니⋯⋯ 제 모습보다 더 괴물 같은 무기들을 들고 말일세. 폭탄 하나로 도시 전체를 가루로 만들다니! 이 폭탄들은 점점 커지고 점점 더 강력해질 테지. 앞으로 어떤 일이 벌어질 것 같나, 설리번?"

"핵전쟁이 날 거라더군요."

"나고말고! 우릴 모두 죽일 참인 거야! 단, 또 다른 가능성도 있지. 우리 몇몇을 위해서."

"회장님, 그게 뭡니까?"

"난 우리 문명이 이따위로 변질되는 것을 참을 수가 없어, 설리번. 처음엔 볼셰비키 놈들이 그러더니, 그 이후론 루즈벨트야. 지금은 트루먼이 루즈벨트가 해오던 짓을 계속하고 있지. 위대한 인간들의 업적에 올라탄 애송이 주제에. 진정한 대인배가 나서서 '이제 그만'이라고 외쳐야만 그만두겠지!"

설리번은 성실히 고개를 끄덕여댔지만, 속으론 떨고 있었다. 대인배가 내면의 결의를 다짐할 때마다 외관으로 뿜어 나오는 그 기세란 마치, 별안간 엄청난 전류를 전도받은 피뢰침 같았다. 인정하지 않을 수 없는 힘이다.

잠시 후, 대인배가 설리번을 호기심 어린 시선으로 훑어보았다. 과연 얼마나 신뢰할 수 있을지 가늠해보는 것 같았다. 그는 곧 침묵을 깨고 입을 열었다.

"결정했네, 설리번. 그동안 장난삼아 이리저리 머릿속에서 굴려보던 프로젝트를 실행해야겠네. 더 이상 장난감이 아니지. 영광스런 현실이 될 거야. 위험부담은 크지만 반드시 성사시켜야만 해. 기왕 이렇게 된 거 자네도 알고 있게나. 이 프로젝트를 완성하려면 아마 내가 가진 모든 돈, 동전 하나하나까지 다 투자해야 될 걸세.”

설리번은 눈을 껌벅일 수밖에 없었다. 동전 하나하나까지? 대관절 어디까지 가려는 건가?

대인배가 나직이 웃는 걸 보니, 어안이 벙벙해진 설리번의 모습을 즐기는 모양이다.

“처음엔 그저 실험일 뿐이었네. 단순한 가설을 조금 넘어선 정도의 게임이랄까. 작은 규모의 단면도를 이미 만들어두었지. 하지만 더 커야 하네. 훨씬 더! 거대한 문제 하나를 풀 수 있는 해결책……”

“노조 문제 말씀이십니까?”

설리번이 어리둥절해하며 물었다.

“아닐세. 음, 그렇다고도 할 수 있겠군, 장기적 차원에서는. 그래, 노조도 마찬가지야! 그런데 난 이보다 더 급박한 문제를 생각하고 있었네. 인류 문명이 깡그리 박살날 가능성! 설리번, 문제는 말이야, 핵전쟁은 반드시 발생하리란 것이네. 그 필연성이 내가 말한 거대한 해결책을 요구하는 것이지. 난 탐험대를 파견해서 적당한 장소도 물색해두었어. 하지만 최종결단을 내리게 되리란 생각은 미처 못 했다네, 조금 전까진 말이야.”

대인배는 원폭현장의 사진들을 다시 바라보았다. 조금이라도 밝게 보기 위해 사진을 이리저리 움직였다.

“……이걸 보기 전엔 말일세. 자네와 나, 우린 탈출할 수 있어. 다른 사람도 마찬가지고. 정권을 믿고 날뛰는 미친 소인배들이 서로 자초한 그 파괴의 현장으로부터 도망칠 수 있어. 미치광이들이 손을 뻗칠 수 없는 그런 곳에서 신세계를 건설하는 거야.”

“알겠습니다, 회장님.”

설리번은 구태여 자초지종을 물어보지 않기로 했다. 대인배가 얼마나 대단한 계획을 세워뒀는지는 모르겠지만 결국엔 그만두겠지. 최종예산서가 나오면…….

"회장님, 오늘 밤에 다른 용무가 있으신지요? 없다면 전 이만 물러가겠습니다. 내일 아침 일찍 파업 현장에 내려가야 합니다."

"그래, 그래. 가서 좀 쉬도록 하게나. 허나, 오늘 밤 난 쉴 수가 없어. 계획을…… 계획을 철저하게 점검해야 해."

앤드류 라이언은 창문을 등지고 돌아서서 방을 가로질러 갔다. 그가 손에 쥐었던 사진들 속의 피폭된 히로시마와 나가사키가 책상 유리 위에 미끄러져 내렸다.

* * *

컴컴한 사무실에 혼자 남게 된 라이언은 푹신한 가죽 의자에 구부정하니 파묻힌 채 전화기로 손을 뻗었다. 시몬 웨일즈를 불러, 다음 단계에 착수하라는 지시를 내릴 참이다.

그러나 떨리는 손가락이 수화기를 맴돌기만 하다가 멀어지고 있었다. 웨일즈와 통화하기 전에 자신부터 진정시켜야만 했다. 설리번과의 대화로 인해 그는 고통스러웠다. 왜냐하면 너무나도 선명한 옛 기억이 떠올랐기 때문이다.

"1918년, 내가 아직 어린아이였을 때 러시아를 탈출했었지. 볼셰비키가 러시아 전역을 장악한 직후였어. 우린 목숨만 부지한 채 간신히 살아나왔지."

그때만 해도 앤드류 라이언은 그의 이름이 아니었다. 이 땅에 발을 딛고 나서 미국식으로 고친 것이다. 그의 본명은 안드레이 라이노프스키였다.

* * *

안드레이와 그의 아버지는 바람이 한차례 휩쓸고 간 기차역에 서 있었다. 추위로 사시나무처럼 몸을 바르르 떨었다. 이른 아침, 두 사람 모두 철도를 내려다보고 있었다. 빽빽한 긴 수염에 우울해 보이는 주름진 얼굴로 그의 아버지는 왼손에 가방 하나만을 쥐고, 커다란 오른손은 어린 안드레이의 어깨에 놓여 있었다.

시퍼렇게 멍든 새벽하늘이 구름으로 뒤덮여 있었고 바람줄기는 진눈깨비로 톱질하듯 구름을 갈라놓고 도망쳤다. 몇몇의 다른 여행자들이 죄다 칙칙한 긴 코트로 몸을 감싼 채 플랫폼에서 약간 떨어진 곳에 옹기종기 모여 있었는데 다들 근심 어린 표정이었다. 그중 볼그스레한 둥근 얼굴의 한 여자만이 웃으면서 이들을 위로 했다. 두터운 모피로 머리를 감싼 그녀는 낮은 목소리로 부드럽게 대화를 나눴다. 역의 대합실로 통하는 문 옆에는, 너저분한 코트를 입고 모피 모자를 눌러쓴 한 노인이 뜨거운 사모바를 끓일 참이었다. 안드레이는 저 할아버지가 파는 따끈한 차를 마시고 싶었다.

소년은 콘크리트로 된 플랫폼을 따라 바람이 내는 매서운 소리에 귀를 기울이다가, 아버지가 왜 저 사람들로부터 멀리 떨어져 있는지 궁금했다. 하지만 곧 이유를 알 것 같았다. 여행자들 중 일부는 안드레이 가족이 살던 민스크 외곽 마을에서 온 사람들이었고, 아버지가 사회주의에 반대한다는 것을 알고 있었다. 아버지는 종종 빨갱이들에 반발하는 의견을 피력하곤 했다. 안드레이 가족과 친하게 지냈던 많은 이들조차 '민중혁명의 배신자들'을 처단해야 한다고 목소리를 높이던 시절이었음에도…….

아버지는 그저께 밤, 오늘부터 숙청이 시작되리란 것을 신부님으로부터 전해 들었다. 안드레이와 아버지는 콘스탄티노플 행 티켓을 손에 쥐고 맨 먼저 줄을 섰다. 기차역이 문을 열기만을 기다린 것이다. 아버지는 여행자용 증빙서류, 터키산 양탄자를 수입한다는 허가서 등을 준비해두었다. 러시아 국경을 벗어나게만 해줘도 좋다는 생각이었다. 아버지는 세관원들에게 쥐어줄 호주머니 속의 웃돈을 자꾸만 만지작거렸다. 아마도 모조리 써야 할 것 같다.

아버지의 입김이 차가운 공기 중으로 흩어지고, 플랫폼으로 들어오는 기관차는 증기를 뿜었다. 묵직하고 어두운 형체가 새벽의 납빛을 뚫고 칙칙칙 기어들었다. 기차 앞머리에 붙은 조명등 하나가 삼각뿔 모양으로 안개 속을 나직이 비췄다. 불빛이 머무른 곳을 빗방울이 사정없이 긁어댔다.

안드레이가 저편에 모여든 사람들을 힐끗 쳐다보았다. 한 남자가 이쪽으로 성큼 다가오고 있었다.

"아버지."

안드레이는 러시아어로 속삭이며, 붉은 견장이 달린 기다란 녹색 코트를 걸치고 검은 모자를 착용한 큰 키의 여윈 남자를 돌아다보았다. 어깨에 휙 둘러멘 것은 분명 소총이었다.

"저 사람이 빨갱이 군인인가요?"

"안드레이."

아버지는 아들의 작은 어깨를 움켜쥐곤 황급하게 돌려세웠다. 군인이 아들의 얼굴을 보지 못하게 할 요량이었다.

"쳐다보지 마라."

"표트르? 표트르 라이노프스키!"

둘이 동시에 뒤를 돌아보니, 아버지의 사촌인 드미트리가 아내를 옆에 끼고 서 있었다. 드미트리의 아내, 바실리사는 펑퍼짐한 몸매에 창백한 피부를 한 금발의 여인이었다. 추웠는지 목에 두른 노란 스카프 너머로 빨개진 코가 번들거렸다. 콧물을 훔치더니 이내 안드레이의 아버지를 애원하듯 올려다보았다.

"표트르, 부탁이에요."

바실리사가 간절하게 속삭였다.

"우리는 이제 한 푼도 없어요. 당신이 우리 대신 군인들한테 몇 푼만 쥐어준다면……."

드미트리가 답답한 듯 입술을 핥았다.

"표트르, 군인들이 우릴 찾고 있다네. 어제 내가 의회에서 한 소리한 것 때문에. 겨우 기차표는 마련했지만, 더 이상 아무것도 할 수가 없어. 루블[1] 한 푼도 없단 말일세! 웃돈이라도 얹어주면 우릴 그냥 보내주지 않을까 해서 말이네."

"드미트리, 바실리사…… 내가 도와줄 수만 있다면야 벌써 그렇게 했지. 하지만 우리도 코페이카[2] 하나 버릴 수 없는 입장이야! 나도 자식을 생각해야하지 않겠나. 우리 역시 목적지까지 가려면 돈이 필요하다네. 아주 긴 여정이 될 테니."

---

1) 러시아의 화폐 단위 중 하나이다.
2) 러시아의 화폐단위. 1루블은 100코페이카이다.

그때 기차가 역 안으로 들어왔다. 다소 갑작스런 등장이었고 석탄 매연을 풍기며 성난 듯 증기를 뿜어대는 광경에 안드레이는 지레 겁까지 먹었다.

"제발요!"

바실리사가 손마디를 비틀면서 끈질기게 간청했다. 군인 한 명이 그들을 노려보고 있었다. 또 한 명의 빨갱이 보조가 세 번째 군인과 함께 기차역 입구에서 플랫폼 쪽으로 뚜벅뚜벅 걸어오기 시작했다. 모두가 소총으로 무장하고 있었다.

기차가 서서히 멈추기 시작했다. 속도가 한층 느려졌지만 안드레이가 보기엔 완전히 멈춘 것 같지는 않았다. 군인들이 드미트리의 이름을 부르고 있다. 컹컹대며 개들이 짖는 소리가 났다.

"당신! 거기 당신, 이리 좀 와봐!"

군인 한 명이 어깨에 둘러멘 샷건을 내렸다.

"드미트리."

아버지가 목소리를 낮추면서 말했다.

"태연한 척하게. 찍소리도 내지 마!"

기차는 정차를 한 후에도 여전히 바르르 떨며 진동했다. 아버지의 손이 목덜미를 꽉 움켜쥐는 걸 느꼈다. 다음 순간, 안드레이의 몸뚱이가 기차 안으로 밀쳐져 철재로 된 승강계단 위로 튀어 올랐다. 하마터면 바닥에 곤두박질칠 뻔했다. 곧이어 아버지가 뒤따라 탑승했다.

서둘러 문을 밀어젖히고 연기가 뿌옇게 낀 객차로 들어섰다. 때가 낀 창문은 증기로 자욱했다. 딱딱한 나무 의자에 자리를 잡은 후, 잔뜩 인상을 찌푸린 채 다가온 차장에게 아버지가 기차표를 건네주었다. 안드레이가 가까스로 창문을 손으로 닦아내자 드미트리와 바실리사가 군인들과 얘기를 주고받는 광경이 보였다. 바실리사는 두 팔을 휘저으며 흐느끼고 있었다. 드미트리는 꼿꼿이 선 채 머리를 흔들면서, 급기야 울음보를 터뜨린 아내를 자기 뒤쪽으로 밀었다.

날선 대화가 계속되고, 무장한 군인들은 의심이 가득한 눈초리로 여행증명서를 이리저리 뒤집어봤다.

"안드레이."

아버지가 나직이 내뱉었다.

"보지 마라."

하지만 안드레이는 눈길을 돌릴 수가 없었다. 키가 큰 군인 하나가 드미트리의 증명서를 어딘가에 쑤셔 넣고선 소총을 겨누며 따라올 것을 지시했다.

드미트리는 설레설레 머리를 저으며 손에 쥔 기차표를 흔들었다. 열차가 한바탕 진동하더니 쉭쉭거리며 호각을 울렸다.

바실리사가 드미트리를 열차 쪽으로 당겼다. 군인들이 일제히 총을 겨눴다. 안드레이는 자신의 열 살 생일 때, 드미트리가 근사한 장난감 목검을 선물하면서 터뜨린 그 함박웃음을 기억했다.

호각 소리가 비명처럼 들렸다. 경비들의 고함 소리. 한 명이 소총 끄트머리로 바실리사를 찌르자 그녀는 휘청거리며 땅에 무릎을 꿇었다. 드미트리의 얼굴이 백지장처럼 변하더니 총열을 덥석 거머쥐었다. 군인은 총을 빼내어 다시 겨냥하더니 드미트리를 향해 발사했다.

기차는 달리기 시작했고, 드미트리는 뒤로 고꾸라졌다.

"아…… 아버지!"

안드레이가 괴성을 질렀다.

"보지 말래도, 애야!"

그럴 수가 없었다. 바실리사가 울부짖으며 군인들에게 달려들었고 곧이어 총성이 두 번 더 들렸다. 그녀의 몸뚱이가 빙그르 돌더니 드미트리의 시신 위에 털썩 쓰러졌다. 둘의 몸은 그렇게 플랫폼 위에서 뻣뻣하게 식어가고 열차가 뿜어댄 증기가 이내 이들을 감쌌다. 과거도 그들을 감쌌다. 시간이 달려가듯 안드레이가 탄 열차도 멀리 달아났다.

* * *

앤드류 라이언은 머리를 흔들었다.

"노동계급 민병대."

이제는 입 밖에 내놓는 것조차 쓰라린 말이 되었다.

"빈민을 위한 혁명. 만인을 위한 것이라면서…… 그저 플랫폼 위에 차가운 시신만 남길 뿐이었지."

그때 소년이 봤던 장면은 그저 시작에 불과했다. 아버지와 여행을 계속하면서 그보다 훨씬 더 잔혹한 장면들을 마주해야 했다.

라이언은 고개를 저으며 다시 한 번 히로시마 사진을 주시했다. 광기. 그러나 사회주의 사상이 낳은 재앙만 못하다.

광란에 휩쓸린 소인배들의 그 어떤 파괴력도 견딜 수 있는 '무언가'를 창안해내는 것이 라이언의 일평생 꿈이었다.

그 꿈이 마침내 그림자를 벗어나, 자유를 향해 홀연히 일어선 장대한 철벽의 요새로 환생하는 광경을 아버지가 보실 수 있다면…… 그 황홀경을.

1부
RAPTURE
[랩처의 초창기]

기생충은 이 세 가지를 싫어한다. 자유시장, 자유의지, 자유인.

― 앤드류 라이언 ―

1

뉴욕 시, 파크 애비뉴
1946년

그로부터 거의 1년이 지났다.

빌 맥도나는 덜컹거리는 엘리베이터를 타고 '앤드류 라이언 무기상'의 꼭대기 층으로 올라가고 있었지만, 솔직히 바다 밑으로 꺼지는 기분이었다. 배관 파이프 한 상자를 옆구리에 껴들고, 한 손으론 도구 상자를 들었다. 정비업체 동업자가 다급하게 일을 떠맡긴 터라, 고객의 이름조차 미처 듣지 못했다. 머릿속은 오전에 다른 건물에서 겪었던 일이 아직 정리도 되지 않은 상태였다. 로어 맨해튼에 위치한 작은 사무실 건물이었다. 배관공 일거리에서 좀 벗어나보려고 아침에 그곳에서 보조 엔지니어직 면접을 봤었다. 급료는 처음엔 좀 낮지만, 그의 야망에 좀 더 근접한 직종임엔 틀림없었다. '피븐, 리버, 쿼페 엔지니어링 회사'의 사무실에 발을 디뎠을 때, 그치들은 그다지 관심 있어 보이는 눈치가 아니었다. 두 명의 면접관은 콧대 높은 양반들로 보였는데, 그중 하나가 피븐 주니어였다. 이름을 부를 때만 해도 그들은 아주 지루한 표정을 짓다가, 빌이 자신의 성장배경을 털어놓는 순간 그나마 있던 관심마저 완전히 증발해버린 듯했다. 가능하면 미국식 말투에 가깝게 말하려 애를 썼는데도 말이다. 뭐, 감추려던 억양이 어느 순간 그렇게 튀어나와 버릴 줄 알고는 있었다. 그들이 원했던 인력은 뉴욕 주립대학을 졸업한 반듯한 젊은이였지, '이스트 런던 엔지니어링 & 기계공학' 전문학교 출신의 영국 놈이 아니었던 것이다.

면접을 마치고 자리에서 일어나 나가려는 순간, 뒤에서 그치들이 주고받는 소리가 들렸다.

"저놈도 영국 기름쟁이네."

그래, 맞다. 그냥 기름쟁이 정비공이었다. 최근엔 배관공 일까지 도맡아 하는 비정규직 정비공. 고귀한 나리들의 배관 파이프를 달아주고 뚫어주는 직업. 지금도 어떤 돈 많은 인간의 고급 맨션으로 올라가고 있다. 물론 부끄러운 일은 절대 아니다.

그러나 치노프스키 정비센터에서 들어온 일감들이 보수가 좋은 것도 아니었다. 빌이 자신의 명의로 대형 하청업체 하나를 마련하기까진 무척 긴 시간이 걸릴 것이다. 지금도 가끔씩 일꾼 한둘을 고용하긴 했지만, 일생의 꿈인 대형 엔지니어링 회사의 모습과는 거리가 멀었다. 게다가 매리 루이스까지 반질반질한 유리만큼이나 명백한 어조로 딱 잘라 말했었다. 헛된 꿈만 가슴에 품은 배관공 따위와 결혼할 생각은 없노라고.

"변기 좀 고칠 줄 안다고 자기가 무슨 최고인 양 생각하는 치들은 수없이 많이 봐왔다고요."

그렇게 말했지. 앞날이 창창한 브롱크스 출신의 예쁜 여자. 하지만 똑똑한 것과는 거리가 멀었다. 어차피 정신이 나갈 때까지 몰아붙이는 타입이겠지.

집에 도착하자마자 전화가 울렸었다. 버드 치노프스키가 맨해튼의 파크 애비뉴로 당장 출발하라는 호령을 내렸다. 그곳 회사 정비공이 오늘 무단결근을 했다나…… 아마 어딘가에서 술에 취해 뻗었겠지. 꼭대기 층 맨션에서 간부 나리가 "뜸들이지 말고 굼뜬 엉덩짝 얼른 대령하란 말이야. 화장실 세 개를 전부 수리해야돼. 그리고 얼뜨기 정비공들도 전부 데려와"라고 소리를 질렀다고 한다.

빌은 로이 핀과 파블로 나바로를 먼저 보냈다. 그런 후 몸에 맞지도 않는 정장은 벗어던지고, 칙칙한 회색의 기름투성이 작업복을 걸쳤다.

"기름쟁이 정비공……."

두 단어를 읊조리면서 작업복 단추를 채웠다.

그래서 지금, 담배 한 대라도 태우고 올 걸 후회하며 이 자리에 서 있는 것이다. 이런 번들한 맨션에서 허락 없이 담배를 피울 수는 없다. 우울한 얼굴로 엘리베이터 밖의 밀실을 향해 걸어가는 동안 손에 들린 도구 상자가 덜거덕거렸다. 고급 나무판지로 호화스럽게 장식한 그 방은 엘리베이터보다 조금 더 넓은 정도의 크기였다. 값비싸 보이는 마호가니 문에는 황동 손잡이가 달려 있었고, 독수리 문양이 새겨져 있었다. 그 외엔 문 옆에 작은 금속재 판 하나가 붙어 있을 따름이다. 손잡이를 당겨보았지만 잠겨 있었다. 별수 없이 문을 똑똑 두드렸다. 안에서 인기척이 들려오길 기다리고 있자니 폐소공포증에라도 걸린 기분이었다.

"계, 계십니까?"

빌은 마지못해 목청을 높였다.

"배관 정비공입니다! 치노프스키 사에서 연락받고 왔습니다! 계십니까?"

억양 조심해야지 이 촌놈아, 하고 속으로 다그쳤다.

"계십니까!"

잠시 후, 뭔가 치직거리는 소리가 나더니 낮고 근엄한 목소리가 문 옆의 금속판에서 새어나왔다.

"오늘 오기로 했던 정비공 중 한 명인가?"

"아……."

빌은 허리를 굽혀 금속판에 입술을 바짝 붙이고 큰 소리로 대답했다.

"그렇습니다!"

"인터폰에 대고 소리치지 마!"

문에서 찰칵, 하는 소리가 났다. 안으로 당겨진 것이 아니라 신기하게도 손잡이께 벽 쪽으로 스르륵 밀렸다. 바닥에는 금속재의 홈이 파여 있었고, 문 끄트머리엔 철로 된 테가 둘러져 있었다. 바깥은 분명 목재인데 안쪽은 철로 되어 있다. 마치 누가 총알 세례를 퍼붓기라도 할까봐 걱정하는 것처럼.

열린 문 앞엔 아무도 없었다. 카펫이 깔린 통로 너머엔 아주 오래되어 보이는 그림이 걸려 있었다. 네덜란드 어느 대가의 그림 같았다. 대영 박물관에서 본 기억이 가물가물했다. 상감세공을 한 탁자 위엔 고급스러워 보이는 티파니 램프가 보석처럼 빛나고 있었다.

이 작자 엄청 부자로군, 하는 생각이 절로 들었다.

복도를 지나자 넓은 응접실이 나왔다. 호사로운 소파와 커다란 벽난로, 몇 점의 회화작품과 멋진 샹들리에가 눈에 들어왔다. 잘 닦인 거울처럼 번들거리는 그랜드 피아노도 한쪽에 놓여 있었다. 정교하게 세공된 탁자 위에는 골동품으로 보이는 중국의 비취항아리 하나가 다소곳이 자리하고 있었고, 엄청난 양의 싱싱한 꽃들이 만발했다. 저런 꽃은 본 적도 없었다. 게다가 저 탁자 위의 장식은······.

거의 벌거벗은 차림의 젊은 아낙을 사티로스[1]가 뒤쫓는 광경을 금으로 세공해놓은 램프를 넋을 잃고 쳐다보고 있을 때, 오른쪽 어깨너머로 날카로운 목소리가 들려왔다.

"다른 두 명은 벌써 뒤쪽에서 작업을 시작했네. 주인용 욕실은 이쪽이야."

빌이 뒤를 돌아보자 건넛방으로 이어지는 아치형 통로에서 있던 그 신사는 이미 저 만치 걸어가고 있었다. 회색 정장에, 검은 머리는 기름칠로 단정하게 뒤로 넘겼다. 아마 집사겠지. 다른 두 녀석들의 목소리도 희미하게 들렸다. 뒤편에서 조립과정을 두고 둘이 다투고 있었다.

빌은 아치형 통로를 따라 들어갔다. 전화벨 소리가 들리자 그 회색 정장의 사내는 상아로 세공을 입힌 금도금 수화기를 들었다. 전화가 놓인 탁자 앞 커다란 유리창에는 맨해튼의 고층빌딩들이 파죽지세로 하늘을 찌르고 있는 모습이 한눈에 들어왔다. 창문 반대편 벽에 자리한 대범한 근대식 벽화에는, 건장한 사내들이 바다 수면을 뚫고 솟아오른 탑을 건설하는 장면을 그려놓았다. 그림 한 편에는 여윈 체형의 검은 머리 사내가 한 손에 청사진을 쥔 채 인부들을 인솔하고 있었다.

화장실을 찾아 두리번거리니, 복도 끝에 철재와 흰 타일로 번들거리는 욕실이 보였다.

저쪽이 내가 가야만 하는 곳이군······ 씁쓸한 기분이었다. 대소변을 보는 곳. 제아무리 멋진 변기라도 쓰임새는 세 가지 중 하나다. 화장실이나 고쳐주는 게 내 운명일 테지.

이러면 안 된다. 지금 처량하게 자기연민이나 할 때가 아니야, 빌 맥도나. 주어진 일

---

[1] 그리스 로마 신화에 등장하는 반인반수의 숲의 신.

에 최선을 다하자고, 아버지가 가르쳐준 대로.

빌은 욕실 쪽으로 발걸음을 옮기기 시작했다. 그때 전화기에 대고 성화를 부리는 사내의 다급한 목소리가 귀에 들어왔다.

"아이슬리, 그런 변명 따윈 필요 없어! 자네가 그놈들을 처리하지 못한다면, 그럴 용기가 있는 다른 사람을 찾아보겠네! 그 굶주린 개자식들을 쫓아낼 다른 사람을 고용할 테니! 내 구역을 물로 보는 자식들에게 본때를 보여주겠어!"

귀에 거슬리는 칼침 같은 목소리에 빌은 정신이 번쩍 들었다. 그런데 그 목소리는 묘하게 주의를 끌었다. 저 음성, 어디서 들어보지 않았던가? 극장에서 본 뉴스에서였나?

빌은 욕실 문 앞에 멈춰 서서 수화기를 귀에 바짝 대고 있는 남자를 흘낏 쳐다보았다. 아까 보았던 벽화 속의 남자다. 손에 청사진을 들고 있던 바로 그 남자. 등을 꼿꼿이 세운 중키의 40대 초반. 양 갈래로 돋은 뻣뻣한 팔자 모양의 콧수염이 짙은 눈썹과 갈라진 턱에 잘 어울렸다. 입고 있는 양복마저 그 그림과 똑같았다. 게다가 저 진지하고 강인해 보이는 얼굴…… 신문에서 익히 보아온 바로 그 얼굴. 이 빌딩의 현관에서 그 이름을 똑똑히 보았건만, 앤드류 라이언이 실제로 여기 거주하리라곤 꿈에도 생각지 못했다. 미국 내 탄광업의 상당한 부지를 소유했고, 두 번째로 큰 철도기업을 운영했으며 '라이언 원유' 회사까지 보유한 재계의 거물이 아닌가. 그런 거물이면 어느 한적한 별장에서 골프나 치고 있으리라 생각했는데.

"조세는 도둑질이나 다름없어, 아이슬리! 뭐? 아니, 필요 없네. 이미 그 여잔 해고했어. 오늘부로 새 비서를 고용했네. 접수구의 한 명을 승진시켰지. 일레인인가 뭔가 하는 여자야. 아닐세, 회계 쪽의 사람은 필요 없어. 그게 바로 문제라고. 그쪽 부서의 직원들은 내가 가진 돈에만 관심 있어 하지, 신중함이라곤 안중에도 없잖나! 대체 내가 신용할 수 있는 자가 어디 있느냔 말일세. 부득이 필요한 일이 아니라면 나한테서 한 푼도 못 받을 테니 그리 알고 있게! 그리고 만약 자네가 이 일을 처리하지 못한다면 오늘이라도 다른 변호인을 고용할 테니까!"

라이언은 수화기를 쾅 내려놓았다. 빌은 황급히 욕실로 들어갔다.

변기 물은 내려갔지만 제대로 연결되어 있지 않았다. 황금 시트라도 깔린 줄 알았더니 그냥 일반 변기다. 그저 배관을 제대로 연결하기만 하면 끝나는 일이었다. 이 일로 세 명이나 인부를 부르다니, 상류층 사람들은 무슨 일이건 오늘 시킨 일이 어제 끝났길 바라는 모양이다.

작업을 하는 동안 라이언은 욕실로 이어지는 복도의 옆방에서 계속 왔다 갔다 하며 무언가를 중얼거리고 있었다.

빌은 변기 옆에 무릎을 꿇고선 스패너를 사용해 파이프를 단단하게 조였다. 그 때 등 뒤로 검은 물체가 다가오는 것을 느꼈다. 고개를 들어보니 앤드류 라이언이 바로 옆에 서 있었다.

"놀라게 할 생각은 아니었네."

라이언이 하얀 이빨을 드러내고는 보일 듯 말 듯한 미소를 띠며 말을 이었다.

"어떻게 되어 가는지 궁금해서 말이지."

빌은 이렇게 높은 신분의 인사가 자기 같은 사람에게 이처럼 편안한 투로 말을 건넨 사실에 내심 놀랐다. 어조마저 달랐다. 일 분 전만 해도 격분한 어조로 통화를 했었는데. 지금 그는 차분한 태도였고 눈은 호기심으로 반짝거렸다.

"지금 하고 있습니다, 다 끝나갑니다."

"자네가 지금 끼우는 그건 황동 아닌가? 다른 두 사람은 주석으로 된 걸 쓰던데."

"저런, 그 친구들에게 그러지 말라고 해야겠네요."

라이언이 자기를 어떻게 생각하는지는 알 바 아니라는 듯 빌이 말했다.

"사흘도 못 가 변기가 고장 나면 곤란하겠지요. 주석은 그다지 믿을 만하지 못해서. 혹시 가격 때문에 그러시는 거라면 이 황동 값은 제가 지불할 테니까 염려놓으시고⋯⋯."

"그걸 왜 자네가 지불하겠다는 건가?"

"라이언 씨, 빌 맥도나가 고쳐놓은 변기에서 물이 새면 안 되죠."

라이언은 실눈을 뜨고 턱을 비비면서 그를 올려다보았다. 빌은 어깨를 으쓱하곤 다시 파이프 잠그는 일을 계속했지만 아무래도 당혹스런 느낌이 가시질 않았다. 라이언이란 사람이 풍기는 진지하고도 격렬한 기운에 진땀이 날 것 같았다. 이렇게 가까운 곳에서 값비싸고 여유로운 냄새가 나는 향수까지 다 들이마셔야 하다니.

"다 됐습니다."

탈이 없기를 바라는 마음으로 렌치로 한 번 더 조인 후, 빌은 일어서며 말을 이었다.

"이 정도면 나무랄 데가 없습니다."

"일이 끝났단 말인가?"

"가서 두 친구가 어떻게 하나 살펴보겠습니다. 뭐, 거의 다 되지 않았나 싶습니다만."

라이언이 자기 방으로 돌아가리라 예상했건만, 그는 빌이 수도꼭지를 풀고 배수상태를 점검한 후 도구를 깨끗이 닦아내기까지 그 자리에 서 있었다. 빌은 주머니에서 계산서를 꺼내어 요금을 적었다. 견적을 내볼 여유도 없어서 그냥 암산을 했다. 고객은 부자인 데다가, 동업자인 치노프스키는 총계에서 일정액을 가져간다. 액수를 부풀릴 수 있는 잔머리라도 있다면 좋으련만. 어차피 빌은 잔머리를 굴리는 사람이 못되었다.

"이 가격인가?"

계산서를 보더니 라이언은 눈을 치켜떴다.

빌은 말없이 기다렸다. 앤드류 라이언 같은 사람이, 미국에서 가장 부유하고 가장 힘 있는 사람이 고작 배관공 따위가 건네준 사소한 계산서 쪼가리를 보며 저런 표정을 짓다니. 그러나 라이언은 여전히 그 자리에 꼿꼿이 서서, 계산서와 빌을 번갈아가며 노려봤다.

"적당한 가격이군."

마침내 라이언이 입을 열었다.

"작업 시간을 늘려서 금액을 올릴 수도 있었는데 말이야. 부유한 고객이라면 다들 속일 생각부터 하니."

빌은 조금 부아가 치밀었다.

"라이언 씨, 보수를 마다할 사람이 어디 있겠습니까? 좋은 가격이라면 더더욱. 하지만 딱 일한 만큼 받는 게 속 편합니다."

또 한 번 희미한 미소가 떠올랐다가 금세 사라진다. 끈질기게 탐색하는 저 눈.

"내가 자네 신경을 거슬리게 했나보군."

라이언이 천천히 입을 열었다.

"자네 기분이 왜 상한 줄 아나? 자네는 나와 같은 부류이기 때문이야! 사내로서의 자긍심, 그리고 자신이 누군지 잘 알고 있어."

값어치를 매기는 듯한, 감정사의 날카로운 눈초리. 그런 후 라이언은 휙 몸을 돌려 그 자리를 떠났다.

빌은 어깨를 으쓱하고선 도구를 챙겨 벽화가 있는 방으로 다시 나왔다. 아랫사람을 시켜 수표를 건네줄 줄 알았는데 라이언 본인이 직접 그에게 수표를 내밀었다.

"고맙습니다."

수표를 받아 주머니에 구겨 넣고, 꾸벅 인사를 한 후 정문을 향해 잰걸음으로 걸어갔다. 그런 눈으로 자기를 보다니, 혹 정신에 이상이 있는 걸까?

응접실에 막 발을 디디려는 찰나, 라이언이 아치형 복도에서 그를 불러 세웠다.

"자네한테 질문 하나 해도 되겠나?"

빌은 우뚝 멈춰 섰다. 앤드류 라이언마저 정신 나간 사람이면 어쩌나 싶었다. 상류층의 별 희한한 인간들이 자기를 떠보려는 수작에 이미 많이 당한 터였다.

"인간의 권리는 어디까지가 한계라고 생각하나?"

라이언이 묻는다.

"인간의…… 권리요?"

고작 남의 변기나 고쳐주는 배관공에게 저런 거창한 철학적 질문을? 저 양반이 정말 돌았나. 빌은 농으로 응수하기로 했다.

"권리는 어디까지나 권리이지 않습니까. 그건 어느 손가락이 제일 쓸모없냐고 묻는 것과 매한가지인데. 전 다 필요합니다, 열 손가락 다."

"맘에 드는 답변이군. 그럼 손가락 한둘이 없다고 치세. 그럼 어떻게 하겠나? 일을 못하니 남으로부터 기부받을 권리가 있다고 생각하나? 지금 나라 곳곳의 복지시설처럼, 응?"

빌은 도구 상자를 고쳐 잡으며 곰곰이 생각했다.

"아뇨, 여덟 개 손가락으로 할 수 있는 일을 찾을 겁니다. 네 개만 남더라도 마찬가지일 것 같네요. 뭔가 저만 할 수 있는 방법이 있겠죠. 제가 가진 재능을 발휘할 수 있는 일을 하고 싶으니까요. 그게 옳다고 생각합니다. 기부 같은 건 받지 않겠습니다."

"그 재능이란 건 뭔가? 배관 일도 분명 재능이긴 하지만…… 혹시 그게 자네가 말한 재능이었나?"

"아닙니다. 그런 것 말고요. 전 엔지니어가 되고 싶습니다. 뭐, 거창한 건 아니고 그저 제 이름을 걸고 건축회사를 하나 차리는 겁니다. 지금 제가 앞길이 구만리인 젊은이도 아니지만. 아직 제 마음 속엔 꼭 제 손으로 짓고 싶은 것들이……."

빌은 말을 잇지 못했다. 처음 만난 사람에게 가슴 깊숙이 간직한 꿈들을 실토하려니 부끄러웠다. 하지만 이 라이언이란 사람에겐 어딘지 모르게 마음을 툭 털어놓게 하는 뭔가가 있었다.

"자넨 영국 사람이군. 그런데 전형적인 영국 신사 타입은 확실히 아니군."

"용케 맞추셨군요. 그래요, 맞습니다."

빌은 이제 썩 꺼지란 말이 나오겠구나 싶었다. 툭 내던진 한마디엔 자기방어적인 건방짐이 묻어 있었다.

"가난한 동네에서 자랐습니다."

라이언은 메마른 웃음을 터뜨렸다.

"출신에 대해 말하는 걸 꺼리는군. 그 기분은 나도 잘 안다네, 나 역시 이민자니까. 내가 소련에서 이곳으로 건너왔을 땐 어린아이에 불과했지. 커가면서 억양이나 말투, 자신을 통제하는 법을 체득했어. 남자란 적어도 제 인생을 사다리처럼 타고 오를 수 있어야 한다네. 쉴 새 없이 말이야. 한순간이라도 방심했다간 사다리 사이로 굴러 떨어지잖나, 이 친구야."

라이언은 재킷 주머니에 두 손을 찔러 넣으며 방을 한 번 훑어보곤 계속 말을 이었다.

"허나 계속 오르다 보면, 자신의 신분까지 상승하게 되지. 알겠나, 응? 계급이란 건 다름 아닌 자신이 만드는 거야!"

빌은 대충 변명을 늘어놓고 여길 떠날 생각이었지만 그 말 한마디가 그를 멈추게 했다. 누가 뭐라고 하든 혼자만의 신념으로 굳건히 믿어왔던 것을 라이언이 방금 정리해준 것이다.

"저도 같은 생각입니다, 라이언 씨!"

빌은 저도 모르게 불쑥 소리를 높였다.

"제가 미국으로 건너온 것도 그래서입니다. 여기선 누구나 올라갈 수 있으니까요. 꼭대기까지!"

그러자 라이언은 회의적인 투로 웅얼거렸다.

"음, 그렇기도 하고 아니기도 하고. 누구나 그 일을 해낼 수 있는 건 아니라네. 분명한 건, 계급이나 인종, 신념에 얽매여선 안 된다는 거야. 그런 것들이 운명을 결정하는 건 아니네. 가슴 속에 있는 그 무언가가 필요하지. 자네는 그걸 갖고 있어. 대인배지, 진정한 인간. 꼭 다시 만났으면 하네, 자네와 나."

열성적으로 고개를 끄덕여대며 인사는 했지만, 짐짓 속으론 그런 기회가 오리라곤 꿈에도 생각지 않았다. 부자 양반들은 종종 '소인배'들과 이런 담소를 나누면서, 자신들이 얼마나 공정하고 친절한 사람들인지를 내비치며 체면치레하지 않던가.

이대로 로비까지 내려가 다른 볼일을 보기 전에, 파블로와 로이가 작업을 잘 하고 있는지 살피기로 했다. 분명 앤드류 라이언과의 만남은 흥미진진했다. 맥주 한잔 걸치고 떠들어댈 만한 가치는 있었다. 물론 아무도 믿어주지 않겠지만…… 말해봤자 이런 소리나 듣겠지.

"앤드류 라이언? 또 누구랑 친구라고? 하워드 휴즈[1]? 아니면 네 소싯적 친구, 랜돌프 허스트[2]?"

* * *

---
[1] 영화 제작자이자 모험가, 항공 재벌로서 한 시대를 풍미했던 미국 재벌이다.
[2] 언론, 출판, 방송 분야에 걸쳐 거대한 언론 제국을 평정했던 미국 언론인이자 재벌이다.

다음날 아침, 빌 맥도나는 약간 골치가 지끈거리는 상태에서 아파트를 쩡쩡 울리는 전화기를 향해 질주했다. 혹시 일감이라도 들어왔나 하는 기대심에서였다. 진땀을 흘린 후엔 항상 정신이 맑아졌다.

"댁이 빌 맥도나?"

퉁명스러운 낯선 목소리가 들렸다.

"그런데요."

"내 이름은 설리번, 앤드류 라이언 사의 치안 담당이오."

"치안이라고요? 그럼 내가 무슨 잘못이라도 저질렀단 말입니까? 이것 보세요, 난 사기꾼도 아니고……."

"아니, 아니. 그런 게 아니오. 회장님이 댁을 좀 데려오라고 해서. 치노프스키가 댁 전화번호를 잃어버렸다면서 알려주지 않으려고 합디다. 그 일에 욕심이 생겼는지…… 그래서 통신사에 아는 사람을 시켜 번호를 알아낸 거요."

"그 일이라니? 그게 무슨 말씀이십니까?"

"뭐, 원한다면 그 일은 당신 거요. 앤드류 라이언 회장님께서 댁을 새 건축 엔지니어로 임용하셨소. 오늘부터 당장 출근하시오."

2

뉴욕 시, 부두
1946년

가끔씩 설리번은 차라리 예전처럼 리틀 이태리에서 푸줏간 순찰이나 했으면 싶었다. 라이언 회장이 봉급을 많이 주는 편이라는 건 틀림없지만, 너저분한 부둣가에서 정부의 개들을 피해 다니는 건 그다지 솔깃한 일은 아니었다.

쌀쌀하기 짝이 없는 안개 자욱한 저녁이었다. 벌써 봄이어야 했건만 전혀 체감할 수가 없다. 바닷물이 이리저리 치닫고, 갈매기 떼도 부리를 날개 밑에 박고선 철탑 끝에 움츠리고 있었다. 매서운 북동풍에 깃털이 쉴 새 없이 물결을 탄다. 허물어져가는 낡은 부두에는 세 척의 함선이 정박해 있었다. 모두 화물선이었다. 이곳은 오가는 여객선이나 눈물 젖은 손수건을 흔들어대는 여인들로 북적이는 부두가 아니다. 그저 불그스레하게 상기된 민낯에 뭔가 불만스러운 표정들을 한 풋내기 선원 두어 명이 오갈 뿐이다. 쓸쓸히 허공을 떠도는 담배 연기, 말라 딱딱해진 갈매기 똥만 장화에 밟히는 그런 곳.

설리번은 '올림피안'에 연결된 배다리로 걸어 올라갔다. 올림피안은 라이언이 비밀리에 북대서양 프로젝트를 실현하기 위해 구매한 세 척의 함선 중 가장 큰 배였다. 설리번은 꼭대기 층 갑판에서 큼직한 코트를 걸치곤 잔뜩 웅크리고 있는 피넬리에게 손을 흔들어 보였다. 총으로 무장한 피넬리가 그를 내려다보더니 고개를 끄덕인다.

웨일즈 형제 상사의 수석 엔지니어인 루벤 그리비가 아래층 갑판 뱃머리 끝에서 그를 기다리고 있었다. 크림 빛의 다소 요사스런 외투를 입은 그리비는 꼬장꼬장한 주름이 잡힌 입매의 까다로운 안경잡이였다.

설리번은 잠시 머뭇거리다가 부두 쪽을 다시금 흘겨보았다. 지금껏 그를 미행해 온 사내의 검은 형체를 확인할 수 있었다. 창이 낮은 모자에 트렌치코트로 단단히 몸을 감싼 그 사내는 약 60미터 정도 떨어진 곳에서, 부두에 붙들어 맨 배들이 물결에 흔들리는 모습을 흥미로운 듯 관찰하는 척하고 있었다. 설리번은 진즉부터 이 사내가 떨어져 나가길 바랐지만 아직은 갈 생각이 없는 듯 보였다. 심지어 담뱃대를 입에 물고선 제법 현실적인 스파이 노릇까지 연출했다.

담뱃대를 문 사내는 그랜드 센트럴 역에서 택시를 잡아탔을 때부터 계속 설리번을 미행했다. 아마 그 전부터였는지도 모른다. 하지만 자기를 쫓아온다고 해서 알아낼 수 있는 것은 별로 없다. 이미 짐은 화물선에 전부 실린 상태다. 오늘 밤 열두 시에 출항하기 전까지 정부의 개들이 수색영장을 준비한다는 것은 불가능한 일이다. 설령 그런다고 해도 저 많은 조립식 금속 부품들이나 커다란 배관통들, 투명한 합성물질로 만든 엄청난 크기의 압력 저항판들을 뭐라고 설명할 것인가? 누가 봐도 합법적인 '수출 항목'임이 분명한 것을. 단지 바다 저편으로 수출되지 않는 것뿐이다. 사실 바다 밑바닥으로 수출되는 것이라 해야겠지.

라이언의 북대서양 프로젝트가 떠오르자 설리번은 고개를 설레설레 저었다. 정신 나간 아이디어였다. 하지만 라이언이 한번 마음을 먹으면 어떤 일이든 이루어졌다. 게다가 설리번은 이 대인배에게 갚아야 할 빚이 크다. 그가 뉴욕 경찰국에서 쫓겨났을 때, 한마디로 인생의 끝자락에 와 있지 않았나. 상관들의 뱃가죽이 번질거리도록 기름기를 채워줬어야만 했는데 그걸 거절했으니…… 보복은 가차 없이 진행되었다. 설리번은 계획적으로 사기죄와 횡령죄로 내몰려 해고당했고, 연금마저 몰수당한 채 빈털터리 신세로 길바닥에 내팽개쳐졌다.

설리번은 그 후 도박판에 빠져들었다. 그런 다음엔 마누라가 손에 남은 마지막 한 푼까지 뜯어내어 집을 나갔다. 입에 쑤셔 넣을 거라곤 권총의 탄환밖에 없었을 때, 대인배를 만난 것이다. 그게 2년 전의 일이다.

설리번은 휴대용 술병을 찾아 코트 주머니에 손을 넣어봤지만 비어 있다는 걸 이제야 기억해냈다. 아마 그리비한테 술이 있지 않을까.

설리번은 그리비에게 손을 흔들어 보이며 뱃머리 판을 타고 올랐다. 그들은 악수를 나눴다. 그리비의 손은 작고 부드러워 설리번의 큼직한 손에 비하면 아이의 손 같았다.

"어서 오게, 설리번."

"안녕하셨습니까, 교수님."

"몇 번씩 얘기해야 하나? 난 교수가 아니라고, 그저 박사학위가 있을 뿐…… 뭐, 관두세. 부두에서 누가 미행하는 것 같던데, 알고 있나?"

"매번 있는 일이잖습니까. 이번엔 아마 FBI나 IRS[1]겠죠."

"그럼 이리 따라오게나. 술 한잔해야지."

설리번은 하는 수 없이 고개를 끄덕였다. 그리비가 말하는 술이란 게 어떤 건지 잘 알고 있었다. 물 탄 브랜디. 설리번이 원했던 건 더블 스카치였다. 그의 아버지가 아일랜드 위스키만 고집하던 것에 반해, 설리번은 스코틀랜드 산 위스키만 마셨다. '피로 물려받은 유산을 배반하는 배은망덕한 놈 같으니'라고 아버지가 곧잘 핀잔을 주시곤 했다. 그러나 아버지의 철저한 아일랜드 위스키 식이요법은 부친의 나이 불과 쉰 살에 세상을 하직하게 했다.

그리비가 계단을 내려가 그의 선실로 안내했는데, 그 방도 추운 건 매한가지였다. 좁은 침대를 제외하고 이 타원형 선실의 남는 공간은 테이블 하나가 채우고 있었다. 그 위에는 각종 설계도들이 층층이 쌓여 있고 스케치, 그래프, 복잡한 모양새의 도안들이 널브러져 있었다. 웨일즈 형제 상사의 설계도는 흡사 맨해튼과 런던을 짝지어놓은 것 같은 모습이다. 다만 지극히 종교적이라고 해야 할까. 마치 가톨릭의 이름으로 맺어진 한 쌍 같았다. 설리번의 취향에 비춰볼 땐 너무 망상적이었다. 실제로 완공했을 땐 혹시 마음에 들지도 모른다. 그게 언제가 될지는 모르겠지만…….

그리비는 베개 밑에서 술병을 꺼내들어 유리잔에 두 모금 정도를 부어주었다. 설리번이 주저 없이 이를 꿀꺽 들이켰다.

"불시에 단속이 있을지도 모르니 항상 준비 태세를 갖추고 있어야 하네."

---

[1] Internal Revenue Service. 미국 국세청의 약자.

그리비가 설리번이 앉은 곳 너머, 도면이 놓인 쪽을 멍하니 쳐다보며 말했다. 어느새 머릿속으로 웨일즈 상사의 설계가 완성된 세상을 그리는 듯했다. 그것은 곧 라이언의 신세계이기도 하다.

설리번이 어깨를 으쓱거렸다.

"운만 따라준다면 라이언 회장님은 저놈들이 방해하기 전에 다 완공시킬 테죠. 기본 토대는 이미 만든 상태잖습니까. 전기도 잘 돌아가고 있고, 맞죠? 나머지 화물선 두 척에 필요한 기자재가 거의 다 실려 있으니까, 몇 번만 더 나르면 끝입니다."

그리비가 코웃음을 치면서 두 잔째 술을 부었다. 자기 잔에만 따르고 설리번에게는 더 권하지 않자 설리번은 짜증이 났다.

"자네는 이게 어떤 일인지 알지 못하네, 위험부담 말일세. 그건 엄청난 거야. 개혁이란 게 바로 이런 거라고. 게다가 난 일꾼들이 더 필요해! 원래 계획했던 일정에 맞추질 못하니 원……."

"더 보내드릴 겁니다. 그 '기초 공사'라는 걸 점검하라고 라이언 회장님이 얼마 전에 한 사람 더 고용했습니다. 빌 맥도나라는 사람인데 믿을 만한 사람인지 검증되기만 하면 북대서양 프로젝트에 합류시킬 겁니다."

"빌 맥도나? 들어본 적이 없는데…… 설마 또 오렌지 나무에서 딴 사과는 아니겠지, 응?"

"무슨 말씀이십니까?"

"자네도 라이언 회장님을 알잖나, 자기 사람 선택하는 데 웬만큼 특이해야 말이지. 어떨 땐 정말 놀랍기도 해. 그런데 어떨 땐, 그 뭐랄까…… 좀 이상하지."

그리비가 헛기침을 해대자 설리번이 인상을 쓰며 노려봤다.

"저처럼 말입니까?"

"아니, 아냐, 아냐……."

대답은 아니라고 하지만 의미는 그래, 그래, 그래…… 그러나 사실은 사실이었다. 라이언은 많고 많은 사람들 중에서도 미운 오리 새끼들을 뽑아내는 데 재주가 있었다. 무한한 잠재력을 지녔음에도 남들보다 한 번 더, 마지막 기회가 필요한 사람들 말이다. 그들 모두 독립심이 강했고, 소위 말하는 현상 유지라는 것에 대해 환멸을 느끼고 있었다. 그리고 때때로 법에 위배되는 일도 서슴지 않았다.

"문제는······."

설리번이 말을 이었다.

"정부가 라이언 회장님이 뭔가 숨기고 있다고 생각하는 것 아니겠습니까. 회장님이 이 선박들을 어디로 보내고 또 어떤 목적으로 사들인 건지, 세간의 눈만 피하려고 하시니······ 사실 숨기고 있는 건 맞죠. 단지 그들이 생각하는 그런 게 아닐 뿐이지."

설계도 쪽으로 다가가 한 손으로 훑어보는 그리비의 두꺼운 안경알 너머로 눈빛이 이글거렸다.

"그런 건축물 자체에 엄청난 전략적 가치가 있다는 거잖나. 소련이라는 적군을 눈앞에 두고 으르렁거리는 이 시점에서 라이언 회장님은 자신이 이런 걸 짓고 있다는 걸 외부인들이 몰랐으면 하는 거네. 완공된 후엔 외부의 압력 없이 혼자만의 방식으로 가동시키고 싶어 하시니 말일세. 그게 주목적이라고! 아니, 더 구체적으로 정의하자면 그분은 이게 자체적으로 가동하기를 바라시는 거라네. 바로 자유방임주의 원칙을 적용하자는 것이지. 만일 정부가 낌새를 챈다면 틀림없이 한몫 거들려고 끼어들 거야. 그뿐이겠나, 노동조합에다 사회주의 좌파들, 이 사람들이 죄다 기어 들어 온다면 어쩌겠나? 이들을 모두 뿌리치려면 아예 처음부터 철저히 비밀리에 부치는 수밖에 없어. 또 한 가지, 라이언 회장님은 우리가 진행하는 신기술이 외부로 새어나가는 걸 원치 않아. 자네도 보면 까무러칠 걸세, 특허를 따낼 만한 새로운 발명품들······ 이거 한 밑천 잡고도 남을걸. 그런데도 그는 다 참고 있는 거야, 이 프로젝트를 성사시키기 위해서."

"그 새로운 발명품이란 건 대체 어디에서 나오는 겁니까?"

"아, 그게 다 지난 몇십 년간 인재들을 채용한 결과지. 그렇지 않으면 누가 이 희한한 걸 설계했겠나?"

"뭐, 다 회장님 본인이 선택한 일이니······."

텅 빈 술잔을 허망한 듯 들여다보며 설리번이 되뇌었다. 물 탄 브랜디이건 아니건,

술은 술이었다.

"저보다 곱절이나 더 오랜 시간을 여기서 일하셨으니 잘 아시겠군요. 회장님께서 저한텐 별말씀 없으셨습니다."

"이 프로젝트에 관한 한 정보를 분리해두시려는 것뿐이야. 비밀을 지키려면 그게 낫지."

설리번은 둥근 창 쪽으로 다가가 밖을 살폈다. 미행하던 사내는 여전히 입에 담뱃대를 문채, 그대로 있었다. 다만 이젠 올림피안이 있는 쪽을 맴돌며 배를 아래위로 훑어보고 있었다.

"저 작자, 아직 저기 있군. 뭐, 꼬투리 잡을 일이 없으니 죄 없는 배만 노려보고 있군요."

"난 웨일즈 형제를 만나봐야 하네. 자네도 알지? 그 형제가 어떤 사람들인지. 예술가랍시고…… 자기가 천재라는 걸 너무 잘 알아 탈이지."

설계도를 보던 그리비의 표정이 일그러지며 코를 훌쩍였다. 설리번이 보기에 분명 웨일즈 형제들을 부러워하는 것 같았다.

"다른 일이 없다면 난 이만 가봐야겠네. 회장님이 새 일꾼을 데려온다는 것 외에 다른 보고가 있나?"

"누구요? 아, 빌 맥도나? 아뇨, 오늘 여기 온 건 출항 시간을 확인하기 위해서였습니다. 라이언 회장님께서 제가 직접 전해야 한다고 하셔서. 이제 전화까지 도청한다고 의심하시거든요. 제 생각으론 원래 예정했던 자정보다 빨리 출발하시는 게 좋을 것 같습니다."

"그럼 선장만 돌아오면 뜨기로 하지. 아마 한 시간 안엔 올 것 같아."

"일찍 서두르시는 게 좋을 겁니다. 혹여 수색영장이 나올지도 모르니까요. 제가 보기엔 불법이다 싶은 건 전혀 없지만, 말씀하신 대로 회장님이 모든 일을 비밀리에 진행하시겠다면 우리로서도 보여주는 게 적을수록 좋으니까요."

"알겠네. 하지만 그분이 무슨 꿍꿍이신지 누가 상상이나 할 수 있겠나, 줄스 번? 고작 IRS 같은 데서 일하는 것들이 뭘 안다고. 내가 장담하지. 라이언 회장님이 옳

아. 그치들이 정작 회장님이 무슨 일을 꾸미고 있는지 알아낸다면, 아마 심하게 걱정될걸? 지난 전쟁 때만 해도 연합국에 전혀 협조하지 않은 사람이 우리 회장님이니까 말이야."

"하긴 어느 편도 지원하지 않았죠. 그렇다고 히틀러나 일본군을 도와준 것도 아니고."

"무엇보다 미국 정부에 별다른 충심을 보이지 않았다는 게 주된 요인이야. 하지만 누가 그를 탓하겠나? 개미 사회나 진배없는 우리 문명이 유럽을 어떤 꼴로 만들었는지 보라고, 이 세기에만 벌써 두 번씩이나…… 거기다가 히로시마와 나가사키의 참극도 있었지. 난 정말 모든 걸 훌훌 털어버리고 떠나기만을 고대하는 중이야."

그리비는 설리번을 문까지 배웅했다.

"라이언 회장님은 진화가 가능한 걸 창조하려는 거라네, 절로 쑥쑥 자라날 수 있는 것을! 처음엔 바다 밑바닥을 가로질러서 넓게…… 그러다 시간이 흐르면 물 위로 불쑥 나오겠지. 인류가 서로 치고받고 해를 입히는 일을 웬만큼 저지른 후엔, 지구 위의 자칭 '국가'란 것들은 더 이상 남을 위협할 만한 존재가 아닐 걸세. 그날이 올 때까지 회장님이 이들을 신용하지 않는 편이 옳아. 왜냐하면 그가 지금 만들고 있는 것이 이들과 경쟁하게 될 테니까. 그야말로 새로운 문명 그 자체지. 어느 정도 시간이 흐른 다음엔 정말 신세계가 되어 있을 거라고! 그 신세계가, 비열하게 꿈틀대기만 하는 이 인류의 개미탑을 대신해줄 거야."

뉴욕 시

1946년

"머튼, 내 주점에서 당장 나가."

맥주로 얼룩진 책상 너머로, 머튼이 프랭크 골란드를 어이없다는 듯 쳐다보았다. 머튼의 주점 '경종'의 좁은 사무실은 담배 연기로 자욱했다. 하브 머튼은 둥그런 큰 머리에 두터운 입술, 뼈만 앙상한 몸통에 갈색 터틀넥 스웨터를 입은 사내다. 그 모습이 마치 커다란 중산모를 쓴 거북이 같았다.

"대관절 뭐라고 지껄이는 거야, 당신 주점이라니?"

이미 꽁초로 빽빽한 재떨이에 담배를 눌러 끄며 머튼이 되물었다.

"내가 주인 맞잖아? 오늘 밤부터."

"그러니까 당신이 주인이라는 게 대관절 무슨 의미냐고, 골란드?"

자칭 프랭크 골란드란 이름의 사내는 농 없는 싸늘한 미소를 짓더니, 닫힌 문짝에 몸을 기대섰다.

"머튼, '대관절'이란 말 외엔 아는 표현이 없어? 이 주점을 내게 넘긴다는 계약서에 서명이나 해. 대관절이라면 그게 대관절이지."

골란드는 머리카락 한 올 없는 자신의 대머리를 한 손으로 쓰다듬으며 말했다.

"까칠하네, 다시 면도날로 밀어야 할 땐가."

골란드는 코트에서 서류를 꺼내 머튼의 책상 위로 툭 던졌다. 끄트머리 부분만 제외하곤 모두 합법적인 문서였다.

"이거 기억하나? 네가 서명한 거잖아."

눈이 휘둥그레진 머튼이 서류를 내려다봤다.

"그게 당신이었어? 허드슨 대출? 아무도 나한테 그렇다고 말한 적이······."

"대출은 대출이지. 네가 거기에 서명할 때 좀 취해 있던 걸로 난 기억하는데. 도박 빚을 갚으려면 돈이 조금 필요하다면서. 조금은커녕 엄청 큰돈이었잖아, 머튼!"

"그날 밤에 당신도 거기 있었던 거야? 난 기억이 안 나는데······."

"그럼 돈 받은 건 기억나지, 응?"

"그, 그게······ 술에 취했었다면 그건 무효잖아!"

"술 좀 취한 상태로 계약하는 게 무효라면 말이지, 머튼, 이 동네 장사의 절반은 성사되지 못할걸?"

"당신이 내 술에 뭔가 탔지? 그렇지 않고서야······ 다음날 일어났을 때 난······."

"그만 칭얼거려. 수표는 벌써 현금으로 챙겨먹고선, 안 그래? 대출 받아먹고, 이자는 못 내고, 시간은 가고. 그럼 끝난 거지 뭘. 이제 여긴 내 거야! 그 서류에 분명하게 나와 있잖아! 이 오물통 주점이 네 담보였어!"

"저, 저기, 골란드 씨……."

머튼이 다급한지 두터운 입술에 침을 발라댄다.

"절대 제가 당신을 부, 불경스럽게 생각한다거나 그런 건 아니고요, 당신이 이 바닥에서 지금의 자리까지 올라오기 위해 불법 매매나…… 아니, 자수성가하신 건 다 아는데요, 그래도 이렇게 남의 장사를 가로채는 건……."

"서명을 못하겠다는 거야? 내 변호사들은 다르게 생각하던데. 그치들이 망치와 부젓가락까지 들고 널 쫓아올 텐데, 이 친구야."

골란드가 씨익 웃었다.

"망치, 부젓가락, 클레인 합동법률 사무소!"

머튼은 앉은 자리에서 달달 떨었다.

"아, 알겠어요, 알겠어. 나한테서 원하는 게 뭔데요?"

"원하는 게 아니지. 가져가는 거지, 이 주점을. 난 도박장도 하나 있고 약방도 하나 있는데, 술집은 아직 없거든! 특히 난 '경종'이 맘에 들어. 투기꾼들도 많이 모이고, 거왜 권투 시합을 열 수 있다는 점도 좋고. 꽤 쓸만하거든. 자자, 여기서 일하는 그 풍보 바텐더 놈이나 데려와. 보스가 바뀌었다고 얘기해줘야지, 안 그래?"

* * *

골란드. 배리스. 위스턴. 모스코비츠. 웽. 지난 몇 년간 그가 사용해왔던 이름들 중 일부일 뿐이다. 프랭크 아무개. 그의 본명은 이제 남의 이름처럼 들린다.

알아서들 생각하라지, 그게 그의 방식이었다.

경종은 그저 단순한 돈벌이용 업소가 아니다. 프랭크 골란드가 그럴싸한 정보를 탐지하기엔 최적의 장소다. 부두와 가까운 거리여서 편리하기도 했지만 어디까지나 뱃사람들을 상대하는 선술집만은 아니라는 사실이 용이했다. 바 뒤쪽 벽에 권투 시합에 쓰이는 커다란 라운드 벨이 달려 있어, 새 맥주 한 통을 담글 때마다 이 종이 크게 울리면 여기서 맥주를 즐기는 손님들이 하나둘씩 바 쪽으로 달려온다. 심지어 주점 밖의 거리에서 뛰어오는 사람도 있었다. 뉴욕 시에서 꽤 알아주는 독일식 맥주집인 경종의 암굴 같은 실내에는, 먼지가 잔뜩 낀 벽 위로 낡은 권투 글로브와 닳고 닳은 사각 링의 로프들, 존 L. 설리번 같은 전설적인 선수들의 빛바랜 사진들이 장식되어 있었다. 주점에는 나이가 지긋한 아일랜드 출신의 바텐더 멀루니가 바와 멀찌감치 떨어진 한쪽 구석에서 열심히 일하는 중이었다. 새로 사장이 된 골란드가 바에서 일하는 걸 선호해서다. 사실 골란드가 바를 담당하는 것은 주위의 대화를 엿듣기 위해서다. 도박업에도 도움이 되고, 다음번에 또 사기극을 벌일 때 유용하게 쓰일지도 모른다. 역시 술을 내줄 때는 귀를 쫑긋 세워야 제격이다.

손님이 만원인 오늘 밤의 화젯거리는 최근 땡전 한 푼 없는 알거지로 전쟁에서 귀환한 '갈색 폭격기' 조 루이스가 과연 헤비급 세계타이틀 매치를 방어할 수 있겠냐는 것이었다. 상대가 빌리 콘인데다가 세금 미납으로 꽤 큰 빚까지 있는 터라 흥미진진한 매치가 될 것 같다. 또한 최초의 흑인 헤비급 챔피언, 잭 존슨의 죽음에 관한 소문도 무성했다. 바로 이틀 전에 갑작스런 자동차 사고로 사망했기 때문이다. 그러나 이런 것들은 골란드가 필요로 하는 정보가 아니었다. 얼마 전에 손님 두 명이 나누던 얘기가 있었다. 요즘 한창 주가 상승 중인 닐 스틸과 이젠 퇴색 가도를 달리는 찰리 뤼글스 간의 시합이 뭔가 수상쩍어 보인다던 이야기.

스틸이 아마 이번 시합에서 일부러 져줄 것이라는 소문이었다. 골란드는 이 소식이 꽤나 짭짤한 정보일 거라고 확신했다. 아마 큰돈을 만지게 될지도 모른다. 단, 스틸이 확실히 진다는 보장만 있다면…….

골란드는 사실 바텐더 노릇을 싫어하는데, 그건 이 일이 몸을 움직여야만 하는 육체노동이라서다. 진정한 사기꾼이라면 본래 힘든 육체노동은 하지 않는 법이다. 하지만 어쨌든 그는 카운터를 닦고, 손님들과 잡담도 했다. 맥주를 테이블로 나르고, 귀를 쫑긋 세웠다.

마침 주크박스에서 흥을 돋우던 듀크 엘링턴 곡이 막 끝나고 어니 버블즈 휘트먼의 빅밴드 가락으로 넘어가기 전, 막간을 틈타 사뭇 솔깃한 대화가 귀에 들려왔다. 하얀 넥타이에 줄무늬 양복을 입은 알 만한 사내 둘이서 삼보카를 주고받으며 숙덕대는 얘기였다. 있지도 않은 얼룩을 닦는 척하면서, 골란드는 슬금슬금 이들에게 다가갔다.

"근데 정말 스틸을 믿을 수 있을까?"

항간에 '뱅뱅이'로 알려진 사내가 던진 말이다. 연필심만큼이나 가느다란 수염을 빙빙 꼬고 있었다.

"그 자식, 내년에 갈색 폭격기한테 도전할 모양이던데······."

"그럼 해보라지 뭐. 한 번쯤 지는 거야 상관없잖아. 지금은 당장 돈이 필요하다면서. 그것도 큰 액수가."

둘 중 뚱뚱한 사내가 응수했다.

일명 '콧방귀' 비앙치. 시종 킁킁댄다고 해서 붙은 별명이다. 바텐더로 보이는 남자가 가까이서 꼼지락대는 걸 본 비앙치가 인상을 썼다.

"이봐, 바텐더 양반. 저기 여자 손님이 아까부터 술 달라고 난린데, 그냥 저쪽으로 꺼지시는 게 어때!"

"손님, 전 여기 사장입니다만."

골란드가 웃으며 말을 이었다.

"이 가게에 다시 오고 싶다면, 우선 예의부터 좀 차리시지."

상대가 손님이라고 해서 지고 들어가란 법은 없다.

비앙치는 똥 씹은 표정이었지만 그저 어깨만 으쓱이는 걸로 그쳤다.

골란드는 두 건달에게 가까이 다가서며 속삭였다.

"쯧쯧. 몸을 숨기는 게 좋을걸, 저 양반들이 당신들을 찾는 모양인데······."

눈짓으로 문 쪽을 가리켰다. '보스'라는 별칭으로 통하는 FBI 요원 하나가 뻣뻣한 회색 창 모자에 외투를 걸치곤, 돼지 눈알만 한 작은 눈에 불을 켜고 사방을 두리번거리고 있었다. 잠복근무라 하기엔 누가 봐도 정부의 개라는 것이 확실해보였다.

그 사내가 근접해오자 건달들은 두말없이 뒷문으로 빠져나갔다. 요원이 외투 안에 손을 집어넣으려는 순간 골란드가 선수 치며 말했다.

"신분증 꺼낼 필요 없어요, 보스. 누군지 기억하니까."

FBI가 업소에서 명찰을 꺼내드는 광경을 손님들이 반길 리 없다.

보스는 어깨를 으쓱이더니 손을 내려놓고 주위의 소음에도 잘 들을 수 있도록 바에 몸을 비스듬히 기대어 섰다.

"소문을 듣자하니, 여기가 이제 당신 업소라던데."

"맞아요."

골란드가 응수했다.

"모조리 인수했죠, 술통까지."

"이제 무슨 이름을 사용하나? 아직 골란드로 통하나?"

"내 이름은 프랭크 골란드 하나밖에 없어요, 당신도 알잖아."

"일전에 전국 도박업체와 연계됐다는 혐의를 받았을 땐 그 이름이 아니었잖아."

"내 출생증명서라도 보여드릴까?"

"우리 애들이 벌써 봤어. 날조한 것 같다던데."

"그래요? 그런데 확언은 못하는 모양이지? 담당자가 그리 전문가는 아닌가 보군요."

보스가 코웃음을 쳤다.

"흥, 말은 잘하시는군. 나 술 한잔 줄 거야, 말 거야?"

골란드는 업무 중 술을 마시려는 것에 대해 뭔가 한 소리 해줄까도 싶었지만 꾹 참았다.

"버본 드릴까?"

"잘 아네."

골란드는 보스에게 더블 스카치를 부어주었다.

"술 한잔 걸치려고 여기 오신 건 아닐 테고."

"그것도 잘 아는군."

잔을 단숨에 비우곤 흡족한 표정으로 보스가 말을 이었다.

"이런 업소에선 뭔가 솔깃한 정보를 듣지 않을까 해서. 가끔씩 자네가 나한테 그걸 전해준다면…… 자네 진짜 정체가 뭔지 우리가 눈감아줄 수도 있지."

골란드는 희멀건 표정으로 슬쩍 웃어주긴 했지만 사실 몸에 한기가 돌았다. 과거사가 들춰지는 것만은 달갑지 않았다.

"물론 댁한테 정보를 줄 수도 있지. 허나, 그건 어디까지나 내가 모범시민이라서 그런 거지 별다른 이유는 없어. 무슨 특별한 건수라도 있는 거요?"

보스는 바 위로 몸을 구부정하니 숙이고선 골란드를 향해 손가락을 까닥거렸다. 골란드는 잠시 머뭇거리다가 이내 시키는 대로 그에게 좀 더 다가갔다. 보스가 기다렸다는 듯 귓전에다 잔뜩 정보를 쏟아냈다.

"여기 부두에서 뭔가 큰일이 벌어진다는 소식 못 들었나? 이를테면 앤드류 라이언이 자금을 대는 그런 일 말이야. 북대서양 프로젝트라던가? 바다 건너 수억 달러가 유출된다는데?"

"아뇨."

골란드가 대답했다. 그런 일은 전혀 들어보지 못했다. 그러나 수억 달러라는 액수와 앤드류 라이언이란 이름에 정신이 번쩍 들었다.

"뭔가 들리는 게 있으면 전해드리죠, 보스. 그런데 그 사람이 무슨 일을 벌인다는 거요?"

"그건 우리로서도…… 자네가 알 필요는 없지."

골란드가 몸을 쭉 폈다.

"아우, 허리 아파 죽겠네. 이봐요, 손님들 눈도 있는데 난 좀…… 무슨 말인지 아시죠?"

보스가 고개를 끄덕였다. 이해는 한 것 같다.

"이것 보라고, 경관 나리!"

주크박스의 노래가 바뀌는 막간을 틈타, 골란드가 버럭 소리를 질렀다.

"나한테선 절대 아무 얘기도 못 들을걸! 혐의가 있으면 수갑을 채우든지 아니면 여기서 당장 나가든지 하라고!"

손님 몇몇이 크게 웃어댔다. 어떤 사람들은 미소를 지으며 고개를 끄덕였다. 보스가 어깨를 으쓱해 보이며 퉁명스럽게 대꾸했다.

"앞으로 조심하는 게 좋을걸, 골란드!"

그러곤 맡은 역할을 수행하며 휙 몸을 돌려 자리를 떴다.

보스도 언젠가 알게 되겠지. 프랭크 골란드는 정부의 개들이 시키는 장단에 운을 맞추는 일 따윈 하지 않으리라는 것을. 지금은 그저 시키는 대로 하는 척하면서 앤드류 라이언이 무슨 수작을 벌이고 있는지 직접 알아볼 셈이었다. 그 정도의 자금을 들이고 있다면 어떤 수가 되었든지 알아낼 방법이 있을 것이다.

더군다나 이곳은 프랭크 골란드의 영역이 아닌가. 꿍꿍이가 뭔지 알아내 돈맛을 볼 수 있을 것이다.

하지만 이틀이 지나도 라이언에 관한 건 아무것도 들을 수 없었다. 그러던 어느 날 술에 흠뻑 취한 금발 머리 하나가 중얼거리는 것을 들었다.

"부자라 이거지, 라이언…… 이 빌어먹을 자식."

여자는 그새 비어버린 술잔을 미친 듯 흔들어댔다.

"이봐요, 내 술…… 어디 있어?"

"뭘 갖다드릴까, 아가씨?"

"뭐…… 뭘 갖다준다니…… 이 아저씨가!"

취기에 혀가 꼬부라진 소리를 내며 손가락으로 치렁치렁한 금발의 머리카락을 눈 위로 치켜들었다. 여태껏 울었는지 눈가엔 온통 아이섀도가 번져 있었다. 들창코의 볼품없는 얼굴이긴 해도 한번 껴안고 굴러볼 만했다. 지난번에 술 취한 여자와 잤을 때 여자가 온몸에 구토를 해버려 씁쓸한 기억만 남았지만.

"내 남자가 진짜 안 돌아온다면 나, 스카치 한잔할 거야."

여자가 코를 훌쩍이며 계속 중얼거렸다.

"그래, 그거 할래! 틀림없이 주, 죽었어, 죽었다고. 그런데도 라이언 놈들은 한마디 이유조차 말해주지 않는걸."

골란드는 최대한 연민이 가득한 눈빛을 해보였다.

"애인이 죽은 거야? 쯧쯧. 그럼 공짜로 큰 잔 하나 내줄게, 예쁜이."

골란드는 더블 스카치를 가득 부어주었다.

"이봐, 거기다 소다수 좀 타줘. 공짜 술 얻어 마신다고 주정꾼 취급하는 거야 뭐야?"

"알았어, 알았어. 자, 여기 소다수."

그녀가 절반이나 들이켜는 동안, 그는 차분히 기다렸다. 중고처럼 보이는 푸르스름한 가운의 어깨 띠에서 금장식이 후두두 떨어져 내리고 아래까지 깊숙이 파인 네크라인 위로 젖가슴 한쪽이 삐져나올 듯했다. 크게 보이려고 가슴 위에 거즈로 뭉쳐 놓은 것도 보인다.

"그냥 어빙만 돌아와 준다면……."

술잔 위로 출렁이는 금발 머리가 털썩 내려앉았다. 주크박스에서 흘러나오는 곡이 도르시와 시나트라의 감성적인 발라드인 것이 다행이었다. 조용한 곡이라서 충분히 이 여자의 혼잣말을 알아들을 수 있었다.

"그냥 돌아왔으면 좋겠어."

골란드는 그의 앞으로 동전 몇 닢이 떨어지자 멍하니 그녀 옆 좌석의 선원들에게 몇 잔 부어주었다. 옆에선 주사위를 잘못 굴렸는지 하얀색 선원 모자를 쓴 사내들이 부산하게 들썩이며 시비가 한창이다.

"아가씨의 그 불쌍한 애인한테 무슨 일이 일어난 건데 그래?"

동전을 주워 담은 후 바를 닦으며 골란드가 물었다.

"항해 중 실종된 거지?"

그녀가 입을 벌린 채 빤히 그를 쳐다보았다.

"그걸 어떻게 알아? 아저씨 점쟁이야?"

골란드는 슬쩍 윙크를 보냈다.

"다 아는 수가 있지."

그녀는 손가락 하나를 콧등에 대더니 골란드에게 꽤나 공들인 윙크를 답례로 보냈다.

"그럼 아저씨도 라이언이 끔찍한 일을 벌이고 있다는 걸 아는군요! 어빙은 인사할 겨를도 없이 배에 실려 갔거든요. 라이언 회사 사람들이 다이빙 좀 해달라고 시켜서. 내 애인은 그걸로 밥벌이를 하거든요, 흔히들 심해잠수라고 하는 거요. 해군에 있을 때 배웠대요. 그 사람들이 보수는 엄청나게 준다고 했나 봐요. 그냥 바다 밑에서 한 달 정도 무슨 수중건설 같은 걸 한다고……."

"수중건설? 부두에 철탑 짓는 걸 얘기하는 건가?"

"나도 몰라요. 근데 있잖아요, 어빙이 첫날 일하고 돌아와선 엄청 떨더라고요. 아무 말도 안 해주려 하고. 남한테 그냥 귀띔으로 말하는 것도 자기 목숨이 걸린 일이라면서…… 무슨 말인지 대충 아시겠죠? 그래도 그 사람, 이거 한 가지는 말해주고 갔죠."

그녀는 골란드에게 손가락을 흔들며 한쪽 눈을 감아 보였다.

"17번 부두에 있는 배들…… 정부로부터 뭔가 숨기는 게 틀림없다고요! 어빙은 정말 무서워했어요! 만약에 그 사람이 범죄를 저지른 거라면 어쩌죠? 자기도 모르게 말이에요. 그러다가 죄를 뒤집어쓴 거라면요? 그 말을 들은 직후에 내가 전보를 받았거든요. 그저 종이쪽지 한 장…… 그는 이제 돌아오지 않을 거라고, 일하다가 사고가 발생했다면서, 바다에서 장례를 치렀다면서……."

여자는 머리를 흔들며 흐느끼기 시작했다. 딸꾹질 때문에 목소리도 잠겼다.

"어빙의 최후가 고작 그거라니! 내가 어떻게 그런 걸 받아들일 수 있겠어요? 당장 그 사람을 고용한 회사로 달려갔죠, '내항 건설'이라는 데를…… 근데 막 쫓아내는 거예요! 날 무슨 창녀처럼 취급하고! 난 그냥 나한테 무언가 돌아오는 게 있는지 알고 싶었을 뿐인데…… 내가 남부 뉴저지 출신이거든요. 아저씨도 알겠지만 우리 고향 사람들은 빚은 꼭 받아내죠, 왜냐하면……."

금발의 이야기는 라이언과 관련된 소식에서 멀리 벗어난 채 한참을 머물렀다. 그러더니 어느 멋쟁이 한 놈이 나타나 주크박스에서 비밥 노래를 트는 바람에 주점 분위기가 시끄러워졌다. 소음으로 그녀의 목소리는 완전히 묻혀버렸고, 이내 쌔근거리며 바에 고개를 묻었다.

골란드에겐 또렷이 느껴지는 직감이 있었다. 이거야말로 큰 건수라는 직감.

술에 흥건히 취한 손님처럼 흐느적대는 바텐더가 다가오자, 골란드는 주저 없이 업무교대를 했다. 앞치마를 건네며 속으로 '저 자식을 해고부터 해야겠군'이라고 생각하면서. 이제부터 골란드가 사기꾼의 재능을 발휘할 시간이다.

＊　＊　＊

　시합 전 땀 냄새로 흥건한 대기실에서 첫눈에 들어온 것은 주인으로부터 꾸지람을 들은 개처럼 침울한 표정의 스틸이었다. 좋은 징조다.
　마사지 침상에 걸터앉아 흑인 트레이너에게 글러브 낀 한 손을 맡기고 있는 상처투성이 권투 선수의 얼굴은 마치 아끼는 단짝 친구와 사랑하는 엄마가 죽기라도 한 듯한 표정이었다. 골란드는 흑인 트레이너의 손에 몇 달러를 쥐어주며 문 쪽으로 고개를 끄덕였다.
　"글러브는 내가 채워줄 테니까, 알겠지?"
　낌새를 알아채곤 그 흑인은 사라졌다. 스틸이 골란드를 아래위로 훑어보는데 그 표정이 꼭 그에게 몇 차례 주먹을 먹이고픈 품새였다. 다만 변장한 덕분에 그가 프랭크 골란드인 줄 몰랐을 뿐.
　"내 이름은 루치오 파브리치."
　골란드가 스틸의 글러브 끈을 단단히 조여주며 말을 건넸다.
　"비앙치가 보냈소."
　"비앙치? 뭣 하러? 난 한 시간 전에 이미 거래를 승낙했는데."
　스틸의 말투로 보아, 지금 자신이 대화하는 상대가 조직의 보스인 비앙치 밑에서 일하는 '루치오 파브리치'가 아닐 수도 있다는 의구심은 조금도 없어 보였다.
　'파브리치'는 사실 이 변장에 꽤 공을 들였다. 주름 잡힌 줄무늬 양복과 입가에 꽂아 잘근잘근 씹어대는 이쑤시개. 발목 위에 걸친 짧은 각반하며 가발과 턱수염…… 극단에서나 쓰일 만한 고무풀로 세심하게 붙인 최상급 수염이었다. 하지만 가장 극적인 효과를 발휘한 것은 그의 목소리였다. 적절하게 섞은 이태리식 억양. 그리고 그 신중히 조작된 얼굴 표정은 마치 '우린 다 친구야, 당신과 나, 내가 당신을 죽여야 할 때만 빼고'라고 말하는 것 같았다.
　골란드로선 이런 인물을 연기하는 것이 어렵지 않았다. 아니, 사실 어느 역할이나 소화할 수 있었다. 고아원을 탈출한 뒤, 보드빌 극장의 무대 뒤에서 잡역꾼으로 일했던 경력이 있었기에 가능했다. 동전 몇 푼과 소시지를 얻어먹으며 3년이나 그곳에서 연명했다. 일이 끝나면 무대 뒤에서 밧줄더미를 깔고 잠을 청하곤 했다. 처량한 신세였지만 돌이켜보면 나름의 성과는 있었다. 배우들을 자세히 관찰할 수 있는 기회가 많았고, 희극들이 대부분이었는데 그중에서도 셰익스피어 전문배우가 1인 12역을 하던 원맨쇼를 자주 보았다. 소년 프랭크는 이를 모두 차곡차곡 자신의 것으로 흡수해갔다. 메이크업, 코스튬, 연극의 모든 것을. 그중 가장 인상 깊었던 부분은 관중석에 앉아 있는 사람들이 이 모든 것을 믿는다는 사실이다. 단 몇 분 동안일지라도 관중은 이 아편에 절어 있는 웨일즈 배우가 햄릿이라 믿었다. 어린 프랭크를 매료시킨 것은 바로 그런 거였다. 그런 힘을 익히고 싶었고 또 자기 것으로 만들고 싶었던 것이다.

스틸의 반응으로 보아, 소싯적의 배우 수업은 쓸 만한 게 분명했다.

"이것 봐요, 파브리치. 약속대로 비앙치가 내 몫을 챙겨주지 않는다면 난 더 이상 참기 어렵다고! 지금도 이렇게 힘든데!"

"자네, 진짜 속임수는 세 번은 뒤섞어야 제대로 먹힌다는 걸 모르나? 비앙치가 계획을 바꿨네!"

골란드는 목소리를 낮추며 문이 닫혔는지 확인하는 척 두리번거렸다.

"비앙치는 자네가 져주는 걸 원하지 않아. 이번에 질 거라고 소문을 내서 그 반대쪽에 돈을 걸려는 거지! 알아들어? 자네는 약정 금액을 다 지불받는 건 물론이고, 거기에 두 배 정도 더 얹어줄지도 모르지!"

스틸의 입이 쩍 벌어졌다. 벌떡 일어서더니 글러브를 낀 손으로 박수를 쳤다.

"진담이요? 좋아, 이거 흥분되는데! 이제 그 자식 늘씬하게 패버려야지!"

누군가 문을 두드렸고 청중이 스틸의 이름을 외치기 시작했다.

"그래, 그러면 돼, 스틸. 자네 이름을 부르는군. 어서 나가서 일찌감치 끝내라고, 첫 기회에! 1라운드에 녹아웃 시켜버려!"

스틸이 기뻐하며 날뛰었다.

"비앙치한테 가서 전하라고! 나는 반드시 약속은 지킨다고 말이오. 그것도 KO승으로, 첫 라운드에서! 하하!"

* * *

 삼십 분 후, 골란드는 그가 소유한 약방의 지하실에 마련된 도박장에 도착해 그의 조수이자 마권업자인 가르시아와 함께 도박장의 카운터 뒤에서 나긋나긋 얘기를 나누고 있었다. 카운터 창에서는 모리가 판돈을 거둬들이고 있다. 선원 모자와 문신으로 보아 화물선 일꾼으로 보이는 두세 명의 사내들이 줄을 서서 돈을 걸고 술병을 돌려대며 수다를 떨고 있었다.

 "난 잘 모르겠어요, 두목."

 가르시아가 머리를 긁적이며 말했다. 가르시아는 싸구려 정장을 입은 뚱뚱한 쿠바인 2세로, 자기 나라의 제품은 아닌 듯한 커다란 시가를 잘근잘근 깨물고 있었다.

 "스틸이 진다는 것을 안 이상, 우리 측근을 통해 돈을 걸기만 하면 우리가 짭짤한 이득을 본다는 건 알겠어요."

 가르시아가 말을 이었다.

 "하지만 두목, 어떻게 두목이 말씀하신 그 큰돈을 얻는다는 건지 모르겠네요."

 "왜냐하면 그 녀석이 지지 않을 거거든. 알 만한 조직 패거리들은 죄다 그놈이 진다는 데 걸 거야. 그럼 우린, 이긴다는 데에 거는 거지. 스틸 녀석이 이겨서 놈들이 모조리 까무러칠 때 우리는 한몫 크게 챙긴다, 이거지!"

 가르시아가 눈을 껌벅였다.

 "하지만 두목, 그놈들이 스틸한테 보복할 텐데요."

 "그걸 내가 왜 걱정해야돼? 너는 그냥 건달들이 스틸 반대편에 몽땅 돈을 걸게만 하면 돼. 스틸의 상대가 지면 놈들은 엄청 화를 내겠지. 하지만 우리가 연루되어 있을 줄은 꿈에도 생각 못할걸. 너, 할리 녀석을 보거든 호텔의 포커 판을 계속 지켜보라고 전해. 큰 판 벌일 손님들이 오신단 말이야."

 골란드는 모리에게 다가가 판돈이 얼마나 모였나 확인한 후, 부두 일꾼들이 술병을 기울이며 하는 이야기를 엿들었다.

 "글쎄 그렇다니까. 라이언이 거기서 모집한다는구먼. 쌈박한 일거리라고, 친구들. 보수도 엄청 많아. 근데 문제는…… 이게 진짜 비밀이거든. 아무한테도 얘기하면 안 된다고. 또 위험하기도 하고. 북대서양 한복판이라던가, 그래. 아이슬란드 근처에…….”

그 말에 골란드의 귀가 번쩍 뜨였다.

옆문으로 슬쩍 빠져나가 밖을 지키고 섰다. 일 분도 채 지나지 않아 선원 두 명이 휘청거리며 걸어 나왔다. 비딱하게 쓴 선원 모자에 뱃사람들이 즐겨 입는 모직 재킷을 걸치고 부두 쪽으로 어슬렁어슬렁 걸어가는데 길 건너편에서 담배를 피우는 여자들에게 휘파람을 불어대느라 그가 뒤따라오는 것도 전혀 모르는 눈치였다.

선원들을 바짝 쫓아 부두까지 다다른 그는 옆 건물의 그림자 안에 몸을 감추고서, 주변의 정황을 살폈다. 선원들은 정박해 있는 화물선 중 한 척에 탑승했다. 그러나 골란드의 주의를 집중시킨 것은 인부들로 북적이는 갑판, 닻을 올리려는 준비로 한창인 신형 화물선이었다. 배의 이름은 ‘올림피안’, 라이언이 소유한 선박 중의 하나다. 선적 작업대 근처의 궤짝 뒤에서 웬 사내 하나가 담배를 피우며 서성이고 있었다. 척 봐도 한눈에 정보국 사람이라는 걸 알 수 있었다. 하물며 경찰이라면 수없이 상대해 본 골란드의 눈에는 확연했다. 아까 가게에 왔던 보스는 아닌 것 같고 아마 보스의 부하들 중 한 명인 듯싶었다.

앤드류 라이언에게 정보국 사람들이 따라붙는다면, 법에 저촉되는 일을 벌이는 게 틀림없지 않나. 그 말은 즉, 잘만 하면 골란드가 협박해봄직한 최소한의 건더기가 있다는 것이다.

그 요원은 라이언의 화물선 배다리 위에서 두 남자가 언쟁하는 모습을 지켜보는 것 같았다. 하지만 더 가까이 다가가서 무슨 말인지 들으려면 놈들에게 들키겠지.

골란드는 요원이 그의 얼굴을 볼 수 없게끔 모자를 비스듬히 눌러쓴 채 걸어 나가, 양손을 바지 주머니에 찔러 넣고선 술에 취한 것처럼 휘청거리는 시늉을 했다.

“나, 나도 저런 배에서 하, 한번 일해 봤으면 조, 좋겠네.”

혀를 최대한 굴리며 골란드가 불쑥 내뱉었다.

“호, 혹시 모르지. 근데 등골이 빠지도록 일하는 건 싫은데…… 호, 혹시 무슨여, 영업부장이나 그런…….”

술주정꾼 흉내는 성공적이었다. 세 명 모두 그가 비틀거리며 다가오자 즉시 관심을 끊었다.

골란드는 배다리 근처에 잠깐 멈춰 서서, 어렵사리 담배에 불을 붙이려는 시늉을 하며 욕설을 지껄여댔다. 이윽고 밧줄로 꼬인 그 배다리 위에 서 있는 사내와 선원으로 보이는 부두 쪽의 수염 난 사내가 벌이는 언쟁을 들을 수 있었다.

“거긴 두 번 다시 물품 선적 안 해, 절대로.”

까만 모직외투를 걸친 선원이 으르렁거렸다. 머리엔 니트 베레모를 올려 쓰고 윗입술 위엔 핸들처럼 생긴 콧수염이 달렸다. 눈썹이 미간에 일자로 뭉친 거무스름한 인상의 사내였다. 막일을 하기엔 다소 나이가 들어 보이는 거죽 같은 번들번들한 피부에 듬성듬성 돋아난 흰 머리. 선박 관리인을 향해 마구 찔러대는 손가락이 바르르 떨리고 있었다.

“날 또 다시 거기 보내기만 해봐라! 너무 위험하다고!”

“뭐야? 확률적으로 따져 봐도 브루클린 다리를 짓는 것보다 손실이 훨씬 적은데 뭘 그래.”

그 관리인이 응수했다.

“그리비 씨가 장담하신다니까. 겁쟁이처럼 칭얼대기나 하고. 작작 좀 해!”

“배에 오르는 것까진 나도 문제없다니까. 근데 젠장, 그렇게 아래까지 내려간다면 문제가 달라. 난 안 해!”

“배 위에만 있는 조건으로 이 일을 하겠다고 아무리 나한테 말해봤자 소용없어. 그리비 씨의 권한이니까! 그 선생이 당신더러 내려가라고 하면 두말 않고 내려가는 거야!”

“그럼 댁이 내 대신 내려가시지. 거기서 그 악마 같은 자식이랑 싸워보라고! 그 작자가 그 아래에서 하려는 짓들은…… 아주 사악하기 짝이 없어!”

“이 친구야, 지금 여기서 손 씻으면 자넨 한 푼도 못 받아! 십 분 안에 출항하니까 지금 당장 올라와. 그렇지 않으면 계약은 없는 걸로 치라고!”

"고작 2주 분의 급여로 내 목숨을 걸겠냐? 흥!"

"거기 아래서 죽는 게 아니잖아. 그저 한 명이 운이 나빴을 뿐이라고……."

"다시 한 번 말해주지. 흥이다! 댁도 이제 안녕이오, 포레스터!"

선원은 성큼성큼 성난 걸음으로 그 자리를 떠났다. 골란드는 의심이 가득한 눈초리로 선박 관리인이 자기를 노려보는 걸 느꼈다.

"어이 거기, 당신 거기서 뭐 하는 거야?"

골란드는 입에 물고 있던 담배를 바닷물에 휙 튕겼다. 여전히 취기가 만연한 표정을 지으며 배시시 웃어 보였다.

"담배 피우는뎁쇼."

그러고는 어디론가 벌써 사라지고 없는 그 선원을 찾아 나섰다. 마치 달빛에 반짝이는 동전의 행렬을 쫓는 것 같았다. 달콤하게 반짝거리는 이 실마리들을 쫓다 보면, 어딘가에 감춰진 돈 꾸러미를 찾을 수 있겠지. 돈은 거기서 새는 거니까.

골란드는 이 추적이 문제만 일으키리란 걸 알고 있었다. 옥살이를 할지도 모른다. 그러나 자신은 언제나 무모한 사람 아니었던가. 손에 땀을 쥐게 하고 심장을 두근거리게 하는 그런 긴장감이 없으면 행복하지 않았다. 늘 뭔가에 집중하고 있거나 계집의 품에 안겨 있었다. 그렇게라도 하지 않으면 너무 많은 생각으로 괴로워졌다. 코흘리개 아이에 불과했을 때 아버지가 자신을 고아원에다 덥석 맡겨버렸던 기억 같은 잡다한 생각들로…….

선원은 부두의 한구석을 돌아, 차가 들어오는 샛길로 빠졌다. 때마침 안개가 자욱하게 낀 밤이었고 앞의 공터로 이어지는 그 길엔 아무도 보이지 않았다. 볼 사람은 아무도 없다.

프랭크 골란드는 살면서 원하는 것을 이루기 위해 항상 두 가지 접근방식에 의존해 왔다. 그 첫 번째가 장기적 접근법, 그리고 두 번째가 창의적인 즉흥 연출이다. 오늘은 후자가 가능성 있어 보였다. 옆에 주차된 트럭에서 길이 30센티 정도의 손가락 굵기만 한 쇠파이프가 웅덩이에 떨어진 채 그에게 손짓하고 있었다. 그 파이프를 주워 들고선 어깨를 축 늘어뜨린 자세로 앞서 걸어가는 선원에게 성큼 다가섰다.

등 뒤에서 불쑥 손을 뻗어 그의 목덜미를 움켜잡고 중심을 잃게끔 뒤로 끌어당겼다.

"뭐야!"

사내가 놀라 소리를 질렀다.

골란드는 선원을 단단히 붙잡고 차가운 쇠파이프 끝을 목 뒤에 갖다 댔다.

"꼼짝 마!"

음성을 바꾸어 낮게 쏘아붙이며 차가움과 냉혹함을 곁들였다.

"몸을 돌리거나 도망치려고 하면 당신 등골에 총알을 박아줄 거야!"

사내의 몸이 얼어붙었다.

"쏘, 쏘지 마요! 원하는 게 뭐요? 난 땡전 한 푼 없는데!"

"날 무슨 부둣가 쥐새끼로 보나? 정보국에서 나왔다. 움직이기만 해봐!"

골란드는 선원의 옷깃을 잡았던 손을 내려 외투 주머니에서 지갑을 꺼내 열어보였다. 가끔씩 정부의 개처럼 짖어야 할 때 유용하게 써먹곤 하는 가짜 신분증이다. 사내의 면전에 지갑을 활짝 펼쳐 보이고선 자세히 들여다볼 틈을 주지 않으려고 황급히 뒤로 뺐다.

"봤지?"

"예, 요원 나리!"

지갑을 다시 주머니에 꽂으면서 골란드가 말을 이었다.

"이것 봐, 선원 나리. 당신 말이야, 아주 큰일 났다고. 라이언의 부정거래 프로젝트에 가담했으니 말이야!"

"그, 그 사람들은 다 합법이라고 했다고요, 합법!"

"그러면서 죄다 비밀이라고 하지 않았냐고, 엉? 당신은 정부도 모르게 비밀리에 사업을 벌이는 게 합법적으로 보여?"

"아, 아뇨. 그건 아닐 겁니다. 앗, 내 말은…… 전 아무것도 모른다고요. 저치들이 바다 한복판에 뭔가 짓고 있다는 사실밖에 몰라요. 게다가 일도 위험해서…… 바다 밑 바닥에 통로를 까는 일이니까요."

"통로? 물 밑에? 뭣 하러?"

"그야 당연히 그 위에 뭘 지으려고 하는 거죠. 기초공사! 무슨 이유로 짓는 건진 나도 모르겠고. 인부들 중에 그거 아는 사람은 없어요. 그냥 시키는 대로 하는 거지. 그리비가 어떤 샌님같이 생긴 사람 하나랑 얘기하는 걸 엿들었을 뿐이라고요! 내가 말해줄 수 있는 건 그 내용뿐인데……."

"그래서 그 내용이?"

"라이언 그 작자가 바다 밑에 도시를 건설한다고 그럽디다!"

"뭐?"

"대서양 밑바닥에 수중도시를 건설한다고요! 거기다가 온갖 자재들을 다 쌓아났다고요! 말도 안 되는 일을 지금 벌이고 있다 이겁니다! 수백만 달러를, 아니 수십억을 들여서 말이죠! 어느 누구보다 많은 돈을 들여서 그걸 짓고 있다고요!"

머릿속에 그 광경을 그려보자니 입술이 바짝바짝 타들어가고 심장은 쿵쿵 소리를 내며 뛰었다.

"그곳이…… 지금 어디에 있다고?"

"북대서양이요. 갈 때마다 갑판 아래에만 머물게 해서 정확하게 어디인지는 모르겠어요. 나도 확신은 못하겠다고요! 암튼 거긴 엄청나게 추워요! 그런데도 난방이 되고, 어디선가 수증기가 새어나오고, 유황 연기가 나고, 뭐, 그래요! 그놈의 연기 때문에 메스꺼워서 병에 걸리질 않나! 영문도 모르고 그걸 지으면서, 사람들이 죽어간다고요!"

"라이언이 얼마를 퍼부었는지 당신이 그걸 어떻게 알아?"

"내가 플랫폼 선 위에 있는 그리비 씨 사무실로 포대를 몇 개 옮겼는데, 그냥 좀 귀가 간지럽더라고요. 그래서 좀 엿듣게 됐죠."

"무슨…… 선?"

"그 작자들은 그렇게 부르더라고요. 플랫폼 선! 찌지들을 발사하는 모함 말이에요! 저기 정박한 올림피안도 그 플랫폼 선에 물품을 나르는 거라고요!"

"찌지……라고 했나?"

"아, 찌지도 모르시나. 잠수정 말이에요, 잠수정!"

"잠수정? 이봐, 나한테 거짓말했다간…….”

"아뇨, 요원 나리! 정말이라고요! 맹세합니다!"

"그럼 당장 꺼져! 달리라고! 그리고 누구한테 나랑 얘기했다고 입만 벙긋해봐. 감방에다 처박아줄 테니!"

사내는 부랴부랴 공터를 떠났고, 골란드는 홀로 남아 어안이 벙벙한 채 미동도 없이 서 있었다.

라이언이 바다 밑에 도시를 짓고 있다.

3

뉴욕 시, 라이언 건설
1946년

오전 열 시. 빌 맥도나는 담배가 피고 싶었다. 주머니에 든 담배 한 갑이 자꾸 유혹했지만 지금 담배를 물 수는 없는 노릇이다. 앤드류 라이언과의 면담으로 온몸이 긴장된 상태다. 라이언의 집무실 앞에 놓인 푹신한 대기용 벨벳 소파 끄트머리에 엉덩이를 간신히 걸쳤다. 그는 터널 건설에 관한 보고서가 담긴 커다란 갈색 봉투를 무릎 위에 올려놓은 채 긴장을 풀려고 애쓰고 있었다.

빌은 책상 앞에 다소곳이 앉아 착실하게 일을 하고 있는 일레인을 슬쩍 쳐다보았다. 푸른빛이 도는 회색 정장을 입은 갈색 머리. 스물아홉 정도의 자립심 강해 보이는 까칠한 푸른 눈동자의 여인. 살짝 위로 들춰진 코끝이 그의 어머니를 연상케 했다. 하지만 의자에서 몸을 뒤척일 때 흔들리는 저 반동은…… 저건 비쩍 마른 그의 어머니에 비할 바가 아니다. 일레인이 자리에서 일어나 사무실 안을 돌아다닐 때마다 눈치채지 않는 범위 내에서 빌의 눈이 바삐 움직였다. 그녀의 어깨는 좀 넓은 편이었고 엉덩이도 마찬가지였다. 그 아래엔 아주 긴 다리가 자리하고 있다. 루이스 브룩스같이 긴 하체를 가진 미국 여자의 체형인 듯했으나, 잠시나마 그녀와 나누었던 대화를 떠올려보면 루이스 브룩스보다는 더 똑똑해 보였다. 춤을 좋아할 것 같다. 이번에는 용기를 내어 데이트 신청을 해보고 싶었다.

소파의 등받이 깊숙이까지 몸을 묻던 빌은 갑작스레 피로감을 느꼈다. 자정 넘어까지 터널에서 야간 작업반을 감독해서인지 피곤함이 가시질 않았다. 하지만 이 일을 할 수 있어서 좋았다. 평생 만져보지도 못한 액수의 돈을 벌어들였고, 라이언 회장 밑에서 일한 지 한 달 만에 맨해튼의 웨스트사이드에 있는 멋진 아파트로 이사했다. 차를 한 대 뽑을까 생각 중이다. 일은 종전에 하던 배관 작업과는 규모가 달랐다. 터널의 거대한 도관들은 몇 톤의 무게가 나간다.

일레인에게 말을 걸어봐야 하지 않을까. 라이언은 진취적인 기질의 사람만 인정한다. 그 진취적인 기질이 어떤 종류인지는 중요하지 않았다.

빌은 목청을 가다듬었다.

"오늘 하루가 참 기네요. 그렇죠, 일레인?"

"네?"

일레인은 그가 여기 있는 줄도 몰랐다는 듯, 놀란 얼굴로 돌아보았다.

"아, 네. 좀 그러네요."

볼이 빨개진 채 빌을 쳐다보다가 입술을 지그시 깨물곤 다시 서류로 시선을 옮겼다. 가슴이 두근거렸다. 여자가 얼굴을 붉힌 채 자기를 쳐다본다는 건 좋은 징조다.

"뭐, 그런 날일수록 분위기를 좀 활기차게 바꿔줘야죠. 난 그렇게 생각해요. 활기찬 거라면 지르박보다 더 좋은 건 없겠죠?"

이번에는 맹한 표정을 지었다.

"지르박이요?"

"예. 언제 한번 지르박 추러 갈까요?"

"아…… 지금 춤추러 가자는 말씀이신가요?"

일레인은 안쪽에 있는 라이언의 집무실을 흘깃 쳐다보며 목소리를 낮추었다.

"저, 그러고 싶긴 한데…… 그러니까, 라이언 회장님께서 같은 회사 사람들이 그러는 걸 어떻게 생각하실지……."

"회사 사람들끼리 어울리는 거요?"

빌은 능청스런 미소를 지었다.

"그게 무슨 대수라고."

"아, 빌! 자네 와 있었군!"

앤드류 라이언이 집무실 문을 열고 나왔다. 활기차다 싶을 정도로 기분이 좋아

보였다.

"예, 왔습니다, 회장님."

빌은 소파에서 일어나 일레인을 지나치며 눈을 마주보려 애썼지만 그녀는 이미 일에 열중하고 있었다.

"그 보고서 가져왔나 보군."

라이언이 빌의 손에 들린 서류봉투를 힐끗 보며 말을 건넸다.

"수고했네. 그런데 작업이 어찌 진행되는지는 이미 알고 있다네. 우리 딱딱한 미팅일랑 관두세. 자네만 좋다면 어디 구경이나 가자고. 두 군데네. 시내에 잠시 들렀다가 한 군데 더 가보세. 시에서 아주 멀리 떨어진 곳이지. 가면서 얘기하세나."

* * *

리무진은 생전 처음 타본다. 물 흐르듯 매끄럽고 조용한 드라이브. 바깥의 교통상황은 먼 세계의 일처럼 느껴졌다. 그러나 빌은 몸에 맞지 않은 옷을 걸친 듯 민망하기만 했다.

이 일을 시작하고 나서 라이언과의 만남은 겨우 몇 번뿐이었다. 하청업자들과의 작업이 대부분이었고 엔지니어인 그리비와는 북대서양에서 뉴욕 항으로 돌아왔을 때 몇 번 얘기한 적이 있다. 그리비가 작업장에 올 때는 꼭 자신을 감시하러 온 것 같은 느낌이 들었다. 마치 자신이 어떤 부류의 인간인지 떠보려는 것처럼. 한 번은 덥수룩한 수염에 사나운 눈매를 한 아일랜드 사내들을 데리고 온 적이 있었다. 다니엘과 시몬 웨일즈 형제. 그리비는 무슨 일인지조차 설명해주지 않았다.

"시간 되시면 보고서에 올린 수치들을 보시고……."

빌이 불쑥 내뱉었다.

"우리가 시간도 엄수했고 작업도 거의 마무리됐다는 걸 아실 겁니다."

라이언이 손을 들어 말을 끊었다. 하지만 입으론 희미하게나마 미소를 머금고 있었다.

"자네의 작업이 거의 마무리되었다는 건 이미 짐작했네, 빌. 사실 이젠 자네가 없어도 인부들이 일을 끝낼 수 있어. 자네를 고용한 건 그 때문이야. 잘해주리란 걸 알고 있었지. 이 터널 작업을 두고 그리비가 자네를 계속 지켜봤었네. 허나 난 처음부터 내 직감이 정확했다는 걸 알고 있었어. 이제 다른 것을 알아봐야 할 것 같아. 훨씬 더 중요한 일이네, 빌."

"그렇습니까, 회장님?"

앤드류 라이언의 확고한 신념은 마치 전류처럼 주위를 빛나게 했다. 감흥하지 않을 수 없었다.

라이언이 사뭇 진지한 눈빛으로 빌을 쳐다보았다.

"난 자네가 말일세, 자네 일생 중 가장 중요한 도전을 받아들일 준비가 되었는지 알고 싶네."

"저……."

빌은 침을 꿀꺽 삼켰다. 라이언이 어떤 요구를 하든 그에 부응해야만 했다.

"어떤 일이든 맡겨만 주십시오, 회장님. 기꺼이 하겠습니다."

"빌."

라이언은 앞으로 몸을 내밀고선 운전기사 쪽을 바라보며 앞좌석으로 통하는 창문이 꼭 닫혀 있는지 확인한 후, 목소리를 낮춰 진지한 어조로 말을 이었다.

"자네, '북대서양 프로젝트'라는 것을 들어봤나?"

피식 웃음이 나왔다.

"그 말은 여러 번 들어봤지만 들은 건 그 두 낱말뿐이었죠. 제가 그게 뭐냐고 물어볼 때마다 다들 무슨 침묵의 맹세라도 한 수도승들처럼 묵묵부답이었습니다."

"맞아, 그래. 그건 다 이유가 있어서야. 미국 정부의 OSS[1] 같은 것들 때문이지. 영국이나 소련 정보국도 마찬가지고."

"OSS라면 첩보기관으로 알고 있습니다만…… 제가 영국 공군에 있을 때 그들에 관한 보고를 몇 번 받기도 했습니다."

---

1) Office of Strategic Services. 미국 전략 정보국의 약자로 현 CIA의 전신.

"맞아. 전략 정보국이지."

라이언은 콧방귀를 뀌었다.

"우리의 활동 범위는 그놈들과 FBI를 비껴가는 노선에서 진행되고 있네."

빌을 정면으로 바라보는 그의 눈에는 농조가 사라지고 진지함이 스며들었다.

"자넨 전쟁에 참여했었지. 그때 일들을 내게 좀 털어놔 봐."

사실 빌이 이야기하기 꺼리는 과거사였다.

"전방에서 싸우는 일은 아니었습니다. 뭐, 지원군이었죠. 영국 공군에게 무선방송을 지원해주는 일이었습니다. 직접적으로 사람을 죽이거나 하는 일은 아니었지요. 독일 상공에서 열한 번의 폭탄 투하임무에 참여했습니다. 부상을 입은 후에는 영국 육군 공병대에 자리를 하나 마련해주더군요. 저는 거기가 더 좋았습니다. 교육을 받을 수 있었으니까요."

"자네는 그렇게 정부를 위해 싸우면서 충성심을 느꼈나?"

빌은 이 질문이 바로 이 대화의 요점이란 생각이 번쩍 들었다.

"충성심이라고 하기에는 어폐가 있습니다, 회장님. 제 자신이 정부에 충성을 바쳤던 사람이라고는 생각지 않습니다. 사실 그리 좋아하지도 않았고요. 누구를 위해 싸우는가가 중요하진 않았습니다. 누구와 싸우는가가 더 중요했으니까. 전 그 악랄한 나치와 상대했을 뿐…… 런던에 폭탄 세례를 퍼붓는 나쁜 자식들과 싸운 겁니다."

라이언은 말없이 고개를 끄덕였다. 그런 후 빌의 눈을 정면으로 바라보았는데, 그 시선에는 곧 터질 것 같은 뜨거운 전류가 흘렀다.

"나는 그 충성심이란 것이……."

아주 느릿느릿, 신중한 어조로 라이언이 말을 이었다.

"개인적이어야 한다고 생각하네. 사람이라면 누구나 먼저 자신에게 충성해야 한다고 믿어. 하지만 나의 신념을 끝까지 믿어주는 사람도 찾고 있네. 내가 가진 신념을 똑같이 굳건히 믿고, 그래서 나에게 충성하는 것은 곧 자신에게 충성하는 일임을 아는 사람이지! 바로 자네 같은 사람이 아닐까."

빌은 감동했다. 이 남자, 막대한 권세를 지닌 이 시대의 거물 중 하나가 자기에게 또 하나의 문을 열어주고 있다. 그와 동시에 자기를 하나의 인간으로 인정하고 있는 것이다.

"예, 회장님. 무슨 말씀이신지 알겠습니다."

"그런가? 물론 내가 대기업의 총수이기 때문에 늘 내 수하의 사람들에게 협조를 당부하긴 하지. 그러나 이 모든 협력관계의 저변에는 한 개인의 욕구가 깔려 있다네, 빌. 나는 그 개인의 욕구가 사업을 성공시키는 촉매가 될 수 있음을 증명해보이고 싶네. 그래서 정부의 촉수로부터, 과학과 기술과 산업 성장을 방해하는 그 지긋지긋한 사회적 억압으로부터 벗어나는 것이 중요하다는 거야. 그래야만 거침없이 번창할 수 있을 테니까. 지금 내 머릿속에 그려진 건 하나의 거대한 사회적 실험이라네. 자네도 생각을 해보게. 지금 세상에서 우리 같은 부류의 사람들이 발 뻗고 살 만한 데가 있나? 내 아버지와 난 볼셰비키로부터 도망쳤어. 그래서 기껏 도망쳐온 곳이 어딘가? 미국은 생각만큼 자유의 땅이 아닐세. 오히려 '세금의 땅'이지. 내 아버지는 그 조세를 면하려다 감옥에 갇혔어. 지구상의 어딜 가나 사회가 돌아가는 꼴은 마찬가지야. 그럼 빌, 만약에 아주 만약에 말이야……."

라이언의 목소리가 한층 더 낮아졌다. 숨 가쁠 정도로.

"지구를 떠난다면 어떨까? 당분간만 말일세. 대략 한두 세기 정도만. 이 지구상의 바보 천치들이 원자폭탄 같은 것으로 스스로 파멸해버릴 때까지만."

빌은 어안이 벙벙했다.

"떠, 떠난다고 하셨습니까, 회장님?"

라이언이 아이처럼 키득거렸다.

"그렇게 놀란 얼굴 하지 말고. 달에 간다는 소리는 아니니까. 우린 위로 가는 게 아냐. 아래로 가는 거지! 빌, 자네한테 보여줄 게 있네. 함께 가지 않겠나, 아이슬란드로?"

"아이슬란드……?"

"우리 여행의 출발점이네. 아이슬란드까지는 비행기로 가고, 그다음엔 바로 배를 타고 북대서양으로 가는 거지. 토대가 어떤지 보는 거라네. 그게 북대서양 프로젝트의 시작이니까. 이렇게까지 말한 이상, 이제부턴 자네를 믿을 수밖에 없네. 그리고 자네도 나를 믿어야 하네."

"회장님······."

빌은 목이 막혀 침을 꿀꺽 삼켰다. 지금껏 이렇게까지 남들과 교감한 적이 없다. 라이언의 열정만큼은 감동할 수밖에 없었다. 그리고 그가 보여준 신뢰의 무게 또한 마찬가지였다.

"저를 믿어주신다는 말씀······ 성탄절 폭죽만큼이나 갑작스럽습니다. 그렇지만 저도 믿겠습니다."

"좋아. 하지만 자네 의견도 말해줘야 하네, 빌. 왜냐하면 자네는 믿음이 가니까. 아, 여기가 첫 번째로 들러야 할 곳이네. 잠시 들러서 우리 예술가 선생이랑 담소라도 나누세. 그런 후에 야간 비행기로 북대서양 프로젝트를 보러갈 거야. 지금 아이슬란드 남서부에 얼마나 경이로운 일이 벌어지고 있는지 보여주지. 장담하건데 자네는 분명히······ 황홀해질 걸세."

* * *

그날 밤 배달용 트럭을 직접 몰던 골란드는 창고 앞에서 눈에 띄지도 않는 아주 작은 간판을 발견했다. 거기에는 '내항 건설'이라 씌어 있었다. 모퉁이를 돌아 선적 작업대 옆에 차를 주차했다. 늦은 밤인데도 이곳은 사람들로 북적였다. 한 수레가 나오면 다른 수레가 들어갔다.

골란드는 엔진을 끄고 아랫배 위에 끼워 넣은 패드를 다시 꼭 맞게 끼웠다. 배달 트럭을 구하는 일은 쉬웠지만 새로운 변장을 하는 건 한 시간이나 걸린 터다. 배달원 작업복을 구해 입고, 배가 불뚝하게 나오도록 패드를 넣고, 흉터를 하나 만들고, 가발을 뒤집어썼다. 무엇보다 인상을 만드는 작업이 중요했다. 그래서 만사가 귀찮다는 표정의 시건방진 놈이 되기로 했다.

"어이, 요즘 어떠쇼?"

백미러에 비친 제 모습에 한마디 던졌다. 목소리를 한 음 올려보았다. 그 누구도 자신이 프랭크 골란드란 걸 알면 안 되니까. 지금의 그는 빌 포스터, 배달 트럭 운전기사다. 작업복 상의에 실로 새겨진 이름이었다.

빌린 트럭의 계기판 위에 놓인 클립보드의 내용물을 쭉 훑어보니 하인즈 통조림이란 단어가 눈에 들어왔다. 이거면 됐다. 물론, 이미 어디론가 배달한 후라 트럭의 짐칸에는 통조림이 없다. 하지만 창고 사람들이 그걸 알 필요는 없겠지.

골란드는 트럭에서 내려와 얼른 배달을 끝내고 싶다는 듯 서두르는 시늉을 하며 선적 작업대 쪽으로 걸어갔다. 마치 제 집인 양 성큼성큼 계단을 올랐다. 창고로 통하는 커다란 철문은 활짝 열려 있었고, 그 안에는 물품을 분리하는 인부들이 각종 정교한 강철 기기들을 받치는 궤짝이나 선반을 낑낑대며 나르고 있었다. 저런 기재들은 여태 본 적이 없다.

문 위에 걸린 표지판에는 정문의 간판보다 더 큰 글씨로 '관계자 외 출입금지'라고 적혀 있었다.

긴 외투에 뿔테 안경, 콧수염이 달린 툴툴거리는 사내 하나가 여덟 명의 인부들이 선적 작업대 앞에 주차된 트럭에서 작업하는 것을 감독하고 있었다. 평생 이렇게 큰 트럭은 처음이었다. 골란드는 그 자리에 우뚝 서서 엄청난 무게의 나무 궤짝이 도르래에 실려 나오는 광경을 넋을 잃고 바라보았다. 몇 명의 인부들이 그 궤짝을 밀어 바퀴 달린 깔판으로 옮겼다. 트럭의 화물칸 안쪽에 실린 다른 궤짝들은 작은 차 한 대가 들어갈 수 있는 크기였다. 궤짝에는 '제4빌딩 겉면 설계'란 문구가 새겨져 있었다.

"어이!"

뿔테 안경의 사내가 외쳤다. 트럭의 화물칸을 뚫어져라 들여다보던 골란드는 못마땅한 듯 휙 돌아섰다.

"당신 여기서 뭐 하는 거야?"

골란드는 상기된 가슴을 진정시키며 성냥 하나를 입에 물고선 어떻게 응수해야 할지를 곰곰이 궁리했다. 그런 후 자신이 이곳에 주차시켜놓은 트럭을 엄지로 가리켰다.

"라이언이란 사람한테 배달할 게 있는데."

같이 들고 온 클립보드를 보란 듯이 흔들었다.

"통조림."

"그거 조심하라고!"

감독관은 건장한 일꾼 두 명에게 고래고래 소리를 지르곤 다시 골란드에게 고개를 돌렸다.

"통조림이라고? 현장에서 좋아들 하겠는데. 그럼 우리가 이 트럭을 다 비우면 거기다가 통조림을……."

"잠깐만!"

골란드가 이쑤시개로 변한 성냥을 질겅질겅 씹어대며 성을 냈다.

"배달은 라이언이란 남자 앞으로 되어 있는데! 댁이 그 사람이유?"

사내는 기가 막힌 듯 짜증을 내며 응수했다.

"허, 웃기지도 않는 소릴 하는군. 라이언 씨는 이런 곳까지 직접 오는 사람이 아니야! 내 이름은 해리 브라운이고, 여기 책임자인 내가 모든 서명을 다 한다고!"

골란드는 어깨를 으쓱이곤 휙 뒤로 돌아섰다.

"여긴 분명히 라이언 씨라고 씌어 있소이다. 다른 설명은 안 보이는데."

"이봐, 잠깐만. 거기 서!"

브라운이 골란드의 어깨를 붙잡아 세웠다.

"거기선 먹을 게 도착하는 즉시 바닥난단 말이야! 어제 리조 씨가 통조림 종류를 더 보내라고 했다고!"

"알았수다."

여전히 성냥개비를 씹어대며 골란드가 대답했다.

"그럼 그 수취인은……."

아무것도 적혀 있지 않은 클립보드를 눈을 가늘게 뜬 채 내려다보았다.

"어, 그 라이언이라는 이름의 수취인을 여기로 오라고 해서 서명만 받으면 되겠네."

"이……."

브라운은 화가 머리끝까지 치솟았지만 부아를 꾹꾹 누르는 것 같았다.

"앤드류 라이언이 누구인지는 아시나?"

"들어는 봤지. 무슨 재계의 거물인가 하는 사람 아뇨? 설령 그 작자가 해리 트루먼이라고 해도 나랑 무슨 상관이오? 서명을 하거나 아님 배달을 말거나 둘 중 하나요. 원한다면 내일 다시 오리다. 어차피 별건 없고 통조림만 한 트럭인데, 뭘."

"오늘 밤에 선박이 들어온단 말이야. 그 사람들은 통조림이 절실히 필요하다고! 잔뜩 굶주린 인부가 한 부대는 된단 말이오!"

"그럼 그냥 근처의 식당에서 밥을 먹거나 하면 될 일 아뇨? 그 사람들이 어디 있는지는 모르겠지만 적어도 수취인이 올 때까지 말이오."

골란드는 도리어 짐짓 어이가 없다는 표정으로 대꾸했다.

"아니, 거기에 식당은 있을 거 아니냐고."

"없어! 이 얼간아. 거긴 아이슬란드 앞바다 한복판이라고! 만약에 회장님이 아이슬란드에서 식료품을 산다면······."

감독관은 말을 하다 말고 생각에 잠긴 듯 인상을 찌푸렸다.

골란드도 머리를 긁적이며 해결책을 찾느라 골몰하는 시늉을 했다.

"뭐, 그럼 내가 트럭 한 대 분량의 통조림은 두고 가지. 거기 사람이 몇인데? 한 대로 다 먹일 수 있나?"

"아이고, 적어도 세 대 분량은 있어야 돼!"

"여기서 거기까지 물자를 수송하는 게 돈이 더 많이 들 텐데. 그럴 예산이나 있는지 모르겠네."

"예산이 있냐고?"

브라운은 양팔을 겨드랑이 밑에 끼고선 흥, 콧방귀를 뀌었다.

"우리가 지금까지 공기 압출기에 들인 비용만 해도 당신은 놀라 까무러칠걸! 돈 같은 건 거, 뭐라더라, 전혀 문제가 아니라고. 아시겠소? 그럼 당장 트럭이나 끌고 오쇼!"

"근데 생각해보니 난 잘 모르겠소, 이 일 말이지. 받는 사람이 서명을 안 한다면 배달 목록에 있는지 없는지조차 모를 거 아뇨? 라이언이 책임자가 아니라면 이 내항 건설은 누구 회사인데?"

"라이언 회장님이 회사 주인이라니까, 이 망할……."

브라운은 한차례 숨을 길게 들이쉬곤 안경을 벗어 손수건으로 닦기 시작했다. 좀 진정이 된 것 같다.

"라이언 회장님이 주인인 건 맞고, 행정실의 리조라는 사람이 책임자요."

작업복을 입은 체격이 건장한 흑인 남자가 불쑥 내민 목록에 서명을 하느라 브라운은 몸을 돌렸다. 골란드는 그 목록에 뭐가 적혀 있는지 엿보려고 그의 어깨너머로 고개를 내밀었다. 눈에 들어온 건 '공기 청정 시스템 빌딩 32, 33' 정도였다. 하지만 그 시스템에 든 비용은 무려 백만 달러를 웃돌았다.

브라운은 골란드가 목록을 훔쳐보는 것을 눈치채곤 보지 못하도록 몸을 틀었다.

"이 양반, 진짜 호기심 많네."

골란드는 어깨를 으쓱했다.

"그냥 남들만치 궁금한 것뿐이지, 뭘. 생각해봤는데, 댁이 대리 서명하는 것 정도론 안 될 것 같소이다. 그 리조라는 사람의 사무실이 어디요? 거기 가서 얘기해봐야겠네."

브라운은 잠시 머뭇거리더니 의심이 가득한 눈총을 보냈다. 그러더니 체념한듯 어깨를 으쓱이곤 순순히 주소를 불러주었고, 골란드는 클립보드에 꼼꼼하게 써내려갔다. 그런 후 골란드는 나가려다 말고 창고 안을 슬쩍 기웃거렸다.

"여보쇼, 저거 혹시 잠수정 아니요?"

브라운이 눈을 치켜뜨고 그를 노려봤다.

"당신, 어느 배달 회사에서 왔다고 그랬지?"

"나요? 애크미 회사. 이름은 포스터고."

"그래? 그 클립보드 좀 봅시다."

"얼씨구, 아깐 나더러 호기심 많다고 짜증 부린 사람이 누군데? 서명이나 받아오면 그때 또 봅시다."

골란드는 몸을 돌려 쏜살같이 계단을 내려갔다. 선적 작업대의 인부들이 그를 따갑게 쏘아보는 것이 느껴졌다. 흘깃 뒤를 돌아보니 주먹이 엄청나게 큰 얼뜨기 같은 사내 한 명이 주머니에서 작은 곤봉을 꺼내 들고선 커다란 손바닥에 툭툭 치는 것이 보였다.

뛰지 않으려고 애를 쓰며 황급히 트럭에 올라탄 그는 최대한 빠른 속도로 그 자리를 떴다. 이건 협박으로 돈을 옭아먹는 사기극 정도의 규모가 아니다. 훨씬 더 큰 무언가를 얻을 수 있을 것 같았다.

그래, 위치만 잘 사수한다면 하늘에서 돈이 장대비처럼 쏟아지고도 남겠지. 그저 비를 받아낼 물통만 갖다놓으면 되는 일이다.

* * *

"사람들은 내가 브로드웨이 뮤지컬을 후원한다는 사실을 잘 모르지."

검은 리무진이 극장 앞에 미끄러지듯 유연하게 주차하자 라이언이 설명했다.

"소문을 내고 싶진 않았거든. 내가 좋아하는 음악은 좀 구식이라고들 그래서 말일세. 조지 M. 코핸이나 졸슨 같은 그런 음악이 내 취향이거든. 아니면 루디 발리라든지. 요즘 유행하는 이 지르박이란 건 나하고 잘 안 맞는 것 같아. 이해를 못하겠어."

극장 앞의 차양을 보곤 손을 흔들었다.

"샌더 코헨의 작품을 좀 아나? 몇몇 사람들은 그가 이제 한물갔다고들 하지만 난 여전히 그를 천재라고 생각하네. 부활을 거듭하는 진정한 예술가지."

빌은 차양에 적힌 문구를 읽었다.

샌더 코헨 주연의 "멋쟁이 청년"

"아!"

빌은 감탄하며 말했다.

"어머니가 샌더 코헨을 정말 좋아하셨는데…… 몇 년 전에 말입니다. 오래된 빅터 축음기로 코헨 씨가 부른 '튤립 한 송이에 입 맞추며'를 얼마나 틀어대셨는지!"
"아, 그렇지. 나도 '아무도 날 이해 못하네'의 열광적인 팬이었다네. 이 친구야, 자넨 오늘 샌더 코헨을 만나게 될 거야! 마침 마지막 곡을 들을 수 있겠군. 물론 난 벌써 수십 번은 들었지. 그런 후에 무대 뒤로 가서 얘기 좀 나누세. 칼로스키, 여기 세워주면 되네!"

리무진의 운전기사인 이반 칼로스키는 은빛이 도는 금발에다 몸 곳곳에 상처가 보이는, 러시아인 특유의 골격을 지닌 무뚝뚝한 사내였다. 장갑을 낀 손으로 살짝 경례를 하며 고개를 끄덕였다. 칼로스키는 자동차 정비공으로선 둘째가라면 서러울 뿐만 아니라, 싸움으로도 그를 당해낼 사람이 없다는 평판이 자자했다. 칼로스키에게 시비를 거는 사람은 없었다.

빌은 리무진에서 내려 무의식적으로 라이언을 위해 문을 여닫았다. 극장으로 들어서니 아직 공연이 끝나지 않았는데도 몇몇 젊은이들이 요란하게 웃어대며 떼를 지어 밖으로 나오고 있었다. 매끈한 턱시도를 입고선 지루하다는 표정을 짓고 있는 한 청년이 공들여 만든 헤어스타일에 새하얀 밍크 모피를 두른 여자와 걸어 나왔고, 두 명의 다른 청년들 역시 호스스레 장식된 멋진 옷을 입은 여자들과 팔짱을 끼고 그 뒤를 따라 나왔다. 틀림없이 휴식시간에 마셔댔을 칵테일로 모두 한껏 취한 상태였다.

라이언이 우뚝 멈춰 서서, 극이 끝나기도 전에 무리지어 극장을 나선 젊은이들을 못마땅한 눈초리로 뚫어져라 쳐다보자 빌은 조금 당혹스러워졌다.

"근데 말이야."

젊은이들 중 실크 중절모를 쓴 녀석이 웃으며 입을 열었다.

"그 샌더 코헨이란 사람, 진짜 웃기더라!"

"내가 듣기론 그 사람의 분장실로 들어간 젊은 남자들은 아예 밖으로 나오지도 못한다던데!"

중산모를 쓰고 반쯤 눈이 풀린 한 청년이 사뭇 진지한 척 목소리를 낮추며 말을 이었다.

"흥, 난 두 번 다시 그 사람 공연은 안 볼 거라고, 뭐."

휘청거리는 걸음걸이로 간신히 몸을 가누던 실크 모자의 청년이 덧붙였다.

"그 점잔 빼는 걸음걸이하고는! 스포트라이트만 따라다니면서! 게다가 그 메이크업은 또 어떻고! 광대가 따로 없더군!"

라이언은 의기양양한 기세로 떠들어대며 출구를 나가는 그 젊은이들을 노려보았다.

"주정뱅이들!"

머리를 설레설레 흔들며 극장 사이사이 이어지는 통로로 발걸음을 옮겨 무대 뒤편의 문을 열었다. 빌 역시 묵묵히 그를 따랐다. 술이라고는 한 방울도 입에 대지 않았는데 어딘가 모르게 취기가 돌았다. 라이언과 함께 동행을 하자니 자기 몸에 맞지 않는 옷을 걸친 것처럼 불편했다. 하지만 이런 경험 자체만으로도 충분히 흥분되었다.

"이쪽이네, 빌."

라이언이 중얼거렸다.

"퇴폐적 불한당들 같으니…… 언제나 그렇지. 한 치의 자기 논리도 없는 자들은 그저 우롱하는 것밖에 모르지. 비범한 사람만이 비범한 사람을 알아보는 법."

라이언이 무대 뒤편의 문을 똑똑 두드리자 시가를 질겅질겅 씹어대는 불도그 같은 사내 하나가 툭 튀어나왔다.

"뭐? 이젠 또 뭔데?"

그 비뚤어진 입술에서 시가가 툭 떨어진다.

"앗! 아이고, 죄송합니다, 회장님. 못 알아봐서 말이죠. 어서 들어오세요, 이쪽으로 오십시오. 오늘 밤 진짜 멋지죠? 안 그렇습니까, 회장님?"

저런 아첨꾼을 봤나, 하고 빌은 생각했다. 머리가 무릎에 닿을 정도로 조아리는구나. 대화가 메아리치는 좁은 복도를 지나니 무대 뒤편이 고스란히 눈에 들어왔다. 배우들이 무대로 들어가는 입구 쪽에 나란히 서서, 빌과 라이언은 샌더 코헨의 공연을 지켜보았다. 코헨은 마침 클라이맥스 격인 노래, '천국으로 뛰어가네'를 마무리 짓던 중이었다.

이 각도에서 무대를 보자니 참 생소했다. 쏟아지는 조명으로 모든 것들이 너무 밝아 보였고, 나무 무대를 긁어대는 갖가지 발자국 소음, 댄서들을 제대로 비춰주지 않는 극단적인 각도. 춤을 추는 그들은 아무런 감정 없이 그저 노동하는 것처럼 보였다.

샌더 코헨은 더 이상했다. 말년의 브로드웨이 스타는 은빛으로 반짝반짝 광채가 나는 재킷을 입고 있었는데, 사실 버스비 버클리[1] 뮤지컬의 백댄서들에게나 어울림직한 그런 요란한 의상이었다. 양옆에 빨간 줄이 그어진 은빛 바지에, 플라멩코 댄서들이 신는 굽 높은 신발에도 장식이 달려서 조명을 받고 반짝거렸다. 주먹코의 다소 우악스러운 인상을 풍기는 머리는 낫질이라도 한 듯 벌렁 벗겨졌고, 창백한 이마 위로는 이미 연륜으로 옅어진 머리숱이 한층 더 두드러져 보였다. 이를 보완하려고 반듯한 가르마 쪽에 곱슬머리 몇 올을 넣은 모양인데, 오히려 역효과였다. 작은 콧수염도 버릇없이 불쑥 위로 치켜 올라갔다. 얼굴에는 희멀건 분을 덕지덕지 바른 것 같았고 거기다 여자들이 쓰는 진한 아이라이너까지.

코헨은 장단에 맞춰 미끄러지듯 구르면서 손에 든 은빛 지팡이를 휘두르며 쾌활한 테너 음역으로 노래하고 있었다. 두 줄로 열을 맞춘 선남선녀들이 그의 뒤에서 박자를 타며 코러스를 넣었다. 코헨이 한층 목청을 돋운다.

나와 함께 퉁, 퉁, 퉁, 뛰어가고 싶다면
미친 듯이 수를 불, 불, 불릴 거야
토, 토, 토끼 한 쌍처럼
오! 퉁, 퉁, 뛰어가자 천국으로, 퉁, 퉁, 뛰어가자 천국으로
나와 함께-에-에-에-에-에-에!

"사실 저건 그냥 하찮은 곡이지."

벽을 짚은 손 너머로 빌을 돌아보며 라이언이 속삭였다.

"하지만 관중이 저런 걸 좋아하니까 말일세. 가끔씩 경쾌한 걸 넣어줘야지. 샌더는

---

[1] 화려하고 웅대한 기하학적 안무로 유명한 할리우드 영화감독이자 뮤지컬 안무가.

사실 이것보단 훨씬 더 진지한 게 잘 맞아. 예술가라면 아무런 압력 없이 자기가 하고 싶은 걸 해야 되는데 말이야. 뭐, 이익만 있다면 당연히…….”

빌은 고개를 끄덕였다. 지루하기 짝이 없는 이 공연에 앞으로는 이따위 쓰레기 같은 노래보다 더 나은 곡이 나오길 바라면서. 라이언이 저런 늙은 토끼 같은 양반의 공연에 귀를 기울일 줄은 상상도 못했다. 바그너라든지, 차이코프스키 같은 무거운 음악을 즐기리라 예상했는데. 허나 생각해보면, 아무리 잘 알던 사람이라도 그 사람이 평상시 어떤 음악을 즐기는지는 알 수 없는 노릇이다. 한번은 주먹깨나 쓴다던 부둣가 뱃사람을 만난 적이 있었다. 술집에서 싸움판이 벌어지면 세 명쯤은 콧김으로 날려버리던 사람이, 셜리 템플이 '멋진 배 롤리팝 사탕'을 부르는 장면을 보고서는 그 자리에서 통곡을 하는 것이었다. 꾸역꾸역 흘러내리는 눈물을 닦고 코를 훌쩍이면서, “쟤 진짜 물건이지?”라고 말했다.

별 호응 없는 관중의 박수를 받으며 막이 내려졌다가, 바닥에 닿기가 무섭게 다시 올라왔다. 요청하지도 않은 커튼콜 인사를 코헨이 할 수 있게 하기 위함이었다. 댄서들은 서둘러 무대를 떠났다.

라이언이 손짓을 하자, 백댄서들 중 한 명이 엉거주춤 다가왔다. 수수밭에서 뒹굴며 자란 것 같은 촌뜨기 인상의 코러스 걸이었는데, 하얀 털로 가장자리를 두른 수영복을 걸치고 있었다. 무성한 금발 머리가 핑크빛 어깨 위로 넘쳐흘렀고 금빛으로 빛나는 짧은 앞머리는 땀을 흘린 탓인지 이마에 착 달라붙어 있었다. 체구가 꽤 컸다. 풍만한 아마존 전사처럼. 키도 라이언보다 몇 센티는 더 커 보였다. 그럼에도 라이언의 곁에 서니 움츠린 아이처럼 작아졌고, 대신 도자기 같은 푸른 눈동자가 커졌다.

“라이언 씨!”

목소리는 그다지 달콤하지 않았다. 귀에 거슬리는 쇳소리여서, 빌은 그녀가 적어도 춤 솜씨만은 좋기를 바랐다.

라이언은 애정 어린 눈길로 그녀를 바라보았다. 그의 깐깐한 눈매에 일순 탐욕스런 굶주림이 돋아나는 듯했으나, 순식간에 욕구는 꺼져들고 아버지가 아이를 바라보듯 부드러운 눈빛으로 변했다. 의식적으로 감추는 듯했다.

"재스민, 오늘 밤은 정말 재능이 돋보이더군."
라이언이 말을 이었다.
"아, 내 동업자를 소개하지, 빌 맥도나 씨라네."
하지만 재스민은 빌을 본체만체했다.
"진짜 내가 잘한 것 같나요, 라이언 씨? 여기서 제가 보였어요?"
"물론이지, 이 아가씨야. 네가 춤추는 건 벌써 많이 지켜보았어. 언제나 흥분되지."
"주연으로 충분할 만큼이요? 전 연예계 쪽으론 별 진전이 없는 것 같아요, 라이언 씨. 제 말은…… 여기까지 오긴 했는데, 코러스 역할밖에 안 주더라고요. 코헨 씨와도 얘기를 해보려고 했지만 아예 절 쳐다보지도 않고요. 그분이 관심을 주는 사람들은, 음, 뭐라더라, 자기 견습생들뿐이니……."
"재스민, 너 같은 재능이라면 때가 왔을 때 충분히 눈에 띄게 되어 있으니까 걱정하지 마."
라이언이 답을 하는 동안, 요청하지 않은 또 한 번의 커튼콜 인사를 하는 샌더 코헨의 앞으로 다시금 막이 내려왔다.
"정말이요, 라이언 씨? 그러니까, 라이언 씨가 말을 해줄 수……."
"아닌 게 아니라 사실은!"
라이언이 단호한 어조로 재스민의 말을 끊었고 찍 소리도 못한 채 그녀는 움츠러들었다.
"분명히 내가 도와줄 거야. 그 어투부터 고치는 레슨을 받을 수 있게끔 내가 지원해주겠어. 너의 예술가로서의 유일한 약점이라면 보컬 표현력이랄까. 나도 한때 그 레슨을 받은 적이 있어. 그걸 받고 나면 목소리부터 달라질 거야. 그럼 사람들도 널 다른 눈으로 보게 될 거고."
"표-흔-룩! 그럼요, 저도 그게 뭔지 잘 알아요!"
하지만 당혹스런 눈치다. 표현력을 향상시키는 것은 그녀가 상상했던 '지원'이 아니었던 모양이다.
"내가 조만간 새로운 단체를 만들려고 하거든."

주위를 두리번거리면서 라이언이 말을 이었다.

"여기와는 아주 멀리 떨어진 곳에 말이야. 휴양지라고 생각하면 될 거야. 완성하기까진 시간이 걸릴 테지. 하지만 헌신적으로 노력하는 자세만 있다면, 너도 거기서 일자리를 찾아볼 수 있을 거야. 그곳의…… 연예계에서 말이지. 원하는 것처럼 새로운 시작이 되겠지."

"정확하게 거기가 어딘데요?"

"뭐, 외국이지."

"버뮤다 같은……?"

"음, 그래, 거기와 비슷해. 아, 샌더!"

"와우, 휴양지라니, 그거 아주 근사하겠네요!"

그렇게 말하곤 자리를 뜨면서도 라이언 쪽을 계속 쳐다보던 재스민은 하마터면 무대에서 막 내려오는 코헨과 부딪칠 뻔했다.

"아가씨, 실례."

딱딱하게 경직된 미소를 지으며 코헨이 중얼거렸다. 그러나 라이언을 보자마자 한쪽 눈썹을 둥그렇게 구부리면서 종전과는 전혀 다른 환한 얼굴이 되었다.

"앤드류! 이 친구야! 결국 내 공연을 보러 와 주었구먼!"

"웬걸, 여기 서서 완전히 넋이 나가 있었는걸. 아, 빌 맥도나를 소개하지."

"빌이라고, 응?"

코헨은 졸린 듯이 가는 눈을 뜨고선 빌을 관찰했다.

"음…… 흙처럼 순박하시군!"

"맞습니다."

빌이 맞장구를 쳤다.

"두 발을 땅에 딱 붙이고 살죠, 전."

"거기다가 영국인이군! 멋지네. 며칠 전만 해도 내가 노엘 코워드와 얘기를 나누다가……."

무대 뒤에서 들려오는 온갖 소음에 목소리가 거의 들리지도 않는데 코헨은 아주 긴 일화를 늘어놓느라 정신이 없었다. 그 이야기의 주된 내용은 코헨을 향한 코워드의 다소 소심한 경외심에 관한 이야기인 것 같았다.

"그 자식이 그런 아첨꾼이었을 줄이야."

코헨의 왼쪽 눈썹은 가히 영구적이라 할만치 삐딱하게 치켜세워져 있었다. 냉소가 의학적 증세일 리 만무하지만, 마치 그 증상으로 눈썹이 영원히 마비된 것처럼 내려올 줄을 몰랐다.

"자네는 진짜 예술가야, 노엘 코워드 같은 허세만 부리는 사람이 아니라."

라이언이 말을 이었다.

"그 녀석이 자네 앞에서 벌벌 떠는 것도 당연한 일이지."

"자넨 정말 친절해, 앤드류!"

빌은 이런 사람이 라이언 회장을 저렇게 친근하게 부르는 것이 내심 불편했다. 어딘지 옳지 않은 느낌이 들었다. 코헨이 자기에게 너무 바짝 붙은 것을 느끼곤 빌은 한 발짝 물러섰다.

"앤드류, 시내에서 작은 리셉션이 있는데 와주지 않겠나?"

라이언이 인상을 찌푸렸다.

"리셉션?"

"초대장 안 받았어? 이거, 내 조수를 아주 발가벗겨놔야겠구먼! 하하! 벌랭 클럽에서 갤러리 전시회가 있는데, 요즘 들어 내가 몰두하고 있는 새로운 분야라서 말이야. 미국에서는 거의 알려지지 않은 새로운 예술 형태지."

또 한 번 눈을 가늘게 뜨고서 빌 쪽으로 고개를 돌리고 설명했다.

"'활인화(活人畵)'라고 하지."

"아, 그거로군."

라이언도 한마디 덧붙였다.

"활인화. 프랑스의 전통 예술이라네. 사람들을 무대 위로 끌어올려서 포즈를 취하게 한 다음, 역사나 이야기 속의 장면들을 표현한다네. 분장을 시키고 의상을 입혀서…… 마치 조각품처럼 말이야."

"맞아!"

코헨이 의기양양한 자세로 박수를 치며 환호했다.

"어떤 의미에선 살아 있는 조각이라고 할 수 있지. 이번 전시에는 로마의 황제 칼리굴라의 일생 중 몇 장면을 표현할 생각이야."

"굉장할 것 같은데."

라이언은 담담하게 답을 했지만 그의 얼굴은 희미하게 일그러졌다.

"칼리굴라라니, 허허허."

"내 견습생들 말이지, 이 녀석들이 정말 예술에 대한 열정이 대단한 녀석들이야. 걔네들이 냉기가 느껴지는 차가운 방 안에서 거의 알몸과 다름없는 속옷 차림으로 포즈를 취할 거야. 그런 자세로 일 분이 가고 또 일 분이 가는 거지, 마치 그 자리에 얼어붙은 것처럼!"

코헨은 종마처럼 머리를 세차게 흔들어대더니 거의 들릴 듯 말 듯한 목소리로 속삭이기 시작했다.

"애들 모두가 날 기쁘게 하려고 서로 엄청난 경쟁을 하고 있거든! 오오, 정말이지 얼마나 열심인지 몰라. 허나 예술이란 게 원래 희생정신이라는 고뇌가 뒤따르기 마련이니까. 헌신적인 복종, 그리고 신전 앞에서 산 제물이 되는 것도 불사하는 그 희생심!"

"그래서 내가 자네에게 늘 감탄하는 거잖나, 샌더."

라이언이 나섰다.

"예술을 위한 자네의 그 완전한 헌신. 남들이 뭐라고 하건 말이지! 자네는 완벽하게 자네 자신에게 충실하지. 그거야말로 예술을 하는 데 절대적으로 필요한 요소인 것 같아. 자신의 진정한 내면을 표출하는 것."

하지만 샌더 코헨의 진정한 내면이 어떻든 간에, 빌이 보기엔 죄다 숨겨진 것처럼 보였다. 어떤 대단한 기백으로 세상 앞에 자신의 다른 면을 표출하건 간에 말이다. 코헨의 그 졸린 듯한 실눈 안에는, 겁에 질린 작은 동물 하나가 숨어 있는 것 같았다. 그럼에도 그는 미사여구를 늘어놓으며 패기 넘치는 활달함으로 움직이고 있다. 참 기이한 사람이다.

"애석하게도 자네의 리셉션 때쯤이면, 난 아마 나라 밖으로 출장을 가 있을 것 같네."

라이언이 덧붙였다.

"하지만 아까 재스민한테도 얘기했듯이……."

"아, 그 여자."

코헨은 부질없다는 듯이 어깨를 으쓱해 보였다.

"확실히 매력은 있어. 나도 그건 알아. 하지만 앤드류, 이 공연이 우리 예상보다 더 일찍 끝날 수도 있다고 들었다네. '멋쟁이 청년'이 내 컴백 공연이었는데 말이야, 나의 대변신이었다고! 꽉 죄는 누에고치 같은 틀에 꼭 낀 것 같은 느낌이라고. 그 틀이 곧 나를 눌러 짜낼지도 몰라."

코헨은 두 팔로 자신의 몸을 꽉 끌어안고는 혼이라도 짜내듯 몸을 꿈틀거렸다.

"진짜 쥐어짜내는 기분이라니까!"

"압박당하는 예술가의 초조함이로군."

라이언이 연민으로 고개를 천천히 끄덕이며 말했다.

"공연은 걱정하지 말게. 브로드웨이도 이제 곧 퇴물이 될 텐데. 자네가 가진 천재성에 꼭 적합한 우리만의 무대를 만들면 되잖은가, 샌더!"

"정말인가? 과연 어떤 규모의 무대일까 궁금한데, 응? 객석이 큰가?"

"자네도 곧 알게 될 거야. 규모에 관한…… 글쎄, 거기서도 충분히 자네의 재능을 인정하는 사람들이 많을 걸세. 말하자면, 포로처럼 갇힌 관중이라고 할까."

"우우, 포로 같은 관중! 그것보다 더 좋은 일은 없을 거야! 근데 이제 가봐야겠네! 분장실에서 지미가 나한테 절실한 신호를 보내는구먼. 이 일에 관해선 계속 알려주게. 이 새로운 프로젝트 말이네, 앤드류!"

"완공되면 자네가 제일 처음으로 알게 될 거야, 샌더. 그리고 자네라 하더라도 용기와 결단력이 필요할 걸세."

라이언이 알 수 없는 미소를 지었다.

"하지만 그 용기 있는 도약을 한 번이라도 해낸다면, 실로 아름다운 세계를 보게 될 걸세."

 빌과 라이언은 샌더 코헨이 총총걸음으로 분장실로 향하는 모습을 지켜보았다. 빌의 눈에는 저 코헨이란 자가 머리가 돈 비정상적인 인간으로 보였지만, 한편으로는 라이언의 말이 맞는 것 같다는 생각도 들었다. 천재들은 다 비정상이라 하지 않던가. 빌의 생각을 읽기라도 하듯 라이언이 입을 열었다.

 "그래, 빌. 저치는 조금 별난 친구이긴 하지. 어떨 땐 분통이 터질 정도로. 하지만 위대한 인간은 눈을 아프게 하고 귀를 태우기 마련이야. 코헨은 스스로를 '무언극의 나폴레옹'이라 부른다네. 그리고 그건 사실이야, 무언극을 할 때는 말이지. 자, 가세나, 빌. 공항으로 가야지. 자네만 준비가 됐다면 말이야. 혹시 그새 마음이 바뀌진 않았겠지?"

 빌은 씩 웃었다.

 "설마 그럴 리가요, 회장님. 하나부터 열까지 가보는 거죠. 한 치 앞이 안 보여도 뛰어들 자신은 있습니다."

4

뉴욕 시

1946년

"이것 보쇼, 골란드 씨. 그 일이라면 난 잘 모른다니까 그러네."

머튼은 경종 주점의 뒷방에서, 예전에는 자기 것이었던 의자를 마주보며 앉아 있었다. 이제 그 의자에는 골란드가 앉아 있고, 마권업자 가르시아가 그 옆에 떡하니 버티고 서서 가죽 곤봉을 손바닥에 툭툭 치며 머튼을 노려보고 있었다. 브롱크스의 주먹대장인 레지가 낮 동안의 업무인 수위 유니폼을 입고, 반대편을 지키고 서 있었.

골란드는 레지를 아주 오래전부터 알아왔다. 자신의 실명을 아는 몇 안 되는 생존자인 레지를, 무력행사가 필요한 임무에 이따금씩 동원하기도 했다. 오늘 밤 골란드는 머튼에게 확실히 본때를 보여줄 참이다. 하브 머튼이 앤드류 라이언보다 프랭크 골란드를 더 두려워해야 할 필요가 있었으니까.

"그러니까 내 말은, 혹시 내가 아는 다른 게 있었다면 말이죠."

손목을 비틀면서 머튼이 말을 이었다.

"분명히 당신한테 알렸을 거라니까."

"이봐, 혹시 화끈한 경마 건수는 없나, 머튼?"

가르시아가 징그럽게 미소를 띠며 물었다.

골란드는 가르시아에게 조용히 하라는 신호를 보냈다. 가르시아는 어깨를 으쓱하며 곤봉을 집어넣곤, 대신 시가를 꺼내 물었다. 정적이 흐르는 사이, 닫힌 문의 틈새로 주점의 소음이 들려왔다. 한 여자가 깔깔대며 웃는 소리, 그 뒤로 한 사내가 야유를 보낸다.

"아우, 네까짓 게 뎀지 녀석을 알게 뭐야!"

"자, 한번 차분히 생각해보자고, 머튼."

버본 위스키 한 잔을 머튼에게 따라주며 골란드가 입을 열었다.

"그러니까 넌 내항 건설에 들어가 이 리조라는 놈한테서 북대서양 프로젝트 일자리를 얻었단 말이지. 지금 놈들의 선박에서 스튜어드 노릇을 하는 중이고, 맞지? 그래서 그놈들이 너를 북대서양 한복판으로 데려가서 한 달 반 동안 일을 시켰어. 그런데도 넌 거기서 아무것도 보질 못했다고?"

골란드가 술이 가득 찬 술잔을 책상 위로 밀자 머튼이 단숨에 낚아챘다.

"고마워요. 어…… 뭐, 그런 얘기가 되겠네요. 아니, 그러니깐 배로 나른 물품들 중 일부는 바다 밑으로 내려갔죠. 하지만……."

말을 하다가 초조한 듯 서툰 웃음을 지었다.

"내가 거기까지 내려간 건 아니라니까요! 그 아래서 무슨 일이 벌어지는지에 대해선 다들 쉬쉬하니까. 거기 내려갔다 온 놈에게 물어봤는데, 입 한번 벙긋하는데도 자기 목숨이 달린 일이라면서 아무 말도 안 해주더라고요. 난 전혀 모른다니까 그러네."

"난 말이야, 놈들이 무슨 짓을 벌이는지 알고 있어, 대충은."

이번엔 자기 잔에 술을 따르면서 골란드가 말했다.

"놈들은 엄청난 규모의 무언가를 건설 중이라고. 물론 라이언의 꿍꿍이가 뭔지는 나도 몰라. 돈이 모이는 곳이 어디인지도 모르고. 광석을 캐내서 끌어올린다던데? 그럼 탄광 작업 같은 건가? 금이나 은, 원유?"

"아니, 그런 건 아니고, 그냥 배만 엄청 많았어요. 라이언 씨는 보지도 못했고요. 이름을 부르는 건 몇 번 들었는데, 그게 다였죠. 난 계속 일하느라 바빴고 뱃멀미까지 해서 말이죠. 그냥 다시 뉴욕으로 돌아와서 다른 일감을 찾아야겠구나 싶어서 안심했는데……."

"맞아, 다른 일을 구하려면 우선 살아 있어야지."

불쑥 한마디 거들며 끼어든 레지의 목소리는 무덤덤했다.

"그리고 살아 있으려면 우선 골란드 씨한테 네가 아는 걸 다 불어야지."

"정말이라고요, 맹세해요! 거기서 아무것도 못 봤다니까요! 그 큰 배의 갑판을 벗어난 적도 없고요! 그런 건 프랭크 폰테인이…… 그자가 알지도 모르죠. 현장까지 어선으로 생선을 공급하는 일을 하니까! 그러니 얘기도 자주 할 것 아녜요, 거기서 일하는 사람들이랑."

골란드는 곰곰이 생각하면서 미간을 찡그렸다.

"프랭크 폰테인. 폰테인 수산을 하는 그놈? 예전에는 그 어선으로 온갖 잡다한 것들을 쿠바에서 밀수해왔었는데. 이제 한다는 일이 생선 배달이라고? 지금 장난해?"

"갑판에서 그 사람을 만났다고요! 자기 입으로 직접 얘기하던데. 예전에 그가 밀수해온 럼주를 내…… 아니, 당신 가게에서 팔았으니까."

머튼이 침을 꼴깍 삼켰다.

"폰테인 말로는 거기 현장에서 일하는 인부들 먹거리로 라이언한테 생선을 파는 게 뉴욕 시 전체에 럼주를 파는 것보다 벌이가 더 좋답디다! 현장에서는 먹을 것이 절실하게 필요하다면서. 마치 군대에 조달하는 것 같다고 그랬어요."

골란드는 나직이 탄식했다. 머튼의 증언은 선적 작업장에서 그가 들었던 얘기와 동일하다. 북대서양에서 무슨 일을 벌이는지 확인할 수 있는 가장 좋은 방법은…… 직접 현장으로 물자를 공급하는 일.

불현듯 엄청난 아이디어가 떠올랐다. 그리고 그로 인해 미처 생각지 못했던 다른 가능성도 열렸다.

허나 그 정도까지 멀리 간다면…… 뭐, '멀리'라는 말이 정확한 표현이긴 하다. 그렇다면 자신의 영역 역시 멀리 벗어나게 된다. 북대서양 한복판에서 오갈 데 없이 허송세월을 보낼 가능성도 간과할 수 없다.

확실히 라이언의 이 은밀한 프로젝트의 무언가가, 골란드를 유혹하고 있는 것은 분명했다. 마치 어딘가에 파묻힌 해적들의 금화에 관한 소문이 모험가를 현혹시키는 것처럼. 라이언은 수백만 달러를 북대서양 밑바닥에 쏟아붓고 있다. 자기도 한 움큼 건져볼 수 있지 않을까.

수년 전 골란드가 법망을 요리조리 피해 다닐 때, 열차의 화물칸에 뛰어오른 적이 있었다. 그 유개 화물차에는 오래되어 낡은 신문 조각이 있었는데 떠오르는 신진 사업가 앤드류 라이언에 관한 기사였다. '앤드류 라이언'이란 이름이 새겨진 멋진 건물 앞에서, 직접 포즈를 취하고 찍은 사진도 있었다. 그 사진은 골란드의 마음속에 불을 지폈다. 맨해튼의 지평선을 뒤로 하고, 마치 도시 전체가 자기 소유인 양 앤드류 라이언이 서 있는 모습을 보니 이런 생각이 들었었다.

'저 사람이 가진 모든 것을 내가 다 가지고 싶다. 그의 손에서 빼앗고 싶다…….'

지금이 바로 그 기회인지 모른다. 하지만 먼저 라이언의 진의가 무엇인지 알아야 한다. 그가 어떤 수작을 벌이든 간에 분명한 것은, 저 검푸른 바다의 차가운 내장을 가르고 그 안에 뭔가를 만들고 있다는 사실이다.

북대서양 어느 지점

1946년

"그냥 개조한 리버레이터[1]일 뿐이야."

앤드류 라이언은 윙윙거리는 소음이 가득한 객실을 지나, 빌 맥도나를 후방의 꼬리 쪽으로 안내했다.

"이젠 성층권용 비행기지. 유나이티드 항공사가 호화 여객기로 쓰려고 열한 대를 매입했거든. 지금 우리가 탄 이 항공기가 기본형이지. 물론 이건 프로펠러가 달렸지만 차세대 기종은 제트 엔진으로 바뀔 거야."

"전쟁 당시 제트 전투기를 본 적이 있습니다, 제 마지막 비행 중에."

빌이 말했다.

"ME-262였을 겁니다. 독일 기종이었는데 우릴 공격하지는 않았습니다. 아마 시험 운행 중이었던 것 같습니다."

"그랬겠지."

라이언은 생각이 많은 듯 조금 어수선하게 대답했다.

---

[1] 미국산 네 발 프로펠러 중폭격기.

"제트 엔진은 빠르고 효율적이지. 하지만 우린 그걸 개발할 시간이 없었네, 적어도 항공기로는. 왜냐하면 북대서양 프로젝트가 끝날 때쯤엔 더 이상 항공기가 필요 없을 것 같았거든. 대신 잠수정이 있어야지. 때가 되면 그것조차 필요치 않게 될 거야. 아주 완벽한 자력갱생이 이루어졌을 테니……."

'잠수정'이라고? 빌은 귀를 의심했다.

빌은 사실 이 비행기 안에 있다는 것 자체가 불안하기 짝이 없었다. 귓전에 윙윙거리는 엔진 소리는 지난 전쟁에서 지긋지긋하게 탔던 폭격기를 연상케 했다. 전쟁이 끝난 후 미국으로 가는 긴 여정에 굳이 선박을 고집했던 이유도 그래서다. 전쟁의 마지막 비행에서 가장 절친했던 전우가 시뻘건 잼으로 변하던 광경은 아직도 눈에 선했다.

비행기의 내부는 사실 폭격기와는 딴판이긴 했다. 바닥을 뚫고 올라오는 소음과 진동, 곡선을 그리는 '내부 표면'을 제외하면, 호텔이라 할 수 있을 정도로 호사스러운 실내였다. 바닥에 단단히 고정시킨 기품 있는 19세기 양식의 화려한 의자와 소파, 그 위에는 붉은 실크 양단에 금테를 박은 쿠션까지 놓여 있었다. 창 위에 매달린 레이스 장식의 커튼은 가느다란 실크로 우아하게 묶어놓았다. 객실에는 제복을 입은 세 명의 시종과 요리사가 소리 없이 오가며 빌과 라이언의 시중을 들었다. 둘이 스테인리스로 만든 난간 뒤로 지나가자, 빨강과 검정이 어우러진 제복을 걸치고 머리를 금색 끈으로 단정히 묶은 한 동양계 여성이 예의 바른 얼굴로 이들을 주시했다.

라이언이 술을 찾은 건 아니었다. 둘은 빨간 벨벳 커튼 너머, 바닥 한가운데에 철재 탁자가 놓인 작은 방으로 들어갔다. 그 탁자 위에는 상당히 큰 물체가 놓여 있었는데, 새하얀 모슬린 천으로 덮어놓은 탓인지 마치 유령을 보는 느낌이었다. 그것 외엔 아무것도 없는 텅 빈 방이었다. 단지 왼편 벽에 테이프로 붙여놓은 그림 한 장이 전부였다. 그림은 꽤 양식화된 표현으로 북적이는 도시의 풍경을 담고 있었다. 마치 오즈의 마법사에 나오는 에메랄드 도시 같았다. 차이점이라면 도시가 물 밑에 있다는 것뿐……. 형형색색으로 그려진 물고기 떼가 건물 사이로 유유히 헤엄치고 있었다. 혹시 하룻밤 새 가라앉았다던 전설의 섬, 아틀란티스일까?

잔뜩 폼을 잡으며 라이언이 탁자로 성큼성큼 걸어가더니 모슬린 천을 잡아당겼다.

"짜잔!"

함박웃음을 머금으며 그가 보여준 것은 한 도시의 모형이었다. 여러 개의 작은 구조물로 구성된 하나의 큰 구조. 크라이슬러 빌딩을 디자인한 사람이 도시를 건설하면 이런 모습이겠지. 온통 근대 공업미술 형태의 건축 양식이었다. 1미터 가량의 높이인 그 모형은 여러 개의 고층 탑들이 서로 연결되어, 녹색의 유리와 크롬에 둘러싸인 구조였다. 사람들이 오고갈 수 있는 투명한 자재의 연결통로가 있었고, 곳곳엔 조각상들로 장식되었으며 빈 공간이 거의 없을 정도로 빽빽하게 건물들이 들어서 있었다. 이 모형의 구조물 전체가 외부로부터 단단히 차단된 것 같은 느낌을 주었는데 멋들어지게 솟아오른 등대 모양의 고층 탑 아래층에서 에어록을 발견할 수 있었다. 그 에어록 밖에는 작은 잠수함 모형이 놓여 있었다. 투명한 판자를 통해 도시 모형을 자세히 들여다본 빌은 수직으로 치솟은 굴대 너머 빼꼼히 모습을 드러낸 조그마한 잠수정 한 대를 발견했다.

앤드류 라이언은 손에 쥔 모슬린 천을 흔들어대며 깊게 숨을 들이마시곤, 흥분된 어조로 소리쳤다.

"바로 이것이…… 랩처[1]야!"

그 순간, 난류를 맞아 비행기가 심하게 요동치면서 탁자 위의 모형 도시가 세차게 흔들렸다.

중심을 잡으려 애쓰며 빌은 모형 도시에서 눈을 떼지 못했다.

"황홀하단말씀이시죠? 맞습니다. 정말 멋지군요."

"그게 아니야, 빌. '랩처'는 이 도시의 이름이라고. 자네가 지금 보고 있는 이것이 그 핵심부의 설계지. 말하자면 중심가라고 할까. 이미 기초공사를 진행 중이야. 북대서양의 물 밑에서 수천 명이 거주할 수 있는 공간이라네."

빌은 넋이 빠진 얼굴로 라이언을 쳐다보았다.

"지금 농담하시는 겁니까?"

---

[1] 랩처는 '황홀'이라는 뜻을 가지고 있다.

라이언은 예의 그 자비로운 미소를 지으며 답했다.

"농담이라니, 진담일세! 비밀리에 건설 중이라네. 아직 사람의 손길이 닿지 않은 미개척지에다 말이야. 저 건축물을 보게, 정말 웅장하지 않은가, 응? 웨일즈 형제가 디자인을 맡았다네. 그리비가 그들의 상상력을 실행에 옮긴 거고. 이제 자네도 그 일에 한몫해야지, 빌."

빌은 여전히 어안이 벙벙한 채 머리를 흔들기만 했다.

"이, 이걸 지금 짓고 있다는 말씀이십니까?"

다행히도 난류의 세기가 조금 줄어들었다. 포화 속을 뚫고 가던, 죽음과 같던 비행의 기억들이 다시 뇌리를 파고들었다.

"그럼, 그 랩처라는 곳은 규모가 얼마나 됩니까?"

"그냥 작은 도시 정도야. 바다 아래 숨겨진…… 아마 몇 천 미터 정도의 넓이는 되겠지. 그 안에는 열린 공간이 많아. 폐소공포증이라도 일으키면 곤란하니까."

건물이 빽빽이 포개진 그 모양새는 맨해튼의 번화가를 연상케 했다. 심지어 빽빽하다 못해 아예 접합된 부분도 많았다.

"저기 조그만 창 너머로 세워진 거 보이나?"

라이언이 손으로 가리켰다.

"저게 공원이라네. 자넨 상상이 가나, 바다 밑의 공원이라는 것이? 저걸 '아카디아'라고 부를 작정이네. 인공광과 더불어 태양광을 반사시키는 시스템을 사용하지. 아카디아는 주민들을 위한 휴양 시설일 뿐만 아니라, 산소를 공급해주는 중요한 공간이네. 자, 그럼 여기엔……."

라이언이 말을 이으려는 찰나, 또 한 번의 드센 난류로 비행기가 다시금 흔들렸고 이번엔 가까운 곳에서 벼락까지 쳤다. 라이언과 빌, 둘 다 잔뜩 긴장한 표정으로 그림이 걸린 벽의 반대쪽 창문을 내다보았다.

빌은 탁자 가장자리에 손을 얹어 몸을 굽히고선 창문 밖을 조심스레 살폈다. 시커먼 구름이 성난 듯이 번개를 뿜어내며 점점 부풀어 올랐다.

"많이 흔들리겠군요."

쿠쾅, 하는 소리와 함께 또 한 번 진동이 느껴졌다. 빌은 눈을 지그시 감고 마치 저 구름처럼 머릿속에 점점 부풀어 오르는 기억들을 지우고자 온 신경을 집중시켰다. 포탄이 터지는 소리, 악착같이 따라붙는 착탄. 바깥에서 또 한 번 포탄이 터지자 폭격기 선체의 일부가 떨어져 나갔다. 벗겨진 틈으로 무서운 세기의 바람이 미친 강도처럼 침입했고, 무전병 빌 맥도나는 겨우 일주일 훈련을 받고 동참한 웨일즈 출신의 곱슬머리 애송이 녀석이 1.5미터 남짓의 공간으로 빨려가는 광경을 그저 지켜볼 수밖에 없었다. 갑작스런 기압 하락으로 뒤로 세차게 밀려난 그 녀석의 얼굴은 공포로 일그러져 있었다. 마침내 빌이 조종사들에게 "고도를 낮춰!"라고 소리를 지른 후, 오른손으로는 기둥을 잡고 그 신참을 향해 왼팔을 뻗어 최대한 끌어올리려 했다. 아무런 소용이 없음을 알면서도. 신참은 포탄으로 파열된 차가운 금속재 벽 주위로 떠밀리다가 울퉁불퉁 뾰족하게 잘린 가장자리에 몸이 꽂혀버렸다. 날카로운 금속이 왼쪽 어깨를 뚫자 그 녀석은 고통으로 비명을 질렀다. 피가 쏟아져 나오며 틈새의 공간을 뒤덮었고 눈 깜짝할 사이, 마치 마법처럼 곱슬머리 신참은 포효하는 하늘로 사라져버렸다. 남은 것이라곤 찢겨진 옷 조각과 부서진 벽의 끄트머리에 달라붙은 살덩이뿐. 그 녀석은 어딘가로 추락하고 있을 터, 저 납빛의 안개 속으로 말이다. 폭격기는 기압을 낮추고자 갑작스레 하강했고 빌은 넋을 잃은 채 기둥에 찰싹 달라붙었다.

"빌, 자네 괜찮나?"

가까스로 정신을 차렸을 땐 창백한 얼굴로 간신히 답할 수 있었다.

"제가 그 먼 뱃길로 미국까지 온 이유가 있었습니다, 회장님. 이젠 괜찮습니다, 죄송합니다."

"우리 둘 다 한잔씩 해야겠는데……."

"맞습니다, 회장님. 술이 약이죠."

"객실로 돌아가서 폭풍이 멈출 때까지 앉아 있는 게 좋겠네. 강풍도 지나갔으니 이제 공항까지 한 시간이면 충분할 거야. 그런 다음엔 배로 이동하세나. 이리 오게, 내가 퀴를 시켜서 자네가 지금껏 맛보지 못한 진짜 맥주 한 잔을 가져오라고 할 테니까. 마시면서 내가 '위대한 사슬'에 관한 얘기를 해주지."

* * *

스태튼 아일랜드의 그 술집은 오늘 밤엔 손님이 거의 없었다. 그러나 폰테인 선장은 약속대로 어두컴컴한 구석의 테이블에 앉아, 자기 앞에 놓인 맥주를 하염없이 노려보고 있었다. 프랭크 골란드를 기다리는 중이다.

폰테인 선장은 프랭크 골란드라 불리는 사내와 확실히 닮았다. 조금 거친 피부에 좀 더 나이가 들었을 뿐. 테 없는 빨간 모자를 당겨 쓰고 코르덴으로 된 녹색의 긴 겹여밈 외투를 걸쳤다. 굳은살이 박힌 벌건 손은 거친 바다 위에서의 한평생을 말해주는 듯했다. 처음엔 밀수업자로 시작해서, 지금은 작은 고기잡이 어선의 선장이 되었다.

골란드는 취기가 만연한 선원 하나와 시시덕거리던 듬직한 체형의 여자 바텐더를 불렀다. 병맥주 한 병을 시켜 손에 쥐곤 폰테인 선장이 앉은 테이블로 다가갔다.

폰테인은 골란드가 맞은편 자리에 앉을 때까지 노려보던 맥주잔에서 눈을 떼지 않았다.

"골란드, 매번 자네와 부딪칠 때마다 일이 꼬이는군."

"그건 또 무슨 소리야? 지난번 선적으로 내가 그렇게 고생해서 벌어준 돈은 누가 다 썼더라?"

"네놈의 수당금도 내가 받은 것하고 똑같았어. 한 일이라곤 입만 나불대는 것밖에 없었으면서."

"입만 나불대는 게 내가 사는 방식인 걸 어쩌라고, 이 친구야. 이것 봐, 폰테인. 내가 입수한 정보를 원하나, 원치 않나? 거저 주는 거라고. 앞으로 자네와 같이 일해 볼 생각이었는데 말이야. 자네가 감옥에 처박혀 있으면 성사를 못 시키잖나. 그러니 그 조개 같은 귀나 쫑긋하게 세우고 잘 들으란 말이지. 놈들은 자네가 출항할 때까지 기다릴 거야. 그런 다음, 귀항하는 길에 모조리 검거할 거라더군."

폰테인은 맥주를 홀짝였다.

"놈들이라니…… 그게 누군데?"

"이런 젠장, 누구긴 누구."

골란드는 테이블 위로 몸을 숙이고 목소리를 낮추었다.

"F-B-I, 그 양반들이지 누구겠어. 정보원 보스 있잖아, 그놈이 자네를 씹어먹어버릴 참이라니까!"

폰테인은 자세를 꼿꼿이 세웠다. 골란드는 차분한 눈으로 그를 바라보았다. 자신의 거짓말을 스스로 믿으면서.

"내 여동생의 제일 친한 친구가 그놈들의 비서로 일하거든. 평소에 이것저것 내 뒤를 살펴주지."

노련한 거짓말쟁이가 되는 비결은, 자신이 입 밖으로 내던진 말을 철저하게 믿는 것이다.

"그래서 걔가 수색영장을 타이핑하게 됐거든. 이렇게 씌어 있었다는 거야. '프랭크 폰테인 선장, 마약 밀수' 이렇게."

"목소리 좀 낮춰. 그래서 그게 뭐 어쨌다는 건데? 난 밀수업은 관둔 지 오래야. 지금 내가 하청을 대주는 회사는, 아이슬란드 근처의 작업장에 고기를 공급해준다는 조건으로 엄청난 대금을 지불해주고 있어. 멀긴 해도 액수가 크니까. 안전하고 합법적인 거래인데 무슨 소리야!"

"그럼 거기 앤드류 라이언의 작업장이 자네 거래처로군?"

폰테인은 어깨를 으쓱했다.

"자네가 알 필요 없어."

'역시 이 자식이 직접 생선을 대주고 있군. 재미있는데. 분명, 폰테인이 소유한 배의 좌표에 그 북대서양 프로젝트의 정확한 주소지가 적혀 있겠지.'

골란드는 한숨을 푹 내쉬곤 고개를 설레설레 저었다.

"아직 감이 안 오나 본데, 보스가 자넬 잡으려고 안달이라니까. 그놈이 자네 영역을 다 파악해놓았다가 자네가 출항하기만 하면, 거기다가 마약을 뿌려놓고 올가미를 덮어씌우려고 한다니까! 자네는 지금까지 그놈한테 너무 많이 걸렸기 때문에, 드디어 발목을 꽉 잡힌 거라고."

"나, 난 그 말을 못 믿겠어!"

"놈들은 틀림없이 단속으로 검거할 거야. 게다가 그런 올가미를 씌우지 않더라도 다른 방법이 없는 것도 아니고. 라이언이 바다 한복판에서 무슨 꿍꿍이를 벌인다는 걸 빤히 아는데 말이지. 자네라도 잡아서 심문할 생각이겠지. 라이언이 그 소식을 들으면 어떻게 생각하겠어? 수사를 방해했다는 죄목으로 감방에 가고 싶어?"

"단속을 한다는 증거라도 있어, 골란드?"

"증거? 단속하라는 영장 복사본 한 장이 있긴 하지."

골란드는 종이 한 장을 꺼냈다. 알 만한 사기꾼이라면 솜씨 좋은 위조자 한 명쯤은 알기 마련이다.

"차라리 나한테 배를 팔고 쿠바로 도망치든가……."

건네받은 영장을 유심히 살피던 폰테인의 어깨가 슬며시 굽었다.

"흐음…… 그, 그게 나을지도. 어선에만 갇혀 사는 것도 지겨운 건 사실이야. 은퇴해서 쿠바에 머물고 싶은 생각도 있고. 하지만 괜찮은 액수여야 해."

"당연하지. 좋은 가격으로 쳐줄게."

폰테인은 눈을 가늘게 뜨고 골란드를 올려다보았다.

"도대체 자네가 이렇게 친절한 이유가 뭐야, 골란드? 진짜 이해가 안 되는군."

"놈들이 원하는 건 자네지, 내가 아니잖아. 상황이 좀 진정될 때까지 그냥 어부 노릇이나 좀 할까 하고. 라이언한테서 돈도 좀 벌어보고. 다시 밀수를 할 수 있게 되면, 트롤선 한 척이 있는 것도 괜찮은 일이고."

폰테인은 아주 긴 한숨을 찬찬히 내쉬었다. 골란드는 그 한숨이 어떤 의미인지 잘 알고 있었다. 폰테인은 체념한 것이다. 골란드는 마치 섹스를 할 때처럼 달콤한 전율이 전신에 퍼지면서 짜릿한 쾌감을 느꼈다. 표적이 자신 앞에 무릎을 꿇고 굴복했을 때 체감하는 바로 그 느낌이었다.

* * *

이틀 후 프랭크 골란드는 오래된 대구 냄새와 연거푸 커피를 마시는 습성에 적응하려 애쓰면서 트롤 어선의 조타실 안에서 가만히 기다리고 있었다. 트롤선의 이름은 '행복한 표류'였다.

'젠장. 이 허름한 어선에 앉아 있으려니, 타일이 다 깨진 욕조 안에 웅크리고 있는 것 같은 싸늘한 기분인데…….'

갑판 쪽에서 누군가 부르는 소리가 들리자 슬그머니 미소를 지었다. 폰테인 선장이 수금하러 온 모양이었다.

골란드는 반백의 머리를 한 조타수에게 고개를 끄덕여 보였다.

"내가 신호를 하면, 동쪽으로 출발해."

"알겠습니다, 보스."

"선장이라 불러. 이제 곧 선장이 될 테니 말이야."

"예, 예, 선장님."

골란드가 사다리를 타고 주갑판으로 내려가자 폰테인이 왔다 갔다 하며 잔뜩 인상을 쓰고 있었다.

"골란드! 자네가 내 선원들을 모조리 해고했다면서! 무슨 수작을 부리려는 거야! 이 거래 말이지, 아주 고약한 냄새가 나!"

"이 시점에서 자네가 냄새를 맡을 수 있다니 놀라운걸. 일단 선실로 내려와, 내가 설명할 테니. 돈도 준비했으니까."

골란드는 휙 돌아서서 콧노래를 흥얼거리며 갑판 아래로 내려갔다. 폰테인은 머뭇거리는 듯하다가 이내 그를 따랐다.

'행복한 표류'의 작은 주방에서 부산하게 움직이는 선원은 아무도 없었다. 나머지 선원들은 차후에 채워 넣을 계획이었다.

조리기 옆에는 작은 조립식 탁자가 세워져 있고, 그 위에 조그마한 갈색 서류가방이 놓여 있었다.

"저기 있네, 폰테인. 열어서 세어봐."

폰테인은 골란드를 멍하니 쳐다보다가, 서류가방으로 시선을 옮겼다. 마른 입술을 핥더니 가방으로 다가가 활짝 열어젖혔다. 그리고 얼이 빠진 듯 바라보았다. 가방 안은 죽은 생선으로 가득 차 있었다. 붉돔이다.

"내가 생각해보니까 말이지…….."

외투 주머니에서 작은 가죽 곤봉을 꺼내들며 골란드가 폰테인의 등 뒤로 다가왔다.

"배 이름을 '행복한 사기'로 바꿔야겠더라고. 자네 생각은 어때?"

폰테인 선장은 분노에 차 골란드 쪽으로 몸을 틀었다. 순간, 기다렸다는 듯이 곤봉이 날아들었다. 턱 하는 소리와 함께 앞머리를 정통으로 맞은 폰테인은 돌무더기처럼 바닥에 쓰러졌다.

골란드는 곤봉을 집어넣고 사다리를 타고 갑판으로 올라갔다. 조타수 버그먼이 신호를 기다리고 있는 조타실 쪽으로 손짓을 해주었다. 조타수는 부두 쪽을 가리켰다. 골란드는 선장인 자신이 밧줄을 풀어야 한다는 걸 그제야 기억해냈다. 그 정도쯤, 어떻게 하는지는 그도 알고 있다. 밧줄을 끌어올리자 어선은 부두에서 풀려나 바다를 향해 움직이기 시작했다.

'아일랜드 야생화' 곡조를 흥얼거리며 골란드는 선실로 내려갔다. 얼굴을 바닥에 댄 채, 폰테인 선장은 아직 의식이 돌아오지 않은 듯 누워 있었다. 골란드는 주머니를 뒤져 신분증과 돈을 폰테인의 지갑에서 꺼내고, 몇 가지 개인 소지품들을 챙겼다. 필요할지도 모를 일이다.

골란드는 몸을 움찔거리며 정신을 차리려고 애쓰는 폰테인 선장을 차분히 바라보다가 혼잣말을 중얼거렸다.

"해봐. 끝까지 하는 거다, 프랭크."

한차례 깊은 숨을 들이마신 후, 폰테인의 셔츠와 바지를 벗겼다. 체중으로 짓눌린 외투까지 모조리 벗기곤 한동안 세탁도 안 한 것 같은 바지에서 풍겨나는 구린내에 얼굴을 찌푸리며 서둘러 자신의 옷과 바꿔 입었다. 사이즈가 조금 커서 헐렁했다. 벨트를 더 죄어야겠다.

그런 후 그는 벗어던진 자신의 옷가지로 폰테인의 손목을 뒤로 묶었다.

"뭐…… 뭐야?"

폰테인이 슬슬 의식을 되찾는지 어눌한 발음으로 물었다.

"푸, 풀어줘……."

"지금 당장 풀어주지, 선장."

골란드가 대답했다.

"그런데 저 사다리부터 타야 돼. 내가 도와줄게."

"옷이 있어야지, 춥잖아."

"염려 말고, 내가 다 알아서 해줄 테니까. 저기 사다리로……."

아직 흐리멍덩한 얼굴의 폰테인을 일으켜 세운 후, 기울어진 갑판 위로 바짝 밀었다. 안개가 자욱이 수면 위로 부풀어 올랐다. 조타실 쪽을 흘깃 쳐다보니 버그먼은 바다를 묵묵히 주시하고 있었다. 설령 이쪽을 본다 한들 별반 신경 쓰지도 않을 테지. 최근까지 5년의 세월을 감방에서 썩었으니까. 후한 보수를 챙길 수 있는 지금은 그저 새 보스가 원하는 대로 묵묵히 일할 작정이었다.

폰테인은 사방으로 거칠게 흔들리는 갑판 위에서 휘청거리고 있었다.

"우…… 우리, 지금 바다 위에…… 왜, 우리가……."

"왜인지 내가 알려주지."

골란드는 폰테인을 자기 앞으로 잡아당겼다.

"자네와 내가 얼마나 닮았는지 생각해본 적 있나, 프랭크 폰테인? 이름까지 같잖아! 그게 다 가능성이야, 프랭크…… 천운이 따르는 가능성이라고! 그래서 신종 사기극을 하나 고안해봤지. '신원 도용'이라 부르고 싶은데, 어때?"

그런 후 골란드는 몸을 굽혀 트롤선의 전직 선장 폰테인의 발목을 붙잡고 난간으로 몸을 기울여, 머리부터 얼음 같은 바다로 풍덩 빠뜨렸다. 외마디 비명과 함께 첨벙거리는 소리가 한두 번 들린 후, 폰테인 선장은 물속으로 사라졌다. 그리고 다시는 떠오르지 않았다.

프랭크 폰테인 선장은 죽었다. 이제 만수무강을 빌어야겠군, 프랭크 폰테인 선장.

5

북대서양
1946년

납빛 같은 그날 아침 '앤드류 라이언' 호는 닻을 내린 채 물결에 떠밀리며 요동치고 있었고, 빌은 메스꺼운 속을 억누르며 담배를 물고 있었다.

우현 난간을 붙들고 선원 한 명이 구토를 해대는 것을 애써 못 본 척했다. 대신 거품을 내뿜으며 잠수정이 수면 위로 떠오르는 광경을 바라보았다.

"저건 평범한 잠수정이 아니네."

갑판 위로 라이언이 다가오면서 자부심이 역력한 투로 말을 건넸다. 머리에 기름칠을 얼마나 했는지, 바람이 심하게 부는데도 꿈쩍하지 않았다.

"가볍고 또 빠르기도 해서 인부들은 저걸 '찌지'라고 부른다네."

"저런 건 본 적도 없습니다. 정말 유연해 보이네요."

라이언은 빌을 유심히 살피더니 말했다.

"뱃멀미인가? 나한테 약이 있는데······."

"아닙니다."

바다 쪽에서 뿜어대는 물줄기를 피하며 빌이 대답했다. 담뱃불이 꺼지자 꽁초를 난간 너머로 던졌다.

"허공에 뜬 궁궐보다는 여기 녹슨 배가 백배 낫습니다, 회장님."

거센 물결에 떠밀려 갑판이 기울어지자 서둘러 난간을 붙잡았다.

"그럼 말이지, 빌······."

라이언도 난간을 붙잡으며 빌을 정면으로 바라보았다.

"내려갈 준비가 됐나? 바람도 이제 곧 잠잠해질 거라는군. 한 시간만 있으면 물속으로 들어갈 수 있을 걸세."

빌은 침을 꿀꺽 삼켰다. 바다에는 두 척의 플랫폼 선이 대기하고 있었고, 올림피안은 물품을 선적하기 위해 다시 뉴욕으로 돌아가는 중이었다. 플랫폼 선은 개조한 화물선 같은 모양새로, 사슬과 부표를 매달아 약 1.3제곱킬로미터의 면적을 점하고 있었다. 실로 엄청난 규모의 사업이었다. 빌도 주어진 역할을 이행해야 했기에, 이젠 잠수정을 타고 물속 깊이 내려가야 할 때가 되었다. 결국 어떤 일이 있으리라 예상은 했으나, 영 내키지가 않았다.

"준비됐습니다, 라이언 회장님. 전 언제나 준비완료입니다."

잠수복이라든지, 수중작업에 용이한 특수복을 입을 거란 기대를 했었는데 한 시간 후에 그들은 외투를 걸친 채 내려갔다. 라이언을 위해 특별히 최상급 원단을 사용해 만든 맞춤복이었다. 잠수정은 갑판 위에 끌어올려져, 라이언과 빌이 그 안에 올라탈 때 흔들리지 않도록 방수복과 모자로 무장한 건장한 선원들 여럿이서 단단히 고정시키고 있었다. 잠수정은 두 사람이 타기에도 넉넉한 실내였으며, 승강구에 창문이 하나 달려 있었고 양옆에도 밖을 내다볼 수 있는 창이 있었다. 라커룸 같은 냄새가 났지만 진동이 있을 때 붙잡을 수 있도록 손잡이가 여럿 달렸고 사방에 패드를 깔아놓아 꽤 안락한 편이었다. 둘이 앉은 사이로 각종 조절판과 계기판이 설치되어 있었으나 라이언은 전혀 신경 쓰지 않는 눈치였다. 잠수정이 갑판 위로 올라가는 듯하더니, 한 쪽으로 내려앉으며 플랫폼 선에서 분리되었다.

실내에 불이 켜지고 라이언과 빌은 바닷물에 서서히 잠기기 시작했다.

마른 입술을 축이며 빌은 라이언이 잠수정을 조종하기까지 기다렸다. 허나 라이언은 꿈쩍도 하지 않았다. 등을 길게 빼고 느긋하게 앉아, 애써 태연한 표정을 짓고 있는 빌이 우스운지 장난기 어린 미소를 머금고 능청스럽게 바라볼 뿐이다. 잠수정은 점점 더 깊은 곳으로 가라앉았다.

약간의 진동과 함께 잠시 정지하는가 싶더니, 이젠 수평선을 따라 저절로 이동하기 시작했다.

"무선 신호로 조종하는 거라네."

이윽고 라이언이 설명을 해줬다.

"우린 가만히 앉아 있기만 하면 되는 거지. 해중 무선신호를 따라 출입구로 이동하게 되어 있네. 터보 프롭[1]을 사용하지. 기압이 높아도 아무런 불편이 없을 거야. 실은 기압을 높일 필요조차 없지. 그건 랩처도 마찬가지라네. 잠수병에 걸릴 위험이 전혀 없어. 별다른 가스를 이용하지 않고도 깊이에 상관없이 기압을 항상 평균치로 유지시키는 신개발 장치가 설치되어 있다네. 어느 정도 사소한 변화를 제외하고는 지상에 있는 것과 거의 똑같지."

빌은 믿을 수 없다는 듯 그를 쳐다보았다.

"기압이 언제나 똑같다고 하셨습니까? 어느 깊이에서도?"

자랑할 만한 기회다 싶었는지 라이언은 빌에게 의미심장한 미소를 던졌다.

"실로 대단한 발견이었어. 그 비밀을 지키기 위해 모두가 상당한 노력을 해왔지. 그간 나는 세상에서 가장 독특하고 또 가장 재능 있는 과학자들을 찾기 위해 심혈을 기울였다네. 그중 몇몇은 정말 찾기 힘들었어."

창문 너머의 광경을 바라보며 라이언은 상념에 빠진 듯 희미한 미소를 지었다.

"가장 어려웠던 경우가 바로 '이수종'이란 이름의 친구지. 기인이긴 하지만 정말 천재적인 학자거든. 근데 일본의 식민지배 기간 중 한국에 발이 묶여버렸던 거야. 일본군은 이수종이 실험의 대가로 일본 군인들에게 아편을 판매하고 있다고 그를 헐뜯었지. 제국주의자들은 정말이지, 속 좁은 편견밖에 없다니까. 아, 저기 랩처의 토대가 보이는군. 입구로 들어가기 전에 우리, 적절한 음악이나 감상하세."

빌은 고개를 숙여 창문 밖을 바라보았다. 울퉁불퉁 암석이 치솟아 험준해 보이는 지면을 따라, 검푸른 심해를 뚫고 전기 불빛이 새파랗게 빛나고 있었다. 마치 안개 낀 야간 비행을 위해 상륙지점에 세워둔 조명의 행렬 같았다. 모형으로 만든 산맥의 줄기처럼, 오래전에 붕괴한 화산 분화구로 보이는 우툴두툴한 지표면이 있었다. 그 주위로 신비한 전광이 떠돌고 있었고 때맞춰 조지 거슈윈의 '랩소디 인 블루'가 들려왔

---

[1] 프로펠러를 통해 추진력을 얻는 가스 터빈 엔진의 한 종류.

다. 잠수정 내부에 마련된 스피커에서 흘러나오는 그 곡조는 피아노 협주를 위한 그로페의 편곡이었다. 랩소디가 점점 커져가고, 이내 천연석의 성곽 너머로 검푸른 바다를 뚫고 희미한 구조물이 빌의 시야에 들어왔다. 우아한 건물의 골조, 미완성의 벽, 조각상처럼 보이는 검은 실루엣이 크레인에 매달린 채 제자리를 찾아 흐느적거리고 있었다.

"웨일즈 형제는 천재야."

웅장한 자태를 뽐내며 점점 더 많은 구조물들이 형체를 드러내자 라이언이 탄식 섞인 목소리로 말을 이었다.

"시몬과 다니엘 말일세. 애초에 성당을 짓던 사람들이 이젠 랩처를 설계하는 처지가 되다니, 사실 조금은 모순이랄수 있지. 허나 시몬은 랩처 도시 전체가 하나의 거대한 대성당이 될 거라는군. 물론 신을 위한 헌납은 아니야. 인간의 의지를 위한 거지!"

"토대는 어떻게 마련하셨습니까?"

여전히 얼이 빠진 듯 창문을 내다보던 빌이 물었다.

"엄청난 작업이었을 텐데 말입니다."

"내 증기선이었던 올림피안 있잖나, 그걸 개조해서 화물을 나를 수 있도록 했네. 그런 후에 '가라앉는 자'를 여기로 끌고 와서 작업을 시작했어. '가라앉는 자'는 거대한 해저 플랫폼이네. 거기에다 필요한 자재를 싣고 심해 잠수팀과 함께 바다 밑으로 가라앉혔어. 영구적으로 위치를 고정시킨 거지. 진동을 흡수하고 내열재를 보강해서, 랩처 도시의 중심부 역할을 할 수 있도록 말일세. 그 후엔 다른 플랫폼 선을 들여와서 다음 단계로 진행시키고."

작은 잠수함 한 척이 기계 팔을 달고 건설 현장으로 유유히 헤엄치고 있었다.

"여기선 고대 화구구(火口丘)의 잔해도 볼 수 있어."

라이언이 들뜬 아이처럼 손가락으로 가리켰다.

"저런 걸 보면 랩처를 가동시켜줄 동력의 원천지가 무엇인지 가늠할 수 있지. 저기 한쪽에 검은 부분 보이나? 저게 바로 심해의 틈이야. 그 아래부터 진짜 심연이 시작되지. 그런데 우리 도시의 토대는 저런 게 아니라 아주 단단한 암석 위에 고정시켜 놓앉어. 안전하다고."

시커먼 그림자가 회전목마처럼 돌아가던 전경을 삼키고 음악만이 계속 흐르고 있었다. 잠수정은 수직선상으로 검게 뻗은 돔 출구의 굴대 속으로 들어갔다. 마치 굴뚝 안으로 쑥 빠지는 것 같은 느낌이었다. 구토가 일 정도로 빠른 낙하가 끝나자, 위험하다 싶을 만큼 드센 굉음을 내며 물이 찬 철근의 통로 끝에 세차게 부딪쳤다. 머리 위의 통로 뚜껑이 닫히면서 쇳소리가 났고, 컹- 하며 한차례 반동이 일고난 후에야 정지했다. 물이 빠져나가는 모양을 보니 아마도 에어록에 있는 것 같았다. 신경을 거슬리게 하는 삐걱거리는 소음, 그런 후에 또 한 번의 쇳소리 공명…… 마침내 잠수정의 승강구가 열렸다.

"따라오게나, 빌!"

라이언은 음악을 끄고 승강구를 기어올라 나갔다.

정신을 차린 후 빌이 따라나서 보니, 그곳은 바닥에 콘크리트를 깔고 금속재로 내장을 두른 짧은 통로 안이었다. 새로 깐 시멘트 냄새와 바닷물 냄새가 뒤엉켜 코를 자극했다.

두 걸음도 채 못 떼었을 때, 눈앞의 쇠문이 덜컹 열리면서 작업복과 안전모 차림의 그리비 박사가 튀어나왔다. 라이언을 발견하곤 그리비는 입술을 바르르 떨었다. 마치 군주를 알현하는 조신이나 되는 양 한 발짝 뒤로 물러서서, 라이언이 넓은 돔의 방에 들어가게끔 길을 터주었다.

"친히 방문해주시다니 영광입니다, 회장님."

긴장이 역력한 태도로 그리비가 넙죽 인사를 했다.

"하지만 정말이지, 여기까지 오시는 건 너무 위험……."

"위험하다고?"

주위를 두리번거리며 라이언이 내뱉었다.

"말도 안 되는 소리! 빌, 이 친구가 날 여기서 밀어내려고 하는구먼!"

하지만 라이언은 돔 천장 아래에 쌓인 기재들을 살펴보며 웃고 있었다.

"우리가 보안을 위한 안전장치를 설비할 때까지 만이라도…… 저 친구도 그건 이해할 겁니다."

"이미 내가 여기 와 있잖나, 그리비."

라이언이 응수했다.

"꼭 한번 둘러봐야겠네. 이 프로젝트에 내 인생을 쏟아붓고 있는데 그게 무슨 말인가. 내 아이디어가 어떻게 꽃을 피우는지는 직접 확인해야지. 시몬도 여기 있나?"

"아닙니다, 회장님. 지하 3층에 있습니다."

"그럼 일을 하게 내버려둬야겠군. 대신 자네가 우릴 좀 안내하게나."

그 돔은 직경 60미터 정도에, 방 한가운데 금속 대들보를 둔 가장 높은 천장까지 약 10미터 남짓의 높이였다. 빌이 보기에 그 대들보는 철재인 것 같았으나, 만약 철이라면 사방이 바닷물인 이곳에서 남아날 리가 없을 터…… 아마 합금이 아닐까 생각했다.

방을 에워싸고 있는 바퀴 달린 거대한 기재들은 빌에겐 익숙한 것들이었다. 작은 자동차만 한 크기의 가공기를 비롯해, 착암기, 대형 삽과 크레인들이 눈에 들어왔다. 대다수의 기재에서 아직 물이 뚝뚝 떨어지고 있었다. 일부는 심해에서 작업하기 용이하도록 개조된 기재여서 빌의 눈에는 생소하게 보였다. 그중 하나는 대략 6미터 정도로, 양옆에 달린 팔 끝에는 엄청난 크기의 집게발이 달려 있었다. 아까 보았던 그 잠수함처럼.

"저건 어떤 종류의 기재입니까?"

호기심에 이끌린 빌이 손으로 가리키며 물었다.

"그 기계식 그리퍼?"

그리비가 선뜻 응해주며 대답했다.

"우리가 현장에서 애용하는 일꾼이지. 무선으로 원격조종이 가능해. 지난 대전 때 무기개발을 시도하다가 나온 발상이었어."

"아, 그렇군요. 소련군이 조종하던 그 '텔레탱크'처럼요. 근데 그건 별다른 효용이 없었던 걸로 아는데요."

"우리가 사용하는 원격조종은 믿을 만해. 자네도 방금 원격조정 잠수정을 타고 오지 않았나. 원격조종이 가능한 기재들은 작업 능률을 향상시켜주지. 그렇지 않으면 이런 얼음 같은 바다 밑바닥에서 랩처의 토대를 만든다는 건 불가능한 일이야. 우린 이미 헤파이스토스 층의 공사를 상당히 진척시킨 상태야. 완공된 건축물에 벌써 지질학적 동력을 끌어모았다네."

그리비는 말을 잇기 전에 라이언을 흘깃 쳐다보며 승인을 기다렸다. 라이언이 고개를 끄덕이자 그리비는 설명을 계속했다.

"바다 밑층의 화산에서부터 열을 이용한 방식으로 전력을 끌어오고 있어. 온천이나 분기공, 유황 분연구(噴煙口) 같은 것들이지. 어떤 학자들은 이걸 '지열'이라고도 부른다네. 한마디로, 끝없는 동력의 원천지나 다름없지. 환상적이지 않나? 석탄이나 기름이 필요 없다는 말이야!"

그리비는 흥분한 듯이 손바닥을 비벼댔다.

"일단 그 공급원을 확립하기만 하면, 지구의 지표면이 열기를 유지하는 한 영원히 동력이 흐르게 되는 것이지!"

"현장에 이 방과 같은 열두 개의 돔을 배진해두었네."

라이언이 자랑스러운 투로 덧붙였다.

"그것들을 통째로 가라앉혀서 바다의 불순물을 제거하고 깨끗한 공기를 끌어들이지. 이 돔들은 모두 우리가 바다 밑바닥에 지어놓은 통로로 연결된다네."

"믿기 어렵습니다, 회장님."

빌은 거대한 그리퍼를 올려다보며 눈을 희번덕거릴 뿐이다.

"지금 눈앞에 보이는데도 전 못 믿겠습니다!"

라이언이 웃으며 말했다.

"그렇다면 가까이서 보도록 해주지! 그리비, 월러스한테 우리가 직접 볼 수 있도록 거기까지 태워달라고 하게!"

* * *

롤런드 윌러스는 마흔 살쯤의 사내로, 눈이 움푹 들어가고 눈썹에 주름이 진 다소 음침해 보이는 인상이었다. 라이언이 빌에게 그를 소개시켜주었다.

"긴급 상황이 발생했을 때 믿을 만한 사람이라곤 이 친구밖에 없지."

윌러스는 돔을 둘러싸고 있는 세 개의 커다란 쇠문 중 하나로 그들을 안내했다. 문 옆에 부착된 조절판에서 두 개의 다이얼을 점검하고 고개를 끄덕거리더니 핸들을 돌렸다. 덜컹 문이 열리고 금속으로 골대를 댄, 구멍이 숭숭 뚫린 아말감 광물로 된 통로가 나오자 윌러스는 나지막이 투덜거렸다.

"자, 두 분께서는 이만큼 옆으로 비켜서서 기다리시면……."

오른쪽 벽으로 바짝 몸을 붙이면서 라이언은 전매특허를 취득한 기업가다운 뿌듯한 표정을 지었다. 일 분이 지나자 배터리로 가동하는 그리퍼가 윙윙거리는 소음을 내며 서서히 출입구로 다가왔다. 양옆의 시커먼 금속팔을 쑥 집어넣은 채, 그리퍼의 후방에 위치한 작은 조종석에서 윌러스가 운전을 하고 있었다. 그의 뒤쪽에는 무선으로 원격조종되는 자그마한 전차가 달렸는데 밧줄만 없을 뿐, 케이블카와 모습이 흡사했다. 저절로 이동하는 것 같았는데, 그리퍼가 멈추자 전차도 라이언과 빌 앞에 정지했다.

"올라타게, 빌."

둘은 가죽으로 얽어놓은 좌석에 서로 마주보며 앉았다. 그리퍼가 다시 움직이기 시작했고 둘이 탄 작은 전차도 천천히 이를 따라갔다.

전깃불이 번들거리는 통로를 따라 약 0.4킬로미터 지점을 통과하자 범고래 한 마리가 이빨이 불거져 나온 아가리를 쩍 벌린 채 그들의 머리 위를 휙 스쳐갔다. 빌은 몸을 움츠렸다.

"이런!"

라이언이 어린아이같이 웃으며 외쳤다.

"자세히 보라고!"

전차에서 고개를 삐죽이 내밀고 밖을 자세히 살펴보니 그들이 지나는 이 통로에는 투명한 벽이 둘러져 있었다. 아주 두텁고 윤기가 번들번들한 유리였는데 특수 금속재가 섞인 합성 소재인 것 같았다. 투명 통로 밖에는 해저 바닥에 꽂힌 전기등이 위쪽으로 환한 불빛을 비추고 있었다. 여기에서 바라보니 시멘트와 유리로 만들어진 긴 해저통로가 랩처의 토대를 향해 구불구불하게 뻗어나간 모양이 한눈에 들어왔다. 랩처의 토대가 어두운 녹색과 청색이 어우러진 빛을 발하며 서 있었다.

"어디쯤에서 물이 끊기고 유리막이 서 있는지 알 수가 없네요. 그냥 물속에 빠진 것 같습니다!"

빌이 감탄사를 내뱉었다. 멀리 떨어진 수면에서 확산된 빛이 해저면의 등불이 보내는 신호에 답하듯 흐느적거렸다. 푸른색과 자주색의 해초 덤불을 뚫고 물고기 떼가 날아올랐다. 참치, 대구, 그리고 무지갯빛의 알 수 없는 고기들이 빛과 그늘 사이로 헤엄쳐갔다. 오징어 한 마리가 건들거리며 지나갔고 또 한차례 검은 반점으로 뒤덮인 범고래가 빠르게 날아갔다. 빌은 그 모습을 넋을 잃고 쳐다보았다.

"저것 좀 보세요! 제비처럼 날쌔군요, 사람 하나 정도는 가뿐히 삼키겠어! 우리 위로 헤엄치고 있잖아요!"

"멋지지 않나, 응?"

굽이굽이 휘어진 투명 통로를 지나며 흥겨운 듯 라이언도 고개를 끄덕였다.

"이런 경이로운 장면을 보면 왜 내가 이 도시에 랩처라는 이름을 붙였는지도 이해가 가지, 응? 물론 난 오래전부터 이 심해에 빠져들어 있었어. 전혀 다른 세계잖나. 자유로운 세상이지! 바다 밑 깊은 곳에서 거대한 오징어를 포획하고, 잠수기와 잠수정을 타고 다니는 해저탐험, 잠수함 승무원들이 목격한 온갖 기이한 것들을 상상해보라고. 난 이런 것들을 수년간 미리 알아차리고 있었지. 얼마나 짜릿한 가능성인가! 난 소위 '열강'이라는 나라들의 전쟁 놀음에는 진저리가 났었네. 하긴, 세계대전 덕분에 실제로 작동 가능한 잠수함이 생산되기는 했지만……."

"하지만 고작 유리판 정도로 저렇게 많은 물을 어떻게 지탱할 수 있습니까?"

빌은 혀를 내둘렀다.

"이렇게 깊은 곳에 내려와 있는데 말입니다! 수압만 해도 엄청날 텐데……!"

"자네한테 내 비밀을 다 실토할 순 없지. 그저 유리와 금속의 완벽한 조합이라고만 말해두겠네. 하위분자 결합이라 부르는 새로운 기술로 만들어진 걸세. 압력에 놀라울 만한 저항력을 가지고 있지. 천문학적인 가격을 부담해야 되지만, 그만한 값어치가 있다네."

이들이 탄 두 대의 차량이 휘어진 투명 구간에서 잠시 멈추자, 빌은 그늘진 파란 심해의 원경을 바라보았다. 저 멀리 거대한 형체들이 헤엄치고 있었고, 어둠에 가려 정확한 윤곽을 확인할 수 없는 정체불명의 생명체들이 시야에 들어왔다 사라졌다. 그때 450미터 가량 떨어진 지점의 해저면에서 무언가 벌겋게 빛났다.

"저건 뭐죠, 저기 앞에서 반짝거리는 거 말입니다."

"그건 우리 지열소의 밸브야. 저걸 세우느라 세 명이 죽었지."

태연한 말투로 라이언이 대답했다.

"뭐, 이젠 안전해 보이는군."

"세 명이 죽었다고 하셨습니까?"

빌은 라이언을 돌아다보았다. 이곳이 얼마나 깊고 차가운 곳인지 알 수 있었다.

"여기서 얼마나 많은 사람들이 죽은 겁니까?"

"아, 그리 많지 않아. 아무렴, 파나마 운하를 건설할 때만 하려고. 거기서 몇 명이나 죽었는지 자넨 아나, 빌?"

머리 위로 지나가는 잠수정의 실루엣을 올려다보며 빌은 당시에 읽었던 기록을 떠올렸다.

"프랑스만 해도 만 오천 명 정도가 사망했었죠. 미국이 그걸 완공했을 땐 오천 명이 죽었던 걸로 기억합니다."

라이언은 고개를 끄덕였다.

"위험부담은 어디에나 있는 거라네, 빌. 위험을 감수하지 않고선 아무것도 세울 수가 없어. 평범한 집 하나를 시공하는 일에도 말이지, 토대를 몇 센티만 잘못 지어놔도 집 전체가 무너질 수 있어. 그 운하를 완성하느라 인부들이 죽었지. 커다란 다리를 짓거나 높은 산을 등반하는 데도 목숨을 잃게 마련이야. 사막을 횡단하던 개척자들도 많이 죽었지. 하지만 우린 무분별한 공사를 감행하진 않아. 여기선 안전 예방책을 확실히 준수하는 편이라네. 더 이상 기술자들을 잃고 싶진 않거든. 아!"

라이언이 손가락으로 가리켰다.

"저길 좀 보게."

15미터 전방에 바닷가재같이 생긴 것이 날아가고 있었다. 어둑어둑한 곳에서 튀어나오더니 랩처의 가장자리에서 빛나는 광채 속으로 쑥 들어갔다. 그건 이전에 잠깐 보았던 특수 잠수함의 하나였다. 마치 눈에서 광선을 뿜어내는 것처럼 헤드라이트에서 빛이 나왔고, 밧줄에 매달린 채 서서히 내려지고 있는 정교하게 장식된 쇠 벽의 일부를 집게처럼 뾰족한 기계 팔로 집으려던 찰나였다.

빌은 그리퍼가 벽의 반대쪽으로 다가가 그 커다란 벽장식을 벽에 접합하는 과정을 지켜보았다. 벽은 금속재의 단면으로 미리 가공되고 장식 처리가 된 부분으로 꾸며져 있었다. 빌은 자유의 여신상이 만들어진 경위를 생각해보았다. 유럽에서 각각 동떨어진 부분을 따로 제작해서 미국으로 운송해온 후, 그것들을 조립하여 그 거대한 조각상을 세웠던 것이다.

그리퍼의 후방에 달린 작은 운전석에는 아무도 없었다. 그저 조종판같이 생긴 것이 운전석 뒤에 대롱대롱 매달린 것이 보였다.

"저걸 조종하려면 누군가 지켜보고 있어야 하지 않습니까?"

호기심에 이끌린 빌이 라이언에게 물었다.

"조종사가 창문 너머로 지켜본다든지 하는?"

라이언이 흐뭇한 미소를 짓는다.

"스크린을 통해서 보는 거야. 텔레비전 카메라가 달려 있거든."

"텔레비전이라니! 브롱크스에 사는 사촌이 하나 갖고 있는데. 전 그 이상한 상자만 보면 머리가 아픕니다. 일주일 전엔가 배우들이 드레스를 입고 나와선 이상한 담뱃갑들과 춤을 추고……."

"텔레비전 기술은 연예계에서만 사용하는 게 아냐."

현장의 반대쪽을 가리키면서 라이언이 말을 이었다.

"저건 우리 화물 잠수함이라네."

랩처의 토대에서 가장 멀리 떨어진 곳으로 기계 팔을 단 커다란 잠수함이 지나가는 광경을 보았다. 영국 해군의 잠수함이라고 해도 될 정도의 크기다. 단 두 가락의 굵은 사슬에 커다란 타원형의 물체를 끌고 간다는 점이 다를 뿐.

"컨테이너에 뭔가를 잔뜩 싣고 가는군요."

"부력을 생성하려고 화물칸에 공기를 넣어서 그래요."

월러스가 덧붙였다.

"화물의 대부분이 건물(乾物)이거나 의약품이죠. 전부 그물로 단단히 엮어놓았고."

"상당한 비용이 들어가는 과정이지."

라이언도 한마디 했다.

"그럼 이만 가지, 월러스."

월러스는 다시 그리퍼를 조종했고 그들은 통로를 몇 개 통과하며 각종 기구들로 가득 찬 선반과 탁자, 기재들이 널브러져 있는 돔을 지나갔다. 여기저기에 불이 켜진 창문이 심해를 비추고 있었다. 돔의 창문 밖으로는 핑크빛의 해파리가 볼록하게 부풀어 오르면서 정교하게 생긴 긴 가시를 끌어당겼다. 돔 안에는 땀 냄새와 삭은 빨랫감 냄새가 심하게 났고, 일부는 가려져 있었지만 뒤편의 간이침대에서 인부들이 곤히 잠든 모습을 볼 수 있었다.

"매주 7일, 스물네 시간 동안 공사가 계속된다네."

라이언이 설명했다.

"이 사람들은 열 시간씩 교대근무를 하지. 나머지 열네 시간은 쉬고 말이야. 맥주를 팔고 음악이 나오고, 영화도 상영하는 휴게실이 따로 있어. 지난주에는 캐그니 주연의 최신 영화를 보여주기도 했지."

"저는 카우보이 캐시디의 팬입니다."

덮개가 씌워진 또 다른 통로를 지나면서 빌이 중얼거렸다. 심해 잠수복으로 무장한 인부들이 하수관이나 다름없는 크기의 동관을 고정시키느라 애를 쓰는 모습이 유리벽 너머로 보였다.

"자네가 여기로 오면 카우보이 캐시디의 영화를 가져오라고 해야겠군."

라이언이 말했다.

"그럼 저도 여기서 장시간 일을 하게 되는 겁니까?"

"자네는 나와 함께 뉴욕에 있는 시간이 더 많을 걸세. 그리고 레이캬비크[1]도 자주 들를 테고. 자네같이 믿을 만한 사람의 관점도 듣고 싶어서 말이야. 허나 여기도 종종 오게 되겠지. 프로젝트의 다음 단계부터는 내가 직접 현장을 감독할 생각이니까. 랩 처는 내 가장 소중한 자산이야. 일단 도시가 완공되면 여생을 이곳에서 보내기로 했으니까."

그 말은 빌에게 충격이었다.

"여생……을 여기서 보내신다고 하셨습니까, 회장님? 전부? 여기 아래서'?"

"물론이네. 윗동네의 개미농장은 내 취향이 아냐. 거기다가 핵전쟁이 발발하면 그로 인한 방사능 폐해도 있지. 수면 위의 대기에서 아마 몇 년간은 지속될걸? 차라리 물 아래가 훨씬 더 안전해."

빌이 물소리와 함께 바퀴가 삐걱거리는 듯한 소리를 들은 것은 바로 그때였다. 전차의 낮은 창틈으로 들여다보니 통로 바닥에 반 뼘 가량의 물이 차 있었다.

"저게 뭐지? 월러스, 당장 세워요! 바닥을 보라고!"

귀에 거슬리는 소음을 내며 그리퍼와 전차가 정지하자 빌이 뛰어내렸다. 자신이 이래저래 명령을 내리는 것을 라이언이 좋게 보진 않으리라 생각했다. 하지만 생사여부가 달린 문제일 수 있다고 빌의 직감이 말하고 있었다.

"저길 봐요!"

아말감 광석으로 된 통로의 바닥에 허연 물이 들어차 있는 걸 손으로 가리켰다.

월러스가 전등을 켜며 다가왔다.

"이런 젠장! 이 구역에는 누수가 없었는데!"

월러스의 눈동자가 휘둥그레지며 손이 바르르 떨렸다. 그러자 젖은 바닥을 비추는 전등불도 흔들렸다.

---

[1] 아이슬란드의 수도

"수압은 문제가 아니라고 하지 않았나요?"

둥그렇게 휘어진 통로의 벽을 자세히 들여다보며 빌이 물었다.

"음, 이 통로들은 정확하게 말해서, 전부 합금으로 된 것은 아니에요. 그 엄청난 가격을 감당할 수도 없고 해서. 그런 자재는 랩처 내부를 건설할 때 사용하는 거고, 여긴 그냥 버팀대 부분만…… 그래도 그 정도면 충분했을 텐데. 콘크리트에 철을 넣는 것처럼, 두 겹으로 가공해서 말이죠."

"어떻게 된 일이지?"

라이언이 바짝 긴장한 투로 캐물었다.

"월러스, 혹시 내가 모르는 일이라도 있나?"

"즈, 즉시 돔 1호로 모시겠습니다, 회장님!"

불안한 눈빛으로 전신을 떨고 있는 월러스는 라이언의 안전보다는 자신의 안전이 더 염려스러운 눈치였다.

"이게 어떤 문제인지부터 판단해야지, 이 사람아!"

라이언이 매서운 기세로 반격했다.

"저깁니다!"

빌이 손으로 가리켰다.

"저기 버팀대에 들어간 골대들이 말이죠, 160미터 정도 떨어져 있습니다. 누군가가 작업을 소홀히 한 거죠! 그래서 저 부분의 버팀대가 수압으로 약해진 것이고, 결국 콘크리트에 부담을 준 겁니다. 보이십니까? 저기 밑부분에서 물이 새고 있습니다."

"맹세코 두 시간 전만 하더라도 여긴 누수가 없었는데!"

월러스가 필사적으로 변명을 계속했다.

"저, 제가 이 부분을 직접 통과했습니다! 아무 데도 물이 새는 곳이 없었단 말입니다!"

"그건 더 심각한 상황입니다."

빌이 응수했다.

"생각보다 더 빠른 속도로 사태가 진전된다는 뜻이니까! 곧 걷잡을 수 없을 만치 빨라질 거라고요! 라이언 회장님부터 지금 당장…….”

키릭! 하는 날카로운 소리가 울리더니, 12미터 지점에서 터널을 보강하는 금속 골대의 끝부분에서부터 물이 납작하게 밀려나와 맹렬한 기세로 쏟아지기 시작했다. 마치 살아 있는 생물처럼 천장에서도 골대의 틈새가 쩍쩍 갈라지기 시작하는 것이 선명하게 보였고, 곧이어 쇠가 휘어지는 소리가 들렸다.

쉬쉬- 하고 타는 듯한 쇳소리에, 물이 쏟아져 내리는 부분의 조명등이 하나둘씩 꺼지면서 전광이 사방에 튀었다.

월러스는 몸을 움츠리며 뒷걸음질을 치다가 라이언이 바라보고 있던 작은 케이블카에 부딪혔다.

빌이 공포에 사로잡힌 월러스의 팔을 붙잡으며 정신을 차리게 하려고 손가락으로 세차게 눌렀다.

“월러스 씨, 잘 들어요. 우리가 지금 타고 온 이거, 그리퍼 없이도 혼자 움직일 수 있나요?”

“하, 할 수 있어요. 저기 스위치가 있거든. 내가 뒤로 돌려놓으면 되는데…… 세 사람이나 태울 공간이 없어요. 무게도 지탱하지 못할 거라고요. 저건 원래…….”

“그럼 닥치고 잘 들어요! 당신이 올라타고, 라이언 회장님을 다음 돔으로 모셔다드려요! 거기 도착하자마자 다른 돔에 있는 사람들과 접선을 해요. 현장에 무선 방송 같은 건 있겠죠?”

“그, 그래요, 있어요.”

월러스는 겹으로 물살이 밀려들어 오자 기겁을 하며 쳐다보았다. 통로의 바닥으로 폭포수처럼 쏟아지는 물줄기는 어느새 그들의 발목을 흥건히 적시고 있었다.

“사람들한테 이곳과 연결된 돔의 승강구를 모조리 닫고, 이 통로를 차단시키라고 해요!”

“그럼 자네는?”

라이언이 끼어들었다.

“제가 오는 소리를 듣는 사람이 있을 거예요. 시간적 여유가 있으면 문을 열어줄 겁니다! 전 여기서 이 상황을 지연시킬 수 있는 임시방편을 마련해보겠습니다! 서두르십시오!"

"알았어! 알았다고요, 난……."

월러스는 라이언이 앉아 있는 작은 전차 안으로 뛰어들어가 전원을 켰다.

전차는 비틀거리며 그들이 온 방향으로 움직이기 시작했고, 라이언의 창백한 얼굴이 빌을 돌아보았다.

빌은 휙 몸을 돌려 정강이께로 차오르는 바닷물을 첨벙거리며 그리퍼 쪽으로 부리나케 뛰어갔다. 조종석으로 기어 올라가자 시큼한 짠물 냄새가 코를 찔렀다. 통로에 희미한 안개 같은 것이 스며들더니 철썩이며 소용돌이치는 수면 위로 짙게 번지고 있었다. 뿌옇게 흐려지는 조종석의 불빛 아래 스위치, 레버, 작은 핸들, 기어 변환장치, 그리고 액셀러레이터 페달이 보였다.

'그립'이라고 씌어 있는 스위치를 켜자, 기계 팔이 늘어지면서 빌의 면전에 집게 같은 손을 불쑥 내밀었다. 그 꼴이 마치 천적을 내쫓는 바닷가재 같았다. 운전 핸들 옆에 부착된 두 개의 스위치가 양팔의 조종 장치인 것 같았다.

빌이 기계 팔을 조종하는 법을 파악했을 때쯤엔 조종석에까지 물이 스며들었다. 조종석에서 고개를 내밀고 어둑어둑한 위쪽을 올려다보았다. 머리 위의 전구 두 개가 지글거리며 터지려던 찰나, 간신히 찾고 있던 지점을 파악할 수 있었다. 기어를 바꾸고 그리퍼를 몇 미터 앞으로 움직이자 그의 등 뒤로 발목까지 적시는 차가운 소금물이 갈라지며 긴 항적을 남겼다.

일을 끝내기 전에 그리퍼 장치에 합선이 발생하지 않은 것은 천만다행한 일이었다. 하지만 금속이 갈라지는 불길한 소리가 점점 커져갔다.

빌은 길게 숨을 들이쉬곤 기계 팔을 위로 당겨서 집게 끝 부분이 가장 가까운 접합 부분에 닿도록 조종하여 물이 흐르고 있는 천장 쪽으로 최대한 밀었다. 그러자 누수의 강도가 줄어드는 것 같았다. 아직 물이 새고 있지만 이전처럼 빠르게 진행되지는 않았다.

'정지'라고 표시된 스위치를 발견하고 이를 튕겨보았다. 그리퍼의 팔이 딱딱하게 굳어지면서 그 자리를 지탱한 채 멈추었다. 하지만 압력을 견디지 못해 바르르 진동하는 것이 보였다. 곧 휘어져버릴 테지…….

심장이 요동치기 시작했다. 빌은 서둘러 기어 내려오다가 머리를 조종석의 금속판에 세차게 부딪히고 말았다.

"비, 빌어먹을!"

빌은 그리퍼 뒤쪽의 도구 상자에서 스패너를 꺼내들고 통로로 달음박질했다. 어느새 무릎 위까지 닿는 바닷물을 첨벙첨벙 가르며 어둠 속을 헤쳐 멀리서 보이는 불빛을 향해 나아갔다.

또 한차례 등 뒤에서 쇳소리가 울렸다. 이제 곧 바다가 밀어닥치고 통로는 물에 잠겨버릴 것이다. 무시무시하게 빠른 속도로. 하지만 누수를 조금 지연시켰기에 라이언 회장이 무사히 빠져나갈 만큼의 시간적 여유가 생겼다. 그러나 빌 자신이 살아나갈 가능성은 거의 없었다.

빌은 최대한 빠른 속도로 절벅거리며 통로가 곡선으로 구부러진 부분을 지나 불이 켜진 구역까지 왔다. 저 앞에 돔의 움푹 들어간 철제 출입구가 보였다. 첨벙첨벙 급하게 발걸음을 옮기다가 또 한 번 넘어질 뻔했다. 입구에 닿고 보니 이쪽에는 창문도, 인터폰도 보이지 않았다. 문에는 바퀴 모양의 핸들이 달려 있었지만 안에 있는 사람들이 안전하다고 판단하기 전엔 핸들에 손을 댈 수 없었다. 안에는 수압을 측정하는 계량기가 있을 테니 밖이 안전한지 그렇지 않은지 알 것 아닌가. 여기 서 있는 자기보다 더 자세히 알지도 모른다. 제 생명 하나를 구하고자 다른 이들을 희생시킬 순 없었다. 스패너로 자신이 여기 있다는 사실을 알릴 수밖에…… 빌은 문을 세차게 두드렸다. 문 안에서 누군가의 목소리가 희미하게 들렸다. 뭐라고 얘기하는지는 알아들을 수 없었지만 뭔가 논쟁을 벌이는 듯했다.

어깨너머로 돌아보니 통로를 따라 물이 밀려오고 있었다. 그럼 이제 끝인가. 이제 끝이다. 삽시간에 익사체가 되어 둥둥 떠오르겠지.

순간, 핸들이 돌아가며 문이 밖으로 덜컹 열렸다. 바닷물은 벌써 그의 무릎께를 통과해 방 안으로 밀려들어 갔다.

"안 돼!"

빌이 소리쳤다.

"닫아! 시간이 없어! 물이 들어가면 안 돼!"

그러나 강인한 팔뚝들이 빌을 에워쌌고, 환한 불빛과 사람 내음이 나는 방 안으로 라이언이 그를 힘껏 끌어당겼다. 빌은 다급하게 몸을 틀어 라이언, 월러스와 함께 문의 핸들을 붙잡고 있는 힘껏 돌렸다. 물살 덕분인지 그 큰 쇠문이 손쉽게 쿵 소리를 내며 닫혔다. 문을 닫자마자 통로를 장악한 드센 물결이 통로를 무너뜨리는 굉음이 들렸다.

"세상에, 하마터면 큰일 날 뻔했네요!"

방 안에 고인 물이 다시 발목께로 줄어들자, 숨을 헐떡이며 월러스가 가까스로 한 마디 내뱉었다.

"신이시여, 감사합니다! 무사하시군요, 회장님!"

라이언은 빌을 돌아다보았다. 둘은 동시에 손을 내밀고 악수를 하면서 서로를 향해 미소를 지어보였다.

"신에게 감사할 일이 아냐, 월러스."

라이언이 말했다.

"인간에게 감사해야지. 빌 맥도나라는 한 인간 말일세."

랩처, 등대

1947년

앤드류 라이언이 배에서 나왔을 땐 제법 쌀쌀한 바람이 부는 초저녁이었다. 경호원들과 키잡이에게 배에서 기다리란 신호를 보낸 후, 거대한 등대 구조물의 계단을 밟고 올라가기 시작했다. 고대 알렉산드리아[1]의 등대를 본떠 설계한 것으로, 전통적 위엄이 돋보이는 장엄한 건축물이었다. 계단을 올라가던 라이언은 중간쯤에 멈춰 서서 눈앞

---
1) 나일강 어귀의 항구도시.

에 펼쳐진 장관을 음미했다. 지상에서 랩처로 들어가는 입구에 놓인 이 등대지기 탑.

라이언 자신의 고안으로 만들어지지 않았나. 그의 의지를 집약적으로 표현하는 소중한 상징물이었다.

랩처에 오신 것을 환영합니다

황동으로 판금한 커다란 원형의 승강구에는 금속활자로 위와 같은 글귀가 새겨져 있었다. 이 아르 데코형 입구의 양옆으로 인간의 모습을 한 크롬 조각상이 즐비해 있었는데, 조각의 일부가 벽과 결합된 채 마치 자신들이 건물을 떠받치는 것처럼 팔을 위로 높게 뻗은 모양새다.

라이언이 다가서자 설리번 치안부장이 미소를 머금으며 문을 열고 나와 라이언의 손을 잡았다. 이어 환한 모습으로 그리비가 뒤따랐고, 턱수염의 시몬 웨일즈가 여느 때처럼 심각한 표정으로 일행을 따랐다. 마지막으로 빌 맥도나가 조금 쑥스러운 표정으로 걸어 나왔다. 라이언은 이 자리에 빌이 있다는 것이 대견했다. 때론 빌의 마음속에 의구심의 그림자가 스치는 것을 감지하기도 했지만 이제 그도 직접 확인할 테지. 여기 모인 다른 이들도 마찬가지다. '불가능'도 가능할 수 있다는 것을.

웨일즈가 보일 듯 말 듯한 희미한 미소를 띠며 꾸벅 인사를 했다.

"아마 맘에 드실 겁니다, 라이언 회장님."

더블린 억양이 조금 섞인 듯하다.

"이제 완공 직전이니까……."

두터운 모직외투를 걸치고 까만 터틀넥 스웨터와 바지를 입은 이 건축가의 둥그런 머리는 숱이 벗겨지려는 참이다. 이마엔 땀방울이 송골송골 맺혔고, 움푹 들어간 눈가에선 눈동자만이 이글거리고 있었다.

일행은 아주 높다란 천장에, 마치 커다란 전망대 같은 내부구조를 갖춘 육모꼴의 방으로 들어갔다. 대리석 바닥에 발자국 소리가 쩡쩡 울렸다. 정교하게 가공된 값비싼 금속재로 꾸며진 랩처 도시로의 첫 통로는 국회의사당의 로턴더 홀처럼 대리석과 금장으로 치장하여 엄숙한 분위기를 자아냈다. 계획한 대로였다. 이윽고 이곳에 발을 들여놓는 누구라도 지나칠 수 없는 자신의 거대한 금동 흉상을 바라보자니, 라이언은 감개무량했다. 흉상의 표정은 근엄했으나 결코 화난 것 같진 않았고, 권위를 표현했으나 또한 객관적이고 단호해 보였다. 라이언의 흉상은 분명한 메시지를 전하고 있었다.

랩처는 오직 가치 있는 자만이 들어올 수 있다.

라이언 회장은 이곳에 입장하는 사람들로 하여금 여기가 바로 새로운 역사의 시작이요, 정부와 종교의 탄압을 받지 않는 자유로운 신세계임을 명심할 수 있도록 배너를 걸어두어야겠다고 생각했다.

신도 없고 왕도 없다. 오직 인간만이 존재할 뿐이다.

머릿속에 꼭 새겨두어야지. 잊으면 안 된다. 등대에 들어오는 사람들을 위해 환영 음악을 준비하면 어떨까? 기악곡으로 편집한 '바다'[1]가 딱 어울릴 것 같다. 묘하게 잘 어우러지는 노래니까.

웨일즈는 미장과 맞춤 손질법에 대해 열변을 토하고 있었다. 특정 구역의 누수 문제로 다니엘이 꽤 염려하고 있다면서. 라이언은 듣는 둥 마는 둥 했다. 웨일즈는 디자이너로서 작업의 세세한 사항까지 열거하며 단지 표면적인 일에만 사로잡혀 있는 것이다. 하지만 라이언은 큰 그림에 전율을 느꼈고 지금 이 순간 자신의 주위를 둘러보며 그 기백에 가슴이 벅차올랐다.

설리번이 잠수정이 있는 곳으로 모두를 안내했고, 일행은 엘리베이터 격으로 사용되는 물이 찬 굴대를 낙하하여 랩처 내부에 도착할 예정이었다.

"회장님부터 먼저 타십시오."

설리번이 덧붙였다.

흥분으로 입술이 바짝 마르고 손이 부들부들 떨리는 가운데, 라이언은 랩처 '메트

---

1) 프랑스 샹송으로, 샤를 트레네의 명곡

로'의 첫 운송차량 격인 잠수정에 올랐다. 나머지 일행도 뒤따라 그 작은 배에 오르고 보니, 서로 무릎이 닿을 정도의 좁은 공간이었다. 하지만 아무도 상관하지 않았다. 실내는 모두의 기대감으로 가득 차 있었다.

이 기념할 만한 순간에 잠수정의 텔레비전 스크린이 꺼져 있다는 것이 애석하게 느껴졌다. 때가 되면 짧은 영화라도 상영하면 좋겠군. '랩처에 오신 것을 환영합니다'라는 제목이 안성맞춤일 듯하다. 물론 그 영화를 보는 승객들은 이 새로운 해저도시로 비밀리에 이민온 사람들이겠지.

아래로, 또 아래로 그들은 하강했다. 굴대 속에서 물거품이 날아다닌다. 잠수정을 단단히 동여맨 밧줄은 사정없이 삐걱거렸지만 실내의 승객들에게는 아주 편안한 여행이었다.

"이거, 아주 부드럽게 내려가네요."

빌이 웃으며 말했다.

잠시 후 그들은 첫 전망지에 당도했다. 랩처 도시를 한눈에 볼 수 있는 휴게실이었다. 잠수정의 승강구가 소리도 없이 스르륵 열렸다.

모두 차례로 잠수정에서 내려오자, 라이언이 빌의 어깨를 툭 쳤다.

"빌, 자네는 여기를 나보다 더 자주 왔으니 어디가 제일 전망이 좋은지 잘 알겠군. 앞장서게!"

시몬 웨일즈는 그 말이 탐탁찮은 듯했으나 빌이 랩처 내부구조의 사정을 훤히 파악하고 있다는 건 사실이었다. '랩처의 안팎이 다 제 손에 달렸습니다'라고 하지 않았나. 무엇보다 라이언은 웨일즈보다 빌 맥도나가 더 마음에 들었다. 웨일즈가 천재라는 것은 의심의 여지가 없지만, 가래 모양의 턱수염을 한 이 음침한 사내는 늘 딱 꼬집어 말할 수 없는 불안함이 있었다. 시몬 웨일즈는 폭발하기 일보직전의 인간 같았다.

빌은 여유로운 웃음을 띤 채 허리를 굽실거리며 '어서 오십시오' 하는 시늉을 해보였다. 청록으로 물든 심해의 빛이 어른거리는 바닥을 가로질러, 커다란 창문이 있는 곳으로 다들 자리를 옮겼다.

라이언은 창문께로 다가가 랩처를 내다보았다. 히말라야가 이 지구의 일부인 것처럼, 눈앞에 펼쳐진 이 도시의 장관 역시 지극히 당연한 해저 세계의 자연적 부산물 같았다. 전류가 광채를 발하며 흐르는 저 철과 유리의 계곡, 찌를 듯이 치솟은 아르 데코형의 첨탑. 온통 물에 잠겼지만 내부는 바짝 마른 건물들, 물이 새지 않는 고층 빌딩들이 굳건히 버티고 있었다. 단지 그 배경이 하늘이 아닐 뿐이다. 랩처의 웅대한 건축이 그려놓은 지평선은 저 멀리, 빛과 그림자가 술래잡기라도 하듯 그물 같은 수면을 향해 튀어 오를 기세였다. 창밖에는 황금빛 꼬리를 단 물고기 떼가 반짝거리며 한 무리의 새처럼 날아들었고, 수면과 가까운 저 위로 강치가 뗏목처럼 움직이고 있었다.

아래에서부터 발화하는 빛이 건물들 사이로 헤엄치는 형형색색의 가오리들을 비추자, 잔잔한 붉은색과 녹색, 자주색으로 반사된 빛이 랩처의 건축물을 실로 엄숙한 장관으로 만들어주었다. 흡사 그랜드 캐년이나 스위스의 알프스 산맥을 보는 것 같은 감흥이 들었다. 하지만 랩처는 사람의 손으로 만들지 않았는가. 바라보고 있자니 숨이 가빠올 지경이었다.

"물론, 완성된 건 아니지만 다들 우리 인간의 의지가 어디까지인지 알았겠지."

라이언의 목소리가 벅찬 감정으로 조금 떨렸다. 멀리 유리 통로로 교차된 '거리' 너머로 마치 타임스 스퀘어가 심해로 내려온 듯 흥겨운 분위기의 간판 하나가 걸려 있었다. 라이언 기업. 장차 이 차갑고 어두운 바닷속을 밝혀줄 숱한 네온사인들 가운데 제1호다. 전광판, 네온사인 등 진정한 자유시장의 온갖 상징들이 이곳의 안팎에 자리 잡을 것이다. 빛나는 자유의 상징, 그리고 제재 없는 산업 활동.

"아, 정말이지 이 랩처는 신천지로군요."

빌이 떨리는 목소리로 나직이 중얼거렸다.

"이 세상의 불가사의 중 하나!"

빌은 곧 그 말을 한 것을 후회했다.

"음, 세상 사람들이 모른다는 게 좀 안타깝습니다."

"허허, 때가 되면 다 알게 될 걸세."

라이언이 그를 안심시켰다.

"지상 세계가 파괴된 후 살아남게 될 사람들이 있을 테지. 적어도 그 생존자들은 랩처를 알게 될 걸세! 언젠가 이곳이 전 인류의 수도가 될 것이야."

"회장님이 해내신 겁니다!"

그리비도 끼어들며 선언했다. 오늘만은, 평상시 그리도 냉랭했던 그리비의 목소리가 가늘게 떨리고 있었다.

웨일즈가 그리비를 곁눈질했다.

"우리 모두가 이룬 업적이잖나, 우리 모두가."

짜증이 난 듯 웨일즈가 툭 내뱉었다.

"뭐, 완벽하게 실현한 것은 아니야, 그리비. 허나 살아 있는 것만은 틀림없지."

한층 홍조를 띠며 라이언이 답했다.

"분명 이곳은 신세계야. 남자나 여자나 자유경쟁의 위업을 이루기 위해 두 발 벗고 우뚝 서는 세상. 경쟁하고 다투며 더더욱 강해질 테지!"

빌이 불쑥 한마디를 던졌다.

"근데 이 기적 같은 곳을 누가 다 채우게 됩니까? 저 건물들을 다 채우셔야죠, 회장님."

실상 지금까지는 소수의 인원만이 랩처에 살고 있다. 그 대부분은 정비공이거나 엔지니어, 보안 업무를 담당하는 사람들이었다.

라이언은 고개를 끄덕이곤 외투 주머니에서 잘게 접은 종이 한 장을 꺼내들었다.

"내가 뭔가 준비한 게 있는데, 자네들과 함께 나누고 싶네."

그는 종이를 펼치고 큰 소리로 읊조렸다.

"신규 모집."

라이언은 목청을 한 번 가다듬고 읽기 시작했다.

"세금에 지치셨습니까? 이래라저래라 하는 정부, 사업 통제, 노동조합, 거저 받기만 하는 사람들에게 지치셨나요? 새로운 삶을 시작하고 싶지 않습니까? 여러분은 개척자가 될 만한 능력과 야망을 가지셨습니까? 만약 여러분이 이 공지를 받으셨다면 이미 '랩처'에서 삶을 꾸려나갈 자격이 있으며, 직접 이주 신청을 할 수 있도록 선택받은 존재입니다. 이 놀라운 가능성을 실행에 옮기기 위해서는 이민이라는 절차가 필요합니다. 허나 랩처는 아무런 대가를 바라지 않습니다. 그저 이 신세계에 동참하려는 여러분의 땀과 결의만 있으면 됩니다. 저희 조사원들이 제대로 일을 수행했다면 여러분은 노동조합원은 아닐 테지요. 자유경쟁 시장체제로의 굳건한 신념을 가진 분일 겁니다. 세상의 미개척지에서 스스로 자신의 길을 닦는 사람 말입니다. 이 새로운 사회에는 이만 삼천 명이 살 공간이 마련되어 있습니다. 어떤 결정을 하더라도, 부디 이 공지를 다른 사람에게 보여주는 일이 없길 바랍니다. 혹 관심이 있으시다면……."

라이언은 어깨를 으쓱해 보이곤 다시 종이를 접었다.

"뭐, 그냥 비밀리에 나눠주는 모집광고 전단지에 불과해. 아직 초벌이고 게다가 지금의 랩처는 이 정도의 인구를 수용하지 못하지만 말이야."

"그래, 프렌티스 밀이 짓고 있는 급행열차는 좀 진전이 있는가?"

라이언이 웨일즈 쪽으로 돌아서며 물었다. 웨일즈는 퉁명스럽게 대답했다.

"뭐, 진전은 있답니다. 역 두 군데를 완공했다던데, 꽤 상당량의 노선을 증축한 모양입니다. 지금 싱클레어 디럭스에 내려가 있는데, 현장에서 공사를 감독하는 중입니다."

코를 훌쩍이곤 외투 주머니에서 담뱃대를 꺼내 물었으나 불을 붙이진 않았다.

"뭐, 인부를 더 달라고 불평만 해대죠. 다들 하나같이 투덜대기만 하니……."

"급행열차는 자체적으로 진행시켜도 되는 사업이야."

라이언이 지적했다.

"밀이 직접 감독하게 놔두고 인부도 직접 고용하라고 해. 외부에서 작업하는 일꾼들도 일이 끝나면 노선 공사에 가담시키도록 하고."

말을 끝낸 후 라이언은 빙그르 돌아 창문 너머의 랩처를 다시금 바라보았다. 이 도시가 성장하려면 앞으로 얼마나 많은 시간이 걸릴지 모를 일이다. 자신의 의지를 표방한 이 웅장한 상징물은 철과 유리, 황동과 라이어니움[1]으로 무장한 채 증식해가겠지. 앤드류 라이언, 자신이 죽은 후에도…….

---

1) 랩처 건설에 도움을 준 과학자들이 만들어낸 합금 물질. 앤드류 라이언의 이름을 따 명명했다.

2부
RAPTURE
[랩처의 중기]

나는 신이나 투명인간이 저 하늘에 존재한다는 것을 믿지 않습니다. 허나, 분명 우리 개개인보다 훨씬 더 강한 것이 존재합니다. 그것은 우리 노력의 결정체, 우리 모두를 결속시켜주는 시장구조의 '위대한 사슬'입니다. 하지만 우리의 이익을 스스로 쟁취하려는 노력이 없다면, 그 사슬은 우리 사회를 옳은 방향으로 이끌어주지 않을 것입니다. 그 사슬은 일개 정부가 조종하기에는 너무나 강력하고, 또 너무나 신비한 것입니다. 이를 믿지 않는 자는 당신 주머니 속의 돈을 훔치려는 자이거나 아니면 당신의 목에 총부리를 겨누는 자일 것입니다.

― 앤드류 라이언 ―

6

랩처, 아폴로 광장

1948년

무대 위에 라이언과 나란히 서서, 빌 맥도나는 아폴로 광장에 울려 퍼지는 그의 연설을 의기양양한 자세로 듣고 있었다. 랩처가 그들 주위로 눈부신 자태를 뽐내며 떡하니 버티고 서 있기 때문이다.

"바다 밑에 도시를 짓다니! 미친 짓이죠! 하지만 주위를 둘러보십시오, 친구들!"

앤드류 라이언의 목소리는 사방으로 쩡쩡 울렸다. 캐러멜 색의 더블 단추 정장을 빼입고, 새로 이발한 머리를 단정하게 뒤로 넘긴 라이언의 자태에서 연단을 꽉 메울 만큼의 위엄이 풍겼다. 왼쪽으로 좀 떨어져 서 있는 라이언이 마치 코앞에 있는 것처럼 느껴질 정도였다. 무서울 정도로 확신에 찬 그의 어조는 청중을 사로잡았다. 이곳에 모인 이천 명 남짓한 군중은 처음엔 생소한 환경에 겁먹은 듯했다. 하지만 이젠 빌이 보기에도 열성적으로 고개를 끄덕이는 사람, 자부심이 새겨진 얼굴들이 늘어났다. 라이언 회장이 이 각별한 도시에서는, 그들 개개인 모두가 각별한 사람이라고 말해주었기 때문이다. 랩처의 성곽 안에서는 그들 하나하나에게 스스로 자신의 운명을 개척할 기회가 주어질 것이다. 앞줄에 앉은 사람들은 대부분이 라이언이 손수 모집한 부유한 상류층이거나 괴짜들, 전문직종의 인재들이었다. 다른 루트를 통해 작심하고 랩처로의 이민을 강행한 노동자 계층은 모두 후열에 옹기종기 모여 있었다.

양손을 깍지 낀 자세로 빌은 라이언의 오른편에서, 최대한 예의에 어긋나지 않은 범위 내에서 일레인의 곁에 붙어 서 있었다. 빌과 라이언 옆으로는 그리비, 설리번, 시몬과 다니엘 웨일즈, 프렌티스 밀, 샌더 코헨, 그리고 라이언의 '개인 비서'로 이번에 새롭게 채용된 다이안 맥클린톡이 나란히 섰다. 상당한 미녀인 다이안은 마치 여왕이나 된 양 한껏 뽐내는 자태다. 빌이 듣기론 그녀는 라이언이 채용했을 당시, 담배를 팔던 아가씨였다고 한다. 이젠 잔뜩 폼을 내고 있다.

광장이 내려다보이는 무대에는 가지각색의 배너가 흩날렸고, 한구석에서는 테이프가 돌아가며 라이언의 연설이 녹음되는 중이다. 자신의 연설을 모조리 기록한 후 부분적으로 편집하여 '고무적 강연'이란 이름으로 랩처의 전 구역에 공개할 작정이었다.

"그런데 대체 어디서……."

라이언의 연설은 계속되고 있었다.

"이 기생충들의 마수를 피해 자유로이 살 수 있단 말입니까?"

창 너머엔 해저에서부터 기둥처럼 붉끈 솟아오른 빛이 그늘진 바다를 조명하는 장관이 보였다. 라이언의 굵직한 저음의 공명으로 유리창이 가늘게 떨리고 있었다. 곧이어 커다란 물고기들이 줄지어 창가로 모여들자, 빌은 일레인의 옆구리를 찔러 신호를 보냈다. 물고기들마저 라이언의 연설에 귀를 기울이는 것 같았다. 일레인이 손으로 입을 가리고 키득 웃는다. 빌은 약혼녀의 그 하얀 손에 키스하고 싶었다. 묵묵히 연설을 듣는 저 청중을 뒤로 한 채, 올림포스 하이츠에 있는 자신의 아파트로 데려가, 지금까지의 노력이 절정의 성과를 나타내는 이 순간을 단둘이 자축하고 싶었다. 물론 또 다른 절정의 순간과 함께. 하지만 라이언의 엄숙한 연설이 아직 끝나지 않았기에, 윙크를 하는 것으로 만족해야 했다.

"정부의 통제가 없는 자체적 경제의 성장, 정부가 말살하지 못할 굳건한 사회. 랩처가 아니라면 대체 어디에서 이를 발현할 수 있겠습니까? 바다 밑바닥에서의 도시 건설은 불가능한 일이 아니었습니다! 다른 곳에 이 세계를 건설하는 것이야말로 불가능한 일입니다!"

"옳소, 옳소!"

그리비가 맞장구를 치면서 청중의 박수를 유도했다.

"저 개미농장 같은 지상의 사회는 진정한 협동정신이 무엇인지 전혀 이해하지 못

합니다!"

라이언이 목청을 드높였다.

"진정한 협동정신은 개인적인 관심에서 자발적으로 우러나오는 것이지, 기생충이나 다름없는 식객들이 관여할 일이 아니란 말입니다! 소위 기생충들이 말하는 그 '조세'라는 명목으로 피를 빨아 먹히는 일이 있어선 안 됩니다! 진정한 협동은 개개인이 한데 모여 함께 이룩하는 것입니다. 자신의 이익을 위해서 말이죠! 개인의 권리와 이익, 이것이 바로 모든 행위의 근원입니다! 허나, 분명 우리 개개인보다 훨씬 더 강한 것이 존재하죠. 그것은 우리 노력의 결정체, 우리 모두를 결속시켜주는 시장구조의 '위대한 사슬'입니다. 하지만 우리가 우리의 이익을 스스로 쟁취하지 않으면, 그 사슬은 사회를 옳은 방향으로 이끌어주지 않을 것입니다. 그 사슬은 일개 정부가 조종하기에는 너무나 강력하고, 또 너무나 신비합니다. 위대한 사슬이란 것이 여러분께는 다소 추상적으로 들릴지는 몰라도……."

라이언은 고개를 설레설레 저었다.

"실상은 그렇지 않습니다! 혹자는 세상의 모든 불가사의의 배후에 소위 말하는 '신의 힘'이 존재한다고 믿고 있습니다! 하지만 그 위대한 사슬의 배후에는 인간성과 자연적 선택이란 요인이 있는 것이지, 신이 있는 것이 아닙니다! 랩처에 신이나 왕은 필요 없습니다! 오로지 인간이 전부입니다! 여기서는 아무런 간섭 없이 각자가 자유시장 체제하에서의 자유로운 경쟁과 자유로운 연구를 통해, 한 사회의 질서가 확립될 수 있다는 것을 우리 스스로 증명해보일 것입니다! 랩처에서 새로운 발견을 위한 연구를 밤낮으로 계속하는 많은 과학자들이 여러분을 깜짝 놀라게 할 것입니다. 지금까지도 소인배들의 박해로 인해 과학자들의 위대한 발견이 묻히고 있습니다. 개인적인 도덕관념을 남에게 강요하는 그런 폭군만 없다면 과학은 꾸준히 발전할 것입니다."

라이언은 잠시 말을 멈추고 목청을 가다듬으며 미소를 지었다. 이젠 부성애가 담긴 따스한 어조로 바뀌었다.

"자, 그럼 이제 랩처의 개막식을 기념하는 음악을 감상하시겠습니다. 안나 컬페퍼 양이 작곡하고 샌더 코헨 씨가 노래합니다."

안나 컬페퍼는 영문학 전공의, 유약하지만 야심 있는 젊은 아가씨였다. 스스로 음유시인이란 자긍심이 대단했고, 이제 막 대학 3학년생일 때 라이언 회장이 이곳으로 데려왔다고 한다.

턱시도 정장을 빼입은 그 괴짜 가수가 무대 위로 올라와 마이크 앞에 섰다. 빌은 눈살을 찌푸렸다. 그는 코헨이 좀처럼 마음에 들지 않았다.

어디선가 녹음된 연주가 시작되었고, 코헨은 노래를 부르기 시작했다.

우리 도시의 모순은

사슬에 묶인 자유

당신을 내게로

이끌어주는 사슬

너무나 신기하게, 너무나 신비롭게

나를 자유로 이끌어주는 사슬

반짝이는 푸른 세상

성문 밖을 배회하네

물고기도 따라 선회하네

사랑스런, 오, 사랑스런

바다가 우리를 기다리네

형편없는 노래였다. 후렴구가 나올 때까지 너무 길게 끄는 바람에 빌은 몰입할 수가 없었고, 곧 랩처의 '그랜드 센트럴 역'이라 할 수 있는 웅장한 아폴로 광장으로 시선을 옮겼다.

랩처의 건축디자인은 1934년 당시 앤드류 라이언에게 상당한 인상을 심어주었던 세계박람회의 형식미, 그리고 '위대한 사슬의 예술'이라는 산업적 장대함이 융합된 결과물이었다. 무대의 양측에는 전기도금을 입힌 12미터 높이의 거대한 동상이 마치 신을 향해 도전하는 양, 팔을 위로 치켜든 자세로 서 있었다. 번드르르한 근육질의 이상적인 인간. 빌에게는 오히려 깡패나 건달처럼 보였지만, 차마 라이언에게 그렇게 말할 수는 없는 노릇이다. 라이언은 저런 예술품을 무척이나 아꼈다. 빌은 일전의 큰 방에서, 불쑥 치솟은 라이언의 동상을 처음 보았을 때도 마찬가지의 거부감을 느꼈었다. 이런 거대한 동상들은 랩처 곳곳에 설치되어, 무쇠 같은 결의가 드러난 권위적인 위압감을 표출하고 있었다. 아폴로 광장의 벽에는 여러 명의 사내들이 일렬로 서서 즐거운 표정으로 사슬을 끌어당기고 있는 부조가 많았다. 사방 어디서나 이런 아르 데코형의 장식이 즐비했고 종종 칸막이나 둥그런 장식대에 광선처럼 사선으로 빛어놓아, 현대의 산업 규모가 지닌 강대함과 옛 바빌론이나 이집트의 사원에서 풍기는 위엄을 동시에 발현했다.

노래는 계속 귓전에 앵앵거렸고, 빌은 새삼 자신이 이곳의 건설에 동참했다는 감흥에 어지럽기만 했다. 비록 웨일즈 형제가 랩처의 이미지를 창안했지만, 그걸 손수 실행에 옮긴 사람은 그리비와 빌 자신이 아니었던가. 뼈와 살, 세포조직 하나하나까지 그들의 손길이 닿지 않은 곳이 없었다. 라이언은 랩처의 '정신'을 심었던 것이고, 그리고 이 모든 것은 바다 깊숙이 자리한 해저 통로에서 인부들이 묵묵히 노동한 결과물이었다. 그 인부들은 단단히 방수처리가 된 랩처의 구역에서 자신들의 목숨을 바치면서까지 헤파이스토스로부터 올림포스 하이츠에 이르는 갱도를 층층이 쌓아올렸다. 랩처는 이제 현실이다. 심연에서부터 해저 밑바닥까지 5킬로미터의 높이에 준하는 엄연한 작은 도시였다.

랩처. 마침내 해낸 것이다! 물론 일꾼들의 숫자도 충분치 않았고 아직 난방이나 도관 작업이 남아 있지만 말이다. 헤파이스토스에서 가동되는 다섯 개의 지열 엔진 중 겨우 세 대만이 돌아가고 있었다. 일부 구역의 침윤은 여전히 문제로 남아 있다. 그럼에도 불구하고 랩처가 생생한 현실인 것만은 분명하다. 사람의 머리로 고안해내고, 작은 나라의 정부가 연간 지출하는 금액과 맞먹을 정도의 엄청난 자금을 들여, 사람의 손으로 완공했다. 기적 같은 일이다.

빌은 설리번이 서 있는 쪽을 흘깃 쳐다보았다. 언제나 걱정거리를 잔뜩 안은 것 같은 어두운 표정의 저 사람. 뉴욕에서는 여전히 정부요원들이 탈세 혐의를 두고 라이언을 쫓는 중이라 했다.

군중 속에 보이는 몇 얼굴 역시, 영문 모를 의구심으로 수심이 가득한 표정들을 하고선 주변의 낯선 환경을 두리번거리고 있었다. 랩처의 다수가 상류층 사람들로서 한때 부유했거나 지금 부유한 위치에서, 사회전반에 걸쳐 불평불만이 많은 자들이었다. 이곳으로 와서 새롭게 시작할 참이었고 라이언 같은 재계의 거물이 자신들에게 그 기회를 제공했다는 사실에 만족해하고 있었다.

빌은 이 모든 것이 헛수고가 아니기를 간절히 바랐다. 랩처를 짓기 위해 너무 많은 희생이 따랐으니까. 한번은 세 명의 인부가 중앙 지열 난방장치를 설치하던 중, 산 채로 온몸이 삶아진 적도 있었다. 해저 화산을 이용해 가열시킨 물이, 고압력 상태에서 도관으로 흘러나왔기 때문이다. 월러스에게 여러 번 주의를 줬었는데도 말이다. 그 압력이 결국 도관을 파열시켰고, 엄청나게 높은 온도의 물이 삽시간에 인부들이 모여 있던 방을 채웠다. 빌도 겨우 빠져나왔다. 이곳에 내려온 첫날 돔에서 벌어진 일들을 상기하면, 월러스는 이 작업을 적시에 중단시켰어야 했다. 두 눈으로 직접 목격했던 그 인부들의 죽음은, 극복하기 어려운 트라우마를 남겼다. 창문을 통해 그들이 죽어가는 광경을 지켜볼 수밖에 없었던 빌은 그 후로 몇 주 동안이나 악몽을 꾸었다.

돔 통로에서의 그 첫 사고는 빌과 라이언의 관계를 돈독히 다져주었다. 자신이 앤드류 라이언의 생명을 구하다니…… 라이언은 그 답례로 봉급 인상부터 해주었다.

그런데 이곳에서 돈이란 것이 지상에서와 같은 의미일 수 있을까? 처음 랩처로 내려왔던 이주민들은 지상의 돈을 전부 랩처 달러로 환전해야 했다. 그중 몇 퍼센트는 유지비 격으로 라이언에게 지급되었다. 헌데 처음에 갖고 왔던 그 랩처 달러마저 다 써버리면 어떻게 되는 걸까? 돈을 부쳐달라고 지상으로 연락할 수도 없는 노릇이었다. 랩처에서는 편지를 부치는 일도 금지되어 있다. 이곳이 바깥세상으로부터 얼마나 엄격하게 차단된 곳인지, 주민들은 과연 알고 있을까?

노래가 끝나자, 일레인이 팔을 뻗어 빌의 손을 꼭 잡았다. 하기야 일레인과 함께라면, 언제라도 빌은 행복했다. 어디라도 상관없다.

이처럼 영광스러운, 역사상 누구도 해내지 못했던 위업에 동참한 것으로 충분하다.

랩처라는 신천지가 지금까지의 관념과는 전혀 다른 새로운 사상이자, 이제 겨우 첫걸음을 내딛는 단계이긴 하다. 거대한 실험. 그러나 그들 모두가 세세한 부분까지 신경을 쓰며 완벽한 도시를 건설하고자 노력을 아끼지 않았다. 설령 문제가 발생한다 하더라도 큰일이 일어나진 않을 것이다.

북대서양

1948년

북대서양에도 거친 동이 텄다. 은빛으로 반짝이는 회색 구름 사이로 장난치듯 뒤뚱거리는 빛 무더기. 수면 위로 울렁이는 파도를 몰아치던 바람이, '폰테인 수산' 트롤선의 갑판 위에서 부산스레 움직이는 선원들에게 짠물을 잔뜩 뿌려댄다. 이제 자칭 '폰테인'이 된 그는 자기 돈을 투자하여 인부들을 고용했고, 폰테인 수산의 운영으로 스스로도 놀랄 만큼 짭짤한 소득을 거둬들이고 있었다. 라이언의 프로젝트는 물론이요, 레이캬비크에까지 엄청난 양의 생선을 공급하고 있었다. 꿩 대신 닭이라고.

이전의 프랭크 골란드, 지금의 프랭크 폰테인은 400미터 가량 떨어진 지점에서 물결 사이로 보일 듯 말 듯 솟구친 탑을 바라보고 있었다. 그 탑의 뒤에는 두 척의 선박이 떠 있었고, 그중 하나는 권양기와 계양대 설비가 완비된 플랫폼 선이었다. 트롤선의 주위에는 여전히 얼음덩이가 떠돌고 있었고 청록의 물살 때문인지 더 하얗게 빛났다.

목표는 여기서 어떻게 저 기이한 등대까지 가서 도시 안으로 올라가느냐 하는 것이다. 사실 내려간다는 표현이 맞다. 랩처에서 온 생선 구매원이 자신의 트롤선과 처음 접촉했을 때, 라이언에게 건네주라고 그자에게 편지 한 장을 맡겼었다.

해저도시의 감독관님께

상호 간의 상업교류로 인해 귀하의 거류지에 대해 알게 되었습니다. 본인은 상기 사실의 발견이 실로 영웅적 기회라고 생각하는 바입니다. 본인은 늘 개척자가 되고 싶었습니다. 또한 귀하의 기업이 지금껏 보여준 심해를 향한 경건한 자세에 더한층 고무되었기에, 귀하께

본인의 사업을 제공하려 합니다. 본인은 이미 잠수함을 개조하여 심해에서 양어를 수확하는 방안을 마련해두었습니다. 지상에서는 이를 말도 안 되는 궤변으로 일축하고 있지만, 진보적인 사고방식을 가지신 귀하께서는 달리 생각해주시리라 믿습니다. 따라서 본인이 귀하의 거류지로 이민하여, 개인적 야망인 이 심해 수산 사업을 실행할 기회를 주십사, 삼가 신청하는 바입니다.

프랭크 폰테인

사실, 비슷한 내용의 편지를 랩처 발 화물선 세 척에 전달했었다.

트롤선의 뱃머리에 올라서서, 술병 마개를 따며 프랭크 폰테인은 자신에게 다음과 같이 물었다.

'지금 저게 월척이 맞는 건가, 아니면 그냥 헛걸음질인가?'

물론 그간 월척을 낚는 희대의 사기극을 벌이고야 말겠다는 작심은 진작 했었다. 하지만 이 일은 끝이 날 기미가 보이지 않아, 반영구적으로 지속될 우려가 있었다. 게다가 지금은 한여름 오후인데도 쌩쌩 도는 냉기가 빌어먹을 창녀 수준이다. 차라리 창녀의 젖꼭지라면 화끈한 열기라도 있지. 정녕 골란드를 포기하고 폰테인이 될 가치가 있는 걸까?

바닷속의 도시. 빠른 속도로 망상이 되어가고 있었다.

머리 위로 번져가는 잿빛 뭉게구름을 보니 또 폭풍이 몰려올 모양이다. 이 쓰레기 같은 배 위에서는 서 있는 것만도 고역이었다.

랩처의 식량 조달을 위해 생선을 거둬가는 인부들에게 물어본 결과, 예상했던 대로 랩처에는 이미 거대한 수중 거주지가 마련되었다고 한다. 이를테면 이상적인 자유시장의 공간인 셈이다. 폰테인은 이미 그 '이상적'이란 슬로건을 내건 나라들의 운명이 어떻게 되었는지 알고 있었다. 소련만 하더라도, 그 기세등등하던 프롤레타리아 계급을 보라. 지금은 강제노동 수용소를 전전하고 정부의 구제정책에 의존하고 있지 않나. 하지만 이 '유토피아'가 자기 같은 부류의 사내에게 황금 같은 기회라는 것은 의심의 여지가 없다. 이 해저의 유토피아가 붕괴될 즈음엔, 그 혼자만이 남아 사회 전체를 독식할 수 있다. 라이언의 영역에 섣불리 침입하지만 않는다면 분명 승산은 있다. 신중하게 자기만의 조직을 만들어서, 보물단지를 부둥켜안고 빠져나오기만 하면 된다.

우선 무슨 수를 써서라도 저 랩처로 내려가야 한다.

트롤선이 갑자기 기울었고 폰테인의 위장도 덩달아 울렁거렸다.

플랫폼 선에서 소형 선박 한 척을 물에 내리고 있었고 그 선박은 9미터 정도의 길이였다. 사람들이 사다리를 타고 내려와 그 배에 올라탔다. 그러고는 트롤선을 향해 돌진해오는 모습을 400미터쯤 거리에서 바라보니 샷건으로 무장한 사내들로 득실거렸다.

하지만 여기까지 와서 도망칠 순 없지. 트롤선의 선원들이 그의 뒤로 엉거주춤 몰려들 때까지 차분히 기다렸다. 항해사인 피치 윌킨스가 난간 쪽으로 다가왔다.

"이거, 분위기가 심상찮은데요, 보스."

그 배가 점점 더 가까이 다가오자 윌킨스가 중얼거렸다.

"저 많은 총을 대체 어디다 쓰려는 건지……."

"걱정하지 마."

불안한 내색을 보이지 않으려 애쓰며 폰테인이 무덤덤하게 응수했다.

배는 물살을 가르고 다가와, 승선하려는 생각인지 트롤선의 우현으로 본체를 바짝 붙였다. 방수 코트를 입고 고무장화와 가죽장갑을 낀 중년 초반으로 보이는 한 남자가 사다리를 타고 갑판에 올랐다. 곧이어 선원모와 우비를 걸친 우락부락한 체격의 청년 두 명이 어깨에 샷건을 멘 채 그를 뒤따랐다.

꽤 추웠는지 면상이 납빛이 된 그 중년의 사내는 갑판 위 버팀대에 몸을 붙이고 서서, 폰테인을 아래위로 훑어보았다.

"내 이름은 설리번이라고 하는데, 라이언 공업의 치안부장이오. 댁이 프랭크 폰테인이란 사람이오?"

폰테인은 고개를 끄덕여 보였다.

"맞소이다. 폰테인 수산의 소유자이자, 운영자요."

"라이언 회장님께서 댁이 이 근처에서 사업을 벌이는 걸 눈여겨보셨소. 사업을 확장하고, 한발 앞선 경영으로 경쟁자를 물리치고…… 뭐, 성공하는 모양새를 말이오. 우리 측에 공급하는 물량도 좋고. 근데 말이지, 당신은 참견이 좀 심해. 저 아래에 뭐가 있는지 물어보고 다닌다면서?"

설리번은 바다 쪽으로 엄지를 꺾으며 신경에 거슬리는 음침한 미소를 지었다.

"심지어 우리 플랫폼 선에서 일하는 인부들까지 술로 매수했다던데……."

"난 그저 당신네들이 저 아래에서 진행 중인 사업에 참여하고 싶을 뿐이오. 편지도 여러 번 보냈었고."

"맞아, 편지가 왔었지. 라이언 회장님이 다 읽으셨을 거요."

설리번은 트롤선 내부를 슬쩍 흘겨보았다.

"여긴 뭐 마실 것 좀 없나? 물 말고."

폰테인이 술병을 꺼내 건네주었다.

"이걸 드시든가."

설리번은 뚜껑을 열고 한 모금 거나하게 들이켰다. 다시 돌아온 술병은 텅텅 비어 있었다.

"이것 봐요."

마지못한 폰테인이 입을 열었다.

"시키는 대로 할 테니까 어떻게 하면 그 '랩처'라는 곳에 갈 수 있는지 좀……."

설리번이 입술을 오물며 대답했다.

"뭐, 아는지 모르겠지만 댁이 우리 라이언 회장님이 계신 곳으로 한번 내려가면, 두 번 다시 지상으로 돌아올 일은 없소. 거기서 살아야 하니까. 거기에서 일을 하고. 댁이라면 한장사 해볼 만한지도 모르지. 하지만 그곳을 떠날 수 없다는 걸 명심하쇼. 그곳엔 규율 같은 건 거의 없는데, 앞서 말한 그건 분명한 규율의 하나요. 그러려면 웬만한 각오론 어림없지. 자, 폰테인, 이래도 그곳으로 가고 싶소?"

폰테인은 바다를 한참 동안 바라보았다. 생각에 잠긴 듯, 아주 거대한 진실을 읽어내려는 듯. 이윽고 폰테인은 스스로에게 승인하는 신호를 보냈다. 옛날에 한 고아원에 살던 꼬마가 있었지. 수녀님들이 신을 기쁘게 해주지 않겠느냐고 물을 때마다, 그 꼬마는 몽롱한 눈초리로 그들을 올려다보았지. 그 녀석은 결국 신부가 되었어. 폰테인은 그 순진하고, 몽롱한 신념의 표정을 자신의 얼굴에 심었다. 그리고 그는 대답했다.

"끝까지 갈 겁니다, 부장님."

설리번이 길고도 면밀한 시선을 던진 후 체념한 듯 퉁명스럽게 웅얼거렸다.

"아, 뭐…… 라이언 회장님은 댁의 편지를 좋아했소. 랩처에 한자리 마련해주겠노라 말씀하셨고. 자네 힘으로 쟁취한 것이라는 말씀과 함께. 여기서 이 고생을 하는 것도 쉽지 않은 일이니까. 말하자면, 기회를 준다는 것이오. 댁의 수하에 있는 모든 사람들도 마찬가지고."

"그럼 언제 가는 거죠? 랩처로 내려가는 것 말입니다."

설리번은 킬킬 웃더니 바다 쪽으로 몸을 돌리곤 고개를 끄덕였다.

"지금."

바로 그 순간, 트롤선의 선원들이 놀라움을 감추지 못한 채 숨을 헐떡이며 손짓을 해댔다. 좌현의 전방, 35미터가 채 못 되는 지점에서 별안간 새하얀 물거품을 일으키며 거대한 잠수함이 떠올랐던 것이다.

7

랩처, 싱클레어 솔루션

1948년

"그래서 이 테넨바움이란 여자의 문제는 뭡니까?"

치안부장 설리번이 되물었다. 싱클레어는 앉아 있는 책상의 맞은편에 놓인 딱딱한 등받이 의자에서 불편한 듯 몸을 비틀었다. 책상 뒤의 커다란 둥근 창문 너머엔 '싱클레어 솔루션'이라고 쓰인 황금색과 빨간색의 네온사인이 검푸른 심해를 배경으로 환하게 타오르고 있었다.

그 말을 듣고 아우구스투스 싱클레어는 깔끔하게 면도된 멀건 턱을 비벼댔다. 그 질문에 대한 해답은 자기도 모르는 것 같았다. 의약품 투자가인 그는 약간 어두운 분위기를 풍기는 날렵한 인상의 파나마 혼혈로서, 이제 갓 30대에 접어든 남자였다. 희미하게 콧수염이 나 있었는데 자세히 들여다보지 않으면 꼭 연필로 그려놓은 것 같았다.

"그러니까요, 그 여자는 우리 회사 개발부에서 일하거든요. 솔직히 말하자면 뭘 연구하는지도 모르겠어요. 분명히 유전자와 연관이 있겠죠. 헌데, 제가 누굽니까. 과학적 연구 분야라면 쌍수 들고 환영하는 지지자가 아니던가요. 라이언도 그런 이유로 절 여기까지 부른 거잖습니까. 돈이 되는 일이거든요. 새로운 발명에다가, 새로운 약품이란 건 말이죠. 심지어 할 수만 있다면……."

"브리짓 테넨바움에 대한 얘기를 하던 중이었죠, 아마."

설리번이 언질을 주었다. 싱클레어는 입만 열면 옆길로 새는 경향이 있다. 게다가 벌써 다섯 시. 지금쯤이면 집에 잔뜩 재어둔 랩처 산 스카치 반병을 쭉 들이킬

시간이었다.

"그러니까 이 테넨바움이 말입니다."

싱클레어는 보일 듯 말 듯 아리송한 그 콧수염을 어루만지면서 말을 이었다.

"이 여자가 웬만큼 괴상한 여자라야 말이죠. 전 그냥 이 여자가 확실히 우리 회사를 위해 연구하고 있고, 어디 이상한 짓을 해서 이곳의 규율을 위반하는 일이 없길 바랄 뿐입니다. 처음에는 자기 이름으로 실험실도 갖고 있었거든요. 랩처에서 그 여자의 연구에 관심을 둔 투자가들이 마련해준 거였죠. 하지만 이분들마저 금방 손을 떼시더라고요. 이 정도면 뜨거운 감자라 할 수 있죠. 왜냐, 히틀러의 의사 밑에서 생체실험을 하다가 온 여자라는 소문이 파다하게 돌았거든요. 생체해부는 물론이고 또, 전 생각조차 하기 싫습니다만 사실 우리 싱클레어 솔루션에서도
인체를 대상으로 실험을 해요. 아, 당연히 해야하는 일이죠. 하지만 우린 사람들을 죽이진 않는단 말입니다. 강제로 하는 실험도 없어요. 상호 간의 동의하에 반드시 금전적 보상을 하니까. 만약에 사람의 머리칼이 주황색으로 변색되고 일시적으로 한 1, 2주 동안 원숭이처럼 행동한다고 쳐요, 장기적인 안목으로 봤을 때는 전혀 하자가 없는 일 아닙니까."

그 말에 설리번은 큰 소리로 웃어버렸지만, 곧 농담이 아니었음을 깨닫곤 입을 다물었다.

"그런데 이 테넨바움은 말입니다."

싱클레어는 진지한 얼굴로 계속 말을 이었다.

"아예 피를 한 바가지로 뽑아요. 출혈로 쓰러진 사람이 한둘이 아니라니까요."

"지금 염려하는 부분이…… 비윤리적인 일이다, 이거요?"

'비윤리적'이라는 말은 랩처에선 거의 사용되지 않는 도태된 단어였다.

싱클레어가 눈을 끔벅거렸다.

"음? 비윤리적? 이런, 부장님. 이타주의에 관한 한 앤드류와 의견일치를 본 지 오래라고요. 그게 아니라면 왜 일찍부터 나를 이곳에 내려오게 했겠습니까? 윤리가 이러니저러니 하는 건, 아예 생각도 안 해요. 부자가 되려고 여기 온 거니까 말이죠. 이런

황금 같은 기회를 놓칠 리가 있겠습니까, 예? 설령 다른 사람이…….”

의미를 강조하기 위해 싱클레어는 설리번 쪽을 향해 손가락을 툭툭 찔렀다.

“다른 사람이 그런 기회를 제공한다고 해도 말이죠. 그게 단수든 복수든 간에. 전 ‘대중적 과학&기계공학’ 잡지도 나오는 족족, 표지부터 마지막 장까지 꼬박꼬박 읽는 사람이라고요. 랩처의 과학 인식 분야에 관해서라면 저만큼 열성적인 지지자도 없어요. 하지만…….”

“하지만?”

“이곳에도 규율이란 게 있잖습니까, 아닌가요? 우리 회사가 이런 실험을 계속 방치한다면 사람들이 들고 일어날 것 같거든요. 테넨바움이라면 그러고도 남죠. 거기다가 그 작자도 있죠, 이수종…….”

“우리도 사고뭉치들을 수용하는 구치소란 게 있소. 허나 그러려면 아주 심각한 범죄라야 됩니다. 예를 들어 살인이라든지, 강도, 강간, 밀수, 이런 것들 말이오. 범죄에 관한 한 확실히 뿌리를 뽑을 생각이오. 그리고 랩처를 떠나는 것도 금지하고 있소. 하지만 그 밖의 것들은…….”

설리번은 어깨를 으쓱해 보였다.

“규정이랄 것도 별로 없소. 며칠 전에 누가 ‘랩처 산 코카’라는 가게를 열었소이다. 붉은 조명 같은 것을 달고 그 아래에서 코카를 재배한답디다. 그 식물의 이파리로 코카인을 만든다고 자기 입으로 대놓고 주장합디다. 사실 주사기에 뭐가 들었는지 써보지 않으면 누가 알겠소. 나도 기가 막혔지, 거기서 나오는 사람들을 보니 완전히 정신이 나간 것처럼 보이더라고. 하지만 라이언 회장님이 괜찮다고 하니 어쩌겠소. 그러니 이 여자가 제아무리 피를 많이 뽑는다고 해도 지원자가 동의했다고 하면…….”

설리번은 또 한 번 어깨를 으쓱했다.

“문제랄 것도 없지.”

“아, 네. 뭐 저도 아무 문제없으면 좋겠지만 말입니다.”

싱클레어는 고개를 설레설레 저었다.

“제 할아버지는 늘 사람은 대의를 위해 일을 해야 한다고 곧잘 말씀하셨는데……

그래서 뭐 하나 제대로 이뤄진 일이 있나요? 전 돈 이외는 아무것도 신경 쓰고 싶지 않아요. 하지만 역시 사람들이 궐기하는 일이 벌어지면 곤란하겠죠. 혹시 그런 소식 못 들었어요? 사람들이 모여서 수군수군한다거나 노동조합이라든지, 그런 거 있잖습니까?"

설리번은 스카치를 들이켤 생각만 하고 있다가, 이 말이 나오자 정신이 번쩍 들었다.

"뭔가 들은 게 있소? 라이언 회장님께선 공산당원이 잠입해오지 않을까 하고 늘 노심초사하신다오."

"저희 회사의 정비공들이 들은 소문이랍니다. 아래층 사람들이 무슨 노동자를 위한 회합 장소를 마련했다던데요, 판잣집이나 다름없긴 하지만. 저 아래에서 무슨 일이 벌어지는지 누가 알겠냐 말이죠."

설리번은 외투 주머니에서 연필과 종이를 꺼냈다.

"그 회합에 참석하는 사람들 이름은 아시오?"

싱클레어는 대답 대신 책상 서랍을 열고 술병을 꺼냈다.

"몇 명 정도는요. 부장님도 한잔하시겠어요? 딱 술 한 잔 마실 때네요. 이건 우리 싱클레어 스피릿 양조장에서 만든 겁니다. 제 입으로 말하긴 좀 그렇지만 아주 최상급이죠."

"싱클레어 씨, 선견지명이 있어 보이네. 댁이 술을 따르쇼, 난 받아쓸 테니까."

넵튠의 은혜, 하층 부두
1949년

폰테인 수산이라고 새겨진 간판을 바라보고 있자니 앤드류 라이언은 묘한 기분이 들었다. 라이언과 치안부장 설리번은 하층 부두 구역의 천장에 매달린 발판 사다리에, 두 명의 건장한 인부가 올라서 있는 모습을 지켜보고 있었다. 라이언은 길조든 흉조든, 초자연적 미신은 믿지 않았다. 하지만 저 폰테인 수산 간판만은 뭔가 꺼림칙했던 것이다. 프랭크 폰테인은 사무실과 물고기 운송을 위한 컨베이어 벨트를 설치해두었고, 아래에는 장시간 저장을 위한 냉동고를 들여놓았다. 어디에도 이상한 낌새는 보이지 않았다.

그러나 저 네온사인을 쳐다볼 때마다 영문 모를 불안감이 엄습해왔다. 간판의 불이 켜지자 그 불안감은 배로 늘어 온몸이 떨릴 지경이었다. 푸른 야광의 '폰테인'이란 글자와 나무판 위에 번들거리는 물고기 그림, 그 아래에 노란빛의 '수산'이란 글자가 박혀서 꽤 멋들어진 간판이었는데도 말이다.

"넵튠의 은혜 쪽은 이제 충분히 보셨습니까, 회장님?"

회중시계를 들여다보며 설리번이 물었다. 허옇게 입김이 새어나올 정도로 여긴 꽤 추웠다. 둘은 지금껏 몇 시간 동안이나 최근에 들어선 새 사업장을 시찰하는 중이었다. 랩처에 어떤 사업들이 뿌리를 내리는지 파악하기 위해서다.

근처의 철탑에서 첨벙 하는 물소리가 나서 고개를 돌려보니, 예인선으로 보이는 작은 배가 부두에 정박하는 중이었다. 엔진에서 나오는 연기가 낮은 천장의 환기통으로 빠져나갔다. 하층 부두는 엄연한 실내였지만 지상의 부두처럼 보이게 하려고 툭 불거진 목재 잔교의 주위에 바닷물을 낮게 깔아두었고, 이따금씩 물고기나 다른 물품을 내리는 옆 창고 쪽에서 짐배가 오가기도 했다. 바다 밑 깊숙한 곳에서 잠수함이 아닌 다른 배를 보는 것은 랩처의 또 다른 특색이기도 하다.

"안녕하십니까, 라이언 씨?"

라이언이 폰테인 수산 쪽으로 휙 돌아보니, 프랭크 폰테인이 양손을 바지 주머니에 꽂고 노란 외투에 조끼가 달린 양복차림으로 문이 열린 사무실 앞에 떡하니 서 있었다. 발목에 낀 각반 사이로 까만 구두가 삐죽이 튀어나왔고, 간판의 푸른 조명으로 머리 한 올 없는 대머리가 번들거렸다. 자신의 이름 '폰테인'이 머리 위에서 빛나고 있다. 그 뒤에서 담배를 피우며 매운 연기로 눈을 찡그리는 험악한 인상의 사내가 모습을 드러냈다. 최근에 폰테인이 랩처로 데려온 경호원으로, 이름은 레지……인가 그랬다. 레지는 입술을 실룩이며 경멸스런 눈빛으로 설리번을 노려보았다.

라이언은 예의 바르게 인사했다.

133

"폰테인 씨로군. 자네는 아주 자리를 잘 잡은 것 같은데. 저 폰테인 수산 간판도 맘에 든다네. 네온사인은 랩처를 환하게 밝혀주지."

폰테인도 꾸벅 고개를 숙이곤 간판 쪽을 올려다보았다.

"그럼요. 딱 42번가 같은 분위기죠. 뭘 도와드릴까요, 라이언 씨? 우린 마침 어업용 잠수정을 점검하려던 참인데."

"아, 어업용 잠수정이라…… 그러고 보니 나도 한번 점검을 해봐야겠구먼."

"그런가요? 좀 걱정되시나 보죠?"

폰테인의 말투는 덤덤했으나 표면상 예의의 범주를 벗어난 빈정거림이 느껴졌다.

"랩처에도 빈틈이 있으니까 말이네."

불편한 기색을 감추지 못하며 라이언이 응수했다.

"너무 많은 양의 화물을 들여오거나, 또 빼내가는 일은 없어야겠지. 우리가 허가를 내리기 전엔 누구도 들어오거나 나갈 수 없다네."

"규칙 따윈 없다고 하더니 웬걸, 랩처엔 안 되는 것도 많구먼."

레지가 한마디 불쑥 내뱉었다.

"필요한 만큼 규율이 정해진 것뿐이네."

라이언이 응수했다.

"여기서 강도짓은 못해. 그리고 랩처를 떠난다거나, 우리가 원치 않는 물품을 들여오는 일도 금지되어 있어. 외부의 상품이나 종교, 성경도 안 되고 어떤 종류의 '종교적' 책자도 허락하지 않네. 사치품의 경우는 우리도 이제 곧 생산하게 될 걸세, 빠른 시일 안에. 바깥세상에서 편지를 들여오거나 연락을 취하는 일도 있어선 안 되네. 이곳은 극비이고, 그건 우리 모두를 보호하기 위함이야."

"밀수에 관해선 제가 잊어버릴 리가 없죠."

폰테인이 키득거렸다.

"제 사무실에 떡하니 전단을 한 장 붙여놓으셨으니 말이죠. 검정 글씨로 엄청 크게 써서요. 아, 그건 저기 계신 부하 분께서 쓰신 건가."

설리번이 불쾌한 듯 헛기침을 했다.

"자네도 나를 이해하리라고 생각하네."

라이언은 가급적 예의를 지키려고 애쓰며 찬찬히 대답했다.

"이 수산 사업이 랩처의 빈틈이 될 수도 있단 말이지."

신중하게 단어를 선택하기 위해 라이언은 잠시 머뭇거렸다. 폰테인은 공격적인 사업가였고 라이언은 내심 그 점이 마음에 들었다. 일부 구역에서는 자신의 영업점을 세우기 위해 라이언보다 높은 가격에 부지를 매입하기도 했었다. 그리고 그건 어디까지나 랩처의 개척정신에 합당한 행위였다. 그러나 폰테인도 어디까지가 한계인지 깨달아야 할 필요가 있었다.

"어부가 랩처에 들여오는 건 생선이어야지, 다른 것이어선 안 돼."

폰테인은 슬쩍 윙크를 날리곤 미소를 지어보였다.

"에이, 설마 우리가 생선도 구별 못하겠습니까, 라이언 씨? 냄새가 나잖아요. 비늘도 달렸고."

레지가 옆에서 키득거린다.

라이언은 헛기침을 하며 목청을 가다듬었다.

"물론 우린 다 개성을 갖춘 인간이라네, 폰테인. 허나 동시에 위대한 산업의 사슬에 귀속되어 있다는 사실을 명심해야 할 터…… 우리 각자가 이익을 취하기 위해 투쟁함으로써 그 위대한 사슬이 우리 모두를 한데 뭉치게 하는 거야. 어느 한 사람이 밀수품을 들여와서 그 사슬을 끊어버리게 되면, 거기에서 빈틈이 생기는 거지. 심지어 개인의 사상도 밀수의 개념일 수 있어."

폰테인은 여유만만한 웃음을 흘렸다.

"그게 제일 위험하겠네요, 라이언 씨."

"아무튼 행운을 빌겠네. 자네의 사업이 잘 되길 바라는 마음일세."

라이언이 답했다.

"차라리 저한테 랩처 의회의 한자리를 주시면 어떨까요? 그럼 사명감이 생길지도 모르죠."

금도금을 한 라이터로 시가에 불을 붙이면서 폰테인이 태연하게 응수했다.

135

"한 대 태우시겠습니까?"

"아니, 괜찮네."

라이언은 폰테인이 건네주려던 시가를 자세히 들여다보며 대답했다.

"이건 랩처에서 만든 시가겠지?"

"당연한 말씀을."

폰테인은 라이언이 잘 볼 수 있도록 손에 든 시가를 높이 들었다.

라이언은 미소를 지으며 폰테인의 요청을 어물쩍 받아넘겼다.

"자네는 그 의회를 무슨 강력한 조합으로 생각하나 본데, 그저 각 분야의 사업이 어떻게 돌아가나 감찰하기 위해 만들어본 느슨한 위원회일 뿐일세. 직접적인 관여는 하지 않고 그저 감시만 하는 정도라네. 솔직히 시간만 허비하고 있는 셈이지."

적극적이고 수완 좋은 사업가인 폰테인이 랩처 의회에 들어오는 것은 라이언에겐 반가운 일이 아니다. 경쟁 자체는 좋아했지만, 그렇다고 자신의 자리까지 위태롭게 할 수는 없는 노릇이었다.

"하지만 일단, 자네의 요청을 고려는 해보겠네."

"그럼 우린 아무 문제도 없군요."

시퍼런 시가 연기를 내뿜으며 폰테인이 맞장구를 쳤다.

확실히 여유 있어 보이는 사내다. 긴장하는 기색도 없이 자신감 있는 태도에, 조바심도 내지 않는다. 그리고 폰테인의 눈동자에는 라이언 자신도 익숙한 그 무언가가 담겨 있었다. 자신이 원하는 것을 쟁취하기 위해선 어떠한 짓도 서슴지 않겠다는 의지. 폰테인의 눈에는 이를 암시하는 서슬로 가득했다.

올림포스 하이츠

1949년

"라이언 회장님은 선택이란 말을 자주 하시네요."

일레인이 말을 이었다.

"근데 난 우리가 옳은 선택을 했는지 자꾸 혼란스럽기만 해요. 여기 랩처로 온 것 말이에요."

"물론 옳은 선택이었지, 여보."

빌은 안락한 아파트 내부를 만족스러운 듯 둘러보며 대답했다. 왼손으론 일레인의 불뚝한 배를 어루만지며 오른손은 그녀의 어깨를 감싸 안고 있었다. 오목하게 들어간 방 귀퉁이에서 둘이 나란히 소파에 앉아, 창밖으로 보이는 심해의 정경을 감상하는 중이었다.

랩처의 개막식 날 이전에 라이언이 해저도시 시내의 많은 아파트를 도매가에 사들여서, 랩처의 기업가들에게 적절한 가격에 매각했었다. 입주하는 주민들의 편의를 위해, 충분한 양의 원자재를 들여와서 작은 공장도 하나 세워놓았다.

일레인의 취향은 랩처에 남아도는 로코코 양식의 장식품들과는 거리가 멀었다. 대신 수공예 장인들이 선호하는 간소한 라인의 가구들을 좋아했다. 다갈색 목재의 곡선형이라든지, 가공한 삼나무 테이블, 은테 거울 등. 그들이 앉은 상어가죽 소파 뒤쪽에는, 콧수염을 치켜세우고 숱이 벗겨지려 하는 거칠거칠한 황갈색 머리가 산발이 된 채, 환하게 웃고 있는 빌의 초상화가 걸려 있었다. 이젠 가구 제작에서도 랩처 주변의 심해 환경에서 구한 원자재가 점점 더 많이 사용되는 추세다. 테이블 윗면이나 장식장에는 해저 밑바닥에서 캐낸 광물이나 형형색색의 산호를 사용했고, 유리는 해저에 깔린 모래에서 원료를 추출하여 만들었으며, 심지어 나무축이나 황동 같은 것도 난파선에서 빼내어 가공하여 썼다.

라이어니움 합금으로 만든 테두리가 둘러져 있는 아치형의 창문은 탑처럼 치솟은 빌딩들 사이의 깊은 골짜기를 보여주었다. 퇴색된 푸른 불빛이 곡선을 그리며 심해를 조명하고 있었다. 그리 멀지 않은 지점에, 반짝이는 네온사인 하나가 마치 유령의 집에 걸린 거울처럼 물속에서 흐느적거렸다.

포트 프롤릭에서 유쾌한 만남을!
저희 플리트 홀에서는 언제나 멋진 무대가 펼쳐집니다!

"랩처에서 나는 냄새는 적응할 수 있어요."

일레인이 다시 말을 이었다.

"어릴 때 자란 건물에 세탁소가 있었는데, 거기 냄새랑 비슷하거든요. 그래서 익숙해요, 어느 정도는."

"그 냄새는 없애려고 노력 중이야, 여보."

빌이 덧붙여 말했다.

"유황 냄새도."

"가족을 보지 못하는 것도 괜찮아요. 하지만 빌, 여기서 아이를 길러야 한다는 생각을 하면……."

일레인은 빌의 손을 붙잡고 자신의 부푼 배에 살포시 얹었다.

"그것만 생각하면 걱정이 돼서 죽겠어요. 학교는 어떤지, 신도 없이 교회도 다니지 못한다는 생각을 하니까…… 게다가 아이들이 지상 세계에 대해 뭘 배울 것 같아요? 라이언 회장님이 하시는 말처럼 증오심만 잔뜩 배워오지 않을까요? 만약에 우리 딸이…… 아직 딸인지는 모르지만, 그 아이는 평생 하늘은 못 볼 거 아녜요?"

"음, 시간이 흐르면 분명 볼 수 있을 거야, 여보. 때가 되면. 언젠가 라이언 회장님이 이제 안전하다 싶으면 도시를 더 높게 증축하실 거라고. 수면 위로 말이야. 그럼 우리도 자유롭게 지상을 왕래할 수 있을 거라고. 근데 그건 아마 적어도 한 세대가 지난 후에야 기약할 수 있겠지. 지금 밖은 위험하잖아. 핵전쟁이 일어날 수도 있다고."

"잘 모르겠어요, 빌. 지난번에 우리가 '아테나의 영광'에 식사하러 갔을 때, 라이언 회장님이랑 친구 분들이 있었잖아요. 라이언 회장님이 그때 말을 엄청 많이 하셨던 것 같은데, 기억 안 나요? 지상 세계에 대해 말씀하시면서, 우리의 선택을 그대로 받아들이고 소중히 하라고 하셨잖아요. 그런데 그 스타인먼 박사 같은 사람들과 같이 랩처에 갇혀 살아야 하는 신세라니…… 그 사람은 계속 제 얼굴을 만지면서 '아, 아주 가까워, 그렇지만 아직이야!'라고 말하더군요, 글쎄! 그게 무슨 의미일까요?"

빌은 키득거리면서 그녀의 어깨를 꼭 감싸 안았다.

"스타인먼은 얼간이야. 그런 사람한테 신경 쓰지 마. 내가 당신을 지켜줄 테니까.

내 말 믿어. 결국엔 모든 것이 다 괜찮아질 거야, 여보."

아틀란틱 급행열차, 아도니스 역
1949년

다년간의 기자 생활에 스탠리 풀이 이렇게 바짝 긴장한 것은 처음이었다. 아마도 앤드류 라이언, 프렌티스 밀, 칼슨 피들 같은 거물들과 한자리에 있기 때문일 테지. 자기도 그들의 한 동료인 것처럼, 전혀 의식하지 않고 바로 옆에서 편안히 담소를 나누고 있었다.

네 명의 일행은 열차의 첫 칸, 제일 앞좌석에 다함께 앉아 있었다. 아틀란틱 급행열차가 내는 요란한 소음 때문에, 풀은 옆의 라이언과 밀이 무슨 얘기를 주고받는지 잘 알아들을 수 없었다. 암울한 분위기에 꼬장꼬장한 성격처럼 보이는 밀은 무엇 때문인지 아주 근심스러운 표정이었다.

일행은 '아도니스 최고급 리조트'로 가고 있었다. 현재 공사가 완전히 끝난 것은 아니어서, 뜨끈한 로마식 대중목욕탕 정도만 개방해둔 상태다. 라이언이 그 공사가 진행되는 과정을 '랩처 트리뷴'에 기사화해달라고 요청해왔다. 풀의 오른쪽에는 밀과 라이언이 앉아 있었고 왼쪽에는 안경을 끼고 말쑥한 옷차림을 한, 예민한 인상의 칼슨 피들이 자리하고 있었다. 피들은 시름에 찬 표정을 하고선, 무릎 위에 가지런히 올려놓은 양손을 아까부터 계속 비틀고 있었다. 한참 동안 딴 생각을 하고 있었는지, 열차가 움직이기 시작하자 깜짝 놀란 표정을 지었다. 아무리 봐도 나이 지긋한 아주머니들처럼 툭하면 앙탈부리는 성격으로 보인다. 아마 평생을 엄마와 같이 살았겠지. 그들은 지금 막, 조만간 라이언 놀이공원이 될 부지의 시찰을 끝낸 참이다. 그리고 이제 열차가 아도니스를 향해 달려가는 동안, 풀은 칼슨 피들의 불편해 보이는 안색에는 무슨 연유가 있으리란 생각이 들었다.

"저기요, 칼슨."

풀이 입을 떼었다.

"아, 칼슨이라 불러도 될까요?"

"아뇨."

일그러진 얼굴로 바닥을 노려보며 칼슨 피들이 답했다.

풀은 한쪽 눈을 찡그리곤 수첩과 펜을 꺼내들었다. 자신이 사람들에게 쉽게 믿음을 주는 인상이 아니란 것은 이미 잘 알고 있었다. 열차가 터널 속으로 들어가자, 어두워진 유리창에 피들 옆에 앉아 있는 자신의 모습이 보였다. 창에 비춰진 반영은 더 핼쑥했다. 어두운 유리 탓인지 그렇지 않아도 쑥 들어간 눈매가 퀭하게 보였다. 하지만 저 돌출한 귀, 깡마른 목덜미, 불쑥 튀어나온 후두를 누가 진지하게 받아들이겠나? 게다가 요즘 들어 한층 더 수척해진 것 같다. 제대로 먹지를 못했다. 아마 랩처로 온 후부터 부쩍 늘어버린 술과 약물 때문이겠지.

풀은 헛기침을 한 번 한 후, 다시 인터뷰를 시도했다.

"정말 대단한 일을 하시는 것 같습니다, 피들 씨. 라이언 놀이공원까지 설계하시고요. 어린이들을 위한 놀이공원, 그게 성공의 티켓인가 보죠?"

피들이 농담을 이해하기 바라면서 여유롭게 웃음까지 지어 보였다. 그러나 피들의 얼굴엔 아무런 변화가 없었다.

피들은 안경을 다시 고쳐 썼다.

"네, 네. 애니메트로닉스도 있고, 어…… 꽤 흥미로운 전시물도 설치할 겁니다. 라이언 회장이 뭘 원하는지 도대체 알 수가 있어야지, 원."

그러고는 풀을 힐끗 쳐다보았다.

"지금 한 말, 기사에 넣으면 안 됩니다. 라이언 회장이 어쩌고 한 말."

풀은 피들에게 윙크를 해보였다.

"아, 라이언 회장님께선 분명히 선을 그으셨어요."

풀은 목소리를 낮추었다.

"이건 그냥 선전용입니다. 새 건축시공에 관한 것만 기재하고, 온천이나 열차 노선, 그런 것만 넣을 겁니다. 그래서 말인데요, 그 애니메트로닉스란 건 뭡니까?"

안경을 꼼지락거리는 것에는 질렸던지, 피들은 이제 넥타이를 만지작거리기 시작했다.

"그건 전문용어고, 모든 사람들이 그렇게 부르는 건 아니죠. 거 왜…… 39년에 웨스팅하우스 전시가 있었잖소, '일렉트로'란 이름의 로봇이랑, 그의 친구 '스파코'가 전시됐었죠. 바로 그런 겁니다. 움직이는 인형이라고도 부르죠. 놀이공원에 오는 사람들에게 말을 걸고, 뭐 그런 거죠."

"세상에, 움직이는 인형이라니! 자, 설명을 좀 더 해주시죠!"

이제 피들은 다시금 무릎 위에 손을 놓고 비틀어대기 시작했다.

"랩처의 역사에 관한 내용이 될 겁니다. 나라면 거기다가 동화 같은 이야기도 넣을 텐데 말이죠, 애들이 다시 오고 싶어 하게끔. 월트 디즈니 만화 같은 것도 좋고요. 헌데 라이언 회장은…… 뭐, 신경 쓰지 마시죠. 그냥 내가 이 프로젝트를 정말 좋게 생각한다는 것과 어서 완공되길 기대한다는 말만 써주시죠."

"당연하죠!"

열차는 방향을 틀면서 덜컹거렸다. 이제 바다 밑의 투명 통로를 통과하고 있다. 랩처는 물 밑으로 가라앉은 전설 속의 나라처럼 차갑고 웅장한 자태를 드러냈다. 은빛으로 반짝거리는 물고기 떼가 구불구불 헤엄쳤고 열차가 다른 건물 속으로 들어가자 그 밑으로 개인용 잠수정 한 대가 휙 날아갔다.

풀은 라이언과 밀 쪽을 흘깃 쳐다보았다. 밀의 목소리가 높아졌다.

"아니, 그자가 자꾸 압력을 가한단 말이오, 앤드류. 내가 결국……."

"이것 보게, 밀."

앤드류 라이언이 차분하게 말했다.

"정말 걱정도 팔자군. 싱클레어는 약탈자가 아니야."

그 말에 밀은 콧방귀를 뀌었다.

"싱클레어가 나한테 무슨 말을 했는지 아시오? '아틀란틱 급행열차가 아직 당신 것일 때 관리나 잘 하시오' 이랬단 말입니다! 이게 무슨 의미겠소?"

"허허, 그런 건 그냥 사업가라면 누구나 하는 심리전술이잖나! 싱클레어는 그저 입찰하겠다는 의향을 한번 찔러보고선, 자네가 그 걱정으로 잠도 못 자고 안달하게 만들 심산인 거야. 괜히 심란하게 만드는 거지. 그런 건 우리 사업가들이 통상 사용하는 심리전술이라고."

"입찰이라니, 이건 엄연한 개인 사업인데 무슨 입찰을······."

"사실 개인 사업으로만 유지할 필요도 없지! 싱클레어에게 팔지 않아도 되네. 지금부터라도 랩처 전역에 자유롭게 주식을 팔기 시작하면 자연히 회사 자금의 유동성도 높아질 것일세. 자네도 알다시피 랩처는 아직 성장 중이잖나! 아무리 팽창해도 터지는 일은 없을 테니 경제적 수축은 염려하지 말게. 자네도 앞으로 투자를 하려면 현금이 필요하지 않겠나, 프렌티스. 아, 드디어 리조트에 도착했군."

열차는 아도니스 근처의 역으로 들어서면서 속도를 늦추었다. 열심히 수첩에 무언가를 적고 있던 풀은 라이언의 시선을 의식했다.

고개를 들자 앤드류 라이언이 험악한 눈초리로 자신을 응시하고 있었다. 라이언은 한쪽 눈썹을 치켜세웠다.

"우리가 얘기했던 것 기억하고 있겠지? 내 허락 없이 아무거나 기사에 올리지 말게. 알겠나, 풀?"

풀은 침을 꿀꺽 삼켰다. 생각 같아선 랩처 언론의 자유를 침해하는 라이언의 행동이 자신의 입으로 말한 자유방임주의와는 모순적이라고 말하고 싶었으나, 라이언은 우선 트리뷴 지분의 대부분을 소유한 사람이었고 스탠리 풀은 여태껏 언론이 소유인을 대놓고 비난하는 사례는 듣지도 보지도 못했다.

"당연하죠, 라이언 회장님."

풀은 윙크까지 하며 경쾌한 어조로 답했다. 이어 코를 문질렀으나 곧 그만두었다. 남이 보기에 신경이 거슬리는 꼴이란 걸 알고 있었다. 젠장, 얼른 저 독수리 같은 눈초리에서 벗어나 '싱클레어 스피릿'의 술 한 병과 '포트 프롤릭'에 새로 생긴 주류 및 마약 판매점인 '르 마키 데폭[1]'의 마약 한 봉을 사고 싶었다.

"아, 회장님. 이 노선은 정말 근사하네요. 전망이 끝내줍니다."

표정이 풀리며 라이언은 고개를 끄덕였다. 그러나 계속 노려보는 행동은 멈추지 않

---

1) 르 마키 데폭(Le Marquis D'Epoque)은 프랑스어로 '우리 시대의 멋쟁이'라는 뜻이다.

았다. 마치 손가락으로 이마를 콕콕 찌르는 것 같은 느낌이었다.

"때가 오면 자네한테 딱 적당한 일감을 주겠네, 풀. 지금처럼 신중하기만 한다면. 사실 나는 아주 신중한 사람이 필요해서 말이야."

열차의 문이 미끄러지며 열리고 라이언은 풀의 존재는 이미 잊은 듯, 프렌티스 밀의 어깨를 두드리며 미소를 지었다.

"열차가 정차한 후 문이 열리는 시간까지 좀 더디지 않나, 프렌티스? 조금만 더 빨리 열리게 해야겠네. 랩처도 이제 바쁘게 달려가야지!"

의료 시설
1949년

"빌, 우리 꼭 이런 걸 해야 돼요?"

수종 박사를 기다리는 동안 시험대에 누우면서 일레인이 낮은 목소리로 속삭였다.

"이 두 사람을 봐야 하는 이유가 뭐죠? 그 테넨바움이란 여자는 의사도 아닌 것 같던데. 거기다가 이수종이란 사람은…… 듣기론 뇌 전문의인가 뭐라고 하던데요. 그런 사람이 산부인과 의술을 알기나 하겠어요?"

일레인은 임신으로 불뚝한 배를 더 많이 가릴 수 있도록 병원 가운을 추슬렀다.

빌은 그녀의 배를 톡톡 두드리며 말했다.

"다른 의사들은 환자들로 꽉 차서 예약을 할 수가 없어, 여보. 당신이 복부에 경련이 좀 있다고 말을 했더니, 라이언 회장님이 여기 의사들이 진단을 해줄 거라고 하셨거든. 테넨바움과 수종은 길 알렉산더와 같은 연구소 사람들이야. 길 알렉산더는 회장님 밑에서 일을 해주곤 하거든."

빌도 어깨를 으쓱할 수밖에 없었다.

일레인은 입술을 축이곤 불안한 듯 말을 이었다.

"테넨바움은 이상한 실험을 한다는 소문이 있던데……."

"그런 말은 못 들었는데. 그냥 라이언 회장님이 관심있어 하는 천재일 뿐이야. 사실 좀 이상하긴 하지. 하지만 천재들은 원래 다 그렇잖아. 그 여자가 뭘 원하는지 보통 사람들은 잘 모르는 게 당연하다고."

"아."

수종 박사가 뛰다시피 방으로 들어왔다. 머리 위의 전등 불빛이 그의 두터운 안경알에 반사되었고, 앙상한 동양계 얼굴은 희미하게 남아 있는 땀으로 번들거렸다.

"곧 엄마가 되시겠군요!"

브리짓 테넨바움이 곧 뒤따라 들어왔다. 상당히 젊은 여자였다. 얼핏 보기엔 예뻤지만 볼품없는 갈색 앞머리에 눈두덩은 퀭했고, 거리감이 느껴지는 건조한 표정이었다. 두 사람 모두 실험 가운을 걸치고 있었고, 테넨바움의 하얀 가운 아래로는 꾀죄죄한 갈색 치마가 드러났다.

"임신 후기군요, 맞죠?"

테넨바움이 입을 뗴었다.

"흥미롭군요."

독일어와 동부 유럽 쪽의 악센트가 섞인 듯한 그 억양은 수종의 말투와 거의 비슷했다.

"잘 먹였군요, 그렇죠? 혈액 순환도…… 좋아요."

일레인이 신음 소리를 냈다. 틀림없이 실험실의 동물 같은 느낌이 들었을 것이다. 테넨바움은 인사도 하지 않았다. 사실은 사실인 모양이다. 테넨바움은 우리가 보통 의사라고 하는 직업과는 거리가 멀어 보였다. 그저 오늘 일레인을 봐줄 시간이 있었을 뿐이다. 빌이 보기에도 이건 좀 성급한 처사였던 것 같다.

"맞아, 이 여자 분은…… 음, 그걸 뭐라고 말하지? 그래, '정상'이야."

수종은 손가락으로 일레인의 배를 콕콕 찌르며 말을 이었다.

"그래, 태아가 움직이는 게 느껴져. 거의 나올 때가 된 것 같은데. 이 생명체가 얼른 나와서 뭘 먹고 싶어 해."

테넨바움은 옆 테이블에 놓인 기구들을 점검하며 세심하게 다시 정렬하기 시작했다. 기구들이 정확한 각도와 완벽한 등거리에 놓일 수 있도록.

"일레인 여사."

수종은 일레인의 허벅지를 살피면서 말했다.

"태아의 사지가 반사운동을 하고 있습니까?"

일레인은 어이가 없다는 듯이 눈을 굴렸다.

"그건 아기가 발로 차느냐는 뜻인가요, 선생님? 맞아요, 찹니다."

"아, 좋은 징조군요. 태아를 시험해본 지도 꽤 오래됐지. 건강한 태아는 정말 구하기 힘들거든요."

수종은 시험대의 발치로 다가서서 양 발목을 붙잡곤, 마치 닭 내장을 발라내는 푸줏간 주인 같은 단호한 동작으로 일레인의 다리를 쩍 벌렸다. 일레인은 깜짝 놀라 새된 소리를 질렀다.

"이것 봐, 선생, 조심하라고!"

빌도 불만을 토로했다.

수종은 일레인의 병원 가운을 들추는 중이었다. 수종과 테넨바움은 시험대 위에 상체를 구부리고선, 심각한 표정으로 일레인의 은밀한 부위를 들여다보았다. 수종은 투덜거리면서 어딘가를 가리키며 손가락질을 했다.

"부어올랐는데, 저기랑 저기…… 보이나? 임산부라서 저렇게 유별나게 변형된 거지."

"맞아요, 저도 보여요."

테넨바움도 맞장구를 친다.

"임신 후기의 임산부라면 저도 많이 해부해봤으니까……."

"부럽군. 혹시 표본이 있나?"

"아, 아뇨. 제가 만든 표본들은 미군이 몰려왔을 때 다 압수해갔죠. 하지만 아마……."

"빌!"

일레인이 비명을 지르며 황급히 다리를 오므리고 가운을 아래로 끌어내렸다.

"그래, 여보! 당신들, 무슨 문제가 있소?"

빌이 다그쳤다.

"흠?"

수종이 오히려 당혹해하는 표정으로 그를 올려다보았다.

"아! 아니, 아닙니다. 출산에는 아무 문제가 없어요. 헌데 그 전에 좀 살펴보는 것도 아주 흥미로울……."

"안 될 말씀입니다, 선생! 우린 가겠소!"

빌은 시험대에서 일레인이 일어나는 것을 도와주었다.

"가지, 여보. 당신 옷가지는 여기 있어, 옷 입어야지."

그때 앤드류 라이언의 목소리가 옆방 실험실에서 들려왔다.

"아, 거기 있었군, 수종 박사. 다 잘 되어가나?"

수종이 목소리를 높이며 대답했다.

"아, 네. 아주 정상적입니다. 라이언 회장님이 직접 와주시다니 영광입니다. 자, 37번 실험대상을 보러 가시죠."

빌은 라이언 회장에게 이 두 사람이 얼마나 일레인을 거칠게 다뤘는지 낱낱이 말할 생각이었으나, 실험실 문 앞에서 멈춰서고 말았다. 빌은 눈이 휘둥그레진 채 자신의 눈앞에 펼쳐진 광경을 바라봤다.

앤드류 라이언, 이수종, 브리짓 테넨바움, 그리고 라이언을 위한 연구를 책임지고 있는 길 알렉산더가 물이 가득 찬 유리관 안의 거대한 인체를 응시하고 있었다. 유리관에는 반투명의 튜브 여러 개가 연결되어 있었다. 진지한 눈매에 짙은 수염을 기른 길 알렉산더는 최근에 몇 번 만난 것이 전부다. 전문가다운 태도에 아주 지적으로 보였지만 빌에게는 냉혈한 같은 인상을 주었다.

유리관 속에 사지를 쭉 뻗고 매달려 있는 사내의 피부는 온통 얼룩덜룩하게 기워놓은 것 같았다. 살과 금속을 접합해놓은 부분도 있었다. 시체처럼 창백한 모습으로 수포가 끓어대는 물속에 미동 없이 누워 있었다. 마치 익사한 시체처럼 보였다.

길 알렉산더는 반듯하게 누운 그 사내의 왼쪽 다리에 연결된 튜브를 고쳐 달았다.

"조금 염증이 생겨서 말이죠. 심각한 건 아닙니다. 유도 자체는 괜찮으니까요."

빌은 사내의 왼쪽 다리에서 눈을 뗄 수가 없었다. 살갗과 금속이 허벅지 지점에서부터 융합된 것 같았고, 온통 자글자글하게 주름이 가 있었다. 유리관을 메운 수포에 반응이라도 하듯 일순간 바르르 떨리는 것 같았다. 소리를 지르든지 그 방을 떠나든지 해야겠는데, 눈앞에 펼쳐진 장면의 무언가가 빌을 그 자리에 꽁꽁 묶어두었다. 사람을 홀리는 기묘한 무언가가 있었다.

"보시는 대로예요, 라이언 씨."

이번엔 테넨바움이 설명했다.

"융합은 아직 완성된 게 아니에요. 하지만 바이러스성 유전인자를 주입하면, 아마도 이 실험체의 인체가 더 잘 결합할 수 있……."

"흥!"

수종이 콧방귀를 뀌며 짜증난다는 듯이 그녀를 노려보았다.

"무슨 일에나 유전자 타령만 해대니. 유전자의 바이러스성 전이는 이론적으로만 가능한 일이오! 게다가 그런 건 필요하지도 않아! 신체를 미리 정신조작[1]해놓으면 자연스레 세포가 금속과 융화될 수 있잖나! 교배 프로그램을 거치지 않는 이상 유전자를 조절한다는 건 불가능하단 말이야!"

"죄송합니다, 선생님."

테넨바움이 들릴 듯 말 듯한 목소리로 사과를 했지만, 경멸의 어조를 숨길 순 없었다. 그녀는 근처 테이블 한편에 서서 쓸데없이 도구들을 정돈하며 중얼거렸다.

"하지만 잘못 생각하신 거예요. 때가 되면 사실로 확증될 테지만, 그레고어 멘델의 경우만 봐도……."

알렉산더는 수종과 테넨바움 사이에 벌어진 모호한 신경전이 내심 즐거운 모양이었다. 미소를 머금으며 입을 여는가도 싶었지만, 결국 아무 말도 하지 않았다.

라이언은 용액이 가득 찬 투명한 관에 놓인 인체를 보며 인상을 찌푸렸다. 그러고는 둘 다 그만두라는 듯 손을 저었다.

---

[1] 피실험체의 행동과 마음을 통제하기 위해 피실험체의 두뇌를 조작하거나 명령어를 각인시키는 작업. 일종의 마인드 컨트롤과 유사하다.

"내가 관심이 있는 건 어디까지나 실용적인 부분이야. 경위야 어찌됐건 우리 인부들이 물속에서 오래 견딜 수만 있다면……."

"악!"

꼿꼿이 뻗어 있던 사내의 다리가 갑자기 오그라들고, 금속붙이가 더덕더덕 발린 무릎이 유리관 위쪽을 툭 건드리자 빌은 비명을 지르고 말았다. 유리관 뚜껑이 깨지면서 물이 쏟아져 나왔다.

라이언과 수종, 둘만이 고개를 돌려 빌을 쳐다보았다. 테넨바움과 알렉산더는 유리관에 연결된 튜브를 통해 흐르던 용액의 세기를 조절하는 데에 정신이 팔린 듯했다.

"빌."

라이언이 부드러운 목소리로 말하며 다가왔다.

"자네는 벌써 가버린 줄 알았는데."

"지, 지금 가려던 참이었습니다."

빌이 대답했다.

"저 안에 있는 사람은 괜찮은 겁니까?"

"아, 저 사람? 신경 쓰지 말게, 다 자진해서 하는 일이야. 우리가 실험을 계속할 수 있게 도와주고 있지."

라이언은 빌의 팔을 잡았다.

"자, 저치들은 연구하게 내버려두자고. 일레인은 어떤가?"

라이언은 실험실로부터 빌을 이끌고 밖으로 나왔다.

포트 프롤릭

1949년

꽃 모양의 스피커에서 빙 크로스비의 '골칫거리는 꿈으로 날려보내요'가 흘러나오자, 빌은 콧노래로 따라 부르며 일레인을 아트리움 상층으로 안내했다. 플리트 홀에서의 뮤지컬 공연이 시작되기 전, 잠깐 산책을 할 시간이 있었다. 성탄절 분위기를 제대로 음미하게 해주려고 일레인을 데리고 나온 것이다. 아기는 친구인 마리즈카 루츠가 보살펴주고 있었다.

"여긴 진짜 웃겨요."

포트 프롤릭의 상층에서 불빛으로 환한 포세이돈 플라자의 발코니를 따라 함께 거닐던 중 일레인이 불쑥 내뱉었다. 일레인은 반짝이는 핑크색 공단 드레스를 입고, 빌은 하얀 아마포 정장을 걸쳤다. 머리를 멋지게 다듬고 잔뜩 치장한 다른 커플들이 까르르 웃으며 지나갔다. 거의 뉴욕이나 다름없다는 생각이 들 정도였다.

"뭐가 우스워, 여보?"

마침 '서프라이즈 인생 역전 게임'의 정문을 지나려던 터였다. '인생'과 '역전' 글자 사이로 커다란 기사의 투구 모양이 삐죽이 솟아오른 탓에, 비좁은 공간 안에 네온사인의 불빛이 서로 반사되어 고집스럽게 활활 타오르고 있었다. 하늘이란 배경이 없었기에 원근감도 느껴지지 않았다.

"제 말은, 전 여기가 지상 세계와는 정말 다를 거라고 생각했거든요. 물론 어떤 면으로는 다르기도 하지만……."

일레인은 창문 사이로 부산하게 슬롯머신을 돌리고 있는 사람들을 쳐다보았다.

"원래의 계획은 최고의 사람들만 지상에서 데려온다는 거였잖아요. 근데 가만히 보면 최악의 사람들도 같이 온 것 같거든요."

빌은 웃으며 일레인의 손을 잡고 자신의 팔 밑에 꼭 끼었다.

"그건 사람들이 모여드는 곳이라면 어쩔 수 없는 거야, 여보. 어디라도 최상과 최악의 종자들이 꼬이기 마련이지. 어딘가 편안하게 쉴 곳은 있어야 하잖아? '포트 프롤릭' 같은 데는 필요악인 셈이지."

둘은 계단을 타고 안뜰의 아래층으로 내려갔다. 로버트슨 담배 상점을 지나 '이브의 정원'에 닿자 일레인은 한숨을 푹 내쉬며 곁눈질로 흘겨보았다.

"스트립 클럽도 필요했겠죠, 네?"

빌은 어깨를 으쓱했다.

"누구한테는 각별하게 필요한 곳이겠지. 여기에 남자가 한둘이라야 말이지. 공사하는 인부도 다 남자고, 정비공들도 다 남자잖아. 뭐, 나 같은 경우에야 그런 기분전환을 할 필요가 전혀 없지만 말이야. 랩처에서 제일가는 미인이랑 같이 사니까."

"그렇다고 스트립쇼는 기대하지 말아요."

일레인은 영화배우처럼 눈꺼풀을 실룩거렸다.

"적어도 집에 돌아갈 때까진."

"역시 당신이 최고야!"

일레인은 환하게 웃었다.

"아, 청교도처럼 말하려는 건 아니었어요. 저기 싱클레어 스피릿에서 포도주 좀 사요. 음, 차라리 라이언 클럽으로 갈까. 당신은 맥주가 낫죠?"

"무슨 소리, 오늘 밤은 당신이 좋아하는 포도주로 하자고! 근데 우리, 플리트 홀에서 공연 봐야 되잖아, 여보. 술은 그 후에 마시려고 했는데."

"아, 플리트 홀! 정말 가보고 싶었는데. 그 '각광'이란 데는 공연장이 너무 비좁아서."

"플리트는 아주 커. 라이언 회장님도 랩처의 모든 것이 화통하게 커야 한다고 말씀하셨잖아."

일레인은 야릇한 눈초리를 보냈다.

"당신은 라이언 회장님을 정말 존경하는 것 같아요, 그렇죠?"

"뭐, 내가? 당연하지! 지금 내가 가진 모든 게 다 그분이 주신 거잖아. 난 변기나 달아주는 사람이었다고, 여보. 그분이 날 이 신천지의 건설자로 만들어주셨어!"

그들은 주류 및 약물 판매상인 '르 마키 데폭'을 지나갔다. 젊은 남자들로 북적이는 가게 안에서 스탠리 풀의 생쥐 같은 얼굴도 보였다. 쉴 새 없이 몸을 꼼지락거리면서 틀림없이 마약이 분명한 약병 하나를 떨리는 손으로 건네받고 있었다. 빌은 쓸데없이 이 가게가 화두에 오를까봐, 그리고 저 밉살스런 풀과 부딪치게 될까봐 서둘러 발길을 옮겼다.

사방에 울려 퍼지던 음악이 패츠 월러의 재즈변주로 이제 지르박 왈츠가 되었다. 높다란 천장의 아트리움 곳곳에서 행복한 목소리가 울렸다. 반사된 네온 빛으로 사람들은 유령처럼 보였지만, 함박웃음을 머금고 즐겁게 장난치는 행복한 유령들임이 분명했다. 한 청년이 빨간 머리 여자의 엉덩이를 꼬집자 여자가 비명을 지른다. 형식적으로 그의 따귀를 때리고, 맞는 사람도 아픈 기색이 없다.

설리번 수하의 경관도 한 명 시야에 들어왔다. 몸집이 커다란 팻 캐븐디쉬. 싸구려 양복에 경찰 배지를 달고, 엉덩이께 권총을 차고선 주머니에 손을 푹 찌른 채 근처의 젊은 여자들에게 추파를 던지는 모습이, 영락없이 호텔을 들락거리는 한량 같았다.

소피아 살롱에 들어서자 일레인의 표정이 환해졌다. 그녀가 부티 나는 양장점에서 별의별 비싼 옷들을 휘젓는 동안, 빌은 바지 주머니에 손을 찔러 넣은 채 가만히 서 있는 것에 만족했다. 나이트가운과 새 외투 한 벌씩을 아파트로 배달 주문을 하고 보니, 벌써 공연이 시작될 시간이 되었다.

둘이 서둘러 가게에서 나와 부리나케 계단을 뛰어 올라가자 건축가 다니엘 웨일즈가 아우구스투스 싱클레어와 얘기하고 있는 모습이 보였다. 젊은 웨일즈는 그 민활한 사업가와 나누는 대화에 정신이 팔려 이쪽은 쳐다보지도 않았다.

덕분에 완벽하게 방수처리가 되어 있나 천장을 살펴볼 여유가 생겼고, 다행히 누수의 조짐은 어디에도 보이지 않았다. 랩처의 일부 구역은 다른 곳보다 한층 더 꼼꼼하게 정비, 점검을 해야 했다. 특히 주민들의 왕래가 잦은 이곳은 갓난아이의 엉덩이처럼 누수방지를 위해 기저귀를 시시때때로 갈아주었다.

빌의 눈에 랩처는 호황이었다. 아틀란틱 급행열차는 이 건물에서 저 건물로 효율적으로 이동했고, 영업장은 구매자들로 북적였다. 랩처의 갤러리들이나 아트리움들은 빛으로 반짝거렸고, 아르 데코형의 장식물들 역시 황금 이파리로 빛나고 있었다. 인부들이 매일같이 카펫을 청소했고, 쓰레기를 주웠으며, 격벽의 금을 땜질했다. 아트리움의 아래층은 매시간 늘어나는 군중으로 부산했으며 네온사인의 빛으로 흥청거렸다. 랩처는 이 시각 생생하게 살아 있었고 경제적으로도 생기가 넘쳐흘렀다. 라이언 회장과 웨일즈 형제, 그리비…… 아마도 그들은 이 빌 맥도나 없이는 그 무엇도 완성할 수 없었을 것이다.

숨을 할딱이며 플리트 홀에 도착한 두 사람은 머리 위의 웅장한 푸른빛 네온사인에 잠시 넋을 잃었다. 아치형의 입구는 새하얀 네온의 행렬로 더욱 도드라졌다. 극장 안에서 객석의 사람들이 소곤거리는 소리가 한데 어우러져 귓전에 윙윙거렸다. 빌은 일레인을 감싸 안으며 허리를 굽혀 그녀의 볼에 키스한 후, 극장으로 들어갔다.

엄청난 크기에 화려하게 장식된 콘서트홀 안은 만원이었다. 둘의 좌석은 오케스트라 바로 앞자리였다. 잠시 후 불이 꺼지고 악단의 연주가 흐르며 '패트릭과 모이라' 뮤지컬이 시작되었다. 샌더 코헨이 제작한 극이었지만, 정말 고맙게도 코헨은 등장하지 않았다. 일레인은 완전히 도취한 것 같았으나 빌에겐 그저 감상적이고 약간 음침한 이야기로 다가왔다. 한 쌍의 연인이 유령이 되어 사후세계에서 서로를 찾게 된다는 이야기였다. 하지만 빌은 일레인과 함께 있다는 것, 그녀가 즐거워하는 모습을 볼 수 있다는 것이 너무 행복했다. 일레인은 이곳에 온 후로 종종 어찌할 바를 모르는 것 같았는데…… 이제야 둘이 삶의 안식처에 제대로 정착한 것 같은 기분이 들었다. 바다 깊숙한 이곳에서.

헤파이스토스, 열 손실 관측실
1950년

빌은 열 관측 조정을 거의 다 끝마쳤다. 온도 조절은 랩처의 수많은 취약점들 중 하나이자 도시가 무너지는 것을 막기 위해 지속적으로 손봐야 하는 많은 보수 작업들 중 하나이다. 해저도시는 이제 겨우 2년, 어쩌면 그보다 더 짧은 역사일 수도 있지만 수리해야 할 부분이 너무 많았다.

정확히 불과 얼음 사이에 갇힌 꼴이다.

랩처 바깥에 있는 차가운 물은 바다의 배수관을 통해 끌어들인 다음, 터빈을 돌리기 위해 화산 가스로부터 나오는 열을 변화시키는 데 쓰인다. 한쪽에서는 일 분 내에 사람을 저체온증으로 죽이기에 충분할 정도의 얼음 같은 물이, 다른 한쪽에서는 산 채로 삶아버릴 정도의 뜨거운 물이 흘러나오는 셈이다. 빌은 이 두 가지 경우를 모두 목격했다.

빌은 핸들을 돌려 극한의 냉각수와 화산으로 뜨거워진 물의 혼합 정도를 조절했다. 창 너머로 심해를 바라보니, 지열재에서 광물이 함유된 뜨거운 물이 복잡한 회로로 얽힌 투명 도관을 통과하자 도관이 벌겋게 광채를 띠었고, 유황 냄새도 나는 것 같았다. 그렇게 제거하려 애를 썼건만. 하지만 랩처의 공기는 뉴욕 시의 공기보다 깨끗한 편이었다. 깨끗한 공기는 아카디아 같은 인공정원과 등대 구조물에 있는 공기 흡입구를 통해 제공되었다.

열량 계량기로 재어보니 아직 불안정했다. 조금 전까지만 해도 균형이 딱 맞았는데. 각종 계량기로 복잡한 이 방의 한구석에서는 파블로 나바로가 롤런드 월러스, 스탠리 키버츠와 함께 작업하고 있었다.

"나바로 자식은 만날 진급할 생각만 한단 말이야."

월러스가 빌이 있는 쪽으로 다가오며 투덜거렸다.

"우리 부서의 수석 엔지니어 자리를 원한다니까."

"그건 그리비가 결정할 일이잖아, 이 친구야. 저 녀석이 그 위치를 차지할 자격이 있는지는 나도 모르겠네. 키버츠는 어때?"

"일은 잘해. 기술적으로 아는 것도 많고. 근데 호주 출신이잖아. 워낙 이상한 놈들이라서. 저 녀석도 좀 음침한 데가 있어서 말이야."

"내가 아는 호주 사람들도 다 저렇게 음침하더라고."

빌은 계량기에서 눈을 떼지 않은 채 대답했다.

"지금 정도라면 괜찮은데."

"근데, 아까 자넬 찾는 인터폰이 울렸는데 들었어? 라이언 회장님이 중앙 통제실로 오라고 하셨어."

"저런, 진작 말해줄 것이지! 알았어, 지금 갈게!"

빌은 계량기를 한 번 더 점검한 후, 일레인이 아직 라이언 회장의 집무실에 있길 바라며 황급하게 뛰어나갔다.

라이언은 집무실 책상 앞에서 왔다 갔다 하고 있었다. 일레인의 모습은 보이지 않았다.

"아, 빌. 내가 일레인을 일찍 집으로 보냈다네."

빌의 가슴이 털썩 내려앉았다.

"아내는 괜찮습니까?"

"그럼, 그럼."

라이언은 딴 생각을 하는지, 무심한 투로 대답했다.

"괜찮아 보이던데. 그냥 보모를 좀 살펴봐야겠다면서 일찍 갔어. 아마 아기가 태어난 지 얼마 되지 않은 상태에서 다시 출근하는 건 무리였겠지. 참, 아이는 어떤가?"

"아이는 잘 있습니다. 생글생글 웃으면서 지휘자가 되려는지 양팔을 마구 휘젓고……."

"좋아, 좋아."

빌은 일레인이 괜찮기만을 바랐다. 일레인은 보모를 두고 하루라도 빨리 일을 하고 싶어 했다. 아파트 안에만 있으려니 답답했던 모양이다. 랩처의 공원까지 유모차를 끌고 다니는 것도 고역이었다. 공원까지 가려면 꽤 먼 거리를 거쳐야 했기 때문이다.

"빌, 나와 같이 어디 좀 둘러보지 않겠나? 줄리 랭포드와 약속이 있다네. 아카디아에 새로 생긴 차(茶) 정원을 자네가 어떻게 생각하는지 알고 싶네. 다른 몇 가지 논의할 점도 있고 말이야. 가는 길에 얘기할 것들이 많다네."

둘은 몇 개의 통로를 지나 건물 사이를 통과해, 북대서양의 냉기로부터 보호해주는 난방장치가 바닥에 설비된 투명한 복도를 따라 해저로 들어갔다.

"난 최근 랩처 곳곳에 나도는 잡음이 마음에 걸린다네, 빌"

잠시 걸음을 멈추곤 범고래에 쫓기는 물고기 떼가 쏜살같이 바다를 가로지르는 광경을 바라보던 라이언이 입을 열었다.

"저기 바다에선 모든 것이 자연의 법칙 그대로야. 큰 고기가 작은 고기를 잡아먹지. 강자를 피하는 방법을 터득해서 생존하고 번식하는 생물도 있어. 하지만 여기 랩처에 그 자연적 균형을 깨뜨리는 사람들이 있네."

빌은 라이언에게 다가가 마치 수족관에서 담소하는 구경꾼처럼 나란히 서서 유리벽을 응시했다.

"잡음이라고 하셨습니까? 어떤 잡음을 말씀하시는 겁니까? 배관에서 나는 잡음, 아니면 사람들의 입소문 말씀이십니까?"

"사람들이 내는 입소문 말이네, 자네 표현대로 하자면."

라이언은 머리를 세차게 흔들고는 한마디 덧붙였다.

"기생충들 같으니!"

단어를 내뱉을 때 라이언의 입이 심하게 일그러졌다.

"그런 놈들은 다 걸러낸 줄 알았는데 말이야. 분명 사람들의 머리에 누군가가 그런 사상을 주입시킨 거야, 빌. 누군가가 랩처에 노동조합을 만든다는 소문까지 돌고 있어! 노동조합이라니! 내 도시에! 누군가 배후에서 조종하고 있음이 분명해. 누구인지 알아내야겠어. 그리고 무엇 때문인지도."

"전 그런 소문은 못 들었습니다."

빌이 한마디 했다.

"스탠리 풀이 술집에서 노조에 관한 얘기를 엿들었다네. 전단까지 뿌리면서 '랩처의 노동계급에 대한 부당한 처사'를 떠벌린다고 하더군."

"사람들이 좀 긴장한 탓이겠죠. 불만이야 누구라도 토로할 수 있잖습니까. 자신들의 생각을 말하고, 자유롭게 말이죠. 회장님이나 우리가 싫어할 만한 의견이라도 말입니다. 노조 같은 것도 거기에 포함되겠죠. 아, 그렇다고 제가 노조를 지지한다는 건 아닙니다."

빌은 다급하게 덧붙였다.

"하지만 그저 여러 사상이 모인 장터 같은 것 아니겠습니까? 주민들도 자신의 의견을 교환하고 공유할 곳은 필요하니까요."

"흠. 사상의 장터라…… 그럴지도 모르지. 난 웬만한 건 다 수용하려는 편이라네, 하지만 노조만큼은…… 그게 어떤 결과를 초래하는지는 잘 알잖나."

빌은 그 말에는 반박하지 않기로 했다. 둘은 말없이 머리 위로 유유히 헤엄치는 푸른 고래 한 마리를 지켜보았다. 해저면에서 물방울이 들끓기 시작해 청록의 바닷물 위로 환영처럼 떠올랐다. 웨일즈 형제의 건축물이 곡선을 그리며 수직선상의 물방울과 그물처럼 얽혔다. 건축물은 호방함을 넘어선 허세가 느껴질 정도로 교묘하게 설계된 것 같았다.

물길 넘어 반짝이는 네온사인의 행렬들은 맨해튼에서 튀어나온 것 같은 건물 위로 수직선을 그리며 꼬리를 내렸고, 그 건물은 '플리트 홀'이었다. 한눈에 들어오는 또 다른 네온사인은 '월리의 포도주양조장'이었는데, 자줏빛의 포도송이 모양으로 반짝반짝 빛나고 있었고 글자는 물결로 울렁거렸다. 대부분의 아파트 건물들은 원형보다는 직사각형 창틀이 많아서, 얼핏 보기에는 지상의 아파트와 다름없는 모습이었다. 그 덕분인지 의도적으로 심해에 지은 메트로폴리스라기보다는 오히려 물 밑에 가라앉은 아틀란티스 같은 인상을 주었다. 마치 극지대의 빙산이 녹아서 맨해튼이 잠기고, 도시 건물이 만든 강철과 돌덩이의 골짜기가 또렷한 지평선도 없이 물속 깊은 곳에 가라앉은 오묘한 풍경이었다.

"뭐, 자네 말도 일리가 있군."

마침내 라이언이 입을 열었다.

"우리가 랩처 이주민을 색출하는 일을 제대로 안 한 거야. 기대한 것만큼 동류가 아닌 사람들이 섞여왔을 가능성도 있어."

"주민들의 대부분은 랩처의 방식을 믿고 따라줍니다, 회장님. 랩처는 가능성이 많은 곳이니까요."

빌은 유리창에서 불과 몇 센티 안 되는 곳에서 물방울들이 떠오르자 함박웃음을 지었다.

"풍선처럼 가능성으로 꽉 차 있습니다!"

"아, 격려가 되네, 빌. 모든 사람들이 바쁘게 뛰고 경쟁하고, 이 신천지에서 스스로 자신의 길을 개척해나갔으면 하네. 모두가 그 길을 확장해서 새 사업을 만들고 말이야! 자네는 아직도 주점 하나를 열 생각인가?"

"네, '파이팅 맥도나'라고 부를 생각입니다. 제 아버지를 생각하면서 붙인 이름이죠. 젊었을 때 권투선수셨거든요."

"개업식은 거창하게 치러야겠군!"

라이언은 고개를 들어 바다를 찌를 듯 솟아오른 첨탑들을 바라보았다. 여기서는 탑들의 상층을 다 볼 수가 없다. 라이언은 이제 어느 정도 진정이 되었는지 긴 심호흡을 하곤 즐거운 표정으로 쾌활하게 외쳤다.

"저걸 보게, 오케스트라가 들려주는 절정의 순간 같지 않은가! 랩처는 기적이야, 빌. 인류의 역사상 가장 귀중한 기적! 진정한 인간이 자신의 두 손으로 직접 창조한 것 아닌가 말일세. 매일같이 축하해도 모자랄 기적이지."

"기적도 정비가 필요합니다, 라이언 회장님! 사실 우린 하수구를 뚫거나 청소를 해줄 사람들이 너무 부족합니다. 아카디아에서 조경공사를 할 일손도 부족하죠. 손가락이 종이에 베여도 야단법석을 떠는 그런 부류만 많잖습니까. 그에 비해 도랑을 파거나 막힌 도관을 뚫어줄 사람은 턱없이 부족한 거죠."

"아, 그런 기술자들은 필요한 만큼 밖에서 데려오면 되잖나. 거처를 마련해주고. 그런 일이라면 걱정 말게, 인부들을 꼭 충원해줄 테니. 깨달은 자들은 빛을 알아보는 법이니, 문제없을 걸세, 빌!"

그러나 빌은 그게 그리 쉬운 일이라고 생각지 않았다. 더 많은 노동 계층의 사람들을 유입하게 되면, 지도층이 노동조합의 설립을 금기시한다는 사실을 그들이 달갑게 받아들일 리가 없다. 문제가 발생하리라는 건 불 보듯 뻔했다.

라이언은 만족스러운 듯이 탄성을 질렀다.

"아! 화물선이 들어오는구먼."

둘은 검푸른 심해를 밝히며 유령처럼 머리 위로 떠가는 잠수함을 올려다보았다. 외곽선이 어둠에 가려져 유유히 헤엄치는 잠수함은 거대한 바다의 괴수, 미지의 고래 한 마리 같았다. 넵튠의 은혜가 목적지겠지. 하지만 잠수함은 부두와 폰테인 수산에 연결된 격납고만 한 크기의 에어록 쪽으로 가볍게 방향을 틀었고, 빌은 이를 한참 동안 지켜보았다.

"저는……"

이윽고 빌이 입을 열었다.

"누가 노동조합을 부추기는 건진 잘 모르겠습니다. 하지만 적어도 제가 절대 신용하지 못할 사람은 한 명 있습니다. 프랭크 폰테인."

라이언은 어깨를 으쓱했다.

"그자는 상당한 수완가야. 여기 정착해서 확장한 사업만 해도 꽤 되고, 내게도 자극을 주지. 난 경쟁은 언제나 환영하거든."

혼자만의 생각을 둘러대기라도 하듯 덧붙였다.

"……적절한 한도 내에서는."

폰테인은 피치 윌킨스와 협력하여 랩처 내에서 어업을 할 수 있는 발판을 마련했다, 바로 심해에서. 몇 개의 소형 잠수정을 개조하여 그물을 깔고 반수생(泮水生)의 방식으로 고기를 낚는 방식이다.

그러나 그 수산 사업은 라이언 회장을 불안에 떨게 할 다른 잠재적 가능성이 있었고, 그건 다름 아닌 외부 세계와의 접촉 가능성이었다. 폰테인의 잠수함은 사업차 랩처를 떠날 때가 잦았다. 그들이 수면 위로 나가서 누구와 접촉하는지 아무도 알 수 없었다. 라이언 회장은 해가 바뀔수록 지상과의 연줄을 점점 더 끊어갔다. 재산을 처분하여 현금으로 바꾸고, 자신이 소유한 공장과 철도회사도 매각했다.

"폰테인이 저 잠수함을 통해서 밀수품을 들여오는 것 같지 않습니까, 회장님?"

갑자기 빌이 물었다.

"나도 그 가능성에 대해선 지켜보고 있어. 한 번은 직접 경고까지 했네. 내 보기엔 그 경고를 심각하게 받아들이는 것 같았네만."

"분명히 누군가 밀수를 계속하고 있습니다, 라이언 회장님."

빌이 다시 한 번 지적했다.

"인부들 숙소에서 성경책이 나온 적도 있습니다."

"성경이라……."

치를 떨며 라이언은 그 낱말을 되새김했다.

"그래, 설리번이 보고해주었네. 그 인부는 아폴로 광장의 누군가에게서 돈을 주고 샀다고 하더군."

빌 역시 종교를 믿지 않았다. 하지만 내면의 안정을 위해서라도 어떤 사람들은 종교를 꼭 필요로 한다는 생각이 내심 들긴 했다.

"암튼 제가 말씀드릴 수 있는 건, 저 폰테인이란 작가가 미덥지 못하다는 겁니다. 말은 청산유수더군요, 하지만 진심이 느껴지진 않습니다."

"자네도 알겠지만, 의구심만으로 모든 일을 해결하진 못해. 자, 따라오게나."

빌은 한숨을 푹 내쉬었다. '따라오게, 빌'이라는 말은 이제 진절머리가 날 정도다.

전류가 흐르는 눈 모양의 버튼을 누르니 반원의 세큐리스가 열렸다. 랩처의 상업이 남긴 영광스런 업적을 칭송하는 각종 전단으로 도배된 통로를 따라, 곡선으로 휘어진 계단을 내려갔다. 그리고 잠수정이 정박해 있는 역으로 들어가자 그곳에는 '상업, 독립, 창조'라는 배너가 걸려 있었다. 라이언은 묵묵히 발걸음을 옮겼다.

아틀란틱 급행열차를 타리라 예상했는데, 의외로 라이언은 기차역을 무시한 채 랩처 메트로를 향해 계속 걸어갔다. 무리를 지어 모여 있는 정비공들을 지나치자, 그중 몇몇이 모자를 벗고 라이언에게 꾸벅 인사를 했다. 그는 걸음을 멈추고 일일이 인부들의 손을 맞잡고 악수를 했다.

"잘들 지내나, 제군들? 천장을 수선하는 중이라고? 좋아, 좋아. 다들 월급을 받으면 랩처의 신진 사업가들에게 투자하는 것 잊지 말라고! 제군들의 투자 하나하나가 바로 랩처를 성장시키는 밑거름이거든! 자네들은 여기 빌의 밑에서 일하나? 아, 그럼 만약 이 친구가 자네들을 혹사시킨다거나 하면…… 나한테 일러바치진 말게!"

그 말에 전철역은 웃음바다가 되었다.

"배관 공사도 경쟁업체가 늘어야지 않겠나? 투자해서 회사를 하나 만들라고. 그래서 빌이 바짝 긴장하게 해야지, 응? 참, 그건 그렇고…… 다들 이번에 새로 생긴 공원은 구경해봤나? 데이트는 그런 데서 해야지, 이 친구들아."

기분이 좋을 땐, 라이언은 정말 쾌활한 사람이었다. 심지어 노동자들과도 맞장구를 치며 어울릴 줄 알았고 오늘은 빌을 위해 한층 더 사기를 북돋아주는 것 같았다.

라이언은 주머니에 손을 찔러 넣곤 옛 추억을 떠올리며 구둣발을 바닥에 툭툭 쳤다.

"내가 꼬마였을 땐 말이야, 아버지가 자주 공원에 데려가주셨어. 뭐, 외국의 수도였지. 러시아 황제가 아직 살아 있는 시절이었거든. 당시 아버지의 사업이 망해가던 참이라 심신이 많이 지치신 때였지. 그런데 아버지와 손을 잡고 공원으로 들어가자마자 아버지 얼굴에 생기가 도는 거야! '아들아, 내가 네 엄마를 만난 곳이 여기야!'라고 하시더군. 그러니 자네들도 참한 여자를 만나려면 그 공원으로 가라고! 여자를 사귀려면 그런 한적하고 은밀한 데서 해야지, 응?"

인부들은 또 한차례 껄껄 웃었다. 그중 두 명에겐 어깨까지 툭툭 쳐주면서 오늘 운수가 대통하길 빌어주었고, 인부들은 환한 얼굴로 그 자리를 떠났다. 그 위대한 앤드류 라이언을 만나서 얘기까지 했다고 자랑하며 떠벌릴 테지.

라이언은 대기 중이던 잠수정으로 빌을 안내했다. 승강문이 닫히자, 라이언은 목적지 설정을 한 후 '이동' 버튼을 눌렀다. 잠수정은 매끄러운 동작으로 출구에 진입하여 첨벙 하는 소리와 함께 수평선상으로 쭉 뻗어나갔다.

두 사람은 좌석의 등받이에 어깨를 붙이고 한동안 말없이 앉아 있었다. 시야의 중간 지점쯤에 아카디아의 에어록이 보이기 시작하자 라이언이 입을 열었다.

"빌, 주민들이 랩처를 떠나지 못하는 걸 두고 불평이 심하다던데, 들어본 적 있나?"

"여기저기서 듣긴 했습니다."

빌은 마지못해 인정했지만 이름을 들먹이며 누구를 고자질하긴 싫었다.

"우린 랩처 밖의 누구도 믿을 수가 없다네, 빌. 미국의 CIA나 소련의 KGB 요원들이 랩처의 존재를 알게 되면 삽시간에……."

라이언은 손가락을 튕겼다.

"그렇지만 여기 있는 사람들도 좀 힘들어하는 것 같긴 합니다, 회장님. 랩처에 이민 온 것이 과연 옳은 선택일까 하는 의문을……."

"그따위로 쉽게 포기하는 자들은 신경 쓸 것도 없어! 랩처에 소풍이라도 왔나? 다 살기 위해 선택한 것이잖나!"

경멸하듯이 세차게 머리를 흔들었다.

"줏대 없는 얼간이들 같으니! 여기 오기 전에 그렇게 설명을 듣고서는, 여기서 새 삶을 시작하려면 어쩔 수 없이 지켜야 하는 규칙이 있다고 그렇게 설명했는데도 말이야. 누구도 이곳을 떠날 수 없어! 지상에는 우리 같은 사람들이 살 곳이 없다고!"

빌은 라이언을 존경하고 있다. 자신도 잘 알고 있고, 라이언도 아는 사실이다. 그러나 어떤 이에게는 구류나 다름없는 랩처에서의 삶에 대해 라이언에게 따끔한 일침을 해야할 때였다. 이런 완강한 법칙을 계속 고집한다면, 걷잡을 수 없는 사태가 벌어지지 않을까 두려웠기 때문이다.

"사람이란 게 원래 그렇잖습니까, 회장님. 마음대로 오갈 수 있는 자유를 원하는 건 당연하죠. 한구석에 몰아넣으면 무슨 일을 저지를지 모르는 법입니다. 회장님께서도 인간에겐 각자 선택할 권리가 있다고 믿으시잖습니까. 하지만 정작 랩처에 정착하느냐 마느냐의 선택권은 있나요? 그 권리는 애당초 없었잖습니까!"

"랩처에 사는 인간에겐 수천 가지의 선택권이 있어. 하지만 자네가 말한 그 선택권만은, 이 해저 세계에 발을 들여놓는 순간 포기하는 거나 마찬가지야! 이 세계는 어디까지나 내가 만든 곳이야. 내가 가진 돈과 자원으로 이곳을 건설했고, 내 땀방울 하나하나까지 다 바친 곳이라고! 우는 소리를 하며 보채도 소용없어! 시간이 흐르면 자연히 이 도시도 확장될 테고, 그럼 지금보다 훨씬 더 여유롭게 느껴질 걸세."

라이언은 멸시와 초조함으로 손을 획획 내저었다.

"이곳에서 사는 것이 계약인 줄 알면서 그런 소릴 해! 결국엔 우리의 선택이 우리의 운명을 결정해줄 것이네. 인간은 선택해야 한다네, 빌! 그들은 분명 선택했어. 이제 그 선택에 대한 책임을 져야 하는 거야."

빌은 헛기침을 했다.

"어떤 사람들은 중도에 마음을 바꿀 수도 있지 않습니까."

잠수정이 목적지에 도착했다. 굴대에 진입해 정지했고 승강문이 덜컹 열렸다. 그러나 라이언은 꿈쩍도 하지 않았다. 그는 좌석에 앉은 채, 심각한 표정으로 빌을 노려보았다.

"자네의 생각이 바뀐 건가, 빌?"

예기치 못했던 질문에 빌은 깜짝 놀랐다.

"아닙니다! 여기는 제 고향이나 다름없는 곳입니다, 회장님. 제 맨손으로 이곳을 짓지 않았습니까."

빌은 어깨를 으쓱했다.

"혹시 들은 이야기가 없냐고 회장님께서 여쭤보시기에……."

라이언은 빌의 영혼이라도 감정하려는 듯 한참 동안을 그렇게 노려보았다. 마침내 고개를 끄덕였다.

"잘 알겠네, 빌. 허나 내 이것만은 말해두지. 랩처의 주민들이 지상의 개미농장에서 체득한 습성은 깡그리 정화될 것이네! 모두 우리와 함께 사내답게 꿋꿋이 일어서는 법을 배워야 해. 그리고 스스로 일하는 법도! 곧 새로운 시민 교육을 실시해야겠네. 전단과 배너를 곳곳에 뿌리고, 텔레비전과 공개방송에서 교육적인 강연을 하고, 전광판도 만들어야겠지! 랩처를 벗어나면 감옥이나 다름없는 혹독한 현실을 민중에게 깨우쳐줄 전문가도 한 명 영입했다네. 랩처야말로 진정한 자유니까."

라이언은 잠수정에서 내리며 말했다.

"따라오게, 빌. 이리 따라와."

8

앤드류 라이언의 집무실

1950년

"램 여사님."

다이안이 다시 입을 열었다.

"소피아 램 박사님."

확실히 그 목소리에는 냉정함이 스며들어 있었다. 다이안은 벌써부터 소피아 램이라는 여자가 마음에 들지 않았다. 램 박사는 원폭이 터지기 전부터 이미 히로시마에서 내과의 겸 심리치료사로 일했던 경력이 있는 일종의 선교사 같은 존재였다. 다이안이 열등감을 느꼈을지도 모른다. 그녀는 자신이 노동자 계급 출신이라는 것에 항상 민감하게 반응했다.

"이리 모셔와. 경호원들에게 밖에서 기다리라고 전해주고."

다이안은 코를 훌쩍였으나 곧 대기실로 나가 소피아 램을 문까지 안내했다.

"지금 보시겠다는데요, 램 박사님?"

대체 왜 라이언이 그녀를 보자고 했는지 궁금해서 떠보는 듯 툭 말을 던졌다.

"아, 잘됐네요. 정말 긴 여행이었거든요. 드디어 이 엄청난 조개껍질 같은 도시의 중앙 통제실을 볼 수 있겠군요."

라이언은 공손한 모습으로 반듯하게 서 있었다. 램 박사는 역시나 고학력의 엘리트다운 인상이었다. 그런 사람에게 원칙은 아주 중요한 문제일 테지.

소피아 램은 큰 키에 지독하다 싶을 정도로 깡마른 체구의 여자였고, 금발의 머리칼은 머리 꼭대기에 한데 말아놓았다. 가늘고 긴 목과 광대뼈가 두드러진 날카로운 얼굴 윤곽, 뿔테 안경 너머로 냉정해 보이는 차가운 푸른 눈동자가 반짝거렸다. 입술은 어두운 붉은색으로 두껍게 칠해져 있었고, 뾰족한 흰색 깃이 달린 군청색 정장을 입고 푸른색의 굽 높은 구두를 신고 있었다.

"랩처에 오신 걸 환영합니다, 램 박사. 여기 좀 앉으시겠소? 여행길이 너무 고되진 않으셨는지. 우리 찬란한 신세계 건설에 동참해주셔서 정말 감사드리오."

램 박사는 핏기 없는 창백한 긴 다리를 꼬며 라이언을 마주보고 앉았다.

"찬란한 신세계라…… 셰익스피어 작품을 읽으셨군요! '폭풍' 아니던가요?"

가느다란 손가락을 움직여 우아한 자태로 작은 핸드백에서 값비싼 담배상자를 꺼내들었다. 램 박사는 단호한 시선으로 라이언을 쳐다보았다.

"오, 그러한 생명을 낳은 그토록 찬란한 신세계여……."

"내가 셰익스피어의 작품을 알고 있다는 게 이상한 모양이지요, 램 여사?"

책상 모서리를 돌아 금을 입힌 라이터로 불을 붙여주면서 라이언이 응수했다.

램은 천장을 향해 연기를 훅 뿜으며 어깨를 으쓱할 뿐이다.

"아뇨. 회장님은 부유한 사람이시잖아요. 그 정도의 교육은 당연히 받으셨겠죠."

명백하게 표가 나는 비난은 아니었지만 어딘지 모르게 비꼬는 투가 담겨 있다. 그러나 램의 얼굴은 웃고 있었다. 라이언은 거기서 무시할 수 없는 카리스마를 읽었다.

주위를 흘깃 둘러보며 램은 말을 이었다.

"확실히 여기는 신기한 곳이군요. 경이로울 정도예요. 그런데도 아직 아무도 알지 못하다니……."

"소문이 돌지 않도록 단단히 주의하는 거요. 비밀을 사수하려고 다들 애를 쓰고 있소. 당신도 마찬가지로 그래주셨으면 합니다, 램 여사. 아니, 램 박사라 부르는 편이 낫겠소?"

라이언은 내심 그녀가 '아, 그냥 소피아라 불러주세요'라고 답하길 기대했지만, 램은 기척도 하지 않은 채, 그저 보일 듯 말 듯 고개를 끄덕일 뿐이다.

라이언은 목청을 가다듬었다.

"물론 박사님께서도 랩처를 움직이게 하는 원동력이 무엇인지 잘 아실 거요. 이 도시의 밑바닥에 기초한 철학사상이나 계획 같은 것 말이오. 그건 위대한 사슬이오."

"네, 압니다. 허나 완벽하게 회장님의 철학을 이해하는 것은 아니에요. 하나의 새로운 사회를 건립함으로써 생성되는 다양한 가능성에는 개인적으로도 많은 관심이 있죠. 그것이 바깥 세계로부터 단절된 사회라면 더더욱. 인류가 앞으로 나아갈 진로를 재점검할 수 있는 자력갱생의 집단이라면, 전쟁과 학살을 일삼는 지상 세계로부터 온전히 벗어날 수 있는 그런 사회라면······."

"박사님께선 당시 히로시마에 계셨다고 들었소. 그 사건이 일어났을 때······."

"전 그곳에서 좀 떨어진 외진 곳에 있었습니다만, 예, 그렇다고 할 수 있죠. 같이 일했던 동료들이 제 집에서 새까맣게 타들어간 변사체로 발견되었죠."

잠깐 기억을 떠올리는 동안 그녀의 눈동자에 떠오른 그것은 공포 그 자체였다.

"만일 우리가 살아가는 작금의 세상을 제 관할하의 환자라고 가정한다면······."

램은 망연한 표정으로 고개를 가로저었다.

"전 아마도 자살중독이란 진단을 내릴 것 같네요."

"그렇소. 히로시마와 나가사키의 참극이야말로 우리로 하여금 랩처 건설을 결단하게 한 가장 큰 이유라고 할 수 있소. 그곳의 현장을 직접 방문한 후로 지상의 세계는 반드시 이제 곧 자폭하고 말리란 결론을 내렸소, 램 박사. 한 세대, 두 세대, 세 세대가 지나면 반드시 일어날 일이오. 그리고 그때쯤이면 바다 깊숙한 곳에 자리한 이곳, 랩처는 안전할 것이오. 말씀처럼 자력갱생하는 것이라 할 수 있소. 랩처는 인류를 해방할 거요."

의자 옆 황동 재떨이에 담뱃재를 툭 떨어뜨리며 램도 이제는 사뭇 진지한 얼굴로 고개를 끄덕였다.

"그 말은 특히나 호소력이 있군요, 해방. 한 사회를 근원부터 선하고 완벽한 모습으로 빚어낼 새로운 기회! 이 세상의 누구라도 살면서 해나가야 할 임무가 있죠, 라이언 회장님. 지상에서는 그 임무를 다들 망각한 겁니다. 타락한 문명의 잔해 속에서 무질서한 혼돈만이 인간의 욕구로 자리하고 있을 뿐이죠."

무슨 말인지 이해하지 못한 라이언은 미간을 찌푸렸다. 그러나 더 구체적인 설명을 해달라는 말을 하기도 전에 램은 말을 계속 이어나갔다.

"게다가 이곳에서는 누구나 동등한 기회를 가질 수 있다는 것이 제겐 특히 반가운 소식이었어요! 거기엔 여성 인력도 포함되었겠죠?"

램은 라이언의 의중을 떠보려는 듯 그를 올려다보았다.

"인류의 역사 대부분이 남성 우월주의가 여성이 가질 수 있는 이상을 짓밟는 그런 사회상이었죠. 그런 사회에서는 남자가 여자를 한때 피운 모닥불인 양 취급합니다."

램은 말을 이어나가며 성난 듯이 재떨이에 담배를 비벼 껐다.

"무자비하게 짓밟는 거죠! 흔히들 비아냥대며 말하는 그 '박사 학위의 여사님들'은 그나마 너그럽게 봐주는 편입니다만…… 어떤 분야이건 여자가 최고의 자리에 오르는 것을 볼 수나 있나요? 꿈도 못 꾸죠."

"아, 그렇소? 알겠소."

라이언은 엄지로 슬쩍 수염을 쓰다듬었다. 이론상으로는 분명, 랩쳐의 누구라도 같은 선상에서 출발할 수 있다. 자유경쟁이라고 하는 단순하면서도 효율적인 체제로의 냉철한 헌신만 있다면 즉, 열심히 노력하고 개개인이 가진 수완과 재능을 십분 발휘한다면 누구라도 꼭대기까지 올라갈 수 있다. 여자라 할지라도.

사실 그가 소피아 램을 랩쳐로 초대한 것은 간단히 말해서 그녀가 학과를 수석으로 졸업해서였다. 시간이 없어 읽어보지는 못했지만 듣기로는 이 여자가 쓴 논문은 가히 천재적이었다고 한다. 특히 정신의학 실험에 있어 무자비하다 싶을 정도로 진보적인 사고를 담았다는 평이다. 진취적인 과학적 실험정신은 랩쳐의 핵심을 이루는 공리였다.

"박사님도 여기선 당연히 다른 사람들과 공정한 경쟁을 하실 수 있습니다."

단호한 대답이었지만 사실 라이언 자신부터 설득하는 중이다.

"하지만 박사님의 첫 임무는 주민들이 미래의 모습에 적응할 수 있도록 랩쳐를 평가해주시는 겁니다. 사실 좀 다급한 상황이긴 하지만, 일부 주민들이 심리적으로 불안정한 상태라서 말이오. 물 밑의 이곳에서 지상과 차단되어 살려니 조금 개인적인 문제들이 표면으로 떠오르는 것 같다고 할까요. 박사님이 처음 해주실 작업은 바로

이 문제들을 검진하시고 해결책을 제안해주시는 겁니다."

"아, 물론 당연한 일이죠. 이해했습니다. 하지만 차후에라도 제 자신의 명의로 진료센터를 건립한다든지 한다면 어떨지……? 이곳 랩처에 말입니다."

"아, 그러시오? 그건 굉장한 일이오. 심리치료사와의 상담이라면 사람들이 반기지 않겠소? 자신의 내면을 탐험할 수 있는 실험 연구소가 되는 셈이로군."

"혹은 자신을 재평가할 수 있는 기구가 되겠죠."

램이 나지막이 중얼거린 후 자리에서 일어섰다.

"괜찮으시다면 앞으로 제가 머물 장소에 가보고 싶습니다. 이곳까지의 여정은…… 적응하기 쉽지 않군요. 휴식을 취한 후, 당장 오늘 저녁부터 분석을 시작하도록 하죠."

"좋습니다! 설리번 치안부장을 시켜서 문제가 되는 사람들의 보고서를 준비하지요. 부정적인 현상들이 나타나는 것 같소. 불평불만 같은 것들이 쌓여갑니다. 이 부분을 중점적으로 시작하시오."

랩처, 넵튠의 은혜

1950년

브리짓 테넨바움은 해부를 할 만한 새 물고기를 구할 수 있을까 생각하며, 바다 쪽을 향해 쌀쌀한 부두 위를 걷고 있었다. 냉동된 상태라면 상할 염려 없이 유전적 자료를 추출할 수 있으리란 기대가 있었다. 싱클레어 솔루션과는 더 이상 확실한 계약이 없었지만, 자동문의 비밀번호를 알고 있는 터라 업무시간만 피하면 아직 그들의 연구실을 사용할 수 있었다. 얼마 전 테넨바움은 커다란 주사기로 잠수함 승무원 한 명의 정액을 추출하려다가 싱클레어 연구실에서 해고당했다. 부당한 처사라고 생각했다. 확실히 악의 냄새가 물씬 풍기는 남자의 생식기에서 성교 외에 뭔가 다른 걸 원했다는 암시를 준 것은 참 부적절한 판단이긴 했다. 아마 생식샘에 주사기 바늘을 너무 세게 찔렀는지도 모른다. 하지만 그 남자가 반라의 모습으로 성기에 주사기가 박힌 채 비명을 지르며 실험실을 뛰쳐나가, 피를 뚝뚝 흘리며 '저 미친 여자가 내 불알에 대못을 박았어!'라고 고래고래 외쳐댄 건 솔직히 과잉반응 아닌가.

그날 이후로 테넨바움은 랩처의 창립자 앤드류 라이언을 거의 보지 못했다. 언제가 됐든 그 사람과 만날 수 있다는 약속조차 받아내지 못했다. 그 버릇없는 다이안 맥클린톡은 언제나 변명만 둘러댄다.

때때로 다시 수용소로 돌아가 스승과 함께 작업하고 싶다는 생각도 한다. 그곳에선 적어도 진정한 창조적 자유는 보장받았다.

테넨바움은 한숨을 내쉬고는 어깨 위로 외투를 끌어 올렸다. 이 이상한 수중 부두는 항상 추웠다. 어차피 사방이 바닷물인 랩처 안에서도 이곳은 유독 인공 동굴 같은 느낌이었다. 운송배가 도착하는 곳은 물 냄새가 자욱했고, 잠수함 갑판실에서 들여온 물고기나 여러 종류의 승인된 물품으로 가득했다. 부두는 목재로 만들어졌고 벽과 천장은 금속재였다. 철탑에는 물이 찰랑이면서 기묘한 공명을 내며 낮게 메아리쳤다.

경관 한 명과 그의 부하로 보이는 흑인 남자 하나가 지나간다. 둘 다 그녀가 수상쩍은 듯 경계심에 찬 눈초리로 훑어본다.

테넨바움은 아래의 교각에서 두터운 모직코트를 걸치고 서성이는 두 명의 일꾼을 보았다. 짐을 내릴 수 있도록 예선처럼 생긴 작은 배가 부두에 닿기만을 기다리고 있었다. 작은 공을 주고받으면서 기다리는 동안 몸을 녹이며 시간을 때우는 모양이다. 브리짓 테넨바움은 둘 다 누구인지 즉각 알아챘다. 수종 박사가 진료하던 사람들이었다. 박사는 그중 '뻑뻑이'라는 별명의 사내가 걸린 부분마비 현상을 치료하려 했었다. 그리고 다른 한 명은······.

그 다른 한 명이 그녀를 먼저 발견했다. 들창코에다가 심하게 바람에 갉인 얼굴을 하고 있었는데, 그의 검붉은 얼굴이 테넨바움을 보더니 새하얗게 질렸다. 공을 떨어뜨리더니 두 손으로 다급하게 사타구니를 감싸 쥐었다.

"안 되지, 아가씨! 내 불알 근처에도 오지 마!"

뒷걸음질을 치면서 머리마저 세차게 흔들었다.

"어어, 안 돼!"

"바보같이 굴지 좀 마요!"

적당한 단어를 찾지 못한 그녀는 진저리가 난 듯 대꾸했다.

"당신 때문에 여기 온 게 아니라고요. 그냥 싱싱한 물고기가 필요한 것뿐이에요."

"이젠 불알을 물고기라 부르나보지, 응?"

사내가 여전히 난색을 하며 뒷걸음질 치더니, 그만 부두에서 떨어져 물에 빠져버렸다. 금세 발딱 일어서더니 거품을 푹푹 품어내며 물을 뱉었다. 여긴 1미터 깊이밖에 안 된다.

"하하! 어이, 아치!"

다른 한 명의 어부가 떨어진 공을 집으러 가면서 고소하다는 듯 소리쳤다.

"그렇게 안 씻으려고 하더니 결국 목욕하네!"

"시끄러, 뻑뻑이 자식!"

아치가 다가오는 배 쪽으로 물장구를 치면서 응수했다.

"어이, 거기! 손 좀 줘. 올라갈 거야!"

"아, 저런 말라깽이 여자가 뭐가 무섭다고 그래!"

뻑뻑이는 진탕 웃어대면서 소리를 질렀다.

테넨바움은 뻑뻑이 쪽으로 다가서면서, 그가 너무 친근하게 대하지 않도록 뻣뻣한 직업적 자세를 유지하려 애썼다.

"당신, 방금 그 공을 던졌을 때…… 뭔가 이상하지 않았나요, 안 그래요?"

그의 손을 뚫어져라 쳐다보면서 물었다. 수종 박사가 그를 진찰했을 때 분명히 옆에서 똑똑히 봤던 것이다.

"그 손…… 한 손은 마비되고 다른 한 손은 겨우 움직일 정도였는데, 그렇게 기억하거든요. 당신은 물건을 어깨에 얹어 나르는 일만 했지 손은 전혀 쓰지 못했잖아요."

"맞아. 그래서 다들 날 뻑뻑이라 불렀던 거고. 근데 난 다른 것도 좀 뻑뻑하거든, 아가씨가 원한다면……."

그녀는 할 수 있는 한 최대로 인상을 찌푸렸다.

"장난치지 말아요! 난 그냥 궁금한 것뿐이야. 손가락이 그렇게 마비되었는데도 어떻게 공을 잡을 수 있는지. 혹시 수종 박사가 손을 고쳐준 건가요?"

"수종 박사? 아이쿠, 절대 아냐! 그 양반은 그냥 변명만 해댔지. 참말로 웃긴 일이었다고. 그러니까, 하루는 우리 그물에 고기가 잔뜩 잡혔었거든. 그물에서 종류별로 담으려고 빼내던 중에 뭐, 그 정도는 나도 할 수 있었으니까. 그런데 그중에 바다 민달팽이처럼 생긴 놈 한 마리가 파닥거리더란 말이야. 그렇게 이상하게 생긴 놈은 또 처음 봤지! 근데 그놈이 내 손을 톡 물더라 이거야!"

뻑뻑이가 한껏 우쭐거렸다. 그 일이 전혀 기분 나쁘지 않은 모양이다.

"그놈들이 깨문다는 것도 몰랐거든! 암튼, 그런 다음 내 손이 좀 부었어. 하지만 붓기가 빠지고 나니……."

뻑뻑이는 새삼 신기한 듯이 제 손을 내려다보았다.

"생기를 느낄 수 있었어!"

그는 공중으로 공을 던지더니 능숙한 솜씨로 다시 잡았다.

"봤지? 그 쥐꼬리만 한 달팽이가 물기 전에는 이런 건 꿈도 못 꿨다고!"

"그럼 마비를 풀어준 게 그 바다 민달팽이였다는 말씀인가요?"

"그게 톡 깨물었는데 거기에 뭔가 있었나봐. 뭔지는 몰라도 그게 손에서 번져가는 걸 느꼈거든!"

"아! 정말이네요!"

테넨바움은 뻑뻑이의 손을 관찰했고 손에는 이상하게 생긴 물린 흔적이 남아 있었다.

"이 생물을 잡을 수만 있다면…… 당신들 그 바다 민달팽이 또 잡을 수 있어요?"

"잡을 수 있는 게 아니라 그때 그놈이 아직 있는걸! 물통에 바닷물을 담아서 거기 넣어뒀지. 워낙 별종으로 생긴 놈이라, 나중에 아가씨 같은 과학자들한테 팔아볼까 하고 보관하던 중이었어. 사려우?"

"음…… 그러죠, 뭐."

소피아 램의 진료실

1950년

"그럴 줄 알았어. 랩처 같은 데로 애들을 데려오는 게 아닌데. 가족 전부를 데리고 올 게 아니면 아예 올 생각 말라고 그 사람들이 그랬단 말이에요. 보일러를 잘 다루는 숙련공이 필요하다고 해서 말이죠. 난 그런 건 잘하니까 한몫 벌 수 있겠구나 생각했던 거죠."

램은 인부용 작업바지를 입고 손을 비벼대면서, 진료실 안을 왔다 갔다 하는 이 중년의 남자를 지켜보고 있었다.

"저기 소파에 앉아서 좀 편하게 말씀하시죠, 글리든 씨?"

"아니, 그렇겐 못해요, 의사 선생님."

글리든이 중얼거렸다. 울지 않으려고 훌쩍대는 듯했다. 잠도 제대로 못 자는지 눈 주위가 시퍼렇게 변해 있었고 얇은 입술도 계속 떨렸다. 커다란 두 손은 지열 발전소에서의 노동으로 벌겋게 변색되어 있었다.

"난 집에 가야 돼. 내 마누라, 아이들, 다들 새 아파트에서 외롭단 말입니다. 선생님, 대관절 그걸 아파트라 부를 수나 있겠소? 그냥 쓰레기 더미지. 주변에 수상쩍은 놈들도 많아서 도무지 내 아이들이 안전하지가 않아요. 거기다가 다른 가족이랑 또 집을 나눠서 살아야 하잖아요. 이 미치광이 마을에 어디 두 발 뻗고 눈 붙일 공간이나 제대로 있냔 말이지. 아니, 내 말은…… 내 형편으로는 번듯하게 살 데가 없단 말이오. 그 작자들이 처음엔 여기에 주거공간을 많이 지을 거라고, 급료도 많이 올려준다고 했었는데. 난 그 말을 무슨 콤스톡 탄광처럼 하룻밤 새 부자가 된다는 말로 받아들였는데 말이지. 적어도 그런 식으로 말했었다고요."

글리든은 입술을 깨물었다.

램은 고개를 끄덕이곤 의자에 앉은 채 기록을 계속했다. 라이언의 프로젝트를 위해 그녀가 담당한 부서에서는 이미 많은 노동자들로부터 여러 차례 비슷한 경험담을 들었다.

"혹시 이곳 상황에 대해서 자신이 속았다고 생각하시나요?"

"그래요, 난……."

글리든이 말을 하다가 당황하며 끊는다. 방 한가운데 멈춰 서서 램을 향해 의심 어린 눈초리를 던졌다.

"선생님, 당신도 라이언이 고용한 거죠, 아닌가요?"

"음, 그렇게 물으신다면……."

"그럼 아니야, 선생 말씀처럼 '속은' 건 아닙니다."

글리든은 경직된 표정으로 입술을 핥아대며 말을 이었다.

"그러니까 그 사람들이 나한테 거짓말한 건 아니라고요."

"괜찮아요. 마음속에 든 생각을 숨김없이 다 말씀하셔도 됩니다."

램은 안심시키려는 듯 부드럽게 말했다.

"이 심리치료 진단결과를 보고서에 올려야 하는 건 사실이에요. 하지만 보고서에 환자들 이름을 거론한다거나 그런 일은 없어요. 단순히 병세만 기록하는……."

"그래요? 그럼 어째서 이 '심리치료'라는 게 공짜인 거요? 마누라가 요새 내가 너무 뻣뻣하다고, 긴장 좀 풀라고 하지만 않았어도 이런 덴 안 왔을 거라고요. 그런데 이게 공짜라니? 랩처에 공짜가 어디 있어!"

"정말이지…… 내 말을 믿어요, 글리든 씨."

"지금이야 그렇게 말하지. 그러다가 이 일 때문에 내가 해고라도 당하면 어쩔 건데? 그놈들이 협박할 거라고요! 그래서 내가 근무처에서 쫓겨난다고 해봐! 그럼 뭐? 랩처를 떠난다는 건 불가능하잖아! 어디…… 어딜 가지도 못한다고! 그건 당신도 마찬가지야, 선생! 그 사람이 당신이 떠나고 싶다고 해서 보내줄 줄 알아? 천만에."

"아, 그건. 전……."

램의 목소리가 움츠러들었다. 그러고 보니 랩처를 떠난다는 생각은 해본 적이 없었다. 이곳에는 너무도 많은 가능성이 있으니까. 하지만 만의 하나, 떠나려고 한다면? 라이언은 어떻게 나올까? 상상하기 꺼림칙한 일이었다.

"굳이 말하자면, 저 역시 글리든 씨와 같은 배를 탄 거나 마찬가지죠."

램은 미소를 지어 보였다.

"아니, 같은 배 '아래'라고 말해야 되나."

그럼에도 불구하고 글리든은 꼿꼿이 선 채로 팔짱을 끼곤 머리를 저었다. 더 이상 아무것도 말하지 않을 작정이다.

환자들은 전형적인 소외감, 라이언에 대한 불신을 갖고 있다. 대인공포증이 극도로 팽창한 사례도 있다. 경제적 어려움이 대표적인 원인이었다. 급여가 높을수록 동요나 불안감은 낮아 보였다.

'급여가 높을수록'에 밑줄을 그으며 램은 입을 열었다.

"이제 나가셔도 됩니다, 글리든 씨. 와주셔서 감사합니다."

글리든이 부리나케 방을 나가는 모습을 보면서, 책상으로 걸어가 서랍을 열어 일지를 꺼내들었다. 음성으로 기록하는 것보다 이 방식이 좋았다. 자리에 앉아서 글을 쓰기 시작했다.

랩처에서의 나의 실험이 실패한다면…… 아마 실패할 것이다. 이 기이한 수중 온실에서 또 다른 사회성 실험을 시작하는 방법도 있다. 랩처라는 공간을 폭발 직전으로 몰아가는 바로 그 요인들…… 바깥세상으로부터의 격리, 불공정한 급여 환경…… 이 모든 조건이 극단적인 사회 변화를 초래할 수도 있다. 생각해볼 여지가 있다. 그러나 그런 사회성 실험을 고려한다는 것 자체가 대단히 위험한 일이다. 이 일지는 절대 설리번의 손에 닿으면 안 된다.

램은 펜을 놓고, 대체 자신이 생각하는 무엇이 그토록 위험한지를 머릿속에 곰곰이 되새겨보았다. 정치. 권력. 이미 강박관념이 되어가는 그 생각. 아마 미친 짓인지도 모른다.

하지만 미쳤건 미치지 않았건 랩처에 발을 들여놓은 이래, 내면에서 마치 뱃속의 태아처럼 날이 갈수록 그 생각들이 점점 커져가고 있다. 랩처가 죽음으로 몰아가는 글리든 같은 노동자, 이런 사람들을 구원할 수 있으리라는 생각이 그녀 안에서 서서히 자라기 시작했다. 만약 새로운 지도자가 있다면…….

랩처를 좌측으로 노선 변경시킬 가능성은 충분했다. 안으로부터 말이다.

위험한 생각이었지만 그 생각은 사라지지 않았다. 마치 생명이 있는 것처럼.

제5번 펌프장

1950년

빌 맥도나는 71번 배수 펌프의 전원을 켰다. 인어 라운지 벽을 따라 설치된 단열재 및 환기 판에 펌프질을 하던 중, 앤드류 라이언이 제5번 펌프장으로 걸어오는 것을 보았다. 랩처를 건설한 천재 몽상가는 입으로는 미소를 띠었으나 어딘가 무심한 듯, 뭔가에 신경이 쓰이는 듯 미묘한 표정이었다.

"빌! 나랑 같이 가볼 데가 있어. 우리 둘 다 리틀 에덴에 가까우니 말이야. 지금 무슨 비상조치 중이라든가 그런 건 아니겠지?"

"비상조치라뇨, 아닙니다, 라이언 회장님. 잠깐 점검하는 중입니다. 아, 됐습니다."

이내 둘은 핑크 펄의 호스러운 외관을 지나 리틀 에덴 플라자를 나란히 거닐었다. 쌍쌍이 팔짱을 낀 커플들과 쇼핑봉투를 든 사람들로 광장은 북적였다. 라이언은 거래가 활발한 것을 보고 흡족해했다. 쇼핑하는 사람들 중 몇몇이 라이언에게 슬며시 인사를 하고 지나갔다. 여장부다운 듬직한 풍채의 한 여인은 그에게 다가와 사인까지 부탁했는데, 인내심을 발휘하며 끝까지 사인한 후 그와 빌은 서둘러 자리를 떠났다.

"어디 특별히 봐야 할 곳이 있으십니까, 라이언 회장님?"

헤돈 플라자 아파트 단지를 지나면서 빌이 물었다.

"우선 화학폐기물 누출 소문도 있고, 이 근방의 가게 한 군데에서 항의가 들어와서 아예 한꺼번에 둘러보려고. 사실 항의는 신경 안 쓰는데, 시간도 있고 하니 좀 알아보는 게 좋을 것 같아서 말이네."

둘이 골목에 다다르자 칸막이벽을 타고 검푸른 화학재가 두껍게 엉겨 붙어 있는 것을 확인할 수 있었다. 석유와 용제 냄새가 물씬 풍겼다.

"저기네. 자네, 저거 알고 있었나?"

"예, 회장님. 제5번 펌프장에서 밸브를 점검하던 이유가 바로 저것 때문이었습니다. 그쪽 배수를 좀 차단해서 여기로 나오는 유독성 물질을 줄여보려고 말입니다. 상류쪽에, 아니 위층이라고 해야 하나, 공장이 하나 있는데 간판이 깨끗한 걸 보니 새 건물인 것 같았습니다. 제가 본 바로는 아우구스투스 싱클레어란 사람이 소유인이더군요. 거기서 화학약품을 지나치게 써대면서 그걸 배수관에 통째로 들이붓는 모양입니다. 그 화학약품이 파이프를 부식시켜 사람들이 다니는 보도로 용제가 자꾸 흘러나오는 거죠. 그보다 더한 문제는 그 사람들이 나머지 잔여물을 랩처 바깥으로 모조리 갖다버린다는 겁니다. 회장님, 제가 이미 확인한 사실입니다. 이런 화학물이 바다로 빠져나가서 조류를 따라 내려오면 아래쪽에 서식하는 물고기까지 영향을 받을 수도 있습니다. 결국 그런 고기를 먹는 우리들도 피해를 입게 됩니다."

라이언이 눈썹을 곤추세우며 그를 쳐다봤다.

"정말이지, 빌…… 자네 걱정도 팔자로군! 바다는 엄청 넓은 곳일세. 그걸 우리가 오염시킨다는 게 말이나 되나! 당연히 희석될 것 아닌가."

"그렇긴 합니다, 회장님. 하지만 조류 문제도 있잖습니까. 소용돌이도 일 테고요. 분명 일부는 누적될 겁니다. 우리가 이런 일을 거듭하다 보면……."

"관두게나, 빌. 여기 랩처 안에도 골칫거리는 많아. 파이프를 더 튼튼한 걸로 바꾸는 수밖에 없네. 아우구스투스더러 그걸 설비할 때 들 시공비를 부담하라고 해야지."

그러나 빌은 좀처럼 물러설 기미를 보이지 않았다.

"전 그냥 유해한 화학물질을 좀 덜 썼으면 하는 겁니다, 회장님. 강압적으로라도 그렇게 시킬 수 있잖습니까, 만약에……."

라이언은 화를 누그러뜨린 채 어이없는 듯 웃었다.

"빌! 자신이 하는 말을 곰곰이 생각 좀 해보게! 나중엔 산업 폐기물이란 폐기물은 모조리 단속할 기세군! 그 몬태나 주의 월 클락이란 늙은이를 기억해보면 알 거야. 그 작자는 자기가 사들인 광산이랑 정유소 주변에다 아예 쓰레기장을 만들었잖아, 그런데도 누구 하나 다친 사람이 있었나?"

그러다가 목청을 가다듬고는 잠시 기억을 떠올리는 듯했다.

"뭐, 몇 명쯤 다쳤을 수도 있겠지. 하지만 원래 이 상업이란 건 쉴 새 없이 달려가는 거라네. 한동안 굶주린 아이는 아무리 배를 채워도 굶주림이 가시지 않는 것처럼. 결국 몸집만 자꾸 커가지. 거치적거리는 훼방꾼들은 비켜서지 않으면 모조리 이 거인의 장화에 밟혀 죽을 걸세! 아, 걱정 말게나. 그 공장 주변에 더 튼튼한 배수관을 설치하도록 할 테니. 보도로 폐기물이 흘러나오는 건 방지해야지. 라이언 공업이 랩처 시에 비용을 청구하는 걸로 하고, 랩처는 그 공장에 청구를 하면 되겠지. 자자, 어서 가세나, 빌. 이쪽으로…… 아! 여기 나머지 문제가 있구먼."

그들은 리틀 에덴 플라자의 한 가게 앞에 도착했고 그 가게 앞에는 '그라벤슈타인의 친환경 식료 잡화점'이라는 간판이 붙어 있었다. 사실 '길'이라고 하기엔 그저 좀 넓은 통로에 불과하지만 이곳을 건너면 약간의 거리를 두고 아래쪽에 '쉐프 마트'라는 이름의 규모가 큰 가게 하나가 자리하고 있다.

고약한 냄새를 풍기는 온갖 잡다한 쓰레기가 그라벤슈타인의 친환경 식료 잡화점 주변의 하수구에 높다랗게 쌓여 있었다. 쓰레기란 쓰레기는 다 긁어모은 것 같은 그 꼴을 보면서 빌이 고개를 설레설레 저었다. 대부분이 썩어 있었다. 생선 머리는 특히 악취가 진동했다. 이와는 대조적으로 쉐프 마트 주변은 완벽할 정도로 깨끗했다. 라이언과 빌이 다가오자 그라벤슈타인의 가게에서 앞치마를 두른 자그마한 사내 한 명이 뛰어나왔다. 짧은 도낏자루같이 한데 뭉친 얼굴에, 물갈퀴처럼 접힌 긴 귀, 진지해 보이는 갈색 눈동자에 갈색 곱슬머리를 한 남자였다.

"라이언 씨!"

라이언과 빌에게로 다급하게 뛰어오더니, 엉거주춤 서서 손목을 비틀며 큰 소리로 외쳤다.

"오셨군요! 한 백 통 정도는 항의편지를 보냈던 것 같은데, 이제야 오십니까!"

라이언이 미간을 찌푸렸다. 남의 비판을 잘 받아들이는 성미가 아니었다.

"그래서? 당신, 저렇게 쓰레기를 쌓아둔 이유가 뭔가? 이래서야 우리 시가 표방하는 위대한 사슬 체계에 입각한다고는……."

"내가 저렇게 쌓았다고요? 내가 아닙니다! 저 양반이 그랬어요! 쉐프가! 가격만 적당하다면 난 언제라도 쓰레기 수거비를 낼 수 있다고요, 그런데 저 작자는……!"

그라벤슈타인은 마침 길 건너편 쉐프 마트에서 나온 덩치 좋은 사내를 가리켰다. 고든 쉐프는 그 육중한 체구 위로 파란색 정장을 걸쳐 입었는데, 축 늘어난 배가 윗도리 안에 겨우 잠겨 있어 금방이라도 단추가 뜯겨나갈 것 같았다. 이중 턱을 한 얼굴에 금니를 드러내는 기분 나쁜 미소를 짓고 있었고 손에는 큼직한 시가를 들었다. 쉐프는 마치 깔보는 듯 고개를 흔들거리면서 꽤나 우쭐대는 걸음걸이로 길을 건넜다.

이내 시가를 든 손으로 그라벤슈타인에게 삿대질을 해댔다.

"라이언 씨, 저 거짓말쟁이 잔챙이가 뭐라는 거요?"

라이언은 쉐프를 무시했다.

"그라벤슈타인, 왜 이 사람이 당신 쓰레기를 책임져야 하는 건가?"

빌은 그 질문의 답을 알 것 같았다. 쉐프라는 자, 이곳에 온 후로 변했다.

"우선……."

작은 사내는 라이언에게 소리를 지르게 될까봐 조심조심 떨리는 몸을 진정시키며 간신히 대답했다.

"저건 내 쓰레기가 아니라고요!"

"허!"

쉐프가 킥킥거리며 응수한다.

"어디 증명해봐!"

"그래, 일부는 내 쓰레기가 맞아. 하지만 저 작자 것도 많다고요, 라이언 씨! 게다가 내 쓰레기라고는 해도, 저 작자가 이 구역에서 하나밖에 없는 쓰레기 수거 작업을 도맡았단 말입니다! 두 달 전에 회사를 통째로 사들이더니, 이젠 그걸로 나를 망하게 하려는 수작이라고! 쓰레기 수거비로 다른 사람들한테서 걷는 돈보다 열 배나 되는 금액을 나한테 청구한다고요!"

빌은 어안이 벙벙했다.

"열 배를?"

쉐프가 싱긋 웃더니 쓰레기 더미에 시가 재를 톡톡 떨어뜨렸다.

"시장이란 게 그런 거지. 여기선 아무런 제한도 없잖소. 안 그래요, 라이언 씨? 물가 통제 따윈 없어! 누구나 마음대로 살 수 있고 마음 내키는 대로 운영할 수 있다고!"

"지금 시장 형편에 그런 가격은 말도 안 됩니다."

빌이 지적했다.

"저 작자는 나한테만 그 가격을 매긴다고요!"

그라벤슈타인이 목소리를 높였다.

"저치가 내 경쟁자잖아! 나보다 장사를 많이 하는데도 뭐가 모자라서 저러는 건지. 이 구역의 식료품상 전부를 궁지로 몰아넣고 싶은 게야. 내가 비싼 수거비를 내지 못하면 쓰레기가 잔뜩 쌓여서 아무도 내 가게에 오지 않을 테니까! 그리고 진짜 아무도 오지 않는다고!"

"그럼 저 쓰레기는 자네가 알아서 옮겨야겠군."

마침내 별것 아니라는 투로 어깨를 으쓱이며 라이언이 말했다.

"그럼 내가 그걸 치우는 동안 내 가게는 누가 봐주고요? 하치장까지는 너무 멀어요! 그리고 그걸 내가 직접 해야 한다니, 말이나 됩니까, 라이언 씨. 저 작자가 나한테 바가지를 씌우는 건 잘못된 짓이라고요. 아예 장사를 못하게 하려는 수작이야!"

"그러면 어때서?"

라이언이 대수롭지 않다는 듯 응수했다.

"그런 수법은 나도 달갑게 생각진 않아. 하지만 시장경제라는 건 울창한 정글과도 같은 거라네. 어떤 이는 살아남아서 그 지역의 왕이 되고, 또 어떤 사람들은 실패하기 마련일세. 그게 자연의 법칙인데 어쩌겠나! 그라벤슈타인, 이 도시는 강한 자만이 살아남는 세계라는 걸 명심하기 바라네! 방법을 고안해내서 경쟁을 하든가 아니면 짐을 싸는 수밖에."

"라이언 씨, 제발 부탁합니다. 공공 쓰레기 수거 서비스라도 있어야 하지 않나요?"

라이언이 눈살을 찌푸렸다.

"'공공'이라니! 그건 루즈벨트나 스탈린이 쓰는 말이잖나! 정 그렇다면 쉐프의 경쟁업체로 가보던가!"

"그 작자들은 이 구역엔 고개도 드밀지 않는걸요, 라이언 씨! 쉐프가 이 구역 전체의 쓰레기 수거를 도맡아 한단 말입니다! 날 몰아내려는 거라고요! 그것도 모자라 우리 가게 건물을 매입하겠다는 둥, 그래서 날 쫓아내겠다는 협박까지 합니다! 라이언 씨, 나도 자유경쟁이나 열심히 하면 성공한다는 것쯤은 믿는 사람입니다. 하지만……."

"불평은 그만두게, 그라벤슈타인! 이곳에선 가격 고정 따윈 없어! 우리는 통제하지 않는단 말이오! 누가 뭘 사든 상관 안 하기로 했소!"

"들었지, 그라벤슈타인?"

쉐프가 비아냥거렸다.

"이거야말로 진짜 사업이지!"

"제발요, 라이언 씨."

그라벤슈타인의 옆구리께로 떨어지는 손이 별안간 주먹을 불끈 쥐었다.

"내가 처음 여기에 왔을 때만 해도, 누구나 자신의 사업을 벌일 수 있고 확장할 수 있고, 또 세금 걱정 없이 살 수 있는 곳이라 들었습니다. 난 이곳에 오기 위해서 모든 것을 버렸단 말입니다! 저 자식이 날 몰아내면 난 어디로 가야 하죠? 어디로 가야 한단 말입니까? 어디로!"

라이언의 얼굴에 경련이 일었다. 날카로운 실눈을 뜨고 그라벤슈타인을 노려보기 시작했다. 목소리는 얼린 강철처럼 차가웠다.

"사내답게 해결하도록 하시오, 그라벤슈타인. 구차하게 어린아이처럼 볼멘소리하지 말고!"

그라벤슈타인은 얼어붙은 듯 그 자리에 선 채 전신을 바들바들 떨었다. 휘감겨 오는 분노로 얼굴이 새하얗게 질려 있었다. 그러더니 몸을 돌려서 가게 안으로 뛰어들어갔다. 빌은 그가 가여운 마음이 들었다. 그러나 라이언의 말이 옳지 않은가? 시장 체제에 통제가 있어선 안 된다. 하지만 약탈을 일삼는 사나운 포식자들 때문에 랩처에 문제가 생긴 것만은 무시할 수 없는 사실이다.

"이보쇼, 라이언 씨."

쉐프가 툭 한마디 던진다.

"내 사무실에서 한잔 어떻소, 응?"

"천만에, 쉐프."

라이언은 인상을 찌푸리며 등을 돌렸다.

"빌, 따라오게."

둘이 다시 길을 나서자 라이언이 피곤한 듯이 한숨을 내쉰다.

"저 쉐프란 자는 정말 가증스런 놈이야. 마피아나 다름없어. 하지만 시장은 자유로 워야 한다네. 오믈렛을 만들기 위해서 달걀 몇 개를 깨야 한다면 어쩔 수 없이……."

난데없이 등 뒤에서 고함 소리가 들렸고 이어 두려움에 떠는 비명도 들렸다.

빌과 라이언이 뒤돌아보자, 통로 한가운데에서 그라벤슈타인이 사시나무처럼 떨리는 손으로 쉐프에게 권총을 겨누는 모습이 보였다. 작은 사내는 목청이 찢어질 듯 고래고래 소리를 질렀다.

"그래, 사내답게 해결하고말고!"

"안 돼!"

쉐프가 뒷걸음질 치면서 괴성을 질러댔고 입에 물었던 시가가 툭 떨어졌다.

그라벤슈타인은 두 발을 쏘았다. 쉐프는 총에 맞을 때마다 새된 비명을 지르며, 자신의 몸을 부둥켜안은 채 뒤뚱거렸다. 이윽고 무거운 식료품 자루처럼 통로 바닥에 쓰러졌다.

"제길!"

라이언이 욕설을 내뱉었다.

"저건 어김없는 규칙위반이야! 경관을 불러야겠어!"

그러나 그럴 필요는 없었다. 빌이 넋을 잃고 바라보는 동안, 그라벤슈타인은 자기 머리에 총부리를 겨누고 방아쇠를 당겼다.

소피아 램의 진료실

1950년

소피아 램은 공책을 무릎 위에 세워두고, 펜을 한 번 빙그르 돌린 후 말을 건넸다.

"아까 말한 그 갇힌 것 같은 기분에 대해서 말해봐요, 마지."

"이 마을에서 벗어나는 방법은 한 가지밖에 없어요, 선생님."

무덤덤한 목소리로 마지가 답했다.

"자살하는 것."

상담용 소파에서 몸을 일으켜 세우곤 깍지 낀 손을 입으로 깨물었다. 늘씬한 체구에 긴 다리와 갈색 머리의 마지는 단아한 청색 원피스를 걸치고, 같은 색의 소박한 벨벳 모자와 끝이 해지기 시작한 하얀 구두를 신고 있었다. 손톱의 매니큐어는 칠이 벗겨진 채 꽤 오랫동안 손질을 하지 않은 것처럼 점점이 붉은색이 남아 있었다. 주근깨가 듬성듬성한 유순해 보이는 얼굴과 커다란 다갈색 눈동자. 조금 살이 붙어 둥그런 얼굴선에, 배도 똑같이 둥그렇게 살짝 나왔다. 임신 2개월이었다.

"아마 그마저도 어려울지 몰라요. 자살한다고 여기서 벗어날 수 있을까요."

낮은 음성으로 속삭이는 마지의 커다란 다갈색 눈동자가 한층 더 커 보였다.

"랩처에 유령이 나온다는 소문도 있던데……."

램은 의자 등받이에 몸을 기대며 고개를 설레설레 저었다.

"유령 따윈 사람들이 지어낸 이야기예요. 여기서 도망쳐야 한다는 그 생각도 마찬가지고. 그건 그저 머릿속에 맴도는 생각일 뿐이에요. 마지가 지금껏 겪은 일들 때문에……."

"내가 겪은 일들…… 아마 내가 잘못한 일인지도 모르겠어요."

마지는 어느새 흘러내리는 눈물을 닦고 숨을 길게 들이마셨다.

"그 사람들은 내가 여기서 연예인으로 성공할 수 있다고 그랬었죠. 선생님, 정말 제가 바보 같았어요. 엄마가 세상에 공짜는 없다고 늘 말씀하셨는데, 그 말이 맞아요. 엄마는 내가 열여섯일 때 돌아가셨고, 아버지도 세상을 떠나신 지 오래거든요. 그래서 나 혼자 택시 댄서[1]로 일하다가 랩처로 온 거예요. 잔뜩 꿈에 부풀어서 여기로 왔는데 '포트 프롤릭'의 스트립쇼에서 일하는 신세가 되어버렸어요. 극장 이름이 이브의 정원이라니, 얼마나 웃겨요? 알 만한 사람들은 다 모여서 여자들을 보곤 짐승처럼 침을 흘려대죠. 라이언 씨를 본 적도 있어요. 재스민 졸린한테 관심을 보여서…… 그년이 얼마나 빼기고 다녔다고요! 그곳 사장은 또 어떻고요. 내가 자기랑 안 잔다고 해고시키지 뭐예요! 그런 건 일에 포함된 것도 아닌데…….”

“당연히 아니죠.”

램은 이야기를 들으며 쓱쓱 노트에 기록했다. 환자들은 지속적으로 좌절감을 겪는 패턴을 보인다.

“그래서 랩처의 다른 곳에서 일거리를 찾으러 나섰어요. 식당에서 서빙이라도 해볼까 하고요. 근데 일이 없었어요. 갖고 있던 옷도 거의 다 팔아넘기고, 돈도 다 떨어지고, 먹을 것도 없었죠. 쓰레기통에서 음식 찌꺼기를 건져 먹었어요. 지상으로 보내달랬더니 막무가내로 안 된대요. 나는요, 내가 창녀가 될 줄은 꿈에도 생각 못했는데. 춤 좀 춰주고 돈 받는 건 몰라도, 이런 건…… 넵튠의 은혜 같은 곳에서 어부들을 상대로 몸을 파는 처지라니! 술집에서 하루 종일…… 아니면 바 뒤에 만들어둔 더럽고 침침한 방에서 말이에요. 거기다가 그 폰테인이란 사람은 내가 번 돈의 일부까지 요구하더라고요. 울 엄마가 항상 그러셨죠, 난 고집불통일 때가 있다고…… 그래서 그 작자한테 지옥으로 꺼지라고 그래줬죠. 그랬더니 레지를 불러서 마구 때리더라고요.”

동정심에 혀를 차면서 램은 계속 써나갔다. 운 나쁜 이들에게 구원은 없으며 이곳은 복지사업 같은 건 기대할 수도 없다. 추락하는 이들을 막을 길이 없다. 극심한 사회적 동요의 발단이 될 가능성이 존재하고 있다.

“이제 마지는 내 소관이니까…….”

램은 부드러운 어조로 말했으나, 비참하기 짝이 없는 마지의 이야기로 가슴이 미어졌다.

---

[1] 공황기 시절 무도장에서 춤 상대가 되어주던 직업 여성을 말한다.

"내가 일자리를 줄 수도 있어요."

"어떤 일이요?"

"정원 일이나 사무보조도 괜찮고. '디오니소스 공원'이라 부르는 프로젝트를 시작하려고 해요. 절대 부끄러워할 일은 아니니깐 걱정 말고요. 대신 마지가 해줘야 할 일이 있어요. 나를 믿는 것. 의심하지 말고 끝까지 믿는 것."

훌쩍이기 시작한 마지의 눈가에 끝내 눈물이 그렁그렁 맺혔다.

"날 도와주시기만 한다면…… 선생님, 얼마든지요! 하늘 끝까지라도 믿고 따르겠어요!"

"좋아요!"

램은 미소를 지었다.

사람들이 자신을 믿게끔 할 수 있다면, 정말 믿음을 준다면 그들의 충성도 얻을 수 있는 법이다.

그리고 램은 그런 충의를 필요로 했다. 그녀의 계획을 성사시킬 수 있는 사심 없는 충성심, 조용히 진행되는 혁명. 그런 다음엔 내부로부터 랩처를 탈바꿈할 혁명이 일어날 테니까.

넵튠의 은혜와 올림포스 하이츠 사이

1951년

프랭크 폰테인은 자신이 사탕 가게 열쇠를 손에 쥔 덩치 큰 아이 같다는 생각을 했다.

무선으로 조종하는 개인 잠수정에 앉아, 넵튠의 은혜에서 올림포스 하이츠와 머큐리 스위트 앞 정류장까지 바다를 가로질러 날아가고 있었다. 자신의 가게를 비롯한 몇몇 상점의 네온사인이 휙휙 지나갔다. 폰테인 같은 사내에게 랩처는 주인 없는 금맥이나 다름없었다. 라이언은 산업 규제를 완벽하게 최소화했다. 라이언 공업에서 땅 한 평 마련할 정도의 랩처 달러만 있다면 어떤 사업이라도 시작할 수 있었다. 폰테인은 한술 더 떠, 라이언의 회계사 중 한 명인 마조리 더스틴까지 사주한 상태다. 간간히 노닥거리면서 돈을 쥐어주기만 하면, 마조리는 꼬박꼬박 서류에 40퍼센트에 달하는 물고기 배급량을 적어주었다. 즉, 라이언 공업은 실제로 받은 고기 숫자보다 40퍼센트나 많은 양을 구입하는 것이다.

그는 라이언이 사람을 시켜 자신을 감시하는 것도 알고 있었다. 그날 아침만 해도 폰테인은 칼로스키라는 러시아인 깡패가 하부 광장까지 자신을 미행하는 걸 보았다. 라이언은 랩처 곳곳에 감시 카메라를 달아두었다. 아직 많은 숫자는 아니지만 금세 불어날 것이다. 이걸 모두 라이언이 관리하고 있다. 카메라가 있으면 오랫동안 비밀을 지키기 곤란해진다.

폰테인은 엄청나게 큰 입을 가진 거대한 물고기 한 마리가 빠르게 헤엄쳐 가는 모습을 보았다. 어떤 종류인지 종잡을 수가 없다. 고기는 신기한 듯 소형 잠수정의 창문 쪽으로 눈을 돌리며 쳐다본다. 폰테인은 이 거대한 수족관에서 살아가는 것에 얼마나 자신이 빠르게 적응했는지 사뭇 감탄하며 고개를 설레설레 저었다. 언젠가 랩처를 손아귀에 넣으면 이 수중도시를 본부로 삼아 지상으로 진출할 수 있겠지. 필요하다면 언제든지 다시 도망쳐올 수 있는, 경찰은 꿈도 못 꿀 완벽한 은신처…….

폰테인은 자신이 소유한 잠수정 하나가 아래쪽에서 항해하는 것을 보았다. 수중 부두 입구를 향해 은빛 물고기들을 그물 가득히 싣고 가는 중이다. 은빛…… 마치 은괴처럼. 이 세상, 이 바다 한가득 넘쳐흐르는 게 돈이다. 그저 아첨꾼 몇을 고용해서 주워 담기만 하면 된다. 때론 이 세상에 아첨꾼이 아닌 사람은 자신밖에 없는 듯 싶었다.

랩처의 주민들은 물고기라면 이제 신물을 내기 시작했다. 그래서 폰테인은 소고기를 밀수하기 시작했는데, 어느새 랩처에서 소고기를 맛볼 수 있는 유일한 방안이 되었다. 공급이 없다는 것은 곧 기회를 의미한다. 사람들이 종교가 없다는 것에 불만을 토로하자 폰테인은 성서도 밀수해왔다. 분명 라이언을 화나게 할 것이 틀림없다. 라이언은 종교라면 질색을 하니 말이다. 반면 폰테인이란 사내는 그저 웃어넘기고 만다.

잠수정이 정류장에 도착했다. 지정된 자리에 주차시킨 후 폰테인은 밖으로 나왔다.

한껏 멋을 낸 한량들이 나이트클럽에 가기 위해 메트로를 헤집고 다녔다. 천장의 조명이 저녁때면 으레 그렇듯 차츰 어두워졌다. 랩처의 주민들에게 낮과 밤의 시간을 체감할 수 있도록 한 배려.

폰테인은 전철을 타고 올림포스 하이츠에 도착한 후 머큐리 스위트에 있는 그의 집으로 올라가기 위해 엘리베이터를 탔다. 다음 미팅 전에 가까스로 요기는 할 수 있었다. 대리석으로 치장된 방들을 지나, 춤추는 여자들의 동상을 거쳐, 뉴욕 시가지를 그린 평온한 풍경화를 지났다. 뉴욕은 확실히 그리웠다.

폰테인은 미끈한 대리석과 황금 다리로 만들어진 탁자 앞에 앉았다. 옆의 커다란 창문을 통해 등불이 곳곳에 밝혀진 심해가 보였다. 투명한 댄서들의 치마가 나풀대는 것처럼 보라색의 해파리들이 흐늘거렸다. 요리사인 앙트완이 몇 잎의 상추와 해초를 초라하게 곁들인 소고기 뷔르기뇽을 내왔다. 약간 맛이 간 월리 산 포도주 한 잔으로 입가심을 하는 찰나에 초인종이 울렸고, 밖에서 레지가 문을 열었다.

"두목은 여기 계십니다."

곧 수종 박사와 브리짓 테넨바움이 응접실로 들어왔다.

"문 잘 보고 있어, 레지. 우린 당분간 방해받고 싶지 않으니까 말이야."

폰테인이 다그쳤다.

"아무렴요, 두목."

이수종 박사는 허름한 양복 위에 혈흔처럼 보이는 빛바랜 자국이 듬성듬성 남은 하얀 실험실 가운을 아직도 걸치고 있었다. 브리짓 테넨바움은 종아리까지 내려오는 파란색 원피스를 입었다. 신고 있는 빨간 구두가 아직 새것인지, 익숙하지 않은 듯 엉성하게 걸음을 뗐다. 젊은 여자. 사람들은 그녀를 젊은 천재라고 했다. 하지만 벨로루시 특유의 그 사각형 얼굴엔 어딘지 숙련된 느낌이 있었다. 그건 냉정한 거리감이었다. 폰테인에겐 그 거리감이 익숙했다. 그도 남들과 가까워지는 것을 꺼려했기 때문이다. 하지만 그녀의 동작에는 마치 로봇 같은 뭔가가 있었다. 절대 폰테인의 눈을 마주하지 않는데도 테넨바움이 자기를 면밀히 관찰하는 것이 느껴졌. 조금 서툴긴 하나 립스틱까지 바른 걸 보면, 이 만남을 위해 신경 쓴 흔적이 역력했다. 담배로 누렇게 찌든 이빨과 물어뜯은 손톱이 거슬리긴 하지만 뭐, 그리 나쁘진 않았다.

값비싼 소파에 둘이 서로 마주보고 앉자, 폰테인은 머리카락 한 올 없는 자신의 대머리를 쓸어 넘기며 머리를 한번 길러볼까 하는 생각이 들었다. 여자들은 대머리를 더 좋아하는 것 같긴 한데…….

"담배 좀 펴도 될까요?"

테넨바움이 묻는다.

"그럼요, 피세요. 내 걸 피시든가."

폰테인은 산호와 유리로 된 차탁 위에 놓인 은도금의 화려한 담배통을 집어 내밀었다.

테넨바움은 가늘게 떨리는 손가락으로 담배를 하나 집더니, 작은 호주머니에서 꺼낸 상아 홀더에 조심스럽게 꽂는다. 폰테인이 해마 모양의 은도금 라이터로 불을 붙여주었다. 그녀는 천장을 향해 길게 연기를 내뿜으면서 그를 슬쩍 흘겨보았지만 이내 눈을 피했다.

멀리 떨어져 앉은 이 두 명의 과학자는 참 뻣뻣하고 말수가 적었다. 폰테인을 전혀 신용하지 못하는 것 같다. 아마 돈뭉치를 보여주면 태도가 달라질 테지. 현금 다발은 누구나 넉넉하니 기분 좋아지게 만든다.

수종은 깡마른 한국인으로, 금속 테두리의 안경을 썼다. 테넨바움보다 두 배쯤 나이가 들어 보인다. 수종의 이름 밑에 몇 줄이나 되는 학위가 붙었음에도 테넨바움은 그를 존중하는 태도를 조금도 보이지 않았다.

"포도주 어때요?"

폰테인이 넌지시 입을 뗐다.

그러자 테넨바움은 '네'라고, 수종은 '아니요'라고 동시에 대답했다. 수종은 어색해하며 웃었고 테넨바움은 피고 있던 담배 끄트머리만 응시할 뿐이다.

폰테인은 일어나서 자신과 그녀를 위해 포도주를 가져오며 말을 이었다.

"이 박사님, 듣자하니 라이언 공업에서 일하신다지요."

수종이 한숨을 내쉰다.

"수종은 그저 내 자신을 위해 연구하는 거요. 내 이름으로 학술원과 연구소까지 있지요. 하지만…… 그렇죠, 라이언과 싱클레어와의 계약이 있긴 하죠."

"그리고 테넨바움 양은 독자적으로 일하신다고요?"

"네, 그거 괜찮은 표현이네요."

테넨바움의 시선은 폰테인을 빗겨나가, 그의 어깨너머에 닿았다. 마치 그를 똑바로 쳐다보진 않아도 응시하는 것 같은 인상을 주려는 태도였다.

"그럼 이제 이런 말을 할 차례인 것 같군요. 오늘 내가 여러분을 왜 이곳으로 모셨는지 궁금하시죠?"

폰테인이 술잔을 내려놓으며 말을 이었다.

"여러분을 모신 이유는 과학 분야에서 생각지도 못한 기회가 있지 않을까 해서죠. 라이언 밑에서 일하는 사람들이 나한테 온갖 정보를 가져다줘요. 듣기로는 두 분이 좀 힘들어 하신다던데……."

테넨바움은 이마 위의 머릿결을 정돈했다. 그녀의 시선이 폰테인만 빼고 사방을 훑는다.

"그 말이 맞아요. 라이언 씨는 마음대로 연구하라고 하지만…… 연구라는 게 돈이 들잖아요. 그분의 재정적인 지원은, 음, 뭐랄까…… 일관성이 없어요."

테넨바움은 말을 끊곤 수종을 슬쩍 쳐다본다.

"이 박사님은 라이언 씨가 화를 낼까봐 걱정하시지만, 사실 우린 둘 다 돈이 필요해요. 많이!"

수종이 눈살을 찌푸렸다.

"날 대변하려들진 마, 이 여자야."

하지만 수종도 부정하진 않았다.

폰테인이 보기에 둘은 농익은 열매였고, 이제 따기만 하면 된다.

"그렇다면 적당한 기회에 우리 셋이 연구소를 하나 차리면 되겠네요. 이 박사, 새로운 종류의 담배를 개발 중이시라고요?"

폰테인이 물었다.

"정확히 그건 아닙니다."

수종의 말은 억양이 거셌다. '정확히'를 정확하게 알아듣는 데 몇 초나 허비해야 했다.

"수종은 다른 식물의 유전자를 변형시켜서 니코틴을 만듭니다. 사탕수수에서 니코틴을 추출하는 걸 상상해보세요! 우리는 그걸 짜내서 니코-캔디를 만들 겁니다. 니코틴 사탕이죠!"

"아하, 독창적이군요!"

폰테인의 입가에 미소가 절로 지어졌다.

"그 유전자 사업인지 뭔지는 나도 좀 읽어봤습니다. 유전자를 변형해서 아무거나 만들 수 있다면서요? 그럼, 소고기가 필요하면 새로운 품종을 만들어서 사육할 수도 있는 거지요, 예? 내가 듣기론 사람의 유전자도 바꿀 수 있다던데. 사람도 변형시킬 수 있는 거 맞지요?"

잔뜩 찡그린 테넨바움의 미간이 더 심하게 일그러지더니 험악하게 변해 바닥을 쏘아봤다.

"거기에 대해서 어떤 걸 알고 있으세요?"

"아, 그냥 떠도는 소문일 뿐이에요. 아가씨가 희한하게 생긴 바다 민달팽이를 사들였다는 소문 말이죠. 열 마리를 구입하셨다던데……."

말이 떨어지기 무섭게 테넨바움은 고개를 끄덕였다.

"할 수만 있다면 더 샀을 테죠. 평범한 바다 민달팽이가 아니에요. 그 종은 살아 있는 기적이라고요! 라이언 씨한테 가서 실험을 할 수 있게 자금을 충당해달라고 했지만, 끝까지 듣지도 않았어요."

테넨바움은 코를 훌쩍거리며 홀더에서 꽁초를 빼낸 후 멍하니 재떨이 쪽으로 떨어뜨렸다. 꽁초는 탁자 위에 떨어져 연기를 내며 타들어갔다. 그녀는 손톱을 깨물기 시작했고 눈동자는 초점을 잃었다. 마치 다른 세계에 정신이 홀린 듯했다. 폰테인이 순간적으로 꽁초를 잽싸게 집어 재떨이에 비벼 끈 것도 그녀는 알지 못했다.

테넨바움은 갑자기 손을 뻗어 밀어젖히는 시늉을 하더니 흥분된 어조로 말을 이었다.

"라이언 그 사람, 발뺌이나 해대고! '다음에, 다음에' 이런 말이나 되풀이할 뿐이죠."

"그럼 뭔가 획기적인 발견이라도?"

"아마도요."

테넨바움이 수종에게 눈길을 보내자 수종은 어깨만 으쓱인다.

폰테인은 미소를 지었다.

"그렇다면 그게 바로 내가 투자하고 싶은 거요. 한몫 단단히 쥐어줄 테니까, 준비가 되는 대로 나와 계약을 체결합시다. 두 분 다! 이 유전자 연구가 미래를 바꿔놓을 게 틀림없어요. 나한테 몇 가지 생각도 좀 있고. 두 분이 함께 수를 짜는 거죠. 일단 테넨바움 양은 이 박사의 연구실로 들어가요. 그럼 내가 당신들 급여를 챙겨줄 테니, 당분간만이라도……. 그 알렉산더라는 사람도 합류하면 좋겠는데. 다만, 두 분 다 라이언에게 입도 벙긋하면 안 됩니다. 절대 비밀로 해둬야 해요, 아시겠죠? 그 양반이 알았다간 당장 끼어들어서 모든 성과를 가로챌 테니까. 어떤 수단을 써서라도 모든 권리를 빼앗으려 할 테니 말이죠."

테넨바움이 짓궂은 미소를 지었다.

"그러는 동안 수종 박사님의 비싼 연구소 유지비는 라이언이 내게 하고요, 그렇죠?"

"큰돈 들어가는 데는 당연히 그 양반이 지불하게 해야지, 안 그렇소?"

술잔을 빙그르 돌리며 폰테인이 맞장구를 쳤다.

"난 여기 랩처에서 잘 해내고 있어요. 하지만 라이언은 랩처의 자원 대부분을 관리한단 말이오. 그 양반 돈주머니가 더 크다는 건 인정하지, 적어도 지금은."

"수종은 더 많은 연구자금이 필요합니다, 그럼요!"

잠자코 있던 한국인 수종은 느닷없이 외쳤다.

"하지만 다른 것도 필요해요."

수종은 양손을 무릎에 올려놓고 뻣뻣하게 앞으로 상체를 쑥 내밀었다. 두터운 안경알에 창문 너머 바다 빛이 반사되자, 두 눈이 빛에 잠겨 사라졌다.

"네. 우린 둘 다 인간의 유전자를 변형시키는 연구를 합니다. 인간의 표본이 없으면 실험을 할 수가 없어요! 수종이 정말 원하는 건…… 어린 인간이에요! 그들의 세포는 훨씬 더 많은 가능성이 있어요. 그런데 사람들은 애들이라면 껌뻑 죽잖아요! 과잉보호를 하려드니까!"

수종의 표정이 기묘해졌다.

"나쁜 생명체야, 아이들이란……."

"애들을 별로 좋아하지 않는구먼, 응?"

"수종은 아버지가 하인으로 일하는 집에서 자랐죠. 애들이라곤 돈 많은 자의 자식들뿐이었죠. 나를 개처럼 취급했어요! 아이들은 잔인해요. 동물처럼 길러야 한다고요!"

"아이들…… 아이들은 모두 길 잃은 양이야."

테넨바움의 이 속삭임은 거의 들리지 않았다.

"그러고 보니 테넨바움 양, 당신은 아주 어렸을 때부터 연구에 발을 들였죠?"

폰테인이 자극하기 시작했다. 무엇이 사람을 흥분하게 하는지 알면 그 사람을 휘어잡기는 손쉬운 법. 그러면 어느 때라도 써먹을 수 있다.

"어떻게 이 일을 시작하게 된 거요?"

테넨바움은 포도주를 한 모금 들이켜더니, 또다시 담배를 꺼내 물었다. 뇌리 속 상념은 어느덧 이미 다른 차원으로 빠져 들어간 듯하다.

"나는 독일군의 포로수용소에 있었어요. 그때 겨우 열여섯이었죠. 꽤 저명한 독일 학자 밑에서 일했는데 그 사람은 실험을 자주 했었어요. 어떨 땐 실수를 하기도 했죠. 내가 그건 잘못된 방식이라고 말하면 아주 격렬하게 화를 냈어요. 그러면서 이렇게 되묻죠. '고작 어린 것이 뭘 안다고 그래?' 그럼 나는 '그냥 알아요'라고 말했어요. 그 말을 들으면 그는 버럭 화를 내면서 '그럼 왜 나한테 말하는 거야?'라고 소리를 질렀죠."

테넨바움의 입가에 경직된 미소가 번졌다.

"왜냐하면 실험을 하려면 확실하게 해야 하니까!"

담배를 한 모금 빨아들이곤 귀신같은 웃음을 흘렸다. 연기가 폐로부터 흘러나오자, 망령 같은 담배 연기가 갈라진 두 입술 사이로 새어나왔다.

수종이 분주히 눈알을 굴리며 말했다.

"저 이야기는 만날 한다니까."

폰테인은 헛기침을 한 번 했다.

"박사님이 말씀하신 그런 실험체를 당장은 마련하기가 어려울 것 같은데…… 이목이 집중되면 곤란하니 말이오. 하지만 우선 규칙위반으로 경관에 쫓기는 성인들은 구해다 줄 수 있어요. 구치소에서 몇 명 사라진다고 누가 신경이나 쓰겠어요? 도시를 탈출하려다가 물에 빠져 죽은 걸로 하면 되지요."

수종은 흔쾌히 고개를 한 번 끄덕였다.

"도움이 될 것 같군요."

"자, 그럼 박사님이 유전자를 정신 조작하는 방법을 찾았다고 칩시다."

또다시 술잔을 빙그르 돌리며 폰테인이 말을 이었다.

"내가 들은 게 사실인지 모르겠네. 유전자로 인간이 늙는 것도 통제할 수 있나요?"

다시 한 번 동시에 수종은 '아니'라고, 테넨바움은 '예'라고 대답했다.

수종이 초조한 듯 신경질을 냈다.

"순전히 테넨바움 당신의 가설일 뿐이야. 유전자는 단지 하나의 요소에 불과하다고!"

"유전자는, 거의 모든 것입니다."

비아냥대는 투로 테넨바움이 주장했다.

"그러니까 내가 무슨 말을 하는지 두 분 다 이해하시는 거죠? 여러분이 인간을 영원히 젊게 할 수 있는지 묻는 겁니다."

폰테인이 말을 되풀이했다.

"몸을 바꾸든지 해서 어떻게든 말이오. 숱을 풍성하게 해준다거나 더 튼튼한 팔을 만든다거나 더 긴…… 뭐 아시겠죠. 그런 걸 만들어서 팔 수만 있다면…… 사람에게 뭐랄까, 어떤 재능을 준다든지 더 많은 기량을 부여한다든지 이런 거 말이에요."

"네."

테넨바움이 단숨에 대답했다.

"이건 스승님이 말씀하시던 이론이에요. 인간의 능력을 강화하려면…… 말하자면 초인으로 만드는 거죠! 많은 학자들이 실패를 거듭하고 있어요. 하지만 가능해요. 충분한 시간이 주어진다면, 그리고 많은 실험을 거친다면 가능한 일입니다."

"그런 건 수종이 더 많은 돈을 지원받고 더 많은 실험체를 약속받을 때 가능한 겁니다. 그렇죠, 폰테인 씨?"

수종이 물었다.

폰테인은 어깨를 으쓱해 보였다.

"당장 내일 첫 연구자금을 지급하겠소. 계약서를 씁시다, 우리 셋이서……."

폰테인은 잠시 말을 멈추고 이 실험이 성공하여 사업으로 발전한다면, 이 둘에게 이 익금을 지불해야 할 것인가를 고민했다. 장기적으로 봤을 때 실험이 성공하기까지 상당한 비용이 들지도 모른다. 그러나 일단 기본적인 생산품을 개발해내고 기술을 이어간다면, 다른 연구원들을 싼값에 고용할 수도 있을 터. 그런 후에 수종과 테넨바움을 제거해도 충분하다. 어떤 수를 써서라도.

폰테인은 자신이 할 수 있는 최대한 호탕하고 설득력 있는 미소를 활짝 지어 보였다. 여태껏 풋내기들을 상대로 절대 실패한 적이 없는 미소다.

"하루속히 계약서와 함께 돈을 보내도록 하죠. 하지만 우리, 정말 조심해야 합니다. 독자적인 연구이건 아니건, 라이언이 주야로 감시하고 있다는 걸 잊으면 안 돼요."

9

넵튠의 은혜, 하층 부두

1953년 3월

설리번 치안부장은 조명이 이렇게 어두워졌을 때 하층 부두에 나오는 걸 좋아하지 않았다. 걸어 다닐 만은 했으나 첨탑을 에워싼 그림자가 몇 배로 늘어나 그의 시야가 장자리에서 자꾸 출렁였기 때문이다. 이곳은 환한 대낮에도 안전하지 않았다. 지난주에 이 부두에서 두 명의 남자가 실종되었고, 그중 한 명의 시체가 발견되었다. 아니, 정확히는 시체의 남은 부분이라 해야겠지. 그도 그럴 것이 몸이 구석구석 파헤쳐진 상태였으니까. 부검 중에 본 그 일직선으로 절단한 흔적은 분명히 해부용 메스 자국이었다.

부두의 끝머리를 장화로 질근 밟자니 널판자가 삐걱거렸다. 물에서부터 찬 기운이 덮쳐왔고 생선 냄새가 고약했다. 지독하게 썩어가는 냄새. 세 개의 나무 궤짝이 부두에 놓였는데, 흥미롭게도 세 상자 모두 야자수 문양이 붙어 있었다. 이것들에 대해 깊게 파고든다 해도 밀수업의 증거를 제공하진 않을 것 같았다. 각 상자에는 '부패물—폐기용'이란 글씨가 커다랗게 씌어 있었고, 냄새를 맡아보니 영락없는 그 꼴이다. 폰테인은 밀수품을 버젓이 부두에 내버려둘 만큼 어리석지 않다.

하층 부두는 나무로 된 교각 모양이었고 물 쪽으로 울타리를 세운 수산 회사의 큰 구역으로 이어져 있었다. 나무로 된 영사막 주변에 가둬놓은 얕은 웅덩이는 단순히 진짜 부두처럼 보이기 위한 방편이었다. 폐소공포증을 완화하기 위한 보완책이랄까, 랩처의 설계에 깔린 심리 전술이었다. 천장에는 폰테인 수산이라 쓰인 거대한 네온사인이 불이 꺼진 채 매달려 있었다. 벽은 대부분 물결 모양의 금속재였으며 이 위층에는 상층 부두가 있어, 각종 카페나 '파이팅 맥도나' 같은 주점이 자리했다. 이름 그대로 이 선술집의 소유인은 빌 맥도나인데, 시간적 여유가 없어 직접 운영하지는 못했다.

설리번에게는 부두 구역 전체가 인공 동굴 같았다. 나무와 모래, 그 아래에 고인 물, 솟아오른 벽, 머리 위의 천장…… 마치 수중 동굴 같은 모습이다. 벽과 천장만이 금속일 뿐.

냉동고들을 구비해놓은 실질적인 어업용 잠수함들의 정박 구역은 부두 뒤편에 숨겨져 있다. 생선 비린내가 물씬 풍기는 통로들과 해산물 가공에 쓰이는 컨베이어 벨트, 그리고 부두 책임자 사무실 같은 여러 방들이 자리 잡은 곳이다. 부두 책임자는 피치 윌킨스라는 사람이었는데, 조사한 바에 의하면 폰테인의 졸개였다. 지금까지의 행적을 보면 이 윌킨스라는 자는 밀수업에 관한 한, 꼬리 한번 잡히지 않고 설리번의 수사를 번번이 피해온 셈이다.

방수 코트 주머니에 손을 넣어 리볼버를 확인한 후, 설리번은 가파른 경사로를 따라 물 쪽으로 내려갔다. 짠 바닷물은 편평한 유리면처럼 잠잠했다. 문득 어둠 속에서 벽 가까이 무언가가 첨벙댔다.

권총을 뽑아 허리 아래로 낮추어 쥔 채, 언제라도 방아쇠를 당길 수 있도록 엄지를 고정시켰다. 몸을 구부리고 부두 아래로 시선을 옮기며 컴컴한 공간에서 움직이던 어두운 형체를 찾으려 애썼다.

설리번은 몸을 더 웅크리며 부두 아래의 어둠 속을 뚫어져라 노려보았지만, 물결이 가물거리며 반사한 빛밖에 보지 못했다. 아무것도 움직이지 않는다. 봤다고 생각했던 그건 이미 거기에 없었다. 그런데 이번엔 분명히 보였다. 뒤쪽의 물결무늬 금속판 벽 가까이에서 무언가 꿈틀댔고 누군가가 물 위로 궤짝을 밀고 있었다. 회중전등이라도 있었으면 좋으련만…….

궤짝 주위에서 첨벙대는 소리가 분명히 들렸다. 설리번은 권총을 치켜들고 소리쳤다.

"거기, 당장 이리 나와!"

설리번의 등 뒤, 조금 떨어진 곳에서 경사로가 삐꺽거리는 소리가 들렸다. 그러나 그는 첨벙대는 소리가 들렸던 컴컴한 부두 아래쪽에 온 신경을 집중하고 있었다.

"거기 당신! 어서 나오지 않으면 총을 쏘겠……."

말을 끝내기도 전, 바로 등 뒤에서 발자국 소리가 들리자 그는 부리나케 몸을 돌렸다. 마침 어둑어둑한 천장을 등진 채여서 경사로의 높은 쪽에서부터 설리번을 향해 뛰어내리는 한 사내의 형체를 감지할 수 있었다. 그 낯선 사내의 손에는 멍키스패너가 들려 있었다. 설리번의 머리통을 부술 참이다.

설리번이 가까스로 몸을 오른쪽으로 틀자 멍키스패너는 그의 왼쪽 귀를 스치며 어깨를 아프게 내리쳤다. 사내는 또다시 위에서부터 달려들었다.

설리번은 뒤로 밀려 나동그라졌고 채 조준을 하지 못한 손으로 방아쇠를 당겼다. 둘이 동시에 얕은 바닷물에 떨어지자 사내가 나직이 신음했다. 떨어지면서 받는 충격이 몸의 왼쪽으로 향하도록 설리번은 몸을 비틀었다. 짠 바닷물이 귀로 밀려 들어와 고막이 막히고, 커다랗고 거친 손이 그의 목을 움켜쥐었다. 설리번은 사내의 비대한 무게에 밀려 짓눌렸다. 설리번이 총개머리를 마구 휘두르자 놈의 뒷머리에 닿는 것이 느껴졌다. 엎치락뒤치락 치고받던 중 설리번은 바닥에 발을 댈 기회가 있었고 이때다 싶어 재빨리 일어섰다. 그 바람에 몸에서 물이 줄줄 흘러내렸다. 수면은 허벅지께 정도였다. 상대도 같이 일어서더니 몸을 비틀거렸고 사내의 뒷머리에서 피가 뚝뚝 흘렀다. 육중한 체구에 사각턱을 하고, 주먹다짐밖에 모를 것 같은 우둔해 보이는 사내였다. 군용 재킷을 입고서, 물에 젖어 덕지덕지 달라붙은 검은 머리칼 사이로 작은 갈색 눈이 설리번을 노려보았다. 멍키스패너는 물속 어딘가에 떨어뜨린 모양이다.

사내는 주먹을 쥔 손으로 강하게 내리쳤다. 설리번은 뒤로 움찔 물러서서 그 일격은 피했지만 그만 중심을 잃고 말았다. 총을 발사하려 했지만 물이 들어간 모양인지 불발되었다. 설리번이 균형을 잡기 위해 몸을 바로 세우느라 몇 걸음 휘청거리자, 때를 놓칠새라 사내가 비뚤어진 이빨을 드러내며 징그러운 미소를 지은 채 커다란 손을 앞으로 뻗어 그에게 달려들었다.

그때 부두 위에서 섬광 같은 번득임과 함께 탕- 하는 총소리가 났다. 설리번의 억센 상대가 이를 갈며 신음 소리를 냈다. 한 발짝 발을 떼더니 이윽고 사내의 무거운 몸이 물속으로 첨벙 가라앉았다. 몇 초를 허우적대는가 싶더니 결국 전신이 딱딱하게 굳어 갔다. 얼굴을 아래로 향한 채 시신이 수면으로 떠올랐다.

설리번은 정신을 차린 후, 연기가 채 가시지 않은 권총을 주머니에 집어넣으며 부두의 경사로에서 싸늘하게 미소 짓고 있는 칼로스키를 올려다보았다. 대기가 온통 초연 냄새로 가득 찼다.

"잘 쐈네."

육중한 사내의 왼쪽 관자놀이에 난 구멍에서 피가 줄줄 새어나오는 걸 보며 설리번이 읊조렸다.

"날 겨냥한 게 아니라면 말이지!"

"내가 당신을 겨냥했으면……."

칼로스키가 퉁명스런 러시아 억양으로 대꾸했다.

"당신은 이미 죽었어."

설리번은 권총을 챙겨 넣고 죽은 자의 옷깃을 움켜쥔 채 경사로의 아래쪽으로 질질 끌었다. 놈의 옷에 물이 잔뜩 스며든 터라 옮기는 데 애를 먹었다. 경사로로 간신히 끌어올린 후, 왼쪽 어깨에 난 상처의 아픔을 의식하면서 가까스로 무릎을 꿇고 앉아 시체를 뒤집었다. 어두워서 겨우 얼굴 정도만 알아볼 수 있었다. 그마저 아는 얼굴도 아니다. 아니, 어디서 본 얼굴인가? 손을 뻗어 얼굴에 달라붙은 젖은 머리칼을 쓸어냈다. 랩처의 입국자 명단에서 본 적이 있는 얼굴이다. 어디어디의 정비공.

"이 자식이 스패너로 내 머리를 갈기려고 했어."

이반 칼로스키가 다가서자 설리번이 설명했다.

"총소리를 들었어. 그런데 빗나가던데."

"제대로 겨눌 시간도 없었어. 부두 다른 쪽엔 아무도 없던가?"

"쳇, 그냥 도망치더군! 누군지 보지 못했어!"

"이 녀석 기록을 본 적이 있어. 이름은 모르겠군."

"미카엘 라스코. 우크라이나 사람! 우크라이나 놈들은 모두 개자식들이야! 라스코는 정비 일을 하고 피치 월킨스 밑에서 일하기도 해. 술집에서 들은 얘기로는 이자가 밀수에 관해 뭘 좀 알 거라고 해서 오늘 아침부터 미행했었어. 그런데 정박장 부근에서 놓쳐버렸지. 정박장은 미로 같아서 말이야."

"이 우크라이나 자식이 날 골로 보내려고 작정했던 모양인데⋯⋯."

속까지 흠뻑 젖은 옷으로 까칠한 한기를 느끼며 설리번은 죽은 이의 외투 주머니를 뒤졌다. 랩처 달러가 두둑하게 들어 있는 봉투 하나가 나오고 다른 주머니에는 작은 수첩이 들어 있었다. 수첩에는 물에 번진 글씨로 목록이 적혀 있고, 이를 설리번이 소리 내어 읽어 내려갔다.

성경 - 일곱 권 팔림
코카인 2그램 팔림
술 6 1/5
편지 보냄, 세 통 각각 70랩처 달러

"밀수 같군."

칼로스키가 중얼거렸다.

설리번은 고개를 저었다.

"폰테인이나 월킨스 놈들, 이것들이 날 물로 보는군. 날더러 이 녀석이 밀수업의 배후라고 믿으라는 건가. 고작 이런 놈이 코카인이나 성경 같은 품목을 대놓고 써놓은 장부를 갖고 다니겠어? 철자조차 모를 거다. 그 돈 봉투는 아마 날 처리하라고 쥐어줬을 거야. 일이 잘못돼서 놈이 죽더라도 상관없었겠지. 놈을 밀수업자인 것처럼 보이게 하면, 이미 죽었으니 우리도 사건 종결됐다고 손을 뗄 테니 말이야."

설리번은 칼로스키에게 봉투를 건넸다.

"이거 가져가. 날 살려준 보답일세. 자, 돌아가지. 이 총알받이 놈은 내가 사람을 보내서 처리할 테니."

둘은 조명이 밝은 곳을 향해 성급히 경사로를 올라가기 시작했다.

"젠장, 바지가 바닷물에 흠빡 젖은 채 걷는 건 딱 질색이라고. 사타구니 쓸려 죽겠네. 어이, 술이나 한잔 어때? 내가 보드카 한잔 사지."

"보드카라…… 생선 썩은 냄새를 싹 없애주지! 좋아, 죽은 우크라이나 자식의 냄새는 더 지독하니까!"

랩처, 잠긴 연구실

1953년

"말도 안 되는 소리, 테넨바움!"

수종 박사가 폰테인과 테넨바움을 앞질러 가면서 비아냥거렸다.

"이건 아주 중요한 발견입니다."

테넨바움이 차분하게 대꾸했다. 뭔가 은밀한 흥분이라도 감춘 모양인지 표정이 반짝반짝 생기가 돌았다.

"폰테인 씨, 두고 보세요!"

폰테인이 수종 박사와 테넨바움과 맺은 거래는 별다른 성과를 내지 못했다. 둘을 따라 연구실로 들어서며, 폰테인은 아마 오늘이 주사위 한 판에 행운의 세븐이 나오는 날이 아닐까 하고 짐짓 예상했다. 평소에 좀처럼 감정을 드러내지 않던 테넨바움이 이렇게 흥분한 걸로 보아, 뭔가 화끈한 발견을 한 게 틀림없다.

연구소 건물의 가장 안쪽에 자리한 밀실에 도착하자 테넨바움은 바퀴 달린 침대 위에 환자용 가운을 입고 마취된 상태로 누워 있는 남자에게로 안내했다. 의식이 없는 남자를 냉혹한 시선으로 훑어보며 말하기 시작했다.

"독일인들은 눈이 왜 파란 색인지, 이마가 왜 저렇게 생겼는지에만 법석을 떨죠. 내가 흥미롭게 보는 건 왜 이 사람은 튼튼하고, 저 사람은 약한지, 왜 이 사람은 똑똑하고 저 사람은 멍청한가 하는 겁니다. 독일인들이 그렇게 많은 사람들을 죽이면서 뭔가 유용한 걸 발견해냈을 것 같죠? 천만에요. 오늘 우리가 똑똑히 보게 될 이런 게 바로 유용한 거죠."

침대 위에서 잠든 그 남자는 가죽 끈으로 단단히 묶여 있었다. 중간 키에 갈색 머리,

부스럼투성이 피부를 가진 그저 평범해 보이는 사람이었다. 이 남자가 '파이팅 맥도나'에서 포커를 치던 모습을 폰테인은 본 적이 있었다. 윌리 브로햄이라는 이름이었다. 브로햄 옆에 놓인 금속 탁자 위에는 끈적끈적한 검붉은 액체가 든 엄청나게 큰 주사기가 놓여 있었다. 바닷물로 채운 대형 수족관이 탁자 뒤 선반의 대부분을 차지했다. 그 수조 속에는 테넨바움이 사들인 달팽이 모양의 생물이, 바닥에 깔린 모래 위를 다소 언짢은 동작으로 움직이고 있었다. 길이는 약 20센티 정도로, 표면에 원시적인 방호 기관을 갖췄다. 가로무늬가 있는 거친 피부에, 약간의 백열을 띤 푸르스름한 껍질이 구부정한 등을 뒤덮었다. 길쭉한 몸통의 한쪽 끝에는 잔 이빨이 불쑥 튀어나왔고, 반대쪽에는 작고 뾰족한 꼬리가 실룩거렸다.

"테넨바움은 말이오, 유전자가 모든 것의 해답이라고 믿고 있어요. 수종은 유전자가 중요하다는 건 인정하지만 대상의 정신을 지배하고 시냅스를 정신 조작하는 것, 이런 것이 훨씬 더 중요합니다! 이런 것들을 지배하는 자가 모든 걸 지배하는 거요!"

"그거 맘에 드는군. 정신 조작한다는 것, 난 그런 것에 관심이 많소. 어느 잡지에선가 읽은 적이 있는데, 나치가 그걸 가지고 실험을 했다던가······."

테넨바움이 헛기침을 했다.

"자, 이 브로햄이란 남자는 부상당한 상태예요. 제가 그 상처를 보여드리죠."

그녀는 침대 위의 남자가 입고 있던 가운을 들췄다. 폰테인은 18센티 가량의, 심하게 베이고 긁혀 누덕누덕해진 자국을 보고 눈살을 찌푸렸다. 사타구니 바로 위에 난 그 상처는 붕대로 아무렇게나 봉합해둔 상태였다.

"이 사람은 수산 회사의 수조에서 낚시 바늘로 고기를 훔치려고 했어요! 라이언의 수하들한테 붙잡혀서 그 낚싯바늘로 난도질을 당했죠. 자, 우리는 바다 민달팽이로부터 아주 특별한 용액을 추출했어요. 그걸 깨끗하게 정제했죠. 이 용액은 독특한 줄기세포로 만들어졌어요. 불안정한 상태입니다만 상당한 적응력이 있어요. 이제 보시죠."

테넨바움이 주사기를 집어들고 그 남자의 사타구니 바로 위쪽의 살갗에 쑤셔 넣었다. 그러자 브로햄의 등이 휘더니 온몸이 격렬하게 반응했다. 하지만 깨어나진 않았다. 폰테인은 무려 8센티나 되는 거대한 주사기가 사내의 장기 깊숙이 꽂히는 장면에 또 눈살을 찌푸렸다.

"자, 상처 쪽을 봐주세요."

폰테인은 그렇게 했지만 아무 일도 일어나지 않았다.

"하하!"

수종이 비아냥거렸다.

"이번엔 실패한 것 같은데. 테넨바움 양의 그 위대한 이론도 공중에 날아간 거야, 암!"

그런데 상처 근처의 피부가 씰룩이기 시작했다. 곧 부위가 벌겋게 변하더니 상처 안의 거칠게 뜯긴 살이 꿈틀거리며 상처가 아물기 시작했다. 일 분이 경과한 후에는 너저분했던 부위 전체가 보일 듯 말 듯한 희미한 흔적만 남긴 채 말끔해졌다. 눈앞에서 상처가 아문 것이다.

"말도 안 돼!"

폰테인이 탄성을 질렀다.

"나는 이걸 '아담'이라 부릅니다."

테넨바움이 설명했다.

"신화 속의 아담은 인류를 탄생시켰으니까요. 이것 역시 생명을 탄생시키지요. 손상된 세포를 없애주고 새 세포로 대체시킵니다. 플라스미드[1] 같은 불안정한 유전적 물질에 의해 전이되죠. 자, 줄기세포는 이렇게 인위적으로 조작할 수 있는 겁니다. 유전자가 변화해서 말입니다! 그럼 우리는 그걸 정신 조작해서 이렇게도, 저렇게도 할 수 있죠. 상처를 치유하고 회생하는 것 이외에 또 어떤 일을 할 수 있냐고요? 남자나 여자를 다른 무언가로 바꾸는 건 어때요? 가능성은 무한해요!"

수종 박사는 침대 위의 실험체를 노려보며 엄지손톱을 자글자글 깨물다 말고 손가락으로 가리켰다.

"저기 보여? 저 사람 머리에 외상이 있잖아!"

---

[1] 세포 내 스스로 복제하는 기능을 지닌 작은 DNA 고리. 유전자 재조합에서 중요한 역할을 한다.

"거의 보이지도 않는 걸요, 뭘. 사소한 부작용일 뿐…….”

테넨바움이 대꾸했다.

"다른 환자들의 부작용은 더 클지도 몰라! 당신이 치료한 그 기적의 손을 가진 남자야말로 이상한 변화를 보이기 시작했어. 팔에 괴상한 자국도 생겼고. 마치 암처럼! 전혀 억제되지 않는 세포 증식이란 말이야!”

"그럼 그게 열쇠인가.”

폰테인이 생각에 잠긴 채 입을 열었다.

"그 줄기세포라는 것하고 이 '아담'이라는 것. 이 두 개를 이용해서 사람에게 특별한 능력을 줄 수 있다는 거요? 전에 우리가 얘기했던 것처럼?”

"맞아요!”

테넨바움이 자랑스럽게 대답했다.

비록 쳐다보지는 않아도 자기에게 말하고 있다는 걸 폰테인은 분명하게 느낄 수 있었다. 그가 있는 쪽으로 고개를 돌리지만 시선은 언제나 그의 왼쪽 어깨너머로 고정되어 있었다. 마치 그의 뒤에 서 있는 투명인간과 대화하듯이.

"머리를 자라게 하고, 성기를 비대하게 만들고, 근육도 부풀리고, 여자 손님들은 가슴을 더 키워주고, 머리 좀 쓴다는 인간들은 뇌 용량을 늘려주고…….”

"아담만 있으면 다 가능합니다!”

"흐음, 그러려면 그 아담을 항상 활성화해야 한다는 건 말하지 않는군!”

수종 박사가 못마땅한 듯 말했다.

"수종 박사님, 그건 염려놓으셔도 돼요!”

청진기로 브로헴의 심장박동을 확인하면서 테넨바움이 말했다.

"제가 활성화 물질을 다 고안해 놓았으니까. 그 활성제를 '이브'라고 부르기로 하죠!”

그러나 곧 테넨바움은 미간을 찌푸렸다.

"하지만 바다 민달팽이에서 추출해 만들 수 있는 아담과 이브는 한정적이에요. 우리는 이 바다 민달팽이를 기생체로 정의합니다. 상어 같은 다른 생물에도 붙어 있는 걸 발견했으니까요. 사람에게 붙여놓을 수도 있겠죠. 그 사람은 말하자면, 아담의 제조공장이 되는 겁니다. 그러면 우린 실험을 위한 아담을 계속 만들 수 있죠."

생각에 잠긴 테넨바움은 다듬지 않은 수더분한 머리칼을 긁적였다.

"내 스승이란 사람은 그저 어떻게 해야 인류에게서 더 큰 힘을 발견할 수 있을까를 죽어라 연구했죠! 인류를 번식시키고 변화시키는 방법을! 스승의 곁에서 같이 연구한 나는 어떻게 하면 지금과 다른 연구자가 될 수 있을지 생각했죠. 더 나은 연구자 말예요! 하하하!"

폰테인은 이제껏 그녀의 웃음소리를 들어본 적이 없었다. 날카로운, 사람 같지 않은 소리였다.

"그럼, 이 아담이란 것 말이오······."

마취되어 있는 남자의 치유된 살갗을 주시하며 폰테인이 말했다.

"만약에 충분한 양의 바다 민달팽이를 구하고, 그 뭐라던가, 숙주가 될 사람들을 구하기만 하면 당신이 이 약을 대량 생산할 수 있다는 거요?"

폰테인 뒤의 투명인간을 바라보며 테넨바움이 고개를 끄덕였다.

"충분한 시간만 주어진다면⋯⋯ 그렇죠."

"하지만⋯⋯."

수종 박사는 고개를 저었다.

"수종이 보기엔, 아담은 중독성이 있는 것 같아요! 인간에 관해 내가 지금껏 연구한 결과에 의하면 사람들은 자신을 손쉽게 변화시킬 수 있는 것에 중독된다는 것이죠! 뭔가 좋지 않은 일이 있어서 술을 한잔 걸치면 재빨리 기분전환이 되지요. 그러다가 알코올 중독이 되잖아요? 아편도 마찬가지고! 이 아담이란 것도 마찬가지일 거요. 간편한 변화, 손쉬운 변화는 결국 중독됩니다! 몸이란 유기체가 그걸 필요로 하게 되니까. 난 솔직히 테넨바움 양이 부두에서 만난 그 남자한테서도 부자연스러운 변화를 느낍니다. 어떨 땐 그자가⋯⋯ 뭐라고 하지? 그래요, 마치 '붕붕 떠 있는' 것처럼!"

중독성이 있다고? 일석이조 아닌가. 폰테인은 칸다하르에서 양귀비를 밀수하느라 들이는 시간이나 비용, 위험도를 계산해보았다.

그렇지. 그는 느낄 수 있었다. 수종과 테넨바움에게 들인 노력이 헛수고가 아니었다.

"이 연구, 계속해주시오."

폰테인은 간절히 부탁했다.

"두 분께 한몫 쥐어줄 테니. 아니지, 우리 모두가 거하게 한몫 벌게 될 거요!"

의료 시설

1953년

진료실 책상에 앉아 시름에 잠긴 스타인먼 박사는 지루했다. 충동을 억제하는 것도 지겨웠다. 게다가 이제 막 자신이 왜 랩처에 왔는지 이해하던 참이다.

스타인먼은 책상 위에 놓인 산호로 된 상자에서 담배를 한 가치 꺼내 물었다. 사람의 코 모양을 한 은제 라이터로 불을 붙이곤, 바다 쪽을 바라볼 수 있도록 창문의 커튼을 올리려 일어섰다. 물결에 흐늘거리는 해초와 산호충이 눈에 들어왔다. 마음이 차분히 가라앉는다. 저 광경, 뉴욕과는 다르다. 빅애플은 언제나 숨 가쁘다. 사람들에게 늘 치이기만 했다.

스타인먼을 분개하도록 만든 것은 사람들의 비난이었다. 그의 위대함에 손가락질하는 어리석고 못난 인간들. 회중시계로 삼으려고 금성을 손에 넣으려는 것을 어떻게 설명하느냔 말이다. 아프로디테 여신님의 부름을 받은 건 또 어떻게 설명하고? 여신님의 목소리는 너무나도 또렷이 들렸는데…….

"사랑스런 스타인먼 박사여."

아프로디테 여신님께서 말씀하시지 않았던가.

"신처럼 창조한다는 건 바로 신이 되는 것이야. 과연 신만이 얼굴을 빚어낼 수 있을까? 너는 그걸 여러 차례 성공시켰다. 볼품없는 것을 절묘하게 바꿨어. 평범한 것을 비범한 것으로 만들었어. 하지만 모든 남자와 여자의 얼굴엔 비밀이 숨어 있지. 잃어버린 완벽함이 가려진 게야. 비천한 자들이 '아름답다'고 찬양하는 여자의 얼굴엔 또 하나의 얼굴이 숨어 있단다. 표면의 아름다움 아래 숨겨진 완벽한 얼굴, 즉 관념적 이상형이지. 완벽에 가까운 얼굴에서 완벽함을 찾아내어 풀어줄 수 있다면, 그 일을 이루는 너는 신이 되는 게야. 아름다움보다 더 중요한 건 뭘까? 그건 시인 키이츠가 우러러보았던 나, 아프로디테다. 진실이 아름다움이고, 아름다움이 곧 진실이지! 지저분하고 불규칙한 현실의 표피 아래 숨어 있는 조화로움이지. 그럼 이것이 역설하는 건 무얼까. 바로 혼돈의 어두운 문을 통과함으로써, 소위 '추함'의 그늘진 계곡을 지나서만이 숨어 있는 완벽함을 찾을 수 있다는 사실이지!"

아, 여신님이 얼마나 날 흥분시키셨는지! 뭐, 코카인 같은 걸 들이마시고 여신님의 계시를 들었던 건 사실이지만, 그래도 절대 환청 따윈 아니었다. 스타인먼은 확신했다.

그래서 라이언이 랩처에 보다 혁신적인 외과의가 필요하다면서 자신을 찾았을 때 또 한 번 아프로디테 여신의 계시가 있었던 것이다.

"바로 이거야. 드디어 네게 기회가 왔구나. 이것이야말로 네가 꿈꿔왔던 은밀한 세계이자, 완벽을 추구할 수 있는 곳이 아니더냐! 비난만 하는 소인배들로부터 멀리 떨어진 은신처니라!"

스타인먼은 천장의 환기통 쪽으로 퍼렇게 연기를 내뿜으며 사무실 거울에 비친 자신의 모습을 바라보았다. 자신이 꽤 잘생긴 남자라는 것은 잘 알고 있었다. 우아한 턱, 꼿꼿한 귀, 검은 눈동자, 기지 넘치는 언변에 한층 세련미를 더하는 완벽한 콧수염…….

그럼에도 그 아래에는 밖으로 나오기만 기다리는 또 하나의 얼굴이 숨어 있었다. 과연 자신의 완벽한 얼굴을 찾을 만한 용기가 있을까? 자신의 얼굴에 스스로 메스를 들이댈 수 있을까? 만약 거울을 쓴다면, 아마도…….

"선생님, 플레전스 양이 깨셨는데요."

문으로 고개를 돌리니 그의 간호사가 기다리고 서 있었다. 샤베즈 양은 예쁘장한 푸에르토리코 인으로 하얀 간호복과 하얀 신발, 하얀 간호사 캡을 쓰고 서 있었다. 스타인먼이 거울을 뚫어져라 바라보는 장면에도 당황하는 기색이 없다.

샤베즈는 하트 모양 얼굴형에 큐피드의 활 같은 입술을 가진 작고 귀여운 여자였다. 샤베즈 양의 이목구비를 들춰내고 완벽한 얼굴을 찾을 수 있을까? 만약 익골근을 절반으로 줄이고 측두근을 두 배로 조인다면 어떨까. 그리고 눈꺼풀을 갈라볼 수도 있겠지…….

머지않아 언젠가는.

"아, 그래. 샤베즈 양, 먼저 가서 얼굴의 붕대를 풀고 있어. 곧 갈 테니까."

실비아 플레전스는 로널드 그리비의 약혼녀였다. 로널드는 라이언의 측근인 루벤 그리비의 아들이다. 랩처에서 꽤 영향력 있는 인사들인 셈이다.

책상에 놓인 조가비 모양의 재떨이에 담배를 서둘러 끄고 복도로 나섰다. 플레전스는 잠옷과 양말을 신은 채로 정숙하게 시트를 몸에 감고 회복실에 누워 있었다. 살이 삐죽삐죽 나온 저 짧은 팔을 보라. 메스를 들어 날씬하게 만들어주지 못해 안쓰럽다. 아마 뼈까지 살을 도려내야겠지. 군데군데 뼈가 보여도 상관없다. 오히려 상아로 만든 보석 같을 거야…….

샤베즈 간호사는 환자가 누운 침대를 45도로 세워놓고 마침 붕대를 풀러는 참이었다. 미라같이 칭칭 감긴 붕대 사이로 두려움과 기대가 반반씩 뒤섞인 플레전스 양의 커다란 초록빛 눈동자가 그를 응시하고 있었다. 붕대의 한쪽 위로 떨구어진 빨간 머리칼 한 뭉치가 제법 멋들어져 보였다. 붕대를 풀지 않고 이대로 내버려둬도 좋으리란 생각이 다시금 들었다. 영원히, 머리칼과 눈동자만 보이겠지. 신비롭게, 마치 미라처럼…….

플레전스의 얼굴이 서서히 드러나자 샤베즈가 숨을 몰아쉰다.

잠시 후 샤베즈는 손뼉을 치며 말했다.

"너무 예뻐요, 선생님! 정말 훌륭하게 해내셨어요!"

스타인먼은 체념한 듯 한숨을 내쉬었다. 사실이다. 그녀는 정말 예뻤다. 이 여자에게는 아무런 실험도 하지 않았다. 이상한 짓은 하지 않으려고 애를 썼다. 그저 원하는 것만 주면 된다. 하지만 유혹이 너무 강했고 이는 무척이나 견디기 어려웠다.

이제 이 여자는 그저 진부한 매력의 정교하게 조각된 얼굴을 갖게 되었다. 창백한 볼에 심긴 보조개, 그와 잘 맞아떨어지게 턱에도 자그마한 보조개를 새겼다. 눈에 거슬리는 퉁퉁함이 사라진 동그랗고 사랑스러운 얼굴이다. 약혼자가 좋아할 것이다. 성인이 된 셜리 템플을 보는 것 같았다. 짜증이 밀려왔다. 그러나 플레전스는 샤베즈 간호사가 건네준 손거울에 비친 제 모습에 감탄을 금치 못했다.

"어머나, 선생님! 완벽해요! 선생님은 신의 축복을 받으셔야 해요!"

"네, 네."

스타인먼이 다가서며 중얼거렸다. S자로 매끄럽게 휘어진 조명등 아래로 그녀의 턱을 두 손으로 받치고 머리를 좌우로 돌려보았다.

"아, 조금만 더 했으면…… 아직 손볼 데가 많은 것 같은데. 이 예쁜 얼굴 아래에 더 완벽한 무언가가 숨어 있단 말이죠!"

"어머, 무슨 말씀이세요?"

플레전스가 깜짝 놀라 꿀꺽 침을 삼키곤 그에게서 떨어졌다.

"저……."

그녀는 인상을 찌푸리더니 이쪽저쪽 고개를 돌리면서 다시 한 번 손거울에 얼굴을 비쳐봤다.

"안 돼요! 이게 제가 원하던 건데요, 정확해요! 어떻게 이렇게까지 하셨는지 정말 놀라울 따름이라고요! 여기서 더 이상 고치시면 안 돼요, 선생님!"

스타인먼은 어깨를 으쓱했다.

"그러시다면야. 전 그저……."

그러다가 혼자 생각에 잠겼다. 만약 저 코를 0.6센티 정도만 잘라낸다면…… 그런 후에 이마를 좀 좁히고 안륜근 전부를 제거한다면…….

하지만 입 밖으론 딴소리를 했다.

"수술 결과가 마음에 드신다니 저도 무척 기쁘네요. 간호사, 플레전스 양이 옷 입는 것 좀 도와드려. 약혼자에게 데려다주고. 그럼 저는, 어……."

스타인먼은 막연한 곳에서 말을 끊고 돌아섰다. 그러고는 꿈이라도 꾸는 사람처럼 자신의 사무실로 터벅터벅 걸어갔다.

수술용 메스만으로는 확실히 한계가 있어.

세포 단계에서부터 사람을 다듬는 방법만 있다면, 유전자로 사람을 마음대로 빚어낼 수 있다면, 외과의가 인간의 정수에 접근해서 안으로부터 변형시키는 예술가가 될 수 있다면, 신이 하는 것처럼 말이다.

아프로디테 여신이 스타인먼이 하길 원했을 바로 그 방법…….

폰테인 수산

1953년

늦은 시각이었다. 폰테인 사무실은 이미 문이 닫혔고 차일이 내려져 있었다. 밖의 어딘가에서는 레지가 보초를 서고 있었고, 폰테인 수산 사무실의 편안한 소파에는 폰테인과 테넨바움 둘만이 앉아 있었다. 테넨바움은 네글리제와 빨간 구두만 걸친 채 몸을 길게 뻗었다. 소파 끝에 반쯤 걸터앉은 상태로 폰테인은 그녀와 손을 깍지 끼고 몸을 구부렸다. 바닥에는 텅 빈 월리 산 포도주병과 두 개의 술잔이 뒹굴었다. 폰테인은 사각 팬티에 티셔츠만 걸치고 있었고, 나머지 옷가지는 방 건너 책상 앞 의자 위에 가지런히 개어놓았다.

테넨바움은 겁이 난 듯했지만 폰테인을 바라보는 그녀의 눈망울에는 기대감도 담겨 있었다. 하지만 역시나 재빨리 시선을 돌린다.

"좀 무서워하는 것 같은데, 정말 확신해?"

폰테인이 물었다.

"난 누가 만지는 건 좋아하지 않아요. 하지만 욕구가 생기면 내 몸이 먼저 필요로 하는걸. 내가 원하는 건…… 누군가…… 남자가 날 그냥 가지는 거예요. 물론 저항도 할 테지만 진짜로 하는 건 아냐. 난 조금은 반항해야 돼. 그렇게밖에 못해요."

"음, 이 여자야."

폰테인이 그의 장기인 호쾌한 어투로 말을 이었다.

"제대로 찾아오긴 했네."

단정하게 몸을 씻고 향수도 뿌린 듯하다. 담배로 찌든 이빨의 누런 얼룩까지 말끔히 청소하고 왔다.

"그래, 아직 해보지 않았다면서…… 근데 상상은 해봤다고?"

"맞아요. 나는 만지는 거 싫어하니까. 하지만 누가 날 만져줘야……."

"누가 들으면 모순이라 그러겠네. 넌 그런 여자구나, 응?"

"그럴지도. 그럼 이제 제발…… 나, 눈 좀 가려줘요."

"아, 물론."

주머니에서 까만 띠를 꺼내 그녀의 눈 위로 감아 맸다.

"됐어. 이제 안 보이지?"

"네. 안 보여요. 이제 만져줘요. 내 팔 좀 붙잡아줘요."

손목을 붙잡고 테넨바움의 두 팔을 머리 위쪽으로 올려 단단히 눌렀다. 그러고는 몸을 길게 펴서 그녀의 허리에 자신의 허리를 바짝 붙였다. 테넨바움은 몸을 비틀며 반항했으나 사실 그다지 노력하는 것 같진 않았다.

"이것만은 꼭 기억해."

주어진 의무를 충실히 이행하면서, 생각보다 훨씬 더 즐기고 있는 자신을 느끼며 폰테인이 입을 열었다.

"네가 원하는 대로 해줄 테니 넌 내가 원하는 대로 해. 넌 내 독점이니까."

라이언 놀이공원

1953년

빌 맥도나는 '지상으로의 여행' 열차를 혼자 타는 것이 조금 민망했다. 사실 '지상으로의 여행' 열차는 랩처의 아이들을 위한 것이다. 열차는 지상의 세계를 궁금해할 아이들의 호기심을 풀어주기 위한 수단이었다. 일단은 그렇다. 몇 년만 지나면 그의 아이도 랩처에서 유일한 이 놀이공원으로 놀러가자고 조를 것이다. 빌은 그 전에 이 지상 열차를 두고 항간에 떠도는 소문이 사실인지 확인하고 싶었다. 그게 정말이라면 우선 일레인이 이 열차를 언짢아할 것 같았기 때문이다.

전에도 정비를 하느라 이곳에 와본 적이 있었지만 제대로 관람을 한 것은 아니었다. 이번에는 티켓도 사고 다 돌아봐야지.

뚜껑 없는 잠수정같이 생긴 열차에 한번 올라서 보았다. 좌석에 앉아 몸을 기대니 곧 움직이기 시작했고 이내 선로를 따라 어두운 터널 속으로 삐걱삐걱 나아갔다.

열차는 로봇 조작법으로 움직이는 앤드류 라이언 인형을 천천히 지나갔다. 라이언의 모습을 한 인형은 아버지처럼 자애로운 모습으로 책상 앞에 앉은 채 뻣뻣하게 움직이면서 말을 하기 시작한다.

"아이고, 안녕들 하신가? 아저씨 이름은 앤드류 라이언이란다. 여러분 같은 어린이를 위해서 아저씨가 이 랩처 도시를 지었단다. 왜냐하면 저 위의 세상은 우리가 살 만한 곳이 아니거든. 하지만 여기 바다 아래에서 사는 우리들이 저 위의 지상세계에 더 이상의 위험이 없는지 궁금해하는 것도 당연하단다."

"이런, 놀래라."

빌이 중얼거렸다. 라이언 인형을 보고 있자니 오금이 저렸다.

이제 열차는 기계로 작동되는 벽화 쪽으로 이동했다. 지상의 과도한 세금에 대해 경고하는 장면이다. 왼편에는 한 농가가 보였고 농부가 밭을 일구고 있었다. 농부의 뒤에는 행복해 보이는 아내와 어린아이가 서 있다. 갑자기 밑에서 커다란 손 하나가 나타나더니 사나운 기세로 들어섰다. 불쑥 솟구쳐 오른 팔뚝에는 정부의 관리들처럼 양복 소매가 입혀져 있었다. 농가의 지붕을 거머쥐더니 와락 떼어낸다. 농부가 공들여 가꿔놓은 것들을 세금 징수원이 다 거둬가는 모습을 표현한 것이다. 농부 인형은 절망감에 주저앉고 만다.

보이지 않는 곳에 은밀하게 설치된 스피커에서 다시금 앤드류 라이언의 낮은 목소리가 흘러나왔다.

"지상에서는 농부가 오로지 팔심 하나에 기대어 한 마지기 제 땅을 일구며 살지. 하지만 기생충들은 이렇게 외친단다. '아니야! 네 것은 곧 우리 것이다! 우리는 정부, 우리는 신이야. 우리 몫을 가져가야겠어!'"

"이런, 젠장……."

정부 관리의 손을 쳐다보며 빌이 나직이 내뱉었다. 확실히 그 커다란 손은 무서웠다. 그리고 그 손은 열차가 앞으로 서서히 나아가자 포악한 관리로 변신한 신처럼 다른 벽화에까지 끼어들었다. 과학자 인형 하나가 실험실에서 굉장한 발견을 하곤, 승리감에 도취해 연단에서 만세를 부른다. 하지만 예의 그 커다란 손에 밀려 바닥에 주저앉고 만다.

"지상에서는 과학자가 심혈을 기울여 기적 같은 일을 이뤄내곤 다른 동료들 위에 우뚝 서지. 하지만 기생충들은 여전히 이렇게 외친단다. '아니야! 그 발견은 규제되어야 해! 통제한 후 정부에 양도해야 돼!'"

저건 수종 박사 같은 양반들이 좋아하겠군, 하고 빌은 생각했다.

다음 장면은 한 예술가가 영감에 취해 열정적으로 그림을 그리는 광경을 담았다. 역시 커다란 손이 내려와 그의 자유를 짓밟는다.

무엇보다 마지막 벽화가 치를 떨게 했다. 한 아이가 가족과 함께 행복하게 텔레비전을 보고 있다. 마치 신의 목소리처럼 울려 퍼지는 라이언의 음성이 또 한 번 경고했다.

"지상에서는 여러분의 부모님들이 온갖 재능을 다 발휘해가며 여러분을 키우고 개개인의 자유로운 삶을 추구한단다. 교회나 정부가 쏟아내는 거짓말을 꿰뚫어보면서 자신들이야말로 삶의 주체라고 생각하지. 하지만 기생충들은 뭐라고 말할까. '아니야! 아이에게도 의무가 있어! 전쟁에 나가서 나라를 위해 죽어야 해!'"

그런 후 예의 그 커다란 손아귀가 벽을 뚫고 들어와서 아이를 끌고 어둠 속으로 사라졌다. 아이가 맞이한 건 죽음이었다.

빌은 고개를 저었다. 이 모든 장치들은 아이들에게 겁을 주려고 만든 것임이 분명했다. 소피아 램이라는 여자에 대해서 들은 적이 있다. 그 여자가 처음 랩처에 왔을 때 라이언에게 한 가지 제안을 했다고 한다. 그게 바로 이 놀이공원 열차였는데, 일종의 혐오감 치료법이라고 했다. 지상 세계로의 반발적 혐오감을 아이들의 뇌리에 심는 것이다. 그리하여 남아 있는 유일한 대안, 바로 랩처에 복종하게 하는 것이다.

그 큰 벽화들 사이로 기고만장한 라이언 인형이 등장하여 아이들을 다그친다. 지상

세계가 얼마나 무서운 곳인가를 되새겨주면서.

열차 여행이 끝나자 코헨의 노래가 들렸다. 제목은 '일어나라, 랩처여, 일어나라'.

오, 일어나라, 랩처여, 일어나라!
하늘을 찌를 듯 우리의 소원을 올려보자!
오, 일어나라, 랩처여, 일어나라!
너의 날개로 우리 꿈을 펼쳐보자!
바다 깊숙한 곳, 우리의 도시
언제나 지켜갈 우리의 맹세
꿋꿋하게 눈을 들어 이 보물을 바라보자!
그러니 일어나라, 일어나라, 일어나라!
오, 일어나라, 랩처여, 일어나라!
흥겹게 이 노래를 부르자!
오, 일어나라, 랩처여, 일어나라!
더러운 기생충들을 물리쳐다오!

빌은 한숨을 푹 내쉬었다. 무슨 수를 써서라도 일레인이 이곳에 오지 못하도록 해야겠다. 이해하지 못할 것이다. 일레인이 이미 랩처에 대해 강한 의구심을 갖고 있는 터에 이런 괴상한 놀이공원으로 데려오면 더 심해질 것 같았다. 하지만 무슨 일이 일어나건 둘은 랩처와 앤드류 라이언을 끝까지 믿을 것이다. 그렇지 않은가.

랩처, 디오니소스 공원

1954년

"콩가루 집안이 성할 리가 없잖아요, 시몬?"

디오니소스 공원의 조각 정원에 앉아 소피아 램이 나긋나긋 속삭였다. 그녀와 함께 산호 벤치 위에 나란히 앉은 시몬 웨일즈는 여전히 담뱃대를 입에 물고 뭔가 염려스러운 표정이다. 마지를 비롯한 램의 추종자 몇 명은 공원의 조각 전시장의 한쪽 끝에서 물고기 창자로 만든 비료를 뿌리고 있었다. 그들의 맞은편에는 무의식 예술의 본보기라 할 조각 작품 하나가 보란 듯이 전시되어 있었다. 다리를 비비꼰 문어를 형상화한 것으로 그 문어는 인간의 얼굴을 하고 있었고 묘하게도 앤드류 라이언을 닮았다.

"랩처는 인간의 갈등과 경쟁을 위해 만들어졌어요. 하지만 이 경이로운 사회가 과연 그런 구조를 소화할 수 있을까요, 이렇게 밑바닥에 꼭꼭 눌러진 채로? 진정 랩처를 성장시키려면 화합이 필요해요. 그리고 그건 공동체의 개념이지, 경쟁이 아니에요."

시몬 웨일즈는 불안한 듯 사방을 살폈다.

"정말이지, 그런 단어를 사용하시면…… 라이언 씨는 그걸 공산주의 사상이라 생각할 텐데요. 박사님이 위험해질 수도 있어요. 그렇지 않아도 요즘 새 구치소를 만든대요. 제 생각엔 라이언 씨가 아마 그걸, 음, 자기의 이념에 반기를 드는 사람들로 채울지도……."

램은 어깨를 으쓱했다.

"나더러 옥살이를 하라면 해야겠죠. 하지만 사람들은 꼭 내가 있어야 해요! 하루가 멀다 하고 더 많은 사람들이 이곳으로 찾아오고 있어요, 시몬! 하나의 공동체라는 생각을 품기 시작했어요! 랩처는 당당한 하나의 사회구조여야지, 영원히 갈등만 계속되고 정신분열증이라도 앓는 유기체일 수는 없어요. 지금껏 여기서 일어난 일들을 봐요. 빈궁하게 사창가에서 겨우 생계를 이어가거나 아니면 기필코 남을 짓밟으며 살아가야 하잖아요. 그게 어떻게 지상 세계보다 낫다는 거죠?"

"박사님이 이런 생각한다는 걸 라이언 씨가 알기라도 한다면……."

램은 코웃음을 쳤다.

"라이언은 내가 자기편이라고 믿고 있어요. 그 어린이 세뇌용 공원까지 설계해줬잖아요. 참 말도 안 되는 곳이죠. 기껏해야 겁주는 게 고작일 텐데 라이언은 그게 아이들로 하여금 저항 없이 랩처를 받아들이게 하는 좋은 훈련법이라고 진심으로 믿고 있어요. 게다가 내가 올리는 보고서는 죄다 편집해서……."

램은 말을 하다말고 시몬에게 곁눈질을 했다.

"당신을 믿어도 되겠죠, 시몬?"

시몬은 기가 막힌 듯한 표정을 지으며 침을 꿀꺽 삼켰다.

"다, 당연하죠! 어떻게 그걸 의심하세요? 제가 박사님을 어떻게 생각하는지 잘 아시면서……."

"엄마, 이거, 이거!"

엘레노어가 목이 찢어져라 소리를 질렀다. 램은 이제 세 살이 된 그녀의 작은 딸을 향해 시선을 옮겼다. 앞치마가 달린 분홍 원피스 차림의 엘레노어가 음성 녹음기 하나를 질질 끌어당기고 있었다.

"엄마가 준 '일기장 아저씨'랑 놀 거야!"

램은 고개를 끄덕였다.

"멋지네, 우리 귀여운 딸!"

목소리를 낮추어 시몬이 물었다.

"이제 따님도 다른 아이들을 만나야 하지 않을까요, 박사님?"

"음? 아니, 아니에요. 다른 애들은 앤드류 라이언의 패러다임에 중독되어 있잖아요. 내 딸은 여기서 키울 거예요. 안전하게 격리된 이곳에서 자라나 앞으로 다가올 미래 사회의 모범이 되게 할 생각이에요."

"그럼……."

시몬이 헛기침을 한다.

"애 아버지는 어떻게 된 건데요?"

"아, 그건…… 사적인 일이에요."

폴싹 잔디에 주저앉은 엘레노어는 작은 나사돌리개를 손에 꼭 쥔 채 친구와 얘기하듯 녹음기에 대고 조잘거렸다.

"안녕, 일기장 아저씨. 나랑 놀래?"

이젠 녹음기 소리를 흉내 낸다.

"아, 엘레노어 아가씨. 사실 전 지금 바쁘답니다. 나중에 놀아요."

"아이 참, 어쩔 수 없네! 근데 기다리는 동안 일기장 아저씨를 좀 풀어보고 싶은데, 괜찮아? 있다가 다시 조립해줄 거야, 약속해!"

"잠깐! 그러면 안 돼애애애…… 안 돼…… 기다려어어어…… 기다려, 엘레노어어어어……."

램은 깜짝 놀랐다. 엘레노어는 자그마한 손에 쥔 나사돌리개로 녹음기를 푹푹 찔러대며 조각조각 부숴버렸다.

10

연구실 단지

1954년

"플라스미드 효과 중 일부는 우리가 예상했던 것 이상으로 다루기 힘들었어요."

폰테인을 복도로 안내하며 테넨바움이 설명했다.

열려진 방문에 기대어 서서 수종이 둘을 향해 손짓한다.

"수종은 이제 시범을 보일 준비가 됐습니다!"

속이 조금 메스꺼웠지만 끝까지 지켜보기로 결심한 폰테인은 테넨바움을 따라 연구소의 시연실로 들어섰다.

첫눈에 들어온 건 지난번과 같은 실험체인 그 브로햄이란 남자였다. 단, 그때와 달리 지금은 깨어 있지만 말이다. 정확히 말하자면, 온전히 깨어 있는 상태는 아니다. 눈은 떠 있었고 끔벅거리기까지 했다.

여기는 폰테인 미래회사의 제3실험실이다. 선반 하나와 각종 시술 도구를 모아놓은 손질된 철제 테이블, 그리고 억제대가 붙은 시험용 침대 하나가 전부인 볼품없는 방이었다. 철로 된 벽에는 틈새로 스며든 녹과 듬성듬성 박은 대갈못이 눈에 띄었고, 실내는 방부제와 찌든 바닷물 냄새로 가득했다. 벽 사이로 뚝뚝 떨어지는 물소리도 들렸다. 천장 한가운데 갓도 씌우지 않은 채 대롱대롱 달린 전구 한 개가 이 발가벗은 방을 비추고 있었다. 바닥에는 폰테인이 보기에도 틀림없이 값싼 검정 고무인 듯싶은 얇은 매트가 깔려 있었다.

"장식은 별로 좋아하지 않나봐, 둘 다."

참다못한 폰테인이 한마디 했다.

"그래도 조금은 꾸며야……."

"나중에 기재를 더 들여올 겁니다."

수종은 테이블 위로 몸을 구부리며 대꾸했다.

"장식 따위, 불필요해요."

수종은 주사기를 한 개 집어들고 비커에 담긴 푸른 용액을 뽑아내기 시작했다. 테이블 위의 남자가 겁이 난 눈으로 주사기를 주시하더니 몸을 움찔대며 신음했다.

"수종이 차차 컴퓨터나 다른 기재들을 들여올 겁니다."

"컴퓨터?"

폰테인이 물었다.

"컴퓨터가 뭐요?"

"말하자면…… 계산기처럼 가산하는 기계죠."

용액을 브로햄의 어깨에 주입하면서 수종이 대답했다.

"그런데 더 빠르고 영리하죠. 라이언 씨한테 설계도가 있어요. 그걸 폰테인 미래회사로 들여오면 됩니다. 자, 우리가 이브라고 부르는 이 약을 주사하겠습니다. 이 약이 환자의 몸속에 넣어둔 아담을 촉진시킬 겁니다."

수종은 브로햄의 어깨에 이브를 주사했다. 테이블 위에 단단히 묶인 남자는 신음하며 벗어나려 발버둥 쳤지만 수종은 가차 없이 주사기를 꽂았다.

"다 준비됐습니다. 실험체에서 멀찍이 물러나 주세요."

셋 모두 시험대 위의 남자로부터 멀리 떨어져 섰다. '실험체'는 혼잣말을 웅얼거렸다. 그를 묶은 가죽 억제대가 부들부들 떨리는 것이 선명히 보였다. 그는 약간의 경기를 일으키더니 미세한 경기는 마침내 경련으로 변해갔다. 그가 비명을 질렀다. 등이 휘어지고 뼈마디가 부러지는 소리가 들린다. 저러다가 제 등뼈를 부러뜨리는 게 아닌지 폰테인은 두려웠다.

"밖으로 나온다, 밖으로 나온다, 밖으로 나온다, 밖으로 나온다, 밖으로!"

새된 비명.

이젠 뭔가 지글거리는 소리가 들렸다. 오존[1], 살이 타는 냄새. 묶인 손으로부터 푸른 섬광이 휙 떠올라 머리로 스며들더니, 그 전깃불 같은 빛은 잠깐 동안 그 자리에서 타들어 갔다. 그런 후 천장의 조명을 낚아챘고, 동시에 전구가 퍽 깨지며 불이 나갔다.

방은 어두워지고 마치 지옥 구덩이처럼 캄캄했다.

"이, 이게 무슨…… 저, 저건 악마 아냐?"

폰테인이 소리를 질렀다.

정말 악마라도 들린 듯 푸른 광채가 다시 떠올라, 조금 전보다 훨씬 강한 빛으로 방을 환하게 비추었다. 불은 보일 듯 말 듯 시연실 내부를 유린했고, 브로헴의 손에서 불거져 나온 커다란 불똥은 쉭쉭거리며 사방의 벽으로 튀어 시커멓게 자국을 남기며 벽을 태웠다. 방을 비추는 유일한 조명은 테이블에 묶인 남자에게서 나오는 그 스산한 불빛뿐이었다. 방은 온통 쇠가 긁히는 소리로 가득 찼다. 남자의 눈에서 불빛이 고동쳤다.

폰테인은 어안이 벙벙해 고개를 저었다. 대관절 어떤 상황에 처해졌는지 알 수가 없었다. 경호원인 레지나 랜스를 데려왔어야만 했다.

"박사님!"

테넨바움이 버럭 외쳤다.

"진정제요!"

폰테인은 그제야 수종의 손에 무언가가 쥐어져 있는 것을 보았다. 권총처럼 생긴 그것으로 수종은 시험대 위의 남자를 쏘았고, 화염이 없음에도 가벼운 타격 소리가 났다. 남자는 비명을 질렀다. 그의 골반 쪽에 침 모양의 뾰족한 것이 꽂혀 요동치는 몸과 더불어 꿈틀거렸다.

격렬한 반응도 차츰 잠잠해지고 눈에서 뿜어져 나오던 그 스산한 푸른 불빛이 차츰 가라앉자, 방 안을 비추던 불빛도 꺼져갔다.

"보셨죠? 정신이 꺼지면 동력도 함께 꺼집니다."

"저 전구에 단열재를 달았어야 했는데."

테넨바움이 문을 열려고 뒷걸음치는 순간, 마지막 남은 불빛도 완전히 꺼졌다.

---

1) 푸른빛의 기체로 상온에서 분해되어 산소가 되고 특유의 냄새가 난다.

복도에서 흘러들어온 조명으로 시연실 내부가 밝아지자, 셋 모두 브로햄 쪽으로 다가갔다. 브로햄은 다시금 반쯤 의식을 잃은 듯 보였고, 머리를 서서히 좌우로 움직이고 있었다.

놀랍게도 실험체는 그다지 다친 곳은 없어 보였다. 반면 그가 입은 환자용 가운은 실오라기까지 시커먼 재로 변했다.

"이 사람도 타야 했던 것 아닌가, 온몸에 그렇게 전기가 튀었는데? 혹시 몸 안은 다 타버린 것 아니요?"

실험체를 살피면서 맥박을 재던 테넨바움이 고개를 저었다.

"아뇨, 타진 않아요. 이게 다 플라스미드 현상의 일부입니다. 전기를 유발하지만 그 때문에 자신이 해를 입진 않아요. 정확히 말해, 손상되지는 않습니다."

"그러니까…… 이게 무슨 쓸모가 있다는 거지?"

폰테인이 다그쳤다.

"이런 걸로 어떻게 돈을 번단 말이오?"

테넨바움은 어깨를 으쓱했다.

"엔진에 시동을 걸 수도 있고, 동력이 부족한 기재를 작동시키는 것? 그런 정도면 충분하지 않나요?"

폰테인이 자세히 들여다보니 브로햄의 눈가에 무슨 자국이 남겨져 있었다. 반흔 같은 건 아니고 피부가 좀 두꺼워진 것 같고 암세포처럼 얼굴을 가로지르며 퍼져 있었다. 그의 눈에서 빛을 발하며 나오던 그것은 벌겋게 달아오른 이 피부 뭉치였다.

"폰테인 씨도 겉으로 튀어나온 이 세포가 보이죠?"

수종이 고개를 끄덕이며 말을 이었다.

"치명적이진 않은 것 같군. 하지만 분명 흥미로운 부분입니다. 실험체 중에도 어떤 사람에게는 더 많이 돋아나는 것 같으니……."

"어떤 사람이라니? 실험대상으로 얼마나 많은 사람을 쓴 거요?"

"몇 명은 아직 살아 있어요. 이쪽으로 따라오시죠."

수종 박사가 앞장을 섰다.

폰테인은 그 방에서 나온 것이 안심이 되었다. 자기마저 시연 중에 새까맣게 타버릴 수도 있었으니까.

"그럼…… 방금 우리가 본 게 대체 뭐요? 그게 그 플라스미드라는 거요?"

폰테인은 궁금한 듯 덧붙였다.

"몸에서 번개를 뿜어내다니!"

수종 박사는 황량한 누런 불빛을 받아 미끈거리는 텅 빈 철재 복도에서 발길을 멈추더니, 흥분한 듯 손바닥을 비벼댔다.

폰테인과 테넨바움도 그와 함께 멈춰 섰다. 모두가 조금 동요된 상태. 폰테인은 열린 문 사이로 어수선한 작은 방 안을 훑어보았다. 알 수 없는 액체가 담긴 용기가 잔뜩 놓인 테이블 위에, 기포가 들끓는 수족관 안을 헤엄치는 바다 민달팽이들이 보였다.

"수종은 플라스미드의 가능성에 감명받았습니다! 주위에서 흡수한 동력으로 강력한 전기를 발현한다면, 기계를 작동시키는 건 물론이고 적을 공격할 수도 있어요! 우리 인부들이 바닷속에서 일할 때, 상어가 습격한다 해도 저항할 수 있습니다! 그 브로햄이란 자는 자기 힘을 통제하지 못했지만 말이죠. 하지만 수종이 빠른 시일 내에 줄기세포가 신경조직과 교감할 수 있도록 향상시켜 놓겠습니다! 곧 인간은 이 능력을 자유자재로 사용할 수 있게 될 겁니다! 다른 능력도 마찬가지고요!"

폰테인은 점점 더 고조되는 흥분감에 심장박동이 빨라지는 걸 느꼈다.

"어떤 능력 말이오?"

"아담을 이용해서 줄기세포가 변이를 이루게 되면 이에 따라 달라지는 독특한 유전자가 있다는 사실을 발견했어요. 브로햄이 전기를 뿜어내던 것처럼, 인간은 한기나 열기도 조종할 수 있어요! 분노를 뿜어낸다고 생각해봐요! 인간의 정신력 하나만으로 사물을 움직이게 하는 겁니다!"

폰테인은 수종 박사를 쳐다보았다. 저 사람, 지금 진심인가? 혹시 자신을 상대로 사기라도 치려는 건가? 그러나 조금 전 본 광경은 틀림없는 그 플라스미드의 힘이었다.

"만약 당신 말이 사실이라면 아담이야말로 대박 그 자체로군. 아담 그리고 이브. 진짜 엄청난 것들이로군."

문틈 사이로 수족관에 들어 있는 바다 민달팽이를 들여다보던 테넨바움도 고개를 끄덕였다.

"맞아요. 저 조그만 바다 민달팽이가 세계대전 때부터 제가 꿈꿔왔던 온갖 발상들을 한데 묶어줬어요. 세포를 재생할 수도 있고 유전자의 이중나선 형태를 변형할 수도 있죠. 그래서 흑인도 백인으로 변할 수 있고, 키가 큰 사람도 작게 만들 수 있어요. 약골은 근육질로 부활하는 거죠! 우린 이제 시작에 불과해요, 폰테인. 아직 많은 것이 필요해요. 정말 많은 것들이……."

폰테인이 슬그머니 미소를 흘리며 테넨바움에게 윙크를 던졌다.

"필요하다면 무엇이든지 해주겠어! 분명 폰테인 미래회사가 랩처를 변화시킬 거라고! 그게 뼛속까지 느껴져."

테넨바움이 기묘한 눈빛으로 폰테인을 바라보았다. 정면으로 주시하고 있었다. 그녀가 이렇듯 정면으로 그를 바라본 것은 아마 자신을 무슨 동물 표본처럼 여겼기 때문이겠지.

"그래요? 정말 뼛속까지 느껴져요?"

"아니, 그냥 표현이 그렇다는 거지. 그러니까 내 말은, 이건 엄청난 일이란 거야. 라이언 공업에 적당한 부지를 하나 팔라고 해야겠어. 랩처에서 가장 잘 지은 그곳에다 우리 폰테인 미래회사를 옮기는 거야! 장식을 하고 조각품도 세워 마치 호화 맨션의 내부처럼 잘 꾸며서, 사람들이 문 안쪽에서부터 근원적인 힘을 느낄 수 있도록 만드는 거야!"

말을 마친 폰테인은 고개를 설레설레 저었다. 생각해보니 영락없는 사업가의 말투다.

뭐, 어차피 오래 끌 일은 아니니까…… 하고 되뇌었다. 이 일은 남을 등쳐 먹기 딱 좋아서, 사람들이 꼭 갖고 싶어 하는 걸 팔면 그걸로 끝이다. 돈을 받을 때까지. 하지만 그 사람들이 일단 이 물건을 손에 넣고 나면 이내 지배당하게 되겠지. 내 돈주머니에 사람들을 줄줄이 매달아놓은 꼴이랄까. 그들은 영원한 고객이 될 것이다.

수종 박사가 바다 민달팽이 쪽으로 눈을 흘기면서 입술을 축였다. 뭔가 속내가 불편한 모양이었다.

"하지만 폰테인 씨…… 위험부담도 분명 있습니다."

수종은 수심에 찬 눈빛으로 폰테인을 쳐다보았다.

"아담을 사용했을 때의 위험부담 말입니다. 플라스미드를 개발하면서 생기는 문제도 있고요. 더 진행하기 전에 알아두셔야 합니다. 이쪽으로 오시죠, 제가 보여드릴 테니."

바닥에 놓인 널판자에 발을 내디디며 셋은 차가운 복도 끝을 향해 나아갔다. 이쪽의 공기는 강한 약 기운과 응결된 땀 냄새로 가득 차 있었고 강철로 만든 문에는 이런 문구가 새겨져 있었다.

특수 연구실: 출입 금지

수종 박사가 문고리에 손을 대려는 찰나였다.

"들어가면 안 돼요!"

갑자기 테넨바움이 소리를 지르며 둘을 쳐다보지도 않고 손바닥으로 문을 쿵 닫고 섰다. 그런 후 밀어 닫은 문을 가만히 노려보기만 했다.

"왜 그러는 거야?"

혹시 여기에 자신을 감금하려던 것이었는지 의심하며 폰테인이 물었다. 아무나 시험대에 마구 묶어두고 이상한 것들을 주사하는 과학자들 옆에선 항상 조심해야겠다는 생각이 들었다.

"안에 들어가면 위험해…… 병이 옮을 수도 있어요."

폰테인은 침을 꿀꺽 삼켰지만 이미 단단히 각오한 상태였다.

"내가 모르는 것이 있어선 곤란해. 이게 다 내 사업이잖아."

폰테인은 플라스미드를 간절히 원했다. 그러나 위험부담이 무엇인지도 역시 알아야 한다. 만약 이 일로 인해 자신의 정체가 노출되기라도 한다면……

테넨바움이 알았다는 듯 옆으로 물러서자 수종 박사가 문을 열었다. 순간 메스껍고 불쾌한 냄새가 코를 찔렀다. 두개골을 톱으로 갈라, 그 사이 드러나는 인간의 뇌에서 나는 그런 냄새였다.

위가 뒤틀리는 것 같았지만 수종 박사를 따라 한 걸음 더 방 안으로 들어갔다.

"바다 생물의 유전자를 인간과 조합하려고 했었죠."

수종이 설명했다.

"어떤 동물이 가진 능력을 인간에게 심어보려는 시도였습니다. 그런데……."

어스름한 조명 아래 여기저기 곰팡이 진 그 방은 약 30평 정도의 크기였지만, 그 방에서 꿈틀거리는 어떤 덩어리 때문에 훨씬 더 작아 보였다. 폰테인의 맞은편 벽에 달라붙은 그 형체는 한때 인간이었던 것처럼 보였다. 마치 누군가가 사람의 살갗을 벗겨 찰흙처럼 짓이겨놓은 것 같은 느낌이었다. 뼈와 살 모두 질퍽하게 휘어져 벽에 끈적끈적하게 달라붙었다. 땀방울을 뚝뚝 떨어뜨리면서 그 인간의 살덩어리는 벽에서 벽으로, 구석에서 구석을 타고 대롱대롱 매달려 있었다. 천장 가까이 붙어 있는 그 생명체의 중심부에서 퉁퉁 부풀어 흐물흐물 늘어진 얼굴이 무언가를 계속 중얼거렸다. 심장 하나와 콩팥을 포함한 몇몇 장기가 그대로 노출된 채 축축한 모습으로 부르르 떨었다. 정육점의 살코기처럼 딱딱하게 굳은 몸의 테두리에 댕글댕글 매달린 커다란 사지…….

"뭐, 뭐야!"

폰테인이 소리를 질렀다.

그것의 부리가 딱딱 부딪치더니 답이라도 하듯 신음했다.

폰테인은 몸을 돌려 방에서 뛰쳐나갔다. 몇 걸음 뛰어가선 현기증과 구역질에 비틀거리며 가까스로 걸음을 멈추고는 랩처의 차가운 금속 격벽에 기대어 섰다.

특수 연구실의 문이 닫히는 소리를 듣자 안도의 한숨을 내쉬었다. 테넨바움과 수종이 그의 곁으로 다가왔다. 가운 주머니에 손을 찌른 채 그를 쳐다보는 수종 박사는 사뭇 흥미로운 듯 미소를 머금었고 테넨바움은 진심으로 걱정하는 표정이었다.

"그래서……."

폰테인은 짜증이 치미는 걸 간신히 참았다.

"저 실험은 자제할 거지? 아닌가?"

"그래요."

골똘히 생각에 잠긴 채 머리 위의 누런 등불을 올려다보면서 테넨바움이 답했다.

"맞아요. 우린 이제 그…… 그런 건 만들지 않을 거예요."

"그럼, 부탁 하나 합시다. 저걸 죽여. 아예 태워버려. 아무 흔적도 남지 않도록. 대중에게 알려지면 곤란하니까. 내가 원하는 플라스미드는 전기를 쏘는 그런 거야. 단, 더 다양한 방식으로 말이야. 그리고 통제가 가능하게끔. 그래야 제품으로 내놓기 용이하니깐. 인간을 더 영리하게, 더 강하게 만들어주는 그런 거 말이오. 돈이 되는 것. 알아들어? 돈!"

라이언 놀이공원, 랩처 기념박물관
1954년

스탠리 풀은 소피아 램 박사를 기다리는 몇몇 사람들 뒤편에 자리를 잡았다. 제17 정비구역과 아폴로 광장에서만 은밀하게 배포된 전단지에는 광고문이 씌어 있었다.

민중의 새로운 희망을 논하다—저명한 심리학자 소피아 램 박사의 무료 강연회

백조처럼 흰 긴 목에 깡마른 몸매의 금발 여성이 최신 유행의 뿔테 안경을 쓰고 있었다. 그리고 랩처를 창건한 사람들의 형상을 장식적으로 구현한 '랩처는 성장한다' 벽화 앞으로 걸어 나왔다. 여자는 마치 신탁을 받은 여제라도 되는 양, 몇 안 되는 군중을 사뭇 고매한 기세로 쭉 훑어보았다. 약간 깔보는 듯도 했으나 어머니처럼 자애로운 표정이었다. 모든 걸 알고 있는 듯한 저 미소. 소피아 램은 이내 버튼을 눌러 박물관 벽화에 장착된 음성 녹음을 작동시켰다. 한 남성의 친절한 목소리가 흘러나왔다.

"플랫폼이 안전하게 장착된 후, 놀라운 속도로 공사를 진행해갑니다. 랩처의 토대를 설계한다는 생각으로, 인부들은 오늘날 우리가 보는 이 거대한 메트로폴리스를 건설하기 위해 밤낮을 가리지 않고 일에 몰두합니다."

"다들 들으셨죠?"

램은 등 뒤로 양손을 깍지 끼고 가소로운 듯 웃음을 흘리며, 모여든 군중 한 명 한 명의 눈을 똑바로 바라보았다. 대부분 신분이 낮은 노동자 계층인 이들은 모두가 넋을 잃고 귀를 기울였다. 그중에는 시몬 웨일즈도 있었다.

"이 녹음은 랩처가 어떤 곳인지 단번에 파악하게 해주죠!"

램은 말을 이었다.

"'이 거대한 메트로폴리스를 건설하기 위해 밤낮을 가리지 않고 일을 하는 인부들!' 이제 저기 있는 '토대 건축'이라는 전시를 한번 살펴봅시다. 녹음기가 뭐라고 하죠?"

녹음 전문을 읽는 램의 목소리는 조롱하듯 날이 섰다.

"'엔지니어들은 난관을 극복하려 애씁니다. 금강처럼 단단한 암석, 완강한 해양 생물체, 그리고 불의의 사고!' 시민 여러분, 생각해보시죠. 대체 왜 이런 불필요한 희생을 무릅써야 합니까?"

램은 비통한 표정으로 고개를 설레설레 저었다.

"불의의 사고라고요? 아니죠, 앤드류 라이언이 충분히 예상했던 일이죠! 하지만 신경조차 쓰지 않았어요! 우리는 랩처를 건설하는 과정에서 수많은 생명을 잃었죠. 그 희생자들은 신이 되고자 하는 인간의 자만심에 바쳐진 제물입니다! 라이언의 자만심 말입니다! 랩처 평민들의 삶은 초과근무에 박봉일 뿐이에요. 녹초만이 남았죠. 밤낮을 가리지 않고 이 도시를 세운들, 남는 게 뭐가 있습니까? 앤드류 라이언이 진정 주는 게 뭐죠? 기껏해야 종이 쪼가리밖에 없잖아요? 그저 종잇조각에 불과한 랩처 달러라고 부르는 그것뿐이잖아요! 거지에게나 던져주는 종이! 그것도 쥐꼬리만큼! 여러분께 한번 물어봅시다. 랩처는 진정 누구의 것인가요? 이 도시를 지은 사람들? 아니면 이곳을 지배하는 자산가? 다수 아니면 소수? 답은 이미 알고 계실 겁니다!"

군중의 다수가 고개를 끄덕이고 있었다. 일부는 확신하지 못하는 듯 미간을 찌푸렸지만 대부분 납득한 것 같았다. 자기들이 평소에 이미 생각해봤던 것이니까, 하고 풀은 짐작했다. 그런데 편리하게도 여기서 누군가가 큰 소리로 단언해준 것이다, 바로 소피아 램 박사가. 심리학자가 심리학을 써서 대중을 설득하고 있다.

"이 소피아 램이란 여자, 점점 더 문제야, 풀."

라이언 회장이 말했었다.

"그 여자가 무슨 꿍꿍이인지 한번 보고 와. 들키지 않게 조심하고."

라이언 회장이 이 연설을 들었다면 아마 공들여 손질한 윗머리를 날려버릴 테지.

소피아 램은 사려 깊게 잠시 뜸을 들였다. 그런 후 장식된 벽 쪽을 가리켰다.

"랩처는 어떨 땐 웅장하고 잘 꾸며진 궁궐 같기도 해요, 그렇죠? 호사로운 것들로 둘러싸여 있죠. 하지만 이 모든 것들을 다듬고 유지해야 하는 사람들을 위한 주택은 어디 있죠? 여러분들 모두가 제17정비구역 같은 곳으로 내몰려서 살고 있잖아요! 이런 궁궐 같은 곳에선 으레 있는 일이죠, 그렇죠? 엘리트를 위한 호사스런 시설…… 반면 하인들이 사는 곳은 계단 밑 비좁은 구석방! 임금님이나 왕비님을 모시는 하인의 숫자는 언제나 주인의 수를 훨씬 웃돌죠! 그런데도 우린 무턱대고 그들을 모시고 살아요! 제가 꿈꾸는 새로운 랩처는 혁명이라 부를 것입니다. 네, 가히 혁명적이죠! 당당하게 말하겠어요! 시민 여러분, 제가 여러분께 드릴 수 있는 건 모두가 하나로 단합하는 정신이에요. 서로 사랑하기 위한 새 모습! 라이언의 랩처 같은 곳에서 단합한다는 것은 대범한 변화를 뜻해요. 제가 오늘 드릴 말씀은 하나의 서약이자, 단합의 이름 아래 새롭게 뭉칠 교단의 시작입니다. 저는 영감을 받았습니다. 확신으로 가득 찬 어떤 미지의 세계에서 온 것 같은 그런 계시를요. 그 계시는, 경쟁구도를 토대로 세워진 랩처는 삐걱거릴 수밖에 없다는 것입니다! 경쟁은 곧 분열을 초래합니다, 여러분. 그리고 분열된 사회는 결코 온전할 수 없습니다!"

연설이 고조되어감에 따라 그녀도 더욱 격앙되어 갔다. 흥분으로 콧구멍이 벌렁거리고 눈빛은 맹렬하게 빛났으며 손은 어느새 단단히 주먹을 쥐었다. 이 여자는 강렬한 카리스마를 지녔다. 라이언 회장처럼. 그런데 그녀가 사람의 마음을 쥐는 방식은 모성적이었다. 풀은 시몬 웨일즈를 슬쩍 훔쳐보았다. 램 박사에게 완전히 빠져든 것 같다. 램 박사는 목청을 드높여 연설을 계속했다.

"랩처를 치유하기 위해서는 우리 모두 진화해야 합니다. 안으로부터 다시 복안하면 반드시 치유할 수 있어요! 우리는 진정한 유토피아를 건설할 겁니다. 도시를 건설하는 노동자들 모두가 정당하게 살 수 있는 이상(理想) 사회를 말입니다! 지상 세계가 무너지는 그날에도 굳건히 싹을 틔우는 그런 단합된 사회를 건설해야 합니다! 하지만 새로운 랩처가 개인의 욕심에 좌우되도록 놔둘 순 없는 일. 반드시 서로 나누는 공동체여야만 해요! 공동체가 뭐냐고요? 랩처의 육신이죠! 그 안에 진실이 있어요! 과도한 경쟁구도로 인한 중압감도 이제 끝입니다. 이제는 이 도시도 변해야죠. 단합, 이타주의, 공공의식. 바로 공동체 의식으로!"

세상에. 풀은 정신이 번쩍 들었다. 라이언 회장이 노발대발하시겠군. 보스는 꼼짝없이 사면초가의 궁지로 몰린 거다. 라이언이 검열을 반대하는 입장이란 건 이미 공공연하게 알려져 있다. 그러면 대체 이 여자를 어떻게 규제하란 말인가? 하지만 요새 페르세포네 개발지역에서 암암리에 건물을 짓고 있다는 소문을 생각해보면…… 아마 라이언 회장은 빨갱이 선봉자들을 처단할 계획을 세운 거겠지.

연설이 끝나자마자 풀은 돌아섰다. 그런데 연설 전에는 알아차리지 못한 인물이 사람들 뒤에 숨어 있었다. 검은 안경에 대머리를 감춘 커다란 모자.

변장했음에도 단번에 알아차렸다. 프랭크 폰테인이다. 그는 뭔가 골똘히 생각에 잠긴 표정이었다.

* * *

프랭크 폰테인은 풀이 자신을 주시하고 있음을 전혀 눈치채지 못했다. 그는 소피아 램에게 완전히 매료되어 있었다.

저 여자, 대단하네. 폰테인은 생각했다. 완전 사기꾼 아냐? 두세 개쯤 학위를 가진 도수 높은 사기꾼. 존경하지 않을 수 없었다. '공동체가 뭐냐고요?'라고 그랬지. '바로 랩처의 육신이죠!'라니…… 꽤 쓸 만한데. 세상의 어떤 감정이라도 그 '육신'에 대입시킬 수 있으니 말이다. 한 번에 한 사람씩 등쳐 먹는 건 사기도 아니다.

그러나 군중 전체, 대중 전부를 등쳐 먹는 일. 제길, 저건 완벽했어.

이 소피아 램이란 여자는 대중을 자기편으로 만드는 방법을 잘 알고 있었다. 사람들로부터 뭐가 문제인지 알아본 다음, 그걸 말고삐 당기듯 능숙하게 다루는 거야. 곧 그 사람들이 자기가 탈 마차를 끌어주겠지. 똑똑해. '이런 궁궐 같은 곳에선 으레 있는 일이죠, 그렇죠? 엘리트를 위한 호사스런 시설. 반면 하인들이 사는 곳은 계단 밑 비좁은 구석방! 임금님이나 왕비님을 모시는 하인의 숫자는 언제나 주인의 수를 훨씬 웃돌죠!'라니…….

똑똑해…… 서로 마주보며 되풀이할 문구를 챙겨주는 거지.

"우린 궁궐 하인이나 다름없잖아. 계단 밑에서 산다며. 봐봐, 맞지?"

이 램 박사란 여자는 확실히 버거운 경쟁 상대다. 적당한 시간 내에 라이언이 적절한 증거물을 찾아 이 여자를 구속할 수 있도록 미리 손을 써둬야겠지. 지금 당장은 그녀가 대중을 감명시키는 것만큼 자신도 한껏 고무되는 것으로 족하다. 단지, 같은 방식의 감흥이 아닐 뿐이지.

물론 끝까지 자신의 계획대로 밀고 갈 것이다. 소피아 램 박사는 프랭크 폰테인의 여자 버전이라고 생각하면 된다. 폰테인 자신의 급진적 리더십은 그녀의 그것과는 상당히 다를 테지만.

본격적으로 시작하기엔 아직 섣부른지도 모른다. 그러나 일단 씨를 뿌릴 차례다. 서서히 자라나게 해야지. 그러다가 때가 되면…… 수확한다.

앤드류 라이언의 집무실

1954년

빌이 들어서니 앤드류 라이언은 책상에 앉아 있었다.

"라이언 회장님. 정비 보고서를 갖고 왔습니다."

라이언이 눈을 들었다.

"아, 빌. 좀 앉게나."

빌이 맞은편에 앉자, 라이언은 손에 들고 들여다보던 서류 뭉치를 또 바라보았다. 앞부분에 '극비'라고 커다랗게 씌어 있었다.

"그냥 이거 한 번 더 보려던 참이야. 스탠리 풀에게 조사를 좀 맡겼는데, 이 소피아 램이란 여자가 문제라서 말이지……."

라이언은 페이지를 넘기면서 말을 이었다.

"그 여자를 이곳으로 데려온 건 나의 잘못된 선택이었어."

그는 푸념하며 파일을 덮어 옆으로 밀어둔 채, 또 하나의 파일을 열었다.

"그래. 폰테인의 그 '미래회사'라 부르는 투기 건도 알아냈군. 내 보기엔…… 가능성이 충분해. 내가 이걸 정리하는 동안 좀 쉬게나."

라이언은 뭔가를 적으면서 혼자 고개를 끄덕였다. 잠시 후 고개를 들어 빌을 쳐다보며 미소를 지었다.

"내가 매일매일 업무로 정신없어서 말이지, 주위 사람들 챙겨주는 것도 잊어버리는군. 자네 좀 피로해 보이는데, 당연한 일이겠지. 일레인은 좀 어때?"

빌은 그제야 웃으며 긴장을 풀었다. 이런 라이언을 보는 것이 좋았다.

"잘 지냅니다, 회장님. 일레인은 어떻게 하면 남자를 행복하게 하는지 아는 것 같아요."

"좋아, 좋아. 나도 언젠가 정착하고 싶네. 아들도 하나 있었으면 하고. 내가 물려주는 유산을 손에 쥐고 잘 유지할 수 있는…… 그걸 토대로 점차 발전시킬 수 있는 자식 말이네! 미래를 위한 투자지. 랩처 같은 곳에서 자라날 수 있다니 정말 멋지지 않나. 성장기의 아이들에겐 정말 이상적인 곳이라고 생각한다네."

빌은 그 말이 미덥지 못했다. 전혀 아니다. 그러나 그저 막연한 미소를 띠며 고개를 끄덕이기만 했다.

그때 설리번이 급히 들어왔다. 빌에게 눈인사를 하곤, 바쁜 와중에 왜 불렀느냐는 듯 진지한 태도로 책상 뒤편에 꼿꼿이 섰다.

"부르셨습니까, 회장님?"

"아, 부장. 이제 왔나! 그래."

라이언은 설리번 쪽으로 파일을 내밀었다.

"양 소매 다 바짝 걷어붙이고 이 일에만 전념해주게. 자네도 이 플라스미드라고 하는 연구에 관해선 들어봤겠지?"

"플라스미드요? 아뇨, 회장님. 그게 뭡니까?"

"무슨 제품이야. 이걸 보라고."

라이언은 서랍에서 반절로 접은 '랩처 트리뷴' 신문을 꺼내, 빌과 설리번이 볼 수 있도록 책상 위에 펼쳤다. 신문의 뒷면에는 다음과 같은 광고가 대문짝만 하게 실려 있었다.

당신이 바라던 모든 것.
이제 이룰 수 있습니다!
플라스미드! 미래의 황금물결.
폰테인 미래회사가 드리는 무료 샘플!

쑥쑥머리
두뇌계발
신체가속
전기충격
야수변신 근육 강화제
불티나![1]

꼭 써보세요!

라이언은 어깨를 으쓱했다.

"폰테인이 이걸 뿌리고 있어. 머리카락이 자라거나 새 이빨이 돋아나고, 예쁘게 만

---

[1] 원작 게임에서는 '화염 공격!'이라고 표기된 것으로, 플라스미드는 원래 살상용으로 만든 것이 아니라 판매를 위한 상품이기 때문에 '불티나!'라는 이름으로 번역하였다.

229

들어주는가 하면 더 강하게, 젊게, 심지어 더 빠르게까지 만들어준다네. 이미 정비공들 사이에선 엄청나게 팔린다더군. 풀은 이 사업이 유전자 분야의 획기적인 성과라고 했어. 그 무모한 애송이가 또 한 건 올린 거야. 설리번, 자네가 가서 이 플라스미드에 관해 캐낼 수 있는 건 모조리 다 캐오게. 이수종 박사와 브리짓 테넨바움을 고용해서 이 제품을 생산하는 모양이야. 그 여자는 내 보기엔 영 불안정한 성격이던데…… 암튼 물건이긴 해."

빌이 광고를 들여다보더니 이내 고개를 젓는다.

"이건 진짜라고 생각하기엔 너무 좋은 점만 광고하는 것 아닙니까? 그러니까 제 말은, 반드시 어딘가 부작용이 있을 거라는 겁니다. 테스트나 제대로 하고 파는 건지……."

라이언은 상관없다는 투로 손을 저었다.

"나는 테스트를 한답시고 공정을 늦추는 건 별로일세. 사람들이 해보고 싶다면 직접 사서 써보면 되는 게지. 그런데 설리번 자네가 이 건수 좀 맡아주겠나? 풀은 그 램이란 여자를 조사하느라 여유가 없어서 말이야."

설리번은 턱을 쓱 문질렀다.

"전 지금 밀수 건으로 정신없습니다, 회장님. 폰테인이 수법을 바꿔버려서."

"밀수 건은 차후에 처리해도 돼. 부득이 폰테인의 짓이라는 확증이 없는 한."

"아닙니다, 회장님. 아직 체포할 만한 물증은 없습니다. 물론, 회장님께서 지금 아무나 잡아들이라면 또 못할 것도 없지만……."

라이언은 의자에 깊숙이 등을 기댄 채 잠시 생각에 잠겼다. 그러나 이내 고개를 저었다.

"아닐세. 만일 그랬다간 우리가 빨갱이와 다를 게 뭐 있겠나. 확실한 물증을 잡아야해. 하지만 난 우선 이 플라스미드가 뭔지 알고 싶네. 내 직감으론 이 플라스미드가 랩처의 시장구조를 뒤엎을 수도 있다고 보네."

설리번은 손으로 머리를 쓰다듬고 입술에 침을 바르면서 고개를 끄덕였다. 뭔가 더 할 말이 있는 듯했으나 이내 포기한 듯 어깨를 으쓱이곤 대답했다.

"그럼 착수하겠습니다, 회장님."

설리번은 사명을 띠고서 밖으로 나갔다.

"빌, 일전에 나한테 보고했던 그 누수 문제는 어떻게 되어가지?"

염려스러운 투로 라이언이 물어보긴 했지만 눈망울이 축축이 젖어 멍한 걸로 보아, 아마 아직도 딴 생각을 하는 듯했다.

"정비만 거듭하고 있습니다, 회장님. 그 빌어먹을 바닷물이 그냥 잠자코 있는 게 아니지 않습니까. 우리가 밖으로 밀어놓으면 다시 밀고 들어오죠. 그 압력으로 인한 폐해가 이만저만한 게 아니라서 말입니다. 수압, 조류, 기온도 다 바뀌고, 착빙 현상에다 해양 생물도 같이 끼어 들어오니 말입니다. 굴, 불가사리, 각종 벌레까지 말이죠. 지난달에만 해도 인부들을 두 번이나 보내서 긁어내야 했습니다."

"맞아. 요원들 몇은 심해 잠수복 차림으로 살다시피 하니까, 자기들이 아예 바다 생물인 양 착각하기도 했지."

라이언이 미소를 지었다.

빌은 연구실에서 본 실험체를 떠올렸다. 생각하고 싶지 않은 부분이다.

라이언은 연필을 책상에 툭 떨어뜨린 후 손가락을 폈다 굽혔다 하면서 암울한 표정으로 얼굴을 찡그렸다.

"이곳에서 폰테인은 분명 내 호적수가 될 거야. 허나, 고작해야 그자는 날 부추기기만 할 뿐일세. 그자는 내 재능이 불꽃을 피울 수 있게 연료로 삼을 거야. 그렇지만 랩처의 시장구조를 능욕하도록 놔둘 수는 없는 일. 안 되지. 내가 조치를 취해야 해. 이 폰테인이라는 작자는 좀 거칠게 다룰 필요가 있어."

제17정비구역

1955년 초반

옛 정비공들이 살던 구역을 방문하자니 암울하기 짝이 없었다. 빌 맥도나는 이곳에 오는 걸 좋아하지 않았다. 메트로의 가도를 따라 빙퇴석으로 변한 쓰레기들을 주우면서 모퉁이의 전당포 뒤편을 향해 뚜벅뚜벅 걷는 동안, 모호한 죄책감이 밀려오는 걸 어찌할 수 없었다. 랩처에 대해 책임감을 느끼면서도 이런 빈민가가 늘어나리라곤 전혀 예상치 못했다.

누군가가 붉은 칠로 '포퍼스 드롭에 온 걸 환영한다'라는 글귀를 한쪽 벽에 써놓았다. 그 바로 밑에는 받침목에 등을 기대고 시무룩한 표정의 거지들이 줄줄이 초라한 행색으로 앉아 있었고, 개중 몇몇은 판자때기를 게 껍질처럼 걸치고 부르르 떨고 있었다. 이 구역은 현재 난방장치의 도관이 막힌 상태인데, 일부 상인들이 도관을 뚫는 데 드는 비용을 라이언 공업에 납부하는 것을 꺼리고 있다. 그 때문에 빌은 여가 시간을 들여 일부러 이곳으로 온 것이다. 라이언에게 알릴 마음도 없었다. 이렇게 자선 사업을 행하는 것이 그의 귀에 들어간다면······.

롤런드 월러스도 동참하기로 했다. 서로 입 밖에 내지말자 다짐하면서. 월러스는 평소 안면이 있던 전기 기사 한 명을 데려오기로 약속했다. 그런데 지금은 월러스도 그 전기공도 보이지 않았다.

이곳에 혼자 있으려니 빌은 불안해졌다. 벽에 다닥다닥 붙어 앉은 저 실업자들이 그의 일거수일투족을 지켜보고 있다. 빌의 귀에 그들 사이 무언가 주고받는 말이 들려왔다.

"그 여자도 저놈을 감시하고 있어."

모퉁이를 돌아오는 롤런드 월러스를 보니 안도의 한숨이 절로 나왔다. 월러스 옆에는 작업복 차림에 도구 상자를 손에 든 수염이 덥수룩한 사람도 함께였다. 큰 키에 어딘가 퀭해 보이는 인상의 매부리코 사내다.

"어이!"

빌이 소리를 지르자 추위로 입김이 흘러나왔다.

"월러스!"

월러스가 그를 발견하곤 손을 흔들자 빌은 서둘러 다가갔다.

"오늘따라 진짜 반갑네, 친구."

목소리를 낮추며 빌이 인사했다.

"저 누더기 입은 자들이 아까부터 날 뚫어져라 쳐다봐서 말이야. 머리라도 내리칠까봐 조마조마했지."

월러스가 끄덕이며 벽에 붙어 앉은 지저분한 사내와 여자들 쪽으로 시선을 옮겼다. 저마다 손에는 술병이 들려 있었다.

"저놈들 죄다 한잔 걸쳤군. 랩처에선 아무나 술을 담글 수 있잖아. 누군가 저놈들한테 싸구려 압생트[1]를 판다는군. 얼마나 독한지 셋이나 죽었대. 거기다가 두 사람은 장님이 됐다더군."

그는 헛기침을 했다.

"뭐, 가자고. 도관으로 내려가는 가장 빠른 길이 저 전당포 뒤쪽에 있거든. 난방만 된다면 정말 좋겠어. 여긴 정말 추워."

전기공은 아무 말도 하지 않았으나, 입 밖으로 뭔가 나직하게 중얼거리는 것 같았다. 매같이 사나워 보이는 움푹 들어간 눈매가 이리저리 쏘아본다. 빌이 보니 사내의 이마에는 붉은빛의 두툼한 반점이 있었다.

작은 쓰레기 더미를 넘고 큰 쓰레기 더미를 빙 돌아서 전당포 뒤편에 도착했다.

"쓰레기 수거는 하지도 않나?"

빌이 물었다.

"그 비용은 우리가 감당 못하지."

"자네도 여기 사나?"

"그렇잖으면 이런 일을 공짜로 할 리가 있겠소?"

전기공이 퉁명스럽게 응수했다. 목소리에 독기가 서려 있다.

"난방은 꼭 필요해. 자네 같은 라이언 공업 직원들이 없으면 아예 도관으로 내려가지도 못해서 문제지. 적어도 수배당하지 않으려면."

빌은 이해한다는 듯이 고개를 끄덕이곤 전당포 뒷문을 두드렸다.

"누구야?"

안에서 무뚝뚝한 목소리가 흘러나왔다.

---

[1] 초록빛의 프랑스산 독주.

"빌 맥도나요! 아노 득마장을 만나러 왔소! 내 편지 봤을 텐데!"

"아, 예. 들어들 오쇼."

놋쇠로 걸어 잠근 문을 열어준 사람은 그 목소리만큼이나 무뚝뚝해 보였다. 땅딸막한 얼굴에 헝클어진 정장을 입은 그의 아랫입술에는 길게 칼자국이 나 있었고 머리는 뻣뻣하니 짧았다.

"그래, 내가 아노 득마장이오. 이게 내 가게고. 들어올 거면 냉큼 들어들 오쇼."

셋은 먼지가 수북한 어두컴컴한 뒷방으로 들어섰다. 움직일 공간도 거의 없었다. 가전제품이며 헌 라디오, 여자 구두, 드레스, 총기 궤짝, 시계 궤짝, 은으로 된 사진액자 등 담보로 맡길 만한 것들이 바닥부터 천장까지 엄청나게 쌓여 있었다.

"바닥 들창 쪽은 치웠으니까."

득마장이 말했다.

"여기가 원래 그 위에 건물을 지은 거라서."

맨홀 위에 건물을 짓는 것은 지상에서는 불법일지 몰라도, 랩처에는 건축 통제법이란 거의 없다시피 했다.

월러스에게 열쇠가 있었다. 전기공이 손전등으로 비추자, 월러스는 철로 된 바닥에 엎드려 들창문을 들어 올렸다. 전등 불빛으로 철재의 더러운 갱로 안을 비추자 녹슨 사다리가 드러났다.

갱로에서 역겨운 냄새가 새어나와 코를 찔렀다.

"저 밑에 뭔가 죽어 있는 것 같은데."

빌이 중얼거리며 전기공이 불을 비추는 동안 사다리를 타고 아래로 내려갔다. 한걸음씩 아래로 내려갈수록 추위는 더 심해졌고, 나머지 둘도 밑바닥에서 빌과 합류해, 셋 다 등을 구부린 채 지하 통로를 서서히 나아갔다. 전기공이 앞장서서 불을 밝혔다. 시체 썩는 냄새가 점점 심해졌고, 통로는 똑바로 서기엔 몇 센티 정도 모자라는 높이인지라 몸을 구부린 상태로 움직여야 했다.

"키 작은 사람에 맞춰 이렇게 지은 것이라면, 왜 키 큰 사람은 무시하는 거지."

전기공이 투덜거렸다.

"차이라고 해봐야 기껏 몇 십 센티인데."

텅텅 소리를 울리며 서른 걸음 정도 옮겼을 때쯤, 터널은 점점 좁아져서 크기가 넓은 배관이 되었다. 이 지점이 악취의 발상지이자, 난방이 막혀버린 근원지였다. 난방 배관에 시체 하나가 쑤셔 박혀 있었다. 한 소년의 몸이 반쯤 미라가 되어 있었고, 열두세 살쯤 되어 보이는 작은 얼굴은 배관 바닥에 파묻혔다. 넝마나 다름없는 옷을 걸치고 검은 머리에는 이미 오래전에 말라버린 피가 덕지덕지 달라붙어 있었다. 커다란 온풍기의 녹슨 날개 끝이 소년의 모가지를 절반쯤 파먹어버렸다.

"아, 빌어먹을!"

빌이 신음했다.

"불쌍한 놈."

월러스는 구역질을 했다. 진정하기까지 몇 분이 걸렸다. 빌은 전쟁에서 이미 많은 죽음을 보았었고 그건 랩처에서도 마찬가지였다. 이제는 가까스로 면역이 된 줄 알았는데…… 하지만 말라비틀어진 아이의 손을 보는 순간 밀려오는 메스꺼움에 벽을 짚고 서야 했다. 살아보려고 마지막까지 발버둥을 치다 얼어붙은 것 같았다.

"아마……."

목이 쉬어 떨리는 소리로 빌이 입을 열었다.

"이 아이는 지하를 탐색하려 했던 모양이야. 온풍기가 일 년 내내 돌아가는 건 아니니까. 꺼진 걸 보고 그 사이로 넘어가려다가 갑작스레 켜진 거겠지."

전기공이 고개를 끄덕였다.

"그럴 거야. 근데 탐색하던 건 아니었어. 살 곳이 없어서였겠지. 고아들 중 한 명이야. 아이를 맡으려는 사람이 아무도 없으니까 지하로 내려와서 자려고 했던 거야. 여기라면 안전하다고 생각했겠지. 길을 잃었을 수도 있고."

"고아라고?"

빌이 물었다.

"꽤 많은 모양이지?"

"뭐, 여기저기 좀 있어. 사람들이 이곳으로 와서 일하다가 업무가 끝나면 상관들이 해고해버리니까 일이 없는 거지. 그렇다고 랩처를 떠날 수 있냐, 그것도 아냐. 그래서 먹을 것을 두고 서로 윽박지르면서 싸우거나 급기야 죽이기도 하지. 게다가 이젠 플라스미드까지 도져서⋯⋯ 어떤 놈들은 그걸 자제하지 못해. 제어를 할 수 있어야 하는데, 정말 문제야. 만약 스스로 억제하지 못하면 심각한 일이 발생할 수도 있지. 부모 없는 고아만 늘어가는 거야."

"고아원이라도 있어야 하는데."

월러스가 말했다. 그러자 전기공이 쌀쌀맞게 웃었다.

"그 잘난 라이언이 고아원 따위를 운영해서 푼돈이나 챙길 사람인가?"

"그래도 누군가 하나 만들어야 해. 이미 고아들이 많잖아."

빌이 응수했다.

"어쨌든, 이 녀석을 좀 옮겨보자고. 이걸 작동할 수 있을지 봐야지."

영락없이 무덤이 되어버린 그곳을 벗어날 수 있어 내심 반가웠던지 월러스는 자청해서 필요한 물건을 구해왔다. 다급하게 사다리를 기어오르더니 몇 분 후 커다란 삼베 자루 한 개와 장갑 몇 개를 들고 왔다.

"애가 말라비틀어졌잖아. 이걸 씌우면 좀 나을까 하고⋯⋯."

얼굴을 찌푸리며 셋은 간신히 소년의 몸을 온풍기에서 끌어내렸다. 행여 아이처럼 불의의 사고를 당할까봐 도구 상자에서 꺼낸 망치로 날카로운 온풍기 날개를 일일이 막아야 했다.

그러나 메마른 껍데기만 남은 아이의 몸뚱이를 끌어내려 삼베 자루에 넣고 망치를 다시 뽑았을 때에도 온풍기 날개는 여전히 미동이 없었다.

전기공이 온풍기 근처의 제어판을 열고 그 안을 재정비했다. 윤활제를 뿌린 후, 작은 기구를 사용해서 전류 상태를 점검했다.

"회로는 쓸만해. 근데 다시 가동시키려면 약간의 충격이 필요할 거야. 몇 군데는 정지된 지 너무 오래돼서 안에 녹이 슬었어. 둘 다 뒤로 물러서."

전기공은 왼손을 뻗어 제어판으로 향하게 했다. 잠시 정신을 집중하는 듯하더니 눈에서 광채가 나기 시작했다. 이어 희푸른 전기충격파가 손에서 흘러나와 열려진 제어판을 진동하게 만들었다.

빌은 깜짝 놀라 몸을 곤추세우다가 천장에 머리를 쾅 하고 부딪혔다.

"아, 빌어먹을, 놀랬잖아!"

"전기충격 플라스미드."

월러스가 중얼거렸다.

"이게 무슨……."

빌이 머리를 쓰다듬으며 탄식했다.

"그건 대체……."

그때 온풍기가 다시 웅웅거리는 소음을 내며 뜨끈한 열기를 빌의 얼굴에 뿜었다.

"저걸로 됐어."

전기공이 말했다.

"이 온풍기가 멈췄을 때 다른 것도 같이 정지됐거든. 이제 모두 제대로 작동할 거야."

전기공은 휙 돌아서 빌을 쳐다보았다. 그의 눈에는 아직 약간의 광채가 어려 있었다. 컴컴한 지하통로에서 그는 마치 한 마리의 맹수 같았다.

"봤지? 자제하기 나름이라고."

전기공이 말했다.

"플라스미드 말이야."

전기공은 도구들을 집어 들고 사다리 쪽으로 걷기 시작했다.

11

제17정비구역, 싱클레어 디럭스 호텔 및 아파트
1955년

"정말 다 써버린 거야, 루퍼트?"

루퍼트 머지의 아내 샐리가 따지고 들었다. 충분히 그러고도 남는다. 꼴도 보기 싫은 저 정나미 떨어진다는 표정.

샐리는 짧은 다리에 펑퍼짐한 엉덩이의 금발이었다. 입가에 깊게 파인 주름살 때문에 얼굴 전체가 목각 인형처럼 보였다. 빨강, 노랑 꽃무늬가 놓인 해진 드레스를 입고 집 청소 일감을 맡을 때 착용하는 작업화를 신었다.

'난 이제 저 여자보다 숱이 더 많단 말씀이야.'

머지는 숱이 무성한 제 머리를 쓰다듬으며 속으로 생각했다. 거의 대머리였던 것이 폰테인의 플라스미드 덕분에 이렇게 멋진 암갈색의 갈기로 자랐다. 머리칼이 사방에 날리도록 세차게 머리를 흔들어대곤 새 아담을 찾았다. 활성화를 위한 이브를 이미 충분히 마련해놓은 터다.

"그 플라스미드, 당장 폰테인 회사에 도로 돌려주고 와!"

샐리가 이를 부득부득 갈며 소리를 질렀다.

"그 돈을 벌려고 내가 얼마나 고생한 줄 알아!"

"아, 진짜…… 샐리."

플라스미드 주사를 놓으며 머지가 응수했다.

"자고로 남자란 밖에 나갈 땐 좀 꾸미고 나가야 된다고. 난 이게 필요하…….'

신체가속 강화제의 효력이 전신에 스며들자 이빨이 달달 떨리며 갈리기 시작한다.

온 방이 그의 주위를 천천히 소용돌이치며 에너지를 발산했다. 마치 그가 우주의 중심인 것처럼. 겁이 났지만 기분도 그만치 들떴다. 싱클레어 디럭스라는 유창한 이름을 붙여놓은 이 시궁창 같은 아파트마저 그럭저럭 살 만한 곳으로 만들어준다. 금이 간 저 벽만 아니라면. 갓도 씌우지 않은 초라한 저 백열전구만 없다면. 구석에 물이 새어들지만 않는다면. 썩은 생선 내만 없다면.

"새, 샐, 샐리. 나, 나, 나…… 내가 얼마나 빠르고 강한지 사람들한테 보여주고 싶어. 당신한테는 머리가 좋아지는 약을 구해줄게."

"웃기네! 그 약은 당신부터 써보지 그랬어! 당신이 똑똑했으면 이런 거에 돈을 버리진 않았을 텐데! 머리칼 자라게 하는 약 따위가 무슨 소용이야, 그런 쓸데없는 근육도 필요 없다고."

"이 근육으로 아틀란틱 급행열차에서 일할 거란 말이야! 새 구간을 하나 뚫는다고 그랬어!"

"내가 듣기론 더 많은 사람들이 전차나 잠수정을 탈 거라던데? 급행열차든 뭐든 이미 퇴물이라고. 그 회사가 잘도 당신을 고용하겠다. 차장한테 달려들었다가 쫓겨난 주제에!"

"아우, 그 미친 자식이 먼저 핸들을 뽑아버렸단 말이야!"

"그때도 그 망할 플라스미드에 취해 있었잖아, 정신 나간 건 당신 쪽이라고! 그 사람 머리에 렌치를 던진 게 누군데!"

"플라스미드…… 이건 익숙해지려면 시간이 좀 걸려서 그래! 그땐 아직 적응이 안 됐었다고! 내 친구들도 다 사용하고 있단 말이야!"

"아무렴, 그 친구들 대부분이 그것 때문에 굶어죽는 처지가 됐는데도? 마냥 취해갖고는 바다에 주저앉아서 조잘대기만 하고! 그 플라스미드 중 하나라도 부작용이 없는 거 봤어? 그럼 당신 얼굴에 난 그 자국은 뭐야?"

"뭐가, 당신은 여드름도 안 나?"

"여드름 좋아하네. 되도 않는 곳에서 살이 돋아나고 있잖아!"

"이 여자가…… 주둥이 닥치고 저녁이나 지어와!"

"주둥이 닥치라고? 올림포스 하이츠의 그 잘사는 양반들 밑에서 진종일 바닥만 닦고 시궁창으로 귀가했더니 날더러 저녁이나 지어오라네! 왜, 당신 손으로 밥 한번 지어보시지? 사과로 요리해 먹는 건 어때? 우리는 살 수도 없는 사과로 말이야! 내가 벌어온 돈을 전부 플라스미드에 써버리면 대체 뭐로 밥을 지으라는 거야! 라이언은 급식 제도 같은 건 조금도 생각하지 않잖아!"

"폰테인이 급식 비슷한 걸 마련했다던데…….."

"나 같으면 그 남자의 근처에도 얼씬거리지 않을 거야. 매이지가 그러는데 그 양반 완전 도둑놈이래!"

"웃기는군, 그 골빈 여자가 뭘 알아? 폰테인은 괜찮은 사람이야. 그렇잖아도 거기서 일거리나 좀 찾아볼까 생각 중이었는데…… 나 요즘 힘 좀 쓰거든! 이것 봐!"

머지가 팔뚝의 두갈래근을 꿈틀거리자 가슴 근육까지 부풀어 올라 셔츠가 우두둑 찢겨나갔다.

"이건 야수변신 강화제 때문이야! 보라고, 플라스미드는 우리의 미래야!"

샐리는 그와 마주보고 있는 낡은 소파에 맥없이 주저앉았다.

"그렇지 않아도 그것 때문에 걱정돼 죽겠다, 그 미래 때문에…….."

이젠 가냘픈 목소리가 되었다. 그리고 그 목소리는 고래고래 소리를 지를 때보다 곱절은 더 짜증스러웠다.

"창문이 있는 집이라도 살 수 있으면 좋으련만. 뭐, 물고기밖에 보이지 않겠지만. 여기선 보이는 게 죄다 물고기니까."

한층 상승된 체내의 에너지로 무릎까지 떨려오던 머지는 전당포에 맡길 물건을 찾아 작고 허름한 아파트 내부를 훑어보았다. 만일에 대비해서 신체가속 강화제를 한 통 더 사고 싶었다. 플라스미드가 갑자기 떨어지는 건 바라지 않는다. 지금 남은 거라곤 아이스박스에 들어 있는 야수변신 한 통뿐이다. 라디오…… 저거 팔면 안 되나? 마누라가 아끼는 건데. 그들에게 남은 유일한 여흥이었다.

"진짜 웃겨, 싱클레어 씨는 뭘 보고 이 시궁창 같은 곳을 디럭스라 부른 거지."

샐리가 중얼거렸다.

"뭐, 그 양반 유머가 그거밖에 안 되나 보지. 암튼 당신이 정말 정신 차리고 일하지 않으면, 우린 이 아파트도 유지 못할 거야. 나 혼자 버는 걸로는 집을 감당 못하니까. 당신이 그 빌어먹을 쓰레기 약을 자꾸 쓰니까 그렇잖아!"

"이 여자야, 그만 좀 떠들어대라고."

마지막 남은 야수변신을 지금 써보면 어떨까. 신체가속 강화제가 아직 몸 안에 생생하게 살아 있는 지금 사용한다면……? 그나저나 샐리도 '가슴커져'를 쓰면 좋을 텐데.

머지는 일어나서 아이스박스 쪽으로 걸어갔다. 야수변신 한 통을 콩 깡통 뒤에 숨겨놨었다.

샐리를 등진 채로 그 자리에서 바로 약을 주사했다. 불끈불끈하는 붉은 에너지가 전신에 퍼졌다. 온 몸뚱이를 타고 흐르는 걸 분명히 느낄 수 있었다. 마치 세포 하나하나가 안에서 새로 태어나는 느낌이다.

샐리는 여전히 쉴 새 없이 칭얼대고 있었다.

"이 구역은 사람이 살 데가 아냐! 열차를 정비하기 위한 가건물이어야 한다고! 이 정도라면 어렸을 적 공황기 시절에 살던 그 시카고의 쓰레기 동네보다 나을 게 뭐 있어! 당신, 전철역 밑에 있는 구역을 사람들이 뭐라 부르는지 알아? 포퍼스 드롭이래! 당신, 그 말 들려? 거지들을 낳는 소굴이라잖아, 루퍼트! 당신이 날 겁탈한 곳이 거기 잖아! 아버지 말을 들었어야 하는 건데. 아버지가 그렇게 경고했는데도. 거기 서서 뭐 하는 거야? 자기 모습이 지금 어떤지 알기나 해! 뭐야, 온몸이 부풀어 올랐잖아…… 정상이 아냐!"

루퍼트 머지는 빙그르 돌아 아내를 보았다. 저 얼굴 표정 좀 보라고! 그러게 진작 주둥이를 닥칠 것이지. 저 엉거주춤 기어가는 모습 좀 봐…… 척 보면 알지. 문 쪽으로 도망치려고 하네.

"주둥이 닥치라고 했지, 이 여편네야!"

머지가 호통을 친다. 그 소리에 금속으로 된 벽이 쩡쩡 울리는 것 같았다.

"네 애비가 경고했었다고, 엉? 그 머저리 같은 양반도 이런 건 꿈도 못 꿨을 거야!"

샐리는 미친 듯이 문고리를 잡아당기고 있었다. 루퍼트 머지는 몸을 돌려 아이스박스를 훌쩍 들어 올리곤, 다시 빙글 돌아섰다. 그리고 샐리를 향해 내던졌다.

그게 얼마나 가벼웠는지 그저 웃음만 나온다.

아내의 몸이 얼마나 무른지 그것도 우스웠다. 어떨 땐 정말 공포의 화신처럼 느껴졌었는데. 분노로 똘똘 뭉친 땅딸막한 풍선. 하지만 봐, 녹슨 문을 온통 적신 뻘건 핏덩어리일 뿐이잖아. 벽에도, 바닥에도, 천장에도 달라붙었네. 머리만 남아서 방구석을 노려보고 있잖아.

아, 이런. 샐리가 월세를 내고 있었는데. 이제 죽어버렸네.

여기서 나가야겠어. 폰테인한테 가보자.

머지는 황급히 문을 열고 나가 전철을 향해 걸음을 옮겼다. 그래…… 폰테인 회사. 거기서 꼭 일거리를 찾고 말겠어, 아무 일이나. 폰테인 쪽에서 사람들이 뭘 해달라고 해도 다 할 거야. 왜냐하면 그에게는 꼭 필요한 게 있거든. 샐리는 그걸 이해하지 못한 거라고. 정말로 절실히 필요한 거야. 더 강해질 필요성 말이야.

랩처, 아카디아

1955년

"이곳에 필요한 게 뭔지 알아요?"

그들을 에워싸고 있는 공원을 둘러보며 일레인이 말했다.

"새소리요. 랩처엔 새가 없잖아요."

따사로운 황금빛의 인공조명이 대기를 감쌌다. 빌이 직접 설치한 환풍기의 날개가 수선화와 장미 향기를 그들 쪽으로 다정히 밀어주고 있었다.

빌과 일레인은 손을 잡고 벤치에 나란히 앉았다. 일이 없는 날이면 둘이 같이 지내기로 마음을 먹었던 터다. 점심을 먹은 후 긴 산책에 나섰다. 저녁 먹을 시간이 가까웠지만, 공원을 돌아보는 건 참 즐거운 일이다. 꽃향기를 맡고, 온실도 돌아보고, 시냇물이 찰랑이며 흘러가는 소리도 듣는다. 빌은 딸아이, 소피를 데려오지 않은 것이 후회스러웠다.

아직 살도 안 된 소피는 모형 나무다리로 쪼르르 달려가서 다리 아래, 여과되어 흘러오는 시냇물에 잔디를 흩뿌리곤 했다. 풀잎이 물결을 따라 아래로 둥둥 떠내려가다가 벽 속으로 사라지는 걸 지켜보았다. 같이 왔다면 고비 줄기나 인공석, 작은 나무 사이로 뛰놀며 즐거워했을 텐데.

그래도 빌은 딸이 아파트에서 재밌는 시간을 보내고 있으리라 생각했다. 마리스카 루츠의 딸인 마샤와 함께 바다 보물찾기 게임을 하면서. 마리스카는 일레인이 아르테미스 스위트에 들렀다가 그 자리에서 시간제 보모로 바로 채용해버린 동유럽 출신의 여자다. 생각해보면 소피와 마샤 둘 다 랩처 밖의 세상을 전혀 알지 못한다는 사실이 좀 우스웠다. 라이언은 지상 세계와 연관된 그림이나 사진을 수업 중에 사용하지 못하도록 했다. 그건 빌에게 '지상으로의 여행' 열차만큼이나 걱정되는 부분이었다. 그러나 당장 그보다 더 걱정스러운 일이 많았다. 그라벤슈타인이 망해가는 자신의 식료품 가게 앞에서 권총으로 제 머리를 겨눈 일. 빌은 그 기억을 좀처럼 떨쳐내지 못했다.

"여기에 확실히 새는 없지, 여보."

빌이 마침내 입을 열었다.

"근데 벌은 있잖아, 실버윙 양봉장에. 아, 저기 지금 한 마리 날아가네."

벌이 유유히 날아가는 것을 둘은 지켜보았다. 몇몇 이상하리만치 '야생스러운' 사람들을 제외하곤 랩처 안에서의 유일한 야생동물인 셈이다. 벌은 여기 있는 식물의 가루받이 과정을 위해 꼭 필요했다. 이 식물들이 랩처의 산소 공급원이었으니까.

"아, 저기 당신 친구 줄리가 오네요."

일레인이 가리켰다. 줄리 랭포드가 다가오는 것을 보면서 일레인은 입술을 굳게 다물었다.

빌은 아내를 슬쩍 쳐다보았다. 정말 자기가 줄리와 로맨스라도 나누는 줄 아는 건가?

누가 실용주의자 아니랄까봐 머리를 단정히 핀으로 고정한 생태학자 줄리 랭포드는 마흔 살 가량 되는 아담한 체구의 여자였다. 테 없는 안경을 쓰고, 나무 농장 등 랩처의 몇 안 되는 자연생태 구역에서 일하기 편하도록 황록색의 작업복을 입었다. 빌은 종종 줄리와 대화를 나누곤 했다. 그녀의 세련된 유머나 자유로운 사고방식을 좋아했다.

줄리 랭포드는 세계대전 당시 동맹국의 편에 서서 고엽제를 제작했다고 한다. 태평양에서 일본군의 밀림 기지를 탐색하려는 목적에서다. 또한 앤드류 라이언이 랩처에 그녀를 데려왔을 땐 연방 정부의 임무를 저버린 것으로 판단한 미국 정부가 상당히 불쾌해했다는 소문도 들었다. 실상 그녀는 북미에서 흔적도 없이 사라졌던 것이다. 그 이후로 전 세계를 뒤져 줄리의 행방을 수소문하는 중이라고 한다.

"안녕, 빌, 일레인."

줄리는 식물 표본을 들여다보며 조금 산만한 어조로 말을 건넸다.

"아직도 여기에 들어오는 자연광이 많이 부족하네. 등대마다 태양광 거울을 더 많이 설치해야겠어. 노간주나무들 이파리 끝이 벌써 갈색으로 변했잖아."

허리춤에 손을 짚은 채 일레인 쪽으로 공손하게 몸을 돌렸다.

"예쁜 딸은 잘 지내겠지?"

일레인은 웃어 보이는 척했다.

"아, 우리 소피는 잘 지내요. 요즘엔 그거 배우느라고……."

"좋아, 좋아."

줄리는 설명을 기다리지도 않고 빌 쪽으로 시선을 옮겼다.

"빌, 만나서 다행이네. 우리 보스에 관해서 얘기 좀 해야 되거든. 몇 분이면 돼. 미안하지만 단둘이."

빌은 아내를 쳐다보았다. 어떻게 생각할까.

"괜찮아, 일레인?"

"그렇게 하세요, 난 괜찮으니까, 당신 맘대로."

"그럼 금방 돌아올게, 여보."

표정을 보아하니 자기가 줄리와 단둘이 얘기하는 게 전혀 괜찮은 것 같지 않다. 그렇지만 일레인은 원래 쾌활한 성격이지 않나. 가끔씩 질투를 유발시키는 것도 좋겠지. 자기와의 관계를 너무 안일하게만 받아들이는 것보다는 낫다. 빌은 일레인의 볼에 가볍게 키스한 후, 줄리와 함께 작은 다리 쪽으로 걸어갔다. 연인처럼 보이지 않게 바지 주머니에 손을 꽂고서.

"저 아가씨한테서 당신을 떼어놓을 생각은 없었는데."

빌이 듣기에 일레인을 조금 비꼬는 듯한 투로 줄리가 말을 건넸다.

"그래도 난 지금 내 편인 사람이 필요하거든. 당신이 이 공원을 얼마나 아끼는지 아니까."

"그래. 뭐가 문제인데, 줄리?"

"몇 십 년 동안이나 밀림에서 일본군을 탐색하느라 식물 생태계를 전멸시킨 나 같은 여자가, 이곳에선 정반대의 일을 하고 있단 말이야, 빌. '에덴 같은 곳을 창조하고 싶네'라고 라이언 회장이 그러더군. 그래놓고선 이젠 이 공원을 돈을 내고 입장하는 관광지로 바꿀 참이야. 랩처 주민들을 위한답시고 말이지."

"뭐? 난 여기가 공공시설인 줄 알았는데."

"그럴 의도였지. 하지만 라이언 회장은 대중이 뭔가를 공유한다는 것 자체를 부정하는 사람이야. 게다가 지금은 폰테인과 경쟁해야 하는 처지라서 말이지. 그래서 자금 확보로 혈안이 된 거야. 이곳의 모든 시설에 요금을 부과할 생각인 것 같아. 날 고용해서 바다 밑바닥에 숲을 만들게 해놓고선, 유유자적한 산책마저 하나의 사치품으로 바꿀 참이야. 돈을 내야 하는 것으로 말이야! 라이언 회장이 어떤 사람인지 잘 알잖아. '농부가 자신이 수확한 곡식을 직접 팔 수 있어야 하지 않은가? 그릇 만드는 장인이 자기가 만든 그릇을 팔면서 돈 벌 권리가 없나?'라면서. 이제 난 어떡해야 할까? 그 사람이 내 보스이긴 하지만 당신 말을 더 잘 듣잖아, 빌. 이 일을 중단해달라고 얘기해 줘. 랩처에는 대중이 무료로 이용할 수 있는 공간이 있어야 해. 공공시설 말이야. 사람들에겐 그게 절실히 필요해, 숨 한번 제대로 들이쉴 수 있는 공간이."

빌은 고개를 끄덕이며 아내 쪽을 돌아보았다. 빌은 앤야 앤더스도터가 아내 곁에서 함께 대화하는 걸 보고 다행으로 여겼다. 일레인은 웃고 있었다. 앤야는 늘 멋진 차림새에 페이지 보이 헤어스타일[1]을 했고 창의적인 사고방식을 지녔다. 이 아담한 여자

---

[1] 1950년대 유행했던 개성 강한 단발머리 스타일.

를 일레인은 무척이나 좋아했다. 앤야는 신발이나 옷가지 등을 디자인하면서 자신의 부티크까지 운영하고 있다. 랩처 성공기의 모범적 사례라 할 만하다.

빌은 다시 줄리를 향해 몸을 돌렸다.

"근데 이거 보라고. 내가 무슨 일을 할 수 있겠어, 줄리? 당신도 회장님이 산에 불을 질렀던 사건은 알고 있겠지?"

"뭐라고? 아니, 몰라!"

"그래, 회장님이 이러시더군. '나도 한때 숲을 사들인 적이 있었지. 그런데 사람들은 그 땅이 신의 소유라고 그러더군. 거기다가 국립공원을 지으라는 거야. 국립공원이라니 말이 되나? 기껏해야 어중이떠중이들이 모여 맹하게 서성이다 야영이나 하고 가버릴 텐데 말이지. 자기들이 자연의 아름다움을 즐길 권리가 있다는 듯 시늉하면서! 그 땅은 내 소유야! 빌어먹을 연방정부의 국회에서 내 숲을 국유화하려고 했었지. 그래서 내가 몽땅 불태워버렸어'라고 말이야."

"설마……."

"설마가 아니라 진짜야. 회장님 같은 사람이 공유지를 만든다는 게 상상이나 가?"

줄리는 낮게 한숨을 내쉬며 고개를 설레설레 저었다.

"아마 힘들겠지."

그녀는 그들 주위에서 보석처럼 반짝이는 공원을 가리켰다.

"라이언 회장이 이렇게 말한 적도 있어. '신이 아카디아에 씨를 뿌린 게 아니야. 내가 했지'라고. 하지만 이걸 전부 고안한 사람은 나야. 다니엘 웨일즈의 도움을 받아서."

"난 우리가 좀 더 라이언 회장님을 믿어야 한다고 생각해. 여태껏 어떤 사고방식으로 일을 해온 분인지 잘 알잖아."

"그렇긴 하지. 하지만 거기서 끝나는 게 아니니까 그렇지. 산소까지 추가 요금을 붙이겠다고 했단 말이야! 라이언 공업이 돈을 들여 공급해주기 때문에 랩처에 숨 쉴 공기가 있다고 하셔!"

"아, 빌어먹을."

빌은 목소리를 낮췄다.

"저기 저 머저리 같은 샌더 코헨 씨가 오는구먼."

샌더 코헨은 지루한 듯 멍한 표정의 청년 두 명과 나란히 팔짱을 끼고 작은 다리 위로 다가왔다. 청년 둘은 사냥복 차림이었는데 손에는 아무 무기도 들지 않았다. 코헨은 멜빵 달린 티롤 산 가죽바지를 입었고 보라색 깃털이 달린 등산모를 쓰고 있었다. 짧은 가죽바지 아래로 울퉁불퉁한 무릎이 훤히 드러났다. 오늘따라 유난히 창백해 보였는데 아마 무언극 광대처럼 진한 백색 분장을 해서겠지. 여기는 무대와 멀리 떨어진 곳임에도 불구하고…… 코헨은 빌을 발견하자 위로 치켜세운 콧수염의 끝이 흥분한 듯 떨렸다.

"아! 무슈 윌리암 맥도나흐! 마담 랭포드!"

별 이유도 없이 마치 그 둘이 프랑스인인 것처럼 괴상한 발음으로 이름을 불렀다.

"코헨 씨."

랭포드가 머리를 살짝 숙이며 인사했다.

"샌더."

빌도 인사했다.

"신사분들, 산책 가시는 모양이지요?"

"사실 그러는 중일세!"

코헨이 대답했다.

"이 녀석들이 오늘 너무 많이 마셨거든. 게다가 신체가속 강화제 주사를 너무 많이 맞지! 공원으로 산책 가자고 꼬드기더군. 근데 자네도 알다시피 내가 원래 공원 같은 데를 싫어하잖나. 사실, 무지 싫어해. 정말 짐승 같은 곳이야."

코헨은 자기의 왼편에 선 청년의 팔을 살짝 꼬집었다.

"이런 짐승 말고. 이 정도면 정말 고상한 짐승이지, 이름은 사일러스 콥이라 한다네. 자네도 이 녀석이 운영하는 예쁜 가게에 가봤겠지, '랩처 레코드'라고! 뭐, 내 소유라고 해도 될까. 내가 투자한 가게니까."

콥은 암갈색 머리에 몽환적인 표정을 한 비쩍 마른 청년이었다. 멋쩍은 듯 헛기침을 하더니 꾸벅 인사를 한다.

"예, 제 '예쁜 가게' 월세를 내주시죠. 코헨 씨가 녹음한 음반이라면 없는 게 없어요."

그러다 조금 표정이 밝아지면서 말을 이었다.

"근데 다른 가수들 것도 많아요. 시나트라, 빌리 홀리데이 등등."

콥은 여전히 취기가 가시지 않았는지 다리가 휘청거렸다.

"그리고 이 큰 바위 같은 애가……."

코헨은 자기 오른편에 선 건장한 청년 쪽으로 황급히 고개를 돌리며 말했다.

"마틴 피네건."

피네건은 긴 콧수염이 있는 건장한 사내로 인상이 험악한 편이었다. 머리 꼭대기의 푸짐한 더벅머리 때문에 키도 더 커 보였다. 사나운 남성미에도 어딘지 여성스러워 보이는 묘한 사내였다.

"마틴은 내가 브로드웨이에서 '멋쟁이 청년'을 공연했을 때 무대 뒤에서 일하던 애야. 막을 내리는 밧줄을 잡아당기는 강심장이 바로 이 녀석이지. 확실하게 내려주거든. 근데 이 아이도 배우야. 차세대 에롤 플린이라 해둘까, 응, 마틴?"

"뭐, 안 될 거 없죠."

피네건이 으르렁거렸다.

"그 자식쯤이야 단번에. 근데 플린이란 놈, 대체 어디 출신이야? 아일랜드 놈은 아니겠지, 그쵸?"

코헨은 콧방귀를 뀌며 손을 흔들었다.

"오스트레일리아나 태즈메이니아, 뭐 그런 곳에서 왔겠지. 성공한 배우들 중 제대로 연기하는 사람이 몇이나 있을까. 그저 조명만 좀 받쳐주고 안면근육의 때깔이 좀 좋을 뿐이지. 옆모습이 잘났거나. 헉! 저게 뭐지!"

벌 한 마리가 날아가자 코헨은 냉큼 머리를 숙였다.

"저거 곤충 아니야? 랩처에 무슨 곤충이 날아다니는 거야! 여기 오면 곤충 따위는 없을 거라 생각했는데!"

"그냥 아무런 해도 안 끼치는 작은 벌레 한 마리인데요."

줄리가 설명했다.

"꽃을 재배하려면 꼭 필요하죠."

"역겨운 것들. 아주 지긋지긋해. 나한테 붙을지도 모르잖아. 날 쏠 수도 있고. 자연은 정말 혐오스러워. 언제나 인간에 불복하잖아! 게다가 조직화할 수도 없고. 자기가 무슨 주인공인가? 아니야! 자연은 정복할 대상이야, 굴복하게 만들어야 돼! 자네 오늘 정말 소탈한 멋이 있구먼, 빌. 우리랑 같이 카슈미르에 가지 않겠나? 함께 와인 몇 병 기울이는 건 어때, 응?"

"빌! 빌!"

빌이 돌아보니 롤런드 월러스가 얼굴이 시뻘게진 채 숨을 헐떡이며 다가오고 있었다.

"자네는 뭐가 문제야, 월러스? 오늘 벌써 두 번이나 이 말을 물어보네. 정들면 어쩌지?"

월러스는 걸음을 멈추고 무릎에 손을 짚고 서서 가쁘게 숨을 몰아쉬었다.

"빌…… 비, 비상사태! 헤파이스토스에서 물이 새고 있어! 태업인 것 같아. 누군가가 의도적으로 꾸민 일이라고, 빌. 누군가가 우리 모두를 죽이려는 거야."

랩처, 카슈미르 레스토랑

1955년

라이언은 저녁 식사를 하면서 회의 중이었다. 오늘 모인 사람들은 다이안 맥클린톡, 엔지니어인 안톤 킨케이드, 푸른색 베레모를 쓰고서 사뭇 예술가인 척하는 안나 컬페퍼, 폰테인 미래회사의 고위 간부인 게리스 피셔였다. 설리번도 초대를 받았다. 레스토랑의 대기실에 자리를 잡은 칼로스키가 그들로부터 조금 떨어진 거리에서 경호를 하고 있었다. 임무가 임무니만큼 칼로스키 역시 식사 중이다. 단, 술은 마실 수 없었다. 술 한잔, 특히 보드카가 들어가면 종종 난사하는 경향이 있어서다. 뉴욕에 있을 때 한번은 택시기사를 쏜 적이 있었다. 번들하게 닦아놓은 리무진 범퍼를 살짝 스쳤다는 이유로. 라이언은 칼로스키를 감옥에서 빼내려고 꽤 많은 뇌물을 써야 했었다.

라이언은 우아한 순은제 포크로 농어 구이를 발라내며 늘 미소를 잃지 말아야 한다고 스스로 다짐했다. 사실 웃을 이유는 하나도 없었건만 카슈미르 레스토랑에서 이 연회를 연 것이 자신이었기에 그만큼의 체면치레는 해야 했다. 오랜 시간 수다를 떠는 손님들 사이에서 시종 조용히 앉아만 있었던 것이다. 안나는 요즘 새로 작곡한 곡을 자랑하기 바빴고 다이안은 한창 작업 중인 그림에 대해서 떠들었다. 근거 없이 자신이 천생 화가라고 생각하는 사람이다. 킨케이드는 재치 있는 사람으로 보이려고 노력 중이지만 그다지 성과는 없었다. 라이언은 다들 짜증스럽기만 했다. 다들 랩처에 관한 속내를 감추고 다른 얘기만 하려는 것 같았다. 자신의 등 뒤에선 이곳에서의 생활에 대해 무슨 말을 쑥덕거릴지 궁금해졌다. 최근 주민들의 불평불만이 점점 심해지고 있었고 소피아 램은 끊임없이 불난 집에 부채질을 해댔다.

라이언은 랩처에서의 삶이 행복하고 즐거운 양 시늉하는 손님들을 찬찬히 살펴보았다. 이 도시로 그가 불러들인 수많은 소인배들처럼, 그들의 삶 역시 모서리에 금이 가기 시작했겠지. 그들에겐 온갖 부와 권리가 주어졌다. 지금 이 순간에도 랩처에서 가장 비싼 레스토랑의 귀빈석에 앉아 있지 않나. 층층이 물을 뿜어내는 대리석 분수며 형형색색의 부채꼴 식물들이 푸른 조명에 맞춰 춤추는 저 심해 정원이 훤히 내다보이는 큰 창문 아래 말이다. 어딘가에 숨겨놓은 스피커에서 쇼팽의 곡이 흘러나왔다. 돈만 있으면 이곳에서의 삶은 안락한 황홀경 그 자체다. 그러나 돈이란 건 제아무리 많아도 모자란 것이지.

라이언은 안톤 킨케이드가 넋을 잃고 다이안을 쳐다보는 것을 눈치챘다. 킨케이드는 대인관계에서 고상함이라곤 전혀 없었지만 엔지니어링에 관한 한 천부적인 명석함을 지녔다. 초라한 스웨터 차림에 비뚤어진 나비넥타이. 고작 맥주를 시켜놓고 홀짝대는 그 꼴은, 우아하게 샴페인을 들이켜는 피셔와 대조를 이루었다. 다이안은 안톤 킨케이드를 어떻게 생각할까. 그래도 랩처 메트로를 설계한 엔지니어다. 오히려 그녀의 눈엔 창의성을 존중하는 그가 꽤 인상적으로 비춰질지도 모른다. 다이안은 겉으론 꽤나 지적인 척 행동하곤 해도 사실은 아주 여린 여자 아니었던가.

오늘 밤 이 레스토랑에서 식사를 하는 다른 손님은 맞은편 구석의 피에르 고비와 마리안 델라헌트뿐이다. 고비는 젊은 프랑스인으로 포도주 양조 업자였다. 겉만 번드르한 마리안의 수다를 들어주느라 지겨운 듯 보인다. 마리안의 잘 다듬어진 저 얼굴은 인성이나 연륜도 드러나지 않은 채, 그저 텅 비어 보인다. 스타인먼 박사를 수차례 찾아갔었군.

라이언은 빌과 일레인이 여기에 있었으면 싶었다. 빌 맥도나는 동석하기에 딱 좋은 친구다. 사리분별도 있고.

설리번은 월리 산 최고급 포도주를 세 잔째 비우려는 참이다. 모임에선 원체 딱딱하게 굳어버리는 터라, 얼굴이 석상처럼 하얗게 변한다든지 아니면 엄청 취해버려 여자들 꽁무니나 쫓곤 했다. 그렇게 추파를 던지는 단계가 지나면 여지없이 알코올 중독자들이 자주 보이는 암울한 분위기가 되어, 창문에 비춰지는 끝없는 푸른 심해를 화가 난 듯 노려보곤 했다. 라이언은 뻔히 그의 속내를 읽을 수 있었다. 이 지랄 맞은 일을 하려고 여기까지 내려와서 살다니, 내가 미쳤지.

그러나 일단 술이 깨고 나면 설리번은 언제나 제 몫을 해냈다. 라이언은 설리번이라면, 언제나 신용할 수 있음을 잘 알고 있었다. 그것만으로도 그의 단점들은 충분히 간과할 수 있었다.

게리스 피셔의 경우엔 미더운 사람인지 아닌지 좀처럼 확신이 서질 않았다. 중년의 도시인 분위기가 물씬한 피셔는 생화학자이자 기업가였고, 폰테인이 플라스미드를 상품화하는 것에 조력한 인물이었다.

"폰테인 미래회사에선 새롭다거나 흥미로운 진전이 있다던가, 게리스?"

라이언이 개의치 않는다는 투로 물었다.

예상한 대로 피셔는 알 수 없는 오묘한 미소를 머금었다.

아, 하며 길쭉한 샴페인 술잔을 손톱 끝으로 두드리며 소리를 낸다.

"당연히 있죠. 하지만 회장님께서 굳이 신경 쓰실 정도는 아니라고 할까요."

"그쪽의 야수변신 같은 약은 꽤 잘 팔린다던데. 다른 제품은 뭔가 유통과정에 문제가 있어 보이더군."

피셔는 어깨를 으쓱했다.

"도로에는 물웅덩이가 울퉁불퉁하게 패어 있잖아요? 가다가 차가 바로 박혀버리죠. 그럼 타이어를 갈아야 하고, 가는 길이 더뎌지게 마련입니다. 우리 피부윤택제는 아가씨들 사이에 꽤 인기가 많습니다만. 거기다가 폰테인의 신제품도 있죠, '불티나'라고. 그것 참 상당히 쓸 만하죠."

"뭐, 그렇긴 하지."

라이언이 냉랭한 코웃음을 쳤다.

"주방의 요리사가 그걸로 불을 붙이는 걸 본 적이 있어. 그냥 손가락을 갖다 대고 훅– 하니 불이 붙더군! 처음엔 좀 놀랐지."

"뭐 아시겠지만, 그렇게 놀라는 것 자체가 광고 아니겠습니까. 주의가 확 집중되잖아요."

라이언은 고개를 끄덕였다. 확실히 그것만으로도 효과가 있었다. 요리사가 손가락 끝에서 불을 뿜어내는 것은 자신에게조차 인상적인 광경이었으니까. 랩처의 과학기술이 얼마나 놀라운 수준인지 단번에 증명했던 것이다. 게다가 설리번이 보고한 바로는 폰테인 녀석이 실로 엄청난 이익을 챙기고 있었다. 라이언 자신의 자산을 능가할 정도로. 라이언 공업도 하루빨리 플라스미드 개발을 해야만 한다.

킨케이드가 또 넋을 잃고 다이안을 바라보고 있다. 라이언은 다이안을 킨케이드에게 안겨줘 버릴까 하는 궁리를 해봤다. 물론, 그녀에게 자신의 곁을 떠나라고 할 수도 있다. 하지만 이 여자는 어찌됐건 이미 그의 마음 깊숙이 들어와 있었다. 다이안을 보내는 건 고통스러울 것이다. 바로 그래서 그녀를 떠나보내려는 것이기도 하지만 말이다. 그는 만만치 않은 대인관계로 인한 방해를 원하지 않았다. 요즘엔 결혼하고 싶다는 암시까지 준다. 혐오스러운 생각이지. 절대 다시는 결혼하지 않는다. 라이언은 다이안이 스스로 떠나줬으면 싶었다. 자기 손으로 밀어내지 않게‥‥‥.

팔에 다이안의 손끝이 닿았다. 돌아보니 다이안이 꾸짖듯 그를 바라보며 미소 짓고 있었다.

"자기, 나 술잔 비운 지 한참 됐는데."

라이언은 속으로 한숨을 쉬었다. 전직 담배 파는 아가씨, 적어도 사람들의 인식은 그랬다.

이제는 영화에서 주워들은 겉멋이 잔뜩 들어간 건방진 발음으로 말을 했다. 자기가 무슨 머나 로이 같은 배우라도 되는 양.

"알았어. 우리, 샴페인 한 병 더 시켜야겠는데."

설리번을 위해서라도 와인은 더 시키고 싶지 않았다.

"브렌다!"

카슈미르의 여주인은 실상 라이언의 사업 파트너나 마찬가지였다. 브렌다는 지구본을 들어 올리는 강인한 영웅의 조각상을 총총걸음으로 지나오며 라이언을 향해 환한 미소를 지어 보였다. 넓은 이마가 창을 통해 들어오는 빛에 번들거렸다. 서른을 훌쩍 넘긴 여자가 입기엔 무리인 듯한 꽉 조이는 은빛 가운을 입었는데, 라이언이 보기에도 가슴 부분이 너무 과하게 드러났다. 카펫 위를 게이샤처럼 종종 걸음으로 건너왔.

"앤드류!"

헐떡이며 십대 소녀 같은 소리를 냈다.

"뭘 갖다드려요?"

"이 집에서 제일 좋은 샴페인으로 한 병 부탁하오."

"아, 그리고……."

설리번이 덩달아 한마디 갖다 붙이려던 찰나, 라이언이 노려보는 것을 보곤 어쩔 수 없다는 듯이 한숨을 내쉰다.

"어, 물 한 컵만."

"제가 직접 대령할게요. 직접, 직접이요! 거기다가, 음…… 디저트도 한 카트 가득 끌고 와야겠네요!"

"좋지."

라이언이 말했다.

"그럼 좋겠네. 고맙소, 브렌다."

테이블을 한 바퀴 훑어보았다. 브렌다를 향해 짓던 미소가 그녀가 자리를 뜨자마자 온데간데없이 사라졌다. 물론 피셔는 빼고. 랩처에 가장 잘 어울리는 장본인인 그는 여전히 자신에 찬 미소를 띠고 있었다.

혹시, 라이언은 생각했다. 이 모든 욕구불만이 실은 내가 상상하고 있는 건 아닐까. 그러나 설리번이 보고한 내용이나 다른 경로를 통해 들어온 정보를 보아도, 사회 전반에 걸쳐 사람들의 불만이 팽배한 것만은 분명했다. 특히 아르테미스 스위트와 포퍼스 드롭은 두 곳 다 위험할 정도로 인구가 늘어나 있었다. 기본적 정비 작업에 필요한 인원수를 과소평가했던 탓에, 그들을 위한 주거공간을 충분히 건축하지 못한 것이다. 랩처의 인구는 곧 만 팔천 명을 웃돌 것이다. 랩처로 이주해왔을 때 그들 모두가 투자 자본금을 지참하지 않았다. 수많은 정비공이나 건설 인부가 비참한 빈민가의 생활수준에서 진작 탈출하길 바랐건만. 활로를 넓히고, 투잡도 불사하며 말이다. 자신이라면 분명 그렇게 했을 텐데. 프랭크 폰테인과 소피아 램의 추종자들이 그동안 금기시해온 사상을 조장한다는 소문이 점점 퍼져가고 있다. 노동조합이라든지 하는 것 말이다. 폰테인은 여전히 미꾸라지처럼 추적이 어려웠다. 그가 공산주의 집회를 소집한다는 증거를 획득하기란, 그가 밀수업을 한다는 증거를 찾는 일만큼이나 어려웠다.

그러나 소피아 램, 그 여자에 한해선 분명한 계획을 세웠다. 대중 앞에서 논쟁을 벌이도록 할 셈이다. 랩처의 고위층이 그녀가 공중파 라디오에서 내뱉게 될 극악무도한 마르크스 사상을 들은 후엔, 그 누구도 램이 홀연히 사라지는 것에 이의를 제기할 리 없다.

"제가 생각 좀 해봤는데요."

다이안이 말을 걸었다.

"우리가 공연을 한번 해보는 건 어떨까 하고. 저랑 샌더랑 다른 사람들 몇이랑……."

문법이 맞나 긴장하면서, 목을 가다듬었다.

"다른 몇 사람들과 말이죠. 공원도 좋고, 아트리움도 좋을 것 같고. 사람들을 밖으로 나오게 하면 좋잖아요. 자기가 이렇게 천장도 높은 멋진 장소들을 만들어줬는데……사람들은 뭐 하나 하는 일이 없잖아요? 그냥 들쥐처럼 굴에서만 부대끼며 살면서!"

라이언은 문득 이보다 훨씬 순진하고 단순한 재스민 졸린이 그리웠다. 오늘 밤 슬쩍 빠져나가 그녀를 만날 수도 있겠지.

"라이언 회장님?"

칼로스키의 두터운 억양이 그를 깨웠다. 담배 냄새와 값싼 콜론 냄새를 물씬 풍기면서 칼로스키가 곁에서 있었다.

일찍 자리를 뜰 기회다 싶어 라이언이 다급히 돌아서며 물었다.

"뭐지?"

"헤파이스토스에 문제가 생겼습니다. 태업이라는데요!"

"태업이라니!"

묘하게도 라이언은 이 소식이 도리어 반가웠다. 딱 적절한 구실이다.

"다들 염려할 것 없어요."

테이블에 모인 이들에게 말했다.

"난 아무래도 가봐야 할 것 같군요."

"저도 가겠습니다."

킨케이드가 따라나섰다.

"자네 분야는 아니잖나, 킨케이드. 내가 해결할 걸세. 아, 그보단 자네가 나 대신 다이안을 집으로 데려다 주겠나?"

"아, 무, 물론이지요. 당연히, 기쁘게……."

라이언은 칼로스키와 함께 바삐 식당을 빠져나왔다. 그는 빌 맥도나가 이미 비상사태를 처리 중이지 않을까 하고 생각했다.

* * *

빌 맥도나는 허리까지 차 오른 얼음 같은 물에 잠긴 채, 눈앞에 벌어진 이 비상사태를 대체 어떻게 처리해야 할까 고민 중이었다. 밸브 조절판이 있는 방까지 허우적대며 다가가 어떤 스위치를 돌려야 할지 겨우 알아냈지만, 얼어붙어 무감각해진 손가락은 이미 힘이 다 빠져버렸다. 네 개의 밸브 중 두 개만을 정지시켰을 뿐이다. 세 번째를 간신히 돌린 후 마지막 스위치 앞에서 비틀거렸다. 이 방의 승강문을 닫았어야 했다. 그러나 만약 그랬다면 이대로 익사할 위험이 있다. 물을 걷어내기 위해 배수펌프를 작동시켰고, 이 부서진 배관을 완전히 막을 때까지 기계가 계속 흘러들어오는 물공세를 버텨주기만 바랐다.

롤런드 월러스 역시 물속을 철벙철벙 걷고 있었다. 겨드랑이까지 오는 고무 작업바지에 장갑까지 끼고서. 월러스는 빌 곁을 꿋꿋이 지키고 서서, 차가운 물로 손을 뻗어 마지막 두 밸브를 닫을 수 있게 거들어주었다. 삐걱삐걱 간신히, 평생 걸릴 것 같던 밸브 휠이 다 돌아가자 마침내 소용돌이치던 물줄기가 멈췄다.

방으로 범람하던 물도 그쳤다. 둘은 펌프가 설치된 쪽으로 다가가 모두 가동시킨 후 물이 다 빠져나가기를 기다렸다. 이빨이 딱딱 부딪쳤다.

"놈들이 배관을 부순 부분에 남긴 저 도구 자국 보여?"

월러스가 손가락으로 가리키며 물었다. 덜컹대며 쉭쉭거리는 펌프 소리 때문에 목청을 한껏 높였다.

감각을 돌아오게 하려고 손가락을 주무르면서 빌이 고개를 끄덕였다. 부서진 냉각 배관은 밖으로 돌출되어 있었고, 끝부분의 쇠가 너덜너덜해져 있었다. 심하게 튀어나간 각도, 벽까지 난 자국은 상당한 압력을 받았다는 것을 의미한다.

"자네 생각에 전적으로 동감이야. 영락없는 태업 행위야!"

물이 거의 빠져나갔을 무렵 빌의 눈에 천장 환기구에 테이프로 붙여진 물체가 들어왔다.

"저, 저거 뭐야, 월러스!"

"뭐가…… 나도 몰라! 무슨 시계 같은 게 달렸……."

"비, 빌어먹을! 폭탄이야! 나가, 어서 나가!"

월러스가 부리나케 승강문을 열었다. 일 초도 채 지나지 않아, 등 뒤로 쿠쾅- 하는 소리와 동시에 엄청난 불빛과 지독한 화약 냄새가 타올랐다.

"제기랄!"

빌의 입에서 욕설이 튀어나왔다. 연기로 자욱한 사방을 뚫고서 열린 문 사이를 쳐다보니 폭탄이 달려 있던 천장 부분이 시커멓게 타들어가 있었으나 다른 피해는 없어 보였다. 대신, 색종이 같은 것들이 온통 뿌려져 있고 젖은 벽과 바닥에 종이가 뭉쳐 떡처럼 엉겨 있었다.

매운 연기에 기침을 하면서, 빌은 방 안으로 들어가 그 색종이 뭉치를 한 줌 주워 담고선 서둘러 나왔다.

길게 오린 색종이에 무언가 씌어 있다. 큼직한 검정 글씨로 이렇게 적혀 있었다.

랩처의 박해자들

그리고 다른 종이에는 이런 문구가 보였다.

경고한다

다른 종이도 마찬가지였다. 이 구절 아니면 저 구절이었다.

"랩처의 박해자들에게 경고한다."

종잇조각을 살피며 빌이 말했다.

"폭탄은 폭탄인데, 안에 종이밖에 없었던 거야?"

월러스가 머리를 긁적이며 의아해했다.

빌은 어렸을 때 말로만 들었던 19세기 말경의 무정부주의자 폭파단을 떠올렸다. '미친 폭파범들'이라 불렀었지. 하지만 색종이 따윈 그들의 스타일이 아니었다.

"주의를 끌어보려는 시도였겠지."

빌이 말했다.

"가당치도 않은 태업 흉내, 뭐 그런 거 아닐까? 폭탄도 일부러 그렇게 만들어서, 사람들이 범인을 찾으려고 소동을 벌이지 않게끔. 한마디로 경고 같은 거 아니겠어?"

"그럼 다음번엔 진짜 폭탄이 터질 거라는 얘기 아냐?"

월러스가 지적했다.

"그러지 않을 거면, 뭐 하러 저런 폭탄을 만들어?"

"진짜 그건 그렇군. 자기네들이 억압받는다는 얘긴데, 그렇지? 뭔가 원하는 게 있다는 말을 전하려는 거겠지? 근데 그런 것 치고는 문구가 애매하잖아."

"뭐가 애매하다고?"

라이언이 달려오면서 물었다.

"무슨 일이 일어난 거야?"

"아, 라이언 회장님, 여기 오시면 안 됩니다!"

빌이 다급하게 소리쳤다.

"폭탄이 더 있을지도 모릅니다!"

"폭탄이라니!"

월러스가 어깨를 으쓱했다.

"뭐 폭죽 같은 거죠, 회장님. 정치적 문구를 적은 색종이를 뿌려서…… 직접적인 피해는 별로 없습니다."

빌은 라이언에게 종잇조각을 건넸다. 그리고 라이언의 얼굴이 시뻘겋게 변하고 손마디가 부르르 떨리는 것을 목격했다.

"드디어 시작됐군!"

라이언이 탄식했다.

"공산주의 조합원들이! 그 소피아 램이란 여자의 추종자일지도 몰라."

"그럴 수도 있겠죠."

빌이 응수했다.

"아니면 누군가 우리가 그렇게 생각하도록 유도하는 것일지도……."

라이언이 빌을 날카롭게 노려본다. 주먹을 쥔 손 안에서 종이가 구겨졌다.

"그건 정확하게 무슨 뜻이지, 빌?"

"회장님, 그건 저도 잘……."

프랭크 폰테인을 향한 라이언의 감정이 단순하지만은 않다는 것을 잘 아는 빌은, 조금 망설일 수밖에 없었다. 라이언은 폰테인을 경계했지 그를 망하게 하려는 것 같진 않았다.

"폰테인 같은 사람이 이런 정치적 도구를 이용해서 랩처 내의 세력다툼을 조장하려는 것일 수도……."

역시나 라이언은 그의 대답이 미덥지 못한 듯했다.

"그래, 그럴 수도 있지. 하지만 폰테인이?"

월러스가 헛기침을 했다.

"랩처에도 취약점은 있어요, 라이언 회장님. 병원 같은 곳은 너무 비싸잖아요. 폰테인이 그걸 지적하려는 것인지도 모릅니다. 위생시설, 게다가 산소까지…… 여기선 다 돈을 주고 사야 되잖아요."

라이언이 가느다란 실눈을 뜨고 월러스를 노려보았다.

"그게 뭐가 어때서? 이곳을 세운 사람은 나야. 라이언 공업이 랩처의 대부분을 소유하고 있단 말일세. 여기선 뭐든 반드시 돈을 내야 하고, 안락한 생활을 하려면 마땅히 경쟁을 거쳐야 해!"

월러스는 마른 침을 꼴깍 삼키면서도 용기를 내어 말을 이어갔다.

"무, 물론이지요, 라이언 회장님. 하지만 여기 자산가들 밑에서 일하는 정도론 얼마 벌지도 못해요. 최저임금 적정선이란 것도 없으니깐, 저축할 수 있을 만큼 돈을 모은다는 것 자체가 어려운……."

"수완 좋은 사람은 반드시 벌 수 있어! 다른 곳에선 가당치도 않은 엄청난 잠재력이 랩처에 있다는 걸 모르나? 과학 분야에 규제란 없어. 종교라고 부르는 미신 때문에 방해받을 일도 없지! 그런 불평분자들은 할 말도 없어! 그리고 자네, 월러스, 다른 누구도 아닌 자네 입에서 그런 공산주의 사상이 흘러나오다니 놀랍군."

월러스는 그 말에 진심으로 겁먹은 얼굴이 되었다. 빌이 황급하게 말을 가로챘다.

"회장님, 이 친구가 하는 말은, 어딘지 불공평해 보이니까 이런 빨갱이들이 자꾸

비집고 들어올 기회를 찾는다는 겁니다. 그러니까 우린 확실하게 감시를 해야 한다는 거죠."

"그, 그거예요!"

월러스가 놓칠 새라 한마디 했다.

"그러니까…… 화, 확실하게 감시해야죠."

라이언은 월러스의 얼굴을 아주 오랫동안 천천히, 말없이 감정한 후 그 경고 폭탄의 잔여물을 다시 들여다보았다.

"감시는 확실히 할 걸세. 이 사건에 설리번을 붙여놔야겠어. 시간 끌 일 없이 당장이라도. 우리, 일단 더 안전한 장소에서 집회를 갖도록 하지."

"집…… 예, 알겠습니다. 회장님. 뭐, 그런 걸 하도록 하지요. 이쪽으로, 회장님."

제발 가족을 위해서라도 빌은 모든 일이 잘 되길 빌었다. 그러나 눈에 빤히 보이는 그 사실을 더 이상 외면할 수는 없는 노릇이다.

랩처는 바닥부터 붕괴되기 시작했다.

12

아르테미스 스위트
1955년

"오늘은 등대에서 일하고 왔어."

우울한 낯으로 샘이 답했다. 샘 루츠는 피곤했다. 아내 곁에 앉아 딸이 이층침대 옆에서 놀고 있는 것을 보고 있자니 등이 휘어지게 아팠다.

샘과 아내 마리스카는 아르테미스 스위트의 비좁은 6호실에서, 그들에게 할당된 이층침대의 밑단에 걸터앉아 있었다. 맨션의 각 아파트는 원래 몇 가구를 염두에 두고 지었으나, 루츠 네는 이 아파트를 아홉 가정과 나누어 썼다. 부부는 다른 방에서 들려오는 욕설과 소음을 애써 무시하면서 딸 마샤가 침대 옆에서 노는 것을 지켜보았다. 딸은 샘이 여기저기서 주운 나무 조각으로 깎아 만든 목각 인형을 친구 삼아 놀고 있었다. 하나는 소년 인형, 다른 하나는 소녀 인형. 엄마를 닮아 검은 머리에 검은 눈동자인 마샤는 소년, 소녀 인형의 손을 맞잡고 춤추게 했다.

"랄랄라, 랩처의 환희, 우리 가슴을 사로잡네, 오 랄랄라!"

가냘픈 목소리로 인형을 위해 장단까지 맞춰준다. 어느 공공장소에서 도관을 타고 흘러나온 노래를 기억했나 보다.

"그래도 일을 할 수 있어서 다행이에요, 샘."

여전히 마샤에게서 눈길을 떼지 않은 채 마리스카가 말했다. 프라하에서 영어를 가르쳤던 그녀의 발음은 좋은 편이다. 하지만 억양은 강했다. 둘은 세계대전 후 샘이 동유럽에 배치되었을 때 만났다. 당시의 상황으론 둘이 결혼해서 미국으로 귀환하는 것이 거의 불가능했다. 그러다가 1948년에 아틀란틱 급행열차를 건설하는 데 필요한 노동 인원을 충당하기 위해 파견된 랩처의 스카우터를 만났다. 전쟁 직후의 혼란을 피할 수 있는 탈출구였다. 미 육군으로부터 해방될 수 있는 유일한 방법이기도 했다.

그러나 결국 랩처는 탈출구가 아니었다. 오히려 감금된 신세처럼 여겨졌다. 일을 끝내고 나니 해고를 당했다. 이 심해의 부락을 떠날 수 없다는 통고도 받았다. 분명 랩처는 신비롭고 아름다운 곳이었다. 하지만 샘 같은 사람에게는 이를 음미할 여유마저 없었다. 소피아 램의 말이 옳다. 이곳의 주민 대부분이 궁궐의 계단 밑에 틀어박혀 사는 하인들이었다.

"그래, 일이 있긴 하지."

샘도 인정했다.

"근데 이틀 동안만이야. 여기를 빠져나갈 만큼은 아니라고. 적어도 싱클레어 디럭스에서 살 수 있을 정도는 돼야 하는데."

"파이팅 맥도나 뒤쪽에 안 쓰는 방이 있잖아요, 일레인이 그러던데. 싸게 줄지도 모르죠! 맥도나 부부는 좋은 사람들이잖아요."

샘은 여전히 툴툴거렸다.

"그래줄지도 모르지. 그래도, 그런 곳에서 딸아이를 데리고 살고 싶지 않아. 맥도나 가게의 야간매니저가 밤에는 포퍼스 드롭에서 온 여자들한테 그 방들을 빌려준대. 그 여자들, 여간 필사적이어야지…… 무슨 얘긴지 알지?"

"그렇다고 여긴 뭐 더 나을 게 있어요?"

"그렇긴 해."

가뜩이나 암울한 분위기가 더 번질까봐, 그는 미소를 지으며 아내의 손을 톡톡 두드리곤 다정하게 귓가에 속삭였다.

"언젠가 꼭 당신을 고향 콜로라도로 데려갈게. 콜로라도, 맘에 들 거야."

"언젠가……."

마리스카의 손이 그의 손가락을 타고 깍지를 꼈다. 불안한 듯 사방을 두리번거렸다.

"여기선 그런 말 입 밖에 내지 마요. 어차피 지금 당장은 먹을 것이랑 잘 곳이 있으니까."

샘이 콧방귀를 뀌었다. 고약한 냄새가 진동하는 이 좁은 아파트 안에서 지적대는 다른 사람들을 흘깃 쳐다보았다. 아르테미스 건물의 다른 아파트도 비좁긴 마찬가지였다. 그만큼 팽팽한 긴장감이 감돌았다.

키 작은 토비 그릭스가 덩치 큰 바브콕과 또 싸우는 것 같다. 낌새가 이상하다. 한순간에 두 마리의 고양이로 변해 등을 곤추세우고 할퀼 기세다. 그러더니 바브콕이 휙 몸을 틀어, 열을 지어 놓은 이층침대 사이로 걸어가자 그릭스가 뒤따랐다.

원래대로라면 거실이었을 공간에, 이층침대들이 두 개의 열로 늘어서 있다. 침실의 긴 벽을 따라 일곱 개의 침대가 더 있었고 구석에는 잡다한 가재들이 쌓여 있다. 저장 공간이 부족했다. 샘은 화장실의 변기만은 막히지 않았길 바랐다. 하지만 꼭 막힌 것 같은 냄새다.

벽에는 또 누군가 낙서를 해놓았다. '우리는 라이언의 소유가 아니다!'라고 씌어 있었다. 또 한편에는 '램과 일심동체하자!'라는 문구가 눈에 띄었다. 경관들이 보기 전에 저건 지워야겠는데.

"참, 당신 등대에 있었죠."

마리스카가 불쑥 말을 던졌다.

"하늘을 봤겠네요! 얼마나 좋았을까!"

하늘을 다시 본다는 생각에 그녀의 동공이 커다래졌다.

"그래, 간신히 몇 초밖에 못 봤지만…… 잠수정 정박장을 고치라고 닦달하는 통에 정신없었거든. 철로 된 실타래를 300미터쯤 풀어서 제자리에 설치해야 했어. 단 세 명이서 일일이 손으로 돌려야 했는데 힘들었지. 등대 위는 엄청 춥잖아. 밖은 지금 겨울이야. 지상에 있을 때 이맘때쯤 수송선을 타고 이 바다를 건너던 게 생각나네. 진짜 혹독하게 추운 날씨에, 파도가 배 위에까지 내리쳐서 배 멀미를 심하게 앓았는데."

전쟁의 기억을 뇌리에서 쫓아내려 애를 썼다. 토비 그릭스와 바브콕이 침대 한편에서 시끄럽게 다투고 있는 덕분에 그럴 수 있었다. 둘이 싸우는 것도 무시하고 싶었다. 이런 환경에서 살면서 미치지 않으려면, 저런 사람들쯤은 머릿속에서 밀어낼 수 있어야 한다.

"등대에 있으면서 뭔가 보고 들은 거 없어요?"

아내가 말을 이었다.

"내 말은 지나가던 배라든지, 갈매기, 그런 거……."

"내가 거기서 본 게 뭔지 알아? 빙산이야! 커다란 빙산 하나가 등대에 부딪쳤어, 쾅 하고! 온 사방에 쩡쩡 울리더라고! 소리가 엄청났어!"

"거기 한번 올라가서 볼 수 있으면 좋겠네."

동경하는 투로 아내가 중얼거렸다.

"허락만 된다면 말이에요."

"아, 마리스카…… 당신을 여기 데려와서 너무 미안해. 그 작자들이 얼마나 그럴싸하게 광고를 하던지……."

아내는 샘의 볼에 입을 맞췄다. 하루 종일 추위에 떨며 딱딱한 쇳덩이와 씨름했던 샘에게 그녀의 입술은 너무나 달콤하고 부드러웠다.

"밀루지테!"

마리스카가 속삭였다. 체코 말로 '사랑해'라는 뜻이다.

"나도!"

아내의 어깨 위로 팔을 감으며 샘이 답했다. 조그만 체구의 마리스카는 그의 품에 살포시 안겼다.

비좁은 방 안에서 사람들은 셋 아니, 네 개의 서로 다른 언어로 읊조리거나 싸워댄다. 툭툭 끊어지는 중국어, 부글부글 끓는 스페인어, 신랄한 쇳소리의 브루클린 영어.

"내 침대 밑에 젠장, 네 신발짝을 벗어두고 뭐 하겠다는 거야? 빌어먹을, 그 엿 같은 쓰레기들을 챙겨줄 여유가 있어 보여?"

"제길, 내 향수 비누 훔쳐간 놈 누구야? 그거 구하느라 내가 얼마나 고생했는지 알아? 이 빌어먹을! 네 짓이지, 모리!"

"이런 염병, 내가 그랬다, 왜!"

"누가 내 금고에 손댔어! 마지막 하나 남은 이브를 넣어놨는데 어떤 개자식이야?

누구 짓이냐고!"

"무슨 말을 지껄이는 거야, 네놈이야말로 내 플라스미드를 훔쳐갔잖아! 내일 회사에서 신기술 한번 써보려고 했는데!"

사방에서 터져 나오는 고함 소리에 겁이 난 마샤가 쪼르르 달려와 아빠 다리에 등을 대고 앉았다. 손에 쥔 작은 인형을 달각거리면서, 화가 돋을 대로 돋은 주변의 소음을 가라앉히려는 듯 크게 노래를 불렀다.

"랄랄라, 랩처의 환희, 우리 가슴을 사로잡네, 오 랄랄라!"

먼 구석에서 누가 덩달아 소리치는 것 같은데 샘은 무슨 말인지 알아들을 수가 없었다. 뭔가 번쩍하고 굉음을 내며 터졌다. 곧 오존 냄새가 흘러나왔다. 고통에 찬 비명과 푸른 섬광도 함께.

방의 건너편에서 불덩어리가 이글거렸다. 침대 열 사이로 간신히 보이는 왼쪽 벽에는 불에 그슬린 자국이 보인다.

"엄마! 아빠!"

마샤가 울음보를 터뜨리며 침대 위로 올라가더니 엄마의 어깨너머로 몸을 숨기곤 눈만 삐죽이 내밀었다.

"엄마, 뭐야?"

"누가 플라스미드를 썼어!"

마리스카가 속삭이며 답했지만, 목소리는 두려움으로 떨렸다.

"그 사람들은 저기 멀리 있어, 마샤, 저기 건너편에. 여기는 안전해."

"꼼짝 말고 침대에 붙어 있어."

샘이 단호하게 일렀다. 마리스카가 붙잡으려는 것도 뿌리쳤다. 무슨 일이 벌어지는지 알아야만 했다. 만약 저놈들이 불을 쓰는 거라면 가연성 물질투성이 이 아르테미스는 순식간에 불바다가 될 것이다. 샘의 가족이 자리한 공간은 아파트 정문에서 좀 멀리 떨어져 있었다. 자칫하면 문밖으로 나가기도 전에 산 채로 타죽을 수도 있다. 물속 깊은 데서 산다는 걸 고려하면 참 희한한 방식의 죽음일 테지. 하지만 그는 전쟁 당시 잠수함 안에서 산 채로 죽음을 당한 병사들의 일화를 들은 기억이 났다.

샘은 조심스레 걸음을 옮기며 밍 씨네 가족의 이층침대 주변을 슬쩍 살펴보았다. 바다가 내다보이는 푸른빛 창문 근처 구석진 곳에서 두 사내가 다투고 있는 걸 발견했다.

"그냥 내 면전에서 썩 꺼지라고! 이 담엔 아예 통구이로 만들어줄 테니, 그릭스!"

바브콕이 호통을 치며 키 작은 사내를 향해 손가락을 푹푹 찔러댔다. 바브콕은 듬성듬성 난 머리에 살이 뒤룩뒤룩 붙은 볼을 했고, 기름기에 찌든 작업복을 걸친 체구가 꽤 큰 사내였다. 플라스미드 사용자들에게 보이는 그 기묘한 피부반응이 머리 위에 돋아난 탓에, 불그죽죽하게 올이 나간 흉측한 망사를 뒤집어쓴 듯했다. 얼마 없는 머리카락이 그 주위에 듬성듬성 삐져나와 있었다.

토비 그릭스는 한 발짝도 물러서지 않았다. 새끼 여우같은 얼굴에 머리를 싹 뒤로 붙여 넘긴 그는 평상시엔 까칠한 언행과 함께 농담을 입에 달고 살던 사내였다. 샘은 생기 넘치는 토비가 좋았다. 포트 프롤릭 근처의 상점에서 판매원으로 일하는 토비는 아직도 그 쭈글쭈글한 녹색과 검정의 체크무늬 유니폼을 입고 있었다.

"물러서지 않으면 감전시켜버릴 거야, 바브콕!"

소리치며 응수하는 토비의 높이 치켜든 오른손 손가락 끝에서 전류가 타닥거렸다.

"선 채로 전기의자에 앉혀버릴 테니까!"

샘은 급여로 받은 돈을 모조리 쏟아부어 폰테인 미래회사의 플라스미드를 샀을 토비가 전혀 놀랍지 않았다. 그동안 몇 번이고 플라스미드를 사겠다고 했었으니까. 일종의 평형 장치라고 하면서. 토비는 작은 체구로 남들에게 들볶이는 것에 진저리를 치고 있었다.

하지만 저 바브콕이야말로 항상 분별 있어 보였는데. 게다가 돌봐야 할 딸이 둘이나 있지 않은가. 아직 나이 어린 풍뚱보 쌍둥이 자매. 그런데도 바브콕은 지금 불타나를 사용해 손에 불덩이를 쥐고 있다.

토비 그릭스의 눈에 떠오른 저 눈빛은 언젠가 고향의 목장에서 본 수탉을 연상케 했다. 부리로 상대를 찌르기 직전의 수탉. 쥐똥만 한 눈알에서 쏟아내던 저 기분 나쁜 눈빛. 한편 바브콕은 화가 치밀어 훅훅 몰아쉬는 숨결에 장단을 맞추기라도 하듯, 그의 머리 꼭대기에 돋은 붉은 망사도 오르락내리락했다. 손끝에서 꿈틀대는 불덩이로부터 뜨거운 공기 기둥이 요동치며 치솟았다. 손가락에서 불길이 솟구쳐도 손이 타지 않는 것이 신기하다. 하지만 플라스미드란 게 그런 것이다. 다량의 플라스미드를 복용하는 사람들은 저렇게 방울뱀처럼 변해가는 것인지도…… 자신의 독침에 맞아도 끄떡없는 내성.

토비와 바브콕은 이빨을 드러내고 눈을 치켜뜨며 서로의 주위를 맴돌았다. 입에서 침이 질질 흐르고, 곧추세운 손마디에선 에너지가 들끓는다. 샘의 귀에는 저 둘이 서로에게 위협하는 소리가 시장 바닥에서 재잘대는 소음만큼이나 미약하게 들렸다. 둘은 지금 자기가 무슨 소리를 하는지도 모를 것이다.

"지금 날 협박하는 거지, 바브콕?"

토비가 외쳤다.

"그렇지? 그런 게지? 너처럼 덩치만 큰 놈들이 날 밀치는 건 이제 지긋지긋해! 내가 이 비싼 플라스미드를 왜 샀는지 알아? 일주일 먹고 살 돈도 다 떨어졌지만, 너 같은 비곗덩어리들이 날 못살게 구는 걸 막을 수 있으니까! 난 이제 새로운 사람이 됐어! 그걸 느껴! 너 따위가 이래라저래라 할 사람이 아니란 말이다, 바브콕! 물러서! 아님 죽든가!"

"죽어? 내가? 숯 더미로 만들어주마! 난 내 가족을 해코지하는 놈들은 가만두지 않겠다고 맹세했어! 반드시 지킬 테다!"

"누가 네 가족을 해코지한다는 거야? 그 플라스미드를 먹은 순간부터 네놈은 제정신이 아니었잖아!"

토비가 으르렁거렸다.

"주체를 못하는 거 아니냐고! 이브만 터무니없이 많이 들이켜고 아담은 너무 적게 먹은 탓이지, 애당초 어떻게 하는 건지도 모르면서! 넌 정신이 나갔어, 바브콕! 가뜩이나 멍청한 게 아주 미쳐버린 거야! 물러서지 않겠다면 내가 그 돌대가리를 1000와트짜리 전구로 충전시켜주지!"

"그전에 네가 다 타버린 숯 찌꺼기가 되면 어떻게 할 건데, 응, 그릭스? 대답해봐!"

바브콕의 손에서 불더미가 솟구치는 모습이 영 불안했다. 뭔가를 파괴시키려고 안달하는 것 같았다.

토비 그릭스가 푸념하듯 응얼거리더니, 먼저 선제공격을 했다. 과도한 집중을 하는 듯 얼굴이 일그러지더니, 어깨를 좌우로 비틀었다. 이윽고 전기가 그의 손끝에서 번쩍이며 튀어나와 허공을 가르며 바브콕을 향해 질주하던 순간이었다. 슬리퍼를 질질 끌며 헝클어진 푸른 앞치마 차림에 쥐색 머리를 한, 바브콕의 땅딸막한 마누라가 짧은 다리로 뛰어나와 풍풍한 팔로 그를 감쌌다.

"안 돼, 해롤드!"

그녀가 소리를 질렀다.

"하지 말아요! 우리 모두 다 죽을 거야!"

그녀의 외마디 비명이 메아리처럼 부르르 울렸다. 전광이 그녀와 바브콕을 한 번에 통과한 것이다. 거대한 희푸른 번개. 토비 그릭스가 모든 힘을 쏟아부운 결과다.

지켜보던 사람들이 동시에 비명을 질렀고, 바브콕과 그의 아내는 딱딱하게 굳어버렸다. 전류가 휩쓸고 지나간 두 개의 몸뚱이는 마치 꼭두각시 춤을 추는 듯하더니 서로를 억세게 붙들어 안았다. 멀겋게 드러난 이빨에는 희푸른 섬화가 이글거렸다. 바브콕 아내의 머리카락 끝이 허공으로 치켜 섰고 앞치마에 불이 붙었다.

눈알에서 연기가 피어오르더니 푹 삶아진 달걀처럼 얼굴에서 툭 떨어졌고 그 얼굴은 일그러져 있었다.

튕겨 나온 전기파가 벽과 바닥으로 튀었고, 기괴한 결혼의 상징처럼 얼싸안은 바브콕 부부의 살덩이는 연기를 내며 바닥으로 내려앉았다.

"세상에……."

샘은 넋을 잃은 채 시신을 바라보다 마침내 탄식했다.

"죽었잖아! 토비 그릭스, 너 무슨 짓을 한 거야!"

"너, 너희들 다 봤지!"

토비가 새된 소리를 지르며, 침대 사이사이로 점점 다가오는 사람들을 보고 뒷걸음질 쳤다.

"내 머리에 불덩이를 던졌잖아! 그 자식이 미쳐 날뛰면서 정신이 완전 나가버린 거야! 플라스미드에 찌들어서! 그 자식은 플라스미드를 주체하지 못한다고. 그래서 그냥…… 그 자식은 날 죽이려고 했어!"

토비는 줄행랑을 쳤다. 붙잡으려는 여러 손을 피해 아파트 정문 밖으로 내뺐다.

다섯 살짜리 바브콕 쌍둥이 자매가 발꿈치를 들고 슬그머니 다가왔다. 아빠, 엄마가 서로 부둥켜안고 죽은 그 모습대로, 둘은 서로를 꼭 부둥켜안고 섰다.

"엄마?"

떨리는 목소리로 한 소녀가 말했다.

"아빠?"

떨리는 목소리로 다른 소녀가 말했다.

작은 소녀 둘은 홀로 남았다. 고아가 되어버린 어린 자매 둘…….

랩처, 폰테인 미래회사

1955년

"바다 민달팽이가 거의 다 떨어졌어."

프랭크 폰테인이 제23실험실로 들어서자, 브리짓 테넨바움이 실눈을 뜬 채 죽은 복족류(腹足類) 하나를 현미경으로 들여다보며 중얼거렸다. 새 연구소의 실험실들은 이전보다 훨씬 더 크고 넓었다. 간이 항구시설에서부터 커다란 창문, 층계, 폰테인 미래회사의 중앙 홀이 훤히 내려다보이는 발코니까지. 테넨바움은 고개를 들더니 폰테인에게 걱정스러운 표정을 지어 보였다.

"복족류 중에서도 특별한 종자만이 아담에 필요한 돌연변이원을 제공하고, 또 이브를 생성하는 기본 분자로 사용되죠. 근데 그게 다 떨어진 거예요."

"플라스미드 생산고를 좀 줄여야겠군."

폰테인이 실망이 역력한 투로 답하곤, 수족관 안을 헤엄치는 나머지 바다 민달팽이들을 살폈다. 추잡한 것들.

"이 녀석들, 따로 번식시키는 방법이 없나? 거, 뭐라 그러지, 교미를 시킨다거나 뭐 그런 거 말이야."

"시간만 있으면 가능하죠. 근데 실험도 많이 해봐야 되고 시간이 오래 걸려요. 몇 년이 걸릴지도 모르는데. 차라리 바다 민달팽이 하나마다 아담의 돌연변이원을 더 많이 추출하는 방법을 찾는 게 나아요. 이 방법이 훨씬 빠르죠, 숙주를 이용하면 되니까."

"숙주? 아, 그럼 밖에서 배를 훔쳐오면 되겠네. 선원 몇 명 납치해서 보내줄까?"

"성인은 진작 실험해봤죠, 두 명을. 감염돼서 죽어버렸어요. 비명만 잔뜩 지르다가…… 너무 시끄러워요. 귀찮기도 하고. 한 명은 손을 뻗더니……."

테넨바움은 어이가 없는 듯 제 손을 바라보았다.

"내 손을 잡으려고 했어요. 빌면서 꺼내달라고, 자기 몸에서 꺼내달라고 말이죠. 그렇지만 바다 민달팽이들은 아이 몸을 아주 좋아해요. 그편을 훨씬 만족해하죠."

"그것들이 만족한다고? 어린애 몸 안에서? 음, 구체적으로 어떤 현상이 일어나는 건데?"

"바다 민달팽이를 아이의 배 안에다 심어요. 달팽이가 세포와 합쳐지는 거니까, 인간 숙주와 공생하게 되는 거죠. 숙주가 사육을 끝내면 그걸 토하게 해요. 그럼 우린 스물, 아니, 서른 배나 더 많은 양의 아담을 얻게 되는 거죠."

"어째서 아이를 이용하는 것이 더 좋은 방법이라고 확신하지?"

수종 박사가 들것을 방으로 끌고 오면서 답했다.

"수종과 테넨바움은 이 아이를 실험했어요!"

들것에 실린 건 잠든 것처럼 보이는 한 아이였다. 실험복 가운을 걸친 평범한 백인 소녀가 바퀴 달린 병원용 들것에 묶여 있었고 나이는 여섯 살쯤으로 보였다. 소녀가 눈을 뜨자 그를 졸린 눈으로 올려보았다. 부스스한 표정으로 희미한 미소를 지었다. 약에 취한 것이다.

"이 아이를 대체 어디서 구해온 거야?"

"병에 걸린 아이였어요."

테넨바움이 응수했다.

"뇌종양이었죠. 부모에게 우리가 병을 고쳐주겠노라고 했죠. 그리고 복부에 바다 민달팽이를 이식했어요. 그랬더니 종양이 말끔히 사라졌어요! 신경안정제를 주사해서 그 상태를 유지하고 있어요. 아이는 의식 속에서 바다 민달팽이와 대화하고요."

대답이라도 하려는 듯이 소녀는 한 손을 들고서 자신의 배를 어루만졌다.

테넨바움은 만족해했다.

"그래요, 이 아이는 더욱 생산적일 거예요."

"이 아이를 플라스미드의 새로운 생산지로 만들려는 거로군."

폰테인은 머리를 흔들었다.

"고작 한 명으로? 그걸로 충분하겠어? 지금 수요는 봇물이 터진 상태라고! 얼마나 많은 사람들이 미친 듯이 이걸 원하는데! 난 지점을 늘려서 대량 공급할 생각이었는데, 자판기까지 만들어서……."

"이 아인 그냥 시범용입니다."

수종이 말했다.

"우린 더, 훨씬 더 많은 아이들이 필요합니다. 이식하고, 사육해서, 역류까지. 더 많은 돌연변이원을 만들어야 하고, 더 많은 아담을 제조해야 해요. 아예 마취를 하지 않는 것이 더 좋을지도 몰라요. 숙주를 좀 더 단련시킬 필요가 있어요. 조련하는 것이지요!"

"그런데 이것들은 왜 아이들을 좋아하지?"

폰테인이 물었다. 이미 자기 뱃속에도 바다 민달팽이 한 마리가 꿈틀거리는 것 같은 느낌이다. 상상일 뿐이지만 생각만으로도 구역질이 났다.

테넨바움은 어깨를 으쓱했다.

"어린이의 줄기 세포는 어른보다 무르기 마련이니까요. 뭐랄까, 더 반응하기 쉬우니까. 그 세포가 바다 민달팽이를 받아들이는 거죠. 폰테인, 우린 아이들이 필요해요, 많은 아이들이!"

폰테인이 콧방귀를 뀌었다.

"그래서 애들을 어디서 구해오라는 거야? 배달이라도 해준다던가?"

수종 박사가 미간을 찡그리며 고개를 저었다.

"그런 배달은 못 봤어요. 필요 없습니다. 이미 쓸 만한 아이들 둘을 알고 있어요. 고아가 된 소녀들이죠. 바브콕 쌍둥이라고. 지금 아르테미스 스위트에 있는데 부모들이 다 죽었다고 하더군요. 플라스미드 공격으로 죽었다고. 그 애들은 둘 다 여자아이야, 적절한 나이고. 완벽하잖아요! 돈을 쥐어주고 여기로 데려오면 되는 거지요."

"그래, 숙주는 아이들이어야 한단 말이지…… 근데 왜 여자아이라야 하는 거야?"

폰테인은 짜증이 난다는 투로 둘을 다그쳤다.

"사람들은 어린 소녀라면 과잉보호하다시피 한단 말이야."

테넨바움은 대뜸 윙크를 보내곤, 돌아서서 현미경을 들여다보며 웅얼거렸다.

"왜 그런지는 몰라도 여자아이가 남자아이보다 달팽이를 더 잘 받아들여요."

폰테인은 이들이 어떤 남자아이를 데려다가 무슨 실험을 했을지 궁금했다. 그 아이가 어떻게 됐는지도. 하지만 신경 쓰고 싶지 않았다, 정말로.

사실 어떤 목적에서건 지속적으로 아이들을 공급할 수 있는 장소가 딱 한 곳이 있다.

"그래, 그냥 여자아이면 된다, 이거지? 알았어. 고아원 침대 수가 줄어드는 거지, 뭐."

"고아원?"

테넨바움이 눈을 반짝였다.

"랩처에 고아원도 있나요?"

폰테인의 입가에 미소가 흐른다.

"아니. 근데 곧 생길 거야. 그 바브콕 고아들 덕분에 좋은 생각이 떠올랐는데, 고아원을 하나 지으라고 내가 돈을 기부하면 되잖아! 그래! '리틀 시스터 고아원'이 좋겠군. 그럼 플라스미드들이 서식할 숙주도 얻고, 훈련도 시킬 수 있잖아. 당장 실행에 옮길 거야! 1년 안에 공급할 수 있는 플라스미드 수보다 훨씬 더 많은 주문이 들어와 있단 말이야!"

이 계획으로 폰테인은 왠지 기운이 났다. 생각할수록 전율을 느꼈다. 알 수 없는 해방감이었다. 고아원. 그가 자란 곳이 고아원이다. 이 고아원이 돈을 만들어줄 테고 돈이 있으면 힘이 생긴다.

"돈과 힘이야, 테넨바움. 돈으로 지배하는 거라고! 다 거기 있는 거지, 열매가 익어서 떨어질 때까지 말이야. 그럼 따기만 하면 돼. 수금은 밭에서 하는 거지."

문이 열렸다. 고개를 돌리니 폰테인의 경호원이 일그러진 얼굴로 들어왔다. 레지를 연구소의 정문 앞에 세워두고 왔는데 오른쪽 팔뚝을 왼손으로 붙잡고 있었다. 손가락 사이로 피가 뚝뚝 떨어졌다.

"저, 여기 누구 붕대 없나요?"

"레지!"

폰테인은 문으로 달려가서 중앙 홀을 내려다보았다. 아무도 없었다.

"어떻게 된 거야? 많이 다쳤나?"

수종 박사가 이미 레지의 팔에 난 상처를 소독하고 있었다.

"아야! 아뇨, 많이 다치진 않았어요. 이건 말씀드려야겠네. 누가 날 쐈어요. 그냥 아무 데나 대고 쏘는 것 같던데. 나도 맞서서 쐈는데, 빗나간 것 같아요. 그랬더니 냅다 내빼더라고요."

"널 쏘다니, 경관이었단 얘기야?"

폰테인이 어이가 없다는 듯 물었다.

"그런 것 같진 않던데요. 경관이 사격할 정도로 내가 무슨 잘못을 저지른 것도 아니었고. 배지도 안 달았던데. 권총을 들었다 뿐이지, 그냥 플라스미드에 찌든 중독자던데. 얼굴에 온통 자국이 났더라고요. 요즘 계속 이래요, 마구잡이로 사격하는 놈들이 늘어서. 라이언이 이런 놈들 때문에 감시 포탑까지 설치했잖아요. 사장님도 그런 거 하나 들여놓으세요. 기관총에 카메라도 장착해서 목표물 정조준이 가능하게. 어떻게 만드는지 전 모르...... 아야! 의사 선생, 젠장!"

"정말 죄송하군요."

별 죄송스럽지 않은 투로 수종 박사가 상처 위에 붕대를 꽉 잡아매었다.

"그러니까 전, 겨냥이 빗나가지 않게 포탑을 만드는 방법까진 잘 모르겠어요. 제가 아는 건 그냥, 요샌 하루 종일 총소리밖에 안 들려요. 플라스미드…… 내가 그걸 쓰지 않는 이유도 그래서라고. 타당한 이유 없이 무작위로 총을 쏴대는 건 싫으니까."

레지는 아팠는지 또 눈살을 찌푸렸다.

"총알만 아깝잖아요."

앤드류 라이언의 집무실

1955년

앤드류 라이언은 창가에 우뚝 서서 랩처의 불빛으로 아슴푸레 빛나는 심해를 바라보며 생각에 잠겼다. 조치를 취해야 해. 지금껏 너무 묵인하고 있었어.

"풀을 보자고 하셨다면서요?"

설리번이 들쥐 같은 생김새의 기자와 함께 집무실에 들어서며 묻는다.

라이언이 고개를 끄덕이곤 책상 앞에 앉자 스탠리 풀과 설리번이 그를 마주보며 앉았다.

"그래, 풀. 그 '탑사이드'란 자에 관해 뭔가 알아냈나? 사람들은 그자를 무슨 영웅이나 되는 것처럼 떠벌리고 있어. 듣기론 그자가 이방인이라면서?"

설리번이 인상을 썼다.

"그놈은 제가 덜미를 잡을 수도 있었습니다, 회장님."

"알고 있네, 치안부장. 하지만 자네 수하들은 너무 빤히 보이잖나. 반면에 풀은 눈에 잘 안 띄니까. 그래, 풀. 보고할 게 있나?"

스탠리 풀은 긴장한 듯이 입술을 자꾸 핥았다.

"네, 회장님. 저기, 제가 알아본 바로는 사람들이 쟈니 탑사이드라고 부르는 이 사람은 심해 잠수부입니다. 기억하실지 모르겠지만, 전에 지상에서 여기를 기웃거리던 몇 놈들이 있었죠. 우리 잠수정 요원들이 그놈들이 더 이상 서성거리지 않도록 단단히 처리했습니다. 그런데 놈들이 실종되자, 그 자식이 혼자 찾으러 온 거예요. 제일 큰 등대 쪽으로 내려와선 덜컥 들어와버린 거죠. 아마 어느 에어록을 통해서였을 겁니다. 단신으로 그렇게 들어왔으니 사람들이 대단하다며 법석을 떨어댔죠. 독단적인 행동인 것 같은데, 그냥 돕고 싶을 뿐이라면서요. 듣기론 실종된 여자아이들을 찾으러 왔답니다."

"그래? 진짜 이름은 뭐라던가?"

"죄송합니다만, 거기에 대해선 알아낸 게 없습니다. 가명을 쓰는 걸 선호하는 것 같습니다. 그것도 수시로 바뀌고요. 제가 보기엔 첩보요원 같은데 정보국 사람이 아닐까 생각합니다만. 그러지 않고서야 어떻게 이 지역에서 실종된 배에 관해 속속들이 알고 있겠어요?"

라이언은 콧잔등을 꾹 눌렀다. 요즘 들어 성가신 편두통이 잦았다. 랩처에 정부요원이 파견되었을 수도 있다는 말에 머리가 두 배로 욱신거렸다.

"자넨 뭔가 아는 거 없나, 부장?"

설리번은 고개를 저었다.

"비슷합니다만 저 역시 이름이 뭔지는 모릅니다. 하지만 알아내는 게 어렵진 않습니다. 그 신축 사옥에 데려다 놓기만 하면……."

라이언은 손가락을 딱 쳤다.

"내 생각도 바로 그거야. 그자는 지상에서 온 이방인이잖나. 배후가 누구고 배경이 뭔지 누가 알겠나. 생전 처음 보는 이방인이 여기서 기웃거리고 캐묻고 다니는 걸 그대로 방치할 순 없네. 당장 잡아들이게나, 설리번. 이참에 그 가증스런 소피아 램이란 여자도 데려와. 풀이 말하길 그 여자가 지난번 색종이 폭탄 건과도 관련이 있다더군. 그 마르크스주의 감언이설엔 진저리가 나. 그 여자 때문에 정비공의 절반이 날 배반했어."

"영장 발급해서 체포하실 겁니까?"

설리번이 묻는다.

"아니. 그냥 간단하게…… 사라졌으면 하네, 페르세포네로. 추종자들이 버림받았다고 느끼게끔."

설리번이 고개를 끄덕였다.

"알겠습니다, 회장님."

"소피아 램에게는 딸이 있는데요."

폴이 한마디 거들었다.

"엘레노어라는 계집애인데……."

"그래? 음. 묵을 만한 거처를 마련해주게, 설리번."

풀이 어깨를 으쓱했다.

"그레이스 할로웨이라고, 흑인 여자가 하나 있는데 가끔 그 아이를 돌봐주기도 합니다. 그 여자한테 맡기시면……."

"알았어, 알았어."

라이언이 손을 흔들며 짜증난다는 듯 말을 끊었다.

"그럼 그 여자더러 데려가라 그래. 당분간만. 그 아이가 나중에 필요할지도 모르니까."

아폴로 광장

1955년

"거미 스플라이서들, 저놈들이 그거야."

그리비가 말했다.

"거미…… 뭐라고요?"

"스플라이서라고, 빌."

루벤 그리비가 되풀이했다.

"스플라이서. 플라스미드에 완전히 찌들어버린 중독자들을 일컫는 말이지."

놀라웠다. 빌은 남자와 여자, 두 명의 스플라이서들이 전동차의 옆면을 타고 네 발로 기어가는 모습을 얼이 빠진 채 쳐다보고 있었다. 중력도 아랑곳없이 몸을 웅크린 채 벽을 기어오르고 있었다.

"여태껏 별의별 플라스미드 사용자들을 봤지만……."

빌이 겨우 말을 이었다.

"마치 벌레처럼 착 달라붙어서…… 저건 너무 극단적이지 않나요?"

"극단적으로 가는 게 스플라이서들의 성향이지."

무덤덤한 투로 그리비가 답했다.

"시간만 좀 흐르면 죄다 도적으로 변해버리지. 저놈들은 완전히 사로잡힌 거야. 온갖 플라스미드로 유전자 조작을 하는 데 완전히 빠져버리고 만 거라고. 폰테인의 돌연변이원을 몸 안에 집어넣어서 그걸 작동시킬 이브를 찾아 미쳐 날뛰지."

빌 맥도나와 루벤 그리비는 아폴로 광장의 전동 선로 옆에 서서 전동차가 지나가는 것을 지켜보고 있었다. 천천히 움직이는 전동차 옆면에 도마뱀처럼 착 달라붙은 그 거미 스플라이서 한 쌍은 평범한 옷차림이었지만, 머리와 양 볼에 고약한 붉은 자국이 울퉁불퉁하게 돋아 있었다. 아담과 이브를 과용한 탓이다.

왼손에 든 무거운 도구 상자를 오른손으로 바꿔들면서, 빌은 플라스미드가 얼마나 큰 유혹인지를 돌이켜 생각했다. 저렇게 기어오를 수 있다면 그간 접근하기 어려웠던 랩처의 배관 장소를 수월하게 넘나들 수 있겠지. 작업할 때 물체를 손쉽게 움직일 수 있는 신제품 염력 플라스미드를 이용해 보이지 않는 한 쌍의 손을 추가할 수도 있다.

그러나 빌은 잘 알고 있다. 그 약을 섭취하고 얼마간은 말짱하겠지. 그렇게 계속 복용하다 보면…… 언젠가는 정신이 나가버리는 것이다.

남자 거미 스플라이서가 지붕에 들러붙어 광대 같은 야릇한 미소를 띠고 전동차 안을 들여다보고 있었다. 머리가 위에서부터 거꾸로 내려와 창문에 닿자, 승객들이 소스라치며 그에게서 떨어지려는 것을 곁눈질로 흘겨보았다.

"앙증맞군…… 이 귀여운 오리 새끼들아!"

거미 스플라이서로 변한 남자는 새된 소리로 고함을 질렀다.

"너희들은 다 쇠로 된 초콜릿 상자 속의 초콜릿이야!"

전동차가 저편으로 가는 바람에 놈이 계속 외쳐대는 말을 빌은 알아들을 수가 없었다. 여자 거미 스플라이서가 낄낄거리며 창틈으로 손을 뻗어, 누군가의 팔을 더럭 붙잡는 모습만이 뇌리에 남았다.

전동차 안에서 총소리가 터졌다. 열린 창문 사이로 연기가 새어나오고 여자 거미 스플라이서의 팔이 뒤로 젖혀졌다. 고통으로 괴성을 지르며 분노에 몸을 떨자 남자 스플라이서가 여전히 거꾸로 매달린 채 권총을 꺼내 창문 사이로 발사했다. 그 사이 전동차는 간이 정류장을 통과해 시야에서 사라졌다.

빌은 한숨을 쉬며 고개를 절레절레 저었다.

"미쳤어, 정신이 나가버린 거야, 모두!"

"그래. 그런 것 같군."

그리비가 뭔가 골똘히 생각하며 답했다.

"하지만 난 이게 다 다윈 진화론의 한 과정이라고 생각하네. 이런 광기, 이런 부작용…… 사람은 결국 이 때문에 죽어갈 거야. 서로 할퀴고 싸우다가 말이지. 랩처에선 반드시 필요한 여과 과정인 거야. 라이언 회장님과 난 이런 일이 생길 거라 예상했었네, 이런 숙청의 과정이. 결국 부작용이 덜한 플라스미드를 개발하게 될 걸세. 저런 놈들 같은 초기 플라스미드 사용자들은 그저 실험대상일 뿐."

빌은 그리비를 슬쩍 흘겨보았다. 그가 마음에 들었던 적이 없었다. 바로 조금 전의 그런 말들 때문이기도 했다.

"시찰이나 계속합시다. 아까 그 저격 건은 경관을 불러야 할까요?"

그리비는 어깨를 으쓱할 뿐이다.

"요새 저격 건이 어디 한둘이라야 말이지. 어딜 가나 적의가 팽배하잖나. 경관도 그걸 다 처리할 순 없어. 라이언 회장님은 쌍방 합의하에 두 명의 성인이 결투를 벌이겠다면 그냥 놔두라는 입장이셔."

불안한 심경으로 빌은 선로를 건너 짧은 계단을 내려갔다. 임대된 토지 위에 새로 지은 건물이 보였고, 정문에 인부들이 커다랗게 간판을 걸어둔 것이 눈에 띄었다. 은빛이 도는 잉크로 이렇게 쓰여 있었다.

폰테인 복지원

글씨 옆에는 부조 형태로 테두리가 만들어져 있었다. 양쪽에 하나씩, 한 손이 아래로 내려와 다른 손을 끌어올리고 있다.

"랩처에서 이런 걸 보게 될 줄이야."

자세히 들여다보기 위해 걸음을 멈추면서 빌이 나지막이 웅얼거렸다.

"자선사업이라니!"

"여기 이런 게 있어선 안 돼."

그리비가 얼굴을 찡그리면서 말했다.

"그저 상황을 악화시킬 뿐이지. 자선사업은 사람들로 하여금 의존하게 만들어. 인간이 고군분투하고 또 실패를 맛보는 건 자연스러운 일이야. 숱한 사람들이 노변에서 떨어져 나가고 그러다가…… 자네도 알겠지, 죽어. 죽는 거라고. 그런데 폰테인 복지원이라니!"

의심스럽다는 투로 그리비가 비아냥거렸다.

"과연 뭘 위한 복지원이려나?"

"다른 사람이라면 재고의 여지가 있겠지만……."

빌도 한마디 거들었다.

"폰테인이라면…… 그 자식이 또 무슨 수작을 부리는지 의심스러운 건 사실이죠."

"정치야."

그리비가 중얼거렸다.

"정치적 동맹. 자신의 작은 군대…… 빈민들로 구성된 군대일지도 모르지."

"사방에 깔린 게 빈민이니 절대 바닥날 리는 없겠네요."

자리를 뜨면서 빌이 응수했다.

"아르테미스 스위트나 포커스 드롭만 해도 실직자들로 꽉 찼잖아요. 설령 일자리를 구한다고 해도 여전히 비좁은 아파트에서 아득바득 살 테고, 여전히 박봉이겠죠. 아무나 사업을 시작할 수 있는 건 아니니까. 설사 그렇게 된다 하더라도, 자기들 화장실을 치워주는 사람은 또 있어야 하잖아요?"

"자넨 폰테인이 저 자선사업에 필요한 자금을 어디서 가져오는지 아나?"

그리비가 짐짓 말에 각을 세우고 젠체하며 물었다.

"아담을 팔아서야! 왜 저 많은 빈민들이 굶어 죽어가겠나? 왜냐하면 아담에 중독되었거든! 몇 푼 안 남은 돈을 모조리 아담에 쏟아붓는 거라고! 이런 건 모순이라고 할 수도 없어."

빌과 그리비는 아파트 건물에서 멀리 떨어지지 않은 입구와 가장 가까운 벽을 향해 돌아섰다. 거의 동시에 빌의 머리 위로 차가운 물방울이 뚝뚝 떨어졌다.

고개를 들어보니 무거운 테두리가 달린 둥근 창문 위쪽의 높은 벽이 퇴색되어 있었다. 이처럼 대중이 이용하는 공간의 건축에 관한 한 웨일즈 형제의 선견에 다시 한 번 감탄하지 않을 수 없었다. 높다란 유리 천장은 제한적이고 답답한 주거환경으로 인한 위압감을 이완시켰고, 사람들로 하여금 지상의 하늘을 바라보는 것 같은 여유를 느끼게 했다. 유리 표면을 투과하는 푸른빛으로 둘러싸인 채, 바다가 바로 머리 위에 있었다. 창문은 완만한 곡선으로 벽과 만났고, 천장과 가까운 이 유리창을 통해 도시의 건물들이 실루엣을 이루며 살랑살랑 흔들리고 있었다. 빛을 여과하는 찌를 듯한 고층건물의 행렬, 깜박이는 네온사인……

천장에서 또 한 방울이 빌의 어깨에 떨어졌다.

"압력 때문인가."

빌이 추측해보았다.

"웅덩이까지 고인 걸 보니 꽤 오랫동안 물이 새고 있었던 모양인데요. 저 거미 스플라이서 놈들처럼 벽이라도 타고 올라갈 수 있었으면 좋겠네요. 더 잘 보일 텐데. 암튼, 정비팀에 잠수복을 입혀서 나가보라 해야겠네요. 봉합제를 좀 바르거나 해서 당분간 막아야……"

빌은 말이 끝나기도 전에 자신의 도구 상자에서 렌치가 공중으로 붕 치솟아 오르는 것을 눈이 휘둥그레진 채 쳐다보았다. 중력을 무시한 듯 눈앞의 허공을 빙빙 맴돌고 있었다.

"이게 무슨 말도 안 되는 조화야?"

그 순간, 렌치가 갑자기 빌의 머리를 향해 쉭 달려들었다. 재빨리 고개를 숙이지 않앉더라면 지금쯤 머리가 부서졌을 것이다. 렌치는 번개처럼 지나쳤고, 고개를 돌려 보니 공중에 뜬 상태로 빙그르 회전을 한 후 그를 향해 다시 일격을 날릴 참이었다.

"빌어먹을!"

빌은 왼손을 뻗어 렌치를 붙잡았으나 손바닥에 멍이 들 정도로 아팠다. 손아귀 안에서도 마치 무쇠로 만들어진 물고기처럼 난폭하게 꿈틀대더니 겨우 멈췄다.

"렌치를 던진 놈이 누구야!"

"던진 놈, 저기 있네."

곁에서 그리비가 사뭇 흥미로운 듯 징그러운 표정으로 10여 미터쯤 떨어진 곳에 있는 아르테미스 스위트의 입구를 가리켰다. 그 옆에는 한 여자가 서 있었다. 혈흔이 낭자한 낡은 블라우스를 걸치고 떠돌이 부랑자로 보이는 여자의 얼굴은 음침한 미소를 띠고 있었다. 눈가는 판다처럼 시커멓고 눈알을 번뜩였으며, 씻지 않아 기름기가 번지르르한 탈색된 머리카락은 머리 위로 말아올려 마치 메두사의 그것처럼 꿈틀거렸다. 아마 염력 플라스미드를 복용한 탓에 발생한 부작용인 듯싶었다. 얼굴 한쪽은 검붉게 부풀어 오른 살갗으로 뒤덮여 있었다. 플라스미드 중독자에게서 보이는 정신착란 증세. 이 여자는 완전히 중독되어 있다.

때 묻은 손을 들어 빌의 도구 상자를 겨냥하자, 그의 손에서 휙 낚아채듯 상자가 공중에 튀어 오르며 도구들이 쏟아졌다. 곧이어 여자가 조종하는 도구들이 허공에서 날뛰기 시작하자 사람들은 피하기 바빴고 그곳은 아수라장이 되었다.

"이봐 너, 도구들 내려놓지 못해!"

체크무늬 양복을 입은 대머리 경관 하나가 눈을 부라리며 빌에게로 다가왔다. 가슴께에는 별 모양의 경관 배지가 달려 있었다.

"내가 아니야!"

빌이 고함치며 응수했다.

"저 여자요, 경관님. 저기 아르테미스 앞에 있는 저 스플라이서!"

경관이 빌이 가리키는 쪽으로 몸을 돌리며 외투 안쪽에서 총을 꺼내는 순간, 외투에 달린 배지가 툭 떨어졌다. 곧이어 떨어진 배지가 경관의 머리 위를 빙글빙글 맴돌더니 그의 두 눈 사이에 박혀버렸다.

미간에서 봇물처럼 쏟아져 나오는 피를 손으로 틀어막으며 고통에 찬 비명을 지르더니 바닥으로 고꾸라졌다.

"너희 머저리들은 이제 알았겠지!"

여자 스플라이서가 새된 소리를 지르며 손가락으로 빌과 그리비를 가리켰다.

"너희 두 명이 여기를 어슬렁거리는 걸 지켜봤지, 네놈들은 관리 놈들이잖아! 라이언의 노리개들! 우리는 너희 같은 놈들이 아르테미스에 들어오는 걸 원치 않아! 그쪽 대머리 경찰도 마찬가지고!"

여자가 갑자기 자세를 바꾸어 손을 움직였다. 그러자 바닥에 널브러진 빌의 도구들이 한꺼번에 공중으로 솟아올라 그에게로 돌진했다. 도구들이 날아오는 것을 피하려고 빌은 바닥에 납작하게 엎드렸다. 그리비가 외마디 비명을 질렀다. 돌아보니 스크루드라이버 한 개가 그리비의 가슴에 꽂혀 있었고 진홍빛의 끈적끈적한 액체가 뚝뚝 떨어졌다. 그리비가 휘청거렸다.

"이, 이럴 수가, 그리비 씨!"

그리비가 바닥에 쓰러지기 직전, 빌이 쏜살같이 달려가 고통으로 몸부림치는 그의 몸뚱이를 바닥에 찬찬히 눕혔다. 넘쳐흐르는 피가 멈추질 않았고 눈에는 생기가 가셨다. 죽어가고 있었다.

빠른 시간 안에 그에게 아담을 투여하면 치료할 수 있지 않을까 하는 생각이 문득 들었다.

그러나 시간이 없었다. 잠시 후, 고통으로 꿈틀거리던 그리비의 움직임이 잠잠해졌다. 그는 숨을 거뒀다.

넋을 잃은 채 빌은 아르테미스 스위트 쪽을 돌아보았다. 그러나 그 염력 스플라이서는 이미 사라지고 없었다. 천장의 그늘진 구석에서 누군가 깔깔대며 웃고 있었다.

마침 공공 방송 시스템에서 방송이 흘러나왔다. 녹음된 목소리는 다이안 맥클린톡의 음성이다.

"이곳 랩처에서는 우리 모두 각각의 개인이지만 이와 동시에 위대한 사슬의 일부임을 명심하세요! 우리 모두 자유시장 체제로 굳게 뭉쳐 행복한 가족이 된답니다."

앤드류 라이언의 집무실
1955년

"라이언 회장님, 드릴 말씀이 있습니다."

앤드류 라이언 같은 사람에게 책임을 묻자니 빌 맥도나는 긴장하지 않을 수 없었다. 다른 일도 산더미처럼 쌓여 있었지만 이 문제를 해결하지 않고선 도무지 일에 집중할 수가 없었다. 걱정과 불안으로 속이 타들어가 그의 내면에 산더미로 쌓여가고 있었다.

"뭔가, 빌?"

골똘히 들여다보던 녹음테이프에서 마침내 고개를 들고 그다지 관심 없다는 태도로 라이언이 입을 열었다. 집무실 책상에 앉아 그간의 연설과 논쟁이 담긴 녹음테이프를 분류하고 있었다. 아큐―복스 녹음기가 상자 옆에 놓여 있다.

라이언은 캐러멜 색상의 더블 재킷을 입고 파란 넥타이를 맸다. 대체 저렇게 빡빡하게 채운 정장을 입고 어떻게 진종일 일을 할까 싶었다.

"라이언 회장님, 난방 시스템을 랩처 전역에 가동시켜야 합니다. 그렇지 않으면 도관이 얼어버리고 말 겁니다. 적어도 수압은 조절할 수 있어야 합니다. 그게 이곳 엔지니어링의 일부 아닙니까. 그런데 어느 한곳에서 기준치 이상으로 배수가 심하게 발생하거나 내열이나 압력이 갑작스레 낮아진다면…… 그걸 일일이 예측할 수 없기 때문에 작업하기가 힘듭니다. 그런데 제가 그 원인을 조사하는 걸 아무도 허락하지 않으니……."

라이언은 녹음기를 옆으로 밀었다.

"요점이 뭔가. 이렇게 장황하게 종잡을 수 없는 독백을 늘어놓는 이유라도 듣자고."

"지금 랩처의 한 구역 전부가 제겐 출입이 금지되어 있잖습니까! 싱클레어가 자기 인부들을 데리고 그 구역을 가동시키고 있는데도 말입니다. 듣자 하니 페르세포네라고 부른다더군요. 거기서 무슨 건물을 짓는다는 건 알고 있었지만, 전 그저 호텔인 줄 알았단 말입니다. 근데 비밀리에 짓는다는 것도 이상하고. 그렇게 한 구역 전체가 제가 들어갈 수 없는 통제구역이 되면, 수압과 관련된 엔지니어링에 문제가 발생한다거나 해도 전 전혀 손을 쓸 수 없게 됩니다! 벌써 오래전에 건물은 완공된 것 같더군요. 아마 1년은 족히 넘었을 것 같습니다만…… 제가 봤을 땐 절대 호텔은 아닙니다."

속으로 재미있다 싶었는지 라이언이 가볍게 헛기침을 했다.

"그거야 자네가 호텔이란 곳을 어떻게 정의하느냐에 달렸지! 페르세포네라. 아무렴, 자네랑 그 얘기를 진즉부터 하려고 했었네."

라이언은 의자 깊숙이 몸을 기대고선 뭔가 씌어 있기라도 한 듯 천장을 올려다보았다.

"빌, 내가 일전에 소피아 램과 논쟁하던 걸 들었나?"

"일이 분 정도만 들었습니다. 그 여자와 논쟁을 벌이시다니, 사실 좀 놀랐습니다."

라이언은 딱하다는 표정으로 빌을 쳐다보았다.

"위험부담을 감수한 거지, 비난이 있다면 내 쪽에서 터뜨려주는 방식으로. 램 박사가 소동을 일으키기 시작한 후에 처음 떠올린 생각은 그 여자를 반사회적 인사로 체포하자는 거였어. 허나 난 원래 자유를 표방하는 주의 아니었나. 위선자로 보이는 것은 바라지 않았지. 또한 그 여자를 순교자로 만들어줄 생각도 없었네. 그래서 그 여자가 퍼뜨리는 헛소리를 만인이 들을 수 있게끔 하고 싶었지, 또한 내가 그 자리에서 반박하는 것도! 자네도 한번 들어보게."

라이언은 녹음기의 버튼을 눌렀다. 라이언의 음성이 먼저 흘러나왔다.

"종교적 자유라고요, 램 박사? 당신의 집안에선 별의별 희한한 종교를 신봉하든말든 상관하지 않겠소. 허나 이 랩처에서는 자유가 우리의 유일한 법칙이오. 인간이 자신에게 행할 수 있는 최소한의 유일한 의무감이 바로 그거요. 그러므로 이에 어긋나는 행위는 범죄나 마찬가지란 겁니다."

램 박사의 목소리가 이어졌다.

"자신에게나 되물어보시죠, 앤드류 라이언. 당신의 그 '진화의 위대한 사슬'이야말로 신념이 아니고 무엇입니까? 우리의 존재를 높여준다는 그 사슬은 지금 당신이 빼앗아 불에 태우려는 그 십자가만큼이나 비합리적 신봉의 상징물 아닙니까."

빌은 고개를 끄덕였다. 라이언 회장이 종교적 상징물이나 이와 연관된 사물을 압류하고 나서부터 계속 마음이 꺼림칙했었다. 빌은 종교를 믿는 사람이 아니었다. 하지만 사람이라면 자신이 원하는 종교를 믿고 따를 권리가 있지 않나.

라이언은 테이프를 앞으로 돌려서 작동 버튼을 눌렀다. 램의 목소리다.

"……꿈, 망상, 혹은 환지통(幻肢痛)[1]은 그걸 겪는 사람에겐 마치 소나기를 맞는 것처럼 생생합니다. 인간에게 있어 현실이란 검열이나 마찬가지고, 그 속을 살아가는 사람들은 믿음을 잃어가고 있어요. 거리로 나가보세요, 앤드류. 랩처에선 비가 쏟아지고 있는데 당신은 그걸 쳐다보지도 않을 작정이군요."

라이언은 테이프를 멈추고 훙― 하고 콧방귀를 뀌었다.

"즉흥 연설도 저만하면 솔깃하지 않나, 응? 차근히 분석해보면 아무런 의미도 없는 것들인데 말이야. 허나 어떤 메시지를 던지려는 속셈인지는 뻔하지, 빌. '현실은 검열이다, 민중은 믿음을 잃고 있다' 마르크스주의 사상과 다를 바가 있나? 거기다가 내가 랩처의 빈민들을 무시하고 있다는 주장은…….."

라이언은 암울한 표정으로 고개를 설레설레 저었다.

"무시하는 것이 아니야. 단지 길고 힘겨운 진화의 과정 중 일부로 받아들일 뿐이지! 지상 세계의 잔재가 여전히 이곳에 존재해. 기생충 시절 그대로의 습관을 안은 채 죽는다는 것은 고통스러운 거야, 빌. 이 길고 외로운 진화로의 행군 중에 결국 누군가는 낙오되기 마련 아니겠나. 난 그걸 누구보다 잘 알아! 헌데 그 여자는 무슨 말을 하고 있지? 내가 마치 루이 14세라도 되는 양 떠들어대고 있잖아! 다음엔 다이안을 마리 앙투아네트로 치부하면서 단두대에라도 끌어올리겠군! 자네라면 이런 일이 벌어지는 데도 내가 가만히 앉아 있길 바라나?"

"이 모든 게 페르세포네와는 무슨 연관이라는 겁니까, 회장님?"

빌이 다그쳤다. 그도 알고 있었다. 여기저기 소문이 무성하니까. 하지만 자신의 귀

---

[1] 절단된 팔다리 부위에 느껴지는 격심한 통증.

로 직접 확인하고 싶었던 것이다.

라이언은 빌을 정면으로 마주보았다. 둘 중 상관은 라이언이었음에도 불구하고 그 눈빛은 마치 도전장을 내미는 것처럼 느껴졌다.

"얼마 전에 소피아 램을 데려간 곳일세, 빌! 투옥시켰어!"

"투옥시켰다고 하셨습니까?"

"그렇다네. 자네도 램 박사가 더 이상 군중 앞에 나서지 않는다는 걸 눈치챘겠지. 그럴싸한 말로 고결한 척하던 그 여자, 이제 그런 연설 따위 감방 벽에다 대고 하라지."

"하지만 소피아 램은 순교자가 될 텐데요?"

"그 여자의 추종자 문제라면 걱정 말게. 그놈들은 그저 램 박사가 자취를 감춘 걸로 알아. 자신들을 저버린 걸로 말이야!"

빌은 비통한 심경에 고개를 저었다.

"무슨 다른 방도가 있었을 겁니다, 라이언 회장님."

"나는 이런 반사회적 행각을 더 이상 두고 볼 수 없네!"

라이언은 집게손가락을 빌에게 치켜들었다.

"일전의 그 괘씸한 색종이 폭탄과 가소로운 전언을 누가 장치했는지 아나? 내가 알아봤다네, 빌."

라이언은 책상을 쾅 하고 내리쳤다.

"소피아 램의 부하가 한 짓이야! 스탠리 풀이 그 여자 패거리로 잠입해서 알아낸 거야. 다름 아닌 우리 측 사람 짓이라고 하는 걸 엿들었다는구먼. 시몬 웨일즈말일세!"

"웨일즈 말입니까?"

"그래! 램 박사의 명령으로."

"그럼, 왜 그 여자를 공개적으로 처벌하지 않으십니까? 폭탄은 폭탄이고, 최소한 파괴적인 만행인 건 분명하지 않습니까! 하지만 이건…… 사람을 실종되게 하다니……."

"그 여자를 공개적으로 처형하는 것이야말로 놈들에게 기폭제를 던져주는 거잖나! 어쨌든, 우리 측에서도 확증할 만한 단서는 없네. 그저 가설일 뿐이지. 허나 자네도 생각을 좀 해보게. 정신과 의사가 아니라면 아무것도 폭파시키지 않는 종이폭탄을 누가 만들겠나. 그 여자가 폭파시켜 날려보낸 것은 민중의 심리적 안도감이야! 그 여자는 여기 오고 얼마 지나지 않아 수작을 부리기 시작했어, 주민들 하나하나 언제 폭발할지 모르는 긴장감에 부들부들 떨게 만들면서. 내가 준 보너스로 그 여자가 무슨 짓을 했는지 아나? 그 돈과 추종자들로부터 거둬들인 자금으로 그 아첨 가득한 디오니소스 공원이란 걸 지었다네. 이름부터가 날 조롱하겠다는 것이 아니겠나."

"디오니소스 공원이요?"

빌은 머리를 긁적였다. 그곳에는 딱 한 번 배수를 점검하기 위해 가본 적이 있었다.

"거긴 요양지인 줄 알았습니다. 정신건강에 좋은 뭐, 그런 예술 작품이 즐비한 곳 말입니다."

"그렇다마다."

대답을 하는 라이언의 목소리는 비꼬는 투가 완연했다.

"요양지…… 그곳에다 양 떼처럼 자신의 추종자들을 몰아넣고 그 잘난 정원을 보여주며 한 편의 영화를 찍는 꼬락서니하고는. 치유 예술이라는 그럴싸한 명목으로 교묘하게 포장된 마르크스주의 행각이라고! 랩처는 가루화약으로 가득 찬 폭탄이나 다름없어, 빌. 난 그걸 루벤 그리비가 죽었을 때 절감했다네. 플라스미드가 랩처를 불안정하게 만든 거야. 우린 그 플라스미드를 없앨 순 없어, 지금은 아니야. 허나 그 불안정한 상태를 제거할 순 있지. 램 박사 같은 인간들, 그런 인간들만 막으면 돼."

빌은 페르세포네에 '투옥'된 사람들은 어떻게 되는 건지 궁금했다. 페르세포네란 것도 신화에 등장하던 이름이 아니었나? 지옥과 관련이 있는…….

라이언은 아큐―복스를 가리키며 말을 이었다.

"자네에게 주려고 이 모든 것들을 담은 메모를 남겼네. 이렇게 된 이상 내 입으로 직접 말해주지. 언젠가 자네가 '갖가지 사상으로 가득한 장터'란 말을 했던 것을 기억하나? 그건 자네가 한 말이야. 난 그 말이 무척이나 맘에 들었었지. 그래서 램을 그 장터로 들어오게 한 다음, 논쟁을 통해서 그 여자의 본색을 드러내도록 할 생각이었지. 그 여자는 그대로 자유롭게 놔두기엔 너무 위험한 여자란 사실이 밝혀졌어. 자네도 사람들이 포퍼스 드롭이라 부르는 구역을 알지? 거기 있는 '림보 룸'이란 곳을 가봤나?"

"못 가봤습니다. 사방에 누수구가 많아서 가볼 시간이 없었습니다."

"다행이군. 왜냐하면 거기서 그레이스 할로웨이가 반사회적 민중가요를 불러댔으니까. 그레이스는 램이 마수를 뻗치기 전까진 아무 해도 끼치지 않는 착실한 여자였는데 말이야! 놈들이 집회에서 그런 노래를 불러대는 동안 그 오블로모프[1]들이 램 박사의 선언서를 나눠준다네! 사방의 벽이란 벽은 그 여자의 이름으로 떡칠되어 있고! 성녀 램이라고 하면서! 자네가 그 여자를 그렇게 만든 거야, 빌……."

"저라고 하셨습니까?"

"자네와 자네의 그 사상의 장터란 말 때문이잖네! 나를 설득해서 그 여자 같은 인간들을 오게 한 건 자네가 아닌가! 그럼 자네가 책임지고 의회에 이 안건을 상정해보게. 모두들 램과 같은 부류의 인간들은 단단히 입막음해야 한다고 인정할 걸세."

"그럴 수는 없습니다, 회장님. 의회에서 제가 어떻게……."

"나는 자네의 진짜 생각을 알고 싶은 게야, 빌. 내가 말한 대로 해주면 자네가 지금 어떤 위치에 있는지 내가 알 수 있을 것 아닌가."

"하지만 투옥이라니요? 이 페르세포네라는 곳은 정확히 어떤 곳입니까?"

라이언은 한숨을 내쉬었다.

"자네에게 미리 알렸어야 했는데. 꽤 오래 전에 오거스터스 싱클레어와 거래를 했네. 랩처의 외곽 지역에 그 건물을 짓도록. 그 커다란 틈 위에다 말일세, 혹시 모르니까. 그 건물은 심문을 하기 위한 격리 시설이라네. 정신병원과 유형지의 중간 정도라고 보면 돼. 랩처의 정치범들을 위한 수용소라네."

라이언은 몹시 바쁜 듯 테이프를 이리저리 돌리는 시늉을 했다. 뭔가 당혹스런 눈치다.

"이 여자의 추종자 중 일부는 자유의 몸이야. 또 일부는 그렇지 않지. 시간이 흐르면 다 잡아들여서 작은 감방에다 한 명씩 넣을 거야. 페르세포네에는 반체제를 지향하는 다양한 종류의 불온 분자들을 가둬놨지."

---

[1] 러시아 작가 이반 곤차로프의 소설에 나오는 주인공. 게으름과 무기력함을 상징하는 인물이다.

무의미하게 테이프들을 만지작거리던 라이언은 손을 멈추고 녹음기를 옆으로 밀었다.

"그럼 수압 문제로 돌아가서, 싱클레어한테 자네에게 즉각 보고하라고 전하지. 그 자의 독자적 정비 인력으로 여태껏 그곳에서 발생하는 각종 내부 문제를 해결해왔으니 말이네."

회장님은 내가 그곳에 가는 걸 원치 않아, 하고 빌은 생각했다. 그 안에서 일어나는 일들을 내가 볼까봐 꺼리는 걸 테지.

순간, 다른 생각이 불쑥 머리를 들었다. 그가 페르세포네의 내부를 직접 눈으로 확인할 수 있는 또 다른 기회. 스스로 죄수가 되는 것. 지금 한마디만 말을 잘못 내뱉어도 충분히 성사될 수 있는 일이다. 랩처의 모든 일은 결국 그런 식으로 종결되니까. 하지만 그런 위험을 무릅쓸 수는 없었다. 일레인과 하나밖에 없는 딸이 그를 필요로 하는 한…….

방황하는 심경을 진정시키고자 빌은 호흡을 가다듬었다. 상황이 조금 진정되고 나면, 그때 가서 페르세포네를 폐쇄하라고 라이언을 설득시킬 수도 있는 문제다.

"알겠습니다, 라이언 회장님."

최대한 목소리가 떨리지 않게끔 애를 쓰며 빌이 답했다.

"회장님께서는 항상 최선의 해답을 알고 계시니까요."

페르세포네 유형지

1955년

보초가 소피아 램의 감방으로 안내하자 시몬 웨일즈는 원초적인 경외심과 자긍심이 한데 어우러진 듯한 강력한 감정을 느꼈다.

소피아 램은 깔끔하게 잘 정돈된 간이침대에 등을 꼿꼿하게 펴고 앉아 그를 기다리고 있었다. 두 손은 무릎 위에 가지런히 놓여 있고, 금발의 머리카락은 단정히 말아올려 머리 위에 묶었다. 체중이 줄었는지 말라 보였고 눈은 퀭하게 들어갔다. 그러나 비범한 광채는 여전히 눈동자 안을 지키고 있었다.

"그래요, 정말 왔군요."

램은 부드러운 어조로 입을 열었다.

"어떻게 해낸 거죠?"

웨일즈는 대답하기 전에 쿵쾅거리는 가슴부터 쓸어내려야 했다. 그에게 있어 이 여자는 범우주적 사랑의 근원지로부터 날아온 구원자나 다름없었다. 화염의 불길에 휩싸이기 전 자신이 매달릴 말뚝 앞에 차분히 기다리고 선, 잔 다르크와 한 방에 나란히 있는 기분이었다.

"저…… 전 아직 싱클레어와 친분이 있어서입니다. 다니엘과 제가 랩처의 수석 건축가였으니까요. 이 구역 때문에 랩처 전역에 무리가 갈지도 모르니 내부구조를 조사하게 해달라고 설득했죠. 물론 다 거짓말이지만. 싱클레어가 허락을 해줬습니다. 그 다음부터는 경비들을 매수하기만 하면 됐죠."

"좋아요. 앞으로 언제라도 당신이 여기에 들어올 수 있도록 경비들을 단단히 구슬려놔요. 필요하다면 뭐든 달라는 대로 주고요. 경비들은 설리번과 라이언을 두려워하죠. 절대 호락호락하게 날 보내주려 들진 않더군요. 허나 다른 죄수들과 대화를 나누는 정도는 설득이 가능했어요."

램은 미간을 찡그렸다. 웨일즈는 그녀의 안면에 불현듯 감정적인 고통이 스쳐가는 것을 놓치지 않았다.

"엘레노어는…… 아무런 소식이 없나요?"

"놈들이 따님에게 무슨…… 정신 조작 훈련을 시킨다고 들었습니다."

램의 표정이 일그러졌다.

"아, 비록 지금은 고작 어린아이로 보겠지만…… 내가 엘레노어의 내면 깊숙이, 그 아이만이 할 수 있는 진정한 임무를 각인해놓았어요. 엘레노어는 살아남을 겁니다! 그래서 모든 이들을 깜짝 놀라게 할 거예요. 믿어 의심치 않아요."

램은 바닥을 내려다보았다.

"난 나이젤 웨어와 치유의 관계를 진전시켜가는 중이에요."

웨일즈는 어안이 벙벙한 표정으로 램을 쳐다보았다.

"웨어? 페르세포네의 소장 말입니까? 그자가 당신을……."

희미한 미소가 램의 얼굴에 감돌았다.

"웨어 소장은 그저 심기가 뒤틀린 불쌍한 소인배일 뿐이에요. 날 심문하는 척하더니 슬쩍 자신을 어떻게 생각하느냐고 묻더군요. 간접적으로 말이죠. 난 기회다 싶어 도리어 그를 심문했죠. 둘이 같이 그가 가진 서류들을 훑어보았을 정도예요. 페르세포네의 죄수들을 상대로 모종의 실험과 치료를 해볼 수 있게끔 배려해달라고 했더니, 내 설득에 넘어간 것 같아요. 웨어가 이 모든 일이 다 라이언의 작은 왕국을 위한 일이라고 싱클레어에게 설명할 거예요. 그러나 적당한 기회가 오면, 난 이곳에서 반란을 도모할 생각이에요. 아무도 예상 못할 그런 반란을. 이렇게 많은 수의 정치범들을 한 수용소에 몰아넣다니…… 그들은 어리석은 짓을 했어요. 우리의 계획대로 되리란 것도 모르고."

소피아 램을 보고 있자니 현기증이 날 정도다. 웨일즈는 억제할 수 없어 별안간 그녀 앞에 털썩 무릎을 꿇었다.

"하아…… 소피아! 전 어쩌자고 앤드류 라이언에게 충성했던 것일까요? 제 눈을 가린 채 위선만을 보여준 그자에게?"

램은 미소를 지었다.

"괜찮아요, 시몬. 자아란 강력한 것이죠. 누구나 처음엔 사랑하고자 하는 의지가 박약하기 마련이에요. 공동체를 위한 희생으로 단련되어야 하죠. 시간이 걸리기 마련이에요! 하지만 당신은 그 빛을 가장 먼저 본 사람들 중 하나잖아요. 당신은 내가 사랑하고 아끼는 사람이에요, 시몬 웨일즈…… 때가 오면, 라이언도 추락할 수밖에 없어요. 그런 후에 난…… 우리는 그자의 옥좌에 앉을 테죠. 랩처는 우리 것이 될 거예요. 가서 말해줘요. 모든 이들에게 말해줘요, 내가 지켜보겠노라고! 어느 누가 자아의 노예이고, 어느 누가 축복받은 이들과 함께 승천할 것인지, 내 눈으로 헤아릴 것이라고."

"물론입니다, 소피아! 그대가 이끄는 무리에게 반드시 알리겠습니다!"

웨일즈의 머리에 한 손을 얹고서, 소피아 램은 축도를 행하였다. 그녀의 손이 닿자 형언할 수 없는 짜릿한 전율이 전신에 휩싸였다. 고개를 숙인 채 웨일즈는 아이처럼 환희의 울음을 터뜨렸다.

13

랩처 구치소

1956년

설리번은 수석 경관 하커가 걱정되기 시작했다. 하커는 막 마라톤을 완주한 사람처럼 입으로 드센 숨을 몰아쉬고 있었다. 하지만 그는 지난 삼십 분간 저 책상 앞에 앉아 있지 않았나. 저 조개 재떨이에 놓인 시가 꽁초에서 아직 연기가 새어나오고 있는데 말이다. 하커는 자리에 앉아 거칠게 숨을 내쉬면서 허공을 바라보며 주근깨투성이의 손가락으로 책상 위를 두드리고 있었다. 그는 땅딸막한 체구에 이중 턱이 도드라진 작은 키의 사내로, 슬슬 벗겨지기 시작한 붉은 머리를 하고 우중충한 검은색 양복을 입었다. 면도한 지 며칠은 된 것 같았다.

"자네가 나한테 여기 오라고 하지 않았어, 하커? 기억 안 나나?"

설리번은 그의 맞은편에 털썩 앉으며 말을 걸었다.

"자네 괜찮아? 꼴이 말이 아닌걸."

"그럼요, 저, 전…… 괜찮습니다."

무의식적으로 접은 옷깃에 달린 경찰 배지를 만지작거리며 하커는 설리번을 올려다봤다.

"전 그냥 의문이 들 때가 있어서요."

하커는 문 쪽으로 눈길을 던지며 문이 닫혔는지 확인했다.

"랩처에 온 것이 잘한 짓인가 해서요."

설리번은 큭큭 웃음을 흘렸다.

"자네만 그런 게 아니야. 요즘엔 오히려 그런 생각을 안 하는 사람이 드물 정도니까."

하커는 고개를 끄덕이며 동의했다. 너무 세차게 끄덕이는 듯싶기도 했다.

"하지만 열성적인 신봉자도 있잖습니까, 부장님. 리조나 월러스 같은 사람들, 라이언 회장은 물론이고. 거기다가 그 미치광이 샌더 코헨. 아마 빌 맥도나까지. 물론, 도중에 저 세상으로 간 사람도 있지만…… 그리비 씨 같은 사람이요."

하커는 한숨을 푹 쉬었다.

"그래, 그리비 씨는 참 안됐지. 그렇게 자신감이 넘쳤는데, 랩처를 자기 집 안마당처럼 활보하고 다니면서 말이야. 그땐 빌 맥도나도 당할 뻔했지."

"모르겠어요. 좋은 느낌이 아니에요, 부장님. 제게 이 자리를 주신 건 감사하지만, 그냥 미국에 있을 걸 그랬나 봐요. 지금쯤 아마 딴 일을 했을지도 모르죠."

"자네와 나, 우린 이 일밖에 모르잖나, 이 친구야. 지금 새로 시작하기엔 우린 너무 늙었다고."

하커가 겁에 질려 있다는 건 한눈에 보였다. 엄습하는 공포감에 진심으로 떨고 있었다.

"대체 무슨 일이야, 응? 자네가 평정을 잃어버린 원인이 분명 이곳에 있을 것 같은데. 뭔가 각별한 이유가…… 왜 나를 여기로 불렀나?"

하커는 이틀은 족히 자랐을 턱수염을 엄지손톱으로 문질렀다. 그런 후에 책상 서랍을 열어 권총을 꺼내들곤 의자에서 일어나 외투 주머니에 총을 집어넣고 설리번의 질문에 답했다.

"보여드릴게요, 따라오세요."

둘은 복도로 나왔다. 칼로스키가 연사식 산탄총을 손에 쥔 채 기다리고 있었다. 그는 라이언이 필요로 하지 않을 때엔 종종 설리번의 부름을 받곤 했다. 어제만 해도 그 산탄총으로 거미 스플라이서 한 명을 절반으로 동강내면서 설리번의 목숨을 구했었다.

칼로스키는 하커에게 고개를 숙였지만 하커는 그저 나직이 신음 소리만 낼 뿐, 인사도 없이 지나치면서 짧고 굵은 다리를 끌며 복도를 걸어갔다. 외투 주머니 안의 권총에서 손을 떼지 않은 채로.

하커는 모퉁이를 돌아 한 흑인 경비가 지키고 선 문 쪽으로 다가갔다. 경비가 잠긴 문을 열어주자 일행은 감방이 즐비한 통로로 들어섰다. 단단히 빗장이 채워진 고립된 왼쪽 감방들을 지나자, 체내의 이브가 다 떨어진 스플라이서들이 플라스미드를 달라고 애원해댔다. 플라스미드 중독의 징후가 얼굴에 가득하고 야생동물이나 다름없는 한 여자가, 그들이 지나가자 창살 틈으로 침을 뱉었다.

구치소는 페르세포네보다 광기가 가득했고 스산한 곳이었다. 페르세포네는 그저 정치범들을 '고립'시켜놓은 곳이지, 여기처럼 스플라이서들만 수용한 곳이 아니다.

하커는 마침내 15번 감방 앞에서 발을 멈췄다. 불안하게 번득이는 파란 눈동자를 한 건장한 체구의 경관이 통로의 금속 벽에 기대서서, 기관총을 옆구리에 낀 채 냉기가 도는 야릇한 미소를 던졌다.

"어서 옵쇼, 부장님."

캐븐디쉬가 인사했다.

"한 시간쯤 전에 말이죠······."

설리번과 칼로스키를 감방 문까지 안내하며 하커가 낮은 목소리로 설명했다.

"의식을 잃은 스플라이서 하나를 여기로 데려왔거든요. 거의 나체나 마찬가지였고, 얼굴은 온통 플라스미드 부작용으로 얼룩덜룩했습니다. 이 자식을 잡았을 때, 한 손에 생선 내장을 긁어내는 갈고리를 들고 있었거든요. 그게 완전 피범벅이었어요. 다른 손에는 여자의 머리통을 들고 있더라고요. 그러니까 희생자의 몸에서 머리를 도려낸 거예요, 아시겠죠? 턱 바로 아래에서부터 잘랐더라고요, 매끈하게! 갈색 머리 여잔데요, 생전엔 꽤 예뻤을 겁니다. 포트 프롤릭에 있는 스트립클럽에서 한 번 본 적이 있는 것 같기도 하고."

하커는 목이 탔는지 마른 입술을 핥고선 18번 감방 쪽을 흘깃 훑어보았다.

"그래서 이 스플라이서가 말이죠, 그 여자 머리를 가슴에 꼭 안고 있더라고요. 무슨 어린애가 인형 안 듯이 말이죠. 그런 꼴로 땔나무를 스륵스륵 베고 있더란 말입니다! 코까지 골면서! 저기 있는 펫 캐븐디쉬가 이 자식한테 수갑을 채우고는 깨우려고 했지만, 좀체 일어날 생각을 안 합디다. 그래서 지원을 요청한 후에 여기로 데려와서 저기 17번 감방에 처박았죠. 신원확인이 필요할지도 모르니 그 여자의 머리는 냉동고에 넣어뒀습니다."

"알겠네."

설리번은 어깨를 으쓱이며 대답했다.

"스플라이서 중에 그런 살인범이 한둘도 아니고. 미친놈들 많잖아. 아마 이브가 떨어졌겠지, 그래서 빨리 지친 거고. 플라스미드도 충원하려면 시간이 걸리잖나, 그래서 그렇게 곯아떨어진 거겠지. 암튼 자네들이 그놈을 잡았다 이거지? 라이언 회장님께서 이런 놈들은 길 알렉산더에게 보내라고 하셨으니까, 실험대상으로 이용할 수 있게. 날이 밝으면 재판 절차만 밟게 해서……."

옆에 있던 캐븐디쉬가 아니꼬운 듯 신음 소리를 냈다.

"아, 잘못 짚어도 한참 잘못 짚으시네!"

설리번은 캐븐디쉬의 어조가 거슬렸다. 생각해보면 이 녀석을 좋아한 적이 없었다. 경찰 배지를 단 불순분자 중 하나. 절반은 아일랜드 혈통이요, 절반은 영국 동부의 서퍽 혈통. 늑대 같은 웃음을 흘리는 놈으로 죄수 구타하기가 소일거리였다. 그러나 싸움이 일어나면 이 녀석 만한 놈이 없었다.

"뭐 이브가 떨어지고 자시고 이런 거 없다니까요."

캐븐디쉬가 말을 이었다.

"잔뜩 취해서 곯아떨어진 겁니다. 술 냄새가 진동했으니까. 깨어나서도 몸은 충전된 상태였어요. 아까 보니 18번 감방에 있던데."

"아까라니? 그게 무슨 뜻이야?"

"최근에 플라스미드 신상품이 나왔거든요."

하커가 18번 감방으로 눈길을 돌리며 속삭이다시피 부연설명을 했다.

"근데 그게…… 암시장에서 거래되는 품목이어서요. 폰테인은 그걸 아직 출시하진 않았는데, 삽시간에 정신을 완전히 돌아버리게 만드는 플라스미드래요. 그래도 제 생각엔, 이놈들이 의회를 상대로 이걸 쓰거나 하진 않을 것 같아요. 그저 충동적으로만 사용하니까…….”

"뭘 사용한다는 거야?"

칼로스키가 기다리다 못해 한마디 툭 던졌다.

"사라질 수 있답디다."

하커가 답했다.

"그래서 다른 데로 갈 수 있다는 거죠! 감금해둔 이 자식만 해도, 제멋대로 감방을 나왔다 들어갔다 하거든요. 캐븐디쉬, 저 플라스미드를 뭐라고 하더라?"

"순간이동."

바로 그 순간, 뭔가 쉭쉭 빠는 듯한 소리가 들렸고 모두 18번 감방 쪽으로 고개를 돌렸다. 허공에 검은 반점이 생기는가 싶더니, 번쩍이는 에너지 광채가 일면서 사람의 형상으로 변해갔다. 날카로운 소음은 점점 커지다가 일순간 슉—! 하며 터졌다. 난데없이 한 남자가 그들 앞에 나타났다. 맨발에 희멀건 피부를 가진 사내였는데 허리께부터 아래로는 아무것도 걸치지 않았고, 상체에 걸친 작업복 셔츠에는 혈흔이 진득하게 묻어 있었다. 머리칼은 지저분한 갈색, 모난 얼굴은 플라스미드 상용자 특유의 반점으로 퉁퉁 부어올라 있어 형체를 알아보기 힘들었다. 심하게 부풀어 있는 살갗 때문에 왼쪽 눈이 거의 가려진 상태다.

"너희 망할 자식들 때문에 내가 잠을 못 자겠어!"

누런 뻐드렁니 사이로 더러운 침을 튀기며 으르렁거렸다.

"낮잠 좀 자려고 했더니, 젠장! 예쁜 경찰 배지만 달면 다야? 나도 하나 달 거야!"

칼로스키, 캐븐디쉬, 하커, 설리번은 총을 꺼냈다. 하지만 기관총, 샷건, 두 개의 권총이 동시에 겨냥한 그곳은 허공이었다.

스플라이서가 이미 순간이동한 후였다. 분명 체내에 아직 다량의 이브가 남아 있는 게 분명했다. 잠시 후, 칼로스키 바로 뒤에 불쑥 나타났다. 그는 즐거운 듯 야유하며 칼로스키의 머리칼을 잡아당겼다. 칼로스키가 다급하게 몸을 틀어 샷건을 들이대자 다시 한 번 번쩍 광채를 일으키며 사라져버렸다.

악취를 풍기며 댄서처럼 폼을 잡고선 이번엔 설리번이 등을 지고 있는 벽 앞에 나타나서 그의 오른쪽 귀를 잡아당겼다.

"안녕하쇼, 보안관님!"

자식이, 지가 무슨 만화영화에 나오는 캐릭터라고. 설리번은 놈을 잡으려고 팔을 쭉 뻗었다. 그러나 손끝에 느껴진 것은 또 한 번 자취를 감추며 발산한 에너지의 잔상뿐이었다.

부랴부랴 몸을 돌렸지만 스플라이서는 하커의 권총을 한 손으로 빼앗아 쥐고, 다른 한 손으로는 경찰 배지를 휙 낚아챘다.

설리번이 스플라이서를 향해 총을 발사했지만 이미 너무 늦어버렸다. 탄환은 그 순간이동자가 서 있던 허공을 통과했고, 근처 강철 벽에 반사되어 튕겨 나오고 말았다.

윽— 하는 애처로운 신음 소리가 하커의 입에서 튀어나왔다. 그런 소리를 들으리라곤 생각지도 못했건만, 숨을 헐떡이던 하커의 몸뚱이는 힘없이 미끄러졌다. 벽에서 핏줄기가 흘러내렸고 얼굴을 바닥에 댄 채 쓰러진 하커는 아직 꿈틀대고 있었다. 설리번의 권총에서 발사된 총알이 벽에 맞고 튕겨져 나와 그의 몸을 관통한 것이다.

"제길, 하커!"

설리번이 소리쳤다. 내뱉고 보니 왠지 하커를 탓하는 것 같아 후회가 밀려왔다.

"내, 내 잘못이다, 미안하네."

"그냥······."

하커가 숨을 헐떡였다.

"저 자식을······ 잡아······."

기관총을 들고 캐븐디쉬가 조심스레 걸음을 옮기며 18번 감방의 창문을 향해 접근하고 있었다. 철판을 덧붙여놓은 문에 달린 작은 창문의 쇠창살 틈으로 곁눈질을 해보았다. 곧 안에서부터 총성이 들렸고 그의 머리는 뒤로 젖혀졌다.

설리번은 캐븐디쉬가 죽은 줄 알았다. 하지만 왼쪽 귀의 일부가 떨어져 나갔을 뿐이다. 아니, 물렁뼈의 거의 전부가 터져 나갔다. 캐븐디쉬는 시뻘건 피로 뒤덮인 귀를 움켜잡고 복도에 털썩 주저앉았다.

"빌어먹을!"

감방 안에서 킬킬거리는 웃음소리가 배어나왔다.

"이런, 빗나갔나보네. 못생긴 자식 얼굴에 총알을 먹여서 더 그럴싸하게 만들어줘야 했는데 말이야. 저건 스타인먼 박사가 좋아하겠는걸!"

설리번은 권총의 방아쇠를 재고서는 허리를 굽혀 웅크린 자세로 감방이 줄지어선 벽 쪽으로 엉금엉금 기어갔다. 16번 감방에서 들려오는 산발한 수염의 스플라이서가 비아냥거리는 것도 무시했다.

"그러게 애당초 우리한테도 아담을 줬으면 이런 일 없었지. 하지만 지금은 말이야, 우린 그냥 구경만 해야 되니 미치도록 슬퍼. 슬프면 진짜 아프잖아. 점점 더 많이 아파온다고!"

오늘 남에게 아픔을 준 건 나였어, 하고 설리번은 생각했다. 고의는 아니었다 하더라도 하커를 쏜 사람은 자신이었다. 이 순간이동 플라스미드 때문에 평정을 잃었다. 하커가 왜 그렇게 불안해했는지 이제야 이해가 되었다.

설리번은 감방 문에 비스듬히 몸을 붙이고는 권총을 치켜든 채, 놈이 자신을 겨냥하지 못하도록 주의하면서 안을 훔쳐보았다. 사방을 패드로 덧붙여둔 방의 가장 끝에 놓인 간이침대에 벌렁 누운 반나체의 스플라이서가 보였다. 왼팔을 베고 누운 채, 오른팔은 공중에 치켜세우고 집게손가락으로 권총을 빙글빙글 돌리면서 랩처의 광고 노래를 흥얼거리고 있었다.

"오오오, 푸른 맥주~ 맛 한번 기똥차네. 남자라면 만족할 만한 그 맛, 최고가 된 기분이지. 라이언의 맥주라네, 라이언의 맥주라네, 라이언의⋯⋯ 맥주!"

노래가 끝나자 스플라이서는 창살이 박힌 창문을 향해 총을 발사했다. 탄환은 창살을 맞추었고, 도탄이 되어 복도로 튕겨 나갔다. 설리번은 황급히 몸을 피했고 총알은 딴 곳으로 떨어져 나갔다.

고개를 들자 또다시 그 음산한 쉭쉭거리는 소리와 함께 캐븐디쉬의 다급한 고함 소리가 들렸다.

"머리 숙여요, 부장님!"

설리번은 배를 바닥에 깔고 엎드렸다. 그 순간 스플라이서가 그의 오른편에 몸을 드러내는 것이 시선의 한 귀퉁이에 들어왔다. 놈이 그의 머리에 권총을 겨냥하고 있었다.

타타탕— 난사하는 소음과 함께 샷건의 둔탁한 총성이 귓전에 울렸다. 스플라이서는 휘청거리며 뒷걸음질 쳤다. 샷건 사격에 오른팔이 두 동강 난 채, 배를 가른 여러 개의 탄흔에선 피가 줄줄 흘렀다. 캔븐디쉬가 기관총으로 놈을 찢어놓고 칼로스키가 샷건으로 제대로 한방 먹인 것이다. 기관총 탄환이 복도로 튕겨 나가자 어느 모퉁이에서 누군가가 고통에 찬 비명을 질러댔다. 복도에 강철로 벽을 세운 것은 좋은 생각이 아니었다.

설리번은 좁은 공간을 가득 메운 연기 때문에 연거푸 기침을 하며 몸을 일으켜 세웠다. 이웃 감방에 갇힌 스플라이서들로부터 조소, 야유 등 별의별 탄성이 터져 나왔다. 그러나 바닥에 쓰러진 이 순간이동 스플라이서는 말없이 몸뚱이만 움찔대며 숨을 꼴깍거리면서 죽어가고 있었다.

"이 자식은 잡았지만, 하커는 잃었군."

비통한 마음으로 읊조리며 설리번은 싸늘하게 식어 있는 하커를 돌아다보았다.

"진짜 이제부터…… 그걸 뭐라 그러지? 야구에서 하는 말."

칼로스키가 경련하며 죽어가는 스플라이서를 내려다보면서 물었다.

설리번은 고개를 끄덕였다.

"경기는 이제부터야."

각광 극장

1956년

프랭크 폰테인은 각광 극장의 좁은 객석을 헤매다가, 무대와 가까운 위치에 자리를 잡고 앉았다. 샌더 코헨의 새 카바레 공연을 보러 온 것이었는데, 그 극의 이름은 '야누스'였다. 코헨은 '정체성에 관한 비극적 소극(笑劇)'이라는 다소 거창한 선전문을 달아두었다. 샌더 코헨과 외과의사 스타인먼, 두 괴짜의 공동작품이었다. 그러나 폰테인의 머릿속에는 다른 상념으로 가득했다. 개인적 사상까지도 밀수품일 수 있다는, 라이언이 한 말을 되새김질하고 있었다.

값비싸 보이는 벨벳 천으로 치장해놓은 좌석에 편안하게 앉아 폰테인은 흐뭇한 미소를 지었다. 라이언은 자신이 내뱉은 그 한마디가 앞으로 어떤 결과를 초래할지 상상도 못하고 있을 터. 적당히 전복적인 사상을 퍼뜨리기만 하면, 랩처는 삽시간에 망신창이가 될 것이다. 그 쓰레기더미 아래로 라이언을 끌어내리고, 프랭크 폰테인이 왕좌에 앉을 것이다.

든든한 저녁 식사도 했겠다, 곁들인 포도주로 취기도 조금 돌자, 폰테인은 어깨너머로 좁은 극장을 메우는 관중을 흘깃 돌아보았다. 턱시도까지 빼입고 지나치게 멋을 부린 외과의사 스타인먼이 보였다. 분명 '원작자' 시늉을 내려는 거겠지. 객석 통로의 끄트머리에서 서성이는 다이안 맥클린톡도 보인다. 가슴이 깊게 파인 검정색 드레스와 손에 든 핸드백에는 빨간 구슬이 치렁치렁 달렸다. 짜증난 듯 다이아몬드로 치장된 손목시계를 자꾸 들여다보며 인상을 찌푸리고 있었다. 아마 라이언을 기다리는 거겠지. 다이안 맥클린톡은 라이언의 비서이자 약혼녀였다.

마침 폰테인의 옆에는 두 자리가 비어 있었는데, 내심 이런 기회가 또 있을까 싶었다. 사실 그다지 친분이 없었음에도, 그는 자리에서 일어나 다이안을 향해 손을 흔들고 빈 좌석을 손으로 가리키며 부드러운 미소를 지었다. 다이안은 문틈으로 로비를 흘깃 쳐다보더니 고개를 끄덕이곤 입을 오므리면서 종종걸음으로 폰테인에게 다가왔다.

"폰테인 씨."

"맥클린톡 양."

폰테인은 옆으로 물러나 그녀가 자리에 앉을 수 있도록 해주었다.

"라이언 씨의 자리도 마련해두었습니다."

"그 사람이 진짜 올지는 모르겠네요."

다이안은 자리에 앉으며 투덜댔다.

"그이는 늘 너무 바빠서요."

폰테인은 그녀의 옆 좌석에 앉았다.

"곧 결혼하신다는 소문이던데……."

다이안은 콧방귀를 뀌었다. 그러고는 곧 태도를 바꾸며 말했다.

"아…… 맞아요. 언제가 될지는 그이가 결정하겠죠. 그럼 결혼 발표도 할 테고."

다이안은 핸드백을 열었다.

"혹시 담배 가진 것 없으세요? 아이, 난 다 떨어졌네."

핸드백 안에 내용물이라곤 책밖에 보이지 않았다.

"제게 있을 겁니다."

그가 미소를 지으며 답했다.

"폰테인 미래회사의 성냥까지 있죠. 꽤 쓸 만해요."

담뱃갑을 열어 보이자 그녀가 담배 한 가치를 꺼내들었고, 폰테인은 불을 붙여주었다.

"아, 구원자가 따로 없군요."

"그 핸드백에는 책밖에 없던데…… 묵직하니 무기로 쓰기 좋은가보죠?"

다이안은 천장으로 담배 연기를 뿜었다.

"여자에게 배우고 싶다는 욕망이 있으면 조롱거리가 되는군요. 20년대 시대상을 그린 피츠제럴드의 소설을 읽고 있어요. 제목은 '아름다운 자들과 저주받은 자들'이죠."

이 상황에 딱 들어맞는 제목이다 싶었다. 하지만 폰테인은 윙크를 하며 천연덕스럽게 응수했다.

"여자들의 욕망에 관해서라면 전 절대 조롱하지 않습니다."

그가 어떤 사람인지 가늠하려는 듯, 다이안은 실눈을 뜨고 그를 흘겨보다가 킬킬거리며 웃어댔다.

"아, 이런. '여자들의 욕망'이라는 말을 들으니 옛날 생각이 나네요. 제가 클럽에서 일하고 있을 때 앤드류를 만났는데……."

말을 하다말고 어깨너머로 두리번거렸다.

"여기서 아직 그이 못 봤죠, 네?"

"아직 못 봤습니다."

지금 슬며시 우회적인 암시를 줄 수도 있다. 라이언이 그녀를 포기한다면 자기한테 오라고 말을 해줄 수도 있다. 이 여자는 쓸모가 있어 보인다.

"만약 그가 오지 않는다면, 저한테 영웅 노릇 한번 해볼 기회를 주시죠. 여기를 나가서…… 달 끝까지라도 모시고 가겠습니다."

"여기서부터 달까지는 지상에서보다 훨씬 더 멀 텐데요."

다이안은 톡 쏘아댔지만, 기분만은 꽤 좋아 보였다.

"사실 전 그 양반이 오지 않았으면 하는데……."

다이안은 출입문 쪽을 한 번 더 쳐다보고, 막이 오르자 담배를 서둘러 껐다.

"아, 시작하네요."

구둣발로 꽁초를 짓이기며 다이안은 한숨을 푹 쉬었다.

폰테인이 무대에 오른 샌더 코헨을 알아보기까지는 몇 분이 걸렸다. 지나치다 싶을 정도로 과한 분장 덕분이기도 하지만, 다른 얼굴 하나를 뒤통수에 붙이고 나왔던 것이다. 코헨은 몸에 착 달라붙는 녹색 의상을 입고 우스꽝스런 수염을 코와 턱에 붙이고선, 장난감처럼 작은 활과 화살을 어깨에 둘러메고 나왔다. 숲을 그려놓은 무대 배경을 등지고 서서, 만돌린 연주에 맞춰 폴짝거리다가 노래를 시작했다.

"내 사랑스런 남자들과 얼마나 행복한 세월을 그린우드에서 보냈던가. 오- 나의 명랑한 남자들, 나의 행복한 남자들, 그런데 하루는 저 마리안[1]이란 계집이 우리의 행복한 그린우드를 침범했지. 오- 천국이 하루아침에 지옥으로 변했어."

코헨의 '명랑한 남자들'은 거의 벌거벗은 그리스 투사들처럼 보였고, 숲에서 튀어나와 코헨과 함께 폴짝이며 화살을 흔들어대고 코러스를 따라 불렀다.

이런 젠장, 폰테인은 할 말을 잃었다.

그러다가 사자가 나팔을 부는 문장이 새겨진 망토를 휘날리며 영국의 왕이 등장했다. 금칠을 한 왕관에, 턱에 붙은 붉은 수염은 곧 떨어질 것만 같았다. 왕은 코헨을 왕

---

[1] 영국의 전설적인 도적 로빈 후드의 부인 또는 애인으로 알려진 인물.

궁으로 초대하여 노팅엄의 장관으로 임명했다. '로빈 후드'는 지체 없이 왕을 암살해 버렸다. 흘러나오는 곡의 박자에 맞추어 즐겁게 왕의 가슴에 칼을 찌르고선, 뒤통수에 붙어 있던 얼굴을 앞으로 돌려놓는다. 가면은 왕의 얼굴과 아주 흡사했다. 코헨은 시체를 무대 뒤로 밀어버리고 왕의 옥좌에 앉았다.

뮤지컬은 천만다행으로 단막극이었고, 객석에서 드문드문 산발적인 박수만이 새어나왔다. 스타인먼 박사만이 혼자 벌떡 일어나 쓸쓸한 기립박수를 맹렬하게 쳤다.

"브라보! 브라보!"

폰테인은 다이안이 숄을 걸치는 것을 도와주었다. 술집으로 데려갈 수도 있지 않을까. 몇 잔 마시고 나면, 과거 클럽에서 담배를 팔던 시절의 여자로 돌아갈지도 모르지.

그러나 애석하게도 라이언이 객석의 통로를 걸어 내려왔고, 사람들에게 둘러싸여 악수와 인사를 나눈 후 다이안을 향해 손을 흔들었다.

"늦어서 미안하군, 다이안."

별수 없었다. 그렇지만 그날 저녁에 아무런 성과도 없었던 것은 아니니까. 코헨의 몸부림을 보는 것은 고역이었지만, 그 소극은 폰테인에게 기막힌 아이디어를 제공해주었다.

극장을 나서고 보니 라이언이 초기에 자주 사용했던 광고 전단이 눈에 띄어 그 앞에 잠시 발길을 멈췄다.

"랩처는 세상을 밝혀주는 희망이다……."

앤드류 라이언이 지구를 어깨로 떠받치고 있는 그림이 그려져 있었고, 그 위에 문구를 써놓았다. 앤드류 라이언이 아틀라스의 이미지로?

주위를 곁눈질하며 아무도 없나 살핀 후에, 프랭크 폰테인은 그 광고 전단을 벽에서 떼어내어 품 안에 챙겨 넣었다.

빌 맥도나의 아파트

1956년

심해가 훤히 드러나 보이는 커다란 창문 옆 소파에 앉아, 빌 맥도나는 '랩처의 일상에 관한 개인적 인상과 사유'라는 제목의 일지를 계속 기록하는 것이 과연 좋은 생각일지 사뭇 염려가 되었다. 얼마간 계속 기록하기는 하겠지만 마음에서 우러나와 하는 일은 아니었다. 라이언은 모두에게 어떤 개인적인 문제가 있거나 추진하고픈 계획이 있으면 늘 기록하는 습관을 들이라고 종용했다. 이렇게 모은 자료를 통합하여 장대한 역사적 회고록으로 만들려는 거창한 기획인 듯했다. 이는 주민들 사이에 유행처럼 번졌다. 하지만 빌은 과연 이 기록이 얼마만큼이나 악용될까 하는 생각이 들기 시작했다.

녹음기는 거무죽죽한 녹색을 띤 맥주 한 잔과 함께 차탁 위에 놓여 있었다. 둘 다 그다지 끌리지 않았다. 벽시계를 바라보았다. 일곱 시. 일레인이 아카디아에서 딸을 데리고 곧 귀가할 것이다. 녹음을 하려면 지금 하는 것이 낫겠다. 손을 뻗어 녹음기를 누르려 했으나 어찌된 일인지 맥주잔만 손에 들려 있었다.

한숨을 푹 내쉬며 잔을 내려놓고는 녹음 버튼을 꾹 눌렀다.

"랩처도 많이 변했다. 하지만 라이언은 숲속의 늑대들을 보지 못하는 것 같다. 폰테인이라는 놈…… 확실히 악덕업주임은 분명하지만, 아담이란 생산고가 있어 도지사 행세도 할 수 있는 것이다. 벌어들인 수익으로 더 강하고 더 향상된 플라스미드 제작과 폰테인 복지원 유지에 쏟아붓고 있다. 폰테인 복지원 좋아하시네, 폰테인 취업안 내소겠지! 눈 깜짝할 새 놈은 엄청난 숫자의 스플라이서 군대를 만들 테고, 그렇게 되면 우린 지금과는 비교도 안 될 극악한 고통 속에서 허덕이겠지."

빌은 녹음기를 껐다. 머릿속에 허덕이는 상념이 한두 개가 아니었다. 랩처에 대해 자신이 가진 이 많은 의구심들을 녹음이란 것을 통해 남에게 공개하고 싶지 않았다.

차탁 위의 전화가 울렸다. 빌은 차분히 수화기를 들었다.

"여보세요, 빌입니다."

"맥도나? 나 설리번이네. 상부 아트리움에서 또 세 건의 살인이 발생했어. 의회가 긴급회의를 소집했네."

의회 회의실

1956년

랩처 의회의 의원들로만 이루어진 이 특별한 회의가 필요한지조차 앤드류 라이언은 확신할 수 없었다. 그러나 빌 맥도나와 설리번이 들어오는 모습을 보자 안심이 되었다. 최소한 이 두 명은 믿을 수 있었다.

이번 회의에는 겨우 여섯 명이 참석했다. 랩처에서 가장 높은 고층건물 상층에 마련된 작은 회의실은 금색의 테두리가 면밀히 장식된 곳이었다. 타원형의 회의용 탁자를 둘러싸고 안나, 빌, 설리번, 안톤 킨케이드, 라이언, 리조가 앉아 있었다.

라이언은 고인이 된 루벤 그리비가 그리웠다. 늘 쓸모도 없는 말로 남이 탄 배에서 허투루 노만 저어대는 안나 컬페퍼 같은 사람은 여전히 여기 있는데 말이다. 애당초 이런 여자를 의회로 끌어들인 것이 잘못이다.

라이언은 아직 맛도 보지 못한 커피를 만지작거리며 노쇠해가는 연륜을 절감했다. 랩처의 창시자요 안내자로서의 그의 역할은 이제 중압감만 주었다. 지친 등을 꼬집고 못살게 구는 것…… 사소한 것까지 물고 늘어지며 자신들의 잘난 기획을 라이언의 면전에 내던지는 의회의 몇 명 때문에 그 압박은 한층 가중되었다. 그런 와중에 랩처의 문제는 앤드류 라이언의 문제가 되었다. 범죄, 파업 쟁의, 과도한 플라스미드 복용, 끊임없는 정비 문제…… 이러한 난관을 극복하자니 참된 통찰력이 절실히 필요했다. 하루하루가 갈수록 분명하게 보였다. 큰 문제를 해결하기 위해서는 큰 해결책을 시행할 수 있는 굳은 의지가 필요하다.

"여기는 지상이랑 정말 가까워요."

차 한 잔을 손에 들고 앉으면서 안나가 조잘거린다.

"그래서 생각을 해봤는데 가끔씩은 지상 세계로 답사를 가는 것도 좋지 않을까요? 그냥 가까운 곳에, 배 타고……."

안나는 유리 천장을 올려다보았다. 수면까지 겨우 1, 2미터 정도의 거리다. 달빛이 물결을 뚫고 전기로 환히 밝혀진 실내를 파랗고 하얀색으로 창백하게 빛나게 했으며 위로 치켜든 안나의 얼굴을 유령처럼 만들었다. 그 새하얀 얼굴을 보자니 라이언은 샌더 코헨이 생각났다. 오늘 참석하지 않아서 안도의 숨을 내쉰 터다. 코헨은 요즘 사교계에서 괴이한 작태를 자주 비추고 있다. 제트 우편으로 보낸 그의 편지에는 '창작을 위한 사냥에 바쁜 관계로, 사로잡아서 무대 위에 묶고 티타노마키아[1]를 준비해야 하기 때문에'라는 등 알 수 없는 변명만 잔뜩 늘어놓았다.

티타노마키아? 대체 무슨 소리를 지껄이는 거지?

문득 그림자 하나가 그들 위로 휙 지나가자 라이언은 고개를 들었다. 거대한 상어의 실루엣이 머리 위로 헤엄쳐 와, 호기심에서인지 불빛이 환한 방 주위를 맴돌고 있었다.

"다 때가 되면……."

라이언이 대답했다.

"다 같이 답사를 나가볼 수도 있을 거요, 안나. 때가 되면."

안나는 애석한 듯 한숨을 쉬며 요즘 들어 부쩍 라이언의 성을 돋우는 그 동정의 눈초리를 던졌다.

"이 한마디는 해야겠네요. 히로시마 참사 이후 10년이 흘렀어요. 그런데도 지상에선 더 이상 원폭에 관한 소식이 없어요. 전쟁은 그저 '냉동' 상태일 뿐이라고요. 적어도 라디오에선 그렇게 말하고 있어요."

리조가 동의할 수 없다는 투로 한마디 하고 나섰다.

"소련 놈들이나 미국 놈들이나 똑같이 원자탄을 사재기하는 중인데 무슨 소리, 컬페퍼 양. 거기는 지금 툭 건드리기만 하면 활활 터질 화약고나 다름없단 말이오! 중국까지 빨갱이들 손에 넘어갔지, 소련 요원들의 손이 안 닿은 데가 없단 말이오! 핵전쟁

---

[1] 그리스 로마 신화에 나오는 제우스와 티탄 족 사이에 벌어진 전쟁.

이 일어나는 건 시간문제지!"

"정확하게 봤어."

라이언이 거들었다. 역시 리조야, 현명하군.

"그리고 그 문제는 논외로 하더라도, 지금 우리가 여기 존재하고 있다는 사실이 바깥에 알려져선 안 돼. 이곳의 일을 외부 사람이 절대 눈치채면 안 된단 말이야. 저 등대만 봐도 얼마나 위험한가. 바깥에서 공기를 끌어오는 일 때문이 아니었다면 아마……."

라이언은 화제를 바꾸기로 했다.

"자자, 이제 회의를 시작합시다. 최근 벌어지는 일련의 폭력 사태에 대해서 우리가 정책을 세워야만……."

"아주 간단한 일입니다, 보스."

테이블 위에 팔꿈치를 짚고 우울한 표정으로 설리번이 끼어들었다.

"자초지종 들을 것 없이 그냥 플라스미드를 금지시켜버리면 되는 일 아닙니까. 아, 회장님께서 특정 상품 유통을 금지하는 것에 대해서 어떻게 생각하시는지 잘 압니다. 하지만 다른 방도가 없는데 어떡합니까? 지금 원자력에 대해서 말씀하셨죠? 제 보기엔 이 플라스미드도 그것 못지않게 위험한……."

설리번의 말끝이 약간 불분명했다. 회의가 시작되기 전부터 술 한잔 걸친 모양이다. 라이언은 인내심을 발휘할 때라고 생각했다.

"부장, 하커가 그렇게 죽었으니 자네 가슴이 여간 아픈 일이 아니겠지. 하지만 시장이란 건 자생력을 바탕으로 하는 구조여서, 금지령을 내려 시장을 억압할 수는 없다네. 심지어……."

라이언이 이 단어를 입 밖으로 토해내려고 하니, 마치 온몸이 거부하는 것 같았다.

"'규정'을 정할 수도 없는 노릇이야. 해결책은 간단해. 라이언 공업도 이제부터 플라스미드 생산 공정에 착수하는 것이지. 보다 나은 상품이 구매자를 현혹할 테니까. 다들 부작용이 없는 상품을 선택할 거라고."

라이언은 피로한 듯 걱정스러운 표정을 짓고 있는 빌을 곁눈질했다.

"어떻게 생각하나, 빌?"

"정말 플라스미드에 손대실 작정이십니까, 회장님?"

빌은 진심으로 놀란 듯했다.

"부작용이 없는 플라스미드를 개발하는 데엔 꽤 많은 시간이 걸릴 겁니다. 그동안에……."

"빌, 우리도 이 사업을 시작하거나 아니면 금지를 시키거나 둘 중 하나야. 가까운 사례를 보자고. 정부가 시행한 금주법도 효력이 없지 않았나."

"하지만 플라스미드는 중독이 됩니다."

"그건 술도 마찬가지야!"

빌은 고개를 설레설레 저었다.

"그리비 씨한테 일어난 일을 생각해보십시오! 회장님이 직접 보셨더라면……."

"그래."

그리비의 죽음은 라이언에게도 고통스러운 기억이었다.

"그래 맞아, 그의 죽음은 크나큰 상실이었지. 그리비는 예술가이자 투철한 기업가, 냉정한 과학자였지. 진정한 르네상스 지식인이었어. 실로 가슴 아픈 일이야. 나도 거기에 대해선 막중한 책임을 느낀다네. 경호원을 붙여줬어야 했는데. 하지만 그리비는 랩처의 어디라도 홀로 자유로이 활보하고 싶어 했지."

"그날 그의 곁에 있었던 사람은 접니다."

빌도 침울한 표정이 되어 말했다.

"어느 누가 책임을 져야 한다면 아마……."

"그날의 죽음에 대해 책임져야 할 사람은……."

보다 못한 설리번이 끼어들었다.

"염력 플라스미드에 찌든 채 그리비 씨를 죽인 그 계집이라고. 헌데 라이언 회장님, 회장님께서 정말 부득이하게 이대로 플라스미드 출시를 허락하고, 라이언 공업으로 이 일에 손을 대시겠다면……."

설리번은 생각만으로도 몸서리가 쳐지는지 머리를 흔들었다.

"그렇다면 분명히 어떤 규정은 세워야 합니다."

"시장에 출고되는 플라스미드의 품목을 제한하는 방법도 있겠지."

라이언이 응수했다. 하지만 실제로 일부 플라스미드를 규정할 생각은 없었다.

"지금 랩처는 아주 극심한 성장통을 겪고 있네. 그건 이미 예상한 일이야. 자유경쟁 체제이기 때문에 어쩔 수 없이 발생하는 과정의 하나지."

"현재, 시장에 어떤 플라스미드가 유통되는지 우리가 확실히 알고 있나요?"

킨케이드가 끼어들었다.

설리번은 그저 어깨만 으쓱할 뿐이다.

"확실치는 않소. 내가 그 목록의 일부를 갖고 있소이다."

그는 호주머니를 뒤지며 목록을 찾았다.

"여기 어디 있을 텐데…… 어떤 약들은 암시장에서만 거래되고 있소. 나머지는 폰테인이 상점으로 출고해서 파는 형태고. 이브를 끼어서 팔고 있지. 상점의 바닥은 주사기로 어지럽혀져서 발 디딜 틈도 없소. 아, 여기 있네."

설리번은 주글주글한 종이쪽지 한 장을 펼치고는 목청을 가다듬고 눈을 가느다랗게 뜬 채, 목록을 읽어 내려갔다.

"'전기충격' – 전기파를 날립니다. 사람을 기절시키거나 죽일 수 있소. '불티나' – 처음에는 요리할 때 사용되던 플라스미드였는데, 지금은 손가락에서 불덩이를 쏘는 걸로 이용되고 있소. '순간이동' – 이건 나도 직접 목격했소. 이 약은 대체 어떻게 통제해야 할지 막막합니다. 아주 골칫거리예요. 제 맘대로 아무 데나 이동해버리는데 무슨 수로 감옥에 가둡니까? '염력' – 그리비 씨를 죽인 게 바로 이 약이오. 여러분 모두 목격했을 테고. '겨울바람' – 냉풍을 장풍처럼 날립니다. 상대를 꽁꽁 얼릴 수 있어요. 거기다가 벽을 타고 기어오를 수 있게 하는 그 '거미'라는 약, 그 약에 중독된 쩔쩔이들이 사방 천지요."

"하, 쩔쩔이라니."

안나 컬페퍼가 투명한 천장을 올려다보며 중얼거렸다.

"진짜 손발로 쩔쩔 기어 다닌다면서요, 그죠? 농담도 잘하시네요, 부장님."

설리번은 어이가 없어 눈을 휘둥그레 뜨고 그녀를 바라보았다. 농담한 것이 아니다.

"이 순간이동이란 건 뭡니까?"

빌이 물었다.

"이런 마법 스플라이서들은 어찌해야 하죠? 이런 건 절대 합법적일 수가 없어요."

라이언도 동의한다는 듯이 고개를 끄덕였다. 그도 이것만은 묵인할 수가 없었다. 랩처의 보안체제 자체를 위협하는 플라스미드였다. 랩처 바깥으로 탈출하려는 자를 색출하려고 전역에 감시 카메라와 보안 포탑을 설치했고 조만간 더 많은 로봇을 배치하려던 중이었다. 정밀한 연구를 거쳐 발명한 이런 장비가 조롱거리가 되게 방치할 순 없었다.

"그 약은 어떤 방식으로든 통제를 해볼 계획이네."

잠자코 있던 킨케이드가 넥타이 매무새를 가지런히 다듬었지만, 오히려 더 비뚤어진 것 같다.

"이 플라스미드란 것이 어떠한 물리적 작용에 의한 것인지 도무지 이해가 안 갑니다. 그 아담이란 세포는 대관절 어디에서 에너지를 끌어오죠? 스플라이서의 손에서 불덩이가 튀어나온다면, 그건 장(腸) 내 메탄에서 발생하는 것인가요? 플라스미드 사용자도 원료가 있어야 할 것 아닙니까, 약기운이 떨어지면 체중이 줄어드나요?"

빌은 킨케이드를 쳐다보았다.

"과학자는 당신이잖아요. 그럼 아예 이론적으로도 불가능하다는 말씀이신가요?"

킨케이드는 어깨를 으쓱했다.

"내가 유추할 수 있는 건 단지 이 추가적 에너지가 그 스플라이서의 주변 환경에서 발생한다는 것 정도죠. 어차피 우리 주위의 대기는 에너지로 가득하니까 말이에요. 전기충격이란 플라스미드는 그렇게 이해가 가능하죠. 변이 세포가 한번 아담에 의해 재구성되면, 부가적 미토콘드리아를 만들게 되고, 그래서 어떤 특수한 에너지를 발산할 수 있다고 봐요. 우리도 아직 우리 체내의 유전인자가 어떤 기능을 하는지 정확히 모르니까 말이죠. 그중 일부는 이런 일을 하기 위해 만들어졌을 가능성도 있습니다. 만약 그렇다면 정령이라든지 마술사, 이런 초자연적인 존재를 해명할 수 있죠. 하지만 그런 변이는 성공하지 못했어요. 그 이유는 아마도 심각한 부작용이 뒤따르기 때문일 겁니다. 정신질환 증세라든지, 얼굴의 살갗이 심하게 부어오른다든지 하는 증상이 바로 그것이죠."

"킨케이드 씨, 그렇게 추정하는 건 좀 위험하지 않나요?"

빌이 지적했다.

"제 말은 만약 그런 변이가 과거에도 존재했고 부정적인 결과만 초래했다면, 지금 랩처에서 성공할 수 있겠느냐 이 말입니다."

"음, 일리가 있는 말이군요."

킨케이드는 고개를 끄덕이며 빌의 견해를 인정했다.

"허나 라이언 회장님의 말씀도 옳아요. 플라스미드를 만들 수 있다면, 지금 우리가 그것을 완벽하게 개발할 수는 있죠. 연구를 통해 부정적인 부분은 제거할 수 있을 겁니다. 염력을 사용을 한다든지 거미처럼 벽을 타고 올라갈 수 있다든지, 또는 전기파를 내뿜는 능력을 우리가 이성적으로 조종할 수 있다고 생각해보십시오. 이를테면 초인이 되는 것이죠. 그것만으로도 충분히 멋진 일 아닙니까?"

"사람들이 아담에 중독되지 않도록 단련시키는 방법도 있겠죠."

안나 컬페퍼가 한마디 거들었다.

"교육 제도를 통해서 말이죠."

저 여자도 쓸모 있는 의견을 낼 줄 아는군, 하고 라이언은 생각했다.

"그건 좋은 생각이오. 한번 고려해보도록 하지요."

"플라스미드의 부작용에 관해서인데 말입니다."

설리번이 말했다.

"현재 부작용이 있기 때문에 주민들이 아담을 사는 걸 꺼리고 있습니다. 그런데 이 부작용을 제거해버리면 전 주민이 이걸 사용할 거요. 그렇게 되면 균형을 이루기 위해서라도 우리 모두가 이걸 사용해야 될 텐데 말이오. 난 트림 한 번 할 때마다 사람을 다치게 하고 싶진 않단 말이오."

설리번의 의견에 빌도 열성적으로 동조했다.

"설리번 부장의 말이 옳습니다. 부작용이 있든 없든, 플라스미드는 너무 위험해요. 랩처의 기반은 대부분 금속재이잖습니까. 복잡한 구조인 만큼 일부 구역에선 무너지기 쉽다는 취약점이 있습니다. 플라스미드 복용자들이 불덩이나 전파를 마구 쏘아대면서 날뛴다면…… 도시 전체가 붕괴될 수도 있어요!"

그러나 라이언은 들은 체 만 체했다.

"스플라이서들은 우리가 확실하게 통제할 테니 염려 말게나."

그런 후 흥미롭다는 듯 말을 이어나갔다.

"이 모든 것이 진화의 한 과정이라는 걸 잊지 말게. 성장통이라고 생각하면 되겠지."

자세한 설명을 덧붙이고 싶었지만, 자신이 이 문제에 대해 진정 어떤 생각을 가졌는지 말해줘 봤자 이해하지 못할 것 같았다. 그리비는 이해했었는데. 키질을 해서 불순물을 걸러내는 과정이 필요하다는 것을 잘 알고 있었다. 위대한 사슬의 취약점을 제거하는 과정 말이다. 지금 랩처에서 일어나는 현상은 인류가 불을 처음 사용하던 때와 마찬가지다. 생산적이고도 파괴적인 양면이 존재한다는 것.

"단순히 초인적 힘에 중독된 놈들의 문제만은 아닙니다."

바들바들 떨리는 손으로 플라스미드 품목이 적힌 종이를 꼬깃꼬깃 구기면서 설리번이 불만을 토로했다.

"도시를 활보하고 다니면서 아무렇게나 총을 쏴대는 교활한 놈들도 문제요. 아담으로 순발력이 보통 사람의 두 배 이상은 된단 말이오. 우리 경찰이 지난 이틀 동안 네 명이나 사살해야 했소. 안타까운 사실은, 이 녀석들한텐 자식들이 있다는 겁니다. 폰테인이 최근에 설립한 그 고아원으로 다 이송해야 했소."

"폰테인……."

빌은 의미심장한 눈초리로 라이언을 정면으로 바라보며 말했다.

"폰테인의 손이 닿지 않은 곳이 없습니다. 그 많은 밀수 품목만 봐도 아시잖습니까. 이젠 그저 위스키나 성경을 들여오는 수준이 아닙니다, 회장님."

라이언은 신음 소리를 냈다.

"폰테인 수하의 밀수꾼들에 관한 단서는 좀 잡았나?"

설리번이 갑자기 등을 꼿꼿하게 세우면서 또렷한 목소리로 답했다.

"불시 단속을 시행할 정도야 되고도 남죠, 라이언 회장님. 물증이야 현장에서 나오지 않겠습니까! 놈들이 밀수하는 걸 직접 본 목격자가 있습니다. 지금 저희 보호 아래, 구치소에 감금해놓고 있습니다."

"그렇다면 당장 착수하도록 하게."

라이언이 대답했다.

"단속을 시행해서 확실한 증거를 잡아야겠지."

킨케이드는 고개를 설레설레 저었다.

"이젠 자선사업까지 하는 모양인데, 대체 무슨 꿍꿍이인지 알 수가 있어야지."

"놈은 내가 무너지길 바라는 거야!"

라이언이 씁쓸한 어조로 덧붙였다.

"겉보기만 다를 뿐, 자선사업의 실상은 사회주의 방식이나 다름없잖나! 그 램 박사라는 여자와 한통속이지. 둘이 발을 맞추는 게 아니라면…… 곧 그렇게 될게 분명해. 레닌이 스탈린을 채용한 것이나 진배없지. 폰테인을 저지하면 그가 자선사업이라 부르는 그 더러운 선전 활동도 막을 수 있어."

"그럼 이 플라스미드 사업은 어떻게 되는 거요?"

가만히 있던 리조가 한마디 하고 나섰다.

"금지시킬 수도 없고, 규정할 수도 없다고 하니…… 그럼 대체 어떻게 통제를 하자는 거요?"

"곧 '라이언 공업'의 신제품을 발표할 생각이네."

미소를 머금고는 모두가 안심하길 바라며 라이언이 대답했다.

"신무기들! 약품 살포기, 화염방사기, 수류탄 발사기, 각종 최신형 기관총 등, 우리가 아담을 완벽하게 개발할 때까지 과감한 신무기 혁신으로 스플라이서들을 제압할 계획이네."

빌은 의심스러운 듯 고개를 저었지만, 아무 말도 하지 않았다.

"또 한 가지 문제가 있습니다."

인상을 찌푸리며 설리번이 말했다.

"폰테인 미래회사에 관한 정보가 있는데, '패륜몽'인가 뭔가 하는 실험을 한다고 합니다. 그게 성공하면 이 스플라이서들을 조종할 수 있다고 하던데······."

"'페로몬'을 말씀하시는 거겠죠."

킨케이드가 빈정거리면서 덧붙였다.

"아, 그건지도 모르겠네요."

동요되지 않은 차분한 투로 설리번이 응수했다.

"수종 박사가 이 페로······ 어쩌구를 사용해 스플라이서들 자신도 의식하지 못하는 상태에서 그들을 조종할 수 있답니다. 아마 어떤 화학약품을 써서 놈들을 한곳에 집결시킨다거나, 뭐 그런 방식인 것 같습니다. 그래서 놈들이 소동을 일으킬 수 있도록 말이죠. 아니면 어느 특정한 인물에게 집단 공격을 퍼붓는다거나······."

라이언의 표정이 험악해졌다.

"페로몬을 써서 스플라이서들을 조종한다······라."

분명 곤혹스런 일이었다. 하지만 단순한 당혹스러움을 넘어선, 심각한 문제였다. 수종 박사가 폰테인 수하에서 연구를 하고 있다는 사실 때문이었다.

그것은 곧, 그 연구가 성공해서 폰테인이 스플라이서들을 지배하게 된다는 의미다. 이로써 모든 것은 분명해졌다. 폰테인은 육식동물이요, 약탈자다. 자칫 잘못하여 그가 그만한 힘을 소유하도록 방치하게 되면, 삽시간에 랩처를 제 손아귀에 넣으리라. 아마 연막전술을 써서 행동하겠지. 빌이 경고했던 것처럼 폰테인은 심지어 램 박사의 추종자들과도 스스럼없이 손을 잡을 것이다. 추종자들의 무리는 지금 우두머리를 잃고 방황하는 중이니까.

그리고 그것은 랩처의 종말을 의미했다.

포트 프롤릭, 플리트 홀의 무대 뒤

1956년

"샌더 코헨이 아니면, 누가 여러분을 만족시켜 드리겠습니까? 랩처 최고의 음유 시인이 '왜 물어?'란 히트 앨범으로 우리 곁에 돌아왔습니다. 사랑의 노래, 기쁨의 노래, 열정의 노래. '왜 물어?'를 꼭 구입하셔서 오늘 샌더 코헨을 여러분의 집으로 초대하십시오!"

텅 빈 무대 뒤편으로 걸음을 재촉하던 중, 코헨의 분장실에서 흘러나오는 공개 방송을 들은 마틴 피네건은 웃음이 절로 나왔다. 코헨은 방송을 계속 되풀이하여 듣고 있었다.

"샌더 코헨이 아니면, 누가 여러분을 만족시켜 드리겠습니까? 랩처 최고의 음유시인이 우리 곁으로 돌아왔습니다……."

마틴은 나무판자로 벽을 세워둔 복도를 따라 코헨의 분장실에 당도했다. 샌더 코헨은 타원형의 커다란 금테 거울 앞에 다소곳이 앉아, 한 손으로 또 한 겹 분을 바르고 있었다. 다른 한 손으로는 갈고리 모양의 콧수염을 침같이 뾰족하게 다듬고 있었다. 자주색과 파랑색의 실크 가운을 걸치고, 실크 슬리퍼를 신고, 역시 같은 자주색의 실크 잠옷바지를 입었다. 코헨은 방으로 들어온 거울 속의 마틴을 향해 말을 걸었다.

"나, 화장품이 다 떨어져 가."

짤막해진 아이브로펜슬을 집어서 눈썹을 짙게 그리기 시작했다.

"앤드류한테 더 구해달라고 했지만 수입품목에도 우선권이 있다면서 도리어 짜증만 부리는 거야, 글쎄. 우리도 자급자족해야 된다면서. 정말이지, 내가 무슨 수로 이런 걸 만들어? 근데 마틴 너, 오늘 정말 사내다워 보이네."

코헨은 눈썹을 그리면서 거울 속의 마틴을 바라보며 쉬지 않고 지껄였다. 저 얼굴은 볼 때마다 소름이 끼친다. 새하얀 분을 덕지덕지 처바른 미치광이 광대처럼 변해 가는 모습이…….

'오늘 샌더 코헨을 여러분의 집으로 초대하십시오' 녹음테이프가 다 돌아가자 코헨은 다시 버튼을 눌렀다.

"샌더 코헨이 아니면, 누가 여러분을 만족시켜 드리겠습니까."

"이 방송 어때?"

이제 다른 쪽 눈썹을 다듬으며 코헨이 물었다. 여전히 마틴을 찬찬히 응시한 채.

"오늘 밤에 공개방송으로 나갈 내용이야, 신작 앨범 광고용으로. 내가 듣기론 좀 무미건조한데, 활기가 모자란 듯하거든. 내가 좋아하는 선정적 열기랄까, 그런 게 없는 것 같아."

제발 저 소리 좀 껐으면 좋겠다는 생각을 하며, 마틴은 코헨의 등 뒤에 놓인 나무의자에 걸터앉았다.

"뭐, 일반 대중이 듣기론 안성맞춤인 것 같은데요."

마틴이 중얼거렸다.

"가족이 같이 들으면 좋을 만한 내용 같아요. 그 정도면 괜찮지 않아요? 당신한테도 그건 이득이니까."

"세상에. 그렇다고 애들까지 동반하고 내 공연을 보러 오진 않겠지? 나도 정말 유년 시절을 어떻게 견뎠는지 모르겠어. 오래 가지 않아서 다행이었지만 말이야."

마틴은 그다지 편하지 않은 나무의자에서 몸을 꼬아댔고, 삐걱거리는 소리가 계속 났다.

"당신이 '나'를 만족시키는 문제에 관해서 말인데요, 저한테 보내신 쪽지에 뭔가 새로운 걸 시도해보겠다고 하셨죠."

코헨은 손으로 입을 가리면서 킥킥거렸다.

"아, 그건……."

코헨은 윙크를 던지며 옷장을 열고선 두 개의 약병을 꺼내어 테이블에 나란히 올려놓았다. 작은 약병은 검붉은 용액으로 가득 차 있었고, 마틴은 그게 무엇인지 잘 알고 있었다. 코헨은 옷장 밑의 서랍을 열어 납작한 검정색 상자를 꺼내고 뚜껑을 열었다. 벨벳을 깐 상자 안에는 반짝거리는 액체가 든 두 개의 주사기가 놓여 있었다. 이브. 플라스미드를 활성화시키는 그 이브다. 약병을 보고 있자니 목이 바짝 타들어갔다. 마틴과 코헨은 전에도 술에 희석시킨 코카인을 사용했던 적이 있다. 하지만 이건…… 마틴은 스플라이서들을 직접 두 눈으로 확인한 터다. 어떤 스플라이서들은 보통 사람과 별반 차이가 없어 보였지만, 또 어떤 놈들은 폭발 직전의 니트로글리세린이나 다름없었다. 게다가 그 징그러운 부작용도 있지 않나. 상당량의 아담을 체내에 주입한 자들은 마치 피부병에 걸린 사람들 같았다. 미치광이의 광기가 영구적으로 표정에 덧입혀져, 그렇지 않아도 부작용으로 흉하게 변한 얼굴을 끔찍한 몰골로 만들어버린다. 하지만 약병 속에서 빛나고 있는 저 푸른 광채를 보라! 저것은 무한한 힘의 암시다.

"자, 어쩔까. 우리도 한번 해볼까?"

코헨이 부추겼다. 입술을 뾰족이 내밀더니, 우스꽝스럽게 한쪽으로 비틀어 모았다.

"응?"

"뭐, 별거 있나요."

마틴은 자신이 한 대답에 용기를 얻었다. 어차피 언젠가는 한 번쯤 손대고 말 것을. 유행하는 것들은 죄다 한 번쯤은 시도해보지 않았나. 코헨은 주사기를 손질하기 시작했고 마틴은 묵묵히 앉은 채로, 아담을 들이켜는 자신의 첫 경험이 하필이면 샌더 코헨과 함께라는 사실이 못내 안타까웠다. 자칭 예술가인 이 작자는 언제나 만사를 극한의 상황까지 몰고 갔다. 흥청거리며 술에 취한 채 아카디아로 내려갔던 사건이라든지, 새터나인[1]들과 함께 벌거벗고 덩실덩실 춤을 췄던 일, 십대 소년 하나를 꼬드겨 문어와 섹스를 하게 했던 일이라든지, 랩처 구치소로 끌려가지 않은 것만도 천만다행이었다. 언제나 경관들이 쫓아오기 직전에 뒷걸음쳐 달아나고는 했다.

하지만 마틴은 여전히 배우가 되고픈 욕망이 있었다. 지금까지 랩처의 무대에 올라본 적이라곤 코헨이 제작했던 활인화뿐이었지만 말이다. 그 공연에서는 마틴과 헥터 로드리게즈, 사일러스 콥, 그 외에 몇 명이 더 참가해서 모두 속살이 다 드러나 보

---

[1] 아카디아에 자리 잡은 광신도 집단으로, 고대 신과 아카디아의 자연을 숭배하고 아담을 신성한 피로 추앙한다.

이는 의상을 입고 코헨이 맡은 '예술가'의 지도에 따라 영웅처럼 포즈를 취했다. 객석에 앉은 사람이라곤 몇 되지도 않았건만, 관객들은 흥분했는지 저마다 자신들의 몸을 애무하고 있었다. 그날 밤에 헥터가 뭐라고 했더라? 예술이라더니 말짱 사기극이었네……라고 했던가.

"자자, 한번 해보자고."

코헨이 말했다.

"이 약병에는 '신체가속'과 '겨울바람'이 들어 있어. 스플라이서 칵테일이지. 자네 거야. 내 것은 아주, 아주 귀한 약이지…… 바로 '순간이동'! 그런 다음에 그 유명한 거미 스플라이서가 되어 볼 거야. 어때? 자자, 뭘 꾸물거려? 쭉 들이켜보라고!"

마틴은 코헨이 건네준 플라스미드 약병을 쭉 들이켰다. 예상과 달리 그 끈적이는 액체는 별다른 맛이 없었고, 뒤끝이 씁쓸한 조제약 같았으며 약간의 소금기도 느껴졌다. 아마 피를 마시면 이런 맛이 나지 않을까.

그런데…… 전신에 짜릿한 충격이 왔다. 마치 누군가가 전기충격파를 던져 근육을 꿰뚫는 것 같은 느낌이다. 그 전율은 두뇌에서 퍼지기 시작해 불똥이 튀듯 신경조직 곳곳을 두드렸다. 그리고 몸이 마비된 것처럼 무거웠고 등이 휘어지면서 척추가 일순간 파열될 것 같았다.

별안간 그의 몸뚱이가 바닥에 세차게 내동댕이쳐졌다. 온몸에 경련이 일기 시작했고 숨이 가빠오며 불안정한 동작으로 몸을 떨었다. 몸 안에서 어둡고 날카로운 에너지가 소용돌이치고 있었다. 마약처럼 몸이 둥실둥실 떠다니는 기분이었지만, 동시에 공포가 엄습했다. 희미하게나마 의식이 살아 있는 가운데 코헨이 자신의 바지를 끌어내리는 것이 느껴졌다. '빠르게! 간다―아!'라고 외치곤 코헨이 후우― 하는 신음을 내뱉었다. 곧 큰 바늘을 대전근에 찔러 넣는 것 같은 아픔이 전해졌다.

눈알 뒤에서 새하얀 불꽃이 터졌고, 잠시 동안 그 불꽃만이 마틴이 볼 수 있는 전부였다. 마치 아크용접의 중심부를 들여다보는 듯이 타들어갔다. 이어 생경한 화학약품처럼 익숙하지 않은 맛이 물결처럼 입 안으로 흘러들었다. 심장이 뛰는 소리가 귀에까지 울렸다. 이윽고 몸을 마비시키던 그 무겁고 딱딱한 느낌이 사라지고 생생한

차가움이 온몸에 퍼졌다. 그리고 기포같이 잔잔하게 터지는 해방감과 안도감이 밀물이 되어 전신을 적셨다. 몇 분이 지나자 그는 다시 몸을 움직일 수 있었고, 간신히 무릎을 꿇고 앉았다.

"그럼 이제……."

화장대 위에 텅 빈 주사기를 올려놓으며 코헨이 중얼거린다.

"내가 마실 차례군. 이 주사기가 내 거야. 나한테 해줘! 아니, 그거 말고 주사기를 쓰라고! 아직 네 힘을 쓰면 안 된다는 걸 잊지 마! 날 얼음덩어리로 만들면 곤란하니까!"

이번에는 코헨을 대상으로 이전의 행위를 반복했다. 기계적으로 코헨의 둔부에 주사바늘을 찔러 넣는 동안, 마틴은 자신의 신체 내부에서 평정을 찾으려고 부단한 노력을 했다. 어찌된 일인지 아직까지도 현실감이 없었다.

마틴은 용액을 다 쏟아낸 주사기를 옆으로 치우고 조심스레 몸을 일으켜 의자에 앉았다. 코헨은 바닥에 엎드려서 물을 애타게 찾는 물고기처럼 뒹굴었다. 이브가 아담과 결합하는 중이겠지. 그의 몸에서 파랗고 빨간 에너지가 번갈아 번져갔다.

갑자기 코헨이 신음 소리를 내면서 몸이 딱딱하게 굳어버렸다. 그런 후 천천히 일어나 우쭐한 표정으로 미소를 짓더니, 눈앞에서 휙 사라져버렸다. 그가 서 있던 자리에 번쩍이는 진공이 생겼고, 주변의 공기가 그 구멍을 채우는 동안 시종 쉭쉭 빨아대는 소리가 났다.

"샌더?"

그의 이름을 부르는 마틴의 혀가 딱딱했다. 말을 하는 것조차 힘겨웠다. 마치 코카인 마귀가 뇌 안에서 북을 두드리며 날뛰기라도 하는 듯이 지끈거리는 두통으로 머리가 어지러웠다. 하지만 기분은 좋았다. 불안하리만치 좋았다.

쉭쉭 빨아대는 소리, 툭툭 튀기는 소리가 연달아 나면서 코헨의 형체가 번쩍 본모습을 드러냈다. 복도로 향하는 출입구 근처에서.

"하하! 보라고! 내가 해냈어, 마틴! 내가 순간이동을 했다니까! 하하하!"

코헨의 얼굴에 잔물결이 일더니, 살갗이 부풀었다 꺼졌다 제멋대로 움직이고 있었다. 마치 얼굴의 피부 아래에서 작은 피스톤이 펌프질을 하는 것 같았다.

마틴은 웃었다. 샌더 코헨에게 일어나는 일이 자기와 무슨 상관인가. 아무것도 상관할 바 아니다! 이 방 안에서 에너지가 회오리를 일으키고 있는데 말이다. 눈에도 훤히 드러나 보이는 전류 같은 에너지의 힘줄이 늘어났다, 줄어들었다 하면서 끈질기게 요동치고 있었다.

이처럼 강력한 원동력이라면 방 안의 가구도 휩쓸겠지 하면서 주변을 둘러보았건만, 아무것도 움직이지 않았다. 이 에너지는 그의 머릿속에서만 볼 수 있었다.

"자자, 날 따라와. 연습실에서 멋진 장면을 보여줄 테니까!"

코헨은 빙글빙글 회전하고 춤을 추면서 문께로 다가갔다.

"어서 오라고, 내가 초대한 손님들을 소개시켜줄게!"

"손님이요? 뭐 하는 사람들인데요, 샌더? 난 지금 상태로는 아무도 만나지 못할 것 같은데…… 기분이 너무 이상해요."

"아냐, 만나야 한다고!"

여전히 흥얼거리면서 코헨이 종용했다.

"이건 실험에 불과해! 난 내 문하생들은 모두 시험해본다고! 어떤 애들은 우주처럼 찬연히 빛나고, 어떤 애들은 불을 보고 달려드는 나방처럼 몸이 타들어가지! 이것만 명심해둬. 진정한 예술가가 되려면 고통의 수렁에 몸을 던질 줄 알아야 하는 거야! 그러면서 가히 장엄한 무언가로 환생하는 거지. 그게 아니라면 익사하고 마는 거라고! 자, 넌 익사자가 될 테냐, 아니면 날 따라올 테냐?"

샌더 코헨은 문을 열고 복도로 발을 디뎠다. 그리고 마틴 역시 알 수 없는 내면의 조류에 휩쓸려 그의 뒤를 따라갔다. 천천히 걷는 것은 몸이 허락하지 않았다. 천천히 생각하는 것도 마찬가지였다. 마틴의 내면에서 에너지가 날뛰었고, 그는 살아 있는 발전기였다.

사람들이 이 약에 중독되는 이유를 알 만하군.

그 생각이 들자, 마틴은 성급히 상념들을 옆으로 밀쳐냈다. 괜히 좋은 기분 망치진 말자고! 그리고 미친 듯이 뇌를 울리는 그 기분 좋은 북소리에 맞추어, 순식간에 복도를 지나 무대 뒤편의 연습실에 당도했다. 코헨은 이미 순간이동을 써서 먼저 와 있었다.

마틴은 수상스키라도 타는 듯한 기분이었다. 강력한 엔진의 힘에 의해 이가 딱딱 부딪칠 정도의 냉기가 그를 가동시키고 있었다. 연습실의 문을 박차고 들어서니 샌더 코헨이 세 사람 앞에서 왔다 갔다 하고 있었다. 그들의 팔은 양쪽으로 쫙 벌려놓은 채 끈으로 동여맨 상태였고, 그들의 몸은 작은 리허설 무대에 단단히 고정시킨 세 개의 금속 틀에 묶여 있었다.

마틴에게는 이 모든 것들이 몽롱한 환영처럼 보였다. 내면의 선글라스를 쓰고 보는 것처럼 눈앞의 장면이 여과되듯 보였다. 그중 일부는 선명하게 도드라져 보였고 나머지는 잘 보이지가 않았다. 이차원적인 단면처럼 비현실적인 이 느낌. 마치 자신이 아닌 딴 사람에게 일어나고 있는 일 같았다. 그래, 마치 영화처럼…….

"제발요!"

불쑥 튀어나온 넓적한 가슴에 초췌한 몰골, 왈가닥 스타일의 머리 모양을 한 여자가 울부짖었다. 그 여자가 묶인 곳은 연습 무대의 왼편이었다.

"날 풀어달라고요!"

그녀의 눈동자가 계속 실룩이며 꿈틀거렸다. 속눈썹 하나가 떨어져서일까. 다 찢어진 검은 셔츠 차림에 한쪽 발은 빨간 구두를 신었고, 다른 한쪽은 볼품없는 맨발이었다.

형틀의 가운데에는 중년의 남자가 매달려 있었다. 교인처럼 양옆의 머리를 밀어 가운데만 남은 한 움큼의 흰 머리가 분노와 공포로 사시나무 떨 듯 꿈틀거렸다. 몸에 걸친 양복은 넝마나 다름없었고 군데군데 혈흔이 남아 있었다. 코는 벌겋게 부풀어 코피가 흘러나오고, 왼쪽 눈두덩도 시퍼렇게 부어올라 눈이 감긴 상태다. 코헨의 세 번째 '손님'은 티셔츠 차림의 젊은 남자였는데 금발의 머리칼은 온통 헝클어졌고, 붉은색이 감도는 수염은 녹색의 바지와 더불어 로빈 후드를 연상케 했다. 사내는 약기운에 취했거나 아니면 술에 만취한 것 같았다. 팔을 묶인 채 그저 매달려 있기만 했고 가끔씩 나직이 신음 소리를 냈다. 간간이 고개를 드는 민낯의 눈은 옆으로 길게 찢겨져 있었다.

"우린 이 세 사람을 각각 깜박이, 끔벅이, 꾸벅이로 부를 거야!"

코헨이 세 사람의 주위를 맴돌면서 박수를 쳤다.

내가 맞았어! 이건 영화야, 하고 마틴은 생각했다. 이건 현실이 아닌걸. 진짜가 아니야. 극장의 객석에 앉아 있으면서 동시에 영화의 주인공인 셈이다. 구경하는 것도 좋았고, 주인공이 되는 것도 좋았다.

"제발요, 코헨 선생님!"

여자가 비명을 질러댄다.

"저만 팁을 가로챈 게 아니에요! 다른 여자애들도 다 돈을 챙겼다고요!"

"헥터 경관과 캐븐디쉬 경관이 이 세 명을 잡아줬어, 마틴."

가운의 주머니에서 은도금 담뱃갑과 라이터를 꺼내며 코헨이 설명했다. 담뱃갑의 버튼을 누르자, 작은 구멍에서 담배 하나가 툭 튕겨 나왔다. 입에다 물고 라이터의 불을 댕긴 후, 깊게 들이쉬고는 끔벅이의 얼굴에 연기를 내뿜었다.

"캐븐디쉬, 이 개자식!"

끔벅이가 으르렁거린다.

"그 변절자! 그런 놈이 법을 대변한다니! 네놈이 다 매수한 거지!"

"경찰들은 다 그런 방식으로 최고가 되지 않았던가, 음?"

코헨은 담뱃갑을 집어넣으며 응수했다.

"그 설리번이란 녀석은 정말이지, 뻣뻣하기 짝이 없더군. 돈을 준대도 소용이 없더라고. 하지만 캐븐디쉬는 내 작은 선물을 고맙게 받던데. 안그래, 끔벅이?"

"빌어먹을, 그건 내 이름이 아냐!"

중년의 사내가 고래고래 소리를 질렀다. 손목과 발목을 묶은 단단한 가죽 끈을 풀고자 이리저리 몸을 뒤틀면서, 짝을 잃은 그의 한쪽 눈이 노여운 듯 끔벅거렸다. 그는 화를 꺾지 않고 맹렬하게 반격했다.

"내가 누군지 네놈은 잘 알잖아! 6년이나 충실하게 일을 해줬는데 나한테 이럴 수가 있어, 코헨! 그 쓰레기 같은 네놈의 카지노를 살리려고 내가 얼마나 노력한 줄 알아?"

"아, 근데 넌 나 몰래 판돈을 챙겨왔잖아, 이 끔벅이 늙은이야."

코헨의 목소리는 기름칠을 한 듯 유연했다. 그는 손가락으로 라이터를 만지작거렸다.

"포트 프롤릭에서 아무나 붙잡고 물어봐, 다 그렇게 장사하는 거잖아!"

끔벅이가 으르렁거린다.

"나는 단지……."

말을 잇는 대신, 기나긴 고통의 비명이 무대에 울려 퍼졌다. 샌더 코헨이 끔벅이의 남은 눈동자에 담배를 비벼 끈 것이다.

남자의 비명 소리에 코헨은 얼굴을 찡그렸다. 곧이어 예의 그 쉭쉭거리는 소리, 타닥타닥 튀기는 소리가 들려왔고, 번쩍임과 함께 코헨이 자취를 감추었.

'꾸벅이' 옆에 등장하기 위해서. 코헨은 팔을 뻗어 청년의 금발을 어루만졌다.

"이 경우는 예술적인 문제거든. 배치의 문제랄까."

옆에서 끔벅이가 울부짖는 소리 때문에 자신의 목소리가 잘 들리지 않자, 소리를 높이며 코헨이 말했다.

"저놈 입 좀 다물게 해줘, 응?"

"그러죠."

마틴은 기꺼이 그럴 의사가 있었다. 끔벅이의 비명 소리 때문에 영화에 집중할 수가 없었으니까. 마틴은 끔벅이의 곁으로 다가가 그의 목을 움켜쥐었다. 목을 조르려고 했지만, 뭔가 다른 것이 손가락에서 튀어나왔다. 본의는 아니었는데…….

얼음. 그의 손가락 끝에서 얼음이 터져 나와 남자의 목을 감싸고, 딱딱 소리를 내며 머리와 턱으로 뻗어나갔다. 투구를 쓴 것처럼 얼굴이 얼음덩이에 갇혔다. 순식간에 얼음이 끔벅이의 어깨와 상체를 덮어버렸다.

"그만!"

코헨이 냅다 소리를 질렀다.

그 소리에 깜짝 놀란 마틴이 뒷걸음질을 쳤다. 처음엔 무슨 일이 벌어졌는지 알지 못했다. 조금 시간이 지나자, 자신이 플라스미드 능력을 사용했다는 것을 깨달았다. 한 가지 특수능력을 내포한 아담이 그의 체내에 정착했고, 손가락 끝에서 엔트로피가 파도처럼 밀려나온 것이다. 분자의 이동속도를 느리게 하고, 대기에 숨어 있는 습기를 빨아들여서 끔벅이를 얼음덩이로 뒤덮은 것이다.

"내가 널 멈추지 않았더라면……."

여전히 라이터를 켰다 껐다 하면서 코헨이 설명했다.

"넌 그놈을 꽁꽁 얼려버렸을 거야. 지금처럼 그럴싸한 얼음고치인 상태가 적당해, 당분간은 말이야."

사실이었다. 끔벅이는 얼음 석관에 갇혀서 꼼짝도 하지 못했다. 시뻘건 피거품이 섞여 있는 얼음물이 그의 얼굴 위를 또르르 굴러다녔고, 비명 소리는 얼음으로 덮였다. 희번덕거리는 한쪽 눈에서는 피가 흐르고, 다른 쪽 눈알은 퉁퉁 부어 시커멓게 변해버린 눈꺼풀 아래에서 끔벅이고 있었다.

마틴은 이렇게 큰일을 해내고도 별다른 감흥이 없었다. 사실 눈앞에서 벌어지는 일은 너무나 멀게 느껴졌다. 하지만 체내에서 꿈틀거리는 뜨거움이나 둥실둥실 떠다니는 플라스미드의 달콤한 가벼움만은 여전히 체감할 수 있었고, 그 느낌이 그를 지배하고 있었다. 그 밖의 다른 모든 일은 진짜가 아니었다.

"제발요, 선생님, 제발 그러지 마요!"

이번에는 여자가 비명을 질렀다.

"안 돼요, 안, 안 돼, 안 돼!"

마틴이 뒤를 돌아보니 코헨이 그녀의 지저분한 옷가지와 머리카락에 라이터를 바짝 갖다 대고, '깜박이'를 불사르고 있었다.

"거의 다 됐어, 마틴!"

점점 번져가는 불길에 비명을 질러대는 그녀의 몸부림에 아랑곳없이, 코헨은 마틴을 돌아보며 흥얼거렸다.

"이년이 우리 그림의 배치에 딱 알맞은 포즈를 취할 때, 그 순간을 놓치지 말고 얼음을 뿌려서 얼려야 해! 지금 우리가 만들고 있는 건 영광스러운 활인화거든! 멋들어진 세 폭짜리 비극이지! 인간의 조건을 다루는 거야! 제목은 '3인의 영혼을 밝히다'로 해야겠어! 아, 스타인먼이 이 영광스런 변신을 볼 수만 있다면!"

마틴은 여자의 비명 때문에 코헨의 말을 간신히 알아들었다. 그녀의 머리카락은 이미 다 타버렸다.

이 영화가 어떤 영화였지? 제목은 뭐였더라? 마틴은 기억이 나질 않았다.

"거기, 거기야!"

코헨이 흥분으로 뜀박질하며 소리를 질렀다.

"여자의 등이 휘어져서 늑대처럼 울부짖으며 손가락을 벌리잖아! 지금이야! 꽁꽁 얼려! 손가락으로 겨냥해서 지금 당장 얼리란 말이야!"

마틴은 시키는 대로 팔을 뻗어 체내의 플라스미드를 손가락 끝으로 향하게 신경을 집중했다. 냉기가 몸 밖으로 빠져나가는 것이 느껴지면서, 수정 같은 얼음조각들이 손 앞의 대기를 밝히며 앞으로 쏜살같이 날아가는 것을 보았다. 그 순간, 죽어가는 여자를 휩싸고 돌던 불길이 툭 꺼졌다.

그녀는 얼음에 휘감겨 돌처럼 딱딱하게 굳었다. 눈알도 없는 퀭한 눈두덩…… 눈알은 이미 불에 녹아내린 뒤였다. 움푹 들어간 눈의 텅 빈 공간은 무수한 얼음 부스러기들이 메워주었다. 쩍 벌어진 입에도 얼음이 가득 찼고, 타들어간 머리카락 대신 고드름이 주렁주렁 달렸다.

마틴은 한바탕 구역질을 쏟아낼 것 같았다. 눈앞의 이 광경이 생생한 현실이라는 직감이 엄습했다. 이 사람들은 진짜인가.

코헨은 또다시 홀연히 사라졌다. 순간이동을 한 것이다. 얼음고치를 깨기 시작한 끔벅이 곁에 모습을 드러냈다.

"이놈이 얼음을 깨는 순간에, 입을 벌리고 우리한테 고함을 지르는 순간에 그때 얼려버려!"

코헨이 명령했다.

"꽁꽁 얼려야 해!"

적어도 그것으로 저 사람의 공포는 끝나겠구나 싶었다. 그 생각을 하자 다시금 속이 메스꺼웠다. 이건 현실이야…….

마틴은 충실히 '겨울바람'을 수행해냈다. 플라스미드 공격은 순식간에 사내를 꽁꽁 얼렸다. 마틴은 마치 자신의 몸이 얼어버린 것처럼 치를 떨었다.

"하, 하, 하아아아!"

수다쟁이 수탉처럼 울어대며 코헨은 또다시 모습을 감추었다. 잠시 후, 결박당한 모습으로 매달린 채 신음하는 청년의 곁에 나타났다.

"이제 세 폭의 작품 중 마지막 한 폭만이 남았어! 자, 꾸벅이와 한번 거나하게 놀아보자고, 마틴!"

마틴은 꾸벅이에게 끌렸다. 그래서 무의식중에 마틴의 손가락은 이미 그에게로 향하고 있었다. 이 청년은 아주 예쁜 남자였으니까. 코헨은 우아하게 면도칼을 꺼내들었다.

의료 시설, 이상적인 아름다움 수술실

1956년

오늘따라 기운이 한껏 고무되어 있었음에도 스타인먼 박사는 어딘가 산만해 보였다. 여자의 두개골에서 아주 정교한 솜씨로 얇게 갈라낸, 눈 없는 얼굴을 창문으로 흘러들어 오는 바다의 불빛에 비춰보고 있었다. 텅 빈 눈두덩 너머로 북대서양의 깊고 검푸른 바다가 보인다. 아프로디테 여신이시여, 당신의 빛이 제 눈 안으로 스며들고 있답니다.

삐— 하며 거슬리는 초인종 소리가 그를 깨운다.

"제기랄, 천재를 천재답게 가만 놔두면 어디가 덧나!"

욕설을 내뱉으며 스타인먼은 눈썹과 코까지 완벽하게 붙어 있는 절단된 얼굴 표면을 수술대 옆 전등 위에 휙 걸쳤다. 누르스름한 전등 빛이 움푹 파인 눈두덩을 예쁘게 비춰주었지만, 아직 덕지덕지 붙어 있는 피가 뜨거운 전등에 닿자 역겨운 냄새를 뿜었다.

초인종이 또 한 번 울렸다.

"착하지, 여기서 기다려."

수술대 위에 누워 있는 얼굴 없는 여자를 향해 한숨을 내쉬었다. 물론, 그녀에게 말을 건다는 건 웃긴 일이다. 듣지도 못하니까. 여자는 죽어 있다. 생선 칼을 휘두르며 지나가는 사람을 베어버리려는 걸 어느 경관이 머리에 총알을 맞췄는데, 돈을 받고 이 여자 스플라이서를 스타인먼에게 팔았다. 그러나 머리를 관통한 총알이 여자를 완전히 죽인 것은 아니었다. 이 여자는 몇 분 전만 해도 살아 있었다. 몸만 마비된 상태로…… 그 덕분에 얼굴을 파내는 동안 마취제나 압박대를 쓸 필요가 없었다.

수술이 행해진 무대를 떠나, 수술실에서 나온 뒤 수술실 문을 자물쇠로 채웠다. 멍하니 손에 든 해부용 메스를 만지작거리며 작은 대기실을 지나 외부로 통하는 문을 열었다.

문을 열기 전에 좀 씻고 올 걸 하는 생각이 뒤늦게 들었다. 문을 여니 프랭크 폰테인과 경호원들이 그 앞에 서서 입이 떡 벌어진 채 피가 낭자한 수술 가운과 피범벅인 메스를 쳐다보았다. 요즘 애용하는 촉진제 플라스미드가 스타인먼을 조금 멍하게 만들긴 했다. 경솔했다. 하긴 3일을 뜬눈으로 지새웠으니.

"좀 바쁜 것 같군, 박사."

기막히다는 듯이 경호원들 쪽으로 눈을 굴리며 폰테인이 운을 뗐다. 그의 뒤에 바싹 붙은 경호원 하나는 요란한 색깔의 양복을 입은 건달 같은 사내였고, 또 하나는 지저분한 예수 그리스도처럼 생긴 긴 머리 사내였다.

스타인먼은 멋쩍은 듯 어깨를 으쓱했다.

"그저 해부 실험을 좀 했을 뿐이오. 시체로 작업하는 거라, 좀 난잡하다고 할까. 시간약속을 하시겠다면……."

"내가 하고 싶은 말은……."

폰테인이 단호한 투로 말을 낚아챘다.

"들어가서 당신이랑 단둘이 얘기하는 거요."

스타인먼은 메스를 치켜들며 안을 가리켰는데 그 동작이 기이할 정도로 거세어서, 마치 채찍질을 하듯 쉭- 허공을 가르는 소리가 났다. 경호원들이 황급히 총을 찾는다.

"진정해."

폰테인이 차분하게 손을 들어 저지했다.

"여기서 기다려."

폰테인은 스타인먼의 대기실로 발을 들여놓고 문을 닫았다. 그러나 여전히 왼손을 외투 속에 감추고 있었다.

"그 총은 꺼낼 일이 없을 거요."

스타인먼이 불만 섞인 목소리로 툴툴댄다.

"내가 무슨 정신병자도 아니고. 당신네들이 좋지 않은 때에 찾아온 것뿐이오."

"그럼 그 메스는 좀 집어넣으시지?"

"음? 아, 그렇지."

메스를 가운 주머니에 꽂자 머리빗처럼 불쑥 튀어나왔다.

"자, 그럼 뭘 해드릴까?"

폰테인은 반들반들한 대머리를 한 번 쓱 문질렀다.

"수술을 좀 해줘야겠소. 일단 나도 해야 하고, 내 밑에서 일하는 녀석 하나가 있는데 그놈도. 나랑 좀 닮았거든. 박사님이 그 녀석을 나랑 꼭 닮은 꼴로 만들어주시면 좋겠소."

"으음, 그건 가능한데……."

손톱 밑에 박힌 피를 긁어내며 스타인먼이 대답했다.

"확실히 해두려면 우선 그 사람부터 좀 봐야겠소. 당신은 한눈에 띄는 얼굴이니, 일단 수술이 어렵진 않을 거요. 특히 그 턱이…… 그렇지, 원한다면 얼굴 이식 수술도 가능하겠군! 당신 것을 그 사람한테 갖다 붙이고, 그 사람 것은 당신한테 갖다 붙이고! 성공한 적은 없었지만 언제 한번 꼭 해보고 싶었거든."

"젠장! 절대 안 돼. 그냥 별로 안 아프게 살짝만 해서, 내가 다른 사람처럼 보이게만 해주쇼. 그래서 그 녀석이 지금 나처럼 보이게 말이오. 당신과 나, 그 외엔 누구에게도 이 일을 발설하면 안 돼. 라이언 측은 물론이요, 램의 측근에게도 절대 말해선 안 돼. 내 수하들도 마찬가지고."

"램?"

"못 들었소? 램이 지금 페르세포네에서 폭동을 일으키고 있단 말이야. 난 그 여자를 믿질 못하겠어. 내가 하는 일이 그 여자한테 절대 누설되면 안 돼."

"당연한 소리!"

"그래, 그럼 이제 날 다른 얼굴로 만들어주시지. 가능한 한 빨리, 응? 고통 없이, 알지? 요즘 당신 수술대에서 나오는 그런 실패작들 말고. 아주 좋은 얼굴로. 믿음이 가는 그런 얼굴로 말이오."

"가능하지."

스타인먼이 대답했다.

"근데 비쌀 거요. 상당량의 현금, 그리고 내가 원하는 플라스미드는 공짜로 제공해 줘야 하오."

"알았소. 허나 플라스미드는 수술 후에 드리지. 날 수술대에 눕혀놓은 채, 댁이 스플라이서같이 변해버리면 곤란하니까. 지금만 해도 제대로 잠도 못 잔 것 같은데 말이야."

스타인먼은 짐짓 점잖은 얼굴로 가볍게 손을 저었다.

"기술성과 예술성의 완벽한 조합을 위해서 밤낮으로 연구 중인 것을 가지고."

"좋아, 좋아. 뜨끈한 웃돈까지 얹어줄 테니깐 언제든지 연락이 오면 당장에라도 시행할 수 있도록 준비나 해두시오. 곧 연락이 올 거요. 그리고 명심해둬. 누구에게도 찍 소리하면 안 돼, 코헨에게도. 그 작자는 라이언과 너무 가까운 사이야."

"아, 알겠소. 그건 걱정 마시오. 애초부터 그럴 생각 없었으니. 난 정말 비밀을 잘 지키는 사람이오. 직업이 직업이니만큼."

"그래야지. 아니면 당신을 잠수복도 없이 에어록 밖으로 내동댕이칠 테니까."

저게 바로 진짜 프랭크 폰테인이군, 하고 스타인먼은 생각했다. 저 냉기 서린 목소리, 그보다 더 차가운 눈동자. 폰테인의 본색.

스타인먼은 전적으로 동감한다는 의미로 공모자다운 윙크를 보냈다. 폰테인은 그저 한 번 뒤돌아봤을 뿐, 아무 말도 없이 문을 나섰다.

14

파이팅 맥도나 주점
1956년

파이팅 맥도나에 도착하니 설리번 치안부장, 팻 캐븐디쉬, 칼로스키가 빌이 오기만을 기다리고 있었다. 설리번은 참호용 방수외투를 걸쳤고, 캐븐디쉬는 추우나 더우나 늘 입고 다니는 셔츠 차림으로 나왔다. 칼로스키가 입은 갈색 재킷은 소련공군 제복으로 보였다.

빌은 어젯밤 설리번이 건네준 기관총을 가져왔지만 내심 이런 건 필요 없었으면 했다. 전쟁 때도 폭격작전에 여러 번 참여했으나, 한 번도 직접 폭탄을 투하한 적은 없었다. 제트 우체국 우편제도나 잠수정처럼, 이제 총기도 랩처의 삶에서는 필수품이 되어버렸다.

이른 아침이라 바는 아직 영업을 개시하지 않았다. 빌이 창문 근처에서 기다리고 있는 무장한 세 사람에게 다가가는 동안 발밑의 나무판자가 삐걱거렸다. 이런 널판자 위를 걷노라면 늘 고향의 오래된 주점들이 생각났다. 덩치가 캐딜락만 한 범고래 한 마리가 창문 너머로 유유히 날아간다. 흑백의 매끄러운 피부를 가진 고래는 당황하는 기색도 없이 큰 눈알을 굴리며 그들을 살펴봤다.

"아래는 준비 다 끝났어?"

빌이 물었다. 그의 옷깃엔 대리 경관의 배지가 달려 있다. 사실 그건 총을 들고 다니는 것보다 더 불편한 일이다. 대리 경관이 되던 날, 일레인은 울먹이기만 했다. 더 많은 경관들을 고용할 때까지 임시직이라고 말해줘도 소용없었다. 경찰의 상당수가 스플라이서들에게 죽임을 당한 것은 사실이었다. 위험이 따르는 일이다. 게다가 이번에 수석 경관으로 진급한 팻 캐븐디쉬 같은 녀석의 명령을 따라야 하다니. 배지를 달았을 뿐이지, 천하에 둘도 없는 개자식이다.

설리번이 고개를 끄덕였다.

"다들 부두 입구에서 잠복 중이야. 찍소리 없이 조용히 있기만을 바라야지."

"놈들의 은신처라는 곳은 어딘데?"

"증언에 의하자면 폰테인 수산 바로 아래의 동굴이라더군. 놈들이 랩처에 밀수품을 들여올 때 잠수함을 이용하는 것 같거든. 그런 후에 등록되지 않은 잠수정으로 옮겨서, 은신처까지 해저통로로 운반하는 거지. 지금 그 잠수함은 제2항구에 정박해 있어. 듣기론 밀수품을 아직 잠수함에서 꺼내지 않았다는군."

"진짜 그 잠수함에 밀수품이 있을 것 같수?"

캐븐디쉬가 한마디 했다.

"아마 어딘가 숨겨놨을 것 같은데."

설리번은 면도를 하지 않아 덥수룩한 턱을 긁었다.

"밀수품을 연료 탱크에 저장해뒀을 거라는 추정이야. 필요 이상이다 싶을 만큼 자주 연료를 채우고 있거든. 그건 곧, 놈들의 연료량이 부족하다는 거지. 뭔가가 그 연료 탱크 공간을 대신 메우고 있는 거야."

설리번의 손에 들린 무전기가 치직거리며 소음을 낸다.

"준비 끝났습니다, 부장님!"

"좋아, 그로건. 우리도 내려간다."

무전기에 입을 대고 설리번이 응답했다.

"우리가 도착하자마자 습격한다!"

곧이어 설리번은 외투 주머니에 무전기를 꽂고 샷건을 휘두르며 지시했다.

"어서 가자고!"

설리번을 선두로 일행은 계단을 몇 차례 내려가 몇 개의 에어록과 문을 지났다. 이어 나타난 부두를 통과한 후, 잠수함 정박항으로 연결된 통로로 들어갔다.

정박항 입구에는 중무장을 한 여섯 명의 경관이 낡은 문 앞에 기대어 그들을 기다리고 있었다. 설리번은 빠른 걸음으로 그들에게 다가가 총을 든 손으로 '개시'하라는 신호를 보냈다.

그로건 경관이 즉시 권총을 꺼내들었다. 작은 키에 단단한 체격의 사내로, 얼굴이 주근깨투성이에다 꺼칠한 금발과 덥수룩한 적갈색의 콧수염이 나 있었고, 입고 있는 양복 깃에는 배지가 달려 있었다. 그로건은 걸쇠를 열고 어깨로 쇠문을 밀면서, 다른 경관들과 함께 안으로 돌진했다. 설리번과 캐븐디쉬, 칼로스키와 빌도 그들의 뒤를 따라 달렸다. 캐븐디쉬는 늑대처럼 이빨을 드러내고 웃었고, 칼로스키의 입가에도 잔혹한 미소가 고였다. 한편 권총을 손에 든 설리번의 안색은 창백했고, 표정은 심각했다. 빌은 캐븐디쉬를 앞서 가기 시작했다.

"뒤로 빠져, 맥도나."

캐븐디쉬가 핀잔을 준다.

"이런 일은 진짜 경관들이 하는 거야. 필요할 때 부를 테니까, 뒤로 빠져 있어."

빌은 당장 옷에 단 경찰 배지를 뜯어 캐븐디쉬에게 던지며 개소리 말라고 소리치고 싶었지만, 말없이 뒤쪽으로 빠졌다. 어차피 방아쇠를 당기는 일은 달갑지 않았다.

일행이 당도한 곳에는 안이 움푹 파인 거대한 암벽이 있었다. 그 안은 사방이 온통 금속으로 덮인 암굴이었고, 바닷물을 채워 넣은 호수까지 있었다. 가솔린과 짠물 냄새가 시큼했다. 함포만 없을 뿐, 틀림없는 312피트 발라오 급 잠수함이 잔잔한 물 위에 떠 있었고 강철 서까래에 달아둔 전구들이 주변을 환하게 비춰주었다. 갈고리 모양으로 파인 암굴의 내부는 잠수함 한 척이 겨우 들어설 정도의 크기였고, 잠수함이 머물 만큼의 충분한 물이 채워져 있었다. 어스레한 물속에는 강철로 된 문이 왼쪽에 나 있었다. 해상으로 올라갈 수 있는 에어록으로 가는 통로일 테지. 이곳 밀수꾼들의 은신처로 내려올 수 있도록, 그 통로의 중간지점에 소형 잠수정이 다니는 길도 따로 뚫어놓았다는 소문이다. 물에 떠 있는 잠수함의 후갑판에는 커다란 노란색의 그물이 가지런히 개어져 한편에 놓여 있었다. 암굴 입구의 뾰족한 바위에서부터 그 녹슨 잠수함까지 좁은 배다리가 걸쳐 있고, 전망탑의 옆면에는 다음과 같은 문구가 씌어 있었다.

랩처 5

앞장을 서던 경관들이 이미 함교 위를 달리고 있었다. 빌은 뒤쪽에서 불안한 듯 주위를 두리번거렸다. 인기척이라곤 전혀 없었고, 잠수함의 모터가 돌아가는 소리 외엔 사방이 쥐 죽은 듯 잠잠했다. 순간, 조명으로 번득이는 서까래 위에서 뭔가가 움직였다. 빌은 상체를 젖히고 목을 빼고선, 손으로 빛을 가리며 그곳에 온 신경을 집중했다. 얼굴 하나가 보였고 천장 쪽에서 살금살금 움직이고 있었다. 그 얼굴이 폰테인과 함께 있는 것을 본 적이 있다. 레지라던가, 분명 그런 이름이었다. 손에 든 무전기에 대고 뭔가 중얼거리고 있었다.

"설리번, 캐븐디쉬…… 멈춰!"

배다리 위에서 걸음을 멈추곤 빌은 황급히 소리를 질렀다.

"뭔가 잘못 됐어, 저 위에 누가 있다!"

설리번은 잠수함을 코앞에 두고 우뚝 멈춰 섰다. 설리번도 진즉부터 이상한 낌새를 느꼈던 모양인지, 이내 눈알을 부라리며 사방을 둘러보기 시작했다. 캐븐디쉬와 칼로스키는 멍한 표정으로 빌을 돌아보았다.

그로건이 동료 둘과 함께 이미 잠수함의 상층갑판으로 뛰어내린 후였다. 다른 사람들은 엎드려 바닥의 승강구 뚜껑을 향해 다투어 손을 뻗고 있었다.

"빨리 문 열어!"

그로건이 재촉했다.

"저기 서까래 쪽이야, 설리번!"

빌이 고함을 질렀다. 그때 잠수함의 후미에서 들썩거리며 끓는 듯한 소음이 들렸다. 증기가 새어나오고 독한 가솔린 내음이 진동하자 거품이 일며 물이 요동치기 시작했다.

잠수함이 잠수하고 있다. 물속으로 가라앉으며 앞으로 조금 나아가더니, 수중 벽에 설치된 문을 향해 본격적인 궤도를 잡는다. 잠수함이 물속으로 진입하자, 매달려 있던 배다리도 물에 떨어져 덩달아 출렁인다. 뱃머리에선 소용돌이치던 파도가 높다랗게 솟구쳐 올라, 갑판 위에서 당황하며 비명을 지르는 경관들을 향해 맹렬한 기세로 달려들었다. 잠수함은 속도를 내기 시작했다. 갑작스레 속력을 내는 바람에 전망탑마저 한꺼번에 물속으로 쑥 잠겨들었다. 항적을 따라 수면 아래로 빨려 들어간 경관들의 비명도 물에 잠겼다. 수직으로 물속을 향해 내려간 잠수함은 이제 완전한 잠수 상태가 되어, 열린 수중문을 통과하여 어두운 해저통로로 진입했다. 잠수함에서 떨어진 몇 명의 경관들이 바다 밑 아득한 깊이에서 허우적대는 모습이 어렴풋이 보인다. 수중 철문이 닫히면서 생긴 압력으로 밀려나 잠수함이 지나간 항적에서 몸부림치고 있었다. 하수구에 빠진 아이의 장난감을 보는 것 같은 심정이었다.

빌은 천장을 다시 올려다보았다. 기관총을 치켜들고 실눈을 뜬 채 레지를 찾았다. 그러나 그는 아무 데도 없었다.

넷은 생존자를 물에서 끌어올렸다. 그로건은 보이지 않는다. 저 아래 해저통로의 어디쯤에선가 익사했을 것이다.

입구의 바위 끄트머리에 나란히 선 채, 텅 비어 황량하기만 한 암굴 안에서 넷은 한참을 말없이 물을 응시했다. 수면은 이제 진정된 듯 잠잠했고, 배다리만이 떠올라 흐느적거리고 있었다.

"놈들은 미리 출항을 준비해두었던 거야."

빌이 침울한 목소리로 중얼거렸다.

"스위치만 누르면 잠수함이 곧바로 움직이게끔 말이야. 그 빌어먹을 잠수함이 전속력으로 돌진할 수 있도록 미리 만반의 준비를 해뒀던 거라고. 최대한 우리 숫자를 줄이려고 철저하게 계산한 거였어."

"하마터면 전원이 개죽음당할 뻔했지."

설리번도 덧붙였다.

"빌어먹을, 그로건은 좋은 녀석이었는데."

"아까 서까래 위에서 분명히 폰테인의 부하를 봤어. 레지라는 녀석."

빌이 말을 이었다.

"말할 기회는 없었지만 틀림없이 그 자식이었어. 누구와 연락했는진 몰라도, 무전기로 통신을 하더군."

설리번은 암굴의 천장을 올려다보았다.

"그래? 아마 잠수를 개시하라는 지시였을지도……."

"내 생각도 그래. 우릴 기다리고 있었으니까. 경찰의 불시 단속도 더 이상 비밀이 아니라는 거지. 이제 랩처에서 비밀을 지킨다는 건 불가능해, 부장. 가뜩이나 좁아터진 곳에서, 이제 더 이상 누가 어느 편인지도 알 수가 없어."

"물론 그 자식들은 능청을 떨면서 딴소리를 하겠지."

설리번이 이를 부득부득 갈며 내뱉었다.

"폰테인 그 자식은 틀림없이 자기네들은 평상시처럼 일하던 중이었다고 할 거야. 잠수함이 마침 출항할 예정이었다고. 우리가 시간을 잘못 잡아서 일어난 사고라고 둘러대겠지. 우리가 온 것도 전혀 몰랐다고 시치미를 뚝 떼겠지. 하지만 우리도 방법이 있어. 증인이 우리 손아귀에 있잖아. 허브 마누엘라. 그자가 단서를 제공해줄 거야."

빌은 고개를 끄덕이곤, 지금은 굳게 닫힌 강철의 수중문을 돌아다보았다. 그로건의 시신은 지금쯤 어디에서 부유하고 있을까.

앤드류 라이언의 집무실

1956년

"앤드류?"

라이언은 짜증이 와락 솟구쳤다. 책상 위에 잔뜩 쌓인 서류에서 눈을 들어보니, 다이안이 '자기, 아마 깜짝 놀랄걸' 하는 표정을 짓고 문간에 서 있었다.

"무슨 일이야?"

"프랭크 폰테인이 직접 찾아왔어요!"

라이언은 구부린 허리를 발딱 일으켰다. 연필을 주워들고 손가락 사이로 튕기면서 곰곰이 궁리하기 시작했다.

"그런가? 약속한 적 없는데."

"그럼 돌아가라고 해요?"

"아니. 밖에 칼로스키가 있나?"

"지금 그 사람이 폰테인이 들어오려는 걸 막고 있어요. 무슨 갱단 두목들처럼 서로 눈을 부라리면서…… 아! 칼로스키와 레지라는 남자, 폰테인이 같이 데리고 왔네요."

"칼로스키한테 안으로 들어오라고 해. 그런 후에 폰테인과 그 남자를 들여보내고. 이제 와서 어쩌겠다는 건지. 흥미로운 대화가 될 것 같군."

"알겠어요. 근데 저도……."

"안 돼. 다이안 당신은 밖에서 기다려."

다이안은 입술을 삐죽이 내밀곤 대기실로 돌아갔다. 하필 오늘 일레인에게 휴가를 주었으니…… 후회가 되었다. 라이언은 다이안의 태도와 소유욕에 진저리가 났다. 시간이 지날수록 그녀와 함께 지내고픈 마음이 싹 가셨다. 재스민 졸린과의 짧은 밀회가 점점 더 잦아지고 있다. 그 정도는 되어야 여자지, 재스민처럼. 그녀 정도의 아름다움과 재능이라면 자신의 아이를 가지기에 손색이 없다.

어깨에 둘러멘 권총집에서 총을 꺼내든 채, 칼로스키가 성큼 방 안으로 들어섰다. 권총을 옆구리께 내려놓고 라이언의 왼쪽에 바짝 붙어 이글거리는 눈빛으로 문을 노려보았다. 문을 밀고 들어오는 레지의 일거수일투족을 주시하려는 모양이다. 레지는 총을 들진 않았다. 하지만 라이언은 그의 몸 어딘가에 총이 있음을 잘 알고 있었다.

레지가 칼로스키를 흘겨보았다.

"저 총이나 좀 치우라고 그러쇼, 라이언 회장."

라이언은 하는 수 없이 칼로스키를 다그쳤다.

"자네, 총은 집어넣게."

칼로스키는 또 한 번 레지를 노려보곤 마지못해 권총을 권총집에 꽂았다. 레지는 그 정도론 충분하지 않다는 듯, 여전히 불만이 서린 표정을 짓는다. 그 순간, 프랭크 폰테인이 단추를 풀어헤친 기다란 외투 자락을 펄럭이며 양손은 바지 주머니에 꽂고 태연한 모습으로 방에 들어왔다. 지상의 브로드웨이 거리를 여유롭게 어슬렁거리는 한량이나 다름없는 모습이다. 조끼까지 구색을 맞춘 하늘색 정장은 빈틈없이 손질되어 있었고, 말끔하게 다림질까지 해서 날을 세웠다. 구두 위로 보이는 짧은 각반도 완벽하게 다듬어졌고, 조끼에 걸쳐둔 시곗줄도 선명히 빛을 발하고 있었다.

폰테인은 언제나처럼 여유 만만했다. 스스로 흡족해하는 모습이다. 건방진 놈, 하고 라이언은 생각했지만 그 여유로움이 부러웠다.

"당연한 말이겠으나……."

라이언이 입을 열었다.

"사전 약속 없는 만남은 곤란하네. 하지만 나도 자네를 만나보려던 참이었지. 자네 소유의 잠수함을 시찰하던 중, 우리 측의 경관 한 명이 목숨을 잃었네."

폰테인은 씩 웃어 보였다.

"잠수함을 시찰하고 싶으셨다면 사전에 저와 약속을 하셨어야죠, 라이언 회장님."
폰테인은 애처로운 듯이 양손을 허공에 벌렸.

"우리한테 미리 알려주시지 않으면 경관님들께서 또 한 번 변사체로 물에 둥둥 떠오를지도 모르죠."

라이언은 분노한 기색을 숨기지 않으면서, 앞으로 몸을 구부렸다.

"우리가 그날 시찰한다는 것을 누구보다 잘 알고 있지 않았나!"

"그날뿐만 아니라 다음날도 시찰하셨잖아요. 그다음 날도 마찬가지고. 아무것도 찾아내지 못했잖습니까? 전 밀수업 같은 건 안 합니다. 오늘 여기로 찾아온 것도 그 때문이에요. 확실히 해두고 싶어서 말이죠."

"자네 입으로 순순히 이실직고하리라고는 기대 안 해, 폰테인. 자네와 진실은 가까운 사이가 아니니 말일세. 자네는 생선을 들여오기로 했고, 랩처에는 오로지 생선만 들여올 수 있어. 허가 없이 외부와 접촉하는 짓은 위험하기 짝이 없네! 금지령을 내릴 참이네. 물론, 랩처의 규정이 허락하는 한도 내에서……."

폰테인이 라이언을 딱하다는 듯이 바라보았다.

"다 당신네들의 상상일 뿐입니다. 제가 바깥세상과 접촉하는 일은 생선을 만지는 게 전부라니까요. 물고기들이야 입을 뻥긋하긴 하겠지만, 설마 고기들이 랩처에 대해서 입을 뻥긋하고 다니겠습니까? 해야 할 말이 있는 사람은 오히려 제 쪽인 것 같은

데요, 라이언 회장님. 듣자하니 회장님이 플라스미드 생산도 금지령을 내리겠다고 했다면서요? 아시다시피 플라스미드는 랩처에서 가장 잘 팔리는 제품입니다. 소비자가 가만있진 않을걸요, 자신들의 권리가 박탈당하는 것을."

"무슨 권리? '중독될' 권리?"

폰테인은 그저 어깨를 으쓱할 뿐이다.

"권력도 중독되지 않습니까. 거기에 대해선 할 말 없으신가요, 라이언 회장님?"

라이언은 자기도 모르게 주먹을 꽉 쥐고, 얼굴에 피가 솟구쳐 안색이 붉어지는 것을 느꼈다. 긴장을 풀고자 의자 깊숙이 등을 기댔다. 고개를 설레설레 젓는데 웃음이 나왔다. 폰테인은 여간 똑똑한 놈이 아니다. 자신의 신경이 거슬리게끔 정곡을 찔렀다.

"모든 플라스미드 생산을 금지한다는 게 아닐세. 하지만 그중 일부는 나조차도 간과할 수가 없네."

"어떤 플라스미드 말씀입니까?"

"순간이동 같은 것 말일세."

"랩처에 사람을 가둬놓는 게 그렇게 힘이 듭니까? 그 약으로 지상까지 날아가진 못해요!"

"그래도 가까운 곳을 지나가는 배로는 이동할 수 있지 않나. 만약 지상이 랩처를 침공한다면…… 자네가 고생해서 이룬 자산도 말짱 헛수고가 된다는 걸 모르나? 지상의 놈들은 무슨 수를 써서라도 이곳의 모든 것을 다 약탈해갈 걸세."

"그 말씀은 일리가 있네요, 라이언 회장님."

폰테인은 목소리를 한껏 낮추며 솔직한 시선으로 라이언을 바라보았다.

"랩처를 존폐의 위기에 빠트릴 수는 없죠. 그건 저도 압니다. 우리가 여기 있다는 것을 누구에게도 알린 적이 없어요. 전 그저 살아가기 위해 돈을 벌 뿐입니다. 그래서 플라스미드 산업에만 너무 의존하지 않도록 말이죠."

폰테인의 말투는 마치 제안을 하는 것처럼 들렸다. 라이언은 폰테인이 우회적으로 암시를 던지는 것이라 판단했다. 즉, '그래, 내가 밀수를 하고는 있지만 그렇다고 우리 모두를 위험하게 하지는 않겠다. 그러니 내 밀수업을 방해하지 마라. 그러면 나도 일부 플라스미드의 판매를 제한해줄 테니'라고 말이다.

그건 라이언이 원하는 거래 방식이 아니다. 라이언은 이 순간이야말로 폰테인과의 관계를 끝장낼 때가 아닌지 곰곰이 생각했다. 물론 칼로스키를 시켜 저놈을 쏴 죽이는 것은 랩처의 존재철학과는 거리가 멀었다. 하지만 모든 말썽을 단번에 제거해줄 속전속결임은 분명하다. 마음이 흔들렸다. 그래도…… 만약 폰테인이 쓰러진다면 저 레지란 놈이 또 어떻게 나올지 알 수 없는 노릇. 게다가 폰테인의 다른 부하들도 있을 테고. 라이언은 궁리 끝에 최후통첩을 꺼내 들었다.

"밀수는 안 되네, 폰테인. 그리고 순간이동도 금지하네."

그 말을 들은 폰테인의 얼굴에 일그러진 미소가 번진다.

"아, 저도 순간이동은 골칫거리예요. 그걸 쓰는 사람들이 정신이 나가버려서…… 저도 문제거든요. 치안에 여간 신경이 쓰이는 게 아니라서 말이죠."

"치안이라고? 마치 랩처에 자네 영지라도 있는 듯한 말투로군."

"저한테 제 영지가 있다면 그건 다 회장님이 주신 거죠. 회장님의 그 잘난 심해 '유토피아'로 순진한 사람들을 꾀어서 실망하게 하셨으니 말입니다. 이곳에 도착한 후에는 언제 그랬냐는 듯 뭐 하나 제대로 주신 게 없잖습니까."

"모든 주민은 스스로 자생하는 법을 터득해야 해."

라이언이 맞받아치며 말을 이었다.

"자신들의 사사로운 딜레마에 사로잡혀 진화하지 못하는 건 기생충이나 노예일 뿐."

"아, 그렇습니까?"

둘의 시선이 얽힌 채 누구 하나 꺾이지 않았다.

"그 리틀 시스터 고아원을 세워서 뭘 하겠다는 건가, 폰테인?"

라이언이 먼저 공격했다.

"듣자하니 그 고아원의 다른 건물에서 생활하는 남자아이들은 본 체도 안 한다면서. 오로지 여자아이들에게만 관심이 있는 것 같은데 말이야. 혹시 개인적인 놀이의 대상으로 소녀들을 돌봐주는 거라면……."

폰테인의 눈빛이 이글거렸다.

"절 어떻게 생각하시는 겁니까? 저도 당신과 같은 취향이에요. 성숙한 여자들을 선호하죠. 그 고아원에 관한 건 말이죠……."

폰테인이 무덤덤한 투로 설명을 이었다.

"우린 그저 개인의 부(富)를 사회로 환원하려는 것뿐입니다."

눈 한번 끔벅이지 않은 채, 저렇게 태연한 얼굴로 말하다니. 라이언은 콧방귀를 뀌었다.

"뭐, 언젠가는 답이 나오겠지. 내가 알고 있는 사실은 자네가 그 '복지사업'이란 걸로 사람들을 색출해서 자네 조직으로 끌어들인다는 것이야. 지상의 폭력조직이 많이 쓰던 방식이지."

"폭력조직이라고요?"

폰테인은 라이언이 앉은 책상 쪽으로 한 걸음 다가섰다.

"그런 말은 받아들이기 힘든데요."

라이언은 책상 모서리에 달린 보안호출 장치를 향해 슬그머니 몸을 움직였다. 결국 올 것이 오고야 말았군…….

"오늘 제가 굳이 여길 들른 것은 말이죠."

폰테인이 칼침 같은 어조로 덧붙였다.

"날 좀 내버려두라는 말을 하기 위해서야. 당신이 그렇게 해주면 나도 당신을 가만히 놔두겠어. 그럼 당신이 넘겨짚은 그 색출 작업이란 것이 당신 뒤통수를 후려치는 일은 없을 테니까. 알아들어? 날 건드리지 마! 당신은 힘 있는 자들을 존경하잖소. 그럼, 나도 존경해보쇼. 지금 복도에 무장한 경호원들 여섯 명이 쫙 깔렸어. 그러니 내가 이 방에서 나갈 때까지, 방해하지 마쇼. 순간이동은 더 이상 판매하지 않겠소. 그러나 또 다른 플라스미드를 개발할지도 모르지. 그럼 당신네들은 손가락이나 빨면서 방관할 수밖에 없는 거야. 왜냐하면 내가 모든 것을 바꿀 거니까. 라이언 회장, 명심하쇼. 난 이 랩처를 뒤엎어버릴 거야. 누구도 날 방해하지 못해. 내 말을 고분고분 따르면서 쉽게 가든가, 아니면 어렵게 가든가, 둘 중 하나요."

폰테인은 레지에게 손짓을 했고, 둘은 성큼성큼 방을 나갔다.

랩처 구치소

1956년

세 사람은 불빛이 꺼져가는 어둑어둑한 구치소의 독방동(棟) 복도를 걸었다. 레드그레이브와 캐븐디쉬가 앞장서서 걸었고, 설리번이 뒤따랐다. 발자국 소리가 적막한 사방을 울리고 있다. 레드그레이브 경관은 평균키의 앙상한 흑인으로, 남부 억양이 거셌고 하얀 아마포 양복을 애지중지했다. 캐븐디쉬는 경찰곤봉에 달린 가죽 끈을 붙잡고 곤봉을 빙빙 돌리며 걷고 있었다.

머리 위의 조명이 몇 번 끔벅거리더니 또 전구가 나가버렸다. 벽에서 물이 새어나와 쇠로 된 복도 곳곳에 얕은 웅덩이가 즐비했다.

"빌어먹을, 여기 오래 있다간 몽땅 감전사로 다 죽겠구먼."

설리번이 퉁명스레 한마디 던졌다.

"늘 그렇죠, 뭐."

캐븐디쉬가 응수했다.

"거 왜, 부장님 친구 맥도나한테나 말해주쇼. 지금 여기 누수가 장난 아니라고. 경찰도 몇 안 남았으니까 말이오."

그 말에 설리번은 침울한 표정이 되어 혼잣말하듯 중얼거렸다.

"우리 중 멀쩡한 놈들은 죄다 페르세포네로 불려갔으니 어쩔 수 없어. 그 램이란 여자가 아직도 난동을 부린다면서…… 감옥에 갇힌 신세면서 무슨 수로 그런 일을 벌이는지 도무지 알 수가 없단 말이야."

"차라리 거기서 불순분자들이랑 한바탕 노는 게 여기서 감전사로 죽는 것보단 낫죠."

그 소리를 듣고는 캐븐디쉬 바로 앞 감방에서 스플라이서 한 명이 창살 밖으로 손을 내밀었다.

"감전사? 감전사로 죽고 싶어? 죄 지은 게 있나보네, 그렇지? 그래그래, 내가 네놈들 소원을 들어주마!"

쭉 뻗은 스플라이서의 팔을 타고 전류가 치직 소리를 내며 흐르다가 잠시 후 꺼져 버렸다.

"저놈은 걱정들 마쇼."

캐븐디쉬가 설명했다.

"몸 안에 이브가 하나도 없으니까. 아담만 갖고는 아무것도 못하지."

캐븐디쉬는 곤봉을 들어 툭 튀어나온 스플라이서의 팔꿈치를 세차게 내리쳤다. 뼈가 부서지는 고약한 소리가 귓전을 맴돌았다. 스플라이서는 이내 팔을 감싸 쥐고 고통에 찬 비명을 내질렀다.

"내, 내 팔이 부러졌잖아!"

"맞을 짓을 했잖아."

캐븐디쉬는 하품을 하며 응수했다. 셋은 계속 앞으로 걸어갔다.

"아, 저기 있네. 29호."

문 앞으로 성큼 다가간 설리번은 29호 감방의 손님이 오늘 만큼은 증언을 해주길 바랐다. 허브 마누엘라는 스플라이서가 아니다. 사실, 온전한 정상인이다. 커다란 밀수품 한 상자를 짊어지고 가는 그를 경찰이 잡았던 것이다. 마누엘라는 폰테인 수산 회사 구획에서 폰테인의 오른팔인 피치 윌킨스와 매일 함께한 인부였다. 끈질긴 심문 끝에, 마침내 탄원을 전제로 한 거래요청을 받아들이기로 한 것이다. 하지만 여전히 폰테인을 배반하는 것을 두려워했다.

"어이, 마누엘라!"

캐븐디쉬가 자물쇠를 따고 문을 열자, 설리번이 그의 이름을 불렀다. 레드그레이브는 한쪽으로 물러서서 하얀 손수건으로 크롬 도금을 한 리볼버를 닦으며 나지막한 휘파람을 불었다.

설리번과 캐븐디쉬가 방 안으로 들어서자 썩은 피 냄새가 코를 자극했다.

파란 죄수복에 피가 엉겨 붙은 채, 허브 마누엘라는 바닥에 배를 깔고 엎드려 있었다. 머리통의 절반 이상이 훼손되었고, 검은 머리카락은 피범벅이 되어 말라붙어 있었다. 시체를 살펴보자니 구역질이 올라올 지경이었으나, 설리번이 보기엔 누군가가 마누엘라의 머리를 움켜쥐고 벽에 세차게 내려친 것 같았다. 그 힘이 너무 세서 머리통이 깨져버린 것이다. 그런 힘을 가진 사람이라면 스플라이서밖에 없다.

"젠장!"

캐븐디쉬가 신음했다.

"어이, 레드그레이브. 이 꼴 좀 보라고."

레드그레이브는 문틈으로 들여다보더니 얼굴이 백지장이 되었다.

"망할, 난장판이잖아! 누가 한 짓이에요, 보스?"

설리번은 화가 치밀어 캐븐디쉬에게 쏘아붙였다.

"혹시 자네가 한 짓 아냐, 캐븐디쉬?"

캐븐디쉬라면 그럴 만했다. 강하고 잔인한 녀석 아닌가. 놀란 척 시늉만 하는 것일지도 모른다.

"저요? 무슨 말을, 아녜요!"

"자네, 확실하게 감방 문을 잠갔나?"

"분명히 잠갔다고요! 어, 저기 뭔가 있는데……."

캐븐디쉬가 반대편 벽을 손가락으로 가리켰다. 설리번도 고개를 돌렸다. 피로 쓴 글씨다.

램의 피가 우리 모두를 정화할 것이다.

그녀의 시대가 올 것이다. 모두에게 사랑을!

"램이라니!"

설리번이 탄식했다. 꼼짝달싹 못하도록 라이언 회장이 그 여자를 가뒀건만, 램은 여전히 눈엣가시 같은 존재로 남아 있다.

고개를 설레설레 저으며 설리번은 코웃음을 쳤다.

"모두에게 사랑을……이라니!"

올림포스 하이츠
1956년

재스민 졸린의 집은 올림포스 하이츠의 아늑한 아파트 단지에 있었다. 이곳은 회의실만큼이나 지상과 가까운 거리에 위치했다. 마티니를 홀짝이면서 라이언은 새삼스레 긍지를 느꼈다. 아파트를 환하게 밝히는 화려한 샹들리에, 널찍하고 고풍스러운 창틀 사이로 비치는 저 도심 너머의 심해. 커다란 창문 밖으로 고개를 돌리니 마침 붉은 노을이 지는 것을 볼 수 있었다. 노을의 붉은 광채가 감도는 물속을 새파란 형광 빛을 띤 큰 참치 떼가 유유히 꼬리를 휘저으며 흘러가는 모양을 바라보았다.

라이언은 침실로 곁눈질을 했다. 재스민이 오늘은 어쩐 일인지 유난히도 뜸을 들인다. 핑크빛 공단을 댄 엄청난 크기의 사치스런 침상에 혼자 뒹굴도록 내버려둔 채 방을 나왔는데…….

각종 고급 음식으로 최신형 냉장고를 가득 채운 부엌도 있다. 주류 선반에는 최상급 브랜디와 포도주가 즐비했다. 앤드류 라이언은 재스민에게 이 모든 사치품을 선사했다. 그녀를 돌봐주고 또 사재기를 해주었다. 관중도 없는 플리트 홀에서의 서툰 공연으로 샌더 코헨이 지급하는 급여로는 기껏해야 아르테미스 스위트가 고작일 텐데 말이다. 하지만 재스민은 이런 호사를 누릴 만한 값어치가 있다. 앤드류 라이언에게 매달 톡톡히 이자를 치르고 있으니까. 한 달에 한두 번씩, 그의 연로함에 활력을 심어주는 특별공연으로…….

몸에 걸친 붉은 주단 가운을 질끈 동여매고 마티니를 한 모금 마셨다. 술이 체내에 들어오자 라이언은 얼굴을 찡그리며 현란하게 조각된 탁자에 술잔을 내려놓았다. 오늘밤 벌써 석 잔째를 들이켠 셈이다. 랩처로 내려오기 전만 하더라도 술을 그리 좋아하지 않았는데. 얼마 전까지만 해도 주량이랄 것도 없이 술에 거의 손을 대지 않았다. 하지만 최근에는 부쩍 취기를 느끼고 싶을 때가 많았다.

랩처에서는 제아무리 불평불만이 많은 사람이라 할지라도 남부럽지 않은 삶을 누릴 기회가 있다. 그저 그 기회를 포착하려는 의지가 없을 뿐이지. 남들이 쉴 때 일을 하고, 필요하다면 직업을 두 가지로, 아니 세 가지로 늘려서 노력하면 되지 않나. 지급받는 음식은 절반으로 줄여서 아껴 먹고. 그런데도 피땀 흘려 모은 돈을 모조리 아담에 낭비하다니. 결국 길거리의 주정뱅이에게 전기충격이나 쏘며 소모할 것을. 뭘 기대했단 말인가? 자기 스스로 무너뜨린 삶에 대한 책임은 언제나 앤드류 라이언에게 전가하지.

일전에 보았던 그 낙서가 아직도 저기 있다.

'나는 앤드류 라이언의 소유가 아니다.'

게다가 '아르테미스 주민들이여, 단합하자!', '공동체 사상으로!', '램을 믿고 따르자!'라는 문구도 보인다. 그 사이에 적힌 저 정체불명의 '아틀라스는 누구인가?'는 또 뭐란 말인가.

쓸데없는 표어들. 언제나 저 표어가 발단이다. 표어가 생기면 곧이어 사회주의 혁명이 일어났다. 기생충들이 일으킨 대학살로 진정한 노동자는 죽어갔다.

그런데…… 저 아틀라스는 누구인가? 설리번의 정보원들은 저 이름이 아마 빨갱이들을 선동하는 익명의 인물일 것이라고 했다. 자기가 무슨 제2의 스탈린이라도 되는 줄 아나.

균형이 깨지고 있다. 좌, 우, 좌, 우로 빙글빙글 돌아가다가 휘청거리며 쓰러질 것 같다.

"음, 앤드류, 드릴 말씀이 있는데요."

고개를 돌려보니 재스민이 서 있었다. 핑크색 잠옷을 입은 모습이 오늘따라 유달리 풍만해 보였다. 금테 장식을 한 핑크 슬리퍼를 신고, 황금빛 머릿결을 불안한 듯 손으로 자꾸 쓰다듬었다. 성교 후에도 한참 동안이나 앉아 머리를 빗더니…….

"뭔데 그래?"

"저, 전……."

입술만 자꾸 핥아대는 재스민의 시선은 눈 둘 곳을 찾지 못해 창문 근처를 정처 없이 헤매고 있었고, 마스카라를 칠한 검은 속눈썹은 불안하게 움직였다. 언제나처럼 눈을 계속해서 깜박거린다. 뭔가 할 말이 있어 보이긴 했지만 잔뜩 겁을 먹은 것 같았다.

"자자, 말해봐, 재스민. 무슨 얘기든 다 들어줄 테니까, 응? 어서 말해봐."

재스민은 그 말에 아랫입술을 씹었다. 머뭇거리면서 뭔가를 말하는 듯하더니, 다시 고개를 저었다. 난처한지 말없이 시선만 허공을 맴돌았다. 그러더니 창문 모퉁이를 손으로 가리키며 입을 열었다.

"음, 저거요. 달팽인지 뭔지…… 저게 있어서요."

라이언은 그녀의 손가락이 가리키는 곳을 따라가다가, 창문 아래쪽에서 뾰족한 가시가 돋은 갑각류를 발견했다. 유리창 밖의 한 귀퉁이를 기어가고 있었다.

"저것 좀 치워달라고? 네가 일하는 동안 인부를 불러 치우라고 할게. 네가 집에 있으면 저놈들도 좋다고 훔쳐보는 모양인데 그래."

"저렇게 큰 검은 투구를 머리에 썼는데, 누구를 보는지 알게 뭐예요? 으스스한 빅대디들, 저는 저놈들을 그렇게 불러요."

"그것 말고 다른 할 말은 없어, 재스민?"

재스민은 두 눈을 지그시 감고 입술을 오므렸다. 그러고는 고개를 저었다. 라이언은 그녀가 아무 말도 하지 않으리란 걸 알았다.

라이언이 팔을 활짝 벌리자 재스민은 그의 품에 안겼다. 라이언은 그녀를 따뜻한 포옹으로 감쌌다. 둘은 그렇게 창문 밖의 광경을 말없이 지켜보았다. 빛은 어슴푸레 꺼져가고, 떠오르는 밤을 알리듯 해저의 깊은 그림자들이 고개를 들었다.

3부
RAPTURE
[랩처의 말기]

그러나 적절치 않은 동기라면 왕은 심상찮은 상념에 빠지게 되네. 전장에서 다리며 팔이며 머리를 몽땅 잃으면, 훗날 '우린 그런 곳에서 그렇게 죽었지' 하며 울어대지 않겠나. 누구는 욕지거리를 하고 누구는 의사를 찾을 것이며, 누구는 남편을 잃어 빈곤해진 아내를 찾을 것이고, 누구는 빚을 청구하러 갈 것이야. 그리고 누구는 설익은 자식들을 찾으러 가겠지.

— 윌리엄 셰익스피어의 『헨리 5세』 중에서—

15

페르세포네, 진료소
1957년

"그럼 제가 그 플라스미드 실험대상으로 자원하기만 하면 되는 거죠?"

팔목에 숱한 상처가 난 사내가 우물거리며 말했다.

"그럼…… 여기서 나갈 수 있는 거고요."

칼 윙은 어깨를 으쓱해 보였다.

"거기까지는 알겠는데…… 그럼 여기 말고 또 다른 감옥 같은 데에 갇히는 거 아닌가요?"

소피아 램은 잠시 머뭇거리며 할 말을 찾았다. 램은 환한 조명 아래 금속재 벽으로 둘러싸인 작은 진료소에서 심리치료 대상자와 함께 앉아 있었다. 보들보들한 머릿결에 위아래가 붙어 있는 죄수복을 입은 작은 사내는, 믿음이 가득 담긴 시선으로 램 박사를 응시하고 있었다. 램은 문득 담배를 피우고 싶어졌다. 담배를 끊은 지도 오래되었건만, 가진 랩처 달러를 몽땅 주고라도 담배 한 가치를 피우고 싶었다. 그러나 사내는 진솔한 초록 눈동자를 빛내며 자기를 뚫어져라 바라보고 있었고, 곧 대답을 해야 했다.

"음, 말하자면 그런 셈이죠."

램은 애써 웃음 지으며 대답했다.

"어떤…… 연구 시설에 들어가게 될 거예요. 하지만 그곳에서도 우리와 뜻을 함께할 수 있습니다. 그럼으로써 당신의 삶에도 의미가 생기는 것이죠. 칼, 조금 전에 당신의 삶이 무의미한 것 같다고 말씀하셨잖아요. 페르세포네에서는 자신의 정체성이 결여된 것 같다면서."

말이 밖으로 나가기도 전에 입 안에서 죽어가는 것 같았다. 더 이상 견딜 수가 없었다. 자신의 말이 너무나 공허하게 들렸다. 싱클레어의 조건부를 받아들여 그가 시킨 대로 이 사람을 실험대상으로 보내려던 참이었는데. 램은 엘레노어를 떠올렸다. 자신의 딸도 랩처 어딘가에서 실험대상으로 전락하지는 않았을까.

내가 길을 잃은 거야. 램은 깨달았다.

램은 지금까지 페르세포네의 죄수들을 대상으로 작업을 계속해왔다. 교도소장인 나이젤 웨어를 자기편으로 만들기 위해서였고, 또 한편으로는 '환자'들을 자신의 철학으로 세뇌하기 위해서였다. 말하자면 사전에 약속된 신호를 보내는 순간, 일률적으로 가동되는 방파제 역할을 하는 셈이다. 페르세포네를 장악하고 라이언을 옥좌에서 끌어내리는 계획의 일부였다.

교도소장의 동조하에 페르세포네에 구치된 죄수들과의 상담치료는 그 계획을 실행하기 위해 꼭 필요한 절차였다. 그 절차를 다지기 위해 거래를 해야 했는데, 바로 죄수들 일부가 싱클레어의 실험대상으로 자원하게 하는 일이었다.

그러나 지금까지 묵묵히 행해왔던 그 일이 불현듯, 더 이상은 견딜 수가 없었다. 그것을 알게 된 순간 또 하나의 사실이 거센 물살에 벽이 무너지듯 깨달아졌다. 마침내 때가 왔다는 사실.

램은 목청을 가다듬고 말을 이어갔다.

"칼, 여기쯤에서 조금 노선을 변경해보죠. 당신과 내가 말입니다. 그 실험에는 자원하지 않아도 돼요. 하지만 우리와 뜻을 함께하겠다면, 지금 당신의 감방으로 돌아가서, 제가 전에 얘기했던 신호가 들리고 감방 문이 열릴 때까지 조용히 기다리세요. 그 신호, 기억하시죠? '나비가 날개를 달았다' 그런 후에 경비원들이 있는 탑으로 가세요. 거기서 우리를 저지하려는 누구라도 무력으로 제압하면 됩니다."

그 말을 듣던 칼의 입이 떡 벌어졌다.

"탑이요? 정말요? 언제 결정하신 거예요?"

램은 어깨를 으쓱이고는 쓸쓸한 미소를 지었다.

"지금 막 결정했어요! 랩처의 진정한 육신이 움직이는 것을 느꼈습니다! 그 육신에 진실이 있는 겁니다, 칼! 저한테 계시하고 있어요. 나를 통해 말하고 있습니다! 마침내 때가 왔노라, 라고 말하고 있어요. 자, 가십시오. 아무에게도 이 사실을 알리면 안 됩니다! 방으로 돌아가서 신호를 기다리세요!"

칼은 열성적으로 고개를 끄덕였다. 눈빛이 이글거렸다.

램은 문 쪽으로 다가가서 경비를 불렀다. 칼은 경비에 이끌려 자기 감방으로 돌아갔다. 램은 호송이 필요 없었다. 구치구역을 떠나지 않는다는 조건하에, 페르세포네의 어느 곳이라도 자유로이 드나들 수 있는 통행증이 있었다.

그러나 오늘만큼은, 페르세포네의 어느 곳이든 자신의 관할이 될 것이다. 그토록 오랜 시간을 들여 준비해온 작전을 오늘 시행하기로 했다. 이 날이 오기만을 기다렸다. 이 순간이 오기 전에는 어느 때도 적시라는 생각이 들지 않았다. 칼이나 다른 환자들 때문에 결정한 것이 아니다. 엘레노어를 떠올렸기 때문이다. 싱클레어와 그의 과학자들이 딸의 강인하면서도 순수한 의식의 세계를 타락시킨다는 생각이 들자, 더 이상 견딜 수가 없었던 것이다.

램은 시계를 흘깃 쳐다보았다. 자신의 뜻에 동참한 개심자들 중 누구보다 열성적인 추종자 시몬 웨일즈가 방문할 시간이다. 완벽하다. 아니, 이건 우연이 아니다. 랩처의 진정한 육신이 이 모든 것을 계획한 것이다. 육신은 진실이요, 진실이 육신에 담겨 있다.

자신이 요구한 바를 실행에 옮길 만한 용기가 시몬에게 있을까? 언제나 모든 것을 다 바쳐 뜻을 따르겠노라 맹세하지 않았던가. 어떤 일이라도 말이다. 오늘이야말로 그 맹세를 시험해볼 적절한 기회일 터.

램은 자신의 독방으로 돌아와서 문을 열어두었다. 죄수가 감방 문을 스스로 여닫는 것은 상당한 특권이다. 그런 특권이 있기에 자기 방에서 편안히 시몬 웨일즈 같은 방문객을 맞이할 수 있는 것이다. 시몬은 일 분도 채 못 되어 그 자리에 나타났다. 조금 피곤해 보였지만 여전히 결연한 의지가 엿보이는 얼굴이었다.

"램 박사님!"

시몬의 눈동자가 뜨겁게 달아올랐다. 오늘 그는 성직자의 검은 옷을 입고 왔다. 목의 깃까지 완벽한 사제복을 갖추고 턱수염도 길렀다. 상의 주머니에 달린 나비 모양의 브로치는 좀 과해 보였다. 그러나 시몬이 고치를 찢고 나와 램의 신도가 되었다는 의미를 상징하기엔 충분했다. 나비 신도들…… 그 나비들은 면도날처럼 예리한 강철의 날개를 달아야 한다.

"사제가 된 건가요, 시몬?"

복도 끝 다른 감방들의 기척을 주시하며 램이 태연하게 물었다.

"저는 당신께서 주창하신 교회의 사제입니다, 램 박사님."

감정이 복받쳤는지 목멘소리로 그가 답했다. 순종하는 자세로 램을 향해 깍듯이 절했다.

"그럼 육신의 해방을 위해 무엇이라도 할 준비가 되었겠죠?"

그 말에 시몬은 고개를 번쩍 들었다. 이글거리는 눈동자는 활활 타올랐고, 두 손은 주먹을 꽉 쥐었다.

"물론입니다!"

"마침내 그날이 도래했어요! 이제 난 더 이상 기다리지 못해요. 엘레노어를 생각하니…… 내가 이곳에서 해온 일을 생각하면 더 이상 지체할 수 없어요."

"하지만 여긴 싱클레어가 있는데요. 페르세포네의 통제탑으로 올라가는 것을 제가 봤습니다! 싱클레어가 집으로 돌아갈 때까지 기다려야 하지 않을까요?"

"상관없어요. 웨어 교도소장이 일이 시작되자마자 그를 밖으로 내보낼 거예요. 교도소장도 내 신호를 기다리는 중이니까요."

램은 미소를 지어 보였다.

그러다가 목소리를 낮추고 속삭이듯 말했다.

"이 통행증을 가져가요."

램은 목에 걸고 있던 통행증을 풀어 시몬의 목에 걸어주었다.

"통제탑으로 가요. 감시 카메라에 이 통행증을 보여주면 탑의 출구가 열릴 거예요. 안으로 들어가서 거기 있는 경비들을 모조리 제압하도록 해요. 그런 후에 모든 감방

문이 열리는 비상 스위치를 작동시켜요. 그게 어디 있는지는 기억하고 있겠죠?"

"기억하고말고요!"

시몬이 입술을 핥으며 열성적으로 대답했다.

"감방 문이 열리면, 그리고 독방동의 문도 열리면 방송 시스템이 있는 곳으로 뛰어가서 이렇게 방송해요. '나비가 날개를 달았다!' 그게 우리들의 신호니까."

"알겠습니다. 오, 신이시여, 감사합니다! 마침내 당신을 해방시켜드리는군요!"

흥분을 억제하느라 시몬의 목소리는 바르르 떨리고 있었다.

"내가 페르세포네를 장악할 거예요. 허나, 우리가 이 구역을 완전히 제압할 때까지 이곳을 떠나지 않을 거예요. 추종자들을 밖으로 내보내서 이 구역을 항시 감시하게 하고, 안에 있는 우리를 보호하도록 할 거예요. 적절한 시기가 오면 내가 직접 엘레노어를 찾겠어요. 나를 가뒀던 이 감옥은 내 요새로 탈바꿈할 겁니다."

"총은 어떡하죠?"

"총은 자물쇠로 잠겨 있는 공구함에 들어 있어요. 내가 일전에 말해준 자물쇠 번호는 기억하고 있겠죠?"

"물론입니다!"

램은 시몬의 손을 꼭 그러쥐었다.

"그럼, 출발해요!"

시몬은 일말의 주저함도 없이 휙 돌아서서 달려 나갔다. 그 통제탑 안에서 죽을지도 모른다. 아니, 임무를 완수할지도 모른다. 시몬은 전문 총잡이와는 거리가 멀었지만 램의 요청으로 근래에 계속 사격 연습을 해왔다. 운이 따라준다면, 기습이라는 좋은 조건이 적중한다면 성공할지도 모른다.

램은 침상의 끄트머리에 걸터앉아 잔뜩 신경을 곤두세운 채 기다렸다. 팽팽한 긴장감으로 어느새 손을 쥐어짜고 있었다. 엘레노어의 얼굴이 자꾸만 떠올랐다.

십 분이 지나자, 쇠창살이 드르륵 끌리면서 복도의 다른 감방 문들이 일제히 열렸다. 정복을 입은 페르세포네 경비 한 명이 당혹해하며 두리번거렸다.

"대체 무슨 일이야?"

순간, 시몬의 목소리가 페르세포네의 방송을 타고 쩡쩡 울렸다.

"나비가 날개를 달았다! 각자 임무를 수행하시오! 나비가 날개를 달았다!"

죄수들은 느닷없이 해방된 사실에 환호성을 질렀다. 오랜 세월 가둬둔 분노가 마침내 폭발하면서, 감옥 전역에서는 잔혹한 앙갚음의 도살이 시작되었다.

램은 자신의 독방에서 미동도 없이, 곳곳에서 들려오는 경비와 죄수들 간의 분투를 경청하고 있었다. 총성이 들리자 눈살을 찌푸렸다. 그러나 경비들은 순식간에 제압당했다. 고함 소리, 야유 소리, 두 번의 총소리…… 그리고 비명 소리. 승리의 함성이 들려왔다. 경보음이 울리더니 갑자기 끊겼다.

램은 긴 심호흡을 한 번 하곤 침상에서 일어섰다. 이제 밖은 안전한 듯 보였고 나갈 수 있을 것 같았다. 복도로 한 걸음 옮기니, 시몬 웨일즈가 보였다. 시몬은 이를 드러내며 배부른 늑대 같은 미소를 띤 채 램에게로 다가왔다. 그의 오른손에 들린 권총은 연기를 내뿜고 있었고 왼손은 온통 피범벅이었다.

"페르세포네는 우리 것이에요!"

승리에 도취한 목소리로 시몬이 선언했다.

"싱클레어는 도망갔고, 우리 손에서 살아남은 경비들도 내빼기 바빴습니다! 웨어는 아직 여기 있지만, 앞으로도 당신의 지령에 따르겠답니다! 모두 당신의 것입니다, 램 박사님! 당신께서 페르세포네의 주인이 되신 겁니다!"

헤파이스토스

1957년

빌 맥도나는 염분 여과 장치를 단단히 조이며, 공개방송 스피커에서 흘러나오는 앤드류스 시스터즈 곡조를 흥얼거리며 따라 불렀다. 노래가 갑자기 끊기면서, 대신 앤드류 라이언 회장의 음성이 울려 퍼졌다. 미리 녹음해둔 연설이었다.

"세상에서 가장 지독한 거짓말이 무엇인지 아십니까?"

묵직한 저음으로 라이언 회장이 질문을 던진다. 그 목소리는 불안하리만치 익숙했다. 자식에게 단단히 화가 난 과묵한 아버지의 음성처럼.

"인류 역사상, 가장 사악하고 역겨운 것이 무엇이겠습니까? 노예제도? 독재정권? 아닙니다! 모든 불의(不義)를 낳게 한 장본인, 바로 이타주의입니다."

빌은 한숨만 나왔다. 그 역시 자선사업에는 그다지 관심이 없는 것이 사실이었다. 그러나 사람들이 누군가를 구제하기 위해 자의적으로 도움의 손길을 뻗친다면, 그건 어디까지나 그 사람들의 일이요, 결의였다. 이타주의를 비방하는 라이언 회장의 태도는 종전에도 보였지만, 최근 들어 랩처의 한 계층 전체가 빈민화되는 심각한 사태가 발생하자, 라이언의 태도는 점점 눈에 거슬리게 되었다.

라이언의 연설은 계속되었다.

"누군가가 타인의 손을 빌어 자신의 일을 해결하고자 할 때, 그들은 이타주의를 언급합니다. '당신 개인의 일은 큰 문제가 아니잖아'라고 그들은 소리치죠. '그것보다는 우리 모두의 일이 더 시급한 문제야'라고 외칩니다! 그 '모두'란 누구일까요? 정부, 혹은 빈민들, 혹은 군대나 왕, 심지어 신이 되기도 하지요. 그 목록은 끝이 없습니다."

"맞아요."

빌이 중얼거렸다.

"그건 회장님도 마찬가지잖아요. 회장님의 목록도 끝이 없다고요."

빌은 방 건너편에서 클립보드를 손에 들고 작업하는 파블로 나바로를 흘깃 쳐다보았다. 실수한 게 아닌가 싶었다. 혼자 생각할 걸 그렇게 큰 소리로 말했으니…… 다행히 파블로는 발열 수치를 적느라 정신없어 보였다.

천장에 달아둔 스피커에서는 마치 귓전에서 말하는 듯한 회장의 연설이 끊임없이 흘러나왔다.

"랩처로의 이주는 제 생애 두 번째 망명입니다. 1919년에 저는 전제정권을 팔아치우고 광기가 군림하던 나라를 탈출했습니다. 마르크스주의 혁명은 그저 하나의 거짓말을 다른 거짓말로 갈아치운 값싼 혁명입니다. 그래서 전 미국으로 건너왔죠. 미국에서는 개인의 사업이 온전하게 개인 자신의 소유라고 생각했으니까요. 자신의 창조적인 사고나 강인한 체력, 굳건한 의지의 수혜자는 모두 자기 자신이라고 생각했습니다."

작은 드라이버로 필터를 조절하며 라이언의 연설에 귀를 기울이던 빌은 저 부분만은 진심으로 공감이 갔다. 자신이 앤드류 라이언이란 인간에게 동조하도록 만든 바로 그 사상이다. 인간은 출생 신분이나 종교, 인종의 차이 때문이 아니라, 자신이 성취한 업적으로만 평가받아야 한다는 것. 비록 지금이 랩처의 수난시대라고는 하지만, 빌에게는 라이언 회장의 선견이 많은 이들을 깨닫게 하리라는 믿음이 있었다.

연설이 계속되면서 앤드류 라이언의 목소리에는 분노가 들끓는 듯했다.

"저는 모스크바의 기생충들에게서 도망쳤다고 생각했습니다. 마르크스주의자들의 이타주의 따위, 그 잘난 집단농장이나 5개년 계획 따위 계속하라고 외치며 홀홀 털고 잊고 살았습니다. 그러나 독일의 얼간이들이 나치 독일을 위한답시고 히틀러의 칼 앞에 무릎을 꿇고, 미국인들은 루즈벨트와 뉴딜 정책 지지자들이 떠먹여 준 볼셰비키의 독약에 점점 더 취해가더군요. 그래서 저는 곰곰이 생각해봤습니다. 정녕 나와 같은 인간들이 살 곳은 없는가? 더러운 기생충들과 끊임없는 의구심만 자문하는 소인배들에게 굴복하지 않는 인간들이 살 땅. 일이야말로 신성함의 극치요, 개인의 자산이야말로 침범할 수 없는 절대 권리임을 굳건히 믿는 인간들이 살 곳 말입니다. 그러던 어느 날, 기적 같은 해답이 뇌리를 스쳤습니다, 여러분! 나와 같은 인간들이 살 국가는 어디에도 없다! 그 해답이 내가 결심하게 된 이유입니다. 그러면 그런 국가를 내가 직접 세우자! 랩처를!"

라이언 회장의 연설은 그렇게 끝났다. 그리고 음악이 다시 들려왔다. 경쾌한 리듬의 부기우기.

"맞아요, 그래서 랩처를 세우신 거죠."

빌 근처의 계량기를 측정하던 나바로가 야릇한 미소를 지으며 말했다.

"회장님이 랩처를 건설해서 우리 모두를 끌고 왔죠. 랩처는 우리 모두의 것이라고 하면서. 그런데 사실은 전부 회장님 소유잖아요, 그거 몰라요?"

빌은 머쓱해하며 문 쪽을 두리번거렸다. 요즘 돌아가는 꼴을 보자면 충분히 불온하다는 등급이 매겨질 선동적인 대화였기에……

"라이언 회장님께서 자기 돈을 들여 랩처를 건설하신 건 사실이야."

빌은 손에 묻은 기름때를 헝겊으로 닦아내며 대답했다.

"내가 생각하기에는 우리 모두 그분에게서 임대받은 땅으로 여기 사는 거라고, 파블로. 개중 일부는 충분한 돈을 치르고 사기도 했지. 그렇다고 해도 대부분의 땅은 여전히 라이언 회장님의 자산이라고. 랩처가 자기 소유라는 생각을 하실 만도 하지."

"누가 애완견 아니랄까봐, 진짜 왈왈거리네."

파블로 나바로는 한마디 하고는 몸을 획 돌렸다. 빌은 그의 등을 뚫어져라 쳐다보았다.

"파블로, 말조심해. 그렇지 않으면 한순간에 끝장나는 수가 있어."

파블로 나바로가 천천히 고개를 돌렸다. 입가에 비뚤어진 미소가 번진 채 아무 말 없이 방을 나갔다.

랩처, 넵튠의 은혜, 프랭크 폰테인의 사무실
1957년

랩처의 깊은 밤, 삼각뿔처럼 생긴 전등갓 아래 프랭크 폰테인이 앉아 있었다. 종이에 뭔가 열심히 끄적거리면서 이따금씩 웃음을 흘렸다. 바닷조개 재떨이에는 버려진 꽁초가 기다랗게 연기를 내뿜으며 꺼져갔다. 재떨이 옆에는 다 식어버린 커피에 설탕 대신 넣어 마시던 버본 위스키 한 병이 놓여 있었다.

폰테인은 책 한 권을 펼쳐놓고, 소련 이상주의자들의 삶을 서술한 저자 존 리드의 말을 열심히 종이에 옮기고 있었다. 이 책은 밀수품이었다. 폰테인은 아틀라스 전단을 만들기 위해 필요했던 표어를 잔뜩 골라내고 있었다. 여기 이 구절, 저기 저 문장, 이제 갖다 붙이기만 하면 '아틀라스 선언서'의 완성이다.

물론 소피아 램 박사의 구절도 빌려왔다. 여전히 도처에 그녀의 추종자들이 남아 있었기에, 운이 따라준다면 그 사람들을 자기 것으로 만들 수 있다. 이제 곧 때가 오면……

어디선가 나직한 휘파람 소리가 나자 폰테인은 불안한 듯 문 쪽으로 고개를 돌렸다. 밖에서 그의 사무실 창문 앞을 지나가며 무장한 경호원 하나가 휘파람을 불고 있었다.

긴장한 탓인가. 폰테인은 커피에 위스키를 따르곤 한 모금 들이켠 후 얼굴을 찡그렸다.

다시 글을 옮기기 시작했다.

'아틀라스는 누구인가? 그는 민중을 대변하는 사람이다! 민중의 의지를 형상화한……'

문이 열리는 소리가 들리자 폰테인은 황급히 공책을 덮었다. 아틀라스라는 존재에 대해 아무도 알아선 안 된다.

레지였다. 레지는 방으로 들어와 문을 닫았다.

"보스, 아폴로 광장에서의 일이 끝났습니다. 세 명을 처리했어요."

"세 명? 확실하게 죽인 거야? 부상만 입힌 건 아니겠지?"

레지는 고개를 끄덕이며 담뱃갑에서 담배를 꺼내 물었다.

"확실히 처리했습니다, 보스. 세 명의 경찰이 나란히 죽었죠."

담배에 불을 붙인 레지는 손가락으로 성냥을 톡 튕겼다. 재떨이에 성냥이 떨어지자 연기가 반원을 그리며 맴돌았다.

"흥, 경찰은 무슨."

폰테인이 콧방귀를 뀌었다.

"그 자식들은 경찰도 아냐. 배지만 달았을 뿐 순 건달들이잖아."

"모든 경찰들은 다 배지만 단 건달들입죠. 암튼, 우리가 놈들을 잡았어요. 자기들이 어떻게 죽었는지도 모를 겁니다. 두 명은 제가 직접 쐈죠."

레지는 전등을 향해 연기를 내뿜었다.

"보스, 보스의 그…… 전략을 의심한다든지 그런 건 아니지만 말이죠, 하긴 이 물새는 동네의 제법 큰 땅덩어리가 보스 구역이잖아요. 그래서 말인데 경관들을 족치는 걸로 일이 풀릴까요?"

359

폰테인은 곧바로 응수하질 못했다. 레지가 묻는 질문의 요점이 무엇인지 잘 알고 있었다. 레지의 물음은 한마디로 대체 '전략'이 뭐냐는 것이다.

폰테인은 서랍을 열고 컵 하나를 꺼내 레지에게 술을 따라주었다.

"한잔해. 긴장 좀 풀고."

책상을 마주보는 작은 의자에 앉아, 술을 건네받고는 폰테인을 향해 컵을 들어 보였다.

"건배요, 보스."

레지는 절반을 꿀꺽 삼켰다.

"휴우! 마침 술 생각을 했었는데. 제가 말이죠, 사람들 등 뒤에서 쏘는 건 싫거든요. 나랑은 안 맞는 것 같아요."

폰테인이 슬며시 웃었다.

"라이언이 어떤 반응을 보일지 생각해보라고! 내가 한 짓이란 걸 알아차릴 거야. 그래도 증명할 방법이 없을걸. 그것으로 충분해. 라이언이 그토록 바라던 핑곗거리니까. 당장 의회를 소집해서 연설을 해댈 게 뻔해."

"라이언이 보스를 잡으러 오길 원하는 말투네요."

"그럴지도 모르지. 밖으로 뛰어나가 총을 쏘고 싶은 건지도 몰라. 왜냐하면 이 사건으로 새로운 국면에 접어들 테니까. 레지, 너도 알잖아. 난 영원히 폰테인 흉내만 내면서 살 수는 없어."

"여기 오신 후로 그런 말은 처음 듣네요."

"아직 난 랩처 전체를 손에 넣을 만한 힘이 없어. 랩처의 도움이 있어야 돼. 랩처 주민들이 날 도와줘야 된다고, 레지."

"그럼 진짜 그 혁명이란 걸 하실 겁니까?"

"내란이 있어야 해, 그리고 혁명까지. 난 라이언의 면전에 밀수 건을 던지면서 그를 자극해왔어. 피 한 방울 흘리지 않고 온전히 랩처를 인수할 의향이 있노라고 놈에게 제안까지 했지. 놈은 그걸 거부했어. 이제 남은 건 덫을 깔아놓고 미끼를 던지는 것. 너도 알겠지만 사람들이 라이언을 따르는 건 순전히 놈이 몸소 자신의 철학을 실천하는 모범을 보이기 때문이야. 그런데 라이언이 자기 입으로 말한 규율을 다 깨뜨린다면 어떤 꼴이 되겠어? 기업을 강탈하고 독재자처럼 행세한다면…… 사람들은 라이언에게서 등을 돌리고 말 거야. 새로운 지도자를 갈망하게 될 테지. 이제 알겠어? 내겐 라이언과 전면전을 치르거나, 장기전을 지탱할 힘이 없기 때문이야. 그래서 덫을 깔아놓고 미끼를 던지는 거지. 라이언이 덥석 물기만을 바라면서."

"하지만 보스가 죽을 수도 있잖습니까?"

"그렇지. 프랭크 폰테인은 죽어야 해. 하지만 난 여전히 살아남을 거야, 레지."

레지는 웃음을 터뜨렸다. 그러고는 술이 든 컵을 다시 한 번 치켜들었다.

"건배나 받으세요. 보스야말로 최고의 사나이입니다! 진짜 최고라고요!"

아폴로 광장

1957년

저녁때인지라, 콜로세움만 한 크기의 아폴로 광장도 어둠이 내렸다. 천장까지 닿는 거대한 사면 시계탑이 여덟 시를 가리키자, 앤드류 라이언이 단호한 어조로 선언했다.

"이대로 방관할 수는 없어."

빌도 고개를 끄덕였다.

"맞습니다, 회장님."

쉽게 대답했지만, 실은 교수형을 염두에 둔 말이었다.

하지만 라이언 회장은 아마 최근 아폴로 광장과 포퍼스 드롭 등지에서 발발한 난동을 가리키고 한 말이었겠지.

외투 아래에 저마다 권총 한 자루씩을 꿰차고서 앤드류 라이언과 빌 맥도나, 킨케이드, 설리번이 아폴로 광장으로 연결된 통로 입구에 서 있었다. 칼로스키가 일행의 뒤에서 보좌했고, 좌우로 수석 경관 캐븐디쉬와 레드그레이브 경관이 기관총을 든 채 바짝 붙어 있었다. 입구 양쪽은 황동 장식의 아르 데코형 벽으로 둘러싸여 있었고, 일전에 빌에게 동네 건달 같은 인상을 줬던 예의 그 조각상들이 즐비했다. 은빛의 광채를 내뿜는 근육질의 사내들. 위로 뻗은 팔이 천장을 떠받침과 동시에 하늘을 향해 솟구쳐 있고, 동상의 왼편에는 핏빛 배너에 노란 글씨가 씌어 있다.

당신의 손으로 위대한 사슬을 인도하십시오

그러나 정작 눈길을 끄는 건 목이 매달린 채 늘어서 있는 시체들이었다.
라이언 회장은 매달 랩처 전역을 돌아보는 정기시찰 중이었다.
"여기쯤에 수선공들을 보냈습니다, 누수 때문에 말입니다."
빌이 설명했다.
"우리 직원들이 수선하는 동안 경관들이 아주 철저하게 보호해주더랍니다. 떼거지로 몰려다니는 스플라이서들을 총으로 쏴 죽이고 급소를 때리고. 근데 확실히 공간이 비좁은 건 사실입니다. 그건 시체공시소도 마찬가집니다. 아니, 이건 무슨 도살장도 아니고 진짜……."
빌은 말을 하다말고 속으로 쓴웃음을 지었다. 런던내기들이나 쓰는 속어를 쓸 참이었다. '진짜 아담과 이브도 아니고'란 표현은 '믿기 어려운'이란 뜻이다. 그러나 랩처의 현재 상황을 봐서는 난감한 표현이라 쓰는 것을 삼갔다.
"……진짜 믿기 어려운 상황입니다."
탁 트인 광장의 가장자리에는 급하게 널빤지로 만든 가설연단이 하나 세워져 있었고, 그 위에는 랩처 주변에 떠다니는 나무토막을 끌어모아 만든 T자 모양의 교수대가 세워져 있었다. 어제만 하더라도 널빤지로 채운 공간이 지금은 구멍이 뚫려 있고 T자형 말뚝의 양팔에는 시체가 매달려 있었다.
아폴로 광장 전체가 악취로 진동했다. 시체가 썩는 냄새다. 다섯 구의 시체가 빌의 시야에 들어왔다. 네 명의 남자와 한 명의 여자. 피가 말라붙어 검붉은색으로 변한 웅덩이에 비정상적으로 사지를 뻗은 시체들이 산만하게 흩어져 있다. 교수형에 처해진 두 명의 사내가 한쪽에서 빙글빙글 돌아가고 있었다.

전차의 선로는 아직 훼손되지 않았지만 지금은 지나가는 전차도 없다. 하지만 빌이 알기론 전차는 여전히 운행되고 있었다. 아르테미스 스위트에 당도하자, 어둑어둑한 입구의 뒤편에서 여러 개의 얼굴들이 일행을 주시했다. 광장의 곳곳엔 쓰레기가 나뒹굴고, 환풍기에서 뿜어내는 바람에 이리저리 흩어졌다. 어디선가 들려오는 음악 소리는 하도 뒤틀린 소리라 처음에는 무슨 곡조인지 감별할 수도 없었다. 귀를 기울여 보니 베시 스미스의 목소리였다. 잘 알아들을 수 없는 그 가사는 전기의자로 보내달라고 간청하는 것처럼 들렸다.

　천장에서 조롱하는 듯한 웃음소리가 들렸다. 빌이 올려다보니 거미 스플라이서가 커다란 창문 옆에 거꾸로 매달린 채 슬금슬금 기어가고 있었다.

　"저놈 한번 잡아봐, 캐븐디쉬."

　설리번이 스플라이서를 노려보며 말했다.

　"이 거리에서 기관총이 소용이 있을지 모르겠지만."

　"안 돼!"

　라이언 회장이 별안간 버럭 소리를 질렀다.

　"아담을 사용하는 것 자체는 불법이 아니야. 벽을 기어가든 천장을 걸어가든 직접적인 해를 끼치지 않는다면 아무 문제가 없네. 만약 저 사람들이 심각한 위법을 범한다면, 그때 쏘라고. 하지만 광견 쏘듯 무차별 사살은 곤란하네. 저들 중 일부는 우리가 고용할 수도 있을 것 같은데. 어떤가, 킨케이드?"

　킨케이드는 한숨을 내쉬며 부정적이라는 듯 머리를 흔들었다.

　"고용할 수 있냐고요? 아주 가끔씩은 쓸 만하겠죠, 라이언 회장님. 아담만 제공한다면, 염력 같은 능력을 사용해서 메트로의 덩치 큰 부품들을 이동시켜줄 겁니다. 하지만 저놈들은 주의가 산만해서 무슨 일에도 집중을 못해요. 또 싸움은 웬만큼 좋아하니까. 일전에도 스플라이서 두 놈이 도관을 옮겨주기로 했는데, 끝내 서로 싸우기만 하더라고요. 그중 한 놈은 아예 도관에 처박혔죠. 그 도관을 씻어내느라 우리가 이만저만 고생한 게 아닙니다."

　라이언은 어깨를 으쓱했다.

"아담도 시간이 지나면 사용자 스스로 조절할 수 있을 거야."

잠시 멈춰 서서 곰곰이 생각하는가 싶더니, 이내 말을 이었다.

"그리고 스플라이서 도적들은 말일세, 꼭 처리해야 하는 족속만 죽이도록 하게. 그놈들을 통제할 땐, 엄격한 규율을 정해서 분명하게 선을 그어야 하네. 자경(自警)주의 폭력행각은 금지시켜야 해. 벽에 낙서하는 등 각종 파괴적 만행 역시 금지. 미치광이처럼 서로 혈투를 벌이는 것도 금지. 생각 없이 아무 데나 불길을 쏘아대는 놈들을 방치해선 안 돼. 불이 번지면 큰일이니까. 지난번엔 누가 메트로 정거장에서 내가 투자한 최고급 커튼을 태웠더라고!"

"스플라이서 도적을 우리가 무슨 수로 통제한단 말입니까, 회장님?"

빌이 어이가 없다는 듯 물었다.

라이언 회장은 깊이 숨을 들이마셨다. 마음을 정했는지 표정이 딱딱하게 굳어 있다.

"우선, 통금부터 실행해야 해. 각 구역마다 검문소를 세워서 신분증 검문을 실시할 거야. 더 많은 감시 포탑과 경비 로봇을 중요 거점에 설치하고. 아, 호랑이도 제 말하면 온다더니……."

라이언은 의기양양한 미소를 지었다.

경비 로봇 두 대가 넓은 공간의 가장자리를 타고 나란히 날아갔다. 자동으로 운행하는 헬리콥터 모형의 기계로, 소화전만 한 크기였지만 몸통이 더 굵었고 기관총이 장착되어 있었다. 로봇을 볼 때마다 빌은 바짝 긴장했다. 고철덩어리라는 선입견 때문인지 언제 갑자기 총을 쏘아댈지 불안하기 짝이 없었다. 로봇에게 적이 아님을 인식케 하는 신분증을 달고 와도 긴장이 되는 건 매한가지였다.

로봇이 윙윙거리며 날아가자 위에 달린 헬리콥터 칼날이 몸에 닿을까봐 빌은 황급히 몸을 굽혀 피했다. 경비 로봇은 라이언과 일행을 공격하려는 적들이 있는지 주위의 동태를 살피며 광장의 큰 방을 빙빙 날아다녔다.

불현듯 라이언 회장이 한 말이 뇌리에 파고들었다.

"저, 회장님. 지금 통금이라고 하셨습니까? 통행금지, 검문소요? 그러니까 랩처 전

구역에 실행한다는 말씀이십니까?"

그런 건 죄다 공산주의 독재자들이나 쓰는 방법이라고 라이언 회장의 입으로 직접 말하지 않았던가?

"그래."

교수대에 매달린 채 회전하고 있는 시체들을 침울한 표정으로 응시하던 라이언이 답했다.

"랩처의 전 주민에게 신분증을 발급할 거야. 출입이 허가된 지역만 드나들도록 제한하고, 또 신분증이 있으면 각 주민에게 할당된 제한구역이 어디인지도 알 수 있겠지. 차후 결의안이 나올 때까지 당분간은 통행금지령을 내릴 거야. 또한 사형이 적용되는 죄목도 늘릴 생각이네. 현재의 상황이 얼마나 어려운지는 우리 모두 잘 알고 있지 않은가. 게다가 인구도 줄어가고 있어. 지상에서 사람들을 더 끌어모아 인구수를 채울 생각이네. 그때까지는 일단 내부 상황부터 안정시켜야지. 이제 곧 대규모 단속을 실시해서 폰테인도 잡을 거야. 이번에야말로 그 녀석을 완전히 전멸시킬 작정이네. 그런 다음 그놈이 하던 사업을 인수해야지. 이게 다 랩처의 안녕을 위해서라네. 내가 사명을 띠고 잘만 운영한다면……"

빌은 어안이 벙벙했다.

"폰테인의 사업을 인수하신다고 하셨습니까? 하지만 그런 건 랩처의 철학에 위배되는 일 아닌가요?"

라이언 회장의 얼굴이 일그러졌다.

"그 철학을 보존하기 위해서는 때론 철권도 쥐어야 한다는 사실을 모르나, 빌? 여기서 지금 어떤 일이 일어났는지 똑똑히 보라고. 바로 이 아폴로 광장에서 말이야. 경관 세 명이 저격당했어! 랩처의 적은 반드시 잡아서 처단할 것이네!"

빌은 혼란스러웠다. 라이언 회장은 인간이 누리는 자유의 한계를 확장하고 옹호하기보다는, 날이 갈수록 무솔리니처럼 변해가고 있었다.

"폰테인의 플라스미드 사업을 인수하시겠다고요? 무력으로 말입니까? 그건 자유경쟁 시장제도와는 거리가 멉니다, 라이언 회장님."

"맞아. 거리가 멀지. 그러나 폰테인은 랩처를 붕괴시키겠다고 위협하고 있지 않나! 지금 우리가 강경하게 대응하지 않으면 도시 전체가 무너져버릴 것이야, 빌. 놈이 원하는 것은 무질서한 아수라장이란 말이네! 그놈이 랩처가 난장판이 되길 원하는 이유는 오직 하나야. 대중의 허점을 노리는 포식자인 그놈에게 아수라장은 기회를 의미하거든. 폰테인과 같은 부류는 그런 대혼란의 음지에서 더욱 강력한 힘을 키울 수 있으니까! 그건 램의 추종자들도 마찬가지야!"

"전 전적으로 동의합니다."

킨케이드가 고개를 끄덕이며 동조하고 나섰다.

"빌, 랩처는 이미 난장판이잖소. 때론 명확한 한계를 지적해주어야만 합니다. 지금은 강경하게 대응할 때요. 우리도 공격을 해야죠."

그러나 빌은 의심스럽기만 했다. 라이언 회장은 '강경하게' 대응하고자 자신의 철칙마저 굽히려 한다. 하지만 그것이야말로 폰테인이 원하는 것이 아닌가? 우리 모두가 프랭크 폰테인의 손아귀에서 놀아나고 있는 것이 아닐까?

폰테인 미래회사 인근의 아트리움

1958년

"안녕하세요, 친구들."

공개방송에서 흘러나오는 명랑한 소리. 프랭크 폰테인은 폰테인 미래회사 내부를 가로질러 '추출 연습실'로 걸음을 옮기고 있었다.

"아가씨들은 열이면 아홉 모두 운동신경이 뛰어난 남자를 선호한다는 사실을 아시나요? 플라스미드 신제품 '신체가속'이 당신이 그토록 원했던 그런 남자로 만들어주겠다는데 마냥 손가락만 빨고 있을 셈인가요? 자, 의료 시설에서 장장 두 시간에 걸친 무료시음을 해보시라니까. 틀림없이 마음에 들 거예요. 아, 물론 그녀도 마찬가지."

폰테인은 '제한구역'이라고 씌어 있는 곳으로 다가갈 때마다 내면에서 꼬리를 물고 일어나는 불쾌한 기분을 떨쳐내려 애를 썼다. 구석으로 몰리는 것 같은 기분은 그저 환상일 뿐이다. 두 명의 솜씨 좋은 경호원까지 달고 오지 않았나. 하긴 요즘엔 어딜 가나 경호원 한 명으론 어림도 없었다. 믿음직한 레지, 그리고 '나즈'라는 새 경호원. 나즈는 산발로 풀어헤친 긴 머리에 곱슬곱슬한 갈색 수염을 길러, 마치 정신 나간 예수처럼 보이는 가무잡잡한 스플라이서였다. 그는 어부들이 입는 작업복을 입고 있었는데 색 바랜 혈흔이 묻어 있었고, 쉴 새 없이 움직이는 손에는 생선 내장을 발라내는 굽은 칼이 들려 있었다. 이 녀석이야말로 스플라이서도 훈련시킬 수 있다는 사실을 입증하는 산증인인 셈이다. 뭐, 그럭저럭. 나즈는 신체가속 플라스미드의 광팬이다. 사실 놈의 체내에서 상당량의 아담을 빼냈어야 했는데, 그 덕에 지금 신경을 곤두세우고 일에 집중하고 있다.

폰테인은 지금 자신이 안전하다는 것을 잘 알고 있었다. 하지만 요즘 들어 리틀 시스터들에게 가까이 다가갈수록 그만큼 더 구석으로 몰린 듯한 기분이 들었다. 공개방송으로 흘러나오는 광고도 기분을 나아지게 해주진 않았다. 부드러운 여자의 목소리였음에도.

"리틀 시스터 고아원을 소개합니다. 이 고난과 역경의 시대에 여러분의 어린아이들만큼은 가치 있는 삶을 누리게 해줍시다! 모든 학업과 숙식이 무료로 제공됩니다! 어린이들이야말로 랩처의 미래가 아니겠습니까!"

고아원. 비꼬기 좋아하는 폰테인의 성격과 딱 들어맞는 발상이었다. 그리고 이 고아원을 건립한 것이 아마 조금은, 자신의 쓸쓸함을 달래주었는지도 모른다.

레지와 나즈에게 복도에서 기다리라는 신호를 보낸 후, 두 겹의 두터운 문을 밀고 들어갔다. 발을 내딛자마자 경비 로봇들이 일제히 공중으로 날아올랐다. 폰테인을 아래위로 스캔하고선 다시 윙윙거리며 제자리로 돌아갔다.

몇 발자국 걸음을 떼자 이번엔 자동 포탑이 툴툴거리며 달려왔다. 총이 달렸다 뿐이지, 바퀴 달린 의자나 다름없는 모양새다. 휙 한 바퀴 회전하며 그를 공격할 기세더니, 옷깃에 매달린 신분증을 인식하고는 총부리를 내렸다.

폰테인은 육아실 같은 구조의 작은 감방에 닿았다. 소녀들은 체내이식과 수확을 가능케 하는 수술을 통보받기까지 이곳에서 대기하고 있었다. 그는 문에 달린 창문으로 안을 들여다보았다. 장밋빛 색조의 방 안에서 두 명의 소녀가 바닥에 드러누워 나무로 만든 기차를 가지고 놀고 있었다. 똑같은 원피스를 입은 '리틀 시스터'들은 기이하게도 하나같이 서로 닮은꼴이었다. 얼굴이며 체격이 서로 닮아가는 것은 바다 민달팽이 이식수술의 부작용이라고 한다. 바다 민달팽이들은 마치 장내에 기생하는 한 마리의 촌충 같았다.

저 애들은 더 이상 인간이 아니다.

어차피 저 애들 중 아무나 칼로 베어버려도, 즉각 피가 멈추니 말이다. 손가락 하나를 잘라도 파충류처럼 곧 다시 돋아난다. 아담이 아이들에게 재생력을 주는 것이다. 그건 인간이 아니다. 초인이나 진배없지 않은가. 나이를 먹지도 않는다. 성장이 정체된 상태라고 한다.

브리짓 테넨바움이 예의 그 유령 같은 분위기를 풍기며 어느새 그의 곁에 와 있었다. 송풍기의 묵은 바람이 한 번만 불어도 훅 날아갈 것 같다. 다시 섹스를 해야 하지 않을까. 하지만 요즘 들어 변명이 잦아진 쪽은 오히려 테넨바움이었다. 뭐, 상관없었다.

테넨바움도 창문에 빼꼼히 고개를 내밀고 아이들을 바라보았다.

"애들은 괜찮아 보이는데······."

폰테인이 입을 열었다.

"단속에 걸릴까봐 늘 조바심이 났었거든. 사람들이 이렇게 생각할 것 아냐, '오오, 저기 불쌍한 애들 좀 봐봐'라고. 근데 지금 보니 그다지 불행해 보이진 않네."

테넨바움은 대답 대신 신음 소리만 냈다. 얼굴을 창문에 찰싹 붙인 채로 하얀 실험 가운의 한쪽 주머니에서 담배를 꺼내고, 다른 쪽 주머니에서 담배홀더를 꺼내 담배를 꽂은 후 홀더를 입에 물었다. 폰테인이 자신의 고급 라이터로 불을 붙여주었다. 테넨바움은 허공에 연기를 내뿜었지만 여전히 아무 말도 하지 않았다. 퀭한 눈매, 살이 없어 더 튀어나온 광대뼈, 볼수록 테넨바움도 '리틀 시스터'처럼 변해간다는 생각이 들었다.

두 사람 사이의 무거운 정적을 깨려고 폰테인은 에둘러 말을 이었다.

"근데 랩처엔 워낙 가난한 사람들이 많아서, 이젠 알아서 자기 애들을 우리한테 갖다 맡기는군."

"애들이 불행하진…… 않아요."

테넨바움이 마침내 한마디 했다. 담배를 입에 문 채 한 말이라, 연기가 공중에 느릿느릿 올라갔다.

"흔히들 '불행하다'라고 하는 기준에 의하면 말이죠. 물론 자기 가족들은 기억도 못 하죠. 아이들의 의식은…… 그건 좀 이상해요. 아담이나 바다 민달팽이와의 연관관계가 아이들을 이상하게 만들고 있어요. 아이들과 함께 있다 보면 뭐랄까, 아주……."

테넨바움은 헛기침을 한 번 했다. 눈동자가 조금 축축해진 듯하다.

"아주 불편해요. 그 달팽이들을 배에 이식해놓았다 하더라도, 아이들은 아이들이잖아요. 놀기도 하고 노래도 부르고. 어떨 땐 날 쳐다보는데……."

테넨바움은 침을 꿀꺽 삼켰다.

"……웃더라고요."

폰테인은 어이가 없어 테넨바움을 쳐다보았다. 정신이 나갔나?

"뭐, 돈은 많이 받고 있잖아, 테넨바움. 랩처도 이제 힘든 시기라고. 앞으로도 연구를 계속할 수 있도록 지원받고 싶다면, 그런 것쯤은 감수해."

그러나 테넨바움은 그의 말에 귀를 기울이지 않았고 신경 쓰는 것 같지도 않았다. 그저 계속 홀더로 담배를 빨아대고 창문 너머의 두 아이를 몽롱한 눈빛으로 바라보고 있을 뿐이었다. 입을 뻐끔거리면 담배는 입술에 대롱대롱 매달려 말이 끝나기만 기다렸다.

"불행한 것처럼 보이지는 않아요. 저 리틀 시스터들 말이죠. 하지만 아이들의 영혼이, 그게…… 아픔을 느끼는 거죠."

"영혼이라고? 그딴 건 없어."

폰테인이 콧방귀를 뀌었다.

"플라스미드를 사용하는 사람들은 랩처에서 유령을 본다는 소문도 있어요."

"유령이라고!"

경멸스러운 듯이 폰테인이 머리를 세차게 흔들었다.

"미친놈들! 도대체 당신과 수종은 플라스미드 부작용에 관한 대응책을 연구하기는 하나?"

그것은 폰테인으로서는 아주 중요한 문제였다. 언젠가는 자신도 플라스미드를 써야 할 때가 올 것이다, 그것도 다량의 플라스미드를.

그러나 테넨바움은 일말의 반응도 보이지 않았다. 폰테인은 화가 치밀었다. 테넨바움의 어깨를 덥석 붙잡고 그녀의 몸을 자기 앞으로 휙 돌렸다.

"내 말을 듣고 있나, 테넨바움?"

테넨바움은 황급히 얼굴을 돌리면서 뒷걸음질을 쳤고, 끝내 그의 눈과 마주치지 않았다. 다시 입을 열었을 때 그녀의 목소리는 생기 없이 단조로웠고, 어느 틈엔가 비아냥거리는 투로 이야기하고 있었다.

"지금 겁주려는 건가요, 폰테인? 이래 봬도 난 지옥 같은 일을 많이 겪었다고요."

그러고는 또다시 꿈을 꾸는 듯한 몽롱한 어조로 바뀌었다.

"남들은 생지옥이라던데 놈들마저 날 괴롭힐 순 없었어. 오히려 동족 같았지. 하지만 이 아이들은……."

그녀는 다시금 창문께로 고개를 돌렸다.

"아이들이 내 안의 뭔가를 깨워주고 있어요."

"네 안의…… 뭐?"

테넨바움은 고개를 저었다.

"더 이상 그 얘기는 하고 싶지 않아요. 아, 당신 방금 부작용에 대해 물어봤죠? 맞아요, 아담이 양성 종양처럼 작용하는 건 사실이에요. 본래의 세포를 파괴하고 그 자리에 불안정한 세포를 대체시키죠. 그 불안정성이 기적 같은 특성을 내포하는 건 의심할 여지 없는 사실이지만, 그와 동시에……."

테넨바움은 한숨을 푹 내쉬었다.

"피해를 일으키죠. 이 아담을 사용하는 사람은 점점 더 많은 아담을 갈구하게 됩니다. 의학적 관점에서 봤을 때는 치명적일 정도죠. 그러나 당신은 사업가잖아요."

테넨바움은 특유의 기묘한 미소를 지어 보였다.

"부작용을 제거한다면 적어도 중독되진 않겠죠. 단, 중독성이 없다면 판매량이 감소할 테고."

"맞아. 하지만 우린 최소한 두 가지 종류는 개발해야 해. 때가 오면 나 같은 사람들이 사용할 수 있는 최고의 상품도 있어야지. 그리고 일반인들이 쓰는 보통 제품. 그걸 개발해놔, 테넨바움."

그녀는 어깨를 으쓱했다. 그러나 다시 몽롱한 눈빛으로 아이들을 바라보더니 잠시 후, 속삭이듯 낮은 목소리로 말했다.

"애들 중 하나가 내 무릎에 앉았어요. 내가 아이를 밀어내니까……."

다시 말을 잇기 전에 창문의 유리를 슬쩍 만지며 담배 연기가 입술 사이로 지그시 새어나오게 했다. 그러고는 꿈을 꾸듯 창문을 들여다보며 말했다.

"내가 아이를 밀어내면서 비명을 질렀거든요. '나한테서 당장 떨어져!'라고. 그랬더니 아이의 입끄트머리에서 아담이 꿈틀거리며 새어나오는 거예요!"

테넨바움은 그때의 기억이 다시 살아나는지 눈을 질끈 감았다.

"얼굴엔 지저분한 머리칼이 흘러내리고, 더러워진 옷하며, 죽은 사람 같은 눈동자…… 난 증오를 느꼈어요."

그녀의 목소리가 갈라졌다.

"증오 말이에요, 프랭크. 난 그걸 난생처음 느낀 거예요. 타오르는 씁쓸한 분노. 숨도 쉴 수 없단 말이에요, 프랭크."

테넨바움은 눈을 번쩍 뜨며 폰테인을 정면으로 바라보았다. 일순간이나마, 처음 있는 일이었다.

"그랬더니 알아버렸어요. 내가 증오한 건 그 아이가 아니란 사실을."

그 말이 끝나기가 무섭게 브리짓 테넨바움은 휙 몸을 틀어 저만치 뚜벅뚜벅 걸어갔다. 실험실을 향해 담배 연기의 항적을 기다랗게 남기면서.

폰테인은 얼이 빠져 그녀의 뒷모습을 한참 동안 바라보았다. 정말 정신이 나가버린 건가. 진즉에 처리했어야 하는 건데. 하지만 저 여자는 너무나 소중한 자산이었다. 게다가 라이언도 이제 곧 움직일 테고. 모든 것이 착착 돌아간다 싶더니만…….

"폰테인 씨?"

깜짝 놀라 정신을 차리고 보니, 귀에 들려온 것은 수종 박사의 목소리였다. 박사가 있는 쪽으로 재빨리 몸을 틀었다.

"젠장, 수종. 사람 놀라게 그렇게 슬그머니 다가오면 어쩌자는 거야."

"수종은 죄송합니다."

"당연히 죄송하겠지. 이봐, 수종. 저 테넨바움은 어떻게 된 거요? 완전 나가버린 것 아냐?"

"나가버리다니…… 뭐가 말입니까?"

수종은 변한 것이 없다. 머리카락 한 올 한 올도 예전과 같은 모양새였고, 안경도 전처럼 잘 닦여 있었다. 테넨바움을 그토록 동요하게 만든 것이 뭔가 싶어서 수종은 차분하게 창문을 들여다보았다. 마치 실험용 쥐가 들어 있는 우리를 들여다보는 태도였다. 물론, 지금 수종이 하는 행위는 딱 그런 성질의 것이긴 하다.

"아, 알만 하네요. 수종이 보기에 그 여자는 가끔씩…… 냉정을 잃더군요."

"정신 나간 여자들 얘기가 나왔으니 말인데, 일전에 내가 말했던 것 좀 조사해봤나? 그 특별 프로젝트?"

폰테인이 오늘 이곳으로 온 이유는 바로 그것 때문이었다.

수종은 복도를 흘깃 훑어보았다. 그들의 얘기를 엿들을 사람은 근처에 아무도 없었다. 이건 극비 사항이다.

"예."

수종의 대답은 들릴 듯 말 듯했다.

"당신이 그 졸린이란 여자의 방에 도청 장치를 해둔 건 아주 잘한 일이었습니다. 친구가 그 여자 집에 와서 대화를 했거든요. 컬페퍼라는 여자였습니다. 컬페퍼는 재스민에게 여러 가지를 가르쳐주더군요. 특히 라이언 회장에 대한 이야기를 많이 했습니다. 라이언 회장이 엄청난 폭군이라면서 어쩌고저쩌고…….”

"그래, 레지가 나한테 말해주더군. 그 녀석이 녹음테이프를 정리했거든. 그 녀석은 나한테 제일 먼저 보고한다고. 컬페퍼는 라이언에게 등을 돌렸다. 재스민 졸린은 임신 중이고. 아니, 실은 매리 캐서린이 임신 중이라고 해야겠군. 그게 그 여자의 진짜 이름이거든. 그래서 그 여자한테 제안은 해봤나?"

수종은 꾸벅 고개를 숙였다.

"테넨바움이 제안했었죠. 선뜻 수락하더군요! 돈이죠. 돈이 있으면 라이언 회장이 없어도 살아 갈 수 있으니까. 수정란을 제공해주는 대신 돈을 달라더군요. 라이언 회장의 아기니까요! 그래서 그 여자는 실험실로 왔고, 테넨바움이 이배체 접합자를 추출했습니다!"

"이배…… 뭐? 아, 그건 아기라는 뜻인가? 태아 말이지?"

수종이 다시 한 번 고개를 숙이며 대답했다.

"폰테인 씨가 정확하게 맞췄습니다."

"그럼 그 애를 거둬줄 사람은 구했소?"

수종은 눈을 끔벅였다.

"거둬요? 애를 누가 거둡니까? 전 애들은 못 참아요. 애들은……."

"수종, 그런 말이 아니고, 누군가 태아를 품어줄 여자가 있냐고! 애를 낳아서 우리한테 넘겨야 할 것 아닌가!"

"그건 다 준비됐습니다!"

"그래, 라이언의 혈육이라 이거지, 그자의 음, 그걸 뭐라 부르지?"

"그 사람의 유전자죠. 그렇습니다. 현재 부활 장치를 개발 중인데, 만약 보안 장치도 유전자 검증 단계를 거친다면 라이언의 유전자와 동일하니, 당신의 실험대상은 안전할 겁니다."

"이 프로젝트를 단기간 안에 완성할 수 있겠소, 수종?"

폰테인이 강압적인 태도로 밀어붙였다.

"내 말은, 빠른 시간 안에 만들란 말이오. 그걸 뭐라 그러지?"

"가속 성장. 아이가 더 빨리 자라죠. 그런 후에 정신 조작 단계를 거치면……."

"그게 진짜 중요한 부분이야, 그 정신 조작 단계라는 것. 한마디로 세뇌한다는 것 아니요? 신호를 주면 아이가 반응하는 것. 당신이 그렇게 만들 수 있소?"

"가능합니다. 실험으로 이미 검증을 마쳤습니다. 수종은 일종의 보상 체제를 구축해서 아이의 뇌에 적용할 겁니다. 유기체를 정신 조작화하면 인간의 새끼도 시키는 대로 하죠! 원하는 건 어떤 것이라도 할 겁니다!"

"어떤 것이라도 말이지? 신호만 보내면? 그러니까 심지어 평상시에 절대 하지 않는 일이라도? 우리가 원하는 결과는 바로 그런 것이오. 때가 오면 이 아이가 아버지인 라이언에게도 반항할 수 있도록 만들어야 한다고."

"가능할 겁니다, 예!"

수종의 눈동자가 반짝반짝 빛났다. 조종, 세뇌…… 이런 것이 수종의 전문분야였다. 일평생의 위업처럼 여기는 분야.

"더군다나 발육기간 중에 그걸 적용한다면 가능성은 더 높아질 겁니다."

"그래, 수종 당신이 이 녀석이 아직 아기일 때 그걸 했다고 쳐. 그런데 아이에게 강아지 한 마리가 생겼다고 가정해보자고. 애들은 강아지를 진짜 좋아하잖아. 이 녀석이 자기가 애지중지하는 강아지를 죽이도록 명령할 수 있을까? 그러니까 진짜로 귀엽고 예쁜 강아지를 말이지, 애가 그토록 사랑하는 강아지를 눈 한 번 끔벅이지 않고 맨손으로 죽이게 할 수 있냐고? 그거야말로 어려운 문제일 텐데."

환한 미소를 띠고 이빨까지 드러내며 수종은 열성적으로 고개를 끄덕였다. 수종이 웃는다는 건 기적이나 다름없는 일이다.

"예, 가능하지요! 정말 멋지지 않습니까, 예?"

"맞아. 만약 그런 일이 가능하다면."

폰테인도 들뜰 수밖에 없었다. 이건 최상급 사기극이다. 특종감이다. 전대미문의 사기극. 몇 년이고 풀리지 않는 희대의 수수께끼. 바로 그러한 점이 미학(美學) 그 자체였다. 시간이 걸린다는 특성 때문에 라이언조차 절대 의심치 않을 것이다. 만의 하나, 아틀라스 프로젝트가 제대로 시행되지 못했을 때, 라이언을 걸려들게 할 또 하나의 덫.

폰테인은 이미 랩처에서 상당한 부와 권력을 누리고 있다. 하지만 자신의 의지대로 얼마든지 조종이 가능한 시한폭탄 같은 인형 하나가 도사리고 있다는 점…… 생각만 해도 심장이 두근두근 뛰었다. 인간의 삶 자체를 노리개로 만들어버릴 운명 같은 사기극.

16

랩처 중앙 통제실

1958년 8월

"뭐가 잘못 됐어, 매리?"

여느 때처럼 차분한 목소리로 짐이 물었다.

"당신, 아주 끔찍한 소식이라도 들은 것 같은 표정이야!"

"랩처에 사형제도가 생겼데요!"

걱정스런 투로 매리가 답했다.

"그딴 게 있는 줄 알았다면 여기로 오지도 않았을 텐데!"

짐이 쾌활하게 웃었다.

"허, 이것 봐요, 우리 예쁜 아가씨! 랩처에서 사형을 선고받는 사람은 밀수업자밖에 없어. 우리가 고생해서 이룬 것들을 놈들이 위험하게 만드니깐 그건 마땅한 처사라고 봐. 이 경이로운 도시를 소련군이 발견했다고 생각해보라고, 아님 미국 정부라거나! 랩처의 존재를 극비에 부치는 건 우리의 생존과 직결된 민감한 사안이기 때문이잖아!"

"물론 우리 모두의 자유를 위해서는 사형쯤이야 감수해야겠죠."

"이제야 알아듣는군, 매리!"

앤드류 라이언은 녹음기를 끈 후, 집무실 의자에 등을 푹 파묻고는 한쪽 눈썹을 치켜세우며 빌 맥도나를 쳐다보았다.

"어떻게 생각하나, 빌? 저걸 들으니 뭐 떠오르는 게 있나, 음?"

빌은 더 이상 자신의 속내를 내보이고 싶지 않았다. 더군다나 저 녹음을 듣고서 처음 떠올린 생각이 이렇다면.

'라이언 회장님, 이젠 정말 늙어 보이시네요. 게다가 또 마티니 몇 잔을 들이켜신 것 같고요. 그리고 저 선전용 광고는 이제 듣기만 해도 암울해집니다.'

그는 라이언의 집무실을 찬찬히 둘러보았다. 엄청 커 보였을 뿐만 아니라 메아리칠 정도로 텅 비어 보였다. 월러스나 설리번을 데리고 오지 않은 걸 후회했다. 적어도 누군가 자신을 지원해줄 사람이 있었다면…… 라이언 회장의 새로운 정책에 대해 이렇다 할 감흥을 느끼기 어려웠다.

"마냥 서 있지만 말고."

라이언 회장이 다그쳤다.

"말해보라니까."

빌은 마지못해 어깨를 으쓱이며 입을 열었다.

"이제 우리도 사형제도가 생겼잖습니까. 주민들도 익숙해지겠죠. 사방에 교수대가 깔렸는데 그걸 못 본 척하는 것도 어렵고요. 의회는 편이 갈렸고…… 이젠 좀 느슨하게 풀어주시는 건 어떻겠습니까."

라이언 회장의 책상에는 두 개의 녹음기가 놓여 있었다. 그중 작은 녹음기는 얄궂게도 폰테인의 영업소에서 돈을 주고 사온 것이었다. 라이언은 싸늘한 미소를 지으며 작은 녹음기로 손을 뻗어 '녹음' 버튼을 눌렀다. 그리고는 엄숙한 목소리로 읊조렸.

"랩처에 사형제도가 생겼다! 의회는 난장판이 되었다! 거리마다 폭동이 들끓는다고 한다! 그러나 이제야말로 진정한 통솔력을 발휘할 때가 아닌가. 밀수업자들은 반드시 처단해야 한다. 지상과의 어떠한 접촉이라도 결국 이 랩처를 우리가 도망쳐 나온 바로 그 세계로 고스란히 노출시키는 것이다. 우리의 사상을 보존하기 위해서 몇 명의 목을 매다는 것 정도는 감수해야 한다."

라이언 회장은 정지 버튼을 누르고 녹음기의 전원을 끈 후, 회심의 미소를 짓고는 빌을 돌아보았다.

"봤나, 빌? 난 내 감정을 솔직하게 정리해서 후대에 물려줄 녹음을 했네. 자네 요즘 녹음기 사용하나? 랩처는 세상의 모든 문명인을 위하여 인류가 진화할 방향을 정립

해줄 걸세. 시간이 지나면 역사도 이곳에서 어떤 일이 일어났는지 알고 싶어 할 거야!"

그다지 열의는 없더라도 빌은 고개를 끄덕이며 동조하는 시늉을 했다.

"저도 회장님이 제안하신 대로 녹음을 해보긴 했습니다. 다음번 녹음은 아마 폰테인 미래회사의 기습전이 되겠네요. 근데 그 회사를 인수하고 나면 어쩔 생각이십니까?"

라이언 회장의 얼굴은 목석처럼 아무 변화도 보이지 않았다.

"그건 내가 결정할 문제지. 내 여가시간에."

"전 그저…… 다른 사람의 사업을 무력으로 인수한다는 게 말이 됩니까, 회장님? 우리 모두 졸지에 위선자로 전락하게 되는 겁니다! 그건 마치, 그걸 뭐라고 부르죠…… 사유재산의 국영화, 바로 그거잖습니까! 그런 정책을 쓰시면 배가 산으로 올라가듯 다른 곳으로 갈 겁니다. 애당초 우리가 가고자 하던 방향과는 반대쪽으로 말입니다."

라이언 회장의 얼굴에 가시 같은 냉기가 돌았다.

"빌. 내가 자네의 진솔함을 높게 평가하는 건 사실이네. 개인적으로도 자네의 의견에는 언제나 귀를 기울여왔어. 그러나 나는 충심도 높게 평가해. 내가 무엇을 결정하든 자네의 충심만은 의지할 수 있었으면 하네."

빌은 고개를 떨구었다. 일레인의 얼굴이 떠올랐다. 그리고 작은 딸 소피도…….

"예, 맞습니다. 물론 의지하셔도 됩니다. 충성심이라면 저, 빌 맥도나 아닙니까. 머리부터 발끝까지."

그러나 라이언이 등을 보이며 광고방송 녹음을 다시 틀었을 때, 빌의 마음속엔 의구심이 일었다. 정말 라이언 회장이 폰테인의 사업을 무력으로 인수하는 것을 받아들일 수 있을까? 이미 랩처엔 통금과 신분증 검문이 시작되었다. 얼마나 많은 파시즘 행각이 벌어져야 라이언 회장이 그토록 꿋꿋이 믿어왔던 체제가 전복될 것인가?

"물론 우리 모두의 자유를 위해선 사형쯤이야 감수해야겠죠."

"이제야 알아듣는군, 매리!"

라이언은 녹음기를 끄고 의자 등받이에 깊숙이 앉아 상념에 젖은 채 미간을 찡그렸다.

"저 폰테인 녀석은 정말 확실하게 대응해야 해. 이젠 사업뿐만 아니라 다른 것까지 장악하려 하더군. 내 개인적인 삶마저 무참하게 짓밟으려 하고 있어. 재스민 말일세! 그 여자는 내 유일한 안식처라네, 빌. 우린 둘 다 사내들이니 자네도 이해하겠지? 그런데 재스민이 내가 사준 아파트에서 다른 곳으로 이사를 했더군. 틀림없이 폰테인의 짓이야. 아파트에 도청장치를 해뒀을지도 모를 일이네."

빌은 가급적 무표정한 얼굴을 유지하려 애썼다. 속으로는 정말이지 라이언 회장이 과대망상증에 빠진 사람처럼 여겨졌다. 저건 다 혼자만의 상상이 아닌가.

"그놈은 여전히 밀수를 계속하고 있어. 이제 비밀리에 기독교인들의 집회까지 열린다고 해. 다 그 자식이 성경책을 들여온 탓이지. 랩처에서 외부로 편지도 발송된다고 들었어. 거기다가 램의 추종자들에게 무기까지 팔고! 나는 폰테인과 어느 정도 합의를 봤다고 생각했는데…… 깡그리 무시하고 극단으로 치닫고 있어. 내가 수산업에 주식을 투자하고 있을 동안, 그놈은 유전자와 뉴클레오티드[1] 배열 연구를 사업화해서 시장을 독식했지. 폰테인은 너무 강해진 거야. 그게 놈을 위험인물로 만들어버린 거라고. 우리 모두의 안전을 위협하고 있어. 위대한 사슬은 내게서 점점 멀어져만 가, 빌. 이제 나도 한번 강하게 끌어당길 때가 되지 않았나."

"네, 맞습니다."

체념한 듯 빌이 맞장구를 쳤다.

"아무튼 폰테인 회사를 압수 수색하는 날은 언제입니까, 회장님?"

"아, 이틀 후야. 일이 순조롭게 돌아간다면 12일이 될 걸세. 설리번과 내가 부대의 조편성은 다 짜놓았으니까 염려할 것 없네. 모두 중무장한 인원들이지. 단, 부대원들에게 목적지는 말해주지 않았다네. 거기에 당도하기 직전까지 알리지 않을 생각이야."

"저도 도울 일이 없겠습니까, 회장님? 작전은 뭡니까?"

"그 일에 대해선 오직 몇 사람에게만 지령을 내리고 있어. 아, 상처받은 건가, 빌? 그럴 필요 없네, 자네가 못 미더워서가 아니니까. 재스민의 아파트까지 도청장치를 해

---

[1] DNA의 기본 단위.

됐는데, 언제 누가 다음 표적이 될지 모르는 일 아니겠나? 자네가 나나 설리번과 얘기 하는 것을 엿들을지도 몰라. 그래서 극비로 할 거야. 전말을 아는 사람이 적을수록 성 공할 가능성도 높아질 테니까. 이 건만은 아주 은밀하게 진행해야 해. 우리가 오는 것 을 미리 알고 대비책을 세워두는 일이 없도록."

폰테인 미래회사, 제25호 실험실
1958년

"이 아이의 성장속도는 정말 놀라워요."

거품이 들끓는 투명한 인큐베이터에 누워 있는 갓난아기를 쳐다보며 브리짓 테넨바움이 말했다.

"그래."

수종 박사가 중얼거렸다. 그는 손에 든 클립보드에 생화학 추출물 결과를 바삐 써 내려 가고 있었다.

"폰테인 씨가 아주 기뻐하실 거야. 이건 인류를 위해서도 대단한 의미가 있어. 아이들은 정말…… 혐오스럽기 짝이 없는 생물이잖아. 이 아이는 이제 곧 '아이' 시절을 벗어날 거야."

둘은 누런 전구가 켜 있는 비좁은 실험실에 서 있었다. 문은 이중 잠금장치가 되어 있고, 케케묵은 방 안의 공기는 화학약품과 호르몬제로 무거웠다. 전기가 방전된 듯한 타는 냄새도 났다.

테넨바움과 수종 박사 사이에 있는 시험대 위에서, 벌거벗은 작은 소년이 마름모꼴 모양의 인큐베이터에 누워 있었다. 소년의 잠든 얼굴만 용액 위로 떠올랐다.

꼬마 '잭'은 실제 나이보다 훨씬 더 성장한 모습이다. 계획대로였다. 가속 성장이란 프로그램은 정말 놀라웠다. 수종 박사의 말이 맞는지도 모른다. 언젠가 이 발견으로 후대의 사람들은 성장과정에서 유년기 자체를 아예 건너뛰게 될지도 모를 일이다. 이 기발한 가속 프로그램으로 성장해서 정신 조작 단계를 거치면 된다. 지금 이 아이에게 하고 있는 것처럼. 불빛이 깜박거리고 녹음된 음성이 뇌를 파고들고, 전극이 불똥을 일으키는 것으로 기본적인 교육과정은 끝났다. 걸을 수 있다든지, 가상의 부모와의 추억이라든지, 정상적인 방식이라면 십수 년이 걸렸을 그런 것들이 단기간에 완성되는 것이다. 이 아이는 '타불라 라사'[1]다. 저항 없는 아이의 뇌 안에 어떠한 것이라도 각인시킬 수 있다. 폰테인이 제안한 것처럼. 폰테인은 잭을 '궁극의 사기극'이라 빗대어 말하곤 했다. 앤드류 라이언이라는 철벽같은 요새로 잠입할 수 있는 비상구인 셈이다. 잭은 어차피 재스민 졸린의 자궁에서 꺼내온 좁쌀만 한 태아였으니까. 접합자 상태에서 겨우 12일이 지났을 뿐이다.

"W-Y-K 정신 조작을 끝내야 해."

클립보드를 시험대 위에 내려놓으며 수종 박사가 중얼거렸다.

"이 아이를 빨리 잠수정에 옮겨서 지상으로 보내야 한다고. 폰테인 씨가 배 한 척을 벌써 대기해놓았어."

테넨바움은 미간을 찡그렸다.

"W-Y-K가 뭔데요?"

수종은 미심쩍다는 표정으로 테넨바움을 흘겨보았다.

"날 시험하는 거야? 내가 정신 조작에 관한 한 일언반구도 내뱉지 못한다는 걸 잘 알면서!"

"아, 그랬죠. 잊어버렸네요. 전 그냥 호기심이 일어서 물어본 말이에요, 수종 박사님."

"흐음, 여자들의 호기심이란, 그게 문제라고."

수종은 계기판 앞에 서서 인큐베이터에 흐르는 호르몬 수치를 조절했다. 아이가 반응을 보이며 다리를 뻗었다.

대관절 저 아이에게 무슨 짓을 하려는 거지?

당혹해하며 테넨바움은 자신에게 자문했다. 왜 이런 생각으로 괴로워하지?

그러나 그 생각들은 점점 더 그녀를 괴롭혔다. 어린 소녀들에게 실험한 것, 이 아

---

1) '아무것도 씌어 있지 않은 흰 종이'라는 뜻으로 경험 이전의 상태를 뜻한다.

이에게 실험한 것. 이런 생각들이 테넨바움의 내면에 굳게 잠겨 있던 기억들을 되살리고 있다. 자신의 유년시절, 자신의 부모님, 따스한 얼굴들 그리고 사랑받은 순간들…….

그간 실험을 하느라 아이들과 가까이 지낸 것이, 자신 안에 잠들어 있는 어린아이를 불러내는지도 모른다. 자유로워지고 싶은 한 아이를 말이다.

우리 모두를 풀어줘. 내면의 아이가 속삭였다.

테넨바움은 머리를 흔들었다. 안 돼. 실험대상을 향한 연민이라니, 과학자라면 절대로 출입을 삼가야 할 지옥이 아닌가.

하지만 이곳은 이미 지옥이나 다름없었다.

넵튠의 은혜

1958년

"젠장, 대체 몇 명이나 모인 거야?"

중무장한 사내들이 넵튠의 은혜 입구 쪽으로 줄줄이 모여드는 것을 보고 빌이 걱정스러운 마음으로 중얼거렸다.

빌 역시 톰슨 기관총을 소지하고 있었다. 설리번은 오른손에는 권총을, 왼손엔 무전기를 들었다. 캐븐디쉬는 한 손에 샷건을 쥐었고 다른 손으론 랩처의 수색영장을 들고 있었다.

"불시 단속치고는 인원수가 너무 많지 않아, 부장?"

빌이 물었다.

"정말 이렇게 많은 인원이 필요한 거야?"

설리번이 퉁명스런 어조로 쏘아붙였다.

"맞아, 필요해. 폰테인 미래회사 앞엔 더 많은 숫자가 대기 중이라고."

"폰테인 미래회사라니? 지금 거기도 단속한다는 거야?"

"동시에 시행하라는 보스의 명령이야."

설리번이 고개를 설레설레 저으며 대답했다. 잔뜩 찌푸린 인상만큼이나 그도 이 작전이 영 석연치 않은 듯했다.

"뭐, 현실을 직시하자고. 여기 있는 놈들은 피에 굶주린 그런 흉악범들이 아냐. 랩처는 시인이나, 예술가, 테니스 선수…… 이런 사람들만 잔뜩 있는 곳이란 말이야, 폭력배와는 거리가 멀지. 하지만 폰테인은 달라. 랩처에서 힘깨나 쓴다는 놈들은 다 자기 밑으로 끌어들여서 구역을 장악하고 있단 말이야."

"그래서 그 폰테인이 지금 어디 있는 거냐고? 이 단속을 성사시키려면 그놈부터 잡아야 할 것 아냐?"

"그게 작전이지. 듣기로는 그놈이 지금 여기 있다는데, 수산 회사들이 있는 구획에 말이야. 부두 쪽에 있는지도 모르지. 거기에 놈의 공급선이 정박해 있으니까. 아무튼, 이건 평범한 단속이 아니야."

설리번은 낮은 목소리로 속삭이다가 캐븐디쉬가 문을 열자, 두 줄로 정렬해서 움직이는 단속반과 함께 부두 쪽으로 들어갔다.

"이건 공습이나 마찬가지야. 프랭크 폰테인과 놈의 떨거지들을 목표로 하는 군사 공격이라고."

"제대로 작전을 짜기는 한 거야, 부장? 지난번에 우리가 당했던 사건을 생각해보라고. 시간을 들여서라도 확실한 작전을 짜야 하는 것 아닌가?"

"작전은 괜찮아. 여기는 2소대로 나눠서 들어가고, 폰테인 미래회사는 4소대로 나눴기 때문에 지원은 충분해. 헌데 라이언 회장님이 모든 걸 극비로 하려고 하시니까 문제가 좀 복잡해졌지. 겨우 두 사람 정도에게만 설명을 해줄 수 있으니 말이야. 아니, 한 사람일지도 몰라. 암튼 열 명 이상이 되면 꼭 정보가 밖으로 새거든. 폰테인은 온갖 스플라이서들을 수하로 두고 있어. 이놈들이 정보를 캐오면 플라스미드를 공짜로 주지. 그래서 난……."

설리번은 말을 잇지 못하고 머리를 흔들었다.

"나도 잘 모르겠군."

설리번이 왼손에 들고 있던 작은 무전기에서 치직거리는 소음이 났다.

"위치 대기 중!"

무전기에서 목소리가 들렸다.

설리번이 응답했다.

"좋아. 우리가 '지금'이라고 하면 그때 이동한다, 알겠나?"

설리번은 주파수를 바꾸더니 다른 팀에게 명령했다.

"부장이다. 그쪽은 준비됐나?"

"폰테인 미래회사, 공습 준비 완료."

"아, 빌어먹을. 그 이름을 무전기에 대고 말하면 어쩌라고. 젠장, 신경 꺼. 서른까지 센 후에 개시해. 놈들을 치라고. 여기도 시작할 테니까."

설리번은 시계를 흘깃 쳐다보더니 머리를 한 번 까딱하고는 주위를 둘러본 후, 다른 이들에게 손짓했다. 전원이 움직이더니 세큐리스 문 앞까지 접근했다. 설리번은 캐븐디쉬에게 고개를 끄덕여 보였고, 캐븐디쉬가 문을 왈칵 열고 이 열로 서 있는 무장 대원들이 통과할 수 있도록 무거운 문을 잡아주었다. 그러고는 신호를 보냈다.

"지금!"

신호가 떨어지기 무섭게 대원들이 함성을 지르며 문을 통과했다. 흥분하여 고함을 질러대는 대원들에 이어, 설리번과 캐븐디쉬 수석 경관, 레드그레이브 경관, 그리고 빌이 무기를 뽑아들고 바짝 뒤를 쫓았다. 전원이 물 옆에 놓인 반도 모양의 목재다리를 건너 밧줄로 묶어놓은 작은 예인선을 향해 질주했다.

그 순간 사방에 스플라이서들이 나타났다.

일부는 천장에서 거미처럼 흘러내려 왔다. 거미 스플라이서들이 생선 칼을 휘두르며 내려오자 순식간에 대원 다섯 명이 목에서 시뻘건 피를 뿜어내며 바닥에 고꾸라졌다. 머리가 잘려나간 몸뚱이가 제 발밑에 떨어진 머리에 걸려 뒤뚱거리며 넘어졌다. 빌은 바닥에 뒹굴며 아직 일그러진 얼굴로 부르르 떨고 있는 머리를 밟지 않으려고 온 신경을 집중했다. 스플라이서 한 명이 방금 사살된 대원에게서 몸을 틀어 빌을 향해 달려들었으나, 빌은 기관총을 들어 짧은 연사로 응수했고 스플라이서는 머리의 일부가 터져 나갔다.

옆에서 같이 달리던 누군가가 갑자기 뜀박질을 멈추었다. 전신이 얼음으로 뒤덮여 동상처럼 우뚝 서 있었다. 그때 포물선을 그리며 날아오른 수류탄이 그 대원을 얼린 스플라이서의 몸뚱이를 산산조각 내버렸다. 그러나 더 많은 스플라이서들이 몰려오고 있었다.

마치 성서의 악마들이 책 속에서 뛰쳐나온 것 같았다.

"이히히! 히이이-!"

천장 어디에선가 스플라이서가 짖어댔다.

"진 오트리[1]가 너희들을 구해주러 납신다!"

기관총들이 한꺼번에 연사를 해댔고 거미 스플라이서 한 마리가 천장에서 비명을 지르며 떨어졌다. 그림자 때문에 잘 보이지 않는 부두의 한쪽 귀퉁이에서 사람 형체 하나가 허리까지 물에 잠긴 채 일어섰고, 곧 커다란 화염구가 빌을 향해 날아왔다. 유성이 떨어지듯 놀라운 속도로 날아오는 불덩이의 열기를 느끼며 빌은 가까스로 피했다. 불덩이는 그의 뒤에 서 있던 대원의 얼굴에 박혔고, 순식간에 얼굴이 녹아내리면서 대원의 비명 소리도 거품이 되어 사라졌다. 또 한 번의 화염구가 시커먼 연기를 내뿜으며 빌을 향해 날아오자, 그는 부두에 있는 그 형체를 향해 기관총을 발사했다. 그 거미 스플라이서가 휘청거리며 뒤로 넘어지는 것을 보았다. 벽에 피를 쏟으며 나동그라지는 순간, 손에서 내뿜은 화염구가 갑자기 방향을 잃고 허공에 소용돌이치며 맴돌다가 다시금 아래로 떨어져 물에 닿아 꺼져버렸다.

털썩 쓰러지는 소리, 우레 같은 샷건의 총성, 기관총이 진동하는 소리, 권총의 날카로운 총성…… 부두는 초연으로 가득했고 지옥 같은 광경을 연출했다. 검푸른 연기가 사방에 자욱했고, 천장에서, 첨탑 뒤에서, 부두 밑에서 빗발치는 폭탄이 터지며 라이언의 대원들은 형체를 알 수 없이 산산조각 났다. 스플라이서들이 알 수 없는 괴성을 지르며 조롱했다.

아직 많은 수가 남아 있었다. 스플라이서들은 미리 진을 치고 기다리고 있었던 것이다. 라이언의 부대는 끝장났다. 의심의 여지가 없었다.

---

[1] '노래하는 카우보이'로 잘 알려진 미국의 배우이자 가수.

빌의 앞에 있던 대원의 몸이 뻣뻣해지면서 보이지 않는 실타래에 묶인 고무 인형처럼 꿈틀거렸다. 이내 전기파를 날리는 플라스미드에 의해 참혹하게 감전되었다. 대원의 몸뚱이가 휘청거리며 쓰러지자, 빌은 대원의 뒤에 모습을 드러낸 스플라이서를 겨냥해 연사했다. 검은 머리에 검은 눈동자를 한, 짧은 바지를 입은 여자였다. 잽싸게 첨탑 뒤에 몸을 숨기고 빌을 향해 전기파를 날리려고 손을 치켜들었다. 그러나 빌의 기관총이 먼저 그녀의 가슴과 얼굴에 구멍을 뚫었고, 여자는 뒤로 넘어져 물을 진홍빛으로 물들이면서 수면 아래로 가라앉았다. 물은 이미 수많은 사상자들로 시뻘건 핏물이 되어 있었다. 인간과 스플라이서의 피로.

세상에, 빌은 넋이 빠졌다. 라이언 회장은 이제 여자까지 죽이게 했다. 신의 이름을 부르고 용서를 구하고 싶었다. 일레인은 지금의 나를 어떻게 생각할 것인가.

하지만 그 순간, 여자 거미 스플라이서가 천장에서 권총을 쏘아댔고, 총알이 그의 늑골을 스치자 빌은 주저 없이 응사했다. 그래야만 했다. 여자는 어느새 시야에서 사라졌다.

부두의 끝자락에 밧줄로 묶여 있던 작은 배의 갑판 위에서, 숱이 듬성듬성 돋아난 머리에 광기 서린 눈매를 한 여자가 유모차를 한 손으로 밀고 있는 모습이 보였다. 유모차에 손을 뻗는가 싶더니, 수류탄 같은 것을 집어 들어 공중에 던졌다. 캐븐디쉬가 그 여자에게 달려들었다.

폭탄은 허공에 우뚝 멈추더니, 염력의 힘으로 방향이 꺾이면서 빌에게로 떨어지기 시작했다. 빌은 생선 냄새가 진동하는 나무 궤짝들 뒤로 엎드렸다. 폭탄이 폭발하자 궤짝이 대부분의 반동을 흡수했고, 부서진 조각들이 비수처럼 공중에 튀어 오르자 누군가 뒤에서 비명을 질렀다.

빌은 다시 몸을 일으켜 눈을 훔치면서 매운 연기 속을 둘러보았다. 캐븐디쉬의 2연발 샷건의 탄환을 정면으로 맞은 여자의 머리가 울긋불긋한 덩어리로 흩어지는 장면을 보았다. 머리를 잃은 여자의 몸뚱이가 축 늘어졌다.

그러나 곧 다른 사람이 그 예인선의 작은 선실에서 모습을 드러냈다. 프랭크 폰테인이었다.

정신이 나간 듯한 눈매와 일그러진 얼굴을 한 채, 폰테인은 권총을 쥐고 마구 쏘아대고 있었다. 지금 누구 흉내를 내는 건가? 존 웨인? 폰테인은 저런 스타일이 아닐 텐데.

"죽는 한이 있더라도 네놈들을 모조리 쓰러뜨리겠어!"

폰테인이 소리를 질렀다.

"피 한 방울 흘리지 않고 프랭크 폰테인을 쓰러뜨릴 수는 없다!"

그 모습은 왠지 기묘하게 연극적인 분위기였다.

폰테인은 외투 안에 손을 넣어 또 하나의 권총을 꺼냈다. 이제 이빨을 드러내고 눈에서 광기를 빛내며 양손으로 난사를 하고 있었다. 폰테인의 총에 목을 맞은 대원 한 명이 고꾸라졌다.

살육의 흥분으로 스플라이서 하나가 킬킬거렸다.

"바로 그거야, 예쁘게 터뜨려줘, 프랭크!"

빌이 폰테인에게 일발을 날렸으나 빗나갔다.

초연으로 뭉게뭉게 연기구름이 낀 곳에서 대원 한 명이 쏜살같이 뛰어나와 폰테인을 향해 소리를 지르며 달려들었다. 폰테인은 선루 뒤로 내빼며 대원의 뒤로 파고들어 뒤통수에 총알을 박았다. 그런 후 폰테인은 들고 있던 권총 하나를 내팽개치고, 쓰러진 대원의 기관총을 낚아챘다. 휙 몸을 틀더니 양손으로 총을 쏘아대기 시작했다. 이제 왼손에는 권총이, 오른손에는 기관총이 들려 있었다.

캐븐디쉬가 슬그머니 물에 들어가, 머리를 숙인 채 물결을 헤치며 배를 향해 나아갔다. 빌은 배의 뒤편에서부터 접근해가는 캐븐디쉬를 위해 총을 쏴서 폰테인의 주의를 끌었다. 폰테인이 빌 쪽으로 방아쇠를 당겨서 빌은 황급히 납작하게 엎드려야 했다. 총알들이 머리 바로 위를 날아갔다.

"프랭크 폰테인이 쓰러지면, 네놈들도 같이 황천길로 가는 거다!"

폰테인이 소리를 지른다.

캐븐디쉬가 예인선의 선루 뒤에 올랐다. 눈 깜짝할 사이에 폰테인의 배에 샷건을 꽂고 늑대처럼 웃으며 방아쇠를 당겼다. 폰테인의 몸이 튕겨 나가 물에 떨어졌다. 샷건이 그의 몸뚱이를 거의 두 동강으로 갈라놓았다.

캐븐디쉬는 아군 쪽을 돌아보며 샷건을 머리 위로 흔들면서 승리의 함성을 질렀다.

"내가 해냈어! 내가 프랭크 폰테인을 죽였다!"

곧 그는 날아드는 폭탄을 피해 조타실 뒤로 몸을 내빼야 했다. 빌은 폭파와 연기 때문에 캐븐디쉬를 놓쳤다. 칼 하나가 맹렬한 기세로 날아오자 황급히 몸을 틀어 그 칼잡이 스플라이서에게 기관총 세례를 퍼부었다. 놈은 엎드려 빌의 응사를 피했다.

설리번은 부두 아래쪽에서 납빛 머리칼을 한 총잡이의 공격을 받고 있었다. 권총을 든 그 스플라이서는 작업복 차림을 한 맨발의 사내로, 설리번의 응사를 초인적인 민첩함으로 피하고 있었다. 너무 빨랐기에 설리번은 가슴쇠조차 조준하지 못했다. 공중으로 뛰어오르면서 납빛 머리칼의 사내가 사격을 하자, 설리번은 미처 피하질 못해 왼쪽 어깨에 탄환을 맞고 그 반동으로 비틀거렸다.

빌은 이미 그 스플라이서를 조준하고 있었고, 마지막 남은 몇 발을 놈의 머리에 쏟아부었다. 스플라이서의 머리가 산산이 부서지며, 첨탑 끝에 매달려 있던 그의 몸뚱이가 짙은 초연을 뚫고 물속으로 곤두박질쳤다.

설리번은 고통으로 신음하면서도 빌 쪽으로 돌아서서 고마움을 표시했다.

"빌어먹을…… 모두 후퇴해! 기습이라고!"

캐븐디쉬가 연기를 뚫고 기침을 해대면서 외쳤다.

"설리번 부장님, 내가 폰테인을 잡았다고요!"

"모두 퇴각하라고, 젠장, 스플라이서 수가 너무 많아!"

뾰족하게 돋은 짧은 나무 창 하나가 휙 날아들었다. 설리번은 재빨리 몸을 돌려 창을 날린 스플라이서를 향해 총을 쏘았다. 빌은 두 구의 시체를 뛰어넘어 설리번의 옆으로 가, 기관총의 개머리판으로 설리번의 얼굴을 향해 칼을 휘두르며 달려드는 스플라이서를 내리쳤다. 설리번은 돌아서서 부두 입구를 향해 뛰어갔다. 휙 스쳐가는 화염구를 피하며 빌도 설리번을 뒤쫓았다.

축 늘어진 뱃가죽을 한 거미 스플라이서가 벽을 타고 문께로 내려왔다. 피로 얼룩진 속옷을 걸치고, 얼굴은 아담 중독으로 퉁퉁 부어오른 채 네 발로 벌레처럼 기었다. 출구를 향해 달려가는 빌과 설리번의 귓전에 개처럼 짖어대는 그의 괴성이 울렸고, 간간이 뒤섞인 사람의 말이 들렸다.

"엄마, 아빠, 아가! 엄마, 아빠, 아가! 온 가족이 여기 모였네! 내 귀에는 피가 맺혔다!"

설리번이 총을 발사했으나 빗나가버렸다. 그 거미 스플라이서가 둘을 향해 권총을 쏘려는 찰나, 레드그레이브가 시야에 들어왔다. 첨탑 뒤에서 레드그레이브가 샷건을 난사하자, 스플라이서의 무거운 몸뚱이가 피투성이가 되어 벽에서 굴러 떨어졌다. 근처의 첨탑에 부딪쳐 다시금 허공으로 튕겨 나가더니 끝내 물속으로 가라앉았다.

비틀거리기 시작한 설리번이 문을 열고 복도로 일행을 인도했다. 마침내 문을 통과하자 설리번, 빌, 레드그레이브 경관만이 남았다. 캐븐디쉬가 몇 명의 대원들과 함께 뒤따랐는데, 그중 한 명은 스플라이서가 던진 화염구에 맞아 옷이 불에 타들어 가고 있었다. 또 한 명은 한쪽 눈을 잃은 상태였다. 전기파에 맞았는지 눈두덩에서 자글자글 연기가 피어오르고 있었다. 두 명의 대원은 총상으로 절뚝거렸다.

빌은 여전히 징그러운 미소를 짓고 있는 캐븐디쉬에게 인정한다는 의미로 고개를 끄덕여주었다. 곧 캐븐디쉬와 레드그레이브는 열린 문간을 지키고 서서 나머지 일행이 퇴각하는 동안 출구 쪽으로 몰려드는 스플라이서들을 향해 사격을 가했다. 총알이 튕기고 전기충격파가 금속재의 문틀에 치직거리며 자국을 냈다. 빌은 바닥에 주저앉은 대원에게서 권총을 낚아채, 천장을 타고 별안간 눈앞까지 내려온 거미 스플라이서의 거꾸로 매달린 얼굴을 정면으로 응사했다. 스플라이서는 죽어가는 박쥐처럼 바닥에 고꾸라졌다.

"계속 움직여!"

설리번이 고함을 질렀다.

"뒤로, 뒤로!"

복도의 후방에서부터 설리번의 특수무기 지원부대가 모습을 드러냈다. 사전에 계획했던 2차 지원이었다. 설리번과 빌 사이를 통과하며 쫓아오는 스플라이서들을 향해 사격을 퍼부었다. 이 아홉 명의 대원은 약품 살포기, 결빙기, 화염방사기 등을 소지

했는데 산성으로 부식시키거나 엔트로피를 결빙시키거나, 또는 스플라이서들을 불태우거나 하는 다소 지저분한 방식의 무기들이었다.

설리번이 지원부대를 끝까지 소환하지 않은 것은 정교함이 떨어지는 신무기들로 인해 자칫 아군의 부상만 증가할까봐 두려웠기 때문이었다. 그렇지만 빌은 지금 이 지원군이 반갑기만 했다. 사실 라이언의 신무기들은 스플라이서들에겐 파괴적인 위력을 발휘했다. 머리가 팝콘처럼 불거져 터지고, 머리통이 온통 산으로 뒤덮여 얼굴이 녹아 흐르고 두개골만 남은 스플라이서들이 곳곳에 나뒹굴었다.

그 광경에 속이 뒤틀리면서도 빌은 설리번의 성한 팔을 잡아 그를 복도까지 부축했고, 레드그레이브에게 엄호를 당부했다. 설리번은 어깨의 상처로 출혈이 심했기에 당장 의료진에게 데려가야 했다.

설리번이 흘린 피 때문에 발이 미끄러웠다. 등 뒤로는 대원들이 비명을 지르며 데려가 달라고 애원했다. 총성이 이어지고 불길이 포효했다. 앞으로, 앞으로만 그들은 걸었다. 그리고 마침내 메트로에 당도했다. 둘은 무사히 그 아수라장을 빠져나온 것이다.

그러나 이동하는 내내 설리번은 고통으로 신음했다. 빌은 생각했다. 어딘가로 탈출한다는 것은 있을 수 없는 일인지도 모른다. 랩처에 발이 묶인 한.

17

폰테인 미래회사
1958년

"결국 그 '리틀 시스터 고아원'에 관한 보고서는……."

말을 멈춘 설리번은 고개를 설레설레 저었다.

"다 사실이었습니다."

그들은 '육아실' 밖에 서서 문에 달린 작은 창으로 안을 들여다보았다. 맨발에 검은 머리를 한 여자아이가 다 해진 옷을 입고 침대에 웅크린 채 누워, 엄지를 빨며 구석을 뚫어져라 쳐다보고 있었다.

라이언이 긴 한숨을 찬찬히 내쉰다.

"바다 민달팽이가 저 아이 몸 안에 있다는 거지? 그렇게 아담이 생긴다는 건가?"

"그렇습니다. 달팽이들이 산출하기까지는 너무 긴 시간이 걸린답니다. 그래서 여자아이들을 이용해 생산율을 올리는 거라고 하더군요."

혐오스럽다는 투로 설리번이 답했다.

"그렇군. 수종 박사한테서 확인한 건가?"

"예, 회장님. 직접 확인해보시죠, 복도 끝에 감금해놨으니……."

설리번이 싸늘한 미소를 흘렸다.

"벌 받은 거죠. 놈들이 아이들을 가둬놨던 그 방에 테넨바움과 같이 묶어놨습니다."

"얘기 좀 해봐야겠군."

라이언이 돌아서며 말했다.

"회장님?"

미간을 찡그린 채 라이언이 설리번을 올려다보았다.

"왜?"

"여기 갇힌 애들은 어떡하죠? 풀어줘야 하지 않겠습니까?"

"그 애들은 진짜 고아라면서?"

"그렇긴 합니다. 이래저래 고아가 된 건 맞지요."

"고아들은 어딘가 묵을 곳이 필요해. 우리가 이 아담을 효율적으로 생산하는 방법을 찾게 되면, 그땐 입양절차를 거치면 되겠지. 그때까지는……."

라이언은 어깨를 으쓱했다.

"여기서 머무는 게 좋겠군."

설리번의 얼굴에 실망한 기색이 여지없이 드러났다.

"그럼 나더러 어쩌라는 건가, 설리번? 이 애들도 다 쓸모가 있을 거야. 시간이 좀 지나면…… 뭐, 알게 되겠지. 이제 감찰을 계속해도 될까, 부장?"

"그러시죠."

설리번은 눈을 피했다. 목이 잔뜩 잠겼다.

"이쪽으로 가시죠, 회장님. 복도 끝으로…….."

두 개의 문을 지나서, 설리번은 앞서 봤던 것과 거의 똑같은 방문의 자물쇠를 풀었다. 설리번이 문을 열자, 육아실 한구석에 놓인 변기에서 흘러나오는 고약한 냄새에 라이언은 뒤로 물러서고 말았다. 바닥 곳곳에 장난감이 흩어져 있고, 굴러다니는 놋그릇엔 반쯤 먹다만 음식이 보였다.

브리짓 테넨바움은 구석의 간이침대 위에 몸을 웅크리고 앉아 있었다. 앞의 방에서 본 그 소녀와 다를 바 없었다. 누더기 대신 단추가 채워진 실험실 가운을 입고 있을 뿐. 손마디를 씹어대는 얼굴의 표정마저 아이와 똑같았다.

수종은 문에 등을 진 채, 벽에다 한국어로 보이는 문자를 크레용으로 써내려가고 있었다. 벌써 몇 평쯤의 공간을 그 신기한 문자로 빼곡히 채웠다.

"수종!"

라이언이 고함을 질렀다.

이수종 박사는 라이언 쪽을 돌아보았다. 안경 알 하나가 깨졌는지 휑하게 비어 있었다. 그쪽 안면엔 시퍼런 멍이 번졌고, 입술은 터져 있었다.

"우리가 여기로 들어왔을 때 수종 박사가 내빼려고 했죠."

설리번이 무뚝뚝한 어조로 설명했다.

"제가 곤봉으로 한 대 때렸습니다."

수종이 꾸벅 인사를 했다.

"수종은 벽에 낙서해서 정말 죄송합니다. 연구 보고서입니다. 쓸 종이가 없어서 말이죠."

"무슨 보고서인가?"

변기에서 나는 악취에 눈살을 찌푸리며 라이언이 물었다.

"스플라이서들에게서 수확할 수 있는 아담의 산출량입니다."

수종이 답했다.

"추출이 가능한 공식의 하나입니다."

"그렇군. 자네 둘을 이 방에서 풀어줄까?"

테넨바움이 갑자기 등을 빳빳하게 세우고 자세를 고쳐 앉았다. 여전히 손마디를 깨물고 있었지만 라이언을 면밀히 관찰하는 듯했고 수종은 허리를 굽혀 재차 머리를 숙일 따름이었다.

라이언이 말을 이었다.

"내게만 충성하겠다는 맹세가 필요할 것 같은데. 그리고 그 맹세를 깨는 순간 사형에 처해진다는 약정에 합의하게. 지금은 극단적인 시대야. 강경책이 필요하지."

테넨바움이 가까스로 울먹이듯 물었다.

"그…… 리틀 시스터들은요?"

수종이 인상을 쓰며 경계하는 눈초리를 보냈지만 라이언은 어깨를 으쓱할 뿐이다.

"그 아이들은 여기 그대로 있을 거야. 우린 일단 제품 생산이 시급한 문제니까. 시간이 지나면 다른 방법을 찾아야겠지. 하지만 지금은 당신네들과 폰테인이 남긴 거라고는 이것밖에 없잖나. 어차피 애들은 갈 데도 없으니."

설리번이 들릴 듯 말 듯 입 밖으로 뭔가 웅얼거렸다. 라이언이 그를 쳐다보았다.

"뭔가 할 말이 있나, 부장?"

"아, 아닙니다. 회장님."

"좋아. 이곳에 감시를 붙여. 하지만 이 두 사람은 이전에 묵었던 처소로 옮겨도 좋아. 좀 씻기고. 그리고 저 수종 박사는 안경 하나 새로 맞춰주게."

포트 프롤릭, 포세이돈 플라자

1958년

포세이돈 플라자를 벗어난 다이안 맥클린톡은 아무런 전율도 느낄 수 없었다. 아니, 어떤 감흥조차 없었다. '서프라이즈 인생 역전 게임'에서 그렇게 많은 돈을 땄는데도.

담배를 찾아 핸드백을 열고 손을 찔러보았지만, 랩처 달러를 얼마나 많이 쑤셔 넣었던지 좀처럼 손에 닿지 않았다. 거는 돈도 비싼 그 슬롯머신에서 횡재를 하다니 운수대통이었다. 하지만 아무런 의미도 없었다. 대신 모멸감만 느꼈다. 정작 가보고 싶은 뉴욕의 파크 애비뉴에서 돈을 뿌려볼 수도 있지 않나.

담배에 불을 붙이고 카지노 앞을 서성였다. 집으로 돌아가기가 망설여졌다. 휙휙 돌아가는 슬롯 소리와 이 게임에서 저 게임으로 쉴 새 없이 자리를 바꾸는 도박꾼들 덕분에 차라리 아무도 없는 것보단 나았다. 물론 앤드류 라이언의 친구들과 시간을 보낼 수도 있겠지만 그치들과 같이 있으면 더욱 견디기 힘들었다. 그런 일이 있은 후엔……

"아가씨?"

돌아보니 푸른 벨벳 모자에 푸른 옷을 입은 여자였다. 쥐색의 헝클어진 머리에 커다란 검은 눈을 했고 초라한 자신의 핸드백을 손으로 꽉 움켜쥐고 있었다.

"아가씨, 제 이름은 마지라고 하는데요, 그냥 좀 물어볼 게 있어서…… 우리한테 기부 좀 해주실래요?"

"'우리'가 누군데요?"

조잡하게 장식된 천장을 향해 담배 연기를 뿜어내며 다이안이 되물었다.

"여기 혼자 온 것 같은데…… 돈이 필요한 건 집에 있는 애들 때문인가요?"

"아뇨, 전…… 아니에요. 아틀라스 측근의 사람들이랑 같이 있어요."

"아틀라스! 그 사람 이름은 들어봤어요. 근데 난 로빈 후드란 이름도 들어봤거든요. 그 사람도 안 믿는 편이라서."

"아, 아틀라스는 진짜 있어요, 아가씨."

"그래요? 어떻게 생겼는데요? 좋은 사람인가요?"

"아, 그럼요. 전 그 사람을 믿어요. 박사님보다 더……."

황급히 말을 끊고 여자는 주변을 두리번거렸다.

다이안이 미소를 띠며 물었다.

"램 박사보다 더 믿는다고요? 그 이름을 들먹인 거라면 중간에 말을 흐린 것도 이해가 가네요, 마지. 급진파에서 급진파로 마구 건너뛰시네요. 사다리라도 타시나봐요, 네?"

"아가씨가 그렇게 말하는 것도 이해해요. 박사님이 체포됐을 때 전 누군가 의지할 사람이…… 뭐, 다 소용 없어요. 중요한 건, 우리가 랩처의 빈민들을 도와줄 기금을 마련한다는 거죠. 아틀라스가 통조림 같은 것들을 사서 나눠주고……."

다이안이 코웃음을 쳤다.

"요즘엔 누구랄 것 없이 다들 랩처의 빈민 계층이 어쩌고저쩌고 그러네요. 무슨 말들이 그리 많은지. 다 과장된 것 같던데, 내가 듣기로는요."

마지는 고개를 저었다.

"나도 빈민이었어요! 난 진짜 억울한 일도 많이 당했고, 알잖아요, 살기 위해서."

"정말인가요? 그렇게 심각해요? 할 수 있는…… 다른 일이 전혀 없었나요?"

"없어요, 아가씨."

"앤드류는 분명 일거리가 많다고……."

다이안은 여자의 얼굴에 경악스런 표정이 어리는 것을 보고 말을 삼켰다.

"암튼, 기부금이라…… 그래요, 여기."

핸드백에서 돈뭉치를 꺼내 그녀의 손에 쥐어주었다.

"앤드류를 화나게 하는 사람이라면 잘 되길 바라는 마음이 드네요. 하지만 그거 내가 줬다고 절대 말하면 안 돼요."

"아, 고맙습니다!"

마지는 그녀의 핸드백에 서둘러 돈을 집어넣고는 전단지 한 장을 꺼내들었다.

"저기, 이거 읽어보세요. 그 사람이 누군지 여기 다 씌어 있어요."

그런 후 마지는 어둠 속을 바삐 걸어갔다.

다이안은 전단지 표제를 훑어보았다.

그렇다, 누군가는 관심이 있다! 랩처에서는 아무도 당신에게 관심조차 없다는 걸 아틀라스는 알고 있다! 아틀라스를 위하여 싸우자! 우리 노동자의 인권은 스스로 쟁취해야 한다.

다이안은 앤드류 라이언이 이 전단지를 보고 어떤 반응을 보일지 상상하며 흐뭇하게 웃었다. 곧 꾸깃꾸깃 전단지를 구기고선 휙 던져버렸다. 그러나 전단지의 문구만은 뇌리에서 떠나지 않았다.

그렇다, 누군가는 관심이 있다.

아폴로 광장

1958년

"라이언 회장님이 저 빌어먹을 교수대만큼은 제발 좀 치워주셨으면 좋겠네."

목이 매달린 시체들의 썩는 냄새에 얼굴을 찌푸리며 빌 맥도나가 중얼거렸다. 자줏빛으로 부풀어 오른 얼굴로, 네 구의 시신이 네 개의 밧줄에 매달린 채 천천히 회전하고 있었다. 전에 보지 못한 새로운 시체들이다. 정말이지, 침울하기 짝이 없는 광경이었다.

빌은 어서 설리번과의 약속을 끝내고 일레인과 소피가 기다리는 집으로 돌아가고 싶었다. 곳곳에 드리운 황폐함의 그림자가 발목을 붙드는 이 랩처에서는, 이제 길을 거닐 엄두조차 나지 않았다.

"내가 이해할 수 없는 건 말이지……."

쓰레기가 자욱한 아폴로 광장을 둘이서 나란히 걸어가며 롤런드 월러스도 한마디 거들었다.

"단속이 시작됐을 때 말이야, 폰테인은 어떻게 그곳에 스플라이서들을 집합시켜놓았을까? 그런 미친놈들을 한자리에 버젓이 모아둔다는 게 말이 돼? 안 그래?"

빌이 싱긋 웃으며 딱 잘라 말했다.

"이 친구야, 그 자식들이 아담을 위해서 뭔 짓인들 못하겠어."

월러스가 끙 하고 신음한다.

"일리가 있는 말이네. 그래, 폰테인이 아담으로 꼬드겼다 치자. 거기 모여서 접근하는 누구든 다 죽이고, 살아남은 스플라이서들은 더 많은 아담을 가져간다 이거지?"

"내 생각도 그래. 충분히 그러고도 남아. 어이, 저게 다 뭐지?"

아르테미스 스위트 앞에 사람들이 엄청 모여 있었다. 계단 위에 한 남자가 꼿꼿이 서서 사람들을 향해 연설하고 있었다.

"그 '아틀라스'라는 놈 같은데."

목소리를 낮추며 월러스가 속삭였다.

"아, 그런가. 나도 그 전단지 봤어."

"해적 방송으로 사람들을 확 끌어모았지. 추종자들이 사방에 낙서를 남기고……."

호기심에 이끌린 빌과 월러스는 군중의 뒤편에 끼어들어 아틀라스의 연설을 경청하기 시작했다.

적어도 일흔다섯 명은 너끈히 넘는 숫자가 아틀라스를 둘러싸고 있었다. 대부분 표면상으로는 아직 인간처럼 보인다. 아니면 아직은 아담에 중독되지 않았다던가. 아틀라스는 평범한 정비공 작업바지 차림이었고 군중의 한 사람이라고 해도 진배없는 모습이었다. 어딘지 귀에 익은 목소리…… 하지만 자세히 살펴본 결과, 아는 사람은 아니라고 빌은 단정 지었다. 본 적이 있다면 저런 녀석을 잊을 리가 없지. 영화배우같이 잘생긴 얼굴에, 숱 많은 암갈색 머리, 오목하게 갈라진 턱.

"자, 내 고향 더블린에서는 이런 속담이 있어."

아일랜드 사투리처럼 들리는 말투로 아틀라스의 연설이 쩡쩡 울렸다.

"너는 고양이가 잡아먹고, 고양이는 악마가 잡아먹지! 이곳에서 우리에게 일어나는 일이 꼭 그 꼴 아닌가? 아무렴, 동지들! 우린 산 채로 두 번이나 잡아먹혔어! 처음엔 랩처가, 그다음엔 라이언이 우릴 잡아먹었지! 살아갈 건더기라도 있어야 하는 것 아닌가. 헌데 우리 노동자들에겐 아무런 만족도 기쁨도 없다고. 왜냐하면 그건 올림포스 하이츠의 부자 양반들과 그놈들이 장악하는 정권에게만 주어지는 권리거든! 랩처로 와서 새로운 삶을 살아보시오, 라고 그랬었지! 헌데 그건 바로 고양이가 쥐를 꼬드기는 유혹의 소리이고 악마가 고양이를 통해 꼬드긴 결과야!"

군중은 고개를 끄덕이고 감탄사를 연발했다.

"옳소!"

아폴로 광장 전체가 쩡쩡 울릴 정도로 그는 목소리를 드높였다.

"우리에게 거짓말을 하고, 또 거짓말을 했어! 자유경쟁 체제라는 말로 어깨를 다독여주면서 말이지. 그러다 어떻게 됐지? 라이언이 폰테인 미래회사를 독식해버렸지! 놈들은 무력으로 탄압하고 약탈해갔어! 통행을 금지시키고 출입을 봉쇄하더니 이제는 랩처 전역을 경찰국가로 만들어버렸어!"

포효 같은 함성이 터져 나왔다. 라이언의 위선을 모두가 묵인한 것은 아니었다.

"우린 여기로 유인된 거다!"

아틀라스가 점점 더 소리를 높였다.

"퀸즈나 더블린, 상하이와 런던의 빈민굴에서, 이젠 혹한의 심해에 위치한 더 비참한 빈민굴로! 계급 상승이라고 했나, 응? 네 명이 살던 방에서 스무 명이 사는 방으로 옮기는 게 계급 상승인가? 그건 도둑질이야, 우리 미래를 도둑질한 거라고, 동지들! 우리의 희망을 앗아갔어! 하지만 살 길은 있다. 진정한 희망을 구할 길! 바로 부(富)

를 나눠가지는 제도! 그 위선자 놈들이 우리 노동자들보다 백배, 이백 배나 많은 돈을 벌 수 있게 이대로 놔둬야 하나? 다 우리가 등골이 휘어지도록 일한 걸 착취한 돈이잖아! 우리가 삭신이 무너지도록 일할 때, 놈들은 펜트하우스에서 샴페인을 마시고 시가를 피워대지. 심지어 우린 꿈도 꾸지 못하는 수입품으로! 랩처의 모든 가정은 최소한의 기본수당을 받을 권리가 있어. 한 가구 당 최소한 일이 천의 랩처 달러를 지급해야 한다고!"

우레 같은 환호가 터져 나왔다. 한마디, 한마디 할 때마다 아틀라스의 목소리는 점점 커져갔다.

"왜 랩처의 부를 탐욕스런 일부만이 모조리 독식해야 하지? 그거나 한번 답해보라고!"

곳곳에서 주먹을 불끈 쥔 손들이 위를 향했다. 모두가 공감하고 있었다. 누군가 그의 이름을 외쳤다.

"아틀라스, 아틀라스!"

이내 모든 군중이 따라 외치기 시작했다.

"아틀라스, 아틀라스, 아틀라스!"

되풀이해 외쳐대는 자신의 이름 때문에 아틀라스는 더한층 목소리를 높여야 했다.

"아담과 총기로 무장해서 싸워 이겨야만 한다면…… 우린 싸울 수밖에!"

"아틀라스, 아틀라스, 아틀라스, 아틀라스!"

"저 자식, 소피아 램한테서 배웠나."

빌이 롤런드 월러스에게 쑥덕거렸다.

"근데 확실히 자기 스타일은 있네. 노동자의 아버지 같은 그런 인상이야."

"설마…… 저놈은 휴이 P. 롱[1]이야!"

"뭐? 그 루이지애나 양반?"

"아니, 내 말은 놈이 휴이 P. 롱의 연설에서 선전 문구를 빌려왔다고. 바톤 루즈에선 그를 '킹 피시'라고 불렀지. 남부의 대중 선동가들에겐 왕이나 다름없는 정치가였어.

---

[1] 급진적인 개혁안으로 명성이 자자했던 루이지애나 출신의 미국 정치가.

킹 피시가 꼭 저렇게 연설하곤 했지. 아일랜드 억양은 없었지만. 아틀라스는 거기에 볼셰비키 사상을 좀 섞은 것 같아."

빌은 곰곰이 생각하며 머리를 흔들었다.

"저 아틀라스란 놈을 왜 전엔 못 봤을까. 여기 정착한 지도 몇 년 되는데 말이지. 이 축축한 어촌에서 내가 모르는 사람은 없다고 생각했는데."

갑자기 월러스가 팔꿈치로 그의 옆구리를 찔렀다.

"빌…… 저, 저기 좀 봐!"

빌이 위를 올려다보니 천장에 거꾸로 매달린 거미 스플라이서들이 세 갈래 방향으로 그와 월러스를 향해 꾸역꾸역 모여들고 있었다.

또한 광장 끝에는 그리비를 죽인 그 여자 염력 스플라이서가 자리하고 있었다. 여자는 아르테미스 스위트 입구의 벽에 붙어 빌을 주시하고 있었다.

"놈들이 점점 다가온다고, 빌."

"알아. 영웅심은 접어두고 우선 달아나자, 전속력으로. 어서, 이 친구야!"

둘은 서둘러 들어온 쪽으로 돌아섰다. 마침 둘 다 신분증을 소지하고 있어서 검문소는 쉽게 통과할 수 있다. 다만 건물들 사이의 투명 통로를 거쳐 다른 잠수정 항구가 있는 쪽으로 달려야 하는 아주 먼 길이었다. 하지만 그곳을 통해서만 이 구역을 떠날 수 있다. 그것 말고는 다른 방도가 없었다.

다행히도 스플라이서들은 아폴로 광장 너머까지 쫓아올 생각은 없는 것 같았다. 그것이 빌이 갖고 있던 의문을 충족시켜주었다. 놈들은 어떤 연유에서건 아틀라스의 뒤를 봐주고 있다. 그의 곁을 떠나지 않는 경호원들인 셈이다.

투명 통로로 들어와 돌고래 떼가 헤엄치는 곳을 다급하게 건너는 동안, 빌의 뇌리에 단어 하나가 스치고 지나갔다. 그건 아주 간단한 두 음절의 낱말이었다. 이 낯선 아틀라스와 앤드류 라이언의 필연적 대결을 가리키는 낱말. 바로 '전쟁'이다.

더 죽이고, 더 싸우고, 더 위험하기 짝이 없었다. 빌의 유일한 가족인 일레인과 소피에게는.

무엇이 되었든 이 사태를 중단시켜줄 요인이 있어야 했다. 이 위태로운 긴장을 완화시켜줄 무언가가…….

빌의 머릿속에 무시무시한 아이디어 하나가 떠올랐다. 머릿속에서 생각을 지우려 애를 썼지만 지워지지 않고 계속 머무르며 속삭였다.

라이언 공업 / 폰테인 미래회사
1958년

"정말 저 간판은 어떻게 해야겠군."

칼로스키와 함께 '폰테인 미래회사' 간판 아래를 지나면서 라이언이 불쑥 내뱉었다. "지금은 엄연한 '라이언 플라스미드'야."

이중문을 통과해 번들번들 윤이 나게 닦인 바닥을 가로질러, 지구를 머리 위로 번쩍 들어올린 아틀라스 석상을 지났다.

시계를 보았다. 삼십 분 지각이다. 곧 저녁이고 불빛도 어둑해질 것이다. 수종 박사가 보낸 전언은 다급해 보였다. 아담의 산출 작업이 난국에 처했다니…….

라이언은 한 손에 클립보드를 쥐고 바삐 움직이는 실험실의 일손들을 무시하고는 총총걸음으로 층계를 올라갔다. 칼로스키가 바짝 붙어 그의 뒤를 따랐다. 칼로스키는 마치 뒤통수에 눈이 있는 게 아닐까 싶을 만큼 기민했다. 만약 칼로스키가 플라스미드를 사용한다면, 정말 뒤통수에 눈이 돋아나지 않을까.

둘은 깔끔하게 소독처리가 된 에어록을 지나, 수종과 테넨바움이 있는 연기 자욱한 실험실에 도착했다. 그들은 부글거리는 수족관 속의 바다 민달팽이 하나를 분석하는 중이었다. 신경을 집중한 탓에 얼굴이 일그러진 테넨바움이 바다 민달팽이의 뾰족한 꼬리에서 주홍색 액체를 피펫에 담고 있었다. 라이언이 보기엔 며칠 머리를 감지 않은 것 같았고, 입고 있는 가운도 온통 얼룩이 져 더러웠다. 손톱에는 까만 때가 박혀 있었고, 눈가엔 거무죽죽한 그늘이 졌다.

라이언과 칼로스키가 방으로 들어오자 수종이 올려다보고는 머리를 까닥하며 인사했다. 테넨바움이 피펫을 끌어올리고 내용물을 실험관에 부었다. 라이언이 다가가 그 바다 민달팽이를 바라보았다. 바닷물에 잠겨 바르르 떨고 있는 생물체, 하지만 이 한 마리 외엔 전부 죽은 것처럼 보였다.

라이언이 그 바다 민달팽이를 손으로 가리켰다.

"설마 이게 마지막 달팽이는 아니겠지?"

수종 박사가 한숨을 푹 쉬었다.

"현탁액에 담아둔 몇 마리가 더 있습니다. 하지만 다 떨어진 거나 마찬가지죠. 단속이다 뭐다 하는 바람에 다 놓쳤습니다. 수족관이 전부 깨져서요. 그때 사전경고라도 해주셨더라면……."

"그런 위험을 무릅쓸 순 없었네. 나 몰래 폰테인과 결탁한 것은 자네 쪽이잖나, 수종 박사. 내가 어떻게 자네를 신뢰할 수 있었겠어?"

수종은 후회하는 듯이 머리를 조아렸다.

"아, 수종은 너무너무 죄송합니다. 폰테인 밑에서 일한 건 큰 실수였습니다. 알았어야 했는데…… 지식인은 총을 더 많이 가진 사람에게 붙어야죠. 그게 더 나은 방법이니까요. 더 이상 그런 과오를 범하지 않겠습니다. 충성을 맹세합니다, 라이언 회장님."

"맹세한다고? 내 두고 보지. 암튼 자네가 나더러 급히 오라고 했는데, 척 봐도 문제가 뭔지 알겠구먼. 바다 민달팽이가 없으니 아담 제조가 어렵다는 거로군. 무슨 방법이 없나, 박사? 아담을 만들려면 어떻게 해야 하나? 사방에 미친 아담 중독자들이 날뛰는데…… 이대로 가다간 산업 전체가 무너질지도 모르네. 이제 플라스미드 공장은 내가 관리하고 있고, 지금까지의 업적을 기리기 위해 미래관까지 지었다네. 허나, 아담 생산고가 바닥나면 다 소용없는 일 아닌가."

실험관을 들여다보던 테넨바움이 고개를 들었다.

"방법은 있어요, 라이언 씨. 달팽이를 양식할 수 있을 때까지 임시변통으로 쓸 만한 방법이……."

"그게 뭔가?"

"지금 랩처엔 많은 사람들이 죽어가고 있거나, 이미 죽었잖아요. 근데 죽기 바로 직전에 말이죠, 그게…… 체내의 플라스미드 신진대사 작용의 한 단계인데, 정제된 아담을 체내에 만들죠. 몸 안에 그게 저장되어 있다는 겁니다. 우린 그러니까…….”

테넨바움은 수종을 바라보았고, 수종은 라이언에게 고개를 끄덕여 보였다.

“맞습니다. 그 정제된 아담을 추출할 수 있죠, 죽은 사람에게서.”

칼로스키가 나지막이 신음하더니 고개를 젓는다. 그러나 아무 말도 하지 않았다. 라이언이 눈이 휘둥그레져 그를 쳐다보았다. 칼로스키를 놀라게 만드는 건 쉽지 않은 일인데, 이 둘이 방금 그 일을 해낸 것 같다.

라이언은 바다 민달팽이 쪽으로 다시 시선을 옮겼다.

“그러니까 시체에서 아담을 빼낸다고?”

수종이 안경을 벗어 실크 손수건으로 닦기 시작했다.

“그렇습니다. 근데 그걸 할 수 있는 방법은 한 가지예요. 아담이 체내에 있나 먼저 확인해야 하고, 그런 다음 주사기로 정밀하게 뽑아내야죠. 그 후엔 정확하게 옮겨야 합니다. 그 일엔 리틀 시스터들이 가장 적합하지요.”

테넨바움이 머리를 흔들었다.

“하지만 아이들은 이미 손상됐잖아요. 우리가 그 애들을 보내서 수확하게 한다면 누가 아이들을 보호하죠? 아이들은…….”

테넨바움은 라이언을 쳐다보는 듯하다가 재빨리 시선을 돌렸다.

“그 소녀들은 값비싼 자산이라고요. 아무나 경호원으로 갖다 붙인다고 그 아이들이 믿고 따르지도 않을 텐데…… 평범한 사람으론 어림도 없어요.”

“그 일에 관해선…….”

수종이 말을 이었다.

“우리가 개발한 혼종을 쓰면 되지. 사이보그 수중 작업부들 말이야. 길 알렉산더가 알파 시리즈를 상당히 진척시켰죠. 그래서 아우구스투스 싱클레어가 페르세포네에서 쟈니 탑사이드를 풀어줬어요. 실험체 델타. 그 램 박사라는 여자의 여식과 유대 관계를 맺었습니다. 엘레노어 램 말입니다.”

“유대 관계라니?”

꺼림칙한 기분으로 라이언이 물었다.

"여자아이들은 알파 생명체와 유대 관계를 맺어줘야 합니다. 말하자면 그 생명체들이 대부(代父)가 되는 것이죠. 아이들은 그들을 '빅 대디'라고 불러요. 그럴싸하죠. 그들과 잘 반응할 수 있도록 소녀들은 정신 조작 검사단계를 거칩니다."

테넨바움도 이를 인정하는 듯 낮은 목소리로 설명을 덧붙였다.

"아이들이 무언가를 필요로 하는 것 같아서요. 자신의 곁에 성인이라 할 수 있는 징표를 지닌 생명체가 있으면 안심이 되잖아요."

대화가 자꾸만 기괴한 방향으로 흘러갔다. 라이언은 테넨바움과 수종이 설명하는 것들을 자기가 이해했는지조차 확언할 수 없었다.

단지 어떤 해결책이 필요하다는 것만은 명확하게 이해할 수 있었다. 죽은 자로부터 아담을 다시 거둬들여 깔끔하게 재활용한다는 것이 마음에 들었다. 어쨌든 하나의 진화과정을 마무리한다는 것 아닌가. 위대한 사슬 구조에서 예기치 못한 고리를 하나 발견한 것이다.

마침내 라이언이 물었다.

"그래, 구체적으로 내가 도와줄 일은 뭔가?"

파이팅 맥도나 주점 근처

1958년

이거 좋은 꼴은 못 되는걸, 하며 설리번은 생각했다. 랩처의 치안을 떠맡은 내가, 오늘 밤 랩처에서 가장 곤드레만드레 취한 주정꾼이 되다니…….

맥도나의 술집 밖에 몸을 간신히 가누고 서서, 시간이 얼마나 됐나 헤아려보았다. 자정은 지난 것 같은데…… 불빛도 벌써 다 꺼졌다. 시계가 어디 있는지조차 헤아리지 못할 정도로 깜깜한 밤이다.

뒷방의 놀음판에서 도대체 얼마나 잃은 거지? 적어도 400달러는 된 것 같다. 포커…… 몰락으로 가는 지름길. 그렇게 마셔대지 말았어야 했는데. 판돈이 더 붙기 전에 패를 내려놓을 수도 있었다. 아니, 애당초 놀음 따윈 하지 말았어야 했다.

그러나 그의 도박 병이 다시 불거진 것이다. 그뿐인가, 이번엔 서슬 퍼런 원한까지 품었다. 랩처가 난장판이 되어가는 꼴을 뇌리에서 지워줄 유일한 방법이다. 스플라이서들을 제압하지 못한 자신의 무능한 모습을 라이언 회장이 쓸모없는 주정꾼 보듯 할 게 뻔했다.

결혼하면 낫지 않을까. 다시 재혼해서, 그가 빗나가지 않게 착실히 돌봐줄 다정한 마누라와 함께 산다면…….

몸서리가 절로 쳐졌다. 마누라라니. 맥도나 같은 사내들은 대체 어떻게 그럴 수 있지?

설리번은 한숨을 푹 쉬고는 계단을 향해 발을 떼었다. 경사로로 통하는 철문에 손을 올려놓는 순간, 뒤에서 쾅- 하는 굉음과 함께 휘파람 소리가 들렸다.

스플라이서 놈들이다.

술기운에 통로가 빙글빙글 돌았고 입은 종잇장처럼 바짝 말라 있다. 놈을 상대하기엔 너무 취했다.

"지원을 불러야겠는데……."

다급하게 침으로 마른 입술을 축이고선, 외투 주머니에 손을 집어넣어 리볼버를 찾았다. 그런데 이건 아닌 것 같다. 자신은 경찰 간부 아닌가. 몸소 증명해야지.

"지원이고 나발이고."

총을 꺼내들고 문을 연 후, 두 걸음을 옮겼다. 그 순간 소닉 붐 플라스미드를 가슴에 정면으로 맞았다. 소닉 충격파로 중심을 잃고 튕겨 나간 설리번은 문틀에 강하게 내팽겨쳐졌다. 해진 티셔츠 차림으로 눈알을 희번덕거리는 스플라이서가 바닥에 쌓아 올린 궤짝들 뒤에 몸을 잔뜩 웅크린 자세로 서 있었다.

"넌 잡혔어, 큰 휘장 나리! 아님 큰 엉덩이 나리라 불러줄까!"

스플라이서가 다시 손을 올려 한차례 더 소닉 붐을 날리려는 찰나, 취기가 다 달아난 설리번이 문 사이로 슬쩍 빠져나가 한쪽을 방어하며 자세를 잡았다. 그때 깔깔거리는 웃음소리가 들려왔다. 문 사이로 들여다보니 누렇게 변색된 팬티와 브래지어를 걸치곤 이끼처럼 더러운 산발 머리의 여자 스플라이서 하나가 천장에 거미처럼 매달려 있었다. 때 묻은 한 손으로 그 소닉 붐 스플라이서를 겨냥하여 손가락을 빙빙 돌리기 시작했다. 쉭쉭거리던 소리가 돌풍 같은 사나운 폭음으로 변하더니, 급기야 작은 회오리가 되어 주변의 쓰레기며 빈 궤짝들을 휩쓸어갔다. 그러고는 쇠로 된 벽에 쾅— 하고 부딪쳐 박살이 나버렸다.

"아하하하!"

여자가 깔깔거리며 웃어댔다.

"너도 한번 빙글빙글 돌아볼래?"

소닉 붐 스플라이서는 비명을 지르며 벗어나려 했지만, 점점 커져버린 회오리 함정 플라스미드에 사로잡혀 공중으로 치솟았다. 허공에서 실밥 터진 봉제인형처럼 뱅뱅 돌다가 뚝— 하는 소리와 함께 땅으로 곤두박질쳤다. 고통과 분노로 괴성을 지르는 소닉 붐 스플라이서와 낄낄거리는 거미 스플라이서.

완전히 정신이 나갔다.

"그래, 그럼 정신병자 한 명이 플라스미드 병자 둘을 잡는 셈이군."

설리번이 중얼거리며 어둑어둑한 통로 속의 여자를 과녁 삼아 총을 겨누었다. 갑자기 여자가 밑으로 떨어지더니 고양이처럼 사뿐히 내려앉아 설리번 앞에 섰다.

"꼭두각시 경찰, 술래잡기할까? 멍멍 짖어봐! 그게 너야!"

그녀의 손짓 한 번으로 또 한 명의 스플라이서가 출몰했다. 거의 쌍둥이나 다름없어 보이는 모습으로 그녀 앞에 내려앉아 슬쩍 옆으로 비켜섰다. 설리번은 경련하듯 총을 쏘아댔으나 탄환은 그저 시야를 오가는 그 환영들을 통과할 뿐이었다.

세 번째 플라스미드. '가짜 표적.'

스플라이서가 또 한차례 깔깔댄다. 그러나 곧 동공이 크게 팽창하면서 경악하는 표정으로 멈춰 섰다. 생선 내장을 발라내는 등이 굽은 칼이 흉골 아래에 삐죽이 나온 채, 그곳에서 피가 쏟아지고 있었다. 여자가 앞으로 쓰러지며 죽어가자, 뒤에서 칼을 꽂은 소닉 붐 스플라이서는 눈을 부라리며 몸서리를 쳤다. 쿵— 하며 쓰러지는 소리가 났다. 설리번은 부리나케 몸을 돌려 미끄러지듯 경사로를 내려갔다.

어지러웠다. 가까스로 멈춰 선 설리번은 천장을 올려다보며 숨을 쉬려 애썼다. 잠시 후 일어서서 주위를 둘러보니 열린 문 너머 네 걸음쯤 뒤에, 스플라이서처럼 보이는 형체가 어둠 속에서 조용히 움직이는 것을 보았다.

설리번은 몸을 일으켜 세워 먼지를 툭툭 털어내고는 주머니에 리볼버를 다시 꽂았다.

"다 관두라지."

설리번은 휙 돌아서서, 술집으로 다시 걸어갔다.

미래관

1958년

다이안 맥클린톡은 여느 때처럼 장시간 랩처를 홀로 거닐고 있었다. 위험하다는 건 알고 있다. 핸드백 속에 장전된 권총이 들어 있었다.

칵테일 넉 잔을 들이켰고, 위험 따위 신경 쓰지 않았다. 긴 길을 돌아서 어디론가 가고 있다. 아마도 포퍼스 드롭이겠지. 하지만 곧장 그곳으로 갈 엄두는 나지 않았다. 앤드류가 부하를 시키거나 카메라를 통해 그녀를 감시하고 있을지도 모르니까. 아틀라스라고 불리는 남자를 보기 위해 외출했다는 것을 그가 눈치채지 않도록, 일부러 먼 길을 돌아가고 있었다.

다이안은 미래관이란 이름의 박물관을 어슬렁거렸다. 여태껏 플라스미드가 불러온 재앙을 생각하면, 그걸 찬양하는 저 비디오 영상들은 그야말로 모순덩어리로밖에 보이지 않는다.

멈추지 않고 앞으로 걸음을 옮겼다. 터벅터벅 울리는 발자국 소리를 벗 삼아, 그녀는 황홀한 랩처의 불빛 속을 헤맸다. 벽감에 안치된 피스톤의 저 알 수 없는 진동, 뜨끈한 증기로 자욱한 저 욕탕들. 번들거리는 수정 형광판 아래, 널찍한 천장을 둔 금과 놋쇠와 크롬으로 만들어진 안뜰. 궁궐의 무도회장 같은 저 웅장한 회랑. 다이안에게는 저 모습이 랩처였다. 바다가 집어삼켜 찬찬히 씹어 먹을 저 라이어니움, 어지러운 저 유리의 궁궐.

다이안은 랩처의 주민들은 이미 한 번 죽은 사람들이 아닐까 하는 생각을 하곤 했다. 모두 유령이 아닐까. 왕인 양, 노예인 양 시늉하는 죽은 사람들. 에드거 앨런 포의 '물에 잠긴 도시'를 떠올렸다. 앤드류와 측근들의 선심을 사기 위해 포의 전 작품을 열심히 읽었었다. 다이안의 상념은 자꾸만 이 '물에 잠긴 도시'로 꼬리를 물고 되돌아왔다. 그 시의 구절이 생각났다. 지금의 상황과 딱 맞아떨어지지 않나.

저 하늘 아래 체념하듯
우울한 바다가 누워 있네
고매한 천국에선 빛줄기도 없지
그 도시를 감싸던 어느 길고긴 밤,
지독한 바다에서 떠오르는 빛줄기
물결을 타고 포탑이 고요히 떠올라
뾰족한 그 끝을 멀리 또 자유로이
돔, 첨탑, 왕족의 회랑이
성전, 바빌론, 마치 철벽처럼

다이안은 한숨을 내쉬고는 앞으로 계속 걸어갔다. 머리가 지끈거렸다. 아직 취기가 완전히 가시지 않았다.

짐짓 포퍼스 드롭에 우연히 들어온 것처럼 행동하며, 투명 복도를 지나 쇠문을 열어젖혔다. 그리고 몇 계단을 내려갔다.

눈이 흐리멍덩한 뜨내기들이 낙서가 휘갈겨진 건물 벽 밑에 축 늘어져 있었다. 바닥에 벌렁 드러누워 담배를 피우거나 술을 마시면서 잡담을 하던 그들은 그녀가 들어오자 심상찮은 눈빛을 던졌다.

저기, 피쉬볼 카페로 피신해야 할까. 적어도 여기보다는 점잖아 보이니.

서두르며 카페로 들어간 다이안은 먼지가 수북한 창가 테이블에 자리 잡고 앉아,

이미 커피포트를 손에 들고 껌을 짝짝 씹으며 다가오는 여자 바텐더에게 커피를 주문했다.

"알았어, 자기."

여자 바텐더는 다갈색 곱슬머리를 흔들어대며 쾌활하게 답했다.

"파이 좀 갖다줄까? 미역 파이. 설탕을 잔뜩 넣어서 먹을 만해."

"아뇨, 괜찮아요."

속삭이듯 중얼거리며 답한 후, 다이안은 이 여자한테 아틀라스에 관한 걸 물어봐도 될지 곁눈질하며 궁리했다.

여자 바텐더는 맞은편에 앉은 험상궂게 생긴 남자의 주문을 받으러 자리를 떴다.

다이안 맥클린톡은 커피를 홀짝이며 창밖을 바라보았다. 점점 더 심해지는 두통을 카페인이 멈춰주길 바랐다.

이곳에 있는 건 위험하다. 언제 스플라이서 놈들이 습격해올지 모를 일이다. 그러나 최근 앓고 있는 우울증 때문인지, 차라리 그게 나을지도 모른다는 생각이 뇌리를 감돌았다.

폰테인이 죽은 후, 이 도시는 어느 정도 안정을 찾은 것 같긴 하다. 다이안은 오로지 이 안정이 지속되기만을 바랐다.

아틀라스는 포퍼스 드롭에 자주 들락거린다고 했는데…… 설리번과 부하들이 '취조'라는 명목으로 눈을 부라리며 수색 중인 탓에, 정체를 감춘 채 움직인다고 했다. 그도 결국 페르세포네로 잡혀 들어가겠지.

대체 내가 왜 여기 있는 거지? 다이안은 자문했다. 하지만 이미 알고 있지 않나. 직접 눈으로 이 남자를 보기 위해서가 아닌가. 서프라이즈 인생 역전 게임 앞에서 만난 그 마지란 여자의 진심 어린 어조가, 다이안의 텅 빈 마음에 불씨를 하나 뿌린 것이다.

다이안이 홀로 여기 왔다는 사실을 알면 앤드류는 길길이 날뛰며 성을 낼 것이다. 그렇지만 그녀가 여기 온 건 바로 그 때문이기도 하다. 아틀라스는 앤드류에겐 없는 무언가가 있었다. 인간다운 자비로운 마음이…….

곰곰이 생각에 잠겨 있던 다이안은 밖에서 들려오는 소동에 고개를 들었다. 몇 명의 남자들이 샷건을 들고서, 웅성거리는 실직자들을 향해 뭐라 소리치고 있었다. 차례대로 줄을 세우려 했다. 놀랍게도 그 오합지졸의 군중은 군소리 없이 시키는 대로 따랐다.

잠시 후 커다란 바구니를 짊어진 몇몇 사람들과 함께 한 남자가 모습을 드러냈다. 행렬을 이끄는 그 남자에게 온 시선이 집중되었다. 숱이 많은 머릿결, 턱수염, 오목이 갈라진 턱에, 넓은 어깨를 한 잘생긴 사내였다. 그는 평범한 노동자의 복장을 하고 있었다. 흰 셔츠에 소매를 걷어붙이고, 멜빵 달린 작업바지에 장화 차림. 하지만 분명 책임자처럼 행동하고 있었다. 그럼에도 일말의 권위주의적인 기색은 발견할 수 없었다. 그의 표정은 다정했고 따스했으며, 등 뒤에 선 사내에게서 바구니를 건네받아 줄을 선 사람들에게 무언가를 한 꾸러미씩 나눠주기 시작했다. 맨 앞에 서 있는 사람은 흰머리에 주름진 얼굴을 한 노파였다. 다이안은 넝마나 다름없는 낡은 옷차림으로 그 꾸러미를 받는 노파의 떨리는 입술에서 모든 것을 읽을 수 있었다.

"고맙습니다, 정말 고맙습니다……."

남자는 노파와 잠시 얘기를 나누면서 다정히 팔을 어루만져주곤 이내 다음 차례의 사람에게 신발 한 켤레를 꺼내어 건넸다. 그 신발 안에는 통조림이 가득 든 것 같았다.

정말 저 사람이 아틀라스일까?

여자 바텐더가 다이안의 테이블로 다가와서 지겨운 듯이 물었다.

"이 동네에서 커피로 통하는 음료를 더 드릴까?"

"내가 원하는 건……."

다이안은 라이언의 초상이 담긴 10달러짜리 지폐를 꺼내서 여자의 앞치마에 쑥 꽂았다.

"밖에 서 있는 저 사람이 내가 생각하는 그 사람인지 알고 싶은 것뿐이에요."

여자 바텐더는 불안한 듯이 주위를 살피고는 앞치마 주머니를 흘깃 들여다보며 고개를 끄덕였다. 그러고는 목소리를 낮추어 속삭였다.

"저 사람은…… 자기를 '아틀라스'라고 불러. 내가 아는 건 이것밖에 없는데…… 우리 집 근처에 사는 한 아줌마는 저 사람이 아니었으면 벌써 굶어죽었을 거야. 저치는 사람들을 도와줘. 매주 공짜 물건들을 나눠준다고. 새로운 질서니 뭐니 그런 걸 얘기하면서."

여자 바텐더는 바삐 자리를 떴고, 다이안은 그 아틀라스라고 불리는 사내를 다시 보기 위해 창밖을 바라보았다. 그는 부드러우면서도 강해 보였다. 다이안이 그렇게도 만나고 싶어 하던 이상형의 남자였다.

다이안은 머뭇거렸다. 밖으로 나가 아틀라스에게 말을 걸 수 있을까? 앤드류가 감시하고 있다면 어쩌지?

하지만 한발 늦었다. 다급하게 외치는 소리와 함께, 카페 바깥에서 경적 소리가 요란하게 울렸고 경관들이 몰려오고 있었다. 아틀라스는 부하들에게 손짓하곤 황급히 모퉁이를 돌아 시야에서 사라졌다. 그를 만날 기회도 사라졌다.

그러나 다이안은 결심했다. 어떤 방법을 써서라도 이 남자를 만나야겠다고.

아틀라스와 꼭 얼굴을 마주하고야 말 것이다.

포트 프롤릭의 사격장
1958년

빌과 일레인은 길고 좁은 사격장에 단둘이 남아, 사람 형체의 과녁에 총을 쏘고 있었다. 사방에 초연이 자욱했고 탄피가 바닥을 굴러다녔다. 빌은 아내 뒤에 바짝 붙어서 그녀의 어깨너머를 가리키며 사격을 지도했다.

"바로 그거야. 잘 조준한 후 미간에 하나 박아."

일레인이 눈살을 찌푸리며 총을 내려놓았다.

"꼭 그렇게 말해야겠어요, 빌? 미간에 하나 박으라고요?"

빌 맥도나는 후회스러운 듯 쓴웃음을 지어 보였다.

"미안, 여보. 하지만 호신용으로 배우고 싶다고 한 건 당신이었잖아. 게다가 그 스플라이서 도적놈들을 우습게 보면 큰일 난다고."

빌은 한 손을 그녀의 어깨 위에 올려놓고 한층 부드러운 투로 말을 이었다.

"그놈들에게서 자신을 방어하고 싶다면, 죽인다는 생각으로 쏠 수 있어야 해. 그런 말을 하는 것 자체가 끔찍하다는 건 나도 알아. 나도 처음 놈들을 쐈을 땐 정말 힘들었어."

일레인은 깊게 숨을 들이쉬고는, 총을 다시 올려 두 손으로 꽉 쥐었다. 사격장의 구석에 놓인 과녁을 향해 조준했다.

집중한 탓에 얼굴이 온통 일그러진 채로 방아쇠를 끝까지 당겼으나, 탄환이 나가는 순간 눈을 감고 말았다.

빌이 한숨을 내쉰다. 표적을 완전히 빗나갔다.

"좋아. 이번엔 쏘기 전에 심호흡을 길게 해봐. 방아쇠를 당길 때 이렇게 하는 거야, 부드럽게."

"빌."

일레인은 총을 내려놓았다. 입술이 바르르 떨리고 눈에는 눈물이 그렁그렁했다.

"이건 너무 끔찍한 것 같아. 이렇게까지…… 라이언 씨는 이런 일이 생길 거라는 언질도 주지 않았는데."

빌은 누가 들을까봐 문 쪽을 살폈다. 아무도 없는 것 같다. 그러나 더 이상 아무것도 확신할 수 없다는 것만은 분명한 사실이다.

"빌…… 난 소피를 여기서 기를 수 없어요. 내가 이렇게까지 해야 하는 곳에서 어떻게……"

빌은 아내를 끌어안았다.

"알아, 다 알아."

일레인은 그의 어깨에 얼굴을 파묻고 흐느끼기 시작했다.

"난 랩처를 떠나고 싶어요."

"일레인…… 아무 데서나 그런 말을 하면 안돼."

그러다가 입술을 축이고 말문을 닫았다. 내 모습을 좀 봐. 소심한 겁쟁이로 변해가는군.

"여보, 한 번에 한 가지씩만, 응? 지금 상황이 좋지 않아, 폰테인은 제거했지만, 그 아틀라스란 녀석이 스플라이서 놈들을 끌어모아 무슨 수작을 부리는 모양이야. 어딘가에 엄청난 양의 아담을 비축해뒀다는 소문도 있고. 스플라이서들이 그놈 밑에서 일한다니까, 분명히 무슨 속셈이 있는 거야. 놈이 빈민들에게 먹을 것과 전단지를 뿌리는 게 괜한 일이 아니라는 거지. 울타리 안쪽에 남아 있는 우리 모두는 스스로 방어할 수밖에 없어. 밖에 나가 놈들과 싸우는 일이 지금처럼 위험했던 적은 없었다고."

훌쩍이던 일레인은 빌의 외투 주머니에서 찾아낸 손수건으로 코를 풀었다. 길게 숨을 들이마시더니 이내 고개를 끄덕였다.

"알았어요, 여보. 총을 쏴야 하는 상대가 우리의 적이라는 당신 말이 옳기를 바랄 뿐이에요."

일레인은 목소리를 낮춰 들릴 듯 말 듯 귓속말을 했다.

"어쩌면 그 울타리 양쪽 다 우리한텐 적인지도 몰라요."

그녀는 과녁을 바라보며 말을 이었다.

"나도 준비는 해놔야겠죠, 어떤 일이 닥치든 간에."

일레인은 총을 들어 올려 과녁을 조준했다. 천천히 숨을 들이마신 후, 맞추어 방아쇠를 힘껏 당겼다.

빌 맥도나의 아파트

1958년

성탄절 전야였다. 크리스마스트리의 불빛을 배경 삼아 빌, 칼로스키, 레드그레이브가 빌의 집 거실에 놓인 카드 테이블을 둘러싸고 앉아 있었다. 쿠키 부스러기가 흩어져 있는 접시 옆에 술병 두 개가 놓여 있었고 한 병은 거의 비어 있었다. 빌은 너무 많이 마시지 않았나 싶었다. 손에 쥔 카드가 멀리 밀려나 있는 것처럼 보일 때도 있었고, 주위가 빙빙 돌 때도 있었다.

"라이언 회장님은 아틀라스란 놈이 문제를 일으킬 거라고 생각하시나?"

레드그레이브가 자기 카드를 보며 얼굴을 찡그린 채 말했다.

"우리가 들은 건 소문뿐이잖아. 스플라이서들과 협력한다는 둥, 아담을 뿌리고 다닌다는 둥. 그놈이 아담을 어디서 그렇게 많이 구해온다는 거야?"

"폰테인이 갖고 있던 것 중 상당량이 그냥 사라져버렸잖아."

자기 카드를 읽어보려 애쓰면서 빌이 대답했다. 이게 다이아몬드인가, 하트인가?

"경찰이 거길 뒤졌을 때쯤엔, 생산고 대부분이 벌써 사라지고 없었어. 라이언 회장이 수종더러 전부 다 새로 만들라고 그랬지. 난 차라리 회장님이 그냥⋯⋯."

그는 플라스미드가 깡그리 없어졌으면 좋겠다는 말을 잇지 못했다. 칼로스키가 라이언에게 보고할지도 모르는 일이다. 라이언 회장은 자신의 철칙에 의문을 제기하는 일조차 허용하지 않았다.

레드그레이브가 액수를 올리자, 빌은 카드를 접었고 칼로스키는 콜을 했다. 레드그레이브는 세 장의 에이스를 보였다.

칼로스키가 레드그레이브 경관 쪽을 보고 투덜대더니 제 카드를 휙 던졌다.

"이 깜둥이 자식이, 너 또 속임수 썼지!"

레드그레이브는 낄낄대며 포커 칩을 거둬들였다.

"너 정도는 쉽게 이길 수 있어. 헌 방석 패듯 실컷 패줄 거라고!"

"젠장! 깜둥이 자식!"

빌은 카드를 휘저으며 칼로스키의 독설을 레드그레이브가 어떻게 받아들이는지 보려고 슬쩍 곁눈질을 했다.

새 칩을 수북이 쌓아올리면서 이빨 사이로 혀까지 내미는 것을 보니, 다행히도 레드그레이브는 꽤 즐거운 눈치였다.

"너 같은 무식한 카자흐 자식들이 포커를 모르는 건 당연하지. 근데 러시아인이 술을 못 마신다? 그건 진짜 비참한 거야, 인마!"

"뭐야!"

칼로스키가 분노에 벌벌 떠는 시늉을 했다.

"술을 못 마신다고!"

칼로스키는 상표도 없는 술병을 더럭 움켜쥐었다. 랩처의 수경재배 밭에서 캐온 감자로 자신이 직접 만든 보드카였다. 그러더니 각각의 술잔에 그 투명한 액체를 부었다. 부운 양만큼의 술이 테이블에 퀄퀄 쏟아졌다.

"자! 누가 더 잘 마시는지 두고 보잔 말이다! 깜둥이 자식이냐 아니면 진짜 사나이냐! 빌, 자네도 마셔!"

"아이고, 난 사양하겠네. 결혼한 사나이는 진짜 사나이가 아니라고! 오줌보만 꽉 차서 자러 들어오면 마누라가 날 발로 차버릴걸?"

저 독한 보드카를 이미 석 잔이나 들이켠 참이다. 더 이상은 힘들다.

"말 한번 잘하시네요!"

마침 침실로 들어가려던 일레인이 화내는 척하며 끼어들었다.

"침대에서 굴러떨어지게 확 차버려야지!"

그러나 그녀는 환하게 웃음을 터뜨렸다.

빌은 일레인이 크리스마스트리 장식을 손질하면서, 테리 가운을 걸친 채 하품하는 모습을 바라보았다. 저렇게 헝클어진 머릿결과 화장도 안 한 맨 얼굴에, 상류층 여자들이 입는 것과는 거리가 먼 낡은 테리 가운, 그리고 그 아래 삐죽이 나온 작은 맨발의 그녀에게, 아직까지도 강한 욕정을 느낀다는 것은 참 희한한 일이다. 보드카 때문만은 아니다. 빌은 종종 집 안을 거니는 그녀에게서 그런 감정을 느꼈다.

"크리스마스트리가 정말 멋집니다!"

칼로스키가 일레인을 향해 잔을 들어 보이며 외쳤다.

철사와 값싼 녹색 종이, 몇 개의 전구로 꾸민 자그마한 크리스마스트리였다. 라이언이 허락한 유일한 크리스마스 장식이다. 별이나 천사도 없고, 선지자도 없이…… 물론 아기 예수도 없다.

'종교 없는 크리스마스야말로 메리 크리스마스!'라는 전단이 휴일 전, 아폴로 광장에 쫙 배포되었다. 전단에 찍힌 그림에는 성경을 쓰레기통에 버리면서 윙크하는 아빠와 그의 손을 잡고 다른 한 손에는 곰 인형을 든 귀여운 딸의 모습이 함께 그려져 있었다.

"저 주정꾼들이랑 너무 늦게까지 놀면 안 돼요, 여보!"

눈을 비비면서 다시금 익살맞은 표정을 지으며 일레인이 한소리 했다.

"하!"

칼로스키 역시 레드그레이브의 어깨를 슬쩍 치면서 웃는 낯으로 응수했다.

"마누라한테 애처럼 휘둘리네, 응!"

빌이 머리를 흔들면서 웃었다.

"미안해, 여보. 카드놀이도 이제 다 끝나가."

일레인은 불만이 가득했던 표정을 지우고 쾌활하게 윙크했다.

"아녜요. 아저씨들은 그냥 계속 카드놀이나 하세요! 재미있게. 전 그냥 소피가 깰까 봐 주의를 주려고 나온 것뿐이니까."

레드그레이브가 환한 미소를 지었다.

"형수님, 성탄절 전야 만찬에 절 초대해주셔서 고맙습니다! 제겐 정말 뜻깊은 일입니다!"

레드그레이브는 그녀를 향해 잔을 들어 보였다.

"와주셔서 저도 고마운 걸요, 레드그레이브 경관님. 좋은 밤 보내세요."

"예!"

칼로스키도 덩달아 외쳤다.

"휴일 잘 보내십시오, 형수님!"

그런 후, 레드그레이브 쪽으로 험상궂게 돌아섰다.

"그럼 이제…… 한번 마셔봐, 이 깜둥이 자식아!"

레드그레이브는 허리가 부러져라 웃어댔다. 둘은 그렇게 보드카를 들이켜고, 다 마신 후엔 쨍하고 술잔을 부딪쳤다.

"좋아, 좋아!"

칼로스키가 일레인이 침실로 들어가는 것을 보고는 소리를 낮추며 말했다.

"카드 한 판 더 돌리자. 넌 나한테 져주는 거야. 그런 후에 네가 진짜로 술 좀 하는지 봐야겠어, 이 깜둥아!"

"카자흐 악마 자식! 내 잔이나 채워!"

카슈미르 레스토랑

1958년

　새해 전날 밤이다. 빌 맥도나는 아내와 함께 호화로운 레스토랑의 구석진 테이블에 앉았다. 거의 벽 전체 높이에 달하는 큰 창문으로 꿈틀거리는 심해의 광경이 다 드러나 보인다. 파티에 참석하면서 썼던 은색의 반짝거리는 가면도 벗어, 테이블 위 샴페인 병 옆에 놓았다.

　빌은 창밖을 바라보았다. 100미터 가량의 바닷물 사이로 아련한 불빛의 고층 건물들이, 레스토랑을 메우는 카운트 베이시의 스윙 곡조에 맞추어 흐느적흐느적 춤을 추고 있었다.

　빌은 일레인에게 윙크를 보냈지만 돌아온 것은 그녀의 경직된 미소였다. 진주로 가장자리를 장식한, 가슴이 깊게 파인 순백의 드레스를 입은 그녀는 아름다웠지만 애써 꾸민 차림에도 어딘가 수척해 보였다. 일레인은 더 이상 평온하게 잠을 잘 수가 없었다. 누구라도 마찬가지였다. 요즘 랩처에서는 무의식적으로 한밤중에 스플라이서를 쫓는 경비 로봇의 소음이나 요란한 사이렌 소리에 불안해하며 누구나 잠을 뒤척였다.

　창가는 추웠다. 얇은 턱시도는 그다지 도움이 되지 못했다. 하지만 분수 주변의 몇몇 테이블에서 라이언이 오기만을 기다리는 저 사람들에게 굳이 다가가고 싶지는 않았다. 샌더 코헨은 깃털 달린 가면을 쓰고 지루하다는 표정으로 곁에 선 사일러스 콥에게 쉴 새 없이 지껄이고 있었고, 테두리가 다이아몬드로 장식된 금빛 가면을 쓴 다이안 맥클린톡은 라이언이 예약한 작은 테이블에 홀로 앉아 문 쪽을 주시하면서, 녹음기에 입을 대고 나지막이 중얼거리고 있었다. 라이언은 헤파이스토스에 볼일이 있었고 그곳에서 라디오 신년 연설을 할 참이었다.

　"여보."

　샴페인 잔을 아내에게 들어 보이며 빌이 입을 열었다. 적어도 여흥을 즐기는 듯이 보여야 했다.

"몇 분만 있으면 1959년이야."

일레인 맥도나는 천천히 고개를 끄덕이며 다시 한 번 창백하게 웃었다. 다부진 입술에 떠오르는 그 쓸쓸한 미소를 보면 늘 가슴이 미어졌다.

"그렇군요! 이제 곧 새해네요, 빌."

일레인은 각종 보석으로 치장한 파티 의상과 가면들로 가득한 다른 테이블 쪽을 쳐다봤다. 손을 흔들어대며 떠드는 사람들로 북적였다. 시끄러운 음악 소리에 더 한층 크게 외쳐대고 웃으며 저마다 올해의 마지막 날을 기념하려 애썼다. 일레인의 시선이 흩날리는 깃발과 사람들 사이에 잠시 머물다가 요란한 핑크색 네온사인으로 옮겨갔다. 신년 축하 파티를 위해 특별히 제작된 간판이었다.

'해피 뉴 이어 1959'

"그러고 보면 웃겨요, 빌. 이곳에서만 벌써 여러 해가 지났고, 소피는 햇빛 한 번 못 보고 자랐는데 이젠 전쟁까지…… 벌써 1959년이라니. 랩처에서는 시간 가는 것도 웃긴 것 같아, 그렇지 않아요? 느리면서도 빨라."

빌은 고개를 끄덕였다. 일레인은 점점 더 지상을 그리워하게 되었고, 그래서 이곳을 무서워했다. 하지만 그는 자신을 시궁창에서 건져내어 진짜 엔지니어로 만들어 준 라이언을 저버릴 수 없었다. 물론 라이언이 시간이 갈수록 위선자로 변해가는 것은 사실이다. 하지만 그도 한 인간에 불과하지 않은가. 누구 말대로, 랩처가 제자리를 찾기 위해서는 이런 과도기를 거쳐야 하는 것이 정답인지도 모른다. 그저 아틀라스 같은 종자나 극단적인 스플라이서들, 그리고 램 박사의 추종자들을 치워버리면 끝나는 일이다.

일레인은 벽 근처에 쭉 늘어서 있는 무장한 사내들과 경관들을 보고 있었다. 경호원들은 무도회 가면을 쓰지 않았다. 스플라이서 도적 떼로부터 고위층 시민들을 보호하기 위해 집결된 무장 경비원들이다.

빌 같은 사람이 실직했을 때 랩처에서 가장 얻기 쉬운 일이 이 경관직이다. 덕성을 중시하는 직업이었으니 말이다.

빌은 자정이 코앞에 다가온 것을 고려해 경관들에게 샴페인 한 잔씩을 가져다 준 브렌다의 배려에 사뭇 고마운 마음이었다. 덕분에 그들의 모습이 여흥을 깨는 일은 없을 것이다.

한 손에는 총을, 다른 한 손에는 샴페인 잔을. 빌은 우수에 잠긴 채 머릿속에서 생각을 곱씹었다. 그래, 그게 랩처지.

빌도 외투 속에 권총을 차고 있었고 일레인 역시 하얀 진주알로 장식한 핸드백 속에 총을 넣어두었다.

"소피는 괜찮을까요?"

술잔을 만지작거리며 시계를 힐끔힐끔 쳐다보던 일레인이 물었다.

"그럼. 괜찮고말고."

"빌, 자정을 넘기고 나면 곧바로 집에 가고 싶어요. 한 열두 시 오 분쯤에, 알았죠? 소피를 보모에게 너무 오랫동안 맡겨두는 건 싫어요. 마리스카가 총을 제대로 다룰 줄 아는지도 모르겠고. 제가 하나 건네주고 왔거든요."

"염려 마. 자정이 지나면 바로 나갈 테니, 여보."

카운트 베이시의 곡이 끝나고, 듀크 엘링턴의 곡이 시작되었다. 우스꽝스런 무도회 가면을 쓴 채, 대여섯 커플이 일어나 주위의 테이블을 치우고 마련한 빈 공간에 나와 춤을 추기 시작했다. 그들의 얼굴에는 인위적인 딱딱한 미소가 박혀 있었다.

지금 지상에는 어떤 음악이 유행하고 있을까. 랩처에서 듣는 음악은 지금쯤 분명 퇴물이 되었을 터. 로큰롤이라는 음악이 성행한다는 소문도 들었다.

일레인의 기분도 북돋아줄 겸, 그녀의 손을 잡고 일으켜 세워 듀크 엘링턴의 곡에 맞춰 춤을 추었다. 뉴욕에 있을 땐 곧잘 이렇게 둘이서 춤을 추러 가곤 했었는데…….

갑자기 음악이 끊기더니 카운트다운이 시작되었다. 잔뜩 들뜬 샌더 코헨이 앞장서서 소리를 질렀다.

"10, 9, 8, 7, 6, 5, 4, 3, 2, 1…… 해피 뉴 이어!"

빌은 일레인을 끌어당겨 신년의 첫 입맞춤을 퍼부었다.

고막을 찢을 듯한 폭음이 들린 것은 그때였다. 문짝이 폭파되어 세 명의 경관들이 헝겊 인형처럼 방 한가운데로 튕겨 나왔다. 빌은 임시방편으로 가까운 탁자를 당겨

세우고, 일레인을 그 뒤로 밀어 넣고는 자신의 몸으로 그녀를 감싸 안았다. 몇 번의 기관총 세례로 유리창의 방탄유리를 맞고 튕겨 나온 탄환은 남자들의 번들거리는 턱시도와 비명을 지르는 여자들의 반짝이는 드레스에 날아와 박혔다. 일레인은 미친 듯이 소피의 이름을 부르고 있었다. 또 한 번 폭탄이 방에 떨어졌다. 폭음과 함께 터진 몸뚱이들이 머리 위로 날아가며 피를 쏟아냈다. 기관총 세례가 사방을 휩쓰는 동시에 축음기에서는 '석별의 정'이 흘러나오고 있었다. 비명과 총성조차 송년과 신년에 벌어지는 축제의 일부인 듯했다.

초연 속에 냉소가 서린 얼굴들이 등장했다. 레스토랑을 침입한 스플라이서들이 무도회 가면을 쓰고 나타난 것이다. 반쪽짜리 가면, 깃털 달린 가면, 황금가면…….

그 와중에 공개방송을 통해 앤드류 라이언의 목소리가 울려 퍼졌다. 신년축하 연설이 시작됐다.

"여러분, 안녕하십니까. 즐거운 송년회를 보내고 계신지요? 지난 1년간 우리 모두에게 많은 시련이 있었습니다. 오늘 밤 저는 여러분께 랩처는 여러분 모두의 도시라는 것을 상기시켜드리고 싶습니다."

빌은 테이블 한편으로 슬며시 고개를 내밀고 주위를 살폈다. 검정색 가면을 쓴 한 스플라이서가 소리를 질렀다.

"아틀라스 만세!"

연기를 뚫고 산산조각이 난 문짝을 향해 뛰어가는 다른 스플라이서도 뒤따라 구호를 외쳤다.

"라이언에게 죽음을!"

"여러분의 강한 의지로 여기까지 왔다는 사실을 잊지 마십시오. 그 의지만 있다면 언제든지 이 도시를 재건할 수 있습니다. 그래서 오늘, 저 앤드류 라이언은 여러분 모두와 건배하고 싶습니다. 1959년 신년, 랩처를 위하여! 생애 최고의 새해를 맞이하시기 바랍니다!"

"다이안!"

일레인이 외쳤다.

빌이 고개를 돌려보니 다이안 맥클린톡이 양손을 바닥에 대고 네 발로 기어가고 있었다. 넋을 잃은 듯한 얼굴은 피범벅이었고, 녹색의 드레스도 빨간 피로 얼룩져 있었다.

"다이안, 엎드려!"

빌이 소리쳤다.

다이안 너머로 바 뒤에 몸을 웅크리고 숨어 있는 경관들 몇 명이 보였다. 그들은 웃고 있었다. 그제야 빌은 이 기습전에 일부 경관들이 연루되었다는 사실을 깨달았다. 머리 위로 경비 로봇 한 대가 윙윙거리며 날아가고, 재주를 넘으며 방 안으로 폴짝 뛰어들어온 몽둥이 스플라이서에게 사격을 퍼부었다. 모피가 주렁주렁 달린 하얀 가면을 쓴 폭탄 스플라이서 한 명이 또 한차례 폭탄을 던졌다. 그 폭탄은 턱시도를 입은 세 명의 사내가 숨어 있던 테이블에 맞아, 턱시도 조각과 살점이 뒤섞인 축축한 덩어리들이 공중으로 튀었다.

빌은 제아무리 야만적인 폭탄 스플라이서라 할지라도, 부디 창문과 너무 가까운 곳에는 폭탄을 던지지 않는 이성이 남아 있길 바랐다. 어느 정도의 폭발은 지탱할 수 있겠지만, 폭탄 난사를 지탱할 정도는 아니었다.

"어서, 일레인, 도망쳐야 해!"

얼이 나간 일레인을 다그칠 심산으로 빌이 거칠게 밀어붙였다.

"당신 핸드백 잊지 말고!"

둘은 권총을 꺼내들고 철조망 아래를 빠져나가는 전장의 보병들처럼, 얼마 남지 않은 성한 테이블을 찾아 구르다시피 기어갔다. 피를 흘리고 있는 몽둥이 스플라이서 하나가 굶주린 악어처럼 미친 듯이 웃어대며 가면을 목 언저리에 대롱대롱 매단 채 바로 옆에서 기어가고 있었다. 사내의 얼굴에 지그재그로 얽힌 아담의 흔적은 징그러운 분홍색으로 불거져 있었는데, 형광 핑크색으로 새겨놓은 '해피 뉴 이어 1959'와 기묘하게 맞아떨어졌다. 네 발로 엉금엉금 기어가는 그 스플라이서의 목에는 총알이 뚫고 지나간 구멍이 남았고, 그 구멍에서 새빨간 피가 꾸역꾸역 흘러내리고 있었다. 그러나 놈은 입을 쩍 벌리고 새된 소리로 노래를 불렀다.

"나는야 작은 털 한 오라기, 턱에서 쑥 뽑았지, 빙글빙글 돌아갈 참이야, 하수구로 빠질 거야, 빠질 거야, 빠질 거야!"

그러다가 빌과 일레인을 발견했다. 날이 굽은 생선 칼을 꺼내 빌의 얼굴에 갖다 대자, 빌은 놈의 이마에 총을 쏘았다.

생선 칼이 바닥에 털컥 떨어졌다. 일레인은 죽은 사내의 모습에 신음했다. 둘은 다시 앞으로 기어갔다.

빌은 어깨너머로 고개를 돌려 보았다. 레드그레이브와 칼로스키를 비롯한 아군 경관들이 뒤집힌 테이블을 방패 삼아, 폭파된 문 근처의 천장을 기어가는 거미 스플라이서들을 향해 맹렬히 응사하고 있었다. 빨간 가면을 쓴 폭탄 스플라이서가 염력을 써 폭탄을 조준하고 있었다. 경관들이 위치한 테이블을 지나치는 듯하더니 다시 되돌아왔다. 칼로스키와 레드그레이브는 옆으로 도망쳤고, 폭탄은 테이블에 명중했다. 레드그레이브는 간신히 피했지만 부상을 입은 것 같았다. 샷건의 둔탁한 총성이 근처에서 들렸다. 리조가 그 폭탄 스플라이서를 겨냥해 총을 쏘아대고 있었다. 폭탄 스플라이서의 얼굴은 순식간에 시뻘건 살덩이가 되었고, 그와 동시에 손에 쥐고 있던 수류탄 한 개가 터져버렸다. 폭탄 스플라이서의 몸뚱이는 축제의 폭죽처럼 파편이 되어 흩어졌다.

빌은 한 팔로 일레인을 감싸 안고 계속 앞으로 기었다. 일레인은 그에게 바짝 몸을 붙인 채, 울먹이고 있었다. 마침내 주방으로 들어가는 회전문까지 닿았다.

"자, 여보."

빌은 아내의 귓전에 나직이 속삭였다.

"셋까지 세면 우리 둘 다 있는 힘을 다해 저 문을 통과하는 거야, 알았지? 내 총 조심하고. 총을 쏴야 할 것 같거든. 자, 하나, 둘…… 셋!"

빌과 일레인은 벌떡 일어나서 문을 통과했다. 빌은 문을 어깨로 받친 채, 낮은 천장에 거꾸로 매달린 거미 스플라이서 한 명을 쏘았다. 총에 맞은 스플라이서는 화덕 위로 떨어졌고, 물이 펄펄 끓고 있는 솥에 몸을 부딪혔다. 아픔에 비명을 지르며 몸부림을 치더니, 화덕에서 굴러떨어져 바닥에 푹 고꾸라졌다.

빌과 일레인은 현관 뒤쪽으로 쏜살같이 달렸다. 빌은 왼쪽으로 몸을 틀었다. 그의 바로 곁에서 탕- 하는 총성이 울렸다. 돌아보니 언제 꺼내들었는지 일레인이 손에 권총을 쥐고 서 있었다. 총부리에서 연기가 피어올랐다. 아내의 얼굴은 분노로 일그러져 있었다. 폭탄 스플라이서 하나가 두개골이 터진 채 눈앞에서 푹 쓰러졌다. 그와 동시에 손에 쥔 수류탄이 툭 떨어지더니 바닥을 대굴대굴 구르기 시작했다.

"엎드려!"

빌은 고함을 지르며 철로 된 카트 뒤로 일레인을 끌어당겨 자신의 몸으로 감쌌다. 폭탄이 폭음을 울리며 터졌다. 카트는 폭탄의 사정거리를 완전히 벗어나지 못했고, 그 충격으로 뒤에 숨은 두 사람에게 세차게 떠밀렸다. 카트가 맹렬한 기세로 빌의 오른팔에 부딪쳤다.

"젠장, 빌어먹을, 너무 아프잖아!"

"빌…… 괜찮아요?"

연기가 가시자 기침을 하며 일레인이 물었다.

"난 괜찮아, 단지 이 망할 놈의 귀가 미쳤나, 계속 종소리가 울리네! 암튼 여보, 서둘러야 해!"

둘은 연기가 자욱한 현관을 지났다. 어지럽고 눈이 매웠다. 그들의 뒤에선 여전히 총소리가 울렸고 폭음과 함께 바닥이 흔들렸다. 다른 사람들은 주방으로 달려가고 있었다. 빌이 고개를 돌려보니 레드그레이브가 다리를 맞았는지 한쪽 다리를 질질 끌며 뒤따라오고 있었다. 칼로스키가 그의 뒤에 바짝 붙어서 부상당한 레드그레이브를 재촉했다.

리조가 문 사이로 빌에게는 보이지 않는 스플라이서를 향해 사격을 해댔다. 순간, 훅 하고 공기가 갈라지는 소리가 났고 리조가 외마디 비명을 질렀지만, 목에 깊숙이 박힌 생선 칼 때문에 그 비명은 끄르륵 가래 끓는 소리로 변했다. 리조는 뒤로 넘어졌고 턱시도에 피가 쏟아졌다.

빌이 문을 겨냥해 총을 쏘자 가면을 쓴 스플라이서가 휘청거리며 고꾸라졌다. 일레인이 빌의 팔을 잡아끌며 소피의 이름을 부르짖었다. 그들은 비상구를 찾아 계단을 뛰어 내려갔다. 아래층에서 얼굴이 창백한 채 잔뜩 겁에 질린 경관들이 둘을 발견하곤 소리를 질렀다.

"이쪽으로요! 이리 내려와요!"

또 다른 함정이 아니길 기도하며 빌과 일레인은 경관들과 함께 달렸다.

몽롱하게 시야를 스쳐가는 통로들, 검문소, 그리고 신분증 확인, 아트리움, 엘리베이터…….

시간이란 게 정말 웃기긴 했다. 멈춘 것도 아니고, 빠른것도 아닌 기묘한 기분이다. 마치 조리개가 닫힌 컴컴한 망원경처럼…….

두 사람은 어느새 숨을 헐떡이며 집에 와 있었다. 빌은 문을 잠갔고, 일레인은 한 손엔 핸드백을, 다른 손엔 총을 들고 있었다.

"오셨어요?"

보모인 마리스카 루츠가 옆방에서 그들을 맞이했다.

"벌써 오셨어요? 파티는 즐거웠나요?"

랩처 중앙 통제실, 라이언의 집무실
1959년

"생각만으로도 미칠 지경이야."

라이언 회장의 목소리는 분노로 격앙되어 있었다. 손에 쥔 보고서를 거칠게 구겨 구석으로 휙 내던졌다.

"신년 전야에 기습을 하다니! 냉혈한 변절자들 같으니! 내가 거기 있을 줄 알았겠지! 나를 겨냥한 기습이었어. 그와 동시에 랩처의 심장과 영혼이랄 수 있는 주요 인사들을 향한 선전포고였지. 도시건설에 가장 혁혁한 공로를 세운 남녀들이 그곳에서 신년을 축하하며 축제를 벌이고 있었는데 말이야. 거기다가 여섯 명의 경관들이 그 일에 연루된 것으로 밝혀졌다니! 팻 캐븐디쉬가 민첩하게 대응했던 것이 천만다행이었지. 그 반역자들 대부분을 혼자 다 처리했으니까. 우린 기필코 골칫거리들을 처단해야 하네."

 분노로 가득 찬 어조였지만 라이언 회장은 이성을 잃지 않으려고 애쓰는 듯했다. 하지만 빌은 최근 앤드류 라이언 회장의 내면에, 무언가 잔뜩 뒤틀린 것이 돋아나고 있는 것을 느꼈다.

 빌과 라이언은 집무실에 단둘이 앉아 있었다. 빌은 누군가가 이 방으로 와서 자신을 지원해주었으면 싶었다. 라이언이 동조하지 않을 의견을 말할 참이다.

 빌은 불편한 심경으로 의자에서 몸을 뒤척이며, 폭발로 밀려나온 카트에 팔을 부딪혀 심하게 멍이 든 부위를 어루만졌다. 아직도 귀가 울렸고 일레인은 악몽으로 잠을 뒤척였다.

 "라이언 회장님, 이 기습은 돌발적인 사태가 아닙니다. 이건 회장님께서 폰테인을 축출했기 때문에 벌어진 일입니다. 말하자면 그에 대한 반응이죠. 사람들은 지금 랩처가 이상하게 변했다고 수군거리고 있습니다. 일개 사업을 국영화하셨으니까요, 무력을 동원해서! 그래서 사람들이 극단적으로 대응하도록 회장님 스스로 동기를 제공하신 겁니다! 아틀라스는 얼씨구나 하며 기회를 잡은 것이고요. 도화선에 불을 붙인 겁니다."

 라이언은 코웃음을 쳤다.

 "그건 국영화가 아니야. 랩처의 대부분이 내 사유재산이나 다름없는데 무슨 소린가. 내가 지었단 말이야! 나는 그저 랩처의 미래를 위해 마땅한 행위를 했을 뿐일세! 아틀라스는 프라우다[1]에 지나지 않아. 놈이 진실이라고 떠벌리고 다니는 것들은 죄다 거짓이란 말일세! 놈이 구역을 장악하도록 이대로 방치한다면, 놈은 또 다른 스탈린이 되겠지! 그놈은 독재자가 되고 싶어 한다는 걸 모르나, 빌? 전쟁을 원한다면 그러라고 해!"

 "라이언 회장님, 이게 전쟁이라면, 우리가 승리할 수 있는 전쟁이 아닙니다. 생각해보십시오! 아틀라스 수하의 스플라이서들은 너무 많습니다. 거기다가 그가 이끄는 반란군의 수도 무시할 수 없습니다. 평화 협정 같은 것이 필요하단 말입니다. 회장

---

[1] 소련 공산당 중앙 위원회의 기관.

님. 랩처는 혁명을 견디지 못해요! 이 도시는 해저도시 아닙니까! 북대서양 바다 한복판이라고요! 뜨거운 용암이 들끓는 수로 위에 지은 도시란 말입니다! 그런 것들 전부가…… 젠장, 매우 불안정하단 말입니다. 지금까지 누수 때문에 얼마나 많은 사람들이 처참하게 죽어갔습니까. 헤파이스토스를 조금만 잘못 건드려도 엄청난 폭발이 일어날 겁니다. 그 빡빡하게 가압된 지역에서 얼음 같은 냉각수가 뜨거운 용암에 닿는다고 가정해보세요! 도시 전체가 산산조각이 날 거란 말입니다! 전쟁이야말로 그런 피해를 촉발하는 게 아니고 뭡니까!"

라이언은 빌을 바라보고 있었다. 꼿꼿하던 그의 시선이, 갑자기 맥이 풀린 것 같았다. 라이언의 목소리는 힘이 없었다.

"그럼 자네는 놈들에게 뭘 제안하자는 말인가? 노동조합?"

눈을 감은 라이언은 훤히 보일 정도로 몸서리를 쳤다.

"아뇨, 회장님. 적군의 상당수는 폰테인 밑에서 일하던 놈들이죠. 나머지는 그저 아담에 취한 놈들일 뿐입니다. 아담이라면 쩔쩔매죠. 폰테인 미래회사를 아틀라스에게 줘버리십시오. 우리의 철칙을 저버리고 국영화로 바꾸는 건 옳지 않습니다, 라이언 회장님. 우리가 어떤 사람들인지, 우리에게도 소중하게 지키는 원칙이 있다는 걸 정정당당하게 입증해 보이는 겁니다! 그래서 예전의 시절로 돌아가는 겁니다. 폰테인 미래회사 따위는 포기하십시오!"

"……준다고?"

라이언은 자신의 귀를 의심하는 듯 머리를 세차게 흔들었다.

"빌, 그 플라스미드 산업을 인수하려고 얼마나 많은 사람들이 죽었는데 그런 소리를 해! 그들의 죽음을 헛되이 할 순 없네."

빌은 라이언이 죽은 자의 명예회복에 관심이 있다고는 눈곱만큼도 믿지 않았다. 그건 그저 구실일 뿐이다. 앤드류 라이언은 플라스미드 산업을 원했다. 너무나 당연한 그의 본성이다. 라이언 회장은 재계의 거물이 아니던가. 플라스미드 산업은 일평생 가장 큰 성공을 이룰 만한 상품이었다.

"라이언 공업이 이제 폰테인 미래회사를 소유하고 있어."

라이언이 말을 이었다.

"다 이 도시의 미래를 위한 것이네. 시간이 좀 지나면 이 사업을 분리해서 처분할 수도 있어. 그러나 저 살인마 아틀라스 같은 기생충에게 거저 준다는 것은 있을 수 없는 일이야!"

"라이언 회장님, 우린 이 전쟁을 중지해야 합니다. 전쟁은 우리 모두를 자멸케 할 겁니다. 도망갈 곳도 없잖습니까! 만약 우리가 놈들과 협상을 맺지 않는다면…… 기어이 그 방법밖에 없다면, 전 의회에서 사임하겠습니다."

라이언은 구슬픈 표정으로 빌을 올려다보았다.

"이젠 자네마저 나를 떠나려는 겐가? 내가 믿었던 유일한 사람이…… 나를 배반하겠다는 건가!"

"제가 얼마나 심각하게 이 문제를 생각하는지 회장님께 알려드리고 싶었습니다. 우리는 평화를 되찾아야 한단 말입니다! 아틀라스뿐만이 아닙니다. 그자가 소피아 램과 손이라도 잡는다면 어쩌시겠습니까? 그 여자의 추종자들은 광신도들입니다. 이제 그 여자는 더 이상 감금된 상태도 아니잖습니까, 이전보다 두 배는 더 위험해졌습니다! 램의 광신도들도 눈이 벌게져서 우리를 노리고 있잖습니까! 이 전쟁은 중단시켜야 합니다, 라이언 회장님!"

순간, 라이언이 주먹으로 얼마나 세게 책상을 내려쳤던지 사방이 쩡쩡 울렸다.

"전쟁을 중단하는 방법은 이기는 수밖에 없어! 그건 오로지 무력의 우세로만 가능하지! 우린 더 많은 스플라이서를 만들 수 있고, 더 향상된 유전자 조작을 시도해서 더 월등한 능력의 스플라이서를 만들 수 있어. 페로몬을 사용하고, 스플라이서들을 완벽하게 조종할 수 있단 말일세. 그래서 누구도 막을 수 없는 초인적인 존재를 만드는 거야! 연구원이 있고 실험실이 있어. 아, 그렇지, 아담이 부족하군. 그래, 그건 사실이야."

라이언은 손마디를 뚝뚝 폈다.

"지금 남아 있는 리틀 시스터들이 만드는 아담으로는 어림도 없지. 허나 저 밖에는 분명히 아담이 있어. 죽은 시체들 속에 말이야. 스플라이서가 죽더라도 아담은 체내에 살아 있다고! 그걸 수확할 수 있다네, 빌! 그리고 리틀 시스터야말로 그 수확을 하기에 가장 적합하지. 우린 이 전쟁을 이용할 수 있어! 전쟁은 재앙이지만 그와 동시에 기회라는 것을 명심하게!"

빌은 입이 떡 벌어진 채 라이언을 쳐다보았다.

라이언은 그만 나가라는 듯이 짜증을 내며 손짓했다.

"자네 얼굴에 다 씌어 있구먼, 빌. 이미 날 떠난 거야. 자넨 언제나 날 충심으로 섬겼지. 하지만 자네도 내게 실망만 안겨줄 것 같네, 다른 사람들처럼. 너무나 많은 자들이 내게서 등을 돌렸어. 너무나 많은 사람들이 랩처를 배반한 거야. 내가 이 두 손으로 지어놓은 경이로운 이 도시를 더럽히기만 했어."

라이언은 고개를 설레설레 저었다.

"인류의 미래를…… 배반한 거야!"

그 순간 빌은 지금 당장, 서둘러 이 방에서 나가야겠다는 생각이 벼락같이 머리를 울렸다. 살아서 일레인을 보려면 지금 돌아서야 한다. 앤드류 라이언의 눈빛이 말해주었다. 라이언 회장은 그저 칼로스키를 호출하거나, 다른 부하들에게 명령 한마디만 전달하면 된다. 그러면 빌은 꼼짝없이 감옥에 갇힐 것이다. 비록 더 이상 페르세포네를 사용할 수는 없었지만 구치소 하나쯤 얼마든지 마련할 수 있다. 아니, 그럴 필요조차 없이 그저 에어록에다 빌의 몸뚱이를 던져놓으면 그만이다.

빌은 아주 길고도 느린 심호흡을 했다. 그런 후, 고개를 끄덕였다.

"옳은 말씀입니다, 라이언 회장님. 제가 믿음을 저버린 게 사실인가 봅니다. 전……."

입술을 다급하게 핥았다. 제발 자신의 연기가 먹혀들기만을 바랄 뿐이다.

"집에 가서 찬찬히 생각을 해보겠습니다. 다른 방도가 있겠죠."

빌은 자신의 입으로 내뱉는 말이 사실인 것처럼 느껴졌다.

라이언은 의자에 깊숙이 등을 기대고 앉아 미간을 찌푸리곤, 주도면밀한 눈초리로 빌을 훑어보았다. 빌은 알 수 있었다. 라이언 회장이 자신을 믿고 싶어 한다는 것을. 그는 외로운 사람이고 아무나 신용하지 않는다.

"잘 알겠네, 빌. 난 자네가 필요해. 허나, 자네도 이것만은 이해해야 하네. 우린 지금 여기 있어, 랩처에. 우린 사생결단을 내렸네. 나는 내 방식대로 할 거야. 내가 랩처를 지었으니까. 내가 해야 하는 일이라면 무엇이라도 하겠네. 그러나 내가 지은 랩처를 기생충들이 무너뜨리도록 내버려두진 않아."

아폴로 광장 인근의 은행 구획

1959년

아, 젠장. 랩처에서 가장 큰 은행 옆에 서 있는 안나 컬페퍼를 보자, 빌 맥도나의 안색이 새파랗게 질렸다. 그날 아침 빌은 앤드류 라이언과 함께 나란히 걷고 있었다. 라이언 회장이 저 여자의 노래를 들으면 무슨 생각을 할지 뻔했다. 노동자들의 여신이라도 되는 양, 젠체하며 안나 컬페퍼가 노래하는 모습을 딱 한 번 본 적이 있었다. 그땐 랩처 의회의 임원이란 고귀한 신분에서, 하루아침에 라이언 회장의 사업을 비방하는 선동자로 탈바꿈했다는 사실이 놀라울 따름이었다. 라이언 회장이 랩처의 영혼을 갉아먹으며 경제공황기를 초래했다는 내용의 노래였다.

안나는 통기타를 낀 채 거리의 모퉁이에 서서 열광하는 대중을 향해 노래하고 있었다. 머리 위의 조명등이 그녀의 귀고리에 반사되어 금빛으로 반짝거렸고 검은 곱슬머리를 비춰주고 있었다.

"로마는 불에 타고 있는데, 저 여자는 여기서 빈둥거리고 있구먼."

라이언이 볼멘소리를 한다. 빌은 그를 따라 랩처 제일은행 주변을 가득 메운 군중의 뒤편으로 다가갔다. 칼로스키와 기관총을 든 건장한 체격의 경호원 둘이 몇 발짝 앞서 걸어갔고, 다른 경호원들이 이들을 뒤따랐다. 송년회의 기습이 아직 기억에 생생했다.

통로의 양쪽 벽에는 험악한 인상을 하고 투덜거리는 고객들이 줄지어 서 있었다. 대부분이 작업복 차림이거나 구겨진 평상복을 입은 인부들이었고, 저마다 손에 서류뭉치를 들고 마치 소변을 보기 위해 줄지어 기다리는 것처럼 쉴 새 없이 몸을 흔들고 있었다. 다 떨어진 무명옷을 입고 숱이 듬성듬성 난 머리를 한 사내가 앞에 선 사람들 어깨너머로 은행의 창구 쪽을 바라보고 있었다. 참다못한 나머지, 손을 입에 모으고 열린 문을 향해 소리를 질렀다.

"정말 이러기야! 우리 돈을 어서 내놓으라고! 거기서 자꾸 시간 끌지 말고!"

라이언이 성큼성큼 다가가자 주변에서 웅성거렸다. 몇몇이 그를 쳐다보고는 팔꿈치로 다른 사람들을 찔렀다. 그러나 모두 그를 상대하는 첫 주자가 되는 것을 꺼렸다.

"당분간만이라도 은행 문을 닫는 건 어떻겠습니까, 라이언 회장님?"

빌이 나직이 속삭였다.

"그러니까…… 며칠 동안만이라도 말입니다. 사람들이 좀 진정될 때까지 말이죠. 그동안에 안심도 좀 시키고."

"안 돼."

라이언 회장의 답이었다. 경호원들이 둥그렇게 원을 그리며 그의 곁에 바짝 붙었다. 군중 쪽을 노려보며 총은 천장으로 치켜세운 채, 언제라도 총부리를 내려 앤드류 라이언에게 접근하는 누구라도 저지할 기세다.

"안 될 말이야, 빌. 그렇게 되면 시장경제에 간섭하는 꼴이 되잖나. 저 바보들도 현금을 인출할 권리가 있어."

"그렇지만 회장님, 예금 인출 소동은 더 심각한 재난이 될 수도 있습니다."

"재난은 이미 겪을 만큼 겪었어. 그리고 적군은 그 대가를 치르게 될 걸세. 그에 따른 시장 조정을 하면 놈들은 우박을 피하려는 쥐새끼처럼 뿔뿔이 흩어지겠지. 난 그저 사실인지 알고 싶었을 뿐이야. 내 눈으로 직접 확인하려고 말일세. 내가 끼어들 순 없어."

"지금 이 자리에서 사람들과 대화를 해볼 수도 있습니다만."

라이언은 콧방귀를 뀌었다.

"부질없는 짓일세. 정신들 좀 차리라고 라디오에서 공개연설을 하는 쪽이 나아. 이런 놈들을 일일이 설득할 필요가 없단 말일세."

칼로스키가 고개를 돌리더니 라이언과 어떤 이야기를 낮은 목소리로 주고받는다.

"여기서 당장 모시고 나가야겠습니다, 라이언 회장님."

"알았어, 지금 가도록 하지."

그러나 라이언은 떼거지로 모여든 군중을 쳐다보며 움직이지 않았다. 저마다 은행 창구에서 랩처 달러 한 움큼씩을 뽑아들고 나오면, 더 많은 사람들이 자기 돈을 인출하려고 밖에서 뛰어 들어왔다. 아틀라스가 이끄는 스플라이서 군대와의 싸움으로 랩처의 은행들이 모조리 박살날 것이라는 소문이 시중에 나돌고 있었다. 테러 행위가 일어나리라는 소문이었다. 빌은 이런 소문을 퍼뜨린 장본인이 혹시 아틀라스가 아닐지 의심스러웠다. 고의적으로 은행의 예금 인출 소동을 유발했을 가능성이 있다. 경제공황은 아틀라스로 하여금 사상적으로 우세한 고지를 점령하게 한다.

라이언 본인이 직접 은행에 나타난 걸 보고 군중의 기세는 조금 누그러졌다. 고함이나 볼멘소리는 소곤거림으로 바뀌었고, 잡음이 줄어드니 안나 컬페퍼의 노래가 선명히 들어왔다. 샌더 코헨에 관한 노래 같았다. '라이언의 노래하는 새'가 실은 '라이언의 마구간 지기'였다는 내용이다.

"공산당들은 곧잘 산문을 시나 노래로 바꾸곤 하지."

컬페퍼를 노려보며 신랄한 어조로 라이언이 빌에게 한마디 건넸다.

"선동자들은 노조원들이 부르는 노래를 쓰고, '민중가요'라면서 노동자에 관한 노래를 만들어. 빨갱이가 노동이 뭔지 알기라도 하는 듯이 말이야!"

그 말은 안나의 귀에도 들렸던지 그녀는 그제야 라이언을 알아봤다. 빌이 보기에도 안나는 바짝 긴장한 듯했다. 무장한 경호원들을 보자 음정이 떨리기 시작했지만 입술을 핥고는 다시 노래를 불렀다. 빌도 그 용기만은 인정하지 않을 수 없었다.

"그래, 이젠 안나도 내게서 등을 돌렸군."

라이언이 중얼거렸다.

"그렇다고 들었긴 했네만 이 정도일 줄이야…… 은행 앞에서 보란 듯이 선동하며 노래하는 꼬락서니라니! 아틀라스의 족속들이 양 떼처럼 이곳에 모여든 걸 알고 찾아왔겠지. 아니면 다른 양 떼를 찾거나. 램의 추종자들……."

혐오감에 몸서리를 치며 라이언은 머리를 흔들었다.

"이제 충분히 봤어. 여기서 나가세. 저 빨갱이 종달새가 두 번 다시 노래를 못하도록 손을 써야겠지."

라이언 플라스미드

1959년

덜거덕거리며 방 안을 헤매고 다니는 거대한 쇳덩이 인간을 작은 소녀는 눈이 휘둥그레져 쳐다보았다. 둥그런 강철 머리 꼭대기에 달린 센서가 벌겋게 빛났다. 실은 그저 무선으로 조종하는 모델일 뿐이고 그 안에 인간은 없었다. 브리짓 테넨바움이 연습실이 훤히 내다보이는 통제실에서 심해 잠수부와 닮은꼴의 고철덩이를 조종하고 있었다. 빅 대디 모델은 아주 주도면밀한 방식으로 조종해야 했다. 자칫 잘못했다간 폭주하는 화물열차처럼 아이를 짓뭉개버릴 염려가 있었다.

핑크색 원피스를 입은 실험대상 13호는 금발 머리의 작은 소녀였다. 커다란 하늘색 눈동자가 빅 대디에게서 떨어질 줄을 몰랐다. 이게 다 소녀를 정신 조작화하는 단계의 일부였다. 아이에게는 곧 밀림으로 변해버릴 랩처의 험악한 환경에서 보호자 역할을 할 저 쇠붙이와 좀 더 가까워질 수 있도록 약물을 투여해놓은 상태였다.

"아저씨는 너무 크고 강해요!"

작은 소녀가 행복하게 재잘거렸다.

"너무 웃겨요!"

"그래."

테넨바움이 맞장구를 쳐주었다.

"저 웃긴 아저씨가 네 친구란다."

"아저씨랑 놀아도 돼요?"

약 효과가 나타나기 시작했는지 조금 어눌한 말투로 소녀가 물었다.

"물론이지."

테넨바움은 빅 대디 모델을 멈춰 서게 한 후 조종기의 레버를 움직여 커다란 오른팔이 앞으로 쭉 뻗어나가게 했다. 아이의 손을 잡을 수 있도록.
그 광경의 무언가가 테넨바움의 심장을 관통했다.

18

아폴로 광장 인근의 메트로
1959년

 황급히 메트로를 빠져나온 다이안 맥클린톡은 다시금 길을 잃은 것 같은 기분에 사로잡혔다. 사실 이유가 있어서 여기 온 것인데…… 아틀라스를 찾으러 오지 않았나. 그럼에도 그녀는 텅 빈 궁궐을 헤매는 유령처럼 스며드는 공허함을 떨칠 수 없었다.
 아폴로 광장 입구에 세워진 장벽 근처에서 무엇인가가 시선을 끌었다. 쇠로 된 벽에 붙어 있는 한 장의 광고 전단.
 '아틀라스는 누구인가?'라고 씌어 있었다.
 그 단순한 두 낱말 위에는 자신감에 넘치는 영웅다운 모습을 한 남자가 그려져 있다. 수염을 깎은 매끈한 턱에, 소매를 걷어붙인 멜빵 차림으로 엉덩이께 주먹을 꽉 쥔 채, 노동자의 미래를 보듯 선구자적인 결연함으로 랩처를 응시하고 있다.
 딱 한 번 카페 앞에서 보았을 때의 아틀라스는 그저 평범한 남자로 보였다. 잘생긴 얼굴에 건장한 체격이었지만 그저 평범한 남자. 그럼에도 그는 비범한 일을 하고 있었다. 위험천만한 이타주의를 몸소 실천하면서 라이언의 경관들을 유린하고 있었던 것이다.
 최소한 아틀라스는 강한 카리스마를 지닌 남자일 테지. 다이안 자신을 감동시킬 수 있는 자, 그래서 정처 없이 텅 빈 마음을 채워줄 수 있는 자.
 다이안은 장벽 옆을 지키고 서서 샷건을 만지작거리고 있는 수염 난 보초병에게 다가갔다. 면도하지 않은 얼굴에 넓적한 어깨의 남자로 작업복 셔츠와 기름으로 얼룩진 청바지를 입었다.

"저기요, 말 좀 전해줄래요? 한 번은 포퍼스 드롭에서 그 남자를 봤는데, 아틀라스 말이에요. 지급품을 나눠주고 있었거든요. 꼭 한번 보고 싶어서요. 뭔가 도울 수 있을지도 모르잖아요. 그 사람을 포퍼스 드롭에서 봤을 때, 난 그냥……."

다이안은 머리를 흔들었다.

"뭔가 느낌이 왔어요."

보초는 거짓말을 하는 건 아닌지 살펴보는 것처럼 한참을 노려보더니, 이윽고 입을 열었다.

"무슨 말인지 알겠소. 근데 당신, 믿을 만한지 모르겠는데……."

다이안은 누가 볼까 주변을 살피고선 랩처 달러 한 뭉치를 핸드백에서 꺼냈다.

"부탁해요. 오늘은 이게 전부거든요. 필요하다면 돈을 더 가져올게요. 그를 볼 수만 있다면."

남자는 휘둥그레진 눈으로 돈뭉치를 보더니, 침을 꼴깍 삼킨다. 이내 손을 뻗어 서둘러 낚아채곤, 외투 안주머니에 푹 꽂았다.

"여기서 잠깐만 기다리쇼."

그 수염 난 보초병이 돌아서서 동료를 불렀다. 이번엔 나이가 지긋해 보이는 보초다. 둘이 낮은 목소리로 뭔가 속삭이더니 수염 난 보초병이 다이안 쪽으로 고개를 돌려 윙크를 했다. 연장자로 보이는 보초병은 황급히 어디론가 뛰어갔다. 보초병은 자기 자리로 돌아와서 휘파람을 불었다. 그러고는 한 손으로 그녀에게 신호를 보냈다.

'기다리시오.'

그런 후 그는 다이안을 못 본 척 아예 눈길도 주지 않았다.

뇌물로 쓴 돈은 헛수고였나? 그녀의 삶 자체가 헛수고인지도 모른다. 거미 스플라이서들이 높은 곳에 나란히 서서 아폴로 광장을 내려다보고 있다. 오늘 밤 아폴로 광장엔 불빛조차 전력을 탕진한 듯 끔벅거리고, 머지않은 곳에서 죽은 자들의 썩어가는 냄새가 풍겨왔다. 취기는 여전히 남아, 주변의 공간이 천천히 회전하고 있다. 시체 냄새를 조금만 더 맡다간 정말 토할 것 같았다.

그러나 다이안은 자리를 뜨지 않았다. 스플라이서들이 덮쳐들 때까지 꼼짝도 하지 않을 작정이다. 아니면 아틀라스를 두 눈으로 직접 보게 될 때까지.

라이언이 자신을 원치 않는다면, 누군가는 원하겠지.

한 여자가 장벽으로 성큼 다가왔다.

"아틀라스가 승낙했어. 당신을 보겠다는군, 맥클린톡."

여자가 말해주었다. 다이안은 그 여자의 일그러진 얼굴을 보지 않으려 애썼다. 한쪽 눈두덩이 반흔 조직으로 온통 부풀었고, 갈색 머리칼은 기름져 달라붙었다.

"필로, 넌 같이 따라와."

샷건잡이 필로는 고개를 끄덕이고는 다이안을 향해 총 끝을 까딱해 보였다.

"댁이 앞장서쇼."

일순간 다이안은 도망칠까 하는 생각도 들었다. 대신 그녀는 나무판자로 만들어놓은 문을 지나 그들을 꼿꼿이 따라 걸었다. 아폴로 광장을 건너 아르테미스 스위트로. 외눈의 여자는 문가에 널브러진 쓰레기 더미를 성큼 뛰어넘었다. 다이안은 그녀를 따라 쓰레기 냄새가 진동하는 건물 내부로 들어섰다.

곰팡내 나는 쓰레기 사이로 걸어가자니 구토가 치밀었으나, 다이안은 온통 낙서판인 강철 장막을 따라 굽이진 계단을 올라갔다. 지저분한 행색의 아이들과 술주정꾼들을 지나, 4층까지 그렇게 올라갔다.

두 명의 보초는 문간을 통과해서 반쯤 타다 남은 카펫이 깔린 복도로 그녀를 안내했다. 숱 많은 갈색 머리 여자는 조금도 망설임이 없었고, 필로라는 남자는 다이안의 뒤에서 뚜벅뚜벅 걸었다. 조명이 다시 끔벅거렸다.

"불이 곧 나갈 것 같은데."

필로가 낮은 소리로 툴툴댄다.

"라이언이 이 건물의 전기를 끊어버렸어. 날림으로 임시변통은 했는데, 도통 불안해서 말이지."

"나한테 손전등이 있어."

여자가 답했다. 셋은 또 다른 층계에 당도했는데, 당혹스럽게도 이번엔 아래로 내려갔다. 이 계단은 그나마 깨끗한 편이었다. 거지들도 없었고, 지루했는지 몸을 긁던 보초 몇이 그들이 지나가자 고개를 꾸벅인 것이 전부였다.

밑으로, 또 밑으로 내려갔다. 올라간 것보다 더 많이 내려간 듯싶었다. 셋은 마침내 지하 통로에 닿았다.

여기서 그들은 증기로 자욱한 배관을 지나, 웅덩이를 지나오느라 다 젖어버린 신발을 끌고 마침내 물이 뚝뚝 떨어지는 높다란 밀실에 도착했다. 세큐리스 앞에는 기분 나쁜 미소를 머금고 몸을 바르르 떠는 스플라이서 한 명이 지키고 서 있었다. 누더기가 된 스웨터 차림에 다 해진 바지, 삭아버린 신발 사이로 발가락이 나왔다. 그는 얼굴에 만성적 스플라이서의 극심한 붉은빛 연주창(連珠瘡)이 돋아나 있었고, 생선 내장을 도려내는 굽은 단도 세 개를 손에서 손으로 빙빙 돌리고 있었다. 공중으로 치솟은 단도들이 천장에 붙어 있는 갓 없는 전구를 스칠 듯 말 듯 했다. 전구까지 1센티도 안 되는 거리를 남기곤 다시 내려왔다.

"어이, 깔랑깔랑 꼭지! 저 계집은 또 누구야?"

치직거리는 소리로 스플라이서가 물었다. 말하는 와중에도 단도를 돌리는 짓거리를 멈추지 않았다.

"맥클린톡. 아틀라스가 들여보내랬어."

"그건 네 말이지, 깔랑깔랑 꼭지. 만약 거짓말이라면 널 껍데기 째 튀겨버릴 테니까! 들어가 봐!"

스플라이서는 여전히 저글링을 하면서 옆으로 비켜섰고, 필로가 세큐리스 문을 열어주었다. 다이안은 한시라도 빨리 그 스플라이서를 피하고자 황급히 문을 통과했다.

그 밀실은 불이 켜진 다용도실이었다. 벽 근처의 수도와 난방 배관들이 바닥을 뚫고 울퉁불퉁 솟아나 있었다. 방은 따스했고 소금물과 곰팡이, 담배 냄새가 났다.

담배를 피우는 사람은, 여기저기 파손된 철재 책상 뒤에 편안하게 앉아 있는 근육질의 사내였다. 책상 위에는 작은 술잔과 금테를 두른 담배 상자가 놓여 있었다.

그 남자였다. 카페 밖에서 다이안이 본 그 남자. 광고 전단에서 본 것처럼 소매를 걷어붙인 흰 셔츠를 입고 있었다. 타인을 신뢰하게 만드는 좋은 얼굴이라고 그녀는 생각했다.

덥수룩한 차림새의 경호원 두 명이 그의 뒤에 바짝 붙어, 신경조직처럼 어지럽게 나열되어 있는 밸브를 등지고 서 있었다. 둘 다 작업복을 입고 기관총을 들었다. 그중 하나는 불이 붙어 있지 않은 담뱃대를 게걸스럽게 입에 물고 있었다.

"내가 아틀라스요."

책상 앞에 앉은 사내가 약간의 아일랜드 억양이 섞인 어투로 말을 걸었다. 그녀를 쳐다보는 눈초리는 생소하리만치 솔직담백했다.

"당신은 라이언의 여자 중 한 명인가?"

"난 다이안 맥클린톡이에요. 난 라이언 씨 밑에서 일하…… 일했죠. 당신이 포퍼스 드롭에서 사람들을 도와주는 걸 보고…… 그, 그게 왠지 마음에 와 닿아서요. 지금 일어나는 일들이 맘에 들지 않기도 하고. 그저 내가 원하는 건, 그건……."

원하는 게 대체 무엇이지?

그의 얼굴에 장난꾸러기 같은 미소가 번졌다.

"자기가 원하는 게 뭔지 잘 모르시는 모양이군, 맥클린톡 양."

다이안은 한숨을 쉬고는 무의식적으로 손으로 머리를 매만졌다.

"난 피곤해요. 술도 몇 잔 마셨고. 하지만 당신에 대해 더 알고 싶어요. 내 말은, 그러니까 친구처럼 말이에요. 내가 경관이랑 손을 잡거나 한 것도 아니니까. 본 것도 많고 들은 것도 많지만…… 뭘 믿어야 할지 잘 모르겠어요. 한 번은 아폴로 광장을 지나가고 있는데 한 여자가 장벽 너머로 걸어오는 걸 봤어요. 근데 라이언 밑에서 일하는 스플라이서 중 하나가……."

기억하고 싶지 않았다. 바삐 다가오던 그 여자는 한순간 생기가 넘쳐 보였다. 다음 순간 스플라이서가 불덩이를 던졌다. 화염구로 지글지글 타들어간 그 여자는 순식간에 새까만 숯덩이로 변해, 다이안 앞으로 툭 떨어졌다.

"스플라이서가 그 여자를 태워버렸죠. 그때 그 여자 얼굴 표정은…… 마치 내게 뭔가 말하려는 것 같았어요. 그래서 오늘 밤……."

다이안은 다시 한 번 한숨을 푹 내쉬었다.

"나도 몰라요. 그냥 지금은 너무 피곤해요."

"숙녀분께 의자도 권하지 않냐, 이 덩치만 큰 촌뜨기야."

아틀라스가 필로에게 으르렁거렸다.

한마디 대답도 없이, 필로는 구석에서 철재 의자를 끌어와 다이안의 앞에 놓았다. 그녀는 의자에 앉았다. 아틀라스가 책상 위의 담배 상자를 그녀 쪽으로 밀어주었다.

"담배?"

"좋죠."

상자를 열고 담배 한 대를 꺼내 무는 그녀의 손은 바르르 떨리고 있었다. 필로가 불을 붙여주었고, 그녀는 고맙다는 표정으로 길게 한 모금 들이마시고는 실크 같은 연기를 공중에 내뿜었다.

"이거…… 이건 진짜 담배잖아요! 버지니아 담배! 게다가 이 금테 상자까지! 혁명군치곤 잘 사시나봐요."

아틀라스가 낮게 웃었다.

"아, 물론이지. 근데 이건 랩처 지하에 있는 라이언의 저장고에서 탈취한 거야. 물론 놈은 자기 상점에서 팔아먹으려고 구한 거였겠지. 한때 내가 바닥을 쓸고 청소하던 그 상점에서. 나는 정비공이자 랩처의 잡역부였소. 놈들의 달콤한 거짓말에 현혹되어 이곳으로 왔지. 내가 바라던 전문직 취업을 고대하면서. 결국 청소부로 전락했소. 시간이 지나니 그 일마저 할 수 없게 되었지."

"그 전문직이란 건 뭐였는데요?"

"금속 세공사."

아틀라스는 꽁초를 비벼 껐다. 노동자라고 하기엔 손가락이 너무나 하얗고 부드러워 보였다.

"그 저장고에서 탈취한 것들 대부분은 사람들에게 나눠줬어. 악마의 자식이나 다름없는 그 라이언이 아르테미스에 공급을 끊은 후부터 이곳 사람들이 뭘 먹고 사는지나 아쇼, 응?"

다이안이 고개를 끄덕이며 동의했다.

"앤드류가 그…… 뭐라더라, 볼셰비키 집회에 가담하길 거부하는 사람들에게만 일자리를 지급하겠다고 말했죠."

"볼셰비키 집회라고? 그래, 이젠 우리가 소련군이라 이거지! 정당한 대우를 요구한 대가가 이거라고!"

다이안은 책상 위의 재떨이에 담뱃재를 털었다.

"어떤 종류의 '대우'라도 앤드류한테는 빨갱이 짓이죠."

코를 훌쩍이며 그녀는 말을 이었다.

"그 사람이라면 이제 질려버렸어요. 그렇다고 내가 당신네들을 사랑할 수 있다는 건 아니에요. 당신이 나한테 무슨 짓을 했는지 봐요."

그녀가 볼에 난 상처를 만지작거리자 아틀라스가 슬픈 듯이 머리를 흔들었다.

"당신도 그때 있었구먼. 폭탄이었소? 그래도 당신은 여전히 아름다운 사람이야. 그곳에서 허무하게 죽어버리기엔 너무 강했던 거지. 뭐, 그것도 다 인격 완성의 과정 아니겠소. 그런 일을 겪을수록 사람이 강해지는 거지, 다이안."

그는 허울을 벗어던진 솔직한 시선으로 그녀를 응시했다. 믿고 싶을 정도로.

"왜 자신을 아틀라스라고 부르죠? 그건 당신의 진짜 이름이 아니잖아요."

"그걸 다 혼자 알아낸 건가, 응?"

아틀라스는 입가에 미소를 머금었다.

"아틀라스는 양 어깨에 세계를 짊어진 자 아니요? 그 널찍하고 믿음직한 등짝으로, 응? 그러면 노동자는 누구요? 노동자도 넓은 등짝에 세상을 짊어지지. 특권층 놈들을 위해 세상을 들어 올리고 있는 꼴이지, 바로 당신 같은 사람을 위해서!"

서랍을 연 그는 놀랍게도 진짜 아일랜드 산 위스키처럼 보이는 술병을 꺼냈고 거기에는 진짜 '제임슨'이란 라벨이 붙어 있었다.

"해장술 한잔 어때? 어이, 필로. 여기 잔 좀 가져와."

둘은 술을 마시면서 정치와 평등의 문제, 집회와 노동 계층을 위한 물자공급 등의 이야기를 나누었다.

"그럼, 당신 자신을 노동 계층의 해방자라고 생각해요, 아틀라스?"

"나는 해방자가 아니야. 해방자란 건 존재하지도 않아. 그것만은 라이언이 옳아. 하지만 사람들은 스스로 속박을 풀고 해방할 거야! 단지, 누군가 그걸 일깨워줄 사람이 필요할 뿐이지."

아틀라스는 생각에 잠겨 술잔을 이리저리 기울이고는 다시 말을 이었다.

"리틀 시스터들에 대해 아시나? 그 불쌍한 고아들한테 놈들이 무슨 짓을 하는지?"

"나도 들었어요. 그래요, 그것 때문에 마음이 언짢아요. 지금 알고 싶은 게 그거라면……."

그는 세 잔째 술을 따라주었다.

"맞아. 그리고 마음이 언짢은 것도 당연하지."

아틀라스는 근엄한 표정으로 담배 한 대를 꺼내 물었다.

"오장육부가 찢어질 것 같지! 나도 어린 딸내미가 하나 있단 말이오. 그 자식들이 내 아이에게 그런 짓을 한다는 생각만 해도! 아, 생각만으로도 끔찍해! 허나, 과연 그걸로 사람들이 아담을 사는 걸 막을 수 있을 것 같아? 랩처는 이제 지탱하기도 어려워, 다이안. 더 이상은……."

다이안이 결심을 굳히기까진 얼마 걸리지 않았다. 위스키나 담배 기운 때문이 아니다. 저 강인한 턱이나 정직한 갈색 눈동자, 깨어 있는 의식 때문도 아니다. 다만 집으로 혼자 돌아가야 한다는 것, 앤드류 라이언이 말을 걸어주기만을 기다려야 한다는 것, 그것 때문이었다.

절대, 절대 두 번 다시 그러고 싶지 않았다.

"아틀라스."

다이안이 입을 열었다.

"내가 도와줄게요."

"라이언이 당신을 이리 보내지 않았다고 내가 어떻게 확신하지? 그것부터 증명해 주겠어?"

"내가 보여줄게요. 난 첩자가 아니에요. 그 사람이 절대 승낙하지 않을 일들을 해보일 테니. 그런 후엔, 당신도 날 믿게 될 거예요."

라이언 플라스미드

1959년

절반은 철로 된 벽으로 가려진 실험실, 절반은 육아실인 이 작은 공간은 오늘 싸늘하기 그지없었다. 구석의 천장에 박은 녹슨 못에서는 얼음 같은 물이 뚝뚝 떨어졌다. 테넨바움은 정비공들에게 이미 여러 번 물이 샌다고 말했었지만, 여태껏 아무도 고치러 온 적이 없었다.

실험대상 15호는 아랑곳하지 않았다. 테넨바움이 주시하는 동안 이 어린 소녀는 물을 가지고 장난치며 놀았다. 거대한 심해가 자기 방에 쪼끄마한 돌격대를 보냈다며 재미있어 했다. 구석에 쭈그리고 앉은 채, 아이는 한 방울, 한 방울 떨어지는 물방울을 잡으려고 손을 휘저었고 손에 잡히면 좋아라고 키득거렸다.

테넨바움은 한숨을 푹 내쉬었다. 실험은 별 탈 없이 순조롭게 진행되고 있었다. 정신 조작은 성공적이었다. 그러나 날이 갈수록 마음이 무거웠다. 어딘가 숨겨놓은 짐이라도 진 것처럼, 자신이 빅 대디가 된 것처럼, 마치 그녀 자신도 무거운 철갑에 갇힌 것처럼. 테넨바움은 오늘 할 일을 떠올렸다. 시간이 되었다.

문 쪽으로 걸어가 문을 열고 실험실 가운 주머니에서 무선조종기를 꺼냈다. 이내 무선조종기를 손에 쥐고 구석에서 동면상태로 꼿꼿이 서 있는 회색의 쇠붙이를 향해 겨냥했다. 저 철갑 속에 잠들어 있는 건 한때 인간이었으나 지금은 그저 혼수상태에서 자극제가 효력을 발휘하기만을 기다리고 있는 인간도 기계도 아닌 존재에 불과했다. 결코 완전한 인간으로서의 의식을 되찾을 수 없다. 그저 영원히, 기곗 덩어리보다는 조금 더 향상된 존재로 명령을 기다릴 뿐이다.

테넨바움이 조종기의 단추를 누르자 빅 대디는 즉각 반응을 보였다. 삐걱거리는 소리와 함께 쿵쾅거리는 발걸음으로 실험실로 걸어 들어왔다.

"우우!"

빅 대디를 보자 실험대상 15호가 물에 젖은 손바닥을 두드리며 환호성을 질렀다. 소녀는 커다란 쇳덩이의 손을 꼭 쥐며 빅 대디를 올려다보았다.

"풍선 아저씨가 왔다!"

문득, 브리짓 테넨바움은 수년간 망각 속에 접어두었던 순간이 생각났다.

나치가 아버지를 잡아가던 그때, 벨로루시에서의 그녀도 지금 저 아이처럼 어린 소녀였다. 전쟁이 아직 시작되기 전이었건만, 문제를 일으킬 우려가 있다고 판단된 자들을 이미 숙청하던 시기였다. 소대를 관할하던 나치 장교 한 명이 차가운 회색 눈동자로 그녀를 노려보았다. 울퉁불퉁한 피부에 몸집이 커다란 그는 헬멧을 착용하고 있었고, 손에는 두터운 장갑을 끼고 가슴께로 넘어가는 끈이 달린 번들거리는 가죽벨트를 차고 있었다. 잘 닦인 목 긴 장화에 반짝이는 단추와 훈장들.

"꼬마야, 넌 쓸 만해 보이는구나. 우선 주방에서 일하고, 시간이 좀 지나면 수용소로 가라. 실험대상이 필요하니까."

그러고선 그녀에게 손을 뻗었다. 테넨바움은 그를 물끄러미 올려다보기만 했고, 사람이기보단 기계 같다는 생각을 했었다. 한 번은 아버지가 쇠붙이 인간이 거리를 헤매고 다니는 무성영화를 보여준 적이 있었다. 이 사람도 제복을 입은 쇠붙이 인간이었다. 살점으로 뒤덮인 쇳덩이.

두 번 다시 아버지를 볼 수 없음을 알고 있었다. 앞으로도 계속 혼자일 것이다. 그런데 이 남자가 그녀에게 손을 뻗었다. 가슴 속에서 무언가가 닫히는 소리를 들었다. 소녀는 생각했다.

'이 쇠붙이 남자들과 친해져야 해.'

소녀는 팔을 뻗어 그 장갑 낀 손을 꼭 쥐었다.

그리고 이제 랩처에서 브리짓 테넨바움은 그 어린 소녀였던 자신을 기억하며 몸을 떨었다. 지금의 테넨바움이 된 현재를 되돌아보았다. 그날 이전에도 이미 그녀는 사람들과 거리를 두었었다. 타인과의 교감은 언제나 힘에 부쳤다. 그럼에도 가까스로 문을 조금 열어두었지만 장교의 손을 잡던 바로 그 순간, 자신의 가족을 위해 열어두었던 그 문을 완전히 닫았다. 이젠 그저 생존하기 위해 살아갈 것이다.

지금 이 순간 테넨바움은 우두커니 서서, 실험대상 15호와 빅 대디를 바라보고 있다. 실험대상 15호. 기갯 덩어리와의 유대 관계 성립을 목적으로 길들여진 또 한 명의 소녀. 살점으로 뒤덮인 쇳덩이 남자들. 랩처에서의 그들은 살점을 뒤덮은 쇳덩이였다. 실험대상 15호는 비뚤어진 아이였다. 랩처의 철학만큼이나, 그 아이의 마음은 온통 비뚤어져 있었다. 테넨바움의 어린 시절과 너무나 닮았다.

소스라치며 테넨바움은 낮은 소리로 웅얼거렸다.

"이 아이는 아니야, 더 이상……."

그 말을 내뱉은 순간, 온몸의 내장이 밖으로 튀어나온 것 같았다. 감정이 토해지고 가슴 속이 들끓었다. 다시금 아이로 되돌아간 것 같았다. 어머니가 되리라. 수많은 아이들을 입양하는 어머니가 되겠다. 이 아이들을 더 이상 실험대상으로 취급할 수 없었다.

테넨바움은 아이에게 다가가 그 작은 몸뚱이를 끌어안았다.

"미안해."

볼을 타고 흐르는 눈물이 멈추질 않았다.

"내가 너무 미안해."

머큐리 스위트

1959년

"인간과 기생충의 차이가 뭐겠소?"

빌이 설리번의 집으로 향하던 중, 벽을 쩡쩡 울리며 공개방송이 흘러나왔다. 감시 카메라가 윙윙 돌아가며 그를 바짝 쫓고 있었다.

"인간은 건설할 수 있습니다."

앤드류 라이언의 목소리가 계속 이어졌다.

"반면 기생충은 이렇게 묻죠, '내 이득은 뭔데?' 인간은 창조할 수 있소. 기생충은 이렇게 말하죠. '이웃들이 뭐라고 생각할까?' 인간은 발명할 수 있습니다. 반면 기생충은 이렇게 말하죠. '조심하라고, 그렇지 않으면 신의 영역까지 침범할 테니'라고."

빌은 이 마지막 부분에 관한 한, '기생충'의 말도 일리가 있다는 생각이 들었다.

아파트 문을 두드리자 설리번이 직접 나와 문을 열어주었다. 설리번은 빌의 어깨너머를 힐끔 쳐다보며 혼자라는 것을 확인한 후 고개를 끄덕였다.

"들어오게."

설리번의 입김에서는 술 냄새가 진동했고, 문에서 몸을 돌려 방으로 들어가는 걸음걸이도 불안하기 그지없었다. 빌은 그를 따라 들어서며 문을 닫았다. 설리번의 아파트는 그의 집과 같은 구조였지만 조금 더 넓어 보였다. 혼자 살아서 그런지 가구가 적었다. 게다가 또 하나 다른 점이 있었다. 설리번에겐 죽은 전우나 다름없을 텅 빈 술병들이 탁자며 책상 위, 심지어 카펫 위에까지 널브러져 있었다.

설리번은 소파에 앉아 빈 술병을 치우고 녹음기를 차탁 위에 올려놓았다. 빌은 설리번 옆에 조용히 앉았다. 왼쪽에는 심해의 풍경이 보이는 커다란 창문이 있었고 조수가 심해질 때마다 아파트 건물 전체가 삐걱거렸다. 까치복 한 무리가 유유히 헤엄쳐가다가 아파트 건물에서 새어나오는 불빛 때문인지 무리 전부가 꼬리를 내밀고 획 방향을 틀었다. 도망치는 와중에도 열을 맞추는 것이 신기했다.

"한잔하겠어?"

술을 권하는 설리번의 목소리는 죽은 듯했고 눈가에는 벌겋게 자국이 남아 있었다. 아마 한동안 잠을 이루지 못한 모양이다.

다섯 시도 채 안 된 좀 이른 시각이었지만, 술을 거절해서 오히려 설리번을 비난하는 꼴이 되고 싶진 않았다.

"그냥 저 술병에 남은 거, 아주 조금만."

설리번은 씻지도 않은 것처럼 보이는 잔에 술을 따라주었고, 빌은 순순히 잔을 받았다.

"뭐가 그리 걱정되어서 이 난리야, 부장? 당신 같은 사람한테서 긴급 연락을 받다니 별일이로군. 시간 내에 도착하느라 일도 하다 말고 달려왔는데."

설리번은 앉은 소파 옆에 가지런히 개어놓은, 누군가가 뜨다 만 검붉은 담요를 물끄러미 쳐다보았다. 가만히 손을 뻗어 담요를 어루만지는 그의 입술이 가늘게 떨렸다.

그러다 대뜸 마시던 술을 팽개치고 술잔을 탁자 위에 턱 하니 내려놓았다.

"라이언 회장님이 선전 활동을 시작하셨네. 리틀 시스터 건을 모조리 감언이설로 포장하셨지. 아이들을 이용해서 플라스미드를 양식하다니. 그게 옳은 일처럼 들려, 빌?"

"뭐야? 설마. 난 플라스미드 같은 건 싫어. 그런 식으로 채취하는 건 더더욱. 라이언 회장님은 그게 임시방편이라잖아, 어차피 고아들인데 상관있냐면서······."

빌은 고개를 저었다.

"하지만 이런 짓은 계속 지속될 수 없어. 이미 무너지고 있잖아. 도시도 그렇고, 사람들도. 곧 모든 것이 토대부터 허물어질 거야. 우리가 뭔가 손을 쓰지 않으면 말이야."

빌은 말을 끊고서 자기가 정신이 나간 건 아닐까 생각했다. 선동이나 다름없는 이런 민감한 사견을 라이언의 치안부장이란 자에게 말하고 있다니. 혹시 이게 다 작전이었나? 그렇지만 설리번은 이미 오랫동안 자신의 책무에 회의를 느끼지 않았던가. 자신을 막역지간 같은 사이로 생각하고 있음이 틀림없을 터. 누구든 언젠가는 그 누군가를 신뢰해야 하지 않나. 거기다가 오랜 시간을 함께 해온 덕에 빌은 설리번 부장을 잘 알고 있었다. 설리번은 연기를 잘 못한다. 술에 취해 있을 땐 더욱. 이건 연기도, 위선도 아니다.

"진즉에 다 허물어졌어, 빌."

혀가 배배 꼬인 발음으로 설리번이 응수했다.

"내가 여기 음성기록을 모아놨는데······ 테이프 하나에 다 실었거든. 전부 다른 시간, 다른 사람들로부터 모은 거야."

설리번은 녹음기의 시작 버튼을 눌렀다.

"자네 의견이 듣고 싶어, 빌. 이 물에 빠진 빌어먹을 도시에서 믿을 만한 사람이라곤 자네밖에 없어."

녹음기에서 장난기 어린 선율의 기타 연주가 흘러나왔다. 누군가 휘파람을 불고 있다. 가볍게 기타를 퉁기는 박자를 따라 안나 컬페퍼가 노래하고 있었다.

라이언이 우릴 끌어들였지, 라이언이 우릴 가둬놓았지

샌더 코헨이 우리에게 최면을 걸었지

라이언이 우릴 목마르게 했지, 그냥 한 번 해본 거야

샌더 코헨이 우리에게 최면을 걸었지

바보 같은 노래와 물 탄 술로

춤만 추고–춤만 추고–춤만 추게 해

바보 같은 금발 여자들의 짙은 눈 화장

버둥거려–버둥거려–버둥거리게 해

노래는 컬페퍼의 음울하면서도 희롱하는 듯한 목소리를 타고 계속 흘러갔다. 설리번이 중지 버튼을 누르자, 빌은 어깨를 으쓱이며 말했다.

"이게 뭐 어쨌다는 거야, 부장? 이런 바보 같은 노래는 전에도 많이 들었어. 그 여자가 라이언 공업을 유유히 걸어 나가선, 내 술집을 전전하며 술이나 마셔댔지. 친구들한테 잘난 척하면서 회장님을 비난하더군. 저런 노래는 랩처의 어떤 구역에선 인기가 많은지 몰라도, 정작 부르라면 크게 부르지도 못해."

설리번은 어두운 표정으로 물었다.

"그럼 자넨 저런 게…… 처벌받을 짓은 아니란 소리야?"

"무슨 처벌? 그냥 노래일 뿐인데?"

"그래…… 그럼 이건?"

설리번이 녹음테이프를 다시 틀었다. 이번엔 안나 컬페퍼가 나직이 말하고 있었다.

"코헨은 진정한 음악인이라고 볼 수도 없어, 그냥 라이언의 말이나 관리하는 마구간 지기일 뿐이야. 라이언의 부패 정치 때문에 온 사방이 쓰레기장이잖아. 그럼 코헨이 팔랑거리고 다니면서 그 쓰레기를 치워준단 말이야. 근데 조랑말을 돌볼 때처럼 정석으로 삽을 쓰는 게 아니거든. 코헨은 딱 현혹되기 쉬운 그런 멜로디를 가지고 영악하게 가사를 쓴단 말이야. 하지만 제아무리 멋지게 노래를 해도 그 악취만은 어쩔 수 없어."

다시 중지 버튼. 설리번은 술 한 잔을 더 채우고는 더욱 혀가 고꾸라진 소리로 물었다.

"이건…… 이건 어떻게 생각하나, 어?"

"흠. 확실히 선동적이란 건 인정할게, 부장. 그렇지만 예술가라는 족속들은 그냥 말뿐이라고. 말만 늘어놓는단 말이야. 별다른 의미가 없어."

"그런가, 그러면…… 이거 한번 들어보라고. 얼마 전에 단속에 걸린 놈 중 하나야. 우릴 피했지, 사실 그게 나았어. 우리 둘만의 비밀인데 말이지, 빌…… 이건 폰테인이 죽기 전에 해뒀던 녹음이야."

설리번은 재생 버튼을 눌렀고 빌은 피치 윌킨스로 추측되는 목소리를 들었다.

"우리 모두 여기 내려와서, 라이언의 그 '위대한 사슬' 중 일부가 된 줄 알았지. 뚜껑을 열어보니 웬걸, 라이언의 사슬은 금으로 되어 있고, 우리 것은 발목을 묶는 쇠사슬이더라 이거야. 포트 프롤릭에서 패션모델들이랑 놀고 있는 그놈과 달리 우린 이 시궁창에서 생선 내장이나 발라내고 있잖아. 폰테인이 약속한 건 이보다 훨씬 나아."

"그 아틀라스라는 놈 같은데. 목소리는 좀 다른데, 내용이 같잖아."

빌이 지적했다.

"자, 그럼 이걸 들어봐, 빌. 좀 이따 나오는 거, 같은 놈이야."

설리번이 말했다.

"폰테인이 우리 주머니를 동여매려는 거지. 자기 방식대로 하지 않으면 라이언에게 고발하겠노라 겁주면서 우리 수당의 80퍼센트나 뺏어갔다고. 그 개자식이! 경관한테 알려야겠다고 새미가 나한테 그러더라고. 그랬는데 다음날 새미는 염지(鹽池)[1] 한가운데에서 자루에 담긴 송장으로 발견됐어. 우린 선택의 여지가 없다고."

설리번은 테이프를 멈추고 비틀거리는 몸으로 술을 한 잔 더 따랐다.

"들었지, 빌? 이제 알겠지?"

"잘 모르겠는데, 부장."

---

1) 바닷물을 저장하기 위해 염전에 만든 못.

"이것 봐, 처음에 놈들은 아무것도 모르고 랩처에 빨려들어 왔다고. 너와 나처럼. 그러다가 알게 된 거야, 이미 거물급이 아닌 이상 현실은 딴판이라는 사실을. 그런 후에 폰테인이 놈들을 구슬려서 자기만의 작은 '사슬'을 만들었지. 놈들도 일이 그 지경이 되니 나가고 싶어 했지. 그러다가 어떻게 됐나? 놈들 중 일부가 죽은 채로 발견되기 시작했어. 그럼 어떻게 해야 할까? 폰테인 밑에서 일하다가 꼼짝없이 갇힌 꼴이 됐잖아! 다음엔 어떻게 됐지? 라이언이 우리 경찰들을 내보내서 놈들을 잡게 했지. 밀수죄로 목을 매달았어! 자기들도 어쩔 수 없이 하게 된 일로 말이야!"

"과연 놈들한테 선택의 여지가 없었는지는 의문이지만 부장, 당신이 무슨 말을 하는지는 알겠어."

"그리고 나서 페르세포네란 곳이 생겼지."

빌이 눈살을 찌푸렸다.

"그곳이라면 몸서리가 처지는군. 나도 거기로 끌려가는 신세가 될까봐 무서워."

"램 박사가 거길 완전히 장악한 거나 다름없어. 자기 둥지로 만들었지. 누가 그걸 준 거지? 라이언이야. 램의 추종자를 처단한답시고 사람들을 들볶더니…… 그 덕에 램은 더 많은 추종자를 거느리게 됐지."

"들볶아? 고문까지 했단 말이야? 난 그건 몰랐는데……."

"라이언은 자네가 알게 되는 걸 꺼렸던 거야, 빌. 몇 명 잡아다 놓고…… 페르세포네 빨갱이들이나 밀수꾼들을 말일세. 라이언은 고문만 한 게 아니라, 직접 관전하고 지시했지. 나도 팻 캐븐디쉬가 저지른 온갖 추잡한 일들을 한두 번 본 게 아니야."

"젠장, 고문이라니!"

생각만으로도 비위가 뒤틀렸다.

"확실한 거야, 부장?"

"당연하지! 내가 그 뒤처리를 해야 했으니까…… 그 끔찍한 찌꺼기를. 암튼 뭐, 그런 꼴을 당할 만한 짓을 했는지도 모르지. 하지만 이 여자, 이 컬페퍼라는 여자는 그저 좋을대로 끙끙대기만 했잖아. 누구 말마따나 그것도 노래라고. 그 미치광이 샌더 코헨이 나오는 우스꽝스런 노래를 한 적도 있어. 놈이 얼마나 미쳤는지 가르쳐줄까?

이거 들어보라고."

녹음기를 또 한 번 틀었다.

정신착란 증세가 도드라지는 샌더 코헨의 목소리가 무언가를 낭독하고 있다.

"에헴. 사나운 토끼, 샌더 코헨 지음. 귀를 잘라버리고 싶지만 그럴 수 없다. 나는 깡충대며 뛰어간다. 내가 깡충대면, 절대 땅을 벗어날 수 없다. 이건 내 저주다, 불멸의 저주! 귀를 잘라버리고 싶지만 그럴 수 없다! 이건 내 저주다, 저주받은 저주! 귀를 잘라버리고 싶다! 제발! 잘라줘! 제발!"

녹음이 끝나자 빌이 말했다.

"우린 그놈이 괴짜라는 걸 이미 알고 있잖아, 부장?"

"괴짜 아니냐고? 천만에. 놈은 살인자야! 아담을 먹고 진짜 미쳐버렸어. 저기 플리트 홀에서 사람들을 잡아놓고 재미로 죽이고 있어. 제물의 몸뚱이를 온통 시멘트로 덮어씌우고, 뒷방에서 그 석상을 사람들에게 공개하고 있다고."

빌은 어이가 없어 설리번을 쳐다보았다.

"그걸 농담이라고 해?"

"아니, 아냐. 농담하는 게 아니라고. 마음 같아선 놈을 당장 잡아 처넣고 싶지만, 라이언 코헨은 적이 아니라면서 신신당부했기 때문에 참는 거지."

설리번은 침통한 낯으로 머리를 흔들었다.

"라이언 회장님이 놈을 보호하고 있다고?"

"컬페퍼가 자기를 조롱하는 노래를 부른다고 코헨이 난리법석을 떨었지. 라이언마저 우롱한다면서. 녹음테이프를 갖다 바치기까지 했어. 회장님도 한바탕 노발대발했지."

"설마 아담을 복용하시는 건 아니겠지?"

"회장님이? 아냐. 하지만 술에 빠졌어. 어떨 땐 아주 냉담해. 다른 때는 편집증 증세를 보이고. 이틀은 멀쩡하다가도 다음날 하루를 진에 취해 보내지. 좋은 현상이 아냐. 누구보다 내가 잘 알아."

빌은 어느새 바짝 마른 입술을 축였다. 입술이 온통 말라버렸다.

"코헨이 진짜 살인자라면 보호할 가치도 없는데."

설리번이 건네준 위스키를 길게 한 모금 들이켰건만, 맛은커녕 목을 축인 흔적도 느낄 수 없었다.

"그런데도 그 코헨 자식을 보호하라는 임무를 맡았지."

설리번이 이를 갈며 내뱉었다.

"그 임무 하나로 심지어 라이언 회장님의 이런 명령마저 이행……."

설리번의 목소리가 갑자기 잠겨버렸다. 손을 뻗어 검붉은 담요 뜨개를 만지작거리더니 담요를 제 가슴에 와락 파묻었다.

"예쁘지 않나? 그 여자와 끝냈을 때, 욕실에 그대로 내버려뒀어. 벌거벗은 채로 욕조에……."

빌의 눈이 휘둥그레졌다.

"무슨 말이야? 그 여자와 끝냈다니?"

설리번은 두 눈을 감은 채, 담요를 당겨서 꼭 끌어안았다. 갑작스런 동작에 술이 무릎에 쏟아졌다.

"침대 옆에 반쯤 뜨다만 담요가 있더라고. 좋더라. 검정색 바탕에 빨간색으로…… 진짜 예뻤지. 그래서 내가 가져왔어. 거기 덩그러니 홀로 남겨두는 게 외로워 보였어, 혼자 남아서……."

빌은 잔을 비웠다. 아직 여기서 나갈 수 있을지도 모른다. 설리번이 저런 상태일 때. 그러나 빌은 물어봐야 했다.

"부장, 라이언 회장님이 자네더러 안나 컬페퍼를 죽이라고 했나?"

설리번은 담요에서 눈을 떼지 않았다. 긴 시간 침묵이 흐른 후, 마침내 그는 고개를 끄덕였다.

"목욕할 때, 물속으로 밀어넣었어. 그 여자 눈이, 빌…… 물속에서 나를 노려보는 눈이…… 내가 그 여자 몸을 밀었을 때, 거품이 막 올라오더군. 난 생각했지, 컬페퍼 당신도 결국 가는구나! 그렇지 않나? 그 여자 생명이, 입에서 거품으로 막 올라오더라니까! 저기 창문 밖에 저 거품이랑 똑같지 않아? 보여?"

"아, 빌어먹을. 부장, 그건……."

빌은 기진맥진한 긴 한숨을 내쉬었다. 뭐라고 말을 해야 좋을지 알 수 없었다. 한편으로는 설리번을 위로해야겠다는 생각도 들었다. 그런 일을 겪다니 당신 정말 안됐어. 그러나 살인자에게 그런 말을 할 수는 없는 노릇이다.

"부장, 난 아내한테 가봐야겠어. 이건 이미 엎질러진 물인데 어쩌겠어. 우린 그냥 잊어버리는 수밖에. 그리고 이거 하나는 말해두겠는데, 나한테 말한 건 다 안전하니까 안심해도 돼, 이 친구야. 자네가 말한 것 모두."

"어, 그런가. 그런데 난 잊을 수 없어."

여전히 눈을 감은 채, 들릴 듯 말 듯한 소리로 설리번이 대답했다.

"넵튠의 은혜에나 가봐야겠다. 거기 가면 아마 따뜻한 자리가 있을 거야."

빌은 자리에서 일어나 그에게서 뒷걸음질을 치고는 황급히 몸을 돌려 문을 찾았다. 그러고는 한마디 말도 없이 자리를 떴다.

라이언 플라스미드

1959년

옷을 벗지도 않고 간이침대에 누운 채, 브리짓 테넨바움은 쇠로 된 벽을 가만히 응시하고 있었다. 그날 밤 잠들지 못하리란 것을 알고 있었다. 너무 많은 얼굴들이 눈에 어른거렸으니까. 그 얼굴들 모두가 쇳덩이 남자들을 우러러보았다.

리틀 시스터들. 아이들의 크고 검고 순진한 눈동자들. 더 이상 견딜 수 없다. 그녀의 무릎을 타고 올라앉는 그 귀여운 아이들. 그 순진무구함이 얼마나 잔인하게 느껴졌는지…….

무엇인가 행동을 해야만 했다. 그래서 숨 쉴 곳을 찾아야 한다. 랩처의 어느 길거리 구석에 홀로 숨어들어 도망칠 수도 있다. 낡은 정비공 기숙사 건물을 알고 있다. 하지만 그곳에 혼자 숨는다고 해서 피할 수 있을까? 아이들의 눈과 얼굴은 끝까지 그녀를 쫓아올 것이다. 어디에도 숨을 곳은 없었다.

차라리 아이들을 이곳으로부터 해방시켜주는 것이 유일한 길이다. 그러면 아이들이 받는 고통을 더 이상 느끼지 않아도 되겠지. 그들의 해방은 곧 테넨바움 자신의 해방이니까.

지금이 딱 적절한 기회다. 보초들은 늦은 밤이면 종종 정문 쪽으로 모여들었다. 감시 카메라와 로봇들의 전원을 끄는 일도 잊어선 안 된다. 그건 어떻게 해야 하는지 잘 알고 있었다. 어떻게든 결국에 네 번째 보초를 지나야만 하고 죽여야 할지도 모른다.

테넨바움은 침대 밑에 손을 뻗어 보드카 한 병을 꺼냈다. 칼로스키한테서 샀던 술인데 아무리 마셔 봐도 자신의 가슴 속에 피어오른 모성애의 그 서글픈 느낌은 지울 수가 없었다. 반쯤 마시다가 술병을 내려놓았다.

병에는 절반의 술이 남았다.

상표도 없는 병뚜껑을 다시 열고 한 모금 들이켠 후, 입안을 헹구고는 실험실 가운에 쏟아냈다. 테넨바움은 벽에 걸린 열쇠를 손에 쥐고 복도로 나섰다. 감시 카메라가 주위를 빙글빙글 돌며 관찰하더니 벽장에서 로봇 하나를 그녀 쪽으로 보냈다. 로봇은 그녀의 DNA를 확인하고 주위를 한 바퀴 돈 후, 다시 벽장으로 돌아갔다. 테넨바움은 복도를 뚜벅뚜벅 걸어가 제16실험실에 잠시 들어갔다가 다시 나와 통로를 따라 계속 앞으로 나아갔다. 그러다 우뚝 제자리에 멈춰 섰다. 두 명의 보초가 샷건을 들고 앞을 막아서며 그녀를 험상궂게 노려보고 있었다.

납빛 얼굴에 작업복을 입은, 키가 큰 쪽은 롤프라는 이름의 보초였다. 고르지 못한 치아의 땅딸막한 쪽은 테넨바움이 여태껏 보지 못한 낯선 사내였고 낡은 군복 외투에 경관 배지를 거꾸로 달고 있었다.

"왜 여기서 어슬렁거리는 겁니까? 근무시간은 훨씬 지났는데, 아가씨."

롤프가 의심스러운 듯 아래위로 훑어봤다.

테넨바움은 눈을 끔벅이며, 술에 취한 것으로 생각해주길 바라면서 몸을 좌우로 휘청거렸다.

"잠이 안 와서요. 외롭잖아. 예쁘게 꾸미고 당신들한테 가보면 어떨까 해서. 내가 샤워할게요, 네? 혹시 나랑 같이 샤워하고 싶어요, 응?"

롤프의 입이 벌어졌다. 살면서 이보다 더 신기한 일은 없었다. 그녀의 말을 진심으로 믿고 싶은 것 같았다.

키 작은 쪽도 당황한 표정으로 머리를 긁적였다.

"아니 그럼…… 그 말은 여기 롤프하고만 같이 샤워한다고요?"

"아, 아니지. 누구라도 괜찮아. 우리 다 같이 차례대로 하면 되잖아요, 응?"

보드카를 쭉 들이켜는 시늉을 하면서, 그녀는 복도 끝의 샤워실을 가리켰다.

테넨바움은 몸을 돌려 고주망태가 된 것 같은 흐리멍덩한 눈빛으로 그들을 보며 미소를 지었다.

"이 술병 가지고 저기 샤워실에서 기다려요, 응? 난 좀 예쁘게 꾸밀 테니까."

"아, 안 돼, 젠장! 카메라가 너무 많잖아."

롤프가 말을 이었다.

"누가 보기라도 하면……."

"그럼 내가 끄면 되지!"

테넨바움은 쓸데없는 걱정이라는 듯이 손을 크게 한 번 휘저으며 재촉했다.

"그 정도는 아무것도 아니야!"

"여기 대체 무슨 일이야?"

붉은 머리의 남자가 한 손에는 기관총을, 다른 손엔 손전등을 든 채 소리를 질렀다. 소리도 없이 복도를 가로질러 오며, 불만스러운 듯 아랫입술을 삐죽이 내밀었다. 그러다가 순전히 욕정이라고밖에 말할 수 없는 표정으로 급변했다. 그의 시선은 테넨바움의 손에 들린 술병에 꽂혀 있었다. 여자에 대한 욕정이 아니었던 모양이다.

"그, 그거…… 혹시 포도주?"

테넨바움은 그를 보며 고개를 저었다.

"아뇨, 훨씬 더 독한 거. 마시고 싶죠?"

그녀는 술병을 그의 손에 쥐어주었다.

"보드카를 샤워실로 가져가요. 내가 카메라를 처리하고 올 테니. 그거 이 사람들이랑 나눠마셔야 돼요, 응? 다 같이 파티 한번 하자고요."

손가락을 세우고는 가볍게 흔들었다.

"샤워 중에 너무 장난치면 안 돼요!"

테넨바움은 돌아서서 깔깔 웃어대며 자동보안 통제 패널 쪽으로 흔들흔들 걸어갔다.

보초들이 부리나케 샤워실 쪽으로 가면서 중얼대는 소리가 들렸다. 롤프의 목소리다.

"난 모르겠어. 그냥 한두 모금 정도라면 몰라도, 우리가 그렇게까지는…….'

테넨바움은 자물쇠를 풀고 모든 감시 카메라와 로봇의 전원을 끈 후, 샤워실의 상황을 확인하러 갔다. 이미 계획했던 대로였다. 보드카에 섞어둔 과량의 수면제가 신속하게, 또 정확하게 제 할 일을 해냈다. 세 명의 보초 모두 바닥에 쓰러져 코를 골며 곯아떨어져 있었다. 샷건 두 정의 장전을 풀고 탄피를 거둔 다음, 세 번째 총을 손에 들었다.

가죽 토트백을 집어 들고, 바다 민달팽이를 제거할 간단한 기재와 통조림 등 필수품을 가득 챙겨 넣었다. 정화용 기구는 아이들 몸 안에 심어놓은 바다 민달팽이를 박멸할 것이다. 아이들은 달팽이의 잔여물 찌꺼기를 토해내기만 하면 된다.

테넨바움은 어둑어둑한 조명이 켜진 통로를 잰걸음으로 지나 아이들이 자고 있는 방에 도착했다. 어린 소녀들을 방에서 꺼내주기 전에, 겁먹게 하지 않으려고 몸을 굽혀 샷건을 벽에 기대 세웠다. 그런 후 손가락을 입술에 대고 조용히 하라는 신호를 보내며 한 명씩 복도로 이끌면서 윙크를 했다.

"자, 얘들아."

소녀들이 동그랗게 모여들자 테넨바움은 낮은 목소리로 속삭였다.

"우리 재미있는 놀이하자, 응? 숨바꼭질 놀이. 다른 방의 애들도 불러서."

"누가 오는데요."

꼬마들 중 한 명이 가리켰다.

테넨바움은 멀리서 들려오는 둔탁한 발걸음 소리를 들었다. 아마 복도 끝을 지키는 네 번째 보초인 모양이다.

"어이, 시스템이 꺼졌잖아!"

그들이 숨을 죽인 채 서 있는 통로의 모퉁이 너머에서 들리는 소리다.

"얘들아, 육아실로 다시 들어가는 거다, 모두들, 응? 저 아저씨가 지나갈 때까지 숨어 있는 거야, 알겠지? 저 아저씨를 감쪽같이 속이는 거야!"

아이들이 장난꾸러기처럼 키득거리자, 테넨바움은 다급하게 조용히 하라는 신호와 함께 아이들을 양 떼처럼 몰며 육아실 방으로 들어갔다. 한 소녀는 천연덕스럽게 간이침대에 누워 자는 시늉을 했다. 다른 아이들은 문께 구석에 몸을 바짝 붙이고 테넨바움과 함께 쥐죽은 듯 웅크리고 있었다. 긴장된 몇 분이 흐르고, 그 보초가 바로 앞을 텅텅 걸어가는 소리가 들렸다.

"롤프!"

사내가 소리쳤다.

"넌 도대체 어디 있는 거냐? 시스템은 엉망이고! 젠장, 만약 스플라이서들이 숨어 들기라도 하면……."

테넨바움과 리틀 시스터들은 또다시 긴 일 분을 초조하게 보냈다. 몇 분이 더 지나면 네 번째 보초가 동료들이 샤워실에 곯아떨어진 꼴을 발견할 것이다. 다른 아이들을 끌어낼 시간이 없다. 저 멀리 통로 반대쪽의 방인지라 너무 멀었다. 만약 위험을 무릅쓰고 그쪽으로 가려다간 지금 데리고 있는 아이들조차 잃어버릴 것이다.

심장이 두근두근 뜀박질을 했다. 마침내 테넨바움은 벌떡 일어나서 아이들에게 속삭였다.

"우리, 유령 흉내 내볼까! 유령처럼 조용히 가는 거다!"

"유령들은 별로 조용하지 않은데."

까만 머리의 리틀 시스터가 머리카락 끝을 손가락으로 비비 꼬면서 불쑥 말했.

"만날 수다 떠는 거 다 들린단 말이에요!"

"그럼 유령보다 더 조용히 하면 되지! 어서 가자!"

테넨바움은 문을 열고 발꿈치를 들어 살금살금 걸었다. 통로 모퉁이를 돌아 아이들을 이끌고서 건물의 정문을 향해 나아갔다. 바깥쪽 통로에 닿았을 즈음엔 거의 달리고 있었다. 그쪽의 감시 카메라들은 여전히 모니터를 아래로 내린 채 미동이 없었지만, 언제 덜컥 고개를 들지 모르는 일이다.

대기실을 가로질러 메트로에 당도한 순간, 등 뒤에서 경보가 울리기 시작했다. 하지만 테넨바움은 리틀 시스터들을 모두 자신의 잠수정 안으로 밀어넣는 데 성공했다.

얼마 동안이라도 그 버려진 기숙사에서 안전하게 지낼 수 있다는 걸 알고 있었다. 지금은 사람들의 기억 속에서 사라진 도시의 하층 구역 한구석에서, 먼지만 자욱한 채 허물어져 가는 폐가였다. 그곳에서 테넨바움은 아이들의 몸속에 있는 바다 민달팽이들을 지우고 인간처럼 살 수 있는 기회를 줄 것이다.

어쩌면 그녀 안의 모성애가 남긴 슬픔과 울분도 수그러들겠지. 아픔이 환희로 변할지도 모른다.

랩처 중앙 통제실, 라이언의 집무실

1959년

앤드류 라이언은 아큐—복스의 녹음 버튼을 누르고 목청을 가다듬었다.

"그 여자, 램이 거리를 나돈다는 소문을 들었다. 페르세포네의 밀실을 탈출한 것이다. 랩처는 둘로 나뉘어졌다. 아틀라스의 구역, 그리고 램 박사가 끌어모은 정신병자들…… 나의 도시가 분열된 것이다."

한숨밖에 나오지 않았다.

"알파 시리즈 실험대상 중 하나가 사고로 목숨을 잃었다. 그와 유대 관계를 맺은 리틀 시스터마저 도둑맞았다. 그런데도 의회는 범인추적을 할 겨를이 없다. 아틀라스는 하루가 멀다 하고 약탈자들의 수를 구름처럼 불려간다. 허나, 램의 이름은 이미 사람들의 기억에서 사라진 지 오래다. 그 여자는 그저 죽는 것을 망각한 유령에 불과하다."

책상 위의 벨이 울렸다. 칼로스키의 목소리가 인터폰에서 흘러나왔다.

"보스? 수종 박사가 왔는데요."

라이언은 녹음기를 껐다.

"알았네, 들여보내."

책상 서랍을 열고 수종의 기획서가 담긴 파일을 꺼내 들었다. 박사가 총총걸음으로 걸어오는 동안 다시 한 번 자료를 훑어보았다. 수종의 관례적인 큰절은 딴 곳을 보고 있어도 의식할 정도였다.

"그래, 앉게나."

수종이 삐걱거리며 의자에 앉는 소리를 들으며 라이언은 말을 이었다.

"자네가 제안한 이 안건을 쭉 훑어봤는데…… 수종 박사, 아주 솔직히 말이지, 충격적이네."

라이언은 파일에서 눈을 들어 손톱을 다듬기 시작했다. 찬찬히 눈을 내리깔고 박사의 기획안을 이모저모 따져보는 듯한 표정을 했지만, 사실 머릿속에서는 이미 결정을 내린 지 오래다.

"자네가 제안한 것처럼 판매용 플라스미드를 공정하는 구조를 바꾼다면 말이야, 사용자가 어떤 정신적 암시에 쉽게 걸리도록 만들 수 있다는 말인데…… 랩처 시민들의 행동을 효율적으로 통제할 수 있다는 말이 아닌가? 자유의지는 이 도시의 근간이나 마찬가지네. 그걸 제거한다는 건 생각만으로도 끔찍해."

라이언을 마주보며 다소곳이 앉아 있던 수종이 죄송스러운 듯 고개를 끄덕이며 수긍했다. 그저 묵인만 하다니, 실망스러웠다. 수종 박사가 자신을 설득시키길 바랐는데.

라이언은 목청을 가다듬었다.

"하지만 지금은 전시나 다름없는 상황 아닌가. 아틀라스와 그 도적 무리들이 주도권을 장악한다면, 우릴 깡그리 노예로 만들어버릴 테지? 그런 일이 생긴다면 우리의 자유의지는 어떻게 되겠나? 극단적인 시대에는 극단적인 방책이 필요한 법. 게다가 폰테인이 이 기획안을 알았더라면…… 아틀라스 역시 가만둘 리 없었겠지. 그놈들이 우리보다 우위에 서게 할 수는 없어, 수종."

수종은 주의 깊게 라이언을 관찰하고 있었다.

"그럼, 회장님은 수종의 계획을 승인하시는 겁니까? 당장 페로몬 정신 조작 과정을 진행해도 되겠습니까?"

"스플라이서들이 내게 복종한다는 확신만 있다면야. 허나 다른 사람은 절대 안 되네."

"저, 수종은 라이언 회장님을 위해 일합니다! 제가 장담합니다."

"헌데 테넨바움은 이 안건을 어떻게 생각하나? 이 호르몬인가 뭔가를 개발하는 걸 막을 생각은 아니겠지?"

수종은 어깨를 으쓱였다.

"수종은 그 여자가 그럴 생각까지는 없다고 봅니다. 하지만 어디 있는지 알 수가 없으니 의견을 물어볼 수도 없죠."

"뭐야? 왜?"

"아직 모르십니까? 경비들이 벌써 보고드린 줄 알았는데! 그 여자는…… 사라졌어요. 랩처의 어느 구석에 숨어 있겠죠. 리틀 시스터들을 데려갔습니다."

"아무도 내게 보고하지 않았어."

라이언은 허탈한 듯 웃음이 나왔다.

"누가 테넨바움에게 접근했지? 돈을 준다는 꼬임에 빠진 건가? 아틀라스인가?"

"그 여자는 오랫동안 불편해했었어요, 라이언 회장님."

"양심의 가책이라도 느꼈다는 거야, 그 여자가?"

그게 무슨 뜻인지 알지 못하는 수종은 눈만 끔벅거렸다. '양심'이란 영어는 굳이 배울 필요성을 느끼지 못했다.

"그 여자는 걱정을 많이 하더군요. 우리가 아이들을 다치게 한다면서 말이죠. 사실 우린 그 아이들에게 불멸의 삶을 주는 것인데! 언제나 상처를 치유할 수 있는 능력을 준 거란 말입니다! 그게 어떻게 다치게 하는 겁니까? 수종은 절대 그렇게 생각하지 않습니다."

"음……."

라이언은 연필을 집어 손가락 사이로 튕겼다. 물론 자신조차 리틀 시스터들이 오로지 랩처에 헌신하는 낙관적인 요정들이 되리란 생각은 하지 않았다. 하지만 아담이 바깥 세계의 위협으로부터 랩처를 구원해주리라는 것만은 확신할 수 있었다. 지상인들이 랩처를 침략한다는 가정을 해보자. 그 교활한 KGB, CIA의 정보요원들이 잠입해올 것이 분명하다. 이 악독한 아틀라스란 놈이 그들을 들여올지도 모른다. 아니면 램 박사의 반란군이 연락을 꾀할지도 모르고. 그 여자가 처음부터 KGB 요원이었을 수도 있다. 소련이나 영국, 또는 미국으로부터 침공을 받는다면 어떻게 되겠는가? 이 방인들의 침공으로부터 랩처를 지킬 수 있는 방법은 플라스미드가 제공하는 초인적인 능력밖에 없다. 그래서 아담의 연구는 계속되어야 한다. 어느 때보다 리틀 시스터들이 필요한 것이다.

"테넨바움이 리틀 시스터들을 데려갔다면, 그건 플라스미드 공정에 치명적인 손실을 줄 거야."

"그렇죠."

수종 박사가 생각에 잠겨 기름기로 번질거리는 머리칼을 쓰다듬었다.

"우린 더 많은 리틀 시스터가 필요하죠."

"뭐, 기다리고 있을 수만은 없겠지. 더 많은 사람들이……."

말을 끊고 라이언은 헛기침을 했다.

"내가 캐븐디쉬한테 몇 명을 더 확보하도록 지시하겠네. 적어도 우리가 다른 방법을 찾을 때까지."

라이언은 연필을 책상 위로 툭 던졌다.

"브리짓 테넨바움에 관해선…… 반드시 찾아야지. 수종 박사, 만약 당신마저 날 배신한다면 내 장담컨대, 절대 좋은 꼴은 볼 수 없을 걸세."

수종은 구슬픈 미소를 지었다.

"그게 아니라면 사실 저도 실망했을 겁니다. 제가 당신을 존경하는 이유죠, 라이언 회장님."

수종 박사는 고개를 깊숙이 숙여 절을 했다. 그러고는 임무 수행을 위해 서둘러 방을 나갔다.

쉭쉭거리는 소리가 나서 돌아보니, 기송관에 작은 꾸러미 하나가 들어와 있었다. 휘갈긴 글씨로 보아 설리번으로부터 온 게 분명하다. 튜브에서 꾸러미를 꺼내 열어 보니, 녹음테이프 하나와 설리번의 쪽지가 들어 있었다.

두 번 다시 절 만나실 수 없을 겁니다, 회장님. 전 오늘 총알을 먹기로 했거든요. 그런 짓을 하고도 버젓이 살아가진 못하겠습니다. 그 여자는 세상에서 제일 귀여운 빨강, 검정 담요를 가지고 있었잖아요. 녹음테이프도 하나 첨부했으니, 재스민 졸린이 왜 이사를 가버렸는지 아실 수 있을 겁니다. 그 여자가 왜 회장님을 떠났는지 말이죠. 존경하는 대인배님께 그 정도의 빚은 갚고 떠나야겠죠. 이제 제 자신에게도 빚을 갚을 시간입니다. 술 한 잔, 그리고 내 검지에 영혼을.

안녕히 계십시오, 대인배여!

라이언은 쪽지를 뚫어져라 내려다본 후 테이프를 살펴보았다. 묘하게도 시작 버튼을 누르고 싶지 않았다. 한참을 고민하다 마침내 그는 녹음기에 테이프를 꽂고 시작 버튼을 눌렀다.

19

랩처, 아카디아

1959년

"이젠 이 공원도 마음이 편치 않아요, 빌."

일레인이 말했다.

"경호원이 있건 없건."

일레인과 빌은 공원의 작은 다리 위에 서서, 불빛이 시냇물에 반사되어 하늘거리는 광경을 우두커니 바라보고 있었다. 나무다리에는 새터나인 광신도가 새겨 넣은 이교적인 낙서가 그려져 있고, 잔디 위 이곳저곳에 총알 몇 개와 아담 주사기가 널브러져 있었다.

빌이 고개를 끄덕였다.

"여기 오자고 한 내가 멍청하긴 했어. 소피가 저 주사기를 밟기라도 하면 어쩌려고."

일레인은 놀란 듯이 입에 손을 댔다.

"아, 그건 생각도 못했는데."

"그래도 소피랑 마샤가 여기 오고 싶어 했잖아, 여보."

빌은 아내의 어깨 위로 팔을 둘렀다.

"몇 분만 더 있다가 집에 가자."

어깨너머로 흘깃 보니 레드그레이브 경관과 칼로스키가 각기 샷건과 권총을 든 채 뒤따라오고 있었다. 소녀들은 150미터쯤 떨어진 일본식 미닫이문 근처에 놓인 표석 옆에서, 샘 루츠가 즉석에서 만들어준 작은 목각인형을 가지고 놀고 있었다.

프로펠러가 윙윙 돌아가는 소리에 신경이 곤두섰다. 올려다보니 보안 로봇 하나가 머리 위로 휙 날아갔다. 스플라이서들을 탐색하는 중이다. 아카디아에서는 스플라이서와 반란군이 완벽히 차단된 상태다. 적어도 당분간은 그럴 것이다. 빌은 가족과 함께 공원 나들이 가는 것을 허락해달라며 라이언에게 요청했고 회장은 흔쾌히 승낙했다.

"예감이 너무 안 좋아요."

일레인이 속삭였다.

담배 한 가치를 피우고픈 마음에 빌은 한숨을 푹 내쉬었다. 진짜 담배는 공급량이 거의 다 떨어졌다.

"나도 알아. 당신이 옳아. 난 당신과 소피를 데리고 여길 빠져나갈 생각이야."

그때 레드그레이브가 큰 소리로 빌을 불렀다. 걱정스러운 목소리다.

칼로스키가 아이들이 있던 표석 쪽을 향해 전속력으로 달려갔다. 소피와 마샤는 온 데간데없었다.

"소피!"

빌이 외쳤다. 칼로스키의 뒤를 쫓아 그도 정신없이 달렸다.

"레드그레이브, 여기서 일레인을 지키고 있어!"

"저 문……."

숨을 헐떡이며 칼로스키가 미닫이문을 가리켰다.

빌도 보았다. 미닫이문이 열려 있었고 소녀들은 어디에서도 찾을 수 없었다. 그의 딸이 사라졌다.

그 순간, 아이가 나타났다. 문지방을 딛고 걸어 나온 소피는 혼자였고, 눈에는 눈물이 그렁그렁 맺혀 있었다.

"아빠!"

칼로스키가 미닫이문을 지나 큰 소리로 외쳤다.

"마샤! 아가야! 어디 있니?"

빌은 소피에게 달려가 아이를 품에 꼭 끌어안았다.

"아빠랑 엄마가 걱정했잖아, 소피야. 그렇게 눈앞에서 사라지면 어떡해, 응? 마샤는 어디 있니?"

"누가 우릴 불렀는데…… 저 안의 찻집에서! 우리가 문을 열고 들어가니까 모르는 아저씨가 서 있었어. 마샤를 데려가야 한다고 했어, 랩처를 위해서!"

"뭐라고?"

딸을 아직 품에 안은 채, 빌은 미닫이문 안으로 발을 내디뎠다. 안에는 아무도 없었고 칼로스키 혼자 얼굴을 찌푸린 채 그들 쪽으로 되돌아오고 있었다.

칼로스키는 고개를 설레설레 저었다.

"이미 사라졌어."

그러나 저기 바닥에 떨어진 마샤의 인형이 보였다. 인형의 머리는 부러져 있었다. 빌은 소피를 내려놓고 아이의 작은 어깨를 어루만지면서 애정 어린 눈길로 딸의 두 눈동자를 들여다보았다.

"그 아저씨가 너희 둘을 때렸니?"

빌은 그렇게 물으면서도 가여운 마샤를 생각하니 가슴이 미어졌다.

소피의 입술이 일그러졌다.

"내가 그 아저씨 팔을 잡아당기니깐 아저씨가 날 밀었어! 그래서 도망쳤어!"

아이는 울음을 터뜨렸다.

일레인이 다급하게 달려와 소피를 가슴에 파묻었다. 엄마와 딸의 눈물이 그칠 줄 모르고 흘러내렸다.

일레인을 살펴주고 있던 레드그레이브가 뒤따라 들어왔다.

"빌, 애 하나는 어디 갔어?"

주위를 둘러보며 레드그레이브가 물었다.

"어떤 개자식이 끌고 갔어."

빌은 칼로스키에게 다가가 그를 옆으로 슬쩍 끌어당겼다.

"자넨 아무것도 못 봤어?"

"못 봤네. 근데 캐븐디쉬 목소리를 들은 것 같기도 하고."

"캐븐디쉬? 난 일레인과 소피를 집에 데려가야겠어. 자넨 레드그레이브와 함께 마샤를 계속 찾아봐, 응?"

칼로스키는 고개를 저었다.

"찾기야 하겠지만…… 가능성은 없어."

랩처, 포트 프롤릭
1959년

"우리 아빠는 아인슈타인보다 더 똑똑하고, 헤라클레스보다 더 강하고, 손가락 하나만 까딱하면 불이 나와요! 우리 아빠보다 더 훌륭한 사람이 있을까요? 수확자의 정원을 방문해보세요! 똑똑한 아빠들은 방문 즉시 무료로 유전자 조작을 해드려요!"

재스민이 일하는 스트립 클럽의 입구에는 수확자의 정원을 선전하는 기재가 설치되어 있었다. 녹음기를 통해 들려오는 이질적인 목소리는 마치 앤드류 라이언 자신에게 말하는 것 같았다. 그를 희롱하고, 조롱하는 것처럼. 입구에서 표를 파는 점원의 당혹해하는 표정도 무시해버리고 라이언은 스트립 클럽 안으로 들어갔다. 무대 위에서 동요된 표정으로 흐느적거리는 여자들도 깡그리 무시했다.

무대 뒤쪽을 향해 지그재그로 놓인 그 통로는 라이언에게 너무나 익숙했다. 재스민에게 호화로운 아파트를 선사하기 전에 곧잘 출입하던 통로다.

재스민을 품에 안고 그녀의 입으로 직접 실토하도록 진작 다그쳐야 했는데…… 다른 잡다한 일로 기회를 놓쳐버렸다.

어차피 너무 늦었다. 설리번이 남긴 그 테이프가 머릿속에서 무한으로 자동 재생되었다.

"그 소름끼치는 테넨바움이 진짜 임신은 아니라고 했단 말이야. 수정란을 꺼내기만 하면 된다고 했어, 내가 라이언 회장이랑 그 일을 끝내기만 하면…… 돈이 너무 필요했던 것뿐이야. 틀림없이 라이언 회장이 의심할 거야. 내가 신중하지 못했다고 다그치겠지. 내가 팔아치운 걸 알아낼 거야."

내 아이를 팔아 치우다니!

문을 쾅 하고 밀어젖히며 성난 걸음으로 통로 뒤편을 통과했다. 끝까지 걸어가 스트리퍼들이 돈 많은 귀빈들을 상대로 '특별 공연'을 벌이는 침실에 당도했다. 아니나 다를까, 거의 벗은 몸이나 다름없는 상태로 구겨진 시트 위에서 하품을 하며 누워 있는 여자가 한눈에 들어온다. 재스민 졸린. 어지간히 졸린 모양이지. 아니, 그가 들어온 것을 보고 마치 아무 일도 없다는 듯 시늉하고 있었다. 뜻밖의 만남에 기쁘기 그지없다는 표정까지 짓고서.

"저, 전 당신이 절 잊어버린 줄 알았는데……."

두려움에 떨며 튀어나온 소리. 비싼 돈을 들여 교육시킨 상류사회의 대화체도 벌써 잊어버린 모양이다.

"그, 그렇지만 기억해줘서 어, 얼마나 다행인지……."

"어떻게 내 아이를 팔아넘길 수가 있어! 테넨바움에게! 폰테인에게!"

재스민은 몸을 움츠렸다.

"죄, 죄송해요…… 라이언 회장님. 전 모, 몰랐다고요. 전 폰테인이 이 일과 연루되어 있는 줄 몰랐어요! 전……."

예쁜 입술에서 저처럼 더러운 거짓이 튀어나오는 걸 견딜 수 없었다. 라이언은 그녀의 몸을 덮쳐 두 손으로 새하얀 목덜미를 감싸 쥐었다.

"뭐 하는 거예요!"

재스민은 헐떡이며 웅얼거렸다.

"안 돼, 그만! 제발요! 당신을 사랑했다고…… 제발 그만! 안 돼!"

뭔가 더 말하려고 했으나 이내 아무 소리도 내지 못했다. 목을 죄어드는 무자비한 손아귀의 압력이 그녀의 마지막 소리를 쥐어짰다. 그 예쁜 눈동자가 얼굴에서 튀어나오기 직전까지 더 세게, 더욱 강하게 목을 짓눌렀다.

농산물 시장

1959년

머리 위에서 보안 로봇이 또 넌더리 나는 소음을 내며 윙윙거렸다. 경호원들의 보호를 받으며 걸어가던 라이언과 빌은 보안 로봇이 휙 날아가자 위를 올려다보았다. 빌은 몸을 굽혔다.

일레인과 소피 쪽을 돌아보니, 둘은 반대쪽 시장의 한 노점 앞에서 기웃거리고 있었다. 수경법으로 재배한 채소가 진열된 선반 뒤에서, 겁먹은 듯 창백한 얼굴의 상인이 둘에게 희미한 미소를 보냈다. 또다시 공중에서 소리가 들려 빌은 고개를 들었다. 과일 노점 위로 거대한 보안 카메라가 고개를 휙 돌리며 그에게 빨간 빛을 쏜다. 빌의 신분증을 확인하자 포탑이나 보안 로봇에게 사살 명령을 내리지 않았다.

도무지 자식을 키울 만한 환경이 아니다. 언제 어디서 시체를 밟을지 모른다. 그러나 라이언 회장은 어떤 이유에건 정상적인 삶을 지속해야 한다고 주장했으며, 오늘 빌의 가족을 불러 같이 산책을 나가자고 권하기까지 했다.

"같이 가세나, 빌."

"알겠습니다, 회장님. 아내와 딸을 데려오겠습니다."

말은 그렇게 해두었지만 일레인과 소피를 집 밖으로 데리고 나오기까지 몹시 애를 먹었다.

레드그레이브와 칼로스키가 앞장섰고 리노스키와 캐븐디쉬가 뒤따랐다. 모두가 기관총 한 자루씩을 들고 있었다. 무장하지 않은 사람은 앤드류 라이언뿐이었다. 이제 라이언은 나이도 나이니만큼, 고급 산책용 지팡이에 의지하며 걷고 있었다. 여전히 말쑥한 신사요, 자신감이 넘치는 사람으로 보인다. 조금 냉혹하기까지 한 풍모랄까, 그러나 걱정스러울 만큼은 아니다.

최근 며칠 동안 숱한 사람들이 죽었다. 잦은 교전이 랩처 전역에 걸쳐 일어났다. 게릴라전이었지만 전쟁은 전쟁이다.

라이언 공업이 폰테인 미래회사를 인수했을 때 빌은 회사를 떠나려고 했다. 라이언이 개인 사업 하나를 국영화시켰다는 사실은 빌에게 큰 충격이었다. 더러운 위선. 뿐만 아니라, 페르세포네라는 잔악한 시설도 있었다. 설리번이 자신에게 고백했던 아무도 몰랐던 라이언 회장의 행각들. 고문…… 그리고 안나 컬페퍼를 살해하라 지시한 것. 그러나 메마른 사막을 횡단하는 낙타의 등을 부러뜨린 것처럼 결정적으로, 빌을 분노하게 만든 사건은 다름 아닌 마샤의 실종이었다. 라이언 회장에게 직접 캐물어보았고, 캐븐디쉬도 다그쳤다. 회장은 자신이 랩처에서 일어나는 시시콜콜한 범죄를 다 알 리가 만무하다는 변론을 했고, 캐븐디쉬는 이렇게 내뱉었다.

"자넨 배관이나 신경 쓰란 말이야, 우린 치안을 맡을 테니. 알아들었으면 꺼져."

그게 전부였고 그때 결심했다. 캐븐디쉬의 사무실을 나오면서 자신의 가족을 기필코 랩처에서 빼내리라 마음먹었다. 남은 것은 언제 이 계획을 실행에 옮기느냐는 것뿐.

대략 절반 정도는 구상을 해두었고 롤런드 윌러스도 동행하기로 했다. 둘은 밤새 머리를 짜냈다. 윌러스에게는 외부로 연결되는 에어록을 사용할 수 있는 권한이 있다. 2번 정박항에는 작은 잠수정이 하나 정박해 있다. 윌러스가 수리하는 척하면서, 이 배를 직접 끌고 에어록을 통과해 바다 위로 올라가는 작전이다.

윌러스는 이 잠수정을 등대 뒤에 묶여 있는 보초용 증기선으로 이동시키고 그 증기선을 출구 쪽으로 끌어볼 계획이었다. 그런 다음, 빌은 등대를 통해서 가족을 밖으로 탈출시킨다. 등대에는 보안 카메라와 보안 포탑들을 연결해주는 굵은 케이블 한 개가 달려 있다. 빌이 그 케이블을 끊으면 된다. 그가 등대에 도착할 때 감시 카메라가 꺼져 있으면 로봇들도 작동할 수 없다. 오직 라이언 회장만이 그 등대를 드나들 수 있는 권한을 가지고 있고 다른 사람들은 로봇들이 즉각 공격하게 되어 있다.

랩처 위로 흐르는 조류는 꽤 드세다. 탈출을 꾀하기 전에 날씨가 더 좋아질 때까지 기다려야 한다. 늦은 봄이 딱 적당한 시기. 그때라면 떠다니는 얼음덩어리도 적을 것이다. 바로 그때 탈출을 시도한다. 증기선을 바다 위로 끌어올려 조류를 타고 항해하다가, 지나가는 배가 있으면 구조 신호를 보내면 된다.

단, 등대까지 무사히 도달할 수만 있다면 말이다. 길목에는 라이언의 경호원들 뿐만 아니라, 반란군과 스플라이서들까지 상대해야 한다. 아틀라스가 이제 랩처의 40퍼센트에 해당하는 구역을 장악하지 않았나. 아폴로 광장, 아르테미스 스위트, 그리고 놈의 본거지인 넵튠의 은혜. 램 박사의 구역은 페르세포네와 디오니소스 공원이다. 이 모든 구역을 통과해야 한다. 빌은 아틀라스와 거래를 하는 방법도 고려해봤지만, 아무리 생각해도 그놈은 믿을 수가 없다.

빌의 생각을 읽기라도 한 듯, 공개방송이 치직거리며 흘러나왔다. 잠시 후 한 여자의 목소리가 들렸다.

"아틀라스는 기생충이나 다름없습니다! 아틀라스를 두려워하지 마세요! 아틀라스와 그가 기르는 기생충들의 꼬임에 넘어가지 마세요! 랩처는 곧 회생할 것입니다!"

찡— 하고 마이크가 증폭되더니 다시 목소리가 흘러나왔다.

"지불해야 할 공과금은 쌓여만 가니, 통금을 뚫고 아담 몇 개를 구하려는 욕망이 들끓는 건 이해할 수 있습니다. 하지만 통금을 어기는 것은 용납할 수 없어요! 자기 구역을 이탈하지 않으면 범죄를 예방할 수 있습니다!"

또다시 마이크의 증폭음이 울린 후, 연설은 계속되었다.

"지상의 물품을 가지고 싶은 욕구는 이해합니다! 그러나 그걸 사거나 밀수해서 파는 짓은 용납할 수 없어요! 주목하십시오. 새로운 통금 시간이 오는 목요일부터 시행됩니다! 이를 어기고 적발되는 시민은 강제적으로 다른 구역으로 이전시킬 것입니다! 기생충들은 랩처에 눈독을 들이고 있어요! 우리 모두 기생충을 박멸합시다!"

빌은 시장 한편에 자리한 '정육점' 앞에 서서, 잡곡을 짓이겨 만든 '생고기'에 짐짓 흥미를 보이는 척했다. 과연 가족들이 랩처를 탈출할 수 있을까? 이런 무참한 전쟁이 일어나는 동안? 너무 무모하다는 생각이 문득 들었다.

다른 가능성이 없는 것은 아니다. 하루는 윌리 브랜디를 거나하게 마신 후, 녹음기에 그 가능성을 녹음했던 적이 있었다.

"라이언 회장을 죽인다고 전쟁을 멈출 수 있는 건 아니겠지만 말이야, 저 인간이 숨을 쉬는 동안에는 결코 전쟁이 끝나지 않으리란 건 알아. 라이언 회장은 내가 존경하는 분이지만…… 난 랩처도 사랑해. 하나를 죽여서 다른 하나를 구할 수 있다면야, 그렇게 되라지."

녹음한 즉시 그 테이프를 지워야만 했다. 만일 누가 듣기라도 했다면 이미 죽은 목숨이었다.

"요새 다이안을 본 적은 없나?"

노점에서 쭈글쭈글한 사과 하나를 집어 들며 라이언이 뜬금없이 물었다. 너무나 태연한 말투였다. 사과 냄새를 맡더니 인상을 찌푸리며 다시 제자리에 놓는다.

"다이안 맥클린톡 말입니까? 아뇨, 회장님. 직접 만난 적은 없습니다. 가장 최근에 들었던 건 다이안이…… 스타인먼 박사가 수술을 해줬다던가."

"그자가 수술을 해준 게 어디 한두 번이던가. 허나 그런 것까지 자네가 신경 써준 건 고맙네. 맞아, 사실 난 다이안에게 조금 싫증이 났었어. 신년 파티에서 벌어진 그 기습 이후로 자기중심적 성격으로 변해버렸다네. 만날 그때 난 상처로 투덜대기만 하고 말이야. 스타인먼의 주변을 끈질기게 어슬렁거렸는데 결국 이골이 날대로 난 스타인먼이 그만 차버렸다고 들었네. 가장 최근에 들은 건 포트 프롤릭에서 도박에 빠졌다는 소문일세."

보안 로봇이 또 한 번 그들 위를 요란하게 날아갔다. 라이언 회장을 보호하기 위해 오늘은 감시지령을 한 단계 상승시켜 놓았다. 소피가 휘둥그레진 눈으로 바라보고 있다. 보호를 목적으로 만들어놓은 것에 오히려 단단히 겁먹은 눈치다.

아빠가 자기를 쳐다보는 걸 깨닫자 소피는 총총걸음으로 그에게 달려왔다. 빌의 허리춤에 앙증맞은 두 팔을 둘렀다. 일레인도 곧 뒤따라와 조금은 경직된 미소로 라이언에게 인사를 했다.

라이언은 소피를 내려다보며 미소를 짓고는 머리를 톡톡 쓰다듬었지만 소피는 오히려 몸을 움츠렸다. 라이언은 진심으로 놀란 표정을 지었다.

그 순간, 구슬픈 웅얼거림과 함께 무겁고 불안한 발자국 소리가 텅텅 울리기 시작했다. 모두가 뒤를 돌아보니, 절거덕거리며 뒤뚱뒤뚱 걸어오는 쇠붙이 빅 대디였다. 현재 빅 대디의 생산 모델은 두 종류로, '로지'와 '바운서'라는 이름이 붙었다. 이놈은 바운서였는데 마치 장례식에라도 온 것처럼 곡하는 소리를 냈다. 물론 모든 빅 대디가 그렇긴 하다. 모두가 고약한 냄새를 풍겼다. 죽은 것들처럼.

바운서는 오른팔에 커다란 드릴 같은 것을 달고 있고, 등짝에는 무거운 동력 공급 팩을 메고 있었다. 빌의 눈에는 이 빅 대디들이 언젠가 싸구려 공상과학 잡지의 표지에서 본 그 로봇의 모습과 흡사하게 보였다. 하지만 빌은 저 빅 대디의 껍질 안에, 한때 인간이었던 존재가 담겨 있음을 알고 있었다. 규칙 위반으로 잡힌 부랑배나 범죄자 혹은 램 박사의 추종자이거나, 그저 사과 하나를 훔친 배고픈 사내였을 수도 있다. 경관들이 빅 대디로 쓸 만한 '후보'들을 마춰시킨 후 포인트 프로메테우스로 데려간다. 그곳에서 쇠를 녹여 살갗에 붙이고 뇌를 변형시켜, 오로지 리틀 시스터들을 보호하는 것만이 생존의 목적이 되도록 단련한다. 리틀 시스터들에게 조금이라도 상처를 입히는 자는, 살해할 목적이 있는 것으로 판단한다. 빅 대디가 전투로 손상되면, '영원의 불 화장터'에서 수선에 사용할 부품, 즉 신체의 일부를 슬쩍 쓸어담아 온다. 죽은 자가 화장되기 전에 팔 하나, 다리 하나를 더 잃는다고 누가 울어주기라도 하겠는가.

빅 대디의 육중한 쇠머리 주변에는 반짝반짝 빛이 나는 감지기가 둥그렇게 원형을 그리고 있었다. 쇳덩어리로 둘러싸인 다리는 쿵쾅쿵쾅 감정 없는 행군을 계속했다. 하지만 지저분한 행색을 하고 그의 곁에서 통통 뛰어가는 여자아이의 맨발은 밟지 않으려 상당히 애를 쓰고 있었다. 수확자들이다. 통상 소녀들이라 부른다. 이 아이는 빅 대디와 견주어볼 때 연약하기 짝이 없었으나, 빅 대디를 완벽하게 지배하고 있었다. 이 리틀 시스터는 때가 묻은 핑크색 원피스를 입었고, 얼굴에는 어딘가 창백한 푸른빛이 돌았다. 눈은 퀭했다. 두 눈동자는 너무 먼 곳에 있는 것처럼 느껴졌다. 마치 브리짓 테넨바움의 눈동자처럼. 그녀 특유의 메마른 무관심과 무감각이 고스란히 자신의 창조물에까지 스며든 것 같았다.

"빨리 와, 풍선 아저씨!"

리틀 시스터가 빅 대디를 불렀다.

"빨리 하지 않으면 천사들을 못 본단 말이야!"

아이의 뒤를 다급하게 쫓는 빅 대디는 몸집만큼이나 크게 울부짖었다.

"아, 빌어먹을……."

빌이 탄식했다.

검은 머리의 리틀 시스터가 깡충깡충 뛰며 그들을 지나갔다.

"마샤!"

소피가 소리를 질렀다.

리틀 시스터는 그 자리에 우두커니 멈춰 서더니 눈을 끔벅였다. 입술을 동그랗게 오므렸다. 혼란스러운 긴 일 분 동안 소피를 그렇게 바라보았다. 그리고 마침내 입을 열었다.

"저건 뭐야? 저건 수확자가 아니잖아. 아직 천사가 아니야! 저 애가 천사가 되기 전엔 같이 놀 수 없어!"

그런 후 소녀는 다시 깡충거리며 뛰어갔다. 빅 대디가 다시 한 번 곡하는 소리를 내더니, 쿵쾅쿵쾅 소녀 뒤를 쫓아간다. 온 바닥이 진동했다.

"맙소사, 빌……."

소피를 가슴에 끌어안으며 일레인이 중얼거렸다.

"저 아이, 설마……?"

"아니야."

빌이 단호하게 잘라 말했다.

"마샤가 아니야. 틀림없어."

일레인이 그의 거짓말을 믿을 리 없겠지만 그렇게 말할 수밖에 없었다. 그저 소피가 한때 자기의 소꿉동무였던 마샤를 끝까지 보지 못한 것에 감사할 뿐이었다. 마샤는 죽은 사람의 시체에 주사기를 툭 찔러, 아직 꿈틀대는 아담의 붉은 부산물을 뽑아내고 있었다. 이질적이고 구역질 나는 광경이었다. 마치 곤드레만드레 술에 취한 주정뱅이가 커다란 핑크 코끼리의 환영을 보는 것과 매한가지였다. 하지만 지금 저 광경은 분명 랩처의 것이다.

확인이라도 해주듯, 그 순간 공개방송이 흘러나왔다.

"리틀 시스터 고아원을 소개합니다. 이 고난과 역경의 시대에 여러분의 어린 여식

만큼은 가치 있는 삶을 누리게 해줍시다! 모든 학업과 숙식이 무료로 제공됩니다! 어린이들이야말로 랩처의 미래가 아니겠습니까!"

빌의 시야에 소피를 뚫어져라 쳐다보는 라이언의 모습이 들어왔다.

올림포스 하이츠

1959년

녹초가 되어 무거운 피로가 엄습했지만 잠이 오지 않아, 앤드류 라이언은 은제 셰이커에서 마티니 한 잔을 따랐다. 창문 앞에 놓인 소파에 깊숙이 등을 기대고 앉아 물에 잠긴 도시의 지평선이 잔잔히 빛나는 광경을 지켜보았다.

나도 늙은 건가, 하는 생각이 들었다. 이 도시는 아직 창창한 젊은이여야 하는데 자신과 함께 늙은이가 되어버린 것 같았다.

오징어 한 쌍이 흐느적거리며 지나간다. 불빛을 등진 채 외곽선만이 희미하게 빛나더니 이내 시야에서 사라져버렸다. 랩처 상업구역의 네온사인들도 연거푸 깜박이는 걸 보니 곧 꺼져버릴 모양이다. 원래는 건물을 기반으로, 밝게 반짝여야 할 불빛들이 일부 꺼져 있었다.

하지만 도시는 여전히 생기가 넘친다. 곳곳에 자동 판매기가 설치되었고, 점차적으로 상당한 수익을 거둬들일 것이라 예상된다. 게다가 '수확자의 정원'도 있지 않나. 과학자들이 죽은 자를 되살릴 수 있는 장치에 대한 연구를 계속하고 있다. 죽은 지 오래되지 않았으면 회생시킬 수 있다. 랩처의 인구가 최근 급격히 줄어들긴 했지만, 아담과 스플라이서를 완벽하게 조종하고 반역자들을 몰살시킨 후에는 이 랩처를 새롭게 재건할 수 있을 것이다.

라이언은 마티니를 한 모금 들이켠 후, 녹음기가 놓인 작은 테이블 위에 잔을 내려놓았다. 그런 후, 음성녹음 일지를 기록하기 위해 녹음 버튼을 눌렀다. 어떤 일이 일어나건 역사는 계속 써내려 가야 한다.

"오늘 시찰을 나갔다가 한 쌍을 발견했다. 악취를 풍기는 잠수복을 입은 그 육중한 얼간이와 씻지도 않은 지저분한 얼굴에 더러운 핑크색 원피스를 걸친 그 계집아이. 안색은 눅눅한 납빛으로 소름이 끼칠 정도였고, 아이의 태도는 마치 우리와는 전혀 다른 세상에 있는 것처럼 불쾌하기 짝이 없었다. 물론 지금 그런 존재가 꼭 필요하다는 것은 이해한다. 하지만 적어도 남 앞에 내놓을 만한 정도라야지 않을까."

자기가 한 말이지만 웃음이 나올 정도라 멋쩍은 표정으로 마티니 한 모금을 마시고는 다시 기록을 이어갔다.

"내가 실수한 것일까? 일말의 의구심이라도 있다면 제대로 통솔할 수 없을 터. 하지만 완전한 확신을 가지고 다스린다는 것이 가능하기나 한 일인가? 나를 여기까지 오게 한 것은 내가 가진 신념 덕분이었다. 그렇지 않았다면 내가 거부한 그것들이 나를 파괴했을 테니까."

밖의 건물 전체를 밝히던 등불이 깜박깜박하더니 결국 꺼져버린다. 라이언은 한숨을 쉬었다.

"헌데 이 도시가 내 눈앞에서 무너져버리다니······."

라이언은 말을 잇지 못했다. 오늘 밤은 생각을 멈출 수가 없다. 견디기 어렵다.

"나 자신의 신념이 너무 확고한 나머지 눈이 멀어버린 것은 아닐까? 더 이상 진실을 가려낼 수 없는 걸까? 하지만 아틀라스가 저기 있지 않나, 나를 몰락시키려고······ 의문을 가지는 것 자체가 항복하는 것이다. 나는 무릎을 꿇지 않을 것이다."

슉—하는 소리와 함께 기송관에 편지 한 통이 도착했다. 라이언은 간신히 일어나서 서신을 챙겨들고는 다시 소파로 돌아와 앉았다.

짜증을 내며 편지를 펼쳐들었다. 날이 갈수록 손가락의 움직임이 둔해지고 있다.

다이안 맥클린톡의 글씨가 한눈에 들어왔다.

안드레이에게.

안드레이 라이노프스키, 앤드류 라이언, 앤드류 회장님. 나의 연인이자 재계의 거물이요, 폭군이신 그대여. 수많은 당신의 얼굴 중 내가 아는 것은 이 세 가지군요. 최근엔 그중에서도 차가운 얼굴만 보게 되었죠. 송년회에도 오시질 않아서, 당신 없이 홀로 스플라이서 도적

들을 상대해야 했지요. 그 후 저의 수술이 끝나고 회복 중일 때에도 문병을 온 적이 없었죠. 포트 프롤릭에서 만나자는 약속을 했을 때에도 오지 않았어요. '회의'가 있다면서! 그래서 전 집으로 돌아가기로 했어요. 빨리 가려고 지름길을 택했지만 아폴로 광장은 반란군이 점령해서 봉쇄되어 있더군요. 하지만 전 좀 취했고 화가 나 있던 상태라, 반란군 놈들이 나한테 준 피해를 앙갚음하고 싶다는 마음뿐이었어요. 아니, 이 모든 것을 끝낼 수 있게 놈들이 나를 죽이길 바랐던 것인지도 모르죠. 한 여자가 광장을 벗어나려고 하더군요. 아폴로 광장에 반란군 무리를 가두고 출입을 차단하던 라이언 경비대를 뚫고 도망치려고 했어요. 당신의 애완견 스플라이서 하나가 그 여자를 손가락으로 겨냥하자, 그 여자는 순식간에 불길에 휩싸였어요! 그 순간 전 아틀라스라는 남자를 떠올렸어요. 이름을 들어보긴 했지만 그에 관한 거라곤 당신이 해준 이야기가 전부였다는 생각이 들더군요. 그래서 반란군 소굴에 가면 놈들은 날 죽이거나, 아니면 뭔가 설명해줄 것 같았어요. 관문 앞을 지키고 선 반란군 경비 한 명을 매수해서 놈들의 소굴 안으로 들어갔죠.

아폴로 광장과 아르테미스의 상황은 생각했던 것보다 훨씬 끔찍했어요. 난민들로 우글거리는 그 비좁은 곳의 비참함이란 이루 말할 수 없을 정도예요. 러시아 혁명 때만큼이나 열악한 환경이라고 사람들이 그랬어요. 이 비극은 당신 때문에 일어난 것이라고 그러더군요. 당신의 무관심 때문에요! 이곳의 벽에는 온통 낙서로 가득해요. '아틀라스는 살아 있다!'라는 문구가 쓰여 있더군요. 아틀라스…… 이름만 들었지 제가 아는 건 아무것도 없었어요. 하지만 드디어 누군가가 저를 그 사람에게 안내한 거예요. 반란군은 제가 당신의 연인, 아니 연인이었다는 사실을 알고 있었지만, 시간이 지나자 저를 신용하게 되었죠. 아틀라스는 놀라우리만큼 겸손한 사람이었어요. 반란군을 이끌고 당신의 집권에 대항하는 폭동 같은 것을 일으킬 생각이냐고 물어봤거든요. 그랬더니 이런 답을 주더군요. "나는 해방자가 아니오, '해방자'라는 것은 없어. 이 사람들은 스스로 해방할 것이오"라고. 신기하죠? 꼭 당신의 입에서나 나올 법한 말이잖아요! 하지만 아틀라스가 그 말을 했을 땐…… 난 이해할 수 있었어요. 그 말은 진심이었다는 것을. 내 가슴 속 깊숙이 사무치는 말이 된 거예요, 앤드류! 전 당신이 위대한 사람인 줄 알았죠. 그 생각은 틀렸어요. 아틀라스야말로 진정한 대인배예요. 그리고 전 그를 섬기며, 그의 곁에서 당신이란 사람이 대변하는 모든 것에 대항해 함께 싸울 거예요! 내일 저는 무기와 음식을 확보하기 위한 기습작전에 동참해요. 싸우는 방법도 배우겠어요, 앤드류. 당신은 절 버렸어요. 이제 제가 당신을 버릴 차례죠. 아틀라스를 위해서…… 그리고 혁명을 위해서 당신을 버렸다는 것을 잊지 말아요!

다이안

앤드류 라이언은 편지를 다시 접어 잘게 찢었다. 종잇조각들이 흩날리면서 마룻바닥에 떨어지는 모습을 지켜보고는 술잔을 입으로 가져갔다. 하지만 순간적으로 평정을 잃고 손에 쥔 유리잔을 창문에 내던지고 말았다. 축축이 젖은 유리 파편들이 반짝이는 도시의 첨탑 위로 미끄러져 내렸다.

20

아틀란틱 급행열차 관리소의 제도실
1959년

"여긴 나 말고 정비팀이 오기로 했었는데 말이지."

빌은 정비용 배기통로에 웅크리고 앉아, 휘어진 금속재 벽에 갈라진 틈을 자세히 들여다보며 투덜거렸다.

"그 친구들 중에는 말이야, 여간해선 닿기 힘든 곳의 누수도 땜질할 수 있는 스플라이서 녀석이 있거든. 그러고 보니 요즘 그 친구들은 어떻게 된 건지 모르겠네."

칼로스키가 신음 소리를 냈다.

"자네 정비팀 친구들은 저기 있네."

빌은 일어나서 칼로스키 쪽으로 다가섰고, 둘은 창틀에 눈을 바짝 붙이고 제트 우체국의 우편물실을 내려다보았다. 간접조명으로 그림자가 깔리고 어둑어둑한 방 안에는 아직 발송되지 않은 우편물들이 사방에 어지럽게 흩어져 있었다. 그리고 시신들…… 정비공 작업복을 입은 시체들이 피범벅이 되어 딱딱하게 굳은 채 바닥에 엎드려 있었다. 날카로운 칼로 도려낸 자국들이 선명하다.

구토가 나올 것 같은 그 광경에 빌은 절로 탄식이 흘러나왔다.

"그래, 그 친구들이 맞네. 헌데 그 스플라이서 녀석은 안 보이는군. 혹시……."

칼로스키는 고개를 끄덕이고는 손에 든 기관총의 견착대를 툭툭 치면서 야릇한 미소를 지었다.

"스플라이서들은 좋은 일꾼이 못 돼."

칼로스키의 말투는 단호하고 건조했다.

"미친놈들이야, 사람을 죽이려 든다고. 정신이 나가서 오로지 죽이는 것만 생각하는데 어떻게 제대로 작업할 수 있겠어."

잠시 뜸을 들이더니, 어깨를 으쓱이면서 덧붙였다.

"뭐, 죽이는 게 직업이라면 또 모르겠지만."

"암튼 난 금이 가고 물이 새는 곳을 다 점검해야돼. 목록을 작성한 후에 경호원을 대동해서 정비팀을 보내야겠지."

빌이 말했다.

"혹시 위험해지기라도 하면……."

말을 이으려는 찰나, 앞치마가 달린 원피스를 입고 우편물실 안에 드리워진 그림자 사이로 슬금슬금 움직이는 작은 아이를 보았다. 이윽고 무쇠로 된 다리를 덜컹덜컹 끌며, 쇳덩이 거인의 형체가 아이를 뒤따랐다.

빅 대디와 리틀 시스터였다. 소녀는 자그마한 손에 큼직한 주사기를 쥐고서 잘 들리지 않는 노래를 흥얼거리며 통통 뛰어다녔다. 노래 가사 중에 군데군데 '풍선 아저씨'와 '천사들'이라는 단어가 들렸다. 거대한 체구의 보호자는 뒤뚱거리며 아이 뒤를 쫓았다.

소녀는 얼굴을 바닥에 붙인 채 부자연스러운 동작으로 널브러져 있는 시체 옆에 쭈그리고 앉았다. 그러고는 죽은 자의 뒷덜미에 그 커다란 주사기를 푹 찔러 넣었다. 그 모습을 보고 빌과 칼로스키는 극도의 혐오감으로 속이 뒤틀리면서도 좀처럼 눈을 뗄 수가 없었다. 주사기에 대고 뭔가 흥겨운 듯 혼잣말로 재잘거렸고, 곧 아담이 추출되기 시작했다.

빌은 그 리틀 시스터를 자세히 보기 위해 몸을 구부리고 창문에 바짝 붙어 섰다.

"칼로스키…… 저, 저 아이 마샤 아냐?"

칼로스키가 나직이 신음 소리를 냈다.

"그래. 아마…… 근데 아닐지도 몰라. 리틀 시스터들은 하나같이 다 똑같아 보이잖아."

"만약 저게 마샤라면 난 그 애의 가족에게 아이를 돌려줄 의무가 있어."

"이미 해볼 건 다 해봤잖아, 빌! 자네가 그렇게 많은 사람들한테 찾아가서 백방으로 수소문했건만 아무도 도와주지 않았잖아."

"바로 그래서 내 손으로 찾아야 하는 거라고. 지금 당장."

"젠장, 빌! 제발 빅 대디를 건드리지 마. 어, 저기 스플라이서가 있어!"

거미 스플라이서 한 마리가 리틀 시스터가 있는 우편물실 천장에 거꾸로 매달린 채 한 손에는 날이 휘어진 칼을 들었다. 뭔가 쉴 새 없이 중얼거리고 있었는데, 여기에선 두터운 유리 때문에 잘 들리지 않았다.

리틀 시스터가 자리에서 일어나 빅 대디 쪽으로 휙 몸을 트는 순간, 칼날이 훅- 하고 부메랑처럼 공기를 갈랐다. 자칫했으면 칼이 소녀의 머리를 베어냈을 것이다. 얼마나 가까이 닿았던지 소녀의 머리카락 몇 올이 잘려 허공에 나풀거렸다. 칼은 방을 한 바퀴 돈 후에 스플라이서의 손에 착지했다. 귀신같은 솜씨로 칼자루를 잡은 스플라이서가 키득키득 웃었다.

리틀 시스터의 보호자가 즉각 반응을 보였다. 빅 대디는 빛이 고여 있는 중앙으로 한 발짝 걸음을 옮기더니, 팔에 달린 리벳 건을 천장에 겨누고 거미 스플라이서를 향해 맹포격을 가했다. 근거리에서의 집중난사로 스플라이서의 몸뚱이는 두 동강으로 잘려나갔다. 상체와 하체가 분리되어 천장에 박힌 채 덩그러니 매달렸다. 두 동강이 난 몸뚱이에서 피가 쏟아졌다. 무게를 지탱하지 못해 스플라이서의 살점들은 둔탁한 소리를 내며 바닥으로 곤두박질쳤다.

소녀는 신이 난 듯 박수를 쳐댔다.

"저거 봤지?"

칼로스키가 속삭였다.

"저 계집애한테 손 한 번 잘못 댔다가는…… 저 꼴이 되는 거야!"

"그래도 난 해야 해."

빌이 고집을 부렸다.

"자네가 저놈을 유인해내면, 그동안에 내가 아이를 데려올 테니……."

"젠장, 빌! 이 빌어먹을 자식아! 말 좀 들어!"

그 정도로는 성에 차지 않았는지 칼로스키는 러시아어로 또 한차례 저주를 퍼붓고는 말을 이었다.

"너 때문에 내가 죽을 거야!"

"자네는 누구보다 강해, 이 친구야. 난 그걸 믿고 있어. 자자, 가자고."

빌은 앞장서서 우편물실을 향해 나아갔다. 문 앞에서 잠시 주춤거리다가 문득 일레인이라면 지금 자신이 어떻게 행동하기를 바랄지 골똘히 생각해보았다. 이 리를 시스터가 정녕 마샤와 동일인이라면…… 아마 마샤를 구출해주길 바랄 테지. 하지만 일레인은 그 때문에 위험을 무릅쓰는 것은 원치 않을 것이다. 그래도 다시는 이런 기회가 없을지도 모른다.

빌은 문을 슬쩍 열고선 다시 뒷걸음질을 쳐 한쪽 벽에 웅크리고 앉아, 칼로스키에게 신호를 보냈다.

"지금이야. 주의를 끈 후, 무조건 달려."

칼로스키는 다시 한 번 러시아어로 욕을 해댔으나, 기관총을 들어 빅 대디 쪽을 향해 짧은 연발을 퍼부었다. 기관총 사격쯤으로 빅 대디가 죽을 리 없겠지만, 칼로스키는 제작단가가 엄청나게 비싼 저 쇳덩이를 파괴해서 상관들의 노여움을 살 생각도 없었다. 그러나 빅 대디의 주의를 끈 것만은 확실했다. 육중한 쇳덩이 골렘은 문 쪽으로 몸을 휙 틀더니, 마치 폭주하는 화물열차처럼 기습의 원인을 향해 맹렬한 기세로 달려오기 시작했다. 칼로스키는 빌에게 욕설을 퍼부으면서 이미 저만치 도망가는 중이다. 빅 대디는 문 옆에 웅크린 빌은 보지 못한 채 칼로스키를 뒤쫓았다.

빌은 빅 대디의 등 뒤로 슬쩍 빠져서 열린 문 사이로 들어갔다. 마침 다른 시체에서 아담을 추출하던 소녀가 피가 뚝뚝 흘러내리는 주사기를 손에 쥐고 몸을 일으키고 있었다. 빌을 보자 눈이 휘둥그레지며 입이 O자로 벌어졌다.

저 아이가 정말 마샤인가? 빌은 확신할 수가 없었다.

"풍선아저씨!"

아이가 소리를 질렀다.

"여기 나쁜 사람이 있어! 천사로 변하게 해줘!"

"마샤……? 너 마샤 맞지?"

빌은 소녀에게 한 걸음 더 가까이 다가갔다.

"아저씨 말 잘 들어. 아저씨가 널 데려갈 거야. 하지만 절대 다치게 하지 않……."

등 뒤에서 쇳덩이가 철걱거리는 소리가 나자 빌은 전신의 피가 싸늘하게 식는 것만 같았다. 몸을 돌리자마자 고통스러운 충격이 가슴께를 가로질렀다. 리틀 시스터를 보호하기 위해 되돌아온 빅 대디가 한 손으로 몽둥이 같은 무기를 휘두른 것이다. 타격으로 빌은 뒤로 넘어갔고, 폐에서 공기가 빠져나간 듯 숨을 쉴 수가 없었다. 방이 빙글빙글 돌기 시작했다.

숨을 헐떡이다가 의식이 끊겼다. 눈 안에서 회전하던 반점들이 점차 형체를 갖춰가고 우편물실의 내부도 제 모습을 되찾자, 빌은 몽롱한 가운데 주위를 두리번거렸다. 빌은 칸막이에 등을 기대고 앉아 있었고 빅 대디와 리틀 시스터의 모습은 아무 데도 보이지 않았다.

몸을 일으키려고 하자 시퍼렇게 멍이 든 가슴 언저리가 아파와 신음 소리를 내며 간신히 일어났다. 문 쪽으로 휘청거리며 걸어가니 칼로스키가 보였다.

"자네 괜찮아, 빌?"

"그래…… 자네도 살아 있으니 안심이 되는군. 나 때문에 죽은 줄 알았는데."

"설마! 그 쇳덩어리는 나한테 속아 넘어갔어. 저길 봐!"

칼로스키가 정거장 대합실 너머의 한쪽 벽을 손가락으로 가리켰다. 그 소녀는 열쇠 모양을 한 아르 데코형의 구멍으로 기어오르고 있었다. 리틀 시스터들만이 출입할 수 있는 비밀통로다. 이 통로를 이용해서 시체들로부터 추출한 아담을 안전하게 라이언의 연구실로 운반하는 것이다.

빌은 저 소녀가 마샤인지 아닌지 여전히 확신이 서질 않았다. 아마 영원히 모를 것이다. 소녀는 벽 속으로 사라져버렸다.

빅 대디는 열쇠구멍 옆을 지키고 서서, 리틀 시스터가 되돌아올 때까지 차분히 기다리고 있었다.

빌은 고개를 설레설레 저으며 체념한 듯 뒤돌아섰다. 가슴 언저리가 또다시 아파왔다. 그저 서둘러 일레인의 곁으로 돌아가고 싶을 뿐이다.

다시금 랩처를 탈출해야겠다는 생각이 고개를 들었다. 무슨 수를 써서든 가족을 지상으로 데려가야 한다. 푸른 하늘과 따스한 햇볕, 그리고 자유가 있는 곳으로.

의료 시설, 이상적인 아름다움 수술실

1959년

"라이언과 아담, 아담과 라이언…… 그렇게 오랜 세월을 연구에 투자했건만, 그 사람을 만나기 이전의 나는 진정한 외과의라고 말할 수 있을까? 장난감 같은 윤리에 갇혀서 어린아이의 손놀림처럼 서투른 칼질을 해가면서 말이지! 그래, 여기저기 종기를 잘라내고 코뼈를 깎을 수는 있지. 허나, 그 정도론 아무것도 바꿀 수 없어! 아무렴 안되고말고! 그러나 마침내 이 아담이, 변화를 창조할 기회를 우리에게 제공한 거야. 그리고 라이언은 엉터리 같은 윤리의 율법으로부터 우리 모두를 해방시켰지. 외모를 바꾸고, 성별도 바꾸고, 인종까지 바꿀 수 있어. 그걸 가능하게 하는 건 다름 아닌 바로 너 자신이야!"

피가 흥건히 묻은 수술 가운을 걸치고 하얀 외과의용 모자를 쓴 채, 고무장갑을 낀 두 손을 비벼대면서 J. S. 스타인먼 박사는 금발 머리 환자의 풍만한 젖가슴 사이에 끼워둔 음성녹음 일지의 일시정지 버튼을 꾹 눌렀다. 그런 후 실험대를 앞으로 쭉 밀었다. 수술실 바닥에 고인 얕은 물웅덩이를 가로질러가며 실험대의 바퀴가 도르륵 나직한 소리를 냈다. 실험대 위에 몸이 묶인 여자의 신음 소리는 스타인먼이 흥얼거리는 잉크 스팟[1]의 '내가 무관심했더라면'에 가려져 들릴 듯 말 듯했다.

'이것이 비할 바 없는 진정한 사랑임을 내 어찌 모른단 말인가? 정녕 내가 무관심했더라면 이처럼 생생한 감정을 느낄 수 없겠지. 정녕 내가 당신에게 무관심했다면!'

스타인먼은 번득이는 무영등 아래로 여자를 옮기고, 가운의 주머니에 손을 집어넣어 평소 애지중지하는 메스를 꺼내들었다. 간호사의 도움 없이 혼자 하려니 여간 불

---

[1] 미국 공황기에 대중적 인기를 누렸던 보컬 그룹. 리듬 앤 블루스와 록큰롤의 형성에 영향을 미쳤다.

편한 게 아니다. 하지만 샤베즈 간호사는 죽일 수밖에 없었다. 아프로디테를 위해 기꺼이 헌신하려는 자신의 노력에 대해 이러쿵저러쿵 잔소리를 늘어놓기 시작하더니, 급기야 경찰을 부르겠다고 협박까지 하지 않았던가. 물론 그녀의 인형 같은 외모에 흡족한 실험을 한 후에야 죽였다. 샤베즈 간호사의 얼굴은 아직 냉장고 어딘가에 보관되어 있을 것이다. 과학과 예술의 완벽한 조합을 위해 아낌없이 희생해준 다른 환자들의 얼굴 역시 그곳에 보관되어 있을 것이다. 이것들은 각종 신체 부위와 함께 용기에 넣어 냉장고 안에 저장해둔 터였다. 정말이지, 이 얼굴들은 조만간 깔끔하게 정리해둘 필요가 있다.

스타인먼은 실험대 위에 묶인 채 몸부림치고 있는 이 여인을 자세히 바라보기 위해 잠시 손길을 멈추었다. 싸구려 플라스미드를 복용한 후 포트 프롤릭의 한 카지노에서 슬롯머신을 해킹하려 했다고 한다. 마침 그 카지노의 주인인 예술가 동지 샌더 코헨이 이 여자를 잡아 건네주었다. 요즘 같은 어려운 상황에서 지원자도 드물었다. 다이안 맥클린톡이 다시 한 번 찾아와 주면 좋으련만. 예술적인 영감이 떠오르는 대로 시술해서, 지금과는 판이한 생김새로 바꿔보고 싶었다. 염력 플라스미드를 구해서 그 여자의 얼굴을 내부에서부터 형상화하는 것도 좋겠지. 염력을 사용해서 아름다운 얼굴로 빚어내는 것이다.

솔직히 말해서 요즘 여자들의 얼굴은 너무나 추하고 평범하다. 자신들의 얼굴을 아프로디테의 이름에 어울리는 그릇으로 만들려는 노력조차 하지 않았다.

"속부터 더럽게 썩어 문드러졌기 때문이야."

스타인먼이 중얼거렸다. 아무리 날카로운 칼을 써도 그 썩어 문드러진 추함을 도려낼 수 없었다. 노력하고 또 노력했지만, 그들은 언제나 너무 뚱뚱하거나 너무 작거나 아니면…… 너무 평범했다. 금발의 여자가 재갈이 물린 입을 뻐끔거리며 그에게 뭐라고 소리치자, 스타인먼은 혀를 찼다. 아마 욕설을 퍼붓는 중이겠지.

"나도 마음 같아선 너에게 마취제를 주고 싶지만, 지금 딱 떨어져버렸거든. 게다가 의식을 잃은 환자를 조각하는 건 미학적으로도 만족스럽지 않아서 말이지. 의식이 없으면 피가 솟구치질 않는데다가, 눈동자에도 공포에 휩싸인 듯한 그런 매력이 없거든. 그게 무슨 재미야, 안 그래? 그러고 보니 나도 아담을 더 먹어야 되겠는데, 이브도 살짝…… 어, 정말이지, 너도 좀 이해를 해줬으면 해. 희생정신을 가지고 이 경험을 미학적 가치로 여긴다면 너도 충분히 음미할 수 있지 않겠어? 아프로디테 여신에게 바치는 제물이 되는 거니까! 샌더 코헨과 나는 무대 위에서 직접 시술을 하는 가능성도 얘기해봤거든. 상상이 가나? 코헨이 직접 작곡한 음악에 맞춰 내가 얼굴을 조각한다는 것이? 물론 문제는……."

스타인먼은 극도의 공포로 몸부림치는 환자에게 허리를 굽혀, 무슨 은밀한 비밀이라도 나누는 양 속삭이기 시작했다.

"문제는 말이야, 샌더 코헨이 비정상이라는 거지. 미치광이야. 완전히 정신 나간 사람이라고! 하하! 코헨 같은 미친놈이랑 놀면 안 되지, 안 되고말고. 내 평판에 금이 가면 안 되거든."

스타인먼은 '녹음' 버튼을 다시 눌렀다. 목청을 가다듬고 다시금 불후(不朽)의 회고를 기록했다.

"유전적 변이가 존재할 땐, 미(美) 자체가 최종목표가 아니지. 가치관으로써도 무용지물이야. 오히려 하나의 윤리 의식으로 둔갑하게 되지. 그럼에도 불구하고 아담은 나 같은 전문직에겐 또 다른 문제를 초래하거든."

녹음기에 대고 그는 계속 말을 이어나갔다.

"기재가 발달할수록, 가치의 기준도 변화하기 마련. 나도 한때는 사마귀 한둘쯤 제거하는 것으로 만족했었지. 곡예단에서나 볼 만한 기형을 벌건 대낮에 내놓아도 부끄럽지 않은 정상인으로 만들고서는 행복해하던 시절이 있었어."

그렇게 말하면서 스타인먼은 여자의 얼굴을 깊숙이 파내기 시작했다. 실험대 위에 놓인 환자의 머리를 억제대로 단단히 묶어둔 것을 천만다행으로 여기면서. 그도 그럴 것이 스타인먼이 여자의 볼을 잘라내자 아픔을 못 참고 온몸을 격렬하게 뒤틀었기 때문이다.

"그런데 그때는 그저 당장 구할 수 있는 도구들로만 시술하던 때였어. 하지만 지금은 아담이라는 게 있지, 사람의 살갗도 진흙으로 바꿀 수 있는 기적 같은 아담이. 이런 기재를 가지고도 완성할 때까지 조각하고, 또 조각하고, 또 조각하고, 또 조각하지 않는다면 그건 수치겠지!"

스타인먼은 일시정지 버튼을 눌렀다. 손에 묻은 흥건한 피가 녹음기에도 튀어 버튼이 미끄러웠다. 작품을 느긋이 바라보며 평가를 내리려 했으나, 도려낸 살덩이들과 핏물이 범벅이 되어 잘 보이질 않았다.

"이런, 아무래도 너한테 아담을 좀 줘야겠네. 그러면 얼굴에 새로 피부가 돋아나서 전혀 다른 모양새가 될 거야. 그럼 내가 다시 조각을 해야지. 그러다가 또 아담을 주입해서 새 얼굴을 만들 거야. 그럼 또 내가 조각을 해야지. 그러다가……."

다시 한 번 여자에게서 미약한 비명 소리가 새어나왔다. 스타인먼은 머리를 흔들면서 한숨을 내쉬었다. 저것들은 정말 이해를 못한다니까. 녹음 버튼을 누르고 또 한차례 걸쭉한 피와 살을 도려내기 시작했다. 예술가가 작풍을 선언하듯 거침없이 현란하게 손을 놀렸다.

"피카소가 사람들을 그리는 것이 지겨워지자, 입방체라든지 다른 추상적인 형태로 표현하기 시작했거든. 그랬더니 세상은 그를 천재라고 부르더군! 나도 외과의가 된 후부터 반평생을 지겹도록 똑같은 형태만 만들고 살았어. 위로 뾰족이 올라간 코끝, 오목하게 파인 턱, 풍만한 젖가슴. 그 스페인의 늙은이가 붓으로 그려냈던 것처럼 나도 메스로 해낼 수 있지 않을까? 멋지겠지, 응?"

스타인먼은 일시정지 버튼을 누르고, 왼손으로 녹음기 버튼에 묻은 피를 닦아냈다. 다시 환자에게 돌아와 보니, 그새를 못 참고 여자는 그를 두고 저세상으로 가버렸다.

"이런 망할, 이번에도……."

과도한 출혈과 쇼크 때문이겠지. 정말이지, 이루 말할 수 없이 불공정한 처사다.

환자들은 언제나 너무 일찍 스타인먼을 떠나갔다. 그네들의 이기주의에 울컥 울분이 치밀었다.

스타인먼은 격노하여 죽은 여자를 마구 찔러댔다. 그 참에 녹음기가 바닥으로 굴러 떨어졌고 여자의 목덜미는 가느다란 리본처럼 갈기갈기 찢겨졌다. 기다랗고 예쁜 살덩이 리본…… 스타인먼은 이를 묶어 단정한 리본으로 매어놓았다.

다시 정밀한 조각을 할 수 있게끔 마음이 진정되자, 여자의 젖가슴을 드러내고 말미잘 모양으로 다듬었다. 수술실 창문 너머 잔잔한 물결을 타고 흐느적거리는 말미잘처럼 평온하고, 우아하게…….

아, 심해의 랩처여.

파이팅 맥도나 주점

1959년

도대체 언제? 이대로 시간만 끌 순 없다. 일레인과 딸 소피를 데리고 반드시 랩처에서 탈출해야 한다. 만약 필요하다면 살생도…….

"빌?"

레드그레이브가 바 아래에서 그의 이름을 불렀을 때 빌 맥도나는 하마터면 앉아 있던 스툴에서 굴러떨어질 뻔했다.

"놀래라, 왜 사람을 놀라게 하고 그래!"

레드그레이브는 측은해 보이는 미소를 지었다.

"미안. 자네가 꼭 알아야 할 것 같아서 말이야. 자네 가게를 청소해주는 아줌마 말이야…… 그 아줌마가 뭔가 발견한 게 있어서 말이지."

빌은 한숨을 내쉬었다. 마시던 브랜디를 비워 바텐더에게 건네주며 말했다.

"가게 문은 자네가 닫고 싶을 때 닫으면 돼."

빌은 스툴에서 일어나 레드그레이브가 서 있는 곳으로 내려갔다.

"알았어, 뭔지 한번 보자고."

"이 가게 뒤편에 있는 방들은 세놓은 것들이지? 7호실…… 그거, 루츠가 쓰는 방 아닌가?"

"맞아. 근데 그 사람들한테는 돈을 받지 않아. 그분들 딸이 내가 보호하던 중에 실종되어버렸거든."

빌은 차갑게 한번 쏘아붙이고 싶은 욕구를 떨칠 수가 없었다.

"정확히 말하면, 자네가 경호하던 중이었지."

레드그레이브의 안색이 침울하게 변했다.

"맹세코 우린 몇 초 동안 딴짓을 했던 것뿐이야. 행여 스플라이서가 나올까봐 잠시 눈을 돌린 사이……."

"알아, 레드그레이브. 그만두자. 샘 루츠에 관해선 왜 묻는 거야?"

"이쪽으로 따라와 봐, 빌."

가슴이 덜컥 내려앉는 심정으로 잠자코 레드그레이브를 따라 술집 뒤편에 마련된 셋방으로 걸어갔다. 자물쇠 장치를 해둔 7호실의 문이 활짝 열려 있었다. 방을 들어서자마자, 두 사람의 몸뚱이가 매트리스 위에 사지를 뻗은 채 누워 있는 광경이 눈에 들어왔다. 손을 마주잡은 채 두 구의 시체가 천장을 바라보며 나란히 누워 있었다. 식별조차 하기 힘들 정도로 부패된 샘 루츠와 아내 마리스카. 바닥에는 텅 빈 약병 두 개가 구르고 있었다.

움푹 들어간 시신의 눈은 감겨 있었고, 눈꺼풀은 습기가 없어 마른 종잇장 같았다. 누렇게 뜬 얼굴은 앙상하게 여위었다. 죽음으로 도드라진 주름살 때문에 입술이 오므라들어 마치 '안 된다'고 말하는 것 같았다. 이 세계에 살아남아 있는 인간들을 저울질하듯, 두 사람은 평소에 가장 아끼던 옷을 입고 있었다.

"동반자살이야. 그리고 이것 좀 봐."

시신의 곁에는 요즘 흔히들 사용하는 녹음기가 놓여 있었다.

빌은 녹음기의 재생 버튼을 눌렀다. 마리스카 루츠의 목소리가 흘러나왔다. 흡사 사후세계의 심연을 가로질러 오기라도 한 듯 멀고 아득하게 느껴지는 목소리였다.

"오늘 마샤를 보았다. 처음엔 알아볼 수도 없었다. '저건 마샤야!'라고 샘이 소리쳤다."

녹음기가 돌아가면서, 울음을 삼키는 듯 기묘한 여운을 주는 웃음소리가 뒤따랐다.

"말도 안 된다. 저게 우리 마샤라고? 하지만 그의 말이 맞았다. 우리 마샤는 시체에서 피를 뽑고 있었다. 그 일이 끝나자 마샤는 그 끔찍한 쇳덩이와 손을 맞잡고 걸어갔다. 우리 딸…… 우리 마샤가!"

빌은 녹음기를 멈췄다.

곁에 묵묵히 서 있던 레드그레이브가 목이 메었는지 헛기침을 했다.

"어, 그러니까…… 이 사람들은 자기 딸이 돌아오지 못한다는 것을 알게 된 거야. 아이는 이미 가버렸으니까. 너무 많이 변해버렸으니까 말이야. 그래서 이 사람들은…….."

레드그레이브는 머뭇거리며 약병을 가리켰다.

빌은 고개를 끄덕였다.

"그래. 이 사람들은 이제 그냥…… 여기 내버려둬. 내가 이 방을 잠글 테니까. 당분간 여기가 이 사람들의 무덤이 되는 거야."

레드그레이브는 눈이 휘둥그레져서 빌을 쳐다보았다. 반박하려는 듯하다가 이내 체념했다.

"자네 맘대로 해."

그러고는 다시 시신을 돌아다보았다.

"우리가 그때 눈을 돌린 건 정말 몇 초뿐이었어."

죽은 자들이 놓인 그 방에 빌만 홀로 남겨두고 레드그레이브는 복도로 나왔다.

헤스티아, 아틀라스 사령부
1959년

아틀라스의 사무실을 향해 걸음을 옮기는 다이안은 오늘 실시했던 기습작전으로 아직 심장이 두근거렸고 온몸에 땀이 배어 있었다.

아틀라스의 게릴라 요원들에게서 훈련을 받았던 터라, 전선 밑으로 숨어 들어가는 것도 꽤 익숙해졌고 다른 팀이 주의를 끄는 동안 라이언의 경호원들을 피해갈 수 있었다. 이전에도 몇 번씩이나 다른 게릴라들을 따라 복도를 지나 계단을 올랐고, 예전에 정비공들이 사용하던 통로를 통과하곤 했다. 그때마다 아군 전원이 군인들이 사용하는 배낭을 가져와 경찰의 병기고에서 약탈한 장비들로 가득 채웠다.

하지만 이번만큼은 사정이 달랐다. 병기고에서 화약을 모두 챙겼을 때 경비원들이 몰려와 아군을 덮쳤다. 소렌슨이 빅 대디 하나를 제압하는 순간, 악몽 같은 아수라장이 벌어졌다. 다이안도 양손에 권총을 쥐고 발사하기 시작했다. 한 번 사격을 할 때마다 심장이 터질 것만 같았다. 경관 하나가 다이안의 탄환을 맞고 비명을 지르며 쓰러졌다. 사람을 죽였다…….

즉각 대응해온 적군의 응사를 피해 몸을 웅크리자, 옆에 서 있던 세 명의 동료가 바닥에 고꾸라졌다.

다이안은 문득 지금이야말로 녹음하기에 좋은 때라는 생각이 들었다. 혁명을 기록하는 역사가가 되리라 마음을 다졌다. 천천히 걸음을 옮기면서 떨리는 손으로 녹음기를 틀었다.

"오늘 우린 전선 밖에서 기습작전을 펼쳤다. 산탄 서른두 갑, 네 개의 수류탄, 샷건 한 자루, 그리고 서른네 병의 아담. 오늘 맥기, 엡스타인, 발레트가 죽었다."

울컥 울음이 솟구치는 것을 애써 삼켰다. 다이안은 발레트와는 가까운 사이였다. 게릴라들은 사망자 명단을 '도살자의 고지서'라고 했었지. 다이안은 녹음을 계속했다.

"하지만 그러는 와중에 그 흉악한 빅 대디 한 놈을 잡았다. 어린 소녀를 이용해 아담을 추출한다는 건 실로 끔찍한 일이 아닐 수 없다. 하지만 이건 우리가 시작한 것이 아니다. 라이언이 한 짓이다. 아틀라스에게 알려줘야겠다. 그이가 이 소식을 들으면 얼마나 기뻐할까."

다이안은 빅 대디를 포획한 사실을 알려주려고 아틀라스의 사무실 안에 발을 들여놓았다. 순간, 아틀라스의 책상 앞에 앉아 있는 낯선 형체를 보고 그 자리에 얼어붙은 듯 멈춰서고 말았다. 낯선 이가 녹음기에 속삭이고 있었다. 숨도 제대로 가누지 못한 몇 초가 흐르자, 그 낯선 자의 얼굴은 더 이상 낯설지 않았다. 다이안이 그를 알아보지 못했을 뿐.

뭔가 아주 차갑고 냉소적인 표정이 그의 얼굴에 감돌았다. 지겨우리만치 긴 사기극이었노라고 말하는 저 조롱기 어린 말투. 저 사람은 다름 아닌 프랭크 폰테인이다.

그는 뜻밖의 방해로 짜증이 났던지 화난 얼굴로 휙 돌아보았다. 다이안을 발견하고는 황급히 아틀라스의 표정으로 돌아왔다. 목소리도 아틀라스의 것으로 바뀌었다.

"맥클린톡 양이네. 여기서 뭐 하는 거지? 잠깐, 이것부터……."

다이안의 경직된 얼굴에서 그녀가 이미 알고 있음을 눈치챈 그는 곧 아틀라스 흉내를 그만두고, 냉랭한 프랭크 폰테인의 어조로 말을 맺었다.

"……좀 꺼야겠군."

폰테인은 녹음기를 껐다. 다이안은 도망쳐야겠다는 생각이 번개처럼 뇌리를 스쳤다. 방금 다이안이 발견한 이 비밀을 지키기 위해 저 사람은 죽이는 것도 서슴지 않을 것이다.

하지만 두 발이 땅에 얼어붙은 듯 떨어질 줄을 몰랐다. 다이안은 가까스로 입을 떼었다.

"당신의 부하들 모두가 폰테인을 그렇게 믿고 따랐는데! 어떻게 당신은 모두를 저버릴 수 있었죠? 당신의 위장을 위해서였나요?"

폰테인은 다이안을 향해 천천히 걸어오며 사냥칼을 뽑아들었다. 능숙한 움직임으로 칼자루를 열자, 키릭- 하고 칼날이 솟구쳤다.

"그런 건 아무 상관없지."

냉랭한 음성으로 폰테인이 말했다.

"처음부터 다 위장이었거든, 전부 다. 단지……."

다이안은 차가운 칼날이 자신의 배를 가르는 것을 느꼈다. 흉곽 바로 아래에.

"이것만 빼고."

랩처 중앙 통제실

1959년

빌 맥도나는 중앙 통제실 앞의 통로를 초조한 걸음으로 왔다 갔다 하고 있었다. 현관 쪽의 경관들은 의심 없이 빌을 반갑게 맞아주었다. 자신이 이곳에서 할 일을 전혀 눈치채지 못한 채.

이렇게 서성이고만 있을 게 아니라 곧 몸을 움직여야 했다. 그런 후에 월러스에게 신호를 보내어 소형 잠수정을 배 쪽으로 이동시켜야 한다. 모든 상황은 탈출하기에 딱 들어맞았다. 해류측정기에서도 현재 바다의 흐름이 나쁘지 않다는 결과가 나왔다. 라이언의 병력 역시, 최근 발발한 난동 때문에 아폴로 광장을 차단하는 데에만 신경을 집중하고 있었다. 그 덕에 이곳에서 등대까지는 경비가 한산한 편이다.

빌이 신호를 보내기 전까지는 월러스도 소형 잠수정에 오르지 않을 것이다. 하지만 그 전에 해야만 하는 일이 있었다. 라이언 회장에 관한 일이다. 또 랩처와 관련해서도 결단을 내려야 한다. 오늘 탈출이 성공한다면 가족은 일단 안전한 곳으로 보내고 자신은 랩처에 남아, 당분간만이라도 새로운 지도자를 선출하기 위해 노력하고 아틀라스와 평화협정을 체결해야 한다는 결심을 굳혔다. 이곳에 남은 생존자들에 대한 의무감 때문이었다. 일이 제대로 성사되면 그때 일레인과 소피가 있는 곳으로 갈 생각이다.

생존자들. 이미 너무 많은 사람들이 죽거나 처형당했다. 라이언 회장은 중앙 통제실의 입구에 말뚝을 박아 시체들을 매달아놓았다. 랩처는 이제 경찰국가로 변모했다. 그토록 반대하던 체제로 스스로 탈바꿈한 것이다.

빌은 아주 긴 심호흡을 한 후, 주머니에 손을 넣어 권총을 움켜쥐었다. 장전이 되었는지 확인해보는 것도 벌써 네 번째다. 다시 재킷 주머니에 꽂아 넣었다. 할 수 있을까? 불안한 심경으로 안달하던 중, 불현듯 샘과 마리스카의 얼굴이 떠올랐다.

"도망치면 안 돼."

정신을 바짝 차리려고 혼잣말을 되뇌었다.

"반드시 해야 돼."

빌은 주머니에서 자그마한 무전기를 꺼내들었다. 버튼을 누르고 낮은 음성으로 말했다.

"월러스?"

치직— 하는 잡음이 이어지다가 월러스의 목소리가 들렸다.

"여기 있어, 빌."

"시간 됐어."

"확실해?"

"그래. 가서 내 일부터 처리한 다음에 가족을 데려올 테니까…… 소풍 가야지."

"좋아, 난 준비됐으니까. 거기서 보자."

빌은 무전기를 다시 주머니에 넣었다. 심장이 고동치기 시작했지만, 넥타이를 고쳐 매고 문을 열었다. 걸음을 옮기자 감시 카메라가 다가와서 전신을 훑었다. 신분증을 착용했기에 감시 카메라는 로봇을 부르지 않고 그대로 그를 보내주었다. 라이언 회장이 아직 자신을 신뢰하는 모양이다.

입구에는 십자가에 못 박힌 채 책형을 당한 시체들이 즐비했다. 썩어가는 냄새에 일일이 코를 틀어막진 않았으나, 보지 않으려고 애쓰면서 라이언 회장의 집무실로 걸음을 재촉했다. 집무실 문 앞에서 보안 포탑이 그를 스캔했고, 잠시 후 들어갈 수 있도록 길을 터주었다. 문을 열려고 손을 뻗으려는 순간, 이반 칼로스키가 나왔다. 빌은 너무 놀란 나머지 하마터면 넘어질 뻔했다.

칼로스키가 빌의 안색을 주도면밀하게 살피며 물었다.

"오늘 꽤 불안한 모양인데, 빌?"

"내가? 아, 그냥 저기 밖에 있는 시체들 때문에…… 보기만 해도 끔찍하잖아."

칼로스키는 이해한다는 듯이 고개를 끄덕였다.

"나도 저런 식의 장식은 맘에 들지 않아. 그래도 필요할 때가 있는 법이지. 회장님과 내가 먹을 샌드위치를 사려고 나가던 중이야. 자네도 하나 사다줄까?"

"나? 음, 아니."

젠장, 앞에다가 저렇게 시체를 쌓아 올려놓고 밥이 입에 들어가나? 하지만…….

"이반, 자네가 마침 식사를 사러가는 길이라면 나도 아무거나, 자네가 먹는 걸로 하나 사다줘."

칼로스키가 늦게 돌아올수록, 자신에게는 더 유리한 상황이 된다.

칼로스키는 고개를 끄덕이곤 뚜벅뚜벅 걸음을 옮겼고 빌은 라이언의 집무실로 들어갔다.

앤드류 라이언은 지팡이를 짚고 선 채, 창문 너머의 심해를 내다보고 있었다. 예의 그 회색 실크 정장에 조끼까지 받쳐 입은 라이언 회장의 모습을 보는 순간, 빌의 마음이 무너지는 듯했다. 라이언은 자신의 꿈을 구현하기 위해 이 신세계를 세운 사람이 아닌가. 그의 꿈은 지금 악몽이 되었다.

그러나 빌은 입구에서 책형당해 죽은 숱한 남녀를 떠올리며 스스로를 다그쳤다. 길게 숨을 들이켜며 권총을 꺼냈다.

라이언은 뒤돌아보지 않았다. 이미 알고 있었던 것이다.

"주저치 말고 나를 쏘게, 빌. 자네도 사내라면."

빌은 총을 들어 라이언을 겨냥했으나 손이 사시나무 떨 듯 떨렸다.

라이언은 애처로운 미소를 지었다.

"일전에 자네가 나한테 뭐라고 했었나, 빌? '하나부터 열까지' 나와 함께 하겠다고 하지 않았나? 우린 아직 '열'까지 온 것이 아닐세. 그런데도 자네는 벌써 떠나려고 하는구먼."

"아닙니다."

매몰차게 대답하려 했으나 빌의 목소리는 이미 갈라져버렸다.

"저는 여기 있을 겁니다, 당분간만이라도. 주민들 모두를 저버릴 수는 없습니다. 그 사람들이 이곳으로 오게 된 건 제 책임도 있으니까."

라이언은 그를 향해 몸을 돌렸다. 꼭지에 금장식을 한 지팡이를 들어 올리면서.

"빌, 자네도 이 위대한 사슬의 취약점이 되어버렸어. 나는 약한 사슬을 잘라내야 하네."

라이언이 자신에게 점점 더 가까이 다가오자 빌은 권총을 고쳐들고 정조준했다.

입술이 바짝 타들어가고 심장이 미친 듯이 요동쳤다.

라이언은 어느새 손을 뻗으면 잡힐 만한 거리에 서 있었다.

"인간은 선택을 해야 해, 빌. 노예는 복종해야 하고. 자, 선택하게. 나를 죽이든가 아니면 자네 내면에 도사리고 있는 겁쟁이에게 굴복해서 도망치든가!"

앤드류 라이언. 가난과 모멸감으로 부터 빌을 구원해준 그 앤드류 라이언이, 이 찬연한 도시를 건설한 엔지니어 빌 맥도나로 만들어준 그 사람이, 지금 지팡이를 들어 자신을 내리치려 하고 있다. 라이언의 냉철한 눈빛과 굳게 다문 입에서, 지팡이 끝에 달린 무거운 금장식으로 빌의 머리를 부숴버리려는 결의가 선명히 드러났다.

지금 쏴야 한다!

그러나 빌은 차마 그러질 못했다. 신이 거닐던 저 드높은 올림포스에서 내려와 지상의 추잡한 거리를 전전하던 자신을 끌어올려 올림포스 언덕에서 살게 해준 라이언이 아니었던가. 앤드류 라이언은 빌 맥도나를 굳건히 믿어주었다. 반면, 빌은 그를 믿지 못했다.

지팡이가 쉬익 허공을 가르며 내려왔다. 빌은 순간적으로 왼손을 뻗어 지팡이를 움켜잡았으나 예상보다 더한 아픔에 눈을 찡그렸다. 둘은 엎치락뒤치락하며 다투다가 이를 드러내고 숨 가빠하는 라이언을 본 빌은 본능적으로 권총의 개머리판을 사용해 그의 이마를 호되게 내리쳤다.

라이언은 신음 소리와 함께 뒤로 나자빠졌고 눈이 반쯤 감긴 채, 바닥에 쓰러져 헐떡거렸다. 제 손에 지팡이가 들려 있는 것을 깨달은 빌은 서둘러 라이언의 곁에 내팽개치고 허리를 굽혀 그의 맥박을 확인했다. 의식을 잃고 기절했을 뿐, 아직 맥박은 정상이다. 라이언은 이대로 쉽게 죽을 사람이 아니다.

빌은 라이언의 손을 꼭 그러쥐었다.

"죄송합니다, 회장님. 달리 어쩔 도리가 없었어요. 전 차마 당신을 죽이진 못하겠습니다. 행운이 함께하길, 라이언 회장님."

빌은 권총을 손에 쥐고 일어서서 문 쪽으로 걸어갔다. 기계적인 움직임이었다. 전신이 천근만근 무거운 것이, 꼭 빅 대디가 된 것 같은 기분이다. 권총을 주머니에 집어넣고는 빙빙 돌아가는 감시 카메라를 뒤로 한 채, 말뚝에 박혀 양옆으로 즐비하게 늘어선 죽은 자의 행렬을 벗어났다.

서두르는 것처럼 보이지 않기 위해 애써 걸음을 늦추며 현관을 나섰다. 이제 자신과 일레인과 소피, 세 가족은 노선을 우회해야 한다. 그들이 당도하려는 곳까지 아직

먼 여정이 남았다. 시간도 없었다. 칼로스키가 돌아와서 곧 기절해 있는 라이언을 발견할 테고, 전역에 경보가 발령될 것이다. 보안 로봇들이 따라붙을 테고, 라이언의 부하들과도 싸워야 한다.

서두르지 않으면 모든 것이 허사가 된다. 일레인과 소피는 아카디아 근처의 작은 공원에서 그를 기다리기로 했다. 그곳은 공동묘지였다.

아카디아 인근의 공동묘지
1959년

심해에서의 장례식은 비용이 거의 들지 않는다. 하지만 여전히 일부 주민들은 랩처에 마련된 이 작은 공동묘지를 선호했다.

빌 역시 이 공원 겸 묘지를 종종 들르고는 했다. 올 때마다 인적이 드물어서 이곳이라면 아내와 딸이 안전하게 자신을 기다릴 수 있으리라고 생각했던 것이다. 지나간 시대의 건축양식으로 지어져 향수를 불러일으키는 이곳은 빌의 조부가 묻힌 교회의 묘지를 연상케 했다.

하지만 아치형 입구로 들어서자마자, 이곳마저 그 매력이 사라졌음을 느낄 수 있었다.

다섯 걸음쯤 떨어진 곳에서 온몸을 시퍼렇게 칠한 나체의 남자가 구석의 묘비 앞에 일레인과 소피를 몰아넣고 구부정한 자세로 위협하고 있었다. 그 사내는 랩처에서 발생한 숱한 이교도 중의 하나인 새터나인이었다. 아담에 중독되어 헐벗은 꼴로 시체 더미를 전전하면서, 전신을 시퍼렇게 물들인 채 불가해한 교리를 벽에 새기는 족속이다.

"불꽃으로 화(化)하리라! 안개가 화하리라!"

푸른 칠을 한 이교도는 이빨을 딱딱 갈아대며 알 수 없는 말을 영창한 후, 오른손에 거머쥔 커다란 부엌칼을 치켜들었다. 엉겨 붙은 피가 말라선지 칼은 온통 칙칙한 갈색이었다.

사내는 작은 동물을 짓뭉개듯 맨발로 일레인의 핸드백을 짓밟고 있었다.

"내가 너에게 불을 내리리니……."

사내는 계속 웅얼거렸다.

"내가 너에게 안개를 내리리니!"

새터나인은 칼을 더 높게 치켜들고 일레인을 내리치려 했다.

"그 잘난 불꽃은 여기 있다, 이 자식아. 이거나 화(化)해보라고!"

주의를 끌기 위해 빌이 크게 소리쳤다.

새터나인은 몸을 틀어 빌을 정면으로 마주했다. 얼굴은 야만성을 폭로하기라도 하듯 아담으로 찌든 자국으로 뒤덮였고, 콧구멍에서 시뻘건 거품이 배어나온 채 누런 이빨을 드러내며 으르렁거렸다. 빌을 향해 식칼을 던지자, 빌은 왼쪽으로 몸을 꺾어 공격을 피했다. 칼이 오른쪽 어깨를 훅 스치고 지나면서 면도날로 베인 것 같은 상처를 남겼다. 빌은 사내의 가슴 정면에 총을 발사했다.

새터나인은 휘청거리다가 무릎을 꿇었고, 결국 얼굴을 땅에 박은 채 고꾸라졌다.

소피가 손으로 눈을 가리며 울음을 터뜨렸다. 일레인은 죽은 사내의 발밑에서 핸드백을 끌어당겨 안에서 권총을 꺼내곤 핸드백을 한쪽 어깨에 둘러메었다. 빌이 감탄해 마지 않는 그 강철 같은 의지가 그녀의 눈에서 파랗게 빛났다. 아내는 소피를 끌어안고 '착하지, 내 아가'라고 다독거렸다.

"우린 여기를 빠져나갈 거야."

"무서워, 엄마!"

소피가 흐느낀다.

"그 마음 아빠도 잘 알아."

딸을 끌어안으면서 빌도 아이를 달랬다.

"하지만 우린 곧 지상으로 갈 거야. 우리 소피도 지상 세계가 마음에 들 거야. 지금까지 들었던 이야기는 다 거짓말이니까. 자, 우리 함께 가는 거다!"

* * *

이제 목적지까지 얼마 남지 않았다. 빌과 일레인, 소피는 등대의 착륙 굴대까지 타고 갈 잠수정을 향해 뛰었다. 윌러스가 등대에서 기다리고 있을 것이다.

그때 밧줄을 타고 스플라이서 한 마리가 내려왔다. 잠수정 뚜껑을 발로 딛고 뛰어내려, 마치 곡예사처럼 공중을 한 바퀴 회전하더니 빌의 바로 앞에 착지했다. 스플라이서는 송년회 때 보았던 광대 가면을 쓰고 있었는데, 가면은 전 주인의 피로 흥건히 물들어 색이 바랬다. 지저분한 긴 갈색 머리와 검붉은 수염이 갈기처럼 뻗친 가운데, 광기가 흐르는 파란 눈빛이 번득였다. 섬뜩한 웃음을 띠며 쩍 벌어진 입에는 누런 이빨이 창살처럼 돋아 있었다.

"히히, 그래, 이게 나야! 그리고 우우, 그게 너지!"

입을 더 벌리며 깔깔거리더니, 번개 같은 속도로 좌우로 쉴 새 없이 움직였다. 맞추기 어려운 표적이다.

"아, 이 소녀다운 소녀 좀 봐, 히히! 라이언한테 확 팔아넘길까. 아니면 내가 갖고 놀다가 콱 깨물어버릴까!"

사내는 새 면도날처럼 날을 바짝 세운 생선 다듬는 칼을 양손에 쥐고 있었다.

소피가 겁에 질려 훌쩍거리며 엄마의 등 뒤로 숨자, 일레인과 빌은 거의 동시에 스플라이서를 향해 사격을 가했다. 하지만 둘 다 빗나갔다. 사내는 어느새 공중으로 훌쩍 날아올라, 일행을 뛰어넘고 그들의 등 뒤에 내려섰다. 틀림없는 신체가속 플라스미드. 그것도 아주 많이 먹은 모양이다.

스플라이서는 칼을 휘두르기 위해 몸을 틀고 있었다. 하지만 이미 빌도 몸을 돌려 사격을 가했다. 총알이 날이 굽은 칼에 맞자, 칼이 뒤로 튕겨 나갔다. 스플라이서는 다른 칼로 허공을 가르기 시작했고, 소피의 바로 코앞에서 공기를 도려냈다.

분노한 빌은 총을 내팽개치고 스플라이서에게 달려들었다.

"이 망할 자식이!"

정면으로 날아 들어오는 칼을 가까스로 피하면서 스플라이서의 허리께를 덥석 붙잡고 뒤로 넘어뜨렸다. 몸뚱이가 마치 전선으로 똘똘 뭉친 것 같았다. 스플라이서의 몸에는 한 움큼의 지방도 없었고, 근육과 뼈, 신경만 남아 있었다. 자신의 무게 때문에 균형을 잡지 못한 빌은 바닥에 내동댕이쳐졌다.

스플라이서는 여전히 음침한 미소를 띤 채, 휙 공중으로 치솟아 빌이 미처 권총을 잡기도 전에 칼을 던졌다. 빌은 옆으로 굴렀으나 늑골을 칼에 맞아 살점이 떨어져 나갔다. 그 순간, 세 번의 총성이 울렸다. 한 번 울릴 때마다 스플라이서는 휘청거리며 뒷걸음질을 쳤다. 세 번째 탄환이 스플라이서의 오른쪽 눈을 관통했고, 절뚝거리다가 푹 쓰러졌다. 발이 부르르 떨렸다.

빌이 숨을 헐떡이며 돌아보니, 아내가 손에 권총을 꽉 쥔 채 얼이 나간 듯이 서 있었다. 소피는 엄마의 엉덩이에 얼굴을 파묻은 채 다리에 찰싹 달라붙어 있었다.

"당신은 명사수야, 여보."

빌이 일레인에게 말했다.

"후, 천만다행이야."

"선생님이 좋았죠."

스플라이서의 시체를 노려보던 일레인도 간신히 입을 열었다.

"자, 서두르자고. 저 엘리베이터를 타야돼."

일레인은 고개를 끄덕이고는 소피를 잠수정에 태웠다. 빌도 둘을 따라 잠수정 내부로 들어가 계기판 아래에 숨은 스위치를 찾아 꾹 눌렀다.

잠수정이 굴대를 타고 위로 올라가 심해를 벗어났다. 이제 셋은 등대 쪽으로 향하고 있었다. 빌이 오전에 등대 쪽을 감시하는 보안 로봇과 보안 포탑들의 전원을 모두 꺼둔 상태였다. 그럼에도 어떻게든 다시 가동되어 그들이 잠수정에서 나오자마자 총알 세례를 퍼붓지나 않을까 불안한 마음을 가눌 길이 없었다.

빌의 가족이 잠수정 뚜껑을 열고 밖으로 나왔을 땐 적막만이 이들을 반겼다. 돔의 천장 아래 오로지 그들 셋의 발자국 소리만이 울릴 뿐이었다.

소피는 넋이 빠져 사방을 두리번거렸다. 벌거벗은 대낮의 햇빛이 등대 입구를 따갑게 내리쬐고 있었다. 밖에서 들려오는 생경한 파도 소리에 신기한 듯 귀를 종긋 세웠다. 그러다가 갑자기 눈동자가 커지며 우뚝 멈춰 섰다. 도금을 입힌 앤드류 라이언의 거대한 흉상이 눈알을 부라리며 그들을 내려다보고 있었다. 라이언의 동상에는 전에 보지 못한 기이한 배너 하나가 붙어 있었다. 빨간 바탕에 선명한 노란색 글씨로 다음과 같은 문구가 적혀 있었다.

신도 없고 왕도 없다. 오직 인간만이 존재할 뿐이다.

"라, 라이언 할아버지야!"
소피가 겁에 질려 침을 꼴깍 삼키며 뒷걸음질을 쳤다.
"할아버지가 우릴 보고 있어!"
"그냥 조각상일 뿐이야, 소피."
일레인이 다독였다.
"아니, 그 애 말이 맞는뎁쇼."
수석 경관 캐븐디쉬가 잠수정 뒤쪽에서 모습을 드러냈다. 빌은 즉각 총을 들어 그를 겨누었다. 그러나 곧 칼로스키의 모습이 보였다. 레드그레이브도 뒤따라 나왔다. 그들의 손에는 각기 기관총이 하나씩 들려 있었다. 레드그레이브는 낙담한 기색이 만연한 롤런드 월러스를 앞으로 밀었다. 월러스는 두 손이 뒤로 묶여 있었다. 만약 빌이 지금 총을 쏜다면 경관들도 응사를 할 테고, 그렇게 되면 일레인과 소피의 생명이 위험해진다. 세 명을 모두 상대하기란 불가능하다.
빌은 하는 수 없이 권총을 내렸다. 그러고는 무감각해진 손가락 사이로 권총을 떨어뜨렸다.
"부인도 총을 버리시지."
캐븐디쉬가 기관총을 일레인에게 겨누며 위협했다.
울분으로 어깨를 들썩이던 일레인은 총을 내리고 소피를 꼭 끌어안았다.
"이럴 수가…… 빌, 밖이 바로 저 앞인데."
빌은 아내의 어깨를 감싸 안았다.
"미안해, 여보. 내가 더 좋은 방법을 찾았어야 했는데……."
칼로스키의 표정은 여느 때처럼 모질어 보였고 캐븐디쉬는 교활한 늑대처럼 음산한 미소를 짓고 있었다. 반면 레드그레이브만이 침울한 얼굴이었다. 확신하지 못하는 얼굴. 아주 슬퍼 보이는 얼굴.

"내가 할 수 있는 건 다 했어, 빌."

월러스가 정적을 깼다.

"여기에 배를 정박해두고, 굴대를 빠져나와서 자네들을 찾으려고 올라왔더니 이놈들이 있는 거야. 배를 타고 온 게지."

"라이언 회장님이 네놈들도 모르는 감시 카메라를 설치해뒀다는 생각은 안 드나?"

캐븐디쉬가 비아냥거리며 말을 낚아챘다.

"특히 이 등대 밖에 말이야. 혹시 랩처를 탈출하려는 시도를 한 게 네놈들뿐이라고 생각하는 건 아니겠지? 다른 녀석들도 많았다고. 지금은 다들 빅 대디가 되어버렸지만. 외부 카메라가 여기 있는 월러스 놈이 빠져나가는 걸 포착했지."

"라이언 회장은…… 죽었나요?"

일레인이 물었다. 그녀의 눈동자에는 한 줄기 희망이 서려 있었고 말투는 사뭇 도전적이었다.

"아직."

칼로스키가 대답했다.

"두통이 있을 뿐이지, 살아계십니다. 강한 남자요, 라이언 회장님은. 그리 쉽게 죽지 않습니다. 반면 형수님의 남자는 회장님을 죽일 만큼 강하지 못했소."

"할 수가 없었어."

자신이 초라하기 짝이 없었지만 빌은 인정할 수밖에 없었다.

"그분은 내 친구였으니까. 때론 아버지 같은 분이기도 했지."

레드그레이브가 고개를 끄덕였다. 감정이 복받쳐서인지 목소리가 가라앉아 있었다.

"그 맘은 나도 이해해, 빌. 진짜야. 나도 마찬가지니까. 정말 미안하네. 도와주고 싶었는데. 자네는 언제나 날 잘 대해줬으니까. 하지만……."

"나도 알아."

빌이 차분한 목소리로 답했다.

"그래도 이거 하나는 물어보자. 회장님이 아내와 아이까지 잡아오라고 하셨나? 아니면 그냥 나와 월러스만 체포하라고 하셨나?"

"나, 난……."

레드그레이브는 캐븐디쉬 쪽으로 곁눈질을 했다.

"회장님은 이렇게 말씀하셨어. '빌 맥도나를 막아. 그리고 배신자 월러스도.' 그게 전부였어."

"회장님은 누구도 떠나는 걸 바라지 않으신다."

칼로스키가 막아섰다.

"자, 당신들 셋 다 뒤로 돌아서. 결박해야 하니까. 그런 다음 우리 모두 내려간다."

빌이 칼로스키를 노려보았다.

"내 죗값은 응당 치르겠어. 단 아내와 딸에 관한 한 아무렇게나 둘러대 줬으면 해. 스플라이서들에게 당해서 죽었다고 회장님께 말해줘."

캐븐디쉬가 콧방귀를 뀌었다.

"칼로스키는 그따위 짓은 하지 않아."

빌은 캐븐디쉬의 말은 무시한 채, 칼로스키의 눈에서 시선을 떼지 않았다.

"우린 술도 같이 한 사이잖아. 자네와 나. 칼로스키. 한두 번도 아니야. 성탄절 전야, 휴일들. 보드카로 지새운 길고긴 밤들. 우리는 함께 싸운 전우잖아."

칼로스키가 입술을 축였다. 전우애는 칼로스키에겐 소중한 가치였다.

"얼씨구, 허풍 떨고 있네!"

칼로스키가 주저하는 태도를 보이자, 캐븐디쉬가 다짜고짜 윽박지르며 빈정거렸다.

"거기 세 명, 지금 당장 뒤로 돌아서."

빌이 말했다.

"일레인, 소피…… 뒤로 돌아서. 암말 말고 그냥 돌아서."

일레인과 소피는 눈물이 그렁그렁 고인 채 뒤로 돌아섰고, 빌은 다시 한 번 칼로스키와 시선을 마주했다.

"내 말 잘 들어, 친구. 마지막 소원이다. 자네가 날 보낼 수 없다는 건 잘 알아. 하지만 내 가족은 이대로 보내줘. 월러스도 같이."

곁에서 레드그레이브가 칼로스키와 빌을 번갈아 쳐다보았다. 그도 어떤 결심을 하려는 것 같았다.

보다 못한 캐븐디쉬가 또 한 번 끼어들었다.

"이게 무슨 짓이냐고, 응? 쓸데없는 짓으로 시간 낭비 말고, 움직여야 할 것 아냐! 칼로스키, 이 빌어먹을 러시안 주정뱅이가!"

이반 칼로스키는 캐븐디쉬의 그 말에 눈썹을 치켜세웠으나 동요하지는 않았다. 마침내 그는 고개를 저었다.

"안 돼, 빌. 미안하다. 너무 위험한 짓이야."

그러자 레드그레이브가 한숨을 내쉬며 갑자기 총부리를 이반 칼로스키에게 겨누었다.

"이반…… 여기 있는 이 사람은 말이야, 형수님과 함께 날 저녁 식사에 초대해준 사람이야. 한두 번이 아니야. 랩처에서 나를 초대해준 유일한 백인들이라고. 나 역시 빌이 랩처를 떠나게 놔둘 수는 없는 입장이야. 하지만 빌의 가족에 대해선 아무 말도 없었잖아."

이번엔 캐븐디쉬가 콧김을 내뿜으며 기관총을 들어 레드그레이브를 조준했다.

"이 깜둥이 자식이!"

그 순간 칼로스키가 몸을 틀더니 캐븐디쉬의 관자놀이에 총알을 명중시켰다. 두 발. 피와 뇌가 봇물처럼 터져 나오면서 캐븐디쉬는 휘청거리며 옆으로 한 발짝 내딛다가 풀썩 바닥에 쓰러졌다.

"개자식."

칼로스키가 캐븐디쉬의 시체에 침을 탁 뱉었다.

일레인과 소피는 비명을 지르면서 서로를 부둥켜안았고 월러스도 창백한 표정으로 고함을 질렀다.

"젠장, 칼로스키!"

일레인은 무슨 일이 벌어졌는지 보려고 슬그머니 고개를 돌렸지만 소피는 보지 못하게 하려고 꼭 붙들고 있었다.

칼로스키가 눈을 번득이며 레드그레이브를 쏘아보더니 캐븐디쉬를 다시 내려다보았다.

"난 누가 이래라저래라 하는 건 질색이야, 레드그레이브."

칼로스키가 입을 떼었다.

"근데 이 캐븐디쉬⋯⋯ 개자식이야. 몇 번이나 내 손으로 죽이고 싶었는지 몰라! 암튼 레드그레이브 네놈한테 욕할 수 있는 사람은 나뿐이야!"

일레인은 소피를 꼭 끌어당기면서 그들을 향해 천천히 몸을 돌렸다. 산산조각이 난 캐븐디쉬의 머리가 시야에 들어오자 일레인은 눈살을 찌푸렸다.

"레드그레이브 씨⋯⋯ 남편이 우리와 함께 가도록 놔줄 수는 없나요?"

일레인이 간곡하게 청했다.

"제발 부탁합니다!"

레드그레이브는 미안해하는 표정으로 고개를 설레설레 저었다. 그러고는 빌을 향해 총을 겨누었다.

"죄송합니다, 형수님. 하지만 빌과 월러스는 저와 함께 가야 해요."

"나도 이해해, 레드그레이브."

빌은 레드그레이브의 시선에 응답했다.

"라이언 회장님은 자네에게도 기회를 주셨지. 나에게 해주신 것처럼."

"어서 배로 가세요, 맥도나 부인."

월러스가 생기를 잃은 목소리로 일레인을 재촉했다.

"배는 계단 맨 끝에 있습니다. 밧줄을 풀고 운전 레버만 누르시면 돼요. 지금 뱃머리 방향 그대로 쭉 가시면 되니까요. 그럼 배가 많이 다니는 길목에 닿으실 거예요. 누군가가 꼭 볼 겁니다. 배에 조명탄도 있으니까 필요하시면⋯⋯."

일레인은 사색이 되어 빌을 바라보았다.

"안 돼, 빌!"

빌은 아내의 손을 두 손에 담아들고 키스했다.

"일레인…… 당신 이제 어떻게 해야 하는지 알겠지? 소피도 있잖아."

일레인은 세차게 머리를 흔들었다.

빌은 한 발짝 더 다가가 눈물로 뒤덮인 그녀의 입술에 키스했다. 그런 후 소피를 끌어당겨 일레인의 품 안으로 밀었다.

"소피를 위해서, 여보……."

일레인의 굳게 다문 입술이 울음으로 무너져 내릴 것만 같았다. 하지만 그녀는 고개를 끄덕였다. 얼굴이 창백해지고 입술은 바르르 떨렸지만 일레인은 소피의 손을 잡아끌며 빌에게서 멀어져 갔다. 잠수정을 지나 계단으로 이어진 작은 복도를 걸어가는 둘의 모습이 점점 작아진다.

"아빠는? 아빠는 왜 안 와?"

엄마의 손을 꼭 잡은 채 떨리는 목소리로 소피가 물었다.

"그건 엄마가 나중에 얘기해줄게, 소피야."

일레인이 대답했다.

"아빠는 지금 중요한 일이 있거든."

소피가 어깨너머로 빌을 돌아보았다. 빌은 딸의 마지막 모습을 뇌리에 선명히 담으려고 애썼다.

"안녕, 우리 딸!"

단 한 번, 손을 저으며 그가 외쳤다.

"아빠는 널 사랑해!"

그 말에 일레인은 소피를 재촉하며 바짝 끌어당겼다. 둘은 복도를 지나, 이윽고 그의 시야에서 사라졌다.

칼로스키가 빌을 쳐다보았다. 그러고는 근처 창문 쪽으로 고갯짓을 하자 빌은 그 창문 앞으로 걸어갔다. 태양이 바다를 비추는 광경이 보였다. 푸른 바다 위로 새하얀 구름이 흘러간다.

빌은 기다렸다. 등 뒤에서는 두 사람이 총부리를 겨누고 있다. 그를 지켜보면서.

몇 분이 흐르자 아주 작은 배 한 척이 수면에 떠올라, 뱃길이 있는 북동쪽 방향으로 미끄러져갔다.

빌의 어깨에 한 손이 닿았다.

"그래, 가자."

창문에서 돌아서며 빌이 차분히 말했다.

그들 네 명 모두 한 잠수정을 탔다. 칼로스키와 레드그레이브는 여전히 빌과 월러스에게 총을 겨누고 있었다.

"정말 미안해, 월러스."

빌이 침묵을 깨고 입을 열었다.

"다 내 잘못이야, 친구."

월러스는 고개를 저었다.

"뭐, 어차피 나 혼자서라도 시도하려고 했던 거야. 자네 잘못이 아니라고. 자네 같은 친구를 알게 돼서 기뻐."

일행을 태운 잠수정이 바닥에 닿자, 세 명의 경관이 기다리고 있었다.

"이 사람을 수종 박사에게 데려가."

칼로스키가 월러스를 경관들에게 떠밀며 지시했다.

월러스는 반항 없이 순순히 그들에게 이끌려갔다.

"월러스는 이제 어떻게 되는 거지?"

빌이 조심스럽게 물었다.

"누가 알겠어."

레드그레이브가 구슬픈 목소리로 답했다.

빌은 도망치는 것도 생각해보았다. 그러나 싸울 기력이 남아 있질 않았다. 두 번 다시 딸과 아내를 만날 수 없다는 사실은 이미 알고 있었다. 그리고 칼로스키는 자신의 임무를 완벽하게 수행하는 사내였다. 또다시 빌이 그를 흔들 수 있는 여지는 눈곱만큼도 보여주지 않을 것이다.

칼로스키와 레드그레이브는 빌을 앞장세워 메트로로 끌고 갔다. 중앙 통제실까지의 여정은 랩처에서 겪은 10년의 세월, 그 이상의 기억을 그의 뇌리에 되새김질하게 했다. 뉴욕 시. 런던. 그리고 전쟁.

폭격기의 부서진 동체에서 대기로 빨려 들어간 그 소년…… 빌은 늘 그 녀석의 죽음으로 괴로워했다. 그 어린 친구는 죽었는데 자신은 살아남았다는 사실이 견디기 힘들 때가 있었다. 그리고 다른 사람들도 마찬가지였다. 불길에 휩싸인 폭격기와 함께 운명을 달리한 전우들. 뭐, 이제 곧 그들을 만날 수 있겠지.

중앙 통제실에 도착했다. 발을 내딛은 그곳에선 죽은 자의 그림자가 자신을 반겼다. 눈을 들어 프랭크 폰테인의 부패된 시체를 마주했다. 말뚝에 매달려 양손에 못이 박힌 채, 미처 부활하지 못한 예수 그리스도처럼 썩어가고 있었다. 갈기갈기 조각난 폰테인의 시신을 엉성하게 꿰매어 이곳으로 가져와 저렇게 매달아놓은 것이다. 적을 향한 메시지였다. 이제 곧 빌 역시 같은 꼴이 될 것이다. 칼로스키는 레드그레이브에게 자신의 기관총을 툭 던졌다. 그런 후 외투 자락 안에서 권총을 꺼내들고 빌의 등 뒤에 섰다.

귓전에 칼로스키가 방아쇠를 재는 소리가 들렸다.

"죽이기 전에 말뚝에 먼저 박아야 하는데……."

칼로스키가 설명했다.

"근데 난 자네가 좋아. 그래서 지름길로 안내하기로 했어."

"그때 라이언 회장님을 죽일 걸 그랬나보군."

자신이 듣기에도 부자연스러운 탁한 목소리로 빌이 말했다.

"지금 회장님은 무척이나 흡족해하시겠지."

"그건 틀렸어. 자네 생각보다 훨씬 더 사려 깊은 분이야."

칼로스키가 응수했다.

"회장님은 여기 매달린 놈들을 말이야, 숨이 끊어질 때까지 지켜보셨거든. 근데 이번만은 그러시질 못해. 왜 그런지 알아? 자네가 죽는 걸 차마 보지 못하시는 거야, 빌. 자네 같은 좋은 친구가 죽는 것을……."

빌의 얼굴에 미소가 서렸다. 자신을 죽인 탄환이 발사되는 소리조차 듣지 못했다.

뉴욕 시, 파크 애비뉴
1959년

7월의 더운 하루.

"난 밖에 나가는 게 너무 무섭단 말이야, 엄마."

소피가 또 보챈다. 지난 십 분 동안 가기 싫다는 말을 열 번은 한 것 같다.

일레인은 한숨을 푹 내쉬었다.

"알아, 알아. 그래도 가야 돼."

"우리 소피한테는 '광장 공포증'이라고 하는 병이 있거든."

의사가 부드럽게 소피를 달랬다. 그는 비싸기로 유명한 파크 애비뉴의 정신과 의사였다. 스웨터와 나비넥타이 차림의 친절해 보이는 중년의 남자다. 잘 손질된 수염과 큰 코, 조금은 슬퍼 보이는 미소를 머금은 채 주도면밀한 눈초리로 주시하고 있었다. 하지만 예상과는 달리 일레인에게는 높은 진료비를 청구하지 않았다. 소피의 병세에 개인적인 관심이 많은 것 같았다. 아마 일레인에게도 개인적 관심이 있는 모양이다. 다른 목적에서.

"꼭 해야 되는 일이야, 우리 아기."

일레인이 소피를 다그쳤다.

"아, 꼭 그런 것은 아닙니다."

의사가 말을 이었다.

"꼭 해야만 하는 일은 아니란 거죠. 그렇지만 본인이 하고 싶어 할 거예요. 진심으로요. 단지 지금은 여러 감정이 뒤섞인 상태일 뿐이죠."

"하늘은 무섭단 말이에요!"

소피가 반박하고 나섰다.

"아, 그건 알고 있어."

의사는 따스한 미소를 지어 보였다.

"랩처에는 하늘이 없단 말이에요!"

소피가 또 한마디 했다. 그런 후 랩처에 관한 이런저런 이야기를 줄줄이 덧붙였다.

의사는 끈기 있게 끝까지 다 들어주더니, 간호사를 불러 소피를 대기실로 내보냈다. 일레인과 단둘이 이야기하기 위해서다.

"아이고, 따님의 상상력이 대단하네요."

의사는 부드럽게 웃으며 일레인을 보고 말했다.

"'랩처'라니! 하하."

일레인은 구태여 설명할 생각이 없었다. 사람들에게 랩처에 대해 말해봤자 소용없는 일이다. 믿어주지 않을 테니까. 설령 믿어준다 하더라도 라이언이 일레인과 소피를 추적할 단서만 제공하는 셈이 된다.

지금은 그저 고개를 끄덕일 수밖에 없다.

"맞아요, 선생님."

"따님이 아주 심각한 정신적 상처를 입은 것 같은데…… 아마 전쟁 때문이겠지요?"

그가 물었다.

"혹시 외국에서 일어난 일들인가요?"

일레인은 다시금 고개를 끄덕였다.

"맞아요, 외국에서 겪은 전쟁 때문이죠."

그건 사실이었다.

"아, 그럴 것이라 짐작했습니다. 걱정하실 건 없고요, 시간이 지나면 치유될 겁니다. 하지만 우선 아이가 갖고 있는 공포부터 해결을 해야겠지요. 지금 완강하게 거부하고 있긴 하지만, 제 생각엔 아마 오늘은 밖에 나갈 수 있을 것 같네요. 공원을 산책하는 건 어떻겠습니까?"

의사가 직접 두 모녀와 함께 산책하겠다고 해서 일레인은 조금 놀랐다. 여러 차례의 설득 끝에, 소피도 마지못해 공원 산책에 동의했다. 엘리베이터를 함께 타고 내려간 세 사람은 대리석이 깔린 입구의 홀을 천천히 가로질렀다. 차츰 거리에 가까워지자,

소피는 더더욱 겁먹은 표정이 되었다. 아이슬란드 인근의 해상에서 고기잡이 어선의 구조를 받은 후로부터 줄곧 조그마한 손으로 눈을 가리며 소피는 하늘을 피하려고 했다. 틈만 나면 가구 밑이나 그림자 속으로 기어들어 갔다.

의사가 소피에게 다정한 목소리로 물었다.

"내가 우리 소피 업어줄까?"

소피는 짐짓 심각한 표정으로 대답했다.

"네."

그 역시 진지한 표정을 지으며 소피 곁에 무릎을 꿇고 앉았다. 소피는 두 팔을 벌려 그의 목을 감싸 안았다. 그는 소피를 업고 일어서서 문밖으로 나갔다. 일레인은 두 사람의 곁에 서서 나란히 걸었다. 불현듯 빅 대디가 리틀 시스터를 저렇게 업고 다니던 모습이 떠올랐다. 일레인은 가까스로 머릿속에서 그 상념을 밀쳐냈다.

"꺄악!"

작열하는 태양 아래 걸음을 내딛자 소피는 비명을 질렀다. 이내 의사의 목을 맹렬하게 끌어안았다.

그렇게 센트럴 파크까지 걸어갔다. 거기까지 가는 도중에 소피는 울음을 터뜨렸지만, 하늘로부터 도망치려고 하지는 않았다.

셋은 공원에 도착해 곧 인적이 드문 장소를 찾아냈다. 싱그러운 녹색 잔디와 군침도는 버터 색의 꽃들이 만발한 곳이다. 잔디밭의 끝자락에는 새들이 나무 위에 앉아 지저귀고 있었다. 의사가 소피를 내려놓자, 아이는 혼자 햇살이 가득한 쪽으로 앙금앙금 걸음을 옮긴다.

"엄마!"

소피는 앙증맞은 손으로 눈을 가리고는 따가운 햇살에 얼굴을 찡그리며 푸른 하늘을 올려다보았다.

"난 여기가 좋아. 가도 가도 끝이 없네. 엄마, 그거 알아?"

"뭘?"

"아빠도 이걸 보면 좋아했을 거야. 그치?"

"그래, 소피야……."

일레인은 터져 나오려는 눈물을 간신히 참았다.

"응, 꼭 그랬을 거야."

〈끝〉

존 셜리

존 셜리는 『Black Butterflies』 단편집으로 브람 스토커 상을 수상하였으며,
베스트셀러 『Demons』, 사이버펑크 SF 명작 『City Come A-Walkin』,
『Eclipse』, 『Black Glass』 등 다수의 소설 작품으로
장르문학 팬들의 꾸준한 사랑을 받아온 작가이다.
영화 '크로우(The Crow)'를 비롯하여,
텔레비전 드라마와 영화 각본을 집필하기도 했다.